ULLSTEIN

Das Buch

Vicky Bliss, Kunstexpertin mit dem Hang, ungewöhnliche Kriminalfälle zu lösen, wird von der Polizei auf einem Luxusschiff einquartiert. Während der Kreuzfahrt auf dem Nil soll sie einen Kunstdieb überführen. Die vermeintliche Traumreise erweist sich jedoch als wahrer Alptraum. Gleich am ersten Tag entdeckt Vicky unter den Gästen einen ihrer ehemaligen Liebhaber, einen Kunstdieb und Verkleidungskünstler, den sie nur unter dem Namen „Sir John Smythe“ kennt. Doch es sind noch mehr seltsame Zeitgenossen an Bord: ein Millionär, der um ihre Gunst buhlt, ein Scheich, der mit ihr heimliche Ausflüge unternehmen will, sowie ein berühmter Professor aus Boston. Dann wird auf einmal ein Mitglied der Schiffscrew brutal ermordet – und Sir John soll der Täter sein ...

Die Autorin

Elizabeth Peters hat an der University of Chicago in Ägyptologie promoviert. Mit ihren Romanen ist sie immer wieder auf den Bestsellerlisten, außerdem erhielt sie bereits zahlreiche Preise, wie 1986 den Antony Grand Master Award und 1989 den Agatha Award. Elizabeth Peters hat zwei Kinder und zwei Enkelkinder. Sie lebt in Chicago und in Frederick, Maryland.

Von Elizabeth Peters sind in unserem Hause bereits erschienen:

In der Reihe um Amelia Peabody (chronologisch):

Im Schatten des Todes
Der Fluch des Pharaonengrabes
Der Mumienschrein
Im Tal der Sphinx
Der Sarkophag
Verloren in der Wüstenstadt
Die Schlange, das Krokodil und der Tod
Der Ring der Pharaonin
Ein Rätsel für Ramses
Die Hüter von Luxor
Der Fluch des Falken
Der Donner des Ra
Der Herr der Schweigenden

Weitere Romane von Elizabeth Peters:

Der blutrote Schatten
Der geheimnisvolle Schrein
Der letzte Maskenball
Die Straße der fünf Monde

Elizabeth Peters

Kreuzfahrt ins Ungewisse

Roman

Aus dem Englischen von
Karin Dufner, Kollektiv Druck-Reif

Ullstein

Besuchen Sie uns im Internet:
www.ullstein-taschenbuch.de

Umwelthinweis:
Dieses Buch wurde auf chlor- und säurefreiem Papier gedruckt.

Ullstein Verlag
Ullstein ist ein Verlag der Ullstein Buchverlage GmbH.
Neuausgabe
1. Auflage April 2004

Published by Arrangement with Dr. Barbara Mertz
c/o Dominick Abel Literary Agency Inc., 146 West 82nd Street, 1B, New York, NY 10024 USA
Titel der amerikanischen Originalausgabe: *Night Train to Memphis* (Warner Books)
Übersetzung: Karin Dufner, Kollektiv Druck-Reif
Redaktion: Beate Darius / RR
Umschlaggestaltung: Thomas Jarzina, Köln
Titelabbildung: akg, Berlin
Druck und Bindearbeiten: Ebner & Spiegel, Ulm
Printed in Germany
ISBN 3-548-25767-4

Für Sharyn McCrumb

In Liebe und Dankbarkeit

Danksagung

Selbst auf die Gefahr hin, daß ich wie eine junge, vom Erfolg verwirrte Autorin eines Erstlingswerks klinge, die jedem bis auf den Elektriker dankt, muß ich doch den vielen Freunden und Experten Anerkennung zollen, die mich bei diesem Buch unterstützt haben. Ohne Dennis Forbes, den Herausgeber von *K. M. T. (A Modern Journal of Ancient Egypt)* und George B. Johnson, Redakteur für besondere Projekte bei dieser Zeitschrift, hätten es Vikky und ich wohl nie nach Amarna geschafft. Die beiden waren wahre Informationsquellen und sehr angenehme Reisegenossen. Kent Weeks von der Amerikanischen Universität in Kairo erklärte mir netterweise, daß ich Vicky auf der von mir ins Auge gefaßten Route unmöglich aus Amarna herausschaffen konnte, und schlug mir eine Alternative vor. Peter Dorman, Leiter der epigraphischen Abteilung des Instituts für Orientalistik, und seine wundervollen Mitarbeiter im Chicago House fütterten mich durch, brachten mir eine Menge bei und schleppten mich auf der Suche nach einem nicht existenten Grab kreuz und quer durch die Klippen der West Bank. Praktisch jeder Angehörige der amerikanischen Forschungsgesellschaft in Ägypten ertrug ohne Murren meine neugierigen Fragen.

Die Idee zu diesem Buch kam mir während einer früheren Reise nach Ägypten, und die beiden Freunde, die mich auf dieser Nilkreuzfahrt begleiteten, haben nicht unwesentlich dazu beigetragen. Man kann sich keine angenehmeren Begleiter wünschen als Charlotte und Aaron Elkins, wobei an der Behauptung, ich hätte Aaron die Handlung geklaut, absolut nichts Wahres ist.

Keine der erwähnten Personen ist für die Fehler verantwortlich, die mir bei der Lektüre des Materials, das sie mir gaben, unterlaufen sein könnten. Die geäußerten Meinungen sind die der handelnden Figuren, die frei erfunden sind. Auch das Grab der Tetisheri ist fiktiv. Aus verständlichen Gründen konnte ich kein tatsächlich existierendes Grab benutzen. Der Friedhof der Vierten Dynastie in Abydos, auf den ich mich beziehe, ist ebenfalls nur eine Erfindung.

Natürlich gibt es in Kairo viele Museen. Das Museum, das meine handelnden Personen ständig in abgekürzter Form erwähnen, heißt korrekt das Ägyptische Museum.

Folgendes Lied, das für den Roman nicht ganz unwesentlich ist, verdanke ich Sharyn Mc Crumb.

Du bist ein Umweg auf dem Highway zum Himmel

(Für einen großen, gefleckten Vogel)

Als meine Mama auf dem Totenbett lag,
Hat sie mich vor Mädchen wie dir gewarnt.
Doch geblendet vom Licht deiner Schweinwerfer
Fuhr ich mit, nur so zum Spaß und der Aussicht wegen.

Refrain: Du bist ein Umweg auf dem Highway zum Himmel,
Und ich hab mich in den Seitenstraßen der Sünde verirrt,
Ich muß wieder zurück auf die Autobahn,
damit ich meine Mama wiederseh.

Deine Kurven haben mich aus der Bahn geworfen,
Meine Hände sind vom Steuer abgerutscht.
Doch du warst nur ein Aussichtspunkt am Straßenrand,
Und mein letztes Gebet liegt schon zehntausend Meilen zurück.

Wenn du jemals von der Überholspur runterkommst
Und wieder den Highway entlang fährst,
Wart ich auf dich an der Mautstation,
In dem Land, wo jeder Weg zur Liebe führt.

1. Kapitel

Die Bergwiese sah aus wie mit einem grünen Teppich belegt und hatte kleine, zarte Blumentupfen. Er kam auf mich zu, und sein Schritt war so leicht, daß sich das Gras kaum unter seinen Füßen zu biegen schien. Sein Haar schimmerte in der Sonne silbern und golden, er lächelte, und in seinen blauen Augen stand ein Ausdruck, den ich bis jetzt nur ein einziges Mal darin entdeckt hatte. Einige Meter von mir entfernt blieb er stehen und streckte, immer noch lächelnd, die Hände nach mir aus.

Sie waren rot und feucht. Als mein Blick von seinen blutenden Händen zu seinem Gesicht wanderte, sah ich, daß ihm das Blut in Sturzbächen aus den Mundwinkeln und aus dem Haaransatz hervorschoß. Grellrote Flecken erblühten auf seinem Hemd. Überall war Blut, es hüllte ihn ein wie ein roter Regenschleier. Ich streckte die Arme aus, aber ich konnte ihn nicht erreichen, konnte mich nicht rühren. Mein Schrei blieb mir in der Kehle stecken. Dann fiel er mir, mit dem Gesicht zuerst, direkt vor die Füße. Sein Hinterkopf war nicht mehr goldblond, sondern klebrigrot, das Blut breitete sich aus, befleckte das grüne Gras und die zarten Blumen, und ich konnte ihn noch immer nicht erreichen ...

»Oh, Gott, oh, Gott, oh, Gott ...« Jemand wimmerte. Ich war es nicht. Ich stammelte und fluchte – oder betete ich?

Ich fluchte. »Zum Teufel mit ihm!« Blind griff ich ins Dunkle. Auf meinem Bett befand sich eine riesige, behaarte Masse. Ich schlang die Arme darum und drückte sie an meine Brust.

Cäsar hörte auf zu wimmern und fing an, mir wie ein Wilder schmatzend das Gesicht abzulecken. Cäsar ist ein Dobermann, mit einer Zunge, so rauh wie eine Feile und etwa fünfzig Zentimeter lang. Er hat entsetzlichen Mundgeruch.

»Okay, in Ordnung«, keuchte ich, schob ihn weg und streckte die Hand nach der Nachttischlampe aus.

Das Licht half und auch der Anblick meines wie immer unaufgeräumten Schlafzimmers. Aber ich zitterte immer noch. Mein Gott! So scheußlich hatte ich bis jetzt noch nie geträumt.

Cäsars pelziges Gesicht war besorgt auf mich gerichtet. Er durfte eigentlich nicht aufs Bett. Wahrscheinlich hatte ich im Schlaf aufgeschrien, weshalb der heldenhafte Hund mir zur Hilfe gekommen war.

Clara hingegen durfte aufs Bett. Diese Ungerechtigkeit hat Cäsar noch immer nicht verdaut, doch er ist machtlos, weil er vor Clara eine Heidenangst hat – obwohl sie nur etwa vier Kilo wiegt und er vierzig. Ich glaube, er hält sie für eine Art göttliches Wesen. Wenn sie sich herabläßt, sich neben ihm einzurollen, sabbert er vor Freude, und wenn sie auch nur eine Pfote erhebt, zieht er den Schwanz ein. Sie hatte sich von ihrem Stammplatz auf meinem Bauch ans Fußende des Bettes zurückgezogen, saß nun da und beäugte mich mit dem herablassenden Ausdruck, den nur eine Siamkatze in dieser Vollendung zustandebringt. Ihre Augen im dunkelbraunen Gesicht sahen sehr blau aus.

Ein Schauder durchfuhr mich, als ich an die bluterfüllten blauen Augen in meinem Traum dachte.

Schon zum drittenmal in dieser Woche hatte ich von John geträumt. Der erste Traum war nicht schlimm gewesen, nur ein ganz gewöhnlicher Angsttraum, in dem ich eine vertraute Gestalt auf endlosen Straßen verfolgte. Als ich sie endlich eingeholt hatte, hatte sie das Gesicht eines Fremden. Der zweite ... nun, da will ich lieber nicht ins Detail gehen. Die Verwandlung des Körpers in meinen Armen in eine geschuppte, gliederlose Kreatur, die mir glitschig entglitt und in der Dunkelheit verschwand, hatte zwar eine unangenehme Erinnerung hinterlassen, mich jedoch nicht aufgeweckt.

Den Grund für diese Träume kannte ich. Mein Unterbewußtsein macht keine halben Sachen. Seine Hinweise sind in etwa so subtil wie ein Wink mit dem Zaunpfahl. Ich hatte mir eingeredet, daß ich mir keine Sorgen zu machen brauchte, auch wenn ich seit mehr als einem Monat nichts mehr von John gehört hatte, und ich hatte bis vor einer Woche daran geglaubt – so halbwegs wenigstens. Während ich meinen warmen, pelzigen, streng riechenden

Hund umarmte, wie ein Kind seinen Teddy zum Trost an sich drückt, erinnerte ich mich an das Gespräch, das mich (oder mein Unterbewußtsein) zu dem Schluß gezwungen hatte, daß *doch* Grund zur Sorge bestand.

* * *

»Aber ich habe keinen Schimmer von Ägyptologie!« schrie ich.

Normalerweise schreie ich nicht, wenn ich solche Dinge sage. Damit meine ich, daß eine derartige Aussage wohl kaum Anlaß zu leidenschaftlichen Gefühlsaufwallungen gibt. Allerdings sagte ich es inzwischen schon zum viertenmal, und ich hatte den Eindruck, daß mein Gegenüber mich nicht verstand.

Die beiden Männer hinter dem Schreibtisch wechselten Blicke. Einer von ihnen war mein alter Freund Karl Feder von der Münchner Polizei. Der andere war etwa im gleichen Alter – schätzungsweise Mitte Fünfzig. Wie Karl bekam er allmählich schütteres Haar und einen Rettungsring um die Taille. Er war mir als Herr Burckhardt vorgestellt worden, ohne Titel oder nähere Bezeichnung seiner Funktion. Falls er ein Kollege von Karl war, mußte er ebenfalls eine Art Bulle sein. Doch ich hatte bis jetzt nur einen einzigen Mann mit einem so kalten Blick kennengelernt, und Rudi war ganz eindeutig kein Polizist gewesen.

Ich wußte, was die beiden jetzt dachten. Burckhardt sprach es aus: »Ich verstehe Sie nicht, Dr. Bliss. Sie sind Mitarbeiterin unseres Nationalmuseums, eine renommierte Kunsthistorikerin. Herr Dr. Schmidt, der Direktor, sagt immer wieder, daß er Sie von allen Angestellten am meisten schätzt.«

»Ja«, brummte ich finster. »Sowas hab ich mir gedacht.«

Schmidts Mundwerk ist so groß wie sein Wanst. Sein Sex-Appeal gleicht dem der sieben Zwerge, und wenn er nicht so brillant wäre, hätte man ihn schon lange als öffentliche Gefahr eingesperrt. Nicht etwa, daß er krumme Geschäfte machen würde. Ganz im Gegenteil: Schmidt hält sich für einen ausgezeichneten Amateurdetektiv, den Schrecken der Unterwelt, und mich betrachtet er als seine Assistentin. Wie Watson für Sherlock Holmes und Archie für Nero Wolfe ist Vicky Bliss die Stütze von Herrn Doktor Anton Z. Schmidt. So meint Schmidt zumindest.

Meine Auffassung über diese Rollenverteilung sieht ein wenig anders aus.

Langsam und geduldig erklärte ich: »Der Mensch bringt schon seit mehr als fünfunddreißigtausend Jahren die verschiedensten Kunstwerke hervor. Selbst wenn man nur die Hauptströmungen der bildenden Kunst betrachtet und sich auf die abendländische Kunst beschränkt, muß man sich von der Steinzeit zu den Ägyptern, den Minoern, den Etruskern und den Griechen durcharbeiten, dann zu der frühen christlichen Kunst, Byzanz, dem Mittelalter, der Renaissance und ... ach, verdammt. Ich versuche nur, Ihnen deutlich zu machen, daß kein Mensch in all diesen Bereichen eine Koryphäe sein kann. Mein Spezialgebiet ist die europäische Kunst des Mittelalters. Ich weiß nicht ...«

»Was ist mit dem trojanischen Gold?« fragte Feder. »Das fällt doch nicht in die Rubrik europäische Kunst des Mittelalters, oder?«

Ich hatte schon befürchtet, daß jemand dieses Thema zur Sprache bringen würde.

Schmidt bezeichnet die Sache mit dem trojanischen Gold als »unseren letzten Fall«. Allerdings erwähnt er das Thema nicht häufig, da es sich nicht um einen »unserer« durchschlagenden Erfolge handelt. Seit mehr als fünfzig Jahren hatte man nach dem Gold gesucht, einer Unmenge kostbarer, antiker Juwelen, die nach dem Zweiten Weltkrieg aus dem besetzten Berlin verschwunden waren. Die Lehrmeinung tendierte dahin, daß die Russen es nach Moskau geschafft hatten. Schmidt, ich und einige andere hatten im vorgegangenen Winter ein paar Wochen damit zugebracht, einem Hinweis zu folgen, der vermuten ließ, daß das Gold schon vor dem Einmarsch der Russen aus Berlin herausgebracht worden war. Es hieß, der Schatz sei irgendwo in Bayern versteckt. Eine Weile glaubte ich, das Versteck gefunden zu haben. Doch das entpuppte sich als Irrtum. Schmidt jammerte noch immer darüber, daß ich ihn auf eine falsche Fährte geführt hatte. Ich hatte – das muß ich zugeben – einen Fehler gemacht. Auch ich mache manchmal Fehler.

Aber diesmal nicht, verdammt. Feder grinste mich an, als ob er etwas besonders Schlaues von sich gegeben hätte. Er hatte recht.

Das trojanische Gold hatte wahrhaftig nichts mit mittelalterlicher Kunst zu tun.

Ich versuchte es noch einmal: »Das stand nicht in Zusammenhang mit meinem Fachwissen, beziehungsweise meinem Mangel daran. Es war reiner Zufall.«

»Aber Sie haben anhand einer schlechten Photographie erkannt, daß die darauf abgebildeten Juwelen echt waren. Ein gewisser Grad an Fachwissen...«

»Dazu wäre jeder fähig gewesen!« Ich erhob die Stimme. »Das trojanische Gold ist berühmt. Jeder weiß davon. Fast jeder... Lassen Sie es mich so sagen, meine Herrn: Ich könnte mich nicht länger als fünf Minuten als Expertin für ägyptische Kunst ausgeben, bis mir jemand auf die Schliche kommt. Wenn ich Sie richtig verstehe, schlagen Sie mir vor, ich solle eine Stellung als Reiseleiterin auf einer Nilkreuzfahrt annehmen. Als Gegenleistung für eine kostenlose Schiffsreise wird man von mir erwarten, daß ich mindestens einmal am Tag einen Vortrag über irgendeinen verdammten Tempel oder eine Pyramide halte und den Teilnehmern ihre Fragen beantworte, und zwar Leuten, die an dieser Kreuzfahrt gar nicht teilnehmen würden, wenn sie sich nicht für das Thema interessierten und darüber Bescheid wüßten. Fünf Minuten? Schwachsinn! Ich würde keine sechzig Sekunden durchhalten. Warum denn ich, um Himmels willen? Es gibt Hunderte von Menschen, die sich besser auskennen als ich.«

»Aber mein liebes Fräulein Doktor!« rief Burckhardt aus. »Betrachten Sie es doch einmal so: Ein solcher Urlaub ist eine einmalige Gelegenheit. Es handelt sich um eine Luxuskreuzfahrt; das Schiff ist nagelneu, gebaut für reisende Millionäre – Suiten anstelle von Kabinen, erstklassige Küche, das Beste vom Besten. Die Passagiere erhalten Zugang zu Orten, die dem gewöhnlichen Touristen verschlossen bleiben, alle Vorträge werden von namhaften Wissenschaftlern gehalten...«

Als er mit einer bunten Broschüre vor meiner Nase herumwedelte, wich ich zurück. »Genau darum geht es ja, Herr Burckhardt. Karl, würdest du deinem Freund bitte erklären, daß ich kein hohlköpfiges, dummes Blondchen bin, auch wenn ich so aussehe.«

In letzter Zeit hatte ich alles versucht, um nicht so auszusehen, indem ich meine ansehnliche Oberweite in weite Jacken und meine langen Beine in lange Röcke hüllte, die mir um die Waden schlotterten. Ich hatte mein Haar wachsen lassen, damit ich es wie eine Schulmamsell zu einem Dutt aufstecken konnte. Wenn man groß und blond ist und eine weibliche Figur hat, nehmen einige Leute an, daß das Gehirn außer Betrieb ist.

Karl versuchte, sein Lächeln zu verbergen. »Ich habe Ihnen ja gesagt, daß es auf diese Methode nicht klappen würde, Burckhardt. Die Dame ist sehr scharfsinnig. Wahrscheinlich vermutet sie schon, warum Sie diese Bitte an sie richten.«

Ich nickte mit finsterem Gesicht. Dazu brauchte man nicht viel Grips.

Vor der Sache mit dem trojanischen Gold, meinem letzten Fall, hatte ich bereits häufiger das Vergnügen gehabt, Bekanntschaft mit kriminellen Elementen zu machen – wenn »Vergnügen« dafür das richtige Wort ist. Denn es bereitet mir nicht das geringste Vergnügen, wenn man auf mich schießt, mich überfällt, entführt und kreuz und quer durchs Land jagt. Und auf eine Wiederholung dieser Ereignisse hatte ich nicht die geringste Lust.

»Irgend etwas wird auf dieser Kreuzfahrt geschehen«, sagte ich. »Worum geht es? Um Mord? Entführung? Oder nur um einen ganz schlichten Diebstahl, der leicht zu obengenannten Vorfällen führen könnte?«

»Wenn ich es Ihnen bitte erklären darf...«, fing Burckhardt an.

»Darum bitte ich Sie schon die ganze Zeit.«

Burckhardt lehnte sich zurück und verschränkte die Arme. »Die Meldung erreichte uns durch einen Kanal, der sich in der Vergangenheit als sehr ergiebig erwiesen hat. Wir wissen nicht, wie unser Agent an die Information herangekommen ist, aber bislang hat er sich noch nie geirrt. Er teilte uns drei Fakten mit: Erstens plant jemand einen Raubüberfall auf das Kairoer Museum. Zweitens werden die beteiligten Personen an der Nilkreuzfahrt teilnehmen, die am ersten November beginnt. Und drittens sind Ihnen eine oder mehrere dieser Personen bekannt. Aus offensichtlichen Gründen können wir die Kreuzfahrt nicht stornieren oder jeden, der sie gebucht hat, verhaften. Also brauchen wir einen Agenten auf dem Schiff. Unsere Wahl ist zuerst auf Sie gefallen, nicht nur, weil Sie ...«

»Einen Moment mal«, unterbrach ich. Meine Stimme klang fast wie gewöhnlich. Das überraschte mich, denn eine von Burckhardts Aussagen hatte mich getroffen wie ein Tritt ans Schienbein, obwohl ich eigentlich schon damit gerechnet hatte. »Gehen wir Ihre interessante Sammlung sogenannter Fakten doch noch einmal durch. Erstens: Was haben Sie und Ihre Leute mit der Sache zu tun? Warum geben Sie Ihre Informationen nicht an die ägyptische Regierung weiter und überlassen es ihr, sich damit herumzuschlagen?«

»Natürlich haben wir die ägyptischen Behörden benachrichtigt, und die haben uns um unsere Mitarbeit gebeten. Sind Sie mit der augenblicklichen politischen Situation in Ägypten vertraut?«

Ich zuckte die Achseln. »Nicht im Detail. Fassen Sie sich bitte kurz.«

»Ich werde mir Mühe geben.« Burckhardt legte die Fingerspitzen zusammen und versuchte, wie ein Professor auszusehen, was ihm mißlang. »Der moderne Staat Ägypten erlangte erst 1922 die Unabhängigkeit. Über ein Jahrhundert lang wurde er, wie manche es ausdrücken würden, von den Westmächten ausgebeutet. Viele wertvolle Antiquitäten wurden ... äh ... entfernt und in europäische und amerikanische Museen und Privatsammlungen gebracht. Schon seit einiger Zeit macht sich in Ägypten eine anti-westliche Stimmung breit, die von einigen Gruppierungen noch geschürt wird. Diese verfolgen das Ziel, die momentane ägyptische Regierung zu stürzen und sie durch eine zu ersetzen, die ihren religiösen Überzeugungen positiver gegenübersteht. Sie haben bereits Touristen und Regierungsmitglieder tätlich angegriffen. Wenn nun historische Schätze von einer Bande Ausländer gestohlen würden ...«

»Ich verstehe, worauf Sie hinauswollen«, sagte ich zögernd. »Okay. Nächste Frage: Mir kommen Ihre Informationen recht bruchstückhaft vor. Warum fragen Sie Ihren Superagenten nicht, woher er sein Wissen hat, und fordern ihn auf, sich weiter umzuhören?«

Wieder wurden bedeutungsschwangere Blicke gewechselt. »Oh, bitte«, sagte ich. »Erzählen Sie mir jetzt bloß nicht, daß es wieder eine von diesen Geschichten ist. Er ist tot. Stimmt's? Wurde er mit durchschnittener Kehle in einer Seitengasse gefunden? Nach entsetzlicher Folter ... Ich glaube Ihnen kein Wort!«

»Du solltest es besser glauben«, meinte Karl ernst. »Wir wollten es dir ja eigentlich nicht sagen ...«

»Ich kann mir schon vorstellen, warum. Wahrscheinlich hätte es mir die jugendliche Begeisterung geraubt, Nancy Drew zu spielen.«

»Für dich bestünde keine Gefahr«, beharrte Karl.

»Wenn ich dir das abnehmen würde, hättest du es geschafft, mir einen echten Ladenhüter anzudrehen.«

»Wie bitte?« fragte Karl verwundert.

»Schon gut.«

»Aber es ist wahr. Es werden auch noch weitere Agenten von uns an Bord sein. Sobald du die betreffende Person – oder die Personen – identifiziert hast, werden wir sie sofort verhaften ...«

»Nein, werdet ihr nicht.«

»Bitte?« meinte Burckhardt und versuchte, ein erstauntes Gesicht zu machen. Aber er wußte ganz genau, was ich meinte.

Ich erklärte es ihm ganz langsam: »Sie können niemanden verhaften, nur weil Victoria Bliss eine Ähnlichkeit mit jemandem festzustellen glaubt, der vielleicht vor langer Zeit ein Verbrechen begangen hat. Sie müßten warten, bis sich derjenige eine Straftat zuschulden kommen läßt. Und während Sie warten, sitze ich da wie ein Murmeltier auf der Autobahn zur Stoßzeit. Wenn ... ich ... diese Leute ... kenne, dann kennen die mich auch.«

»Für Sie besteht keine Gefahr«, wiederholte Burckhardt.

»Da haben Sie verdammt recht.« Ich stand auf. »Weil ich nicht an dieser Kreuzfahrt teilnehmen werde. Auf Wiedersehen, meine Herren.«

»Denk darüber nach«, sagte Karl besänftigend. »Du brauchst dich jetzt noch nicht zu entscheiden.«

Ich dachte darüber nach. Meine Bekanntschaft mit Angehörigen der Unterwelt ist enger, als ich es mir wünschen würde, doch außerdem gab es da noch einen Menschen, den ich ganz besonders gut kannte. Sein Name war mir zuerst eingefallen – falls es überhaupt sein Name war, denn er hatte mindestens vier Pseudonyme, sein liebstes mit eingerechnet: »Sir John Smythe«. Seinen Familiennamen hatte ich nie erfahren, und obwohl er mir anvertraute, daß er mit Vornamen John hieß, hatte ich keinen Grund, ihm das zu glauben. Schließlich sagte er fast nie die Wahrheit. Er war ein Dieb, ein Lügner und ein Betrüger, und er hatte mich in einige peinliche, um nicht zu sagen, gefährliche Situationen gebracht. Doch wenn er mir nicht trotz großer Gefahr für seine eigene körperliche Unversehrtheit – auf die John großen Wert legte – zur Hilfe geeilt wäre, hätte ich jetzt wahrscheinlich nicht in Karls Büro gestanden. Und ich hätte mich sicherlich nicht mehr fragen können, ob er und Herr Burckhardt wußten, daß es sich bei der »Person«, hinter der sie her waren, um meinen so selten greifbaren Gelegenheitsliebhaber handelte. Vielleicht vermuteten sie es auch nur.

* * *

Nach dem Alptraum dauerte es einige Zeit, bis ich wieder einschlafen konnte. Also war ich nicht gerade in der Höchstform, derer es bedurfte, um sich am nächsten Morgen in den Münchner Berufsverkehr zu stürzen: Ich war unausgeschlafen und litt außerdem an einer Mischung aus Wut, Angst und Unentschlossenheit. Und natürlich regnete es. In München regnet es immer, wenn mir jemand eine Reise in ein helles, warmes und sonniges Land anbietet.

Ich wohne schon einige Jahre in München, seit ich dem komischen, kleinen Dicken, dem Hauptverdächtigen in meinem ersten »Fall« (wie er es nennen würde), einen Job abgeschwatzt habe. Es stellte sich heraus, daß er doch nicht der Mörder war, sondern ein berühmter Wissenschaftler und Direktor des Nationalmuseums. Meine Diplome hatten ihn ebenso beeindruckt wie die Tatsache, daß ich ihn bis auf die Knochen hätte blamieren können, hätte ich seine Kapriolen während unseres Abenteuers der Öffentlichkeit preisgegeben. Inzwischen waren wir gute Freunde geworden, und ich betrachtete München als meine Wahlheimat. Es ist eine wunderschöne Stadt in einem der schönsten Teile der Welt – wenn die

Sonne scheint. Wenn es regnet und die Straßen durch das heruntergefallene Laub rutschig und gefährlich werden, ist München so trübsinnig wie jede andere Großstadt.

Als ich in den Mitarbeiterparkplatz hinter dem Museum einbog, steckte Karl, der Hausmeister, den Kopf aus seinem Verschlag, um sich nicht etwa nach der Gesundheit meiner Wenigkeit, sondern nach der von Cäsar zu erkundigen, den er heimlich verehrt. Ich versicherte ihm, der Hund sei wohlauf, und eilte durch die Lagerräume im Keller, wobei ich betete, daß Schmidt noch nicht da war. Ich mußte in die Museumsverwaltung, um meine Post abzuholen. Wenn ich es nicht tat, würde Gerda, Schmidts gräßlich tüchtige und neugierige Sekretärin, sie mir bringen. Dann blieb sie immer, plauderte und fragte mich aus, ohne auf meine dezenten Hinweise zu achten, daß sie verschwinden sollte. Wahrscheinlich würde ich Gerda mit einem schweren Gegenstand erschlagen, denn sie geht mir ohnehin schon auf die Nerven, auch wenn sie nicht zum Zerreißen gespannt sind.

Raschen Schrittes betrat ich das Büro und warf einen Blick auf meine Armbanduhr. »Ach, du meine Güte, es ist schon später, als ich dachte. Guten Morgen, Gerda, ich hab's eilig. Ich bin viel zu spät dran.«

»Wofür?« fragte Gerda. »Sie haben heute morgen keinen Termin. Außer, Sie haben einen vereinbart, ohne es mir mitzuteilen, und das widerspricht ...«

Ich schnappte mir den Stapel Briefe von ihrem Schreibtisch. Sie riß ihn mir aus der Hand. »Ich habe sie noch nicht sortiert, Vicky. Was ist denn heute morgen mit Ihnen los? Ach, Sie sehen schrecklich aus! Konnten Sie nicht schlafen? Haben Sie vielleicht nachts gearbeitet?«

Sie hoffte, daß ich nachts nicht gearbeitet, sondern etwas Interessanteres getrieben hatte. Gerda hat ein rundes, frisches, rosiges Gesicht, mausbraune Haare und große, unschuldige, blaßblaue Augen. Außerdem ist sie klein. Ich bin das genaue Gegenteil von Gerda, weshalb das arme Dummerchen mich bewundert und versucht, mich nachzuahmen. Sie lebt in dem Irrglauben – der zum Teil von Schmidt genährt wird, denn auch er ist dieser Ansicht –, daß sich in meinem Leben die Männer die Klinke in die Hand geben, als wäre ich ein öffentliches Gebäude. Wenn sie wüßte! Zwar war es fraglich, ob sich John dazu eignete, die Rolle meines Liebhabers zu übernehmen – drei Besuche in neun Monaten entsprechen nicht meiner Vorstellung von einer heißen Affäre –, aber er war in den letzten zwei Jahren der einzige Kandidat am Horizont gewesen.

»Ja, ich habe nachts gearbeitet«, log ich.

Sie glaubte mir nicht. »Ach, und ich habe gedacht, daß vielleicht Herr Feder . . .«

»Wer?« Aus aufgerissenen Augen starrte ich sie an.

Sie hatte die Nachrichten *wirklich* sortiert, zur Hölle mit ihr. Sie wedelte mit zwei Zetteln vor mir herum. »Er hat heute schon zweimal angerufen und bittet Sie, sich so schnell wie möglich bei ihm zu melden.«

»Danke.« Als ich wieder nach meiner Post griff, durfte ich sie behalten. »Gehen wir heute zusammen zu Mittag essen?« rief sie mir nach, als ich schleunigst zur Tür eilte.

»Vielleicht.« Wenn ich es nur schaffen würde, aus Gerdas Büro herauszukommen, ehe Schmidt aus seinem erschien . . . Ich war nicht in der Lage, mich mit Schmidt zu beschäftigen. Er ist sogar noch neugieriger als Gerda.

Aber ich hätte wissen müssen, daß heute nicht mein Glückstag war. Schmidt befand sich noch gar nicht in seinem Büro. Er kam gerade zur Arbeit. Als ich die Tür aufriß, stand er vor mir, den Aktenkoffer in der einen Hand, die Reste eines Krapfens in der anderen. Schmidt ißt ununterbrochen. Krapfen sind seine jüngste Leidenschaft, eine, die er mir abgeschaut hat.

Er trug einen Trenchcoat, der nur so vor Bändern, Klappen und Taschen strotzte – die Art, wie sie James Bond und andere berühmte Spione bevorzugen. Über die buschigen Augenbrauen hatte er einen weichen Filzhut à la Indiana Jones gezogen. Dieser Aufzug allein, der darauf hinwies, daß Schmidt in Draufgängerlaune war, hätte mich schon warnen sollen. Doch das war es nicht, was mich mitten im Schritt innehalten ließ: Schmidt sang.

So hätte er es zumindest genannt. Schmidt ist absolut außerstande, einen Ton zu halten, aber er liebt Musik, und erst kürzlich hatte er sein Repertoire um die Country-Musik erweitert. Genauer gesagt, um die amerikanische Country-Musik. Allerdings hätte seine Mißhandlung dieses Liedguts die Bürger von Nashville, Tennessee, vermutlich nach dem Henker rufen lassen.

Zugegebenermaßen war es meine Schuld. Ich höre diese Musik schon mein ganzes Leben lang, nicht die modernen Rockversionen, sondern die alten Eisenbahner- und Arbeiterlieder. Während der Weltwirtschaftskrise war mein Großvater wie so viele andere obdach- und arbeitslose junge Männer durchs Land gezogen; er prahlte damit, daß er Boxcar Willie und John Lomax gekannt hatte, und er konnte immer noch eine Gitarre zum Schluchzen bringen. Ich hatte einmal den Fehler begangen, Schmidt eine Kassette von Jimmie Rodgers vorzuspielen. Und damit war es geschehen.

Abgesehen davon, daß Schmidt überhaupt kein Gehör hat, bringt er auch immer die Texte durcheinander: »Ich sing to my Dixie darling. Beneath the silver moon. With my banjo on my knee.« Das ganze muß man sich noch mit einem starken bayerischen Akzent vorstellen.

Als er mich sah, hielt er inne. »Ach, Vicky! Du bist schon da!«

»Ich bin zu spät dran«, antwortete ich automatisch. »Viel zu spät. Ich muß...«

»Aber meine arme Vicky.« Er stand auf den Zehenspitzen und musterte von unten mein Gesicht. »Du hast ja dunkle Ringe unter den Augen. Du siehst aus wie eine Frau, die...«

»Halt den Mund, Schmidt«, unterbrach ich ihn und versuchte, an ihm vorbeizukommen. Doch er schob sich den restlichen Krapfen in den Mund und packte meine Hand. Erdbeergelee klebte unsere Finger aneinander. Ein Schwall Wasser ergoß sich aus dem Saum seines Mantels und durchweichte meine Schuhe.

»Komm, trinken wir einen Kaffee, und dann erzählst du Papa Schmidt genau, was los ist. Geht Karl Feder dir wieder auf die Nerven? Aber, aber, er sollte sich schämen, der alte Schurke. Oder«, grinsend zwinkerte er mir zu, »ist vielleicht eine andere Person schuld an deinem Schlafmangel?«

Als ich über meine Schulter blickte, stellte ich fest, daß Gerda aufgestanden war. In gefährlichem Winkel lehnte sie sich über ihren Schreibtisch, um uns zu belauschen. Schmidt hatte sie auch gesehen. »In diesem Haus hat man einfach nirgends seine Privatsphäre«, schimpfte er kopfschüttelnd. »Komm in mein Büro, Vicky, und dann erzählst du Papa Schmidt unter vier Augen ...«

»Nein«, sagte ich.

»Was meinst du mit nein? War es nicht Sir John?«

»Die Anwort lautet einfach nur nein! Niemand hat mich beim Schlafen gestört, ich werde nicht mit in dein Büro kommen, Karl Feder ist mir nicht ...« Ich hielt inne und klammerte mich an den letzten Strohhalm der Vernunft. Sollte Schmidt doch ruhig denken, daß Karl mich aus privaten und nicht aus beruflichen Gründen angerufen hatte. Die Welt um mich herum versank im Chaos.

»Wir sehen uns später, Schmidt«, stammelte ich und befreite meine Hand. »Ich wollte ... ich muß ... auf die Toilette.«

Die Toilette war der einzige Ort, der mir einfiel, an den er mir nicht folgen konnte. Ich schloß mich in einer Kabine ein und ließ mich auf den Sitz fallen.

Meine Hand war rot und klebrig. Bei mancher Beleuchtung sieht Erdbeergelee frischem Blut sehr ähnlich.

Ganz sicher war John berechtigtermaßen Thema meiner Alpträume. Er hatte mehr Todfeinde als jeder andere, der mir bislang begegnet war. Manchmal gehörte auch ich selbst dazu.

Als wir uns kennenlernten, war ich gerade einem Mann auf den Fersen, der antike Juwelen fälschte. Eigentlich ging mich das gar nichts an, doch eine Mischung aus Neugier und Lust auf einen kostenlosen Urlaub hatte mich nach Rom geführt. Wahrscheinlich hätten viele gemeint, daß es mir recht geschah, als ich bis über beide Ohren in die Sache verstrickt wurde. John befreite mich. Zuerst war er selbst an dem Betrugsplan beteiligt gewesen, bis seine Komplizen beschlossen, mich zu beseitigen. Wie er offen zugab, hatte sein Seitenwechsel nichts mit Ritterlichkeit zu tun. Er lehnte Mord aus praktischen Gründen ab. »Das wird so furchtbar hart bestraft«, drückte er sich aus.

Ich hatte niemals vorgehabt, mich mit ihm einzulassen. Eigentlich ist er nicht mein Typ – nur etwa zweieinhalb Zentimeter größer als ich, zierlich gebaut, seine Gesichtszüge (mit ein paar Ausnahmen) zwar angenehm, aber nicht aufsehenerregend. Ich weiß nicht, warum ich mit ihm in dem kleinen Hotel in Trastevere endete: Dankbarkeit? Das Mitleid einer Frau mit einem verwundeten Helden? Neugier? Oder vielleicht doch die oben erwähnten Ausnahmen? Jedenfalls war das Ergebnis eine denkwürdige Erfahrung und wahrscheinlich der schwerste Fehler meines Lebens.

Wir trafen noch einmal kurz in Paris zusammen, was für mich ziemlich peinlich und teuer endete: Eines Morgens wurde ich davon geweckt, daß die Polizei an die Tür hämmerte. John war verschwunden. Natürlich hatte er die Hotelrechnung nicht bezahlt.

Weshalb also antwortete ich auf die geheimnisvolle Botschaft, die mich einige Monate später aus Stockholm erreichte? Ich sagte mir, daß ich es nur tat, um mich bei ihm für den Vorfall in Paris zu revanchieren. Ich wollte mich der Herausforderung stellen und ihn in seinem eigenen Spiel schlagen. (Das redete ich mir wenigstens ein.) Der Plan war eigentlich relativ harmlos: Er brauchte mich, um an einen ahnungslosen alten Herrn heranzukommen, in dessen Garten zufällig ein Schatz vergraben war. Allerdings wurde die Situation recht unangenehm, als sich eine zweite Bande von Verbrechern für eben diesen Schatz zu interessieren begann. Ich hatte meine erste Begegnung mit den wirklich harten Profis der Unterwelt, und ich hoffte von ganzem Herzen, daß es meine letzte bleiben würde. John war zwar auch ein Profi, doch verglichen mit Max, Hans und ihrem Boß Rudi wirkte er wie der kleine Lord. Max, Hans und Rudi verabscheuten John noch mehr als ich es tat, und von meinem Standpunkt aus betrachtet, war er eindeutig das geringere von zwei Übeln. Also waren wir wieder einmal gezwungen zusammenzuarbeiten, um unseren Feinden zu entrinnen. Meine schlechte Meinung von John änderte das jedoch nicht, bis...

Es war eines der abenteuerlicheren Ereignisse in einem ohnehin nicht eben langweiligen Leben. Wir saßen in einem leckgeschlagenen Boot und ruderten während eines heftigen Gewitters über einen sehr tiefen und sehr kalten See, während sich ein Mörder im

Taucheranzug am Bug festklammerte und mit einem Messer nach mir stieß. Ich hatte mich schon fast damit abgefunden, daß ich jung sterben würde, als John aus dem Boot sprang. Er war zwar nicht bewaffnet und schwächer als sein Gegner, aber er schaffte es, Leif abzulenken, bis ich das Ufer erreicht hatte. Später wurde Leifs Leiche gefunden. John tauchte nicht wieder auf, weder tot noch lebendig. Jeder außer mir nahm an, daß er ertrunken war. Doch nach acht Monaten ohne Nachricht von ihm, machte auch ich mir allmählich Sorgen.

Die Sache mit dem trojanischen Gold verschaffte mir einen Vorwand, Kontakt mit John aufzunehmen, und zwar durch die anonymen Kanäle, die mir als einzige Möglichkeit zur Verfügung standen. Um ehrlich zu sein, war ich überrascht, als er antwortete. Er hatte mir einmal gesagt, ich brächte ihm nichts als Unglück.

Seine Pechsträhne riß nicht ab. Einige Male rettete er mich vor Gefahr, aber bei meiner zweiten Rettung trug er selbst erheblichen Schaden davon. Und das verstieß entschieden gegen seine Prinzipien. Er hatte sie mir einmal erklärt: »Manche Menschen kann man nur von der Falschheit ihres Tuns überzeugen, indem man sie so lang und so kräftig wie möglich verprügelt. Doch ich lehne es entschieden ab, von anderen Menschen geschlagen zu werden.«

Die Sache mit dem trojanischen Gold endete mit einem Vorfall, der in John zweifellos denselben Widerwillen wachrief wie Schläge: Skrupellos hatte ich die Schwäche eines geschundenen, verwundeten und blutenden Mannes ausgenutzt, um ihn zu dem Geständnis zu zwingen, daß er mich liebte. Er hatte das Wort schon zuvor benutzt, allerdings immer in einem Kontext, indem er Shakespeare, John Donne oder eine andere literarische Koryphäe zitierte. Doch die Sätze, die ich ihm an diesem Tag abpreßte, waren langweilig, banal und direkt und ohne jegliches literarisches Niveau.

Seit diesem denkwürdigen Augenblick waren zehn Monate vergangen. Ich hatte John nur dreimal gesehen, aber fast jede Woche erhielt ich eine Nachricht von ihm: eine Postkarte, ein lustiges Geschenk oder ein paar Worte auf meinem Anrufbeantworter. So wußte ich, daß er wohlauf war.

Die letzte Postkarte war Ende August eingetroffen – vor sechs Wochen. Seitdem nichts.

Ich stand auf und ging zum Waschbecken, um das Gelee von meinen Händen zu entfernen. Ich mußte das Museum verlassen und Karl von einer Telefonzelle oder einem Café aus anrufen, denn ich wollte verhindern, daß Gerda mithörte.

Die »Person«, von der Burckhardts Agent gesprochen hatte, mußte John sein. Er war der einzige Verbrecher, den ich so gut kannte, und ich gehörte zu den wenigen Menschen auf der Welt, die *so viel* über ihn wußten – außerdem zu den wenigen, die ihn sogar im Adamskostüm gesehen hatten und ihn wahrscheinlich wiedererkennen würden, ganz gleich, wie er sich verkleidete. Er konnte die Form seiner Hände nicht verstecken, auch nicht seine langen Wimpern oder ...

Sechs Wochen ohne ein Wort. Wie konnte er mir das antun, dieser Schuft? Das hatte nichts mit Liebe zu tun, denn ich hatte sowieso beabsichtigt, seine diesbezüglichen Erklärungen mit Vorsicht zu genießen. Und ich hatte ihm nie meine Liebe gestanden. Doch wenn er unsere Beziehung beenden wollte, schuldete er mir wenigstens einen höflichen Abschied.

Natürlich war ich auch schon auf den Gedanken gekommen, daß John die Information selbst in die Welt gesetzt haben könnte. Das hatte er bereits öfter getan. Falls sich das so verhielt, bestand für mich keine Gefahr. John war kein Killer. (»Was, niemals? Okay, fast nie.«) Ich hatte schon von Anfang an gewußt, daß ich an dieser verdammten Kreuzfahrt teilnehmen würde. Wie Burckhardt gesagt hatte, konnte ich mir eine solche Gelegenheit einfach nicht entgehen lassen.

* * *

Ich bin noch nie eine gute Pokerspielerin gewesen. Mit Karl Feder spiele ich schon seit Jahren nicht mehr. Wir hatten uns in einem Café verabredet. Als ich ankam, wartete er schon, und noch ehe ich den Mund aufmachen konnte, sah ich sein selbstzufriedenes Grinsen. Er hatte gewußt, daß ich anbeißen würde.

»Nehmen wir einmal an, ich würde mitmachen – das ist rein hypothetisch –«, fing ich an, »warum kann ich dann nicht als ganz gewöhnliche Touristin reisen? Ich möchte mich nur ungern blamieren, indem ich nicht vorhandenes Wissen vorspiegle.«

»Weil du unmöglich das Geld für eine solche Reise zusammengespart haben könntest«, antwortete Karl. Seine Stimme klang so sahnig wie der Schlagrahm auf seinem Kaffee. (In Bayern serviert man alles bis auf das Sauerkraut mit Schlagrahm. Das ist einer der Gründe, warum es mir hier so gut gefällt.) »Natürlich könnten wir eine Tante erfinden, die gestorben ist und die dir ein Vermögen vermacht hat. Aber wer würde so ein Märchen glauben? Warum solltest du deinen unverhofften Reichtum für eine solche Reise ausgeben? Wie du schon sagtest, ist die Ägyptologie nicht dein Spezialgebiet. Nein, laß mich ausreden.« Großväterlich drohte er mir mit dem Zeigefinger. »Wir werden erzählen, du seist für eine in letzter Minute erkrankte Freundin eingesprungen. Jeder wird verstehen, daß du ein bißchen schwindelst, aber wer würde das angesichts einer solchen Gelegenheit nicht tun? Du wirst über ... äh, laß mich mal nachsehen, aha! Du wirst über mittelalterliche ägyptische Kunst sprechen. Klingt doch großartig, oder nicht?«

»Eher nicht«, sagte ich. »Ich habe keine Ahnung von ... Ach, verdammt, was soll's? Da ist nur ein Problem: Karl Schmidt.«

»Was soll mit ihm sein? Jeder weiß, daß er dich mag; für eine solche Chance wird er dir bestimmt Urlaub geben.«

»Nein, ich meine, ja. Natürlich würde er, das ist es ja gerade. Er wird auch mitfahren wollen.«

»So? Er wird den wirklichen Grund deiner Reise nicht erfahren.«

»Oh, Gott.« Als ich die Hände vor die Stirn schlug, fiel mir prompt das Haar ins Gesicht. Ich hatte in dieser Woche mit Zöpfen herumexperimentiert und war noch nicht hinter den Trick gekommen, wie man sie richtig um den Kopf wickelte. Ganz gleich, wie viele Haarnadeln ich auch hineinbohrte, der Aufbau neigte dazu, unter Druck einzustürzen.

Karl fing an, die Haarnadeln vom Tisch aufzusammeln, während ich versuchte, ihm mein Problem zu erklären: »Schmidt hat von allen Menschen, die ich kenne, die blühendste Phantasie. Selbst wenn ich wirklich eine unschuldige Touristin wäre, würde er mir andere Motive unterstellen – romantische, wie er es nennt.

Er würde seine Nase in alles hineinstecken, alles durcheinanderbringen und in Schwierigkeiten geraten, aus denen ich ihn wieder befreien müßte. Wenn Schmidt mitfährt, bleibe ich zu Hause. Daran ist nichts zu rütteln.«

Karl Feder machte ein nachdenkliches Gesicht. Obwohl er mit Schmidts Schrullen nicht so gut vertraut war wie ich, war selbst ihm schon einiges zu Ohren gekommen. »Ich verstehe. Nun, meine liebe Vicky, mach dir keine Sorgen. Wir werden uns etwas ausdenken, um ihn daran zu hindern.«

Das gefiel mir gar nicht. »Aber ihr dürft ihm nichts tun, Karl. Kein Unfall mit Fahrerflucht oder zwei gebrochene Beine.«

»Traust du mir so etwas zu?«

»Dir nicht. Doch wenn ich Herrn Burckhardt und seine Leute richtig einschätze, würden sie keinen Moment zögern. Ich meine es ernst, Karl. Wenn ihr Schmidt auch nur ein Haar in seinem Schnurrbart krümmt, bringe ich die ganze Sache an die Öffentlichkeit.«

»Das glaub ich dir aufs Wort«, sagte Karl.

»Das möchte ich dir auch geraten haben. Okay. Wenn du Schmidt ablenken kannst, mach ich mit. Was geschieht jetzt?«

»Wir kümmern uns um alle Vorbereitungen. Ich nehme an, dein Paß ist in Ordnung? Gut. Visum, Tickets und alle anderen notwendigen Unterlagen werden dir in ein paar Tagen gebracht. Meine Sekretärin wird alle Termine für dich vereinbaren, aber sie kann sich nicht an deiner Stelle impfen lassen: Hepatitis, Typhus, Gelbfieber ...«

»Igitt«, sagte ich. Ich verabscheue Spritzen. »Ist das denn nötig? Ich dachte, ich mache eine Luxuskreuzfahrt.«

»Wir dürfen nicht riskieren, daß du krank wirst«, antwortete Karl ernst. Er nahm einen dicken, braunen Umschlag aus seiner Brusttasche und reichte ihn mir. »Ich muß dich bitten, eine Empfangsquittung für das Geld zu unterschreiben. Wir stellen dir einen Erste-Hilfe-Koffer, eine Kamera, ein Fernglas und so weiter zur Verfügung, doch ich nehme an, daß eine junge Dame ihre Kleidung und persönliche Dinge lieber selbst kaufen möchte.

Es war ein sehr dicker Umschlag. Karls Lächeln blieb sehr verbindlich. Ich seufzte. »Wir wissen bereits, was Sie sind, Madam«, zitierte ich. »Jetzt müssen Sie uns nur noch Ihren Preis nennen.«

»Bitte?« fragte Karl.

»Schon gut.«

»Wir werden uns um alles kümmern«, wiederholte Karl. »Du brauchst überhaupt nichts zu tun ... Entschuldige, was hast du gerade gesagt?«

Er hatte genau verstanden, was ich gerade gesagt hatte. Er wiegt sich nur gern in der Illusion, daß eine Dame solche Wörter nicht verwendet.

Ich schob meinen Stuhl zurück und stand auf. »Sonst noch was?«

Wieder griff Karl in seine Jackentasche. Er holte eine glänzende, grellbunte Broschüre heraus, die er einmal der Länge nach geknickt hatte, damit sie hineinpaßte. Er entfaltete sie und reichte sie mir.

Auf der Frontseite war unter einem geschmackvoll gestalteten Schriftzug die Sphinx mit den Pyramiden von Gizeh im Hintergrund abgebildet. Die Photographie war großartig: Die Pyramiden schimmerten blaßgolden, der Himmel über ihnen leuchtete strahlendblau. Das Lächeln der Sphinx ist schon mit vielen Worten beschrieben worden – rätselhaft, geheimnisvoll, erhaben. Doch in diesem Augenblick schien es mir, als hätte es starke Ähnlichkeit mit dem selbstzufriedenen Grinsen auf Karl Feders Gesicht.

* * *

Zwei Wochen später saß ich in Gizeh auf einem Felsen und sah mir die Sphinx im Original an. Ich wich ihrem Blick aus. Sie grinste immer noch selbstzufrieden.

Die Wirklichkeit war nicht so hübsch wie das Photo. Der Photograph mußte entweder ein Genie oder ein Zauberer gewesen sein, denn es war ihm gelungen, keine weiteren Gegenstände aufs Bild zu bringen. Und es gab hier eine Menge weiterer Gegenstände, alle mehr oder weniger unansehnlich: Kamele (selbst bei wohlwollender Betrachtung keine sonderlich schönen Tiere), Touristen (dito), Reiseleiter und fliegende Händler in schmutzigen, schlotternden Gewändern, Läden mit billigen Souvenirs, Gerüste, Stacheldraht, behelfsmäßige, baufällige Zäune und Baustellen. Wie dem auch sei, nur ein Pedant würde sich über so geringfügige Schönheitsfehler beklagen. Die Pyramiden waren wundervoll. Auch die Sphinx wäre trotz ihrer Verstümmelungen und Narben beeindruckend gewesen – bis auf ihr selbstzufriedenes Grinsen. Genoß ich den Anblick? Nein, ganz im Gegenteil.

Meine Arme waren von den vielen, zu dicht aneinander gesetzten Spritzen geschwollen, doch das störte mich nicht weiter. Die Sonne brannte auf meinen Kopf und meine Schultern herab – auch das machte mir nichts aus. Mir war ein wenig flau im Magen, allerdings nicht, weil ich etwas Falsches gegessen hatte.

In einiger Entfernung umringte eine kleine Schar von Leuten einen Menschen, der ihnen offenbar einen Vortrag hielt. Durch die Taschen, die sie über ihren Schultern trugen, unterschieden sie sich von den übrigen Touristen, die wie Heuschrecken auf der Hochebene wimmelten. Viele Veranstalter statten ihre Reisegruppen mit derartigen Taschen aus, damit man verlorene oder abtrünnige Mitglieder an den grellen Farben erkennen kann. Doch nirgendwo sonst waren sie so auffällig: breite Streifen in Gold, Türkis und einem leuchtenden Orangerot, wie man es oft bei ägyptischem Schmuck findet. Eine der Taschen, mit Goldrand eingefaßt und mit meinem Namen versehen, lag zu meinem Füßen im Sand.

Mein Blick kehrte zu dem Blatt Papier auf meinem Schoß zurück. Mein Name stand nicht darauf. Ich würde erst in Erscheinung treten und vorgestellt werden, nachdem das Boot abgelegt hatte. Das paßte zu meiner Tarnung – schließlich war ich in letzter Minute für eine Freundin eingesprungen. Außerdem handelte es sich um eine Sicherheitsvorkehrung; meine Anwesenheit sollte nicht vorzeitig bekannt werden. Eine tolle Sicherheitsvorkehrung, dachte ich spöttisch. Nun, es konnte ja nicht schaden.

Einige Passagiere waren schon am Vortag an Bord gegangen. Ich hatte mich in einem Hotel einquartiert und am Nachmittag ... dreimal dürfen Sie raten!

Für einen Menschen meines Berufsstandes sind ein paar Stunden im Kairoer Museum wie ein Löffelchen Pudding für einen

Schokoladensüchtigen. Das Gebäude strotzt von, ist vollgestopft mit, quillt über von Wundern. Viele von ihnen kannte ich von Photos und aus Filmen, doch für den Originalanblick gibt es keinen Ersatz. Und die »weniger wichtigen« Kunstgegenstände, die nicht so häufig abgebildet werden, waren nicht minder schön. Zehn Minuten allein stand ich da und betrachtete die Einlegearbeit auf einer kleinen Schatulle.

Allerdings überschattete der wirkliche Grund meines Hierseins meine Freude. Je mehr ich sah, desto mehr fragte ich mich, warum Leute wie John das Museum nicht schon längst ausgeräumt hatten.

Damit will ich niemanden kritisieren. Das ganze gottverdammte Land ist ein einziges, großes Museum, und ich weiß am allerbesten, wieviel Geld und Personal man zur Pflege der Antiquitäten braucht, geschweige denn dazu, weitere Ausgrabungen vorzunehmen. Ägypten ist ein armes Land mit einer unglaublich hohen Geburtenrate. Es gibt nicht genug Schulen, Krankenhäuser, Arbeitsplätze, ja, nicht einmal ausreichend zu essen. Die Hälfte aller Lebensmittel muß eingeführt werden. Die Ägypter befanden sich in einer besonders absurden Situation, da die Touristenhorden, von denen ihre Wirtschaft abhing, langsam und unwiderbringlich die Schätze zerstörten, deretwegen sie gekommen waren. In einem Artikel hatte ich gelesen, daß die Menschen, die das Grab Tutanchamuns besuchen, dort täglich mehr als zweiundzwanzig Liter Schweiß verströmen. Dadurch erhöht sich die Feuchtigkeit in dem kleinen Raum so sehr, daß die Farben und der Putz darunter beschädigt werden. Auch die Steine der Sphinx haben durch Umweltverschmutzung und fehlgeleitete Reparaturversuche gelitten.

Im Museum herrschte fortschreitendes Desaster. Es war schmutzig, überfüllt und personell tragisch unterbesetzt. Einige der Vitrinen sahen aus, als hätte ich sie mit einer meiner Haarnadeln öffnen können. Es gab weder Klimaanlage noch Feuchtigkeitsregler. Durch die offenen Fenster drangen Staub und die Abgase von Kairos regem Straßenverkehr herein. Als ich – taumelnd vor Entsetzen und künstlerischer Überfütterung – das Museum verließ, mußte ich mich durch eine Gruppe plaudernder Frauen hindurchschlängeln, die auf Händen und Knien den Fußboden scheuerten. Ich ertappte mich dabei, daß ich eindringlich ihre Gesichter musterte und Ausschau nach bekannten Zügen hielt: einem hübsch geschwungenen Ohr, hohen Wangenknochen. Eine solche Verkleidung wäre Johns eigenartigem Sinn für Humor sehr entgegengekommen.

Welche Sache plante er jetzt wohl wieder? Seine übliche Vorgehensweise bestand darin, die gestohlenen Gegenstände durch Fälschungen zu ersetzen, anstatt sie einfach nur mitgehen zu lassen. Also mußte es sich diesmal um etwas Großes handeln. Einen Gegenstand, der entweder so riesig oder so bedeutsam war, daß sich sein Fehlen nicht verschleiern ließ. Doch auch da gab es die verschiedensten Möglichkeiten, angefangen bei Tutanchamuns goldenen Särgen.

Ich hatte es geschafft, mir einzureden, daß keine unmittelbare Gefahr bestand. Die Reisegruppe sollte Kairo am nächsten Tag verlassen und in drei Wochen zu einem längeren Aufenthalt zurückkehren. Wahrscheinlich wollte John dann sein Verbrechen begehen und seine Mitreisenden als Tarnung benutzen.

Ich hatte an diesem Morgen mein Gepäck zum Schiff bringen lassen und ein Taxi nach Gizeh genommen. Den anderen wollte ich mich anschließen, wenn sie mit dem Bus zurück zum Schiff fuhren.

Ich hatte John schon auf der Passagierliste entdeckt. Er mußte es einfach sein; niemand außer ihm hätte sich einen so lächerlichen Namen wie Peregrine Foggington-Smythe einfallen lassen. Er hatte sogar die Frechheit besessen, eine Variation seines Lieblingspseudonyms zu benutzen. Typisch für seine Arroganz und seinen manchmal gefährlichen Sinn für Humor …

Er war kein Passagier, denn es handelte sich um eine Liste der Mitarbeiter. Foggington-Smythe gehörte zu den Experten, die Vorträge halten sollten. Er war ein angesehener Ägyptologe aus Boston und Autor verschiedener Bücher mit Titeln wie *Stände und Geschlechter im alten Ägypten*, worunter ich mir nicht viel vorstellen konnte. Ich fragte mich, wie John den Reiseveranstalter von Galactic Tours davon überzeugt hatte, daß er besagter Herr war. Ich hielt es für durchaus möglich, daß John Ägyptologe war; er hatte zwar behauptet, sein Spezialgebiet sei die Antike, doch gelegentlich hatte er bewiesen, daß er sich auch in der Ägyptologie ziemlich gut auskannte. Allerdings war ich sicher – nun, einigermaßen sicher –, daß er unmöglich der wirkliche Foggington-Smythe sein konnte. Nicht daß ein Ägyptologe keines Verbrechens fähig wäre, Wissenschaftler sind nicht edler als der Durchschnittsmensch. Aber nicht einmal John hätte es zeitlich geschafft, Vorträge zu halten, diverse hochtrabende Wälzer zu schreiben und Karriere als Meisterdieb zu machen.

Oder etwa doch?

Als ich von der Liste aufblickte, sah ich eine Gestalt auf mich zustapfen. Sie trug eine der leuchtenden Taschen über ihrer Schulter. Wahrscheinlich hatte sie meine entdeckt. Sie gehörte zu der Sorte Leute, denen so etwas auffällt – eine Frau mittleren Alters, mittelgroß und gedrungen mit streng blickenden grauen Augen unter dichten Brauen. Bestimmt eine Engländerin. Obwohl ein Sonnenschutzmittel auf ihrer Haut glänzte, war sie bereits stark gerötet. Sie trug eine langärmelige, hellbraune Bluse und einen formlosen Khakirock, der ihr fast bis zu den Knöcheln reichte. Irgendwie kam sie mir bekannt vor, und ich wußte auch, warum: Frauen wie sie hatte ich schon oft in britischen Filmen gesehen – die Haushälterin, die Schulleiterin, die dickliche alte Jungfer, die entweder die Detektivin oder die Hauptverdächtige ist.

Mit gerunzelter Stirn trottete sie auf mich zu. Ich fühlte mich plötzlich sehr jung, denn ihr Gesichtsausdruck rief in mir unangenehme Erinnerungen an meine Großtante Ermintrude wach, die kein gutes Haar an mir gefunden und diesbezüglich kein Blatt vor den Mund genommen hatte.

»Sie gehören doch sicher zu uns, meine Liebe?« fragte sie und zeigte auf die Tasche. »Da Sie bestimmt gerade erst angekommen sind, habe ich mir gedacht, ich zeige Ihnen am besten, wo der Bus steht, damit Sie ihn nicht verpassen. Warum kommen Sie nicht gleich mit mir? Sonst fährt er noch ohne Sie ab. Außerdem sollten Sie an einem solchen Ort nicht allein sein. Diese Eingeborenen könnten einer attraktiven jungen Frau wie Ihnen gefährlich werden. Ich heiße Tregarth, aber Sie können mich Jen nennen. Nett, Sie kennenzulernen.«

»Hallo«, antwortete ich nicht sehr geistreich.

»Und wo haben Sie Ihren Hut?« Jen musterte mich streng. »Es war äußerst unklug von Ihnen, keinen mitzubringen. Sie haben zwar schon eine hübsche Farbe, doch in dieser mörderischen Sonne riskieren Sie einen Hitzschlag oder einen Sonnenstich.«

»Ich hab ihn vergessen«, erwiderte ich folgsam. »Ich habe einen. Einen Hut, meine ich. Aber ich hab ihn vergessen.«

»Nun, tun Sie das in Zukunft nicht wieder. Wie sagten Sie, ist Ihr Name?«

»Vicky. Vicky Bliss.« Es gab keinen Grund, damit hinter dem Berg zu halten. Sie würde es ohnehin in einigen Stunden erfahren.

»Sie stehen nicht auf der Passagierliste.« Das klang wie ein Vorwurf.

»Nein. Ich bin erst in letzter Minute dazugestoßen. Eine Freundin mußte wegen Krankheit absagen und ...«

»Ich verstehe.« Ihre Züge entspannten sich. Es sah zwar nicht nach einem Lächeln aus, aber wahrscheinlich brachte sie kaum mehr zustande. »Schön, daß noch ein anderer junger Mensch an Bord ist. Die meisten Mitreisenden stehen schon mit einem Fuß im Altersheim. Mein Sohn und seine Frau werden sich über eine Altersgenossin zum Plaudern freuen. Nicht, daß sie ...« Als sie den Kopf hob und über meine Schulter blickte, veränderte sich ihr Gesichtsausdruck. Ich starrte sie an. Also konnte sie doch lächeln! »Ach, da sind sie ja. Wahrscheinlich suchen sie mich. Meine Lieben, darf ich euch ...«

Den Rest hörte ich nicht. Ich drehte mich um, und meine Ohren wurden taub wie bei einem plötzlichen Höhenabfall.

Sie konnte nicht mehr als achtzehn oder höchstens zwanzig Jahre alt sein. Ihre Haut hatte die vornehme englische Blässe. Eine Masse dichter brauner Locken umrahmte ein herzförmiges Gesicht. Soviel sah ich und auch, daß ihr Scheitel kaum bis an sein Kinn reichte. Er war unter seiner Sonnenbräune erbleicht, und seine Augen wirkten so ausdruckslos und undurchsichtig wie zwei auf Papier gemalte blaue Kreise.

Lächelnd ergriff die junge Frau das Wort. Während ihrer Ansprache öffneten sich meine Ohren wieder, so daß ich den letzten Teil davon verstand »... nennen Sie mich Mary. Und das ist...« Sie hob den Kopf und sah ihn aus leuchtenden Augen an, »das ist John.«

Er hatte sich gut in der Gewalt, abgesehen von seiner Gesichtsfarbe, aber das war schon immer sein Schwachpunkt gewesen. Seine Stimme war kühl und zitterte nicht. »Nett, Sie kennenzulernen. Wir sollten uns besser beeilen, die anderen sind schon vorausgegangen. Mutter...«

Sie lehnte den angebotenen Arm ab. »Nicht nötig, Liebling. Ich bin durchaus in der Lage, die paar Schritte ohne fremde Hilfe zu gehen. Du siehst ein wenig ... fühlst du dich nicht wohl?« Als er die Brauen zusammenzog, sagte sie rasch: »Ach, du meine Güte, ich bin schon wieder so überbesorgt! Ich verspreche, damit aufzuhören. Kommen Sie, Vicky, wir werden einander stützen.«

Sie brauchte keine Hilfe, denn sie war um einiges sicherer auf den Beinen als ich. Dankbar für den unebenen Boden, die Hitze und die Notwendigkeit zur Eile stolperte ich neben ihr her; so hatte ich wenigstens einen Grund, außer Atem zu sein. Hinter mir hörte ich Stimmengemurmel und ein leises, silberhelles Lachen.

Der Bus war eines dieser modernen Ungetüme, mit Klimaanlage ausgestattet und von riesenhaften Dimensionen. Sobald wir saßen, kam ein Reisebegleiter mit einem Tablett. »Mineralwasser?« fragte er leise. »Orangensaft? Sekt mit Orangensaft?«

In meinem umnebelten Gehirn blitzte die Information auf, daß Sekt mit Orangensaft Alkohol enthielt. Egal! Ich griff nach einem Becher und kippte den Inhalt hinunter.

Jen hatte sich neben mich gesetzt. Einige Reihen vor uns entdeckte ich den vertrauten Umriß eines wohlgeformten, blonden Kopfes. Marys Schopf ragte nicht über die Rückenlehne hinaus. Sie war so winzig.

Habe ich schon erwähnt, daß ich fast einen Meter achtzig groß bin?

Vielleicht bekam ich durch den Alkohol wieder einen klaren Kopf, obwohl ich das bezweifle; in dem verdammten Glas war fast nur Orangensaft gewesen. Ich wandte mich an Jen – Guinevere? Er hatte mir erzählt, daß seine Mutter so hieß. Ich hatte das für einen Witz gehalten.

»Guinevere«, sagte ich also aufs Geratewohl. Meine Stimme funktionierte offenbar.

Sie fragte mich nicht, woher ich das wußte. Wahrscheinlich dachte sie, daß sie es mir selbst erzählt hatte. Da sie ununterbrochen redete, konnte sie sich unmöglich an jedes ihrer Worte erinnern. Stolz hob sie das Kinn. »Wir sind eine alte Familie aus Cornwall. Es heißt, daß Arthur selbst einer unserer entfernten Vorfahren war. Mein Vater hieß Gawain, sein Vater Arthur. Und mütterlicherseits ...«

»Mütterlicherseits«, wiederholte ich, um ihr zu zeigen, daß ich ihr zuhörte. Ich winkte dem Reisebegleiter zu. Während ich meinen zweiten Sekt mit Orangensaft herunterkippte, entgingen mir die nächsten Sätze.

»... die Verbindung zu Ägypten ist wirklich nur sehr entfernt. Also beschloß ich, einen Vetter zu heiraten, um den Namen der Familie weiterzutragen. Armer Agrivaine, ich habe ihn nicht oft gesehen; dauernd war er unterwegs, um irgendwo einen Krieg zu führen.«

»Agrivaine?«

»So habe ich ihn genannt. Eigentlich war er auf den Namen Albert getauft, und ich glaube, seine Freunde nannten ihn Al. Wie gewöhnlich! Er hat darauf bestanden, unseren Sohn John zu nennen. Mir wäre Percival oder Galahad lieber gewesen.«

Ich erstickte fast an meinem Drink. Jen versetzte mir einen kräftigen Klaps auf den Rücken. Sie runzelte die Stirn. »Ach du meine Güte, hoffentlich habe ich den armen Jungen nicht verärgert. Männer sind ja so empfindlich, wenn man sie auf ihre Schwächen anspricht, und ich habe mir fest vorgenommen, ihn nicht mehr zu bemuttern. Vor allem jetzt, wo er eine Frau hat, die sich um ihn kümmert. Aber letzten Winter war er so krank ... Erst ein Skiunfall und dann Lungenentzündung. Inzwischen scheint er wieder ganz gesund zu sein, aber ich mache mir trotzdem Sorgen.«

»Skiunfall«, wiederholte ich wie ein Papagei. Wahrscheinlich konnte man es auch so nennen. John, der nicht gerade zu den weltbesten Skifahrern gehörte, war bei dem Versuch, mir zu Hilfe zu eilen, als ein sehr unangenehmer Mensch mir sehr unangenehme Dinge antun wollte, ehe er mir endgültig den Garaus machte, direkt auf sein bereits lädiertes Gesicht gefallen. Allerdings rührten die schlimmsten Verletzungen von dem Handgemenge her, das auf seine Ankunft folgte. Und von der Lawine, die nach besagtem Handgemenge auf ihn heruntergedonnert war. Von seiner späteren Erkrankung hatte ich nichts gewußt, aber es überraschte mich nicht, davon zu hören. Wenn er ein paar Tage lang im Bett geblieben wäre, anstatt sich, gleich als ich ihn zum erstenmal allein ließ, davonzuschleichen ...

Glücklicherweise bemerkte Jen meine Geistesabwesenheit nicht. Ich saß da und trank literweise Sekt mit Orangensaft, während Jen fröhlich weiterplauderte. Sie erzählte mir von ihrer Angst, ihr lieber Junge würde niemals seßhaft werden – »die Frauen finden ihn so attraktiv« –, von der kurzen Verlobungszeit – »erst vor ein paar Wochen hat er sie mir vorgestellt« – und von dem Beharren des jungen Paars, sie, Jen, solle sie auf ihrer Hochzeitsreise begleiten.

»Hochzeitsreise«, wiederholte der Papagei.

»Ja, sie haben letzte Woche geheiratet. So eine hübsche Trauung auf unserem Familiensitz, nur in Anwesenheit der engsten Freunde ... Natürlich habe ich zuerst abgelehnt, als sie mich gebeten haben, mitzufahren. Aber Mary hat darauf bestanden, und John hat mir versichert, daß sie sehr gekränkt sein würde, wenn ich mich weigerte. Selbstverständlich werde ich die beiden so oft wie möglich in Ruhe lassen.«

Ich weiß nicht mehr, was Jen sonst noch erzählte.

Da die anderen bereits am Vortag an Bord gegangen waren, mußte ich nicht übermäßig lange warten, bis mir ein Steward meine Kabine zeigte. Nur am Rande nahm ich wahr, wie elegant sie war – mit einem langen, geschwungenen Fenster, vor dem sich ein kleiner, von einem Geländer eingefaßter Balkon befand, und einem eigenen Badezimmer. Meine Koffer standen schon am Fuße des Bettes. Nachdem ich den Steward losgeworden war, ließ ich mich in den nächstbesten Sessel fallen.

Manchmal, besonders wenn man nachts aufwacht, durch ein dunkles Zimmer stolpert und sich den Zeh oder den Ellenbogen stößt, dauert es einige Sekunden, bis der Schmerz das schläfrige

Gehirn erreicht. Ich hatte es geschafft, ihn noch viel länger zu unterdrücken.

2. *Kapitel*

Ein angeschlagenes Selbstbewußtsein schmerzt ebenso wie ein gebrochenes Herz. Wenn man jung, dumm, romantisch und verletzlich ist, neigt man dazu, diese beiden Dinge miteinander zu verwechseln. Obwohl auf mich keine der oben erwähnten Eigenschaften zutraf – außer, daß ich vielleicht dumm war –, war ich trotzdem schon mehrmals diesem Trugschluß aufgesessen.

Doch diesmal nicht. Schock, Wut, Erniedrigung, Scham – um nur einige der Gefühle zu nennen, die in mir brodelten – waren für meine Reaktion verantwortlich. Wahrscheinlich war es mir gelungen, sie vor Jen zu verbergen; sie hatte offensichtlich nichts Außergewöhnliches bemerkt. Ich hoffte nur, daß ich mich auch John gegenüber nicht verraten hatte.

Mühsam erhob ich mich. Bald würde die Cocktailstunde beginnen, zu der ich erwartet wurde. Mein erster öffentlicher Auftritt, meine erste Gelegenheit, Gesichter und Gestalten mit den Namen auf der Passagierliste in Verbindung zu bringen. Allerdings war das inzwischen überflüssig, da ich die »Person«, der ich auf die Spur kommen sollte, ja bereits gefunden hatte. Aber ich würde ihm früher oder später sowieso gegenübertreten müssen. Und ich wäre lieber gestorben, als mir anmerken zu lassen, wie sehr er mich erschüttert hatte.

Meine Unterkunft entsprach voll und ganz der Beschreibung auf der Broschüre. Außer dem Doppelbett gab es noch eine Couch, die lang genug war, daß sogar ich mich darauf ausstrekken konnte, und zwei bequeme Sessel. Im Bad befand sich nicht nur eine Dusche, sondern auch eine Wanne (nicht lang genug, daß ich mich darin ausstrecken konnte, aber das gilt für die meisten Wannen). Auf dem Frisiertisch standen elegante Flakons mit dem Etikett einer berühmten französischen Kosmetikfirma. Wie ein Roboter packte ich meinen Koffer aus, duschte und ließ mich aktionsbereit vor dem Frisiertisch nieder. Normalerweise bin ich zu faul, mich zu schminken, doch an diesem Abend beabsichtigte ich, mir jegliche künstliche Unterstützung zunutze zu machen. Ich wollte hinreißend, kühl, gelassen und gleichgültig aussehen.

Mit ein wenig Glück gelang es mir, wenigstens den letzten drei Anforderungen zu genügen. Ich versuchte, mich zu beruhigen, indem ich mir alle schmutzigen, miesen Tricks vor Augen führte, mit denen John mich aufs Kreuz gelegt hatte. Doch meine Gedanken schweiften immer wieder ab. Ich erinnerte mich ...

Ich erinnerte mich an das Weihnachtsfest, das wir in einer verlassenen Kirche verbracht hatten. Wir drängten uns vor einem kläglichen Feuer zusammen, während draußen ein Schneesturm tobte, und kochten mit Teebeuteln aus dem Vorrat in meinem Rucksack Tee in einem schmutzverkrusteten Blumentopf. John hatte sich über den Inhalt meines Rucksacks halbtot gelacht, doch dann war er hungrig genug gewesen, um die zerkrümelten Lebkuchen und die zerquetschte Schokolade zu essen. Auf einem mit Seidenpapier bedeckten Kamm hatte er etwas von Bach gespielt, und als mir die Augen zufielen, hatte er die ganze Nacht wachgesessen und mich in den Armen gehalten, um mich zu wärmen. Geduldig hatte er das kleine Feuer nachgeschürt ...

Rouge brauchte ich nicht. Meine Wangen waren feuerrot. Also machte ich mich an die Arbeit, kaschierte die Zornesröte mit Make-up und deckte einige Falten ab, die beim letzten Hinsehen noch nicht dagewesen waren.

Es hatte niemals eine Verpflichtung oder ein Versprechen zwischen uns gegeben. Aber es ist schon erschütternd, dem Menschen, den man nach einer zärtlichen, leidenschaftlichen und anregenden Liebesnacht zum Abschied geküßt hat, bei der nächsten Begegnung als frischgebackenem Ehemann einer anderen gegenüberzutreten.

Bestimmt war es nicht seine Absicht gewesen, mich so unvermittelt vor vollendete Tatsachen zu stellen. Auch wenn sein Erbleichen auf Wut, Befremden oder Angst zurückzuführen war,

war es doch echt gewesen. Er hatte nicht damit gerechnet, mich hier zu treffen.

Ich wählte ein Kleid aus und schlüpfte hinein. Es war schwarz, enganliegend, langärmelig mit einem Dekolleté, das Tante Ermintrude sicher nicht bewilligt hätte. Einen Teil der freigegebenen Fläche bedeckte ich mit einer dicken (falschen) Goldkette mit Anhänger. Dann bohrte ich einige vergoldete Haarnadeln in meinen Nackenknoten und trat zurück, um die Wirkung zu begutachten.

Meine Wangen waren immer noch gerötet. Ich würde mich mit Sonnenbrand herausreden müssen. Schließlich hatte Jen selbst mich davor gewarnt.

Zartes Glockenläuten erklang, und ich fuhr erschrocken zusammen, bis mir klar wurde, daß es sich um das erwartete Signal handelte. Es war fünf vor fünf, Zeit für den Begrüßungsempfang und die Cocktailstunde. Zum erstenmal würden sich alle Mitreisenden versammeln und mich ebenso prüfend mustern wie ich sie. Obwohl ich nicht häufig unter Lampenfieber leide, erstarrten meine Finger am Türknauf, und ich mußte mich zwingen, ihn umzudrehen.

Als ich auf den Korridor hinausschoß, fand ich mich in den Armen eines fremden Mannes wieder, der gerade aus der benachbarten Kabine kam. Ich hatte den Augenblick zwar glänzend abgepaßt, aber der Fremde entsprach ganz und gar nicht meinen Erwartungen: Er war mindestens fünfzehn Zentimeter kleiner als ich, so daß ich einen guten Ausblick auf seinen kahlen Scheitel hatte. Quer darüber hatte er in kläglicher Zuversicht einige Haarsträhnen angeordnet. Während er mich an seinen Bauch drückte, taumelte er ein paar Schritte rückwärts, direkt in die Arme eines zweiten Mannes, der ebenso groß und hager war wie er klein und dicklich. Nach einer Weile, die eine Ewigkeit zu dauern schien, lösten wir uns voneinander und fingen an, uns im Chor beieinander zu entschuldigen.

»Es ist meine Schuld«, sagte ich. »Ich hätte hinschauen sollen, ehe ich loslaufe.«

»Entschuldigung«, sagte der Mann, mit dem ich zusammengestoßen war, fast gleichzeitig. Er brach in fröhliches Gelächter aus.

»Erlauben Sie, daß ich uns vorstelle. Meine Name ist Sweet, und dieser Herr heißt Bright.«

Der große, hagere Mann verbeugte sich. Er hatte einen schönen, dichten Haarschopf. Beim Verbeugen verrutschte er ein wenig.

»Bliss«, sagte ich. »Victoria Bliss.«

Sweet kicherte. »Das muß Schicksal sein!«

»Was?« fragte ich.

»Bright, Sweet und Bliss!«*

»Oh«, sagte ich. Sweet strahlte. Bright ebenfalls.

Der Korridor war zu schmal, um Arm in Arm zu gehen, weshalb wir unseren Weg, angeführt von Bright, im Gänsemarsch fortsetzten. Sweet folgte mir. Die beiden hatten glänzende Arbeit geleistet; das Zusammentreffen war äußerst geschickt herbeigeführt worden. Wenn ich nicht vorgewarnt gewesen wäre, hätte ich ihnen niemals Absicht unterstellt.

Burckhardt hatte sich geweigert, mir zu verraten, woran ich seine Agenten erkennen konnte. »Aus Sicherheitsgründen«, teilte er mir mit.

»Für mich geht es um Kopf und Kragen«, hatte ich ihm widersprochen.

»Keine Sorge«, entgegnete Burckhardt. »Man wird an Sie herantreten.«

Nun, das hatte man getan, und zwar sehr gekonnt. Ich hätte von Burckhardts Untergebenen keinen so skurrilen Humor erwartet. Der schlauste Teil ihrer Vorstellung war Sweets Umarmung gewesen, wobei sich ein harter Gegenstand in seiner Brusttasche schmerzhaft in meine Rippen gebohrt hatte. Doch ein blauer Fleck war ein geringer Preis dafür, daß ich mich nun sicher fühlen konnte.

Der Korridor endete in einer prächtigen Haupthalle. Vorher war ich nicht in der Verfassung gewesen, Einzelheiten wahrzunehmen. Jetzt aber bewunderte ich das üppige Grün in der Mitte, den Miniaturwasserfall, der dazwischen plätscherte, die weichen Sessel und Sofas und die kleinen Marmortische, die überall im

---

* bright = fröhlich; sweet = süß; bliss = Glück (Anm. d. Übers.)

Raum verteilt standen. Bright und Sweet hakten mich von beiden Seiten unter und geleiteten mich zur Treppe.

Der Salon nahm den gesamten vorderen Teil des Schiffes ein. Geschwungene Fenster boten einen großartigen Ausblick auf die Stadt, ihre Wolkenkratzer-Hotels, Minarette und Brücken, auf denen Lichter funkelten. Durch Glastüren gelangte man an Deck. Kellner liefen mit Gläsertabletts umher. Offenbar gab es an diesem Abend Champagner. Da ich Champagner nicht mag und Sweet für einige Minuten loswerden wollte – er redete ununterbrochen auf mich ein –, nahm ich sein Angebot an, mir etwas anderes von der Bar zu holen.

Bright und ich setzten uns an einen Tisch. Schüchtern lächelte er mich an und zupfte an seinem graumelierten Schnurrbart, der ebenso glänzte wie sein Haupthaar. Entweder war er echt, oder der Klebstoff hielt besser als auf seinem Kopf.

Mit unverhohlener Neugier musterte ich die anderen Gäste. Und die taten dasselbe. Wir waren nur dreißig, und wir würden einige Wochen lang ständig zusammen sein.

Man hatte mich gewarnt, daß sich die Anwesenden vermutlich eleganter kleiden würden, als es sonst bei Kreuzfahrten üblich war. Leute, die vor Geld nur so stinken, zeigen es gern her. Neben den Designergewändern einiger Frauen wirkte mein Cocktailkleid aus dem Versandhauskatalog ziemlich unscheinbar, und meine imitierte Goldkette ging im Glanz ihrer Diamanten unter. Viele Männer trugen Frack oder Abendanzug.

Jen und ihre neue Schwiegertochter saßen mit zwei weiteren Personen – einem Ehepaar, wie ich scharfsinnig schlußfolgerte – an einem Tisch am anderen Ende des Raumes. Das rosafarbene Haar der Frau paßte zu ihrem Kleid und zur Glatze ihres Gatten. Als Jen mich entdeckte, winkte sie mir zu und schenkte mir ein schmallippiges Lächeln. John war nicht zu sehen, doch während ich Jens Winken erwiderte, kam er, so widerwärtig lässig wie immer, auf ihren Tisch zugeschlendert. Mit einer Blume im Knopfloch und einem ebenso scharlachroten Kummerbund sah er wirklich aus wie ein Bräutigam. Als er meine winkende Hand erblickte, nickte er geistesabwesend und setzte sich mit dem Rükken zu mir.

Sweet kehrte mit einem Glas Chablis zurück, und ein Mann betrat das Podium in der Mitte des Raumes. Bei seinem Anblick vergaß ich Bright, Sweet *und* sogar John: Der Frack brachte seinen muskulösen Körper und seine breiten Schultern ausgezeichnet zur Geltung, doch eigentlich hätte er wehende Gewänder und die schneeweiße Kopfbedeckung eines Beduinen tragen sollen, denn sie hätte glänzend zu seiner walnußbraunen Haut, der Adlernase und den markanten Gesichtszügen gepaßt. Die Wimpern, die seine schwarzen Augen umrahmten, waren so dick, daß sie fast künstlich wirkten.

Unwillkürlich stießen alle Frauen im Raum einen Seufzer aus. Einige von ihnen waren so alt, daß sie die Premiere des Films mit Rudolph Valentino wahrscheinlich noch miterlebt hatten. So alt war ich zwar nicht, aber ich hatte das Buch gelesen. Ich kenne jede kitschige Schnulze, die jemals geschrieben wurde. Obwohl niemand bei meiner scharfzüngigen und pragmatischen Großmutter eine romantische Ader vermutet hätte, besaß sie all die alten Romane. In ihrer Jugend war *Der Scheich* eine Sensation gewesen. »›Ahmed, mon bel Arabe‹, murmelte sie sehnsüchtig«, murmelte ich sehnsüchtig.

»Wie bitte?« fragte Sweet.

»Psst«, zischte ich.

Er hieß nicht Ahmed, sondern Feisal. Sein Akzent wies darauf hin, daß er in England zur Schule gegangen war, und der mitschwingende Tonfall seiner Muttersprache verlieh seinem samtigen Bariton einen Hauch von Exotik.

»Ich bin Ihr Führer und Ihr ergebener Diener, meine Damen und Herren. Ich werde an Bord und auch an Land für Sie da sein, wohin Sie auch gehen. Wenn Sie Probleme, Fragen oder Beschwerden haben sollten, wenden Sie sich nur an mich. Ich werde Ihr Anliegen an unsere Mitarbeiter weitergeben, die ich Ihnen jetzt vorstellen möchte.«

Er stellte den Kapitän, den Chefsteward, den Schiffsarzt, den Küchenchef und einige andere vor. Ich verlor den Faden, während ich die Blondine am Nebentisch beobachtete. Sie starrte Feisal aus glasigen Augen an und schien Atemprobleme zu haben. Offenbar trug sie unter ihrem weißen Wickelkleid aus Seidenjersey einen

Panzer, der nicht bewegliches Fleisch, sondern eine eher zementartige Masse bändigte.

Als ich einen Namen aufschnappte, wandte ich meine Aufmerksamkeit wieder Feisal zu. »Dr. Peregrine Foggington-Smythe, unser Experte für das Ägypten der Pharaonen«, verkündete er.

Also gab es wirklich Eltern, die grausam genug waren, einem Kind den Namen Peregrine anzuhängen. Aus der Ferne hätte ich ihn für John halten können – wenigstens kurzzeitig. Er war eine langgezogene, blassere Version des Großen John Smythe: größer und magerer mit aschblondem Haar und blaßblauen Augen. Äußerst herablassend teilte er uns mit, daß er uns einen Vortrag über Sakkara halten würde, die Stätte, die wir am nächsten Tag besuchen sollten, sobald Feisal die Vorstellung der Crew abgeschlossen hatte.

Er trat zurück, und Feisal, auf dessen Gesicht sich unverhohlene Abneigung breitgemacht hatte, schaltete wieder seinen Charme ein, als er die Anwesenden mit Dr. Alice Gordon bekanntmachte. Sie würde Vorträge über das hellenische Ägypten halten. Dr. Gordon erhob sich, winkte, aber blieb bescheiden an ihrem Platz hinten im Raum. Sie war eine mollige, kleine Frau mit einem zerzausten, graubraunen Haarschopf und einer dicken Brille.

Auf diesem Schiff herrschte offenbar ein Überangebot an Experten oder wenigstens Menschen mit Doktortitel. Als mein Name aufgerufen wurde, folgte ich Dr. Gordons Beispiel: Ich erhob mich mit einem bescheidenen Lächeln und setzte mich wieder.

Ich war als letzte der Mitarbeiter vorgestellt worden. Während einige Mitglieder der Mannschaft einen Diaprojektor und eine Leinwand aufbauten, war Stimmengewirr zu hören. »Dr. Bliss also!« rief Sweet aus. »Welche Ehre! Die islamische Kunst hat mich schon immer fasziniert. Erzählen Sie mir ...«

Rasch stand ich auf. »Wenn Sie mich entschuldigen, meine Herren, werde ich mich kurz nach draußen schleichen, um eine Zigarette zu rauchen, ehe der Vortrag anfängt. Bleiben Sie ruhig sitzen. Ich bin gleich zurück.«

Einige andere Sünder folgten mir. Während der Vorträge war

das Rauchen im Salon nicht erlaubt, und auch sonst war es nur in einem kleinen, abgetrennten Bereich gestattet. Ich war ziemlich stolz auf meinen Einfall, daß sich diese Gewohnheit, die in etwa so gesellschaftlich akzeptiert ist wie das öffentliche Ausspucken, als nützlich erweisen könnte, um mich unangenehmen Situationen zu entziehen. Ich mied die übrigen Aussätzigen, die sich in Verteidigungshaltung um die Reling drängten, und ging weiter, bis ich endlich allein war.

Allerdings nicht lange. »Darf ich?« sagte eine mir nur allzu bekannte Stimme. Ein Feuerzeug tauchte vor meinem Gesicht auf. Die Hand, die es hielt, war mir ebenso bekannt, obwohl sie nicht so gut gepflegt war wie sonst. Die Fingerknöchel waren aufgeschürft und rauh. Vielleicht hatte er einen Zusammenstoß mit einer Pyramide gehabt. Oder hatte er mit der Faust auf etwas geschlagen? Möglicherweise hatte ich ihn ebenso aus der Fassung gebracht wie er mich. Das wäre zu schön gewesen, um wahr zu sein. Ich nahm mich zusammen, atmete den Rauch ein, hustete und drehte mich um.

»Wo ist Schmidt?« fragte er.

Da ich angenommen hatte, er würde mich unter vier Augen sprechen wollen, hatte ich mir einige sarkastische (aber sehr kühle) Antworten auf seine zu erwartenden Fragen zurechtgelegt. Zeitverschwendung. Ich hätte wissen sollen, daß er nicht mit einer so offensichtlichen Phrase wie »Was machst du denn hier?« eröffnen würde. Da er mich kalt erwischt hatte, sagte ich die Wahrheit: »Äh, in Amsterdam. Irgendein reicher Holländer spielt mit dem Gedanken, dem Museum seine Sammlung antiker Juwelen anzubieten.«

»Das freut mich aber«, meinte John ganz spontan. Sein Blick wanderte von meinem Gesicht zum V-Ausschnitt meines Kleides. Unwillkürlich schloß sich meine Hand um das Medaillon.

John verzog höhnisch die Mundwinkel. »Mach dir nicht die Mühe, es einzuschalten.«

»Das hab ich schon getan. Wie bist du denn darauf gekommen?«

»Ein geschmackloses Schmuckstück, Liebling. Nicht dein Stil.«

Ich biß mir auf die Lippe, um einen Fluch zu unterdrücken. Er kämpfte mit unfairen Mitteln, traf mich unterhalb der Gürtellinie, wo es am meisten wehtat. Hatte er das dünne Goldkettchen unter der dicken Kette mit dem Anhänger gesehen? Ganz sicher. Aber es war ein Schuß ins Blaue gewesen, denn er konnte unmöglich wissen, daß ich die kleine emaillierte Rose trug, die er mir geschenkt hatte. Schließlich hatte ich sie gut versteckt. Sie war nicht geschmacklos, sondern ein hervorragendes Beispiel antiker persischer Goldschmiedekunst. Ich trug sie nicht aus sentimentalen Gründen; ich wollte sie nur nicht herumliegen lassen, wo sie vielleicht jemand sah.

Johns Blick wanderte weiter. »Du bist auf der falschen Spur, Vicky«, sagte er leise. »Ich weiß nicht, welcher Idiot dich überredet hat, an dieser Kreuzfahrt teilzunehmen, aber ich rate dir, mir zu glauben, daß wirklich nichts dahintersteckt.«

»Romantische Flitterwochen?« fragte ich mit ruhiger Stimme.

»Mit dem Mädchen, das mir den Kopf verdreht hat«, antwortete John.

Da er sie kommen sah, erhob er die Stimme, damit sie seinen letzten Satz hörte. Lachend hakte sie ihn unter und lehnte sich an ihn.

»Ist er nicht ein Schatz? Entschuldige, daß ich euch störe, Liebling, aber der Vortrag fängt gleich an.«

John bedachte mich mit einem verkniffenen Lächeln. »Das ist nur ein Vorwand. Sie hält nicht viel von meinen Lastern.«

Mary schüttelte den Kopf. »Nein, ich bin absolut gegen das Rauchen. Es ist schädlich.«

»Nicht so schädlich wie andere schlechte Angewohnheiten«, sagte Marys Gatte.

Ich lehnte Marys Einladung ab, sie zu begleiten, und behauptete, noch eine Zigarette rauchen zu wollen. Ich hatte nur den Fehler begangen zuzulassen, daß John sie mir anzündete. Und ich hatte getan, als bemerke ich nicht, wie sehr es ihn belustigte, als ich beim Inhalieren blau anlief. Nachdem sie gegangen waren, löste ich meine geballte linke Faust. Meine Nägel hatten Spuren in meiner Handfläche hinterlassen.

Ich verpaßte die ersten Minuten von Foggington-Smythes Vortrag, was sich als weise erwies, denn er war der langweiligste Redner, den ich je gehört hatte. Mein Interesse an der Form der Pyramiden ist zugegebenermaßen beschränkt, aber bei ihm wären die Zuhörer sogar während eines pornographischen Vortrags (mit Dias) eingeschlafen.

Als die Lichter angingen, fuhren einige Leute prustend hoch und blinzelten. Allerdings galt das nicht für meine neue Freundin Jen. Mit leuchtenden Augen und strotzend vor Energie kam sie geradewegs auf mich zu. Sie trug ein lachsfarbenes Seidenkleid, das an einer Frau, die weniger über dem Urteil ihrer Geschlechtsgenossinnen stand, absurd gewirkt hätte. Der zipfelige Saum wellte sich um ihre Knöchel.

»Ich hatte ja keine Ahnung, daß Sie eine berühmte Wissenschaftlerin sind!« rief sie aus. »Aber Sie sehen gar nicht so aus, meine Liebe. Sie sind viel zu jung und zu hübsch.«

»Vielen Dank«, sagte ich, die einzig mögliche Reaktion auf ein so zweifelhaftes Kompliment.

Die anderen strömten auf die Türen zu. Nur ein paar Möchtegern-Archäologen umringten den Redner. »Wollen wir nicht zusammen essen?« fragte Jen. »Die Sitzordnung ist nicht festgelegt, was ich für eine ausgezeichnete Idee halte. So hat man die Möglichkeit, neue Freundschaften zu schließen und, wenn man will, jedesmal neben jemand anderem zu sitzen. Ich möchte ja zu gern alles über Sie erfahren.«

Ich nahm ihr das nicht ganz ab. Außerdem war ich nicht in der Stimmung, mich in Gesellschaft der beiden Turteltäubchen durch sechs Gänge zu kämpfen.

»Ich würde ja gern, aber ...« Ich wies auf Bright und Sweet, die sich höflich erhoben hatten, um sie zu begrüßen.

»Ja, ich kenne Mr. Bright und Mr. Sweet bereits. Das paßt ja großartig, denn mit vier Personen ist der Tisch komplett.« Sie zwinkerte mir verschwörerisch zu. »Ich will meinen lieben Kindern nicht das Gefühl geben, daß sie mich ständig unterhalten müssen.«

Nachdem ich diese Sorge los war, nahm ich gerne an. Nicht, daß ich eine Alternative gehabt hätte; Jen hielt meinen Arm in einem Griff, der einem Gefängniswärter alle Ehre gemacht hätte. Schon bald war mir klargeworden, daß sie zu der Sorte Frauen gehörte, die ihren Willen stets auf die eine oder andere Weise durchsetzen. Ich fragte mich, wessen Idee es gewesen war, die Flitterwochen zu dritt zu begehen. Bestimmt nicht Johns, falls er nicht so skrupellos und so bar aller Prinzipien war, daß er seine Mutter und seine Braut als Tarnung benutzte.

Wir stiegen die Treppe hinab zum untersten Deck, wo der Speisesaal lag. Die Dekoration erinnerte mich wieder daran, daß es sich nicht um eine x-beliebige Kreuzfahrt handelte: Auf jedem Tisch standen frische Blumen, und vor jedem Gedeck waren verschiedene Weingläser aufgereiht. Ein Kellner geleitete uns zu einem Vierertisch und reichte uns Speisekarten, die von Golddruck nur so strotzten. Die Servietten waren zu komplizierten Skulpturen gefaltet. Als ich nach meiner griff, riß der Kellner sie mir aus der Hand und breitete sie ordentlich auf meinem Schoß aus. Ich versuchte auszusehen, als ob ich damit gerechnet hätte.

Es dauerte eine Ewigkeit, bis Sweet und Bright sich für eine Vorspeise entschieden hatten. Da ich bereits bestellt hatte, blieb mir die Muße, mich im Raum umzusehen. Die Wandgemälde waren Kopien berühmter Grabreliefs – keine Szenen des Todes und des jüngsten Gerichts, sondern helle, fröhliche Abbildungen von Vögeln, anderen Tieren und Alltagssituationen. Das an der Wand neben unserem Tisch zeigte zwei hübsche Ägypterinnen mit langem schwarzem Haar und durchscheinenden Gewändern, die auf Musikinstrumenten spielten. Das dritte hübsche Mädchen trug nichts weiter als ein paar Perlenschnüre. Sweet beäugte sie begeistert.

Jen sprach mit mir. Mit einem entschuldigenden Lächeln drehte ich mich zu ihr um. »Tut mir leid. Ich habe gerade die Wandgemälde bewundert. Ausgezeichnete Kopien, finden Sie nicht?«

»In meinen Augen ist das morbide«, meinte Jen mit Nachdruck. »Bilder aus einem Grab passen nicht in einen Speisesaal.«

Sie hatte die Lippen zusammengepreßt und runzelte die Stirn. Ihr Gesichtsausdruck wirkte ziemlich abschreckend, und ich erinnerte mich an eine Bemerkung, die John einmal über seine Mutter gemacht hatte: »Sie sieht aus wie Judith Anderson in der Rolle einer umnachteten Haushälterin.« Allerdings zeugten die wahnwitzigen Vermutungen, die mir in diesem Augenblick durch den Kopf schossen, ebenfalls von Umnachtung. Lächerlich, sagte ich mir. Verschlagenheit ist nicht erblich.

Sweet hatte endlich bestellt. »Aber Mrs. Tregarth, diese Gemälde zeigen, wie sehr die Ägypter die Freuden des Lebens genießen. Was könnte sich also besser eignen?« Jen bedachte ihn mit einem finsteren Blick, worauf Sweet schluckte und sagte: »Doch wirkliche Menschen sind sehr viel interessanter, nicht wahr? Erzählen Sie uns doch etwas über sich, Dr. Bliss.«

»Nur wenn Sie es auch tun«, erwiderte ich kokett. »Welchem Beruf gehen Sie nach, Mr. Sweet?«

Er stellte Schrauben und Muttern her, ganz spezielle Schrauben und Muttern für ganz spezielle Maschinen. Fragen Sie mich nicht für welche. Mein Interesse war auch nicht größer als das von Mr. Sweet selbst. Nachdem er den Herstellungsprozeß heruntergerattert hatte, erzählte er, Mr. Bright und er seien nicht nur Geschäftspartner, sondern auch beide begeisterte Hobbyarchäologen. »Als wir von dieser Kreuzfahrt erfuhren, wußten wir, daß wir sie auf keinen Fall versäumen durften«, fuhr er mit leuchtenden Augen fort. »All die Stätten zu sehen, die Touristen normalerweise nicht zugänglich sind, und natürlich das Allerwichtigste, das Grab von Königin Tetisheri. Als erste Besucher werden wir die restaurierten Gemälde zu Gesicht bekommen. Die Arbeit hat viele Jahre gedauert ...«

»Und eine Menge Geld gekostet, das sinnvoller hätte ausgegeben werden können«, schnaubte Jen.

»Mr. Blenkiron hat Geld für eine Reihe sinnvoller Projekte gestiftet«, widersprach Sweet.

»Das ist Ansichtssache«, entgegnete Jen. Ganz offensichtlich teilte sie besagte Ansicht nicht.

»Ist er hier? Wer ist es?« Ich drehte mich um.

»Starren Sie nicht so hin«, rügte Jen.

Mein Kopf fuhr wieder herum. Ein reiner Reflex – der Geist von Tante Ermintrude hatte noch immer Macht über mich. Sweet zwinkerte mir zu und schenkte mir ein wissendes Lächeln. »Aber wir starren doch alle«, sagte er freundlich. »Es ist nur natürlich, Mrs. Tregarth, daß wir neugierig auf unsere Mitreisenden sind. Vier lange Wochen werden wir hier in unserer eigenen kleinen Welt zusammensein, getrennt von Freunden und Familie, in einer zufällig zusammengewürfelten Zwangsgemeinschaft. Zu welchem dieser Fremden sollen wir Kontakt suchen, wem aus dem Weg gehen? Werden einige dieser Zufallsbekanntschaften zu dauerhaften Freundschaften führen, oder vielleicht sogar zu ... äh ... intensiveren Beziehungen?«

»Sie sind sehr wortgewandt, Mr. Sweet«, sagte ich. »Sind Sie auch ganz bestimmt kein berühmter Schriftsteller in Verkleidung?«

Sweet lachte. »Leider nein. Aber wir haben eine bekannte Schriftstellerin unter uns; sie reist zwar unter ihrem eigenen Namen, hat jedoch aus ihrem Pseudonym kein Geheimnis gemacht. Ganz sicher will sie uns alle in einen Roman einarbeiten! Mr. Blenkiron ist übrigens der große, dunkelhaarige Herr an dem Tisch dort drüben. Unter dem Gemälde, auf dem ein Mann einen Fisch aufspießt.«

Jen hatte es aufgegeben, uns Manieren beizubringen und widmete sich ihrem Räucherlachs, weshalb ich nach Herzenslust weiterstarren konnte.

Normalerweise langweilt mich der Lebenswandel reicher Menschen zu Tode, aber Blenkiron machte da eine Ausnahme. Im Gegensatz zu vielen anderen Milliardären mied er die Öffentlichkeit; er besuchte weder Wohltätigkeitsveranstaltungen noch die Partys der oberen Zehntausend und hielt sich auch nicht im Dunstkreis von Politikern und Rockstars auf. Er gab keine Interviews und war nicht einmal geschieden. Ich kannte seinen Namen, weil er viele kulturelle Einrichtungen großzügig und diskret unterstützte – den Wiederaufbau der Uffizien in Florenz, die bei einem Bombenangriff zerstört worden waren, den Erhalt der vermoderten Denkmäler in Venedig, um nur ein paar Beispiele zu nennen. Sein Hauptinteresse galt jedoch dem alten Ägypten. Ich hatte von den Restaurierungsarbeiten im Grab der Tetisheri gelesen und mußte zugeben, daß der Besuch dort zu den wenigen Pluspunkten auf einer Liste gehörte, die ansonsten nur aus Negativa bestand. Die berühmten Gemälde, wiederhergestellt und in ursprünglicher Farbenfrische zu sehen, nachdem die Schicht aus Fett und Schmutz entfernt worden war und man die beschädigten Teile restauriert hatte, würde ein unvergeßliches Erlebnis werden.

Ich hatte mir Blenkiron älter vorgestellt. Zwar wies sein Haar einige graue Fäden auf, doch das gab seinem dunkelbraunen Schopf nur den Hauch eines silbrigen Schimmers. Die Falten, die von den Winkeln seiner tiefliegenden Augen bis hinunter zu einem wohlgeformten Mund verliefen, zeugten von Ausgeglichenheit und Reife. Auch er musterte seine Mitreisenden; als unsere Blicke sich trafen, nickte er mir lächelnd zu.

»Der Mann rechts von ihm ist sein Sekretär«, teilte mir Sweet mit verschwörerischem Flüstern mit.

Interessant, daß Blenkiron seine Korrespondenz nicht von einer blonden Frau, sondern von einem glatzköpfigen Mann erledigen ließ. Sein Gesicht konnte ich nicht sehen, da er mit dem Rücken zu mir saß.

»Wer ist der andere Mann am Tisch?« Ich hatte so meinen Verdacht: Er sah aus wie einer dieser sehnigen, faltigen Westernhelden. Außerdem saß sein Abendanzug nicht ganz korrekt.

Sweet verdrehte die Augen. »Bright und ich nennen ihn den Leibwächter.«

»Wie geistreich«, sagte ich.

Während wir weiteraßen (fünf Gänge, nicht sechs), klärte Sweet mich über einige der anderen Passagiere auf und versah manche sogar mit einer Kurzbiographie. Die Blonde mit dem engen Korsett war eine Mrs. Umphenour aus Memphis (in Tennessee, nicht in Ägypten), die sich mit dieser Kreuzfahrt über den Tod ihres dritten Ehemannes hinwegzutrösten versuchte. Der lesende Menschenfeind, der allein an einem Tisch in unserer Nähe saß, war ein deutscher Chirurg und Urologe. Warum er an dieser Kreuzfahrt teilnahm, konnte Sweet sich nicht erklären: Er war kein geselliger Mensch und interessierte sich auch nicht sonderlich für Ägyptologie.

Ich betete, daß die islamische Kunst des Mittelalters nicht sein Spezialthema war.

Jen hatte sich durch alle fünf Gänge gearbeitet und sah ein wenig aufgequollen aus, als wir in den Salon zurückkehrten, um unseren Kaffee und ein paar Drinks zu uns zu nehmen. Sweet verkündete, daß er und Bright sich dieses Vergnügen versagen würden, da für den nächsten Tag um sieben ein Landgang angesetzt war. »Junge Damen wie Sie kommen auch ohne Schlaf aus«, sagte er mit einer galanten Verbeugung. »Aber Bright und ich sind ohne unsere acht Stunden ungenießbar.«

Bright nickte lächelnd. Er hatte die ganze Zeit kein Wort gesprochen.

Jen nahm mich am Arm. Ich zuckte zusammen. John hatte erwähnt, daß seine Mutter eine begeisterte Hobbygärtnerin war, aber ich wußte nicht, welch kräftige Muskeln man davon bekam. Außerdem mag ich es nicht, herumgezerrt zu werden, nicht einmal von einer Frau. »Ich bin auch ein wenig müde«, sagte ich deshalb. »Ich glaube, ich lasse den Kaffee ausfallen.«

»Er ist doch im Preis inbegriffen!« rief Jen aus.

Bright und Sweet entschwanden. Ich war auf mich selbst gestellt. Erst nachdem sie uns beide an einem Tisch plaziert und mit herrischer Geste einen Kellner herbeigerufen hatte, fiel mir ein, daß ich ja einen Vorwand besaß, um mich zu verdrücken.

»Ich gehe an Deck und rauche eine Zigarette«, sagte ich und erhob mich.

Wieder schloß sich eine Hand befehlend um meinen Arm. »Das ist nicht nötig, meine Liebe. Setzen wir uns doch einfach in den Raucherbereich. Warum haben Sie das nicht früher gesagt? Kellner!«

»Aber Sie müssen doch nicht...«

»Auch ich gönne mir gelegentlich diese kleine Schwäche. Mein Sohn raucht«, erwiderte Jen, als ob das eine Rechtfertigung für jede schlechte Angewohnheit gewesen wäre. (Für *jede* schlechte Angewohnheit?)

Die Sünder hatten sich in dem abgetrennten Bereich in der Nähe der offenen Türen versammelt. Ich war überrascht, Mr. Blenkiron unter ihnen zu sehen. Sein Sekretär war zwar nicht bei ihm, dafür wurde er jedoch von Mrs. Umphenours Pelzmantel fast völlig eingehüllt. Es war der riesigste Pelzmantel, den ich jemals gesehen hatte, ein langhaariges, seidiges, weißes Fell, dessen Herkunft ich im Dämmerlicht nicht bestimmen konnte. Sie hatte den Pelz über die Schultern geworfen, und es schien, als würde er Blenkiron verschlingen.

Jen schleppte mich zu einem Tisch, der so weit wie möglich von den beiden entfernt war. »Widerlich«, murmelte sie. »Ihr Mann ist noch keinen Monat tot, und sie sieht sich schon nach Nummer vier um.«

Ich holte eine Zigarette aus der Tasche. Wahrscheinlich würde ich das verdammte Ding rauchen müssen.

Jen nahm an, als ich ihr eine anbot. Außerdem trank sie Brandy (im Preis inbegriffen). Als das junge Paar erschien, war ihr Blick schon ziemlich glasig. Die beiden waren offenbar an Deck spazierengegangen, denn Marys Haar war vom Wind zerzaust, was sehr reizvoll wirkte.

»Hast du's immer noch nicht aufgegeben?« wandte sich John an seine Mutter, als der Kellner ein weiteres Glas Brandy servierte.

Jen kicherte. »Liebling, immer mußt du dich über mich lustig machen. Was wollt ihr trinken? Es ist alles ...«

»... im Preis inbegriffen«, ergänzte John den Satz. Er rückte Mary einen Stuhl zurecht. Er selbst blieb, den Blick auf seine Mutter gerichtet, stehen. »Der Arzt hat dich wegen deiner Darmkrämpfe gewarnt.«

»Wegen meines empfindlichen Magens«, korrigierte Jen.

»Du solltest besser etwas von deiner abscheulichen Medizin nehmen«, meinte ihr Sohn schicksalsergeben. »Ich habe dich beim Essen beobachtet. Du hast gefuttert wie ein Scheunendrescher.«

»Liebling«, mischte sich Mary ein. »Bist du jetzt nicht ein wenig unhöflich?«

»Er hänselt mich nur«, erklärte Jen und wühlte in ihrer Tasche. »Und er kümmert sich gut um seine alte Mutter. Ich nehme sofort etwas ein. Ich habe die Flasche dabei ... aber ich hatte doch ... nun, dann eben nicht, es kann warten. Ich fühle mich recht gut.«

»Ich hol sie dir«, sagte John. »Gib mir deinen Schlüssel.«

Sie reichte ihm den Schlüssel, und er verschwand. Meine Anwesenheit hatte er nur mit einem kurzen Nicken zur Kenntnis genommen.

»Er ist ja so besorgt um mich«, murmelte Jen.

»Was macht Ihr Sohn denn beruflich, Mrs. Tregarth?« fragte ich.

Mary warf mir einen befremdeten Blick zu. Die Frage war zwar etwas unvermittelt gewesen, aber Jen war in ihrem Zustand nicht mehr in der Lage, Nuancen zu unterscheiden. Außerdem schien John ihr liebstes Gesprächsthema zu sein.

»Nun, meine Liebe, ich bin überrascht, daß Sie noch nie von ihm gehört haben, da er ja fast in Ihrer Branche tätig ist.«

Unwillkürlich atmete ich ein und bekam einen Hustenanfall. Jen klopfte mir auf den Rücken und fuhr fort: »Er hat ganz klein angefangen – mit einem winzigen Laden in Truro –, aber inzwischen hat sich sein Geschäft so rasch vergrößert, daß er erst kürzlich eine Filiale in London eröffnen konnte. Es heißt, daß er als einer der angesehensten Experten in ganz England gilt.«

»Nicht weitersprechen«, keuchte ich. »Lassen Sie mich raten. Antiquitäten?«

»Und Kunstgegenstände.«

»Natürlich.« Nach Luft schnappend schlug ich die Hände vors Gesicht.

»Das scheußliche Zeug reicht für alle«, sagte John. »Möchten Sie vielleicht auch ein Schlückchen?«

Ich tastete nach einer Serviette und blickte auf. Er stand vor mir, eine Augenbraue hochgezogen, die Lippen höhnisch gekräuselt.

»Aber Liebling!« tadelte Mary.

»Alles in Ordnung. Ich habe nur falsch eingeatmet.« Ich wischte mir die Augen.

John reichte seiner Mutter eine Flasche mit einer giftig aussehenden, rosafarbenen Flüssigkeit. »Hier, altes Mädchen. Möchten Sie vielleicht eine von meinen Zigaretten, Dr. – äh – Bliss ist doch richtig, oder? Ihre scheinen mir ein wenig zu stark zu sein.«

* * *

Gegen Ende des Abends hatte ich die meisten meiner Mitreisenden kennengelernt. Jen hatte zwar mit ihrer Behauptung, die meisten seien schon senil, sehr unhöflich übertrieben, doch »im reiferen Alter« hätte es recht gut getroffen. Der Großteil war sicherlich mindestens siebzig.

Eine Ausnahme war Suzi Umphenour, die wasserstoffgebleichte Blondine aus Memphis (Tennessee). Ich hatte nicht gedacht, daß ich sie mögen würde, aber sie gefiel mir; vielleicht weil sie unbekümmert zugab, sie nehme nur deshalb an der Kreuzfahrt teil, weil sie schrecklich teuer und sehr exklusiv sei. »Meine Freundinnen in Memphis werden vor Neid platzen«, verkündete sie mit kindlicher Zufriedenheit.

»Dann interessieren Sie sich gar nicht für Ägyptologie?«

Sie stieß ein derbes Gelächter aus. Als sie grinste, zeigte sie eine Menge kostspielig überkronter Zähne. »Ich interessiere mich für Männer, Schätzchen. Junge Männer. Meine Ehemänner waren alle alt und langweilig. Und jetzt hab ich das Recht auf ein bißchen Spaß. In dieser Reisegruppe sind nicht so viele gutaussehende Männer, wie ich gehofft habe, aber einige dieser Ägypter sind doch wirklich süß, finden Sie nicht?«

Ich stimmte Suzi darin zu. Als ich weiterging, begann sie, mit Feisal zu flirten.

Ich kehrte in meine Kabine zurück. Zwar war ich sterbensmüde, aber ich wußte, daß ich vor lauter Anspannung nicht würde schlafen können. Also trat ich auf den Balkon hinaus. Die Lichter der Stadt funkelten in der Dunkelheit wie Juwelen – diamantweiß, rubinrot, smaragdgrün und saphirblau. Dic Nachtluft war kühl, und falls sie verschmutzt war – und daran bestand kein Zweifel –, merkte ich ihr das nicht an.

Das Schlimmste war vorbei, sagte ich mir. Ich hatte weder die Geduld noch meine Würde verloren, und es bestand keine Gefahr, daß es jetzt noch dazu kommen würde – deshalb nicht, weil ich ihn ertappt hatte; er war in meiner Gewalt.

Ich hatte die kleine Tonkassette in meinem Medaillon ausgetauscht, doch das alte Band lag noch auf dem Tisch. Eigentlich gehörte es in den kleinen Safe unter dem Frisiertisch.

In jeder Suite gab es einen solchen Safe – kein gewöhnliches

Schließfach, sondern einen eigens zu diesem Zweck hergestellten Safe mit einem eigens zu diesem Zweck hergestellten Schlüssel, den ein gewöhnlicher Schlosser nicht nachmachen konnte. Ich hatte gehört, daß es so etwas in Luxushotels gab, aber auf einem Kreuzfahrtschiff hatte ich nicht damit gerechnet. Allerdings war dieses Schiff in jeder Hinsicht etwas Besonderes. Leute, die genug Geld für diese Kreuzfahrt besaßen, erwarteten offenbar eine derartige Ausstattung.

Man hatte uns darauf hingewiesen, daß der Safe auf unsere Kosten aufgebohrt werden mußte, falls wir den Schlüssel verloren, weil es keinen Ersatzschlüssel gab. In meinem Fall traf das nicht zu. Mindestens eine weitere Person hatte den Schlüssel zu meinem Safe. Ich sollte Nachrichten darin hinterlassen, und er? – sie? – es? – würde auf die gleiche Weise mit mir Informationen austauschen.

Niemand würde in dieser Nacht meine Kabine betreten. Die Tür war mit soviel Metall verstärkt, daß sie einem Panzer standgehalten hätte. Da viele Touristen Angst hatten, in Ägypten zu reisen, gehörte das zu den Sicherheitsvorkehrungen des Veranstalters. Mein mysteriöser Komplize würde den Safe also erst öffnen, wenn ich am nächsten Morgen das Zimmer verließ. Ich konnte das Band jederzeit vorher hinterlegen.

Es befand sich nichts darauf, was Burckhardt und seinen Freunden etwas genützt hätte. John hatte nichts weiter zugegeben, als daß wir einander früher begegnet waren.

Allerdings hätten andere, die ihn nur unter einem seiner unzähligen Pseudonyme kannten, ihn möglicherweise anhand dieses Gesprächs identifizieren können. Meine Bekanntschaft mit Sir John Smythe, et cetera, war schließlich in den Akten der Polizei mindestens dreier Länder vermerkt, und ich zweifelte nicht daran, daß auch Interpol an diesen Ermittlungen beteiligt war.

Ich saß da, die Ellenbogen auf die Knie gestützt, das Kinn in den Händen, und versuchte, einen klaren Gedanken zu fassen. Die mysteriöse Botschaft, die Burckhardt erhalten hatte, war ziemlich vage gewesen. Vielleicht hatte sich sein Informant geirrt. Auch die besten Agenten irren sich zuweilen. Möglicherweise führte John nun endlich ein gutbürgerliches Leben. Er hatte einen Job – einen interessanten, ehrlichen Job – und eine nette kleine Frau. Möglicherweise hatte er wirklich ein neues Leben angefangen. Möglicherweise hatte er dem Verbrecherdasein abgeschworen. Bestimmt war ihm klar geworden, daß er sich ein neues Betätigungsfeld suchen mußte, ehe die Arthritis und/oder die Polizei einen Schlußstrich unter seine Karriere zogen. Und ganz sicher würde er nicht seine Mutter oder seine Braut in seine verbrecherischen Aktivitäten hineinziehen.

»Wenn du das glaubst, bist du so naiv wie ein frischgelegtes Ei«, höhnte eine Stimme aus der nicht allzu fernen Vergangenheit.

Vielleicht stimmte das. Aber ich bin lieber naiv (sprich: dumm) als nachtragend.

Einmal hatte er mir gesagt, daß er mich liebte. Nur ein einziges Mal – ich hatte ihn dazu gezwungen und zwar in einer Situation, in der er zu zerschunden und erschöpft gewesen war, um sich zu wehren. Für seine Wunden von damals war ich ihm etwas schuldig, und auch für die anderen Gelegenheiten, bei denen er seine teure Haut riskiert hatte, um mich aus einer unangenehmen Situation zu befreien. Vielleicht hatte er es damals ehrlich gemeint. Vielleicht hatte er es nur gesagt, damit ich endlich den Mund hielt.

Wenn ich ihn jetzt verriet, würde ich Schuld auf mich laden, auch wenn diese nur in meinem eigenen Gewissen bestand. Ich würde mich an einem Mann rächen, der meinen Stolz und meine Eitelkeit verletzt hatte. Ich stand immer noch zu dem Widerspruch, den ich gegenüber Burckhardt geäußert hatte: Selbst wenn ich John als den Dieb und Betrüger enttarnte, hinter dem die Polizei halb Europas her war, konnte man ihn nicht allein aufgrund meiner Aussage verhaften. Soweit ich informiert war, machten sich die ägyptischen Sicherheitskräfte keine allzu großen Gedanken über juristische Formalitäten. Doch John war britischer Staatsbürger und stand unter dem Schutz des ehrenwerten Rechtsgrundsatzes, der jeden Menschen für unschuldig erklärt, bis ihm eine Schuld nachgewiesen wird. Ich glaube an diesen Rechtsgrundsatz, auch wenn es den Anschein erweckt, er verschaffte Verbrechern zuweilen einen unfairen Vorsprung.

Es gab keinen Grund zur Eile. Die Reisegruppe würde erst in drei Wochen nach Kairo zurückkehren. Wenn John wirklich das

Museum ausrauben wollte, würde ich ihn den Behörden ausliefern müssen, daran bestand kein Zweifel. Aber ich konnte mir leisten, noch ein wenig länger zu warten.

Ich beschloß, schlafen zu gehen. Das Buch über die mittelalterlichen Moscheen Kairos, das ich mitgebracht hatte, sorgte dafür, daß meine Augenlider schon nach zwei Seiten auf Halbmast standen. In diesem Tempo würde ich niemals Expertin für islamische Kunst werden, wenigstens nicht rechtzeitig, um einen Vortrag darüber halten zu können. Nur Mut, Vicky, sagte ich mir. Vielleicht brauchst du das auch nicht mehr. Wenn sie deinen Ex-Geliebten erst einmal in Handschellen abgeführt haben, bist du raus aus der Sache. Mit einem reinen Gewissen.

* * *

Der Widerwille, der mich befällt, wenn ich bei Morgengrauen aufstehen muß – eine Aktivität, vor der ich mich sonst nach Kräften drücke –, wurde durch den hübschen dunklen Burschen abgemildert, der weniger als eine Minute, nachdem die Glocken mich geweckt hatten, an meine Tür klopfte. Ich war nicht in der Stimmung, seine Anwesenheit gebührend zu würdigen, was jedoch nicht für das Tablett galt, das er mir brachte. Nach zwei Tassen Kaffee und einer kalten Dusche war ich bereit, mich dem Tag zu stellen.

Zehn Minuten vor Aufbruch erreichte ich den Speisesaal. Es gab ein Frühstücksbuffet; es war noch genug zu essen da, obwohl die meisten Gäste schon wieder gegangen waren. Einer der Anwesenden war der deutsche Urologe, der immer noch in sein Buch vertieft schien.

Meine Berufskollegen hatten sich in einer Ecke versammelt. Ich schloß daraus, daß sie auf mich warteten, während ich das reichhaltige Speisenangebot betrachtete und mich zu entscheiden versuchte, was ich essen sollte. Feisal stand auf und kam zu mir herüber.

»Eine überwältigende Pracht«, meinte er und schenkte mir sein betörendes Lächeln. »Die Eier Benedict empfehle ich nicht; sie sind ein wenig zu gar.«

»Ich weiß, ich bin zu spät«, sagte ich. »Ich möchte nur ein Brötchen und ...«

»Nein, nein, lassen Sie sich Zeit. Setzen Sie sich in aller Ruhe hin. Ich suche Ihnen etwas aus.«

Ich setzte mich zu meinen »Kollegen«, und wir schüttelten einander die Hand. Foggington-Smythe teilte mir gnädig mit, ich könne ihn mit Perry anreden, und widmete sich wieder seinem Frühstück. Alice Gordon lächelte mir freundlich zu.

»An diesen Zeitplan gewöhnt man sich nur schwer«, sagte sie. »Man ist versucht, zu lange im Salon zu sitzen, und ehe man sich versieht, graut schon wieder der Morgen. Wie hübsch Sie aussehen! Sehr professionell.«

Obwohl ich versucht hatte, mich beim Ausgeben von Burckhardts Geld zurückzuhalten, hatte ich der Safariausstattung nicht widerstehen können. Die Hose saß dezent locker – man hatte uns davor gewarnt, durch knappe oder hautenge Kleidung die Gefühle der Ägypter zu verletzen –, und die Jacke hatte mehr Taschen als ein Schuhbeutel. Ich fühlte mich wie Amelia P. Emerson, doch beim Anblick von Alices wadenlangem Baumwollrock und sportlichem Hemd wurde mir klar, daß ich mich lächerlich gemacht hatte. Profiarchäologen kleideten sich nicht so. Wenigstens nicht mehr heutzutage.

»Dem Tropenhelm konnte ich gerade noch widerstehen«, sagte ich mit verlegenem Grinsen.

Alice lachte aus vollem Halse. »Das wäre aber nicht nötig gewesen. Warum sollte man nicht seinen Spaß haben?«

Feisal kam mit einem beladenen Teller zurück. Ich butterte ein Croissant und fing an zu essen. Perry (ich fragte mich, ob es mir jemals möglich sein würde, ihn so zu nennen) schob seinen Teller weg. Offenbar war er nun, da die wichtigste Erledigung dieses Vormittags abgehakt war, bereit, mir seine Aufmerksamkeit zu schenken.

»Ich freue mich schon auf Ihre Vorträge, Dr. Bliss«, sagte er feierlich. »Obgleich ich zugeben muß, daß ich noch nie eine Ihrer Veröffentlichungen gelesen habe ...«

»Es ist auch nicht im eigentlichen Sinne mein Spezialgebiet«, antwortete ich. Ich hatte gewußt, daß es dazu kommen würde, und diese Leute täuschen zu wollen, wäre reine Zeitverschwendung gewesen. »Ich ... äh ... habe ein bißchen geschummelt.«

»Wie meinen Sie das?« fragte Perry stirnrunzelnd.

»Jetzt seien Sie doch nicht päpstlicher als der Papst«, mischte sich Alice fröhlich ein. »Ich weiß zwar nicht, welche Hebel Sie in Bewegung gesetzt haben, damit man Sie für diese Kreuzfahrt auswählt, aber ich war auch nicht unbedingt ehrlich. Es gibt mindestens ein Dutzend Leute, die mehr über ptolemäische Tempel wissen als ich. Doch ich hätte sie alle, ohne mit der Wimper zu zukken, umgebracht, um wenigstens einmal im Leben das Dasein einer Millionärin zu führen. Zwischen dem hier und dem Holiday Inn am Hyde Park liegen Welten.«

Feisal lachte. Er war wirklich ein Traum – ebenmäßige, weiße Zähne, funkelnde, dunkle Augen –, und außerdem hatte er Humor. »Schade, daß man Bestechungsgelder nicht von der Steuer absetzen kann.«

»Ich tue das immer«, meinte ich.

Perry konnte uns nicht mehr folgen. »Aber, aber«, fing er an.

»Zeit zum Aufbruch«, sagte Feisal. »Los geht's.«

Er scheuchte uns hinaus. Der lesende Menschenfeind blieb sitzen.

Alice ging neben mir her. »Man hat Ihnen bestimmt gesagt, daß Sie keine Vorträge an den historischen Stätten halten dürfen. Sie können zwar Fragen beantworten, aber Vorträge halten dürfen nur zugelassene ägyptische Führer.«

»Es besteht kaum Gefahr, daß ich gegen diese Regel verstoße«, versicherte ich ihr.

Lachend versetzte sie mir einen freundschaftlichen Klaps auf den Arm. »Einige dieser Leute kennen nicht einmal den Unterschied zwischen der neunzehnten Dynastie und dem neunzehnten Jahrhundert; wenn sie Sie ins Schwitzen bringen, schicken Sie sie einfach zu mir, Perry oder Feisal.«

Die Passagiere hatten sich in der Halle versammelt. Ich hielt mich am Rand der Gruppe, zu der bedauerlicherweise auch die Tregarths gehörten. Bei meinem Versuch, ihnen aus dem Weg zu gehen, fand ich mich neben Suzi Umphenour wieder. Während sie mich begrüßte wie eine alte Freundin, betrachtete ich entsetzt ihren Aufzug. Sie hatte die Kleidungsvorschläge mißachtet und trug einen Overall, der sich liebevoll an ihr Hinterteil schmiegte und Arme, Schultern und Dekolleté freiließ.

»Haben Sie keine Jacke?« fragte ich.

»Die liegt auf dem Stuhl.« Sie wies vage in diese Richtung. »Aber ich verstehe nicht, warum ...«

»Sie werden sich einen schrecklichen Sonnenbrand holen, wenn nicht noch etwas Schlimmeres.«

»Feisal hat gesagt, jemand würde mich hinter eine Pyramide schleppen und mich vergewaltigen, wenn ich meine Jacke nicht anziehe«, meinte Suzi mit einem hoffnungsvollen Ausdruck in den Augen. »Er ist so ein grober Mensch.«

Feisal hörte sie wie beabsichtigt. Mit finster gerunzelter Stirn reichte er Suzi Jacke und Hut und scheuchte uns die Gangway hinunter.

»Setzen wir uns doch nebeneinander«, schlug Suzi vor. »Dann können wir ein Gespräch von Frau zu Frau führen. Ich liebe die Männer zwar, aber manchmal kann es recht langweilig werden, wenn sie einen so überhaupt nicht in Ruhe lassen.«

»Dieses Problem habe ich selten.«

»Aber, aber, Schätzchen, Sie sind zu bescheiden. Wenn Sie sich ein bißchen mehr zurechtmachen würden, wären Sie eine wirkliche Schönheit.«

Wir nahmen unsere Plätze im Bus ein. Als wir die historische Stätte erreichten, klingelten mir die Ohren. Suzi hatte mir einige hilfreiche Vorschläge gemacht, wie ich mein Haar tragen sollte (»die kleinen Nadeln, die Sie sich da in den Knoten bohren, sind ja niedlich, aber Sie müssen die Haare lockerer aufstecken, statt sie so straff zurückzukämmen«) und mein Make-up (»Sie sollten Lidstrich benutzen, Schätzchen, und einen dunkleren Lippenstift«) und jedes Kleidungsstück, das ich am Leibe trug, analysiert. Außerdem hatte sie mit tödlicher Treffsicherheit jeden Mann auf dem Schiff in seine Bestandteile zerlegt: Feisal hatte den meisten Sex-Appeal, aber dieser Tregarth hatte auch etwas an sich; schade, daß er jungverheiratet war.

Ich war fest entschlossen, Suzi bei der erstbesten Gelegenheit loszuwerden. Doch zuerst sorgte ich dafür, daß sie ihre Jacke anzog – ein bauschiges, weites Hemd aus so feiner Gaze, daß es nicht sehr geeignet schien, potentielle Vergewaltiger abzuschrekken – und ihren Hut aufsetzte; er hatte eine breite Strohkrempe und wurde unter dem Kinn von einer riesigen Schleife zusammengehalten. Wahrscheinlich glaubte sie, damit wie Scarlett O'Hara auszusehen. Dann floh ich. Zwar hatte man uns angewiesen, bei der Gruppe zu bleiben, aber ich ging davon aus, daß das nicht für mich galt. Und wenn, wäre mir das ziemlich egal gewesen. Ich höre mir nicht gerne Vorträge an, sondern gehe lieber glücklich und unwissend meiner Wege.

Ich holte meinen Reiseführer aus der Tasche und schritt auf eine Ecke des Platzes zu, wo massive Wände aus gelbem Kalkstein hoch über meinem Kopf gen Himmel ragten. Alleinsein war unmöglich, denn es war ein Dutzend verschiedener Reisegruppen anwesend, die um ihre Führer herumwimmelten wie Fliegen auf verschüttetem Zucker. Ich verscheuchte ein paar aufdringliche Händler, die Souvenirs und Dienstleistungen feilboten, suchte mir eine verhältnismäßig ruhige Ecke und setzte mich dort auf einen Stein.

Es war noch früh; kühle, graue Schatten lagen auf dem blaßgelben Sand. Der Himmel war leuchtend blau, und davor erhob sich – dunstig-golden im Sonnenlicht – die Stufenpyramide, das älteste Beispiel monumentaler Baukunst, mehr als viertausend Jahre alt. Schäbig und verwittert, so schlicht, daß sie fast schon derb wirkte, war es doch mehr als nur ihr Alter, das die Phantasie anregte. Sie wirkte irgendwie harmonisch, sowohl im Neigungswinkel als auch in ihren Proportionen, was vor allem auch am Ambiente lag. Eine meiner geliebten mittelalterlichen Kathedralen wäre in den ewigen Weiten des Himmels und des Sandes zu einem Nichts geschrumpft. Zugegebenermaßen war es eine Traumreise, eine Reise, die ich schon immer einmal hatte machen wollen. Allerdings hätte ich die Luxuskabine und das köstliche Essen gern gegen eine ganz gewöhnliche Pauschalreise eingetauscht. Wie sollte ich mich auf Pyramiden und Grabgemälde konzentrieren, solange mir flau im Magen war und meine Nerven vibrierten wie Opas Gitarrensaiten? Mein Blick wanderte von den Lotussäulen der südlichen Kolonnade zu den Leuten, die Feisal umringten.

Dann zwang ich mich, in meinen Reiseführer zu schauen und einen langen Absatz über das Fest des Seth zu lesen. Doch falls es Sie interessiert, worum es sich dabei handelt, müssen Sie es selbst nachschlagen; bis auf den Namen habe ich alles vergessen. Viele der umgestürzten Säulen und Mauern waren mit Originalmaterialien restauriert worden. Inzwischen war so viel wiederhergestellt, daß man erkennen konnte, wie beeindruckend das Gebäude in seiner Blütezeit gewesen sein mußte. Die schlanken, kannelierten Säulen und die anmutig geschwungenen Randleisten waren von klassischer Schönheit. Ich betrachtete sie verträumt, als ich bemerkte, wie Jen auf mich zukam.

In der Hoffnung, daß sie mich in Ruhe lassen würde, beugte ich den Kopf über mein Buch. Ich hatte keine Lust auf Gesellschaft, besonders nicht auf ihre. Einige Minuten lang hatte ich mich wirklich wohlgefühlt.

Sie kam zwar ziemlich nah an mir vorbei, blieb aber nicht stehen. Während sie in ihrer Tasche kramte, verschwand sie außer Sichtweite hinter einer niedrigen Mauer.

Was hatte sie dort hinten vor? Es paßte so gar nicht zu ihr, einfach allein loszuziehen. Außerdem hatte sie nicht so schwungvoll gewirkt wie sonst; sie war langsam und schleppend gegangen.

Also stand ich auf und folgte ihr.

Die Stelle war dunkel und lag im Schatten. Die offene Tasche neben sich, saß Jen auf dem Boden. »Jen?« fragte ich unsicher. »Sind Sie ...«

Sie wandte mir ein ausdrucksloses, graues Gesicht zu und kippte dann seitlich um.

3. Kapitel

Ich schrie. Wenn ich mich richtig ins Zeug lege, habe ich eine Stimme wie ein Wagner-Sopran, wenigstens was die Lautstärke betrifft. Mein Hilferuf wurde schneller gehört, als ich zu hoffen gewagt hatte; offenbar hatte ich nicht als einzige bemerkt, daß Jen sich nicht wohlfühlte. Ihr liebender Sohn war als erster zur Stelle, Mary folgte ihm.

Jen hatte sich gegen meine Versuche gesperrt, sie vom Boden aufzuheben, indem sie sich zu einer Kugel zusammenrollte, die Knie anzog und die Arme um den Leib schlang. Doch bei Johns Anblick zwang sie sich zu einem tapferen Lächeln.

»Nur wieder der dumme Magen«, stöhnte sie. »Mach dir keine Sorgen, Liebling. Ich bin gleich wieder in Ordnung.«

Inzwischen war ihr Gesicht nicht mehr grau, sondern grün, und glänzte vor Schweiß. Mit einem mitleidigen Ausruf kniete Mary neben ihr nieder.

»Mutter Tregarth!«

»Aus dem Weg«, befahl John barsch. Ich wußte nicht, ob er damit mich oder seine Braut meinte. Mary nahm an, er meinte mich. Als sie sich zärtlich über Jen beugte, erbrach sich diese geräuschvoll. Mit angeekeltem Gesicht taumelte Mary zurück.

John hievte seine Mutter hoch und setzte sie einige Meter weiter wieder ab. »Scheiße!« entfuhr es mir, als ich die Flecken auf meinem nagelneuen Anzug entdeckte. Ich holte Papiertaschentücher aus der Tasche und fing an, Jens Gesicht abzuwischen.

»Ich bewundere Frauen mit ausgeprägtem Wortschatz«, zischte John mir zu. »Sitzen Sie nicht so herum. Holen Sie einen Arzt.«

»Ich gehe schon«, meinte Mary rasch. »Tut mir leid, Liebling, ich ... ich gehe schon.«

Als sie mit dem Arzt zurückkehrte, hatten sich auch einige der anderen Passagiere, teils aus Sorge, teils aus morbider Neugier, an ihre Fersen geheftet. Ich muß zugeben, daß der Unterschied oft nicht so leicht festzustellen ist. Allerdings war ich ziemlich sicher, daß es Suzi aus letztgenanntem Grund in unsere Nähe getrieben hatte. Bei Blenkiron jedoch war ich bereit, den Grundsatz »im Zweifel für den Angeklagten« gelten zu lassen. »Was ist los?« fragte er.

Jen demonstrierte es ihm sofort. Ich hatte gehofft, John würde etwas abbekommen, doch es gelang ihm, dem Strahl auszuweichen. Er stützte ihren Kopf und ihre Schultern, damit sie sich nicht verschluckte. Die Arme würgte immer weiter, obwohl sie ihren gesamten Mageninhalt offensichtlich bereits von sich gegeben hatte.

Als Dr. Carter am Vorabend vorgestellt worden war, hatte ich nicht allzusehr auf ihn geachtet – natürlich auch weil ich hoffte, seine Dienste nicht in Anspruch nehmen zu müssen. Er war ein unglaublich unauffälliger Mann: mittleren Alters, mittelgroß, weder dick noch dünn, mit einem nichtssagenden, rosigen Gesicht.

»Nur ein Fall von Pharaos Rache«, sagte er in dem ärgerlichen, gleichzeitig herablassenden und leutseligen Tonfall, mit dem einige Ärzte ihre Patienten zu beruhigen glauben. »Regen Sie sich nicht auf, Mrs. Tregarth. Wir bringen Sie jetzt zurück aufs Schiff und ...«

»Nein.« John blickte nicht auf. »Ich möchte, daß sie ins Krankenhaus kommt. Das Schiff ist inzwischen weitergefahren. Nach Kairo ist es genausoweit, wenn nicht sogar näher.«

»Aber, aber, junger Mann. Sie brauchen sich wirklich keine Sorgen zu machen. Diese Krankheit kommt häufig vor, und die Krankenstation ...«

»Fährt immer weiter nach Süden, abgesehen von anderen Nachteilen«, erwiderte John in seinem unhöflichsten, gedehnten Tonfall. »Meine Mutter ist keine junge Frau mehr, Herr Doktor, und sie hat schon öfter unter diesen Beschwerden gelitten.«

Als Carter protestierte, murmelte Blenkiron: »Mr. Tregarth hat recht, Ben. Es wäre unklug, ein Risiko einzugehen. Vielleicht könnte der Bus sie nach Kairo bringen und dann zurückkommen und uns abholen.«

Er sprach leise und zögernd, aber wenn man reich ist, braucht man nicht zu schreien, um seinem Standpunkt Gehör zu verschaffen.

»Genau das wollte ich auch gerade vorschlagen!« rief Carter aus.

Jen war zu schwach, um zu widersprechen. Sie sah elend aus, und ihre geschlossenen Augen lagen tief in den Höhlen. »Wäre ein Krankenwagen nicht besser?« fragte ich besorgt.

Blenkiron lächelte vage in meine Richtung. »Die Rückbank im Bus läßt sich zu einer Liege ausklappen, Vicky. Dort hat sie es viel bequemer als in einem Krankenwagen, und bis der kommt, ist sie schon wohlbehalten in Kairo.«

John hob seine Mutter auf und ging, gefolgt von Mary und Carter, davon.

»Wow!« stieß Suzi aus und blickte ihm nach. »Er ist stärker, als er aussieht. Die alte Dame wiegt bestimmt über siebzig Kilo, und er rennt ja fast.«

Da ich genau wußte, was sie jetzt dachte, beschloß ich, nicht zu reagieren. Blenkiron wußte es nicht, weshalb er darauf einging: »Man kann seine Besorgnis verstehen, obwohl sie sicherlich überflüssig ist. Viele Touristen leiden anfangs unter Verdauungsstörungen. Aber es ist doch ein schöner Anblick, wenn sich ein junger Mann so rührend um seine Mutter kümmert.«

»So jung ist er nun auch wieder nicht«, sagte ich.

»Kennen Sie ihn von früher?«

Ich riß mich zusammen. Blenkiron hatte zwar anscheinend nur aus Interesse gefragt, doch das neugierige Funkeln in Suzis Augen verriet mir, daß sie offenbar zu der Sorte Leute gehörte, die Skandale brauchen wie ihr täglich Brot. »Nein«, erwiderte ich.

»Ich glaube, wir sind uns noch nicht vorgestellt worden«, meinte Blenkiron. »Vornamen kann man sich leichter merken, und außerdem ist es so weniger steif. Ich heiße Larry.«

In seinem schweißfleckigen Hemd, das am Hals offenstand, und der zerknitterten Khakihose wirkte er viel jünger und weniger formell. Erfreut und gleichzeitig belustigt stellte ich fest, daß er einen Tropenhelm trug. Die verdammten Dinger waren eben doch praktisch, denn sie schützten Kopf und Nacken vor den mörderischen Sonnenstrahlen und waren schwer genug, um dem ständigen Nordwind zu widerstehen.

»Sind Sie zum erstemal in Ägypten?« fuhr er fort, schaute zu mir hinunter und bot mir seine Hand an.

Ich ließ zu, daß er mir aufhalf. Er schaute immer noch zu mir hinunter, was nicht vielen Leuten gelingt. Teile meines Gehirns (die ich zu ignorieren versuchte) registrierten seine breiten Schultern und den flachen Bauch und stellten fest, daß er für einen Mann über fünfzig nicht übel aussah. Und er war ein Multimillionär. Oder Milliardär? Auf ein paar Millionen mehr oder weniger kommt es doch nicht an, dachte ich großzügig.

»Wissen alle auf dem Schiff, daß ich eine Betrügerin bin?« fragte ich.

»Aber Vicky, Sie sollten sich nicht schlechtmachen. Schließlich haben Sie doch eine Reputation. Ich habe Ihren Artikel über den Reliquienschrein von Riemenschneider mit großem Interesse gelesen.«

»Ich bin geschmeichelt. Doch von Ägyptologie habe ich keine Ahnung«, gab ich mit einem charmanten Lächeln zu.

»Soll ich Sie ein wenig herumführen? Ich bin zwar nur ein Amateur, aber ich kenne Sakkara recht gut.«

Nur selten habe ich einen so anregenden Vormittag verbracht. Sakkara ist eine ziemlich komplizierte historische Stätte. Abgesehen von der Stufenpyramide gibt es noch verschiedene kleinere, verfallene Pyramiden, die inmitten eines Gewirrs von Nebengebäuden, Tempeln, Höfen, Gängen und Kapellen liegen, unterirdische Gebäude, deren Funktion noch heute unklar ist, und eine Unmenge von Einzelgräbern für hohe Staatsbeamte. Die größeren dieser Mastabas, wie man sie nennt, haben den Charakter von Labyrinthen. Eines von ihnen besteht aus vierunddreißig Räumen im oberen Gebäude und einem unterirdischen Grabschacht. Von meiner hastigen Lektüre des Reiseführers in der Nacht zuvor war nur eine Ansammlung verschiedener zusammenhangloser Fakten geblieben. Nun brachte Larry Ordnung hinein.

»Sie haben Ihren Beruf verfehlt«, sagte ich, als wir den Tempelkomplex verließen. »Sie sollten Reiseleiter werden.«

Er schien über dieses alberne Kompliment übertrieben erfreut. Wir verstanden uns großartig, dachte ich zufrieden. Kein Wunder, wenn der arme Mann vor Frauen wie Suzi Reißaus nahm; wahrscheinlich hatte er es satt, daß sie sich ihm alle an den Hals warfen. Er wollte nur als geistig Ebenbürtiger behandelt und wegen seines Verstandes, nicht wegen seines Geldes bewundert werden. Ich konnte das nachvollziehen, obwohl es in meinem Fall nicht das Geld war, das meine Bewunderer von meinen intellektuellen Fähigkeiten ablenkte.

»Als Amateur kann man ein schwieriges Thema viel besser vereinfachen«, sagte er bescheiden. »Schauen wir uns vor dem Essen noch eine der Mastabas an? Sie, als Kunsthistorikerin, kennen die Reliefs bestimmt.«

»Ich erinnere mich an einige Reliefs aus dem Alten Reich – sie sind wunderschön, ganz zart und detailliert –, aber im Augenblick könnte ich Ihnen nicht sagen, aus welchem Grab sie stammen. Auf einem war ein junges Nilpferd zu sehen ...«

»Wahrscheinlich meinen Sie Mereruka.« Larry nahm mich beim Arm. »Aber einige der anderen Gräber sind genauso bemerkenswert. Sehen wir nach, in welchem es am wenigsten von Menschen wimmelt.«

Es wimmelte überall von Menschen, wenigstens für jemanden wie mich, für den drei Personen schon eine zuviel bedeuten. »Ich habe um diese Jahreszeit noch nie erlebt, daß so wenig Leute hier sind. Aus Angst vor dem Terrorismus bleiben die Touristen weg. Schön für uns, aber schlecht für die ägyptische Wirtschaft.«

Ich bekam mein junges Nilpferd zu sehen, das im Schilfgras am Ufer entlanglief, offenbar ohne das riesige Krokodil zu bemerken, das sich ihm an die Fersen geheftet hatte (wenn Nilpferde überhaupt Fersen haben). Aber das Jungtier hatte keinen Grund zur Sorge, denn seine liebe Mama hatte das Krokodil bereits gepackt und war gerade dabei, es in der Mitte durchzubeißen.

Die Photos, die ich kannte, waren dem Relief nicht gerecht geworden. Für das an westliche Kunst gewöhnte Auge waren diese Reliefs von einer Schlichtheit, die an Naivität grenzte. Doch je gründlicher ich sie betrachtete, desto mehr erkannte ich, daß dieser Eindruck täuschte. Die Technik war sicher und geschickt ausgeführt und äußerst kunstvoll; nur ein Ignorant oder ein Mensch, der fest in seinen unbewußten Vorurteilen verhaftet ist, hätte sie unterschätzen können.

Larry stimmte mir darin zu und sagte, ich sei zu einem sehr klugen Schluß gekommen. Wir amüsierten uns großartig, als ich schlurfende Schritte und eine bekannte Stimme hörte. »Das ist bestimmt Feisal«, meinte ich.

Larry sah auf die Uhr. »Genau pünktlich. Es ist später, als ich dachte. Die Zeit ist vergangen wie im Flug.«

Er warf mir einen bedeutungsschwangeren Blick zu. Wahrscheinlich errötete ich.

Zuerst kam der grobknochige Mann herein, der am Vorabend an Larrys Tisch gesessen hatte. Den ganzen Vormittag war er uns in diskretem Abstand gefolgt, und nun blickte er taktvoll ins Leere, bis Larry murmelte: »Ich glaube, Sie haben einander noch nicht kennengelernt. Dr. Victoria Bliss – Ed Whitbread.«

»Guten Morgen, Ma'am.« Ed riß sich den Hut, einen breitkrempigen weißen Stetson, vom Kopf – und verbeugte sich.

Trotz der stickigen Hitze trug er eine Jacke. Ich glaubte, den Grund dafür zu kennen. Er war mehr als acht Zentimeter größer als Larry, also mindestens eins sechsundneunzig. Ich hoffte sehr, daß Larry ihn davon überzeugt hatte, mich als Freundin zu betrachten, denn es hätte mir gar nicht gefallen, wenn er mich für eine Feindin gehalten hätte.

Angeführt von Feisal drängten sich auch die anderen herein. Larry verdrückte sich diskret, als Suzi fröhlich und ungestüm auf mich zuschoß. »Ich habe mich schon gefragt, wo Sie stecken?« sagte sie. »Wie haben Sie denn das geschafft?«

»Was geschafft?«

»Sie wissen schon.« Grinsend versetzte sie mir einen Rippenstoß. Für eine sonst so gut gepolsterte Frau hatte sie erstaunlich spitze Ellenbogen. »Als ich es versucht habe, hat es überhaupt nicht geklappt. Sie müssen mir erzählen ...«

»Ruhe bitte.« Feisal klatschte in die Hände wie ein Lehrer, der seine Klasse zur Ordnung ruft. »Wir haben nur eine Viertelstunde, denn draußen wartet schon die nächste Gruppe. Die Reliefs in dieser Kammer ...«

Er war ein guter Redner, knapp, witzig und, soweit ich es beurteilen konnte, auch inhaltlich korrekt. Allerdings kam ich kaum zum Zuhören, weil Suzi die ganze Zeit flüsterte und mich anstieß. Nach einer Weile hielt Feisal inne und bedachte sie mit einem strengen Blick. »Suzi, Sie böses Mädchen, Sie hören mir ja überhaupt nicht zu. Kommen Sie her und stellen Sie sich neben mich.«

Suzi gehorchte kichernd. Als Feisal meinen Blick auffing, zwinkerte er mir mit einem Auge diskret zu.

Als wir das Grab verließen und uns über den rauhen Boden der Hochebene auf den Weg machten, stand die Sonne hoch und heiß am Himmel. Das Sonnenlicht ließ Sand und Steine mattbraun wirken. Obwohl es nicht weit war, keuchten und jammerten einige meiner Mitreisenden, bis wir unser Ziel erreichten.

Der Bus wartete schon. Mit einem erleichterten Seufzer ließ ich mich auf einen Sitz fallen und nahm von einem lächelnden Kellner ein Glas Wasser entgegen, in dem Eiswürfel klingelten. Wir waren nicht auf das überfüllte Rasthaus angewiesen, wo die gewöhnlichen Touristen aßen und tranken und sich nicht nur Unbequemlichkeiten aussetzten, sondern auch Pharaos Rache riskierten. An unseren Sitzen waren Klapptische befestigt wie in einem Flugzeug, und man servierte uns eisgekühlten Wein und Speisen auf feinem Porzellan. Doch selbst während ich darüber nachdachte, wie leicht man sich an diesen Luxus gewöhnte, erinnerte mich mein wissenschaftlich geschultes Gewissen daran, daß die Abgase aus unserem Auspuff die Steine der Pyramiden zerfraßen.

Sobald alle saßen, wandte Feisal sich an uns: »Einige von Ihnen wissen bereits, daß eine unserer Freundinnen heute morgen erkrankt ist. Zu Ihrer Beruhigung kann ich Ihnen mitteilen, daß Mrs. Tregarth inzwischen wohlbehalten in Kairo im Krankenhaus liegt...«

Den Rest hörte ich nicht. Ein Wort war durch den Schleier der Dummheit gedrungen, der mein Gehirn umnebelte.

Kairo. Das Kairoer Museum lag in Kairo. Immer schön langsam, Vicky, ganz langsam, offenbar übersteigen komplizierte Gedankengänge im Augenblick deine Fähigkeiten. Richtig. Da gab es keinen Zweifel. Das Kairoer Museum lag wirklich in Kairo. Und nun war John auch dort.

Er war nicht nur in Kairo (wie das Museum), sondern dazu auch noch plötzlich, unvermittelt und außerplanmäßig aufgebrochen. Ich hatte mir eingeredet, daß mir noch drei Wochen zur Verfügung standen. Ich hätte es gleich wissen müssen – verdammter Mist, ich hätte es gleich wissen müssen! John hielt sich nie an Zeitpläne, und der Überraschungseffekt war sozusagen sein Markenzeichen. Sicherlich war ihm bei meinem Anblick klargeworden, daß ihm jemand auf die Schliche gekommen war. Doch er gab nicht auf, das hätte John nie getan, außer wenn es sich wirklich nicht umgehen ließ. Er würde seine Vorgehensweise ändern, mich überraschen, einen Vorwand erfinden, damit er früher als erwartet am Tatort eintraf, einen hübschen, kleinen Vorwand wie ...

Seine eigene Mutter zu vergiften?

Das kam mir sogar für John etwas extrem vor.

Aber ...

Ich sprang auf und quetschte mich an meinem Tablett voller Porzellan und Gläsern vorbei. Bright und Sweet saßen einige Reihen vor mir. Ich konnte Brights dichten, braunen, teuren Haarschopf über die Lehne hinausragen sehen. Sie hießen mich strahlend willkommen, aber ich wartete nicht ab, bis die Begrüßungsformeln ausgetauscht waren.

»Ein Jammer, das mit Mrs. Tregarth.«

»Sehr traurig«, meinte Sweet fröhlich. »Aber Feisal sagt, sie ist schon fast über den Berg. Wir sollten uns das eine Lehre sein lassen. Die arme Frau hat sich die ganze Zeit vollgestopft. Das ist besonders gefährlich, wenn man nicht an die fremden Speisen und das Wasser gewöhnt ist.«

Bright nickte heftig. Wahrscheinlich hätte er auch dann nichts gesagt, wenn er dazu in der Lage gewesen wäre, aber diesmal konnte er nicht: Er hatte sich gerade ein ganzes, gefülltes Ei in den Mund gesteckt.

»Richtig«, sagte ich. »Ich frage mich, wie lange sie in Kairo bleiben werden. Wo sie ...« Gerade noch rechtzeitig hielt ich inne. Larry, der auf der anderen Seite des Ganges saß, betrachtete mich mit einem erstaunten Lächeln.

»Hoffen wir, daß sie bald wiederkommt«, sagte Sweet. »Ein Jammer, wenn man einen Teil einer solchen Reise verpaßt.«

Ich versuchte es noch einmal. »Besonders wenn es sich dabei auch noch um die Flitterwochen handelt. Wahrscheinlich wird ihr Sohn bei ihr in *Kairo* bleiben.«

»Wahrscheinlich.« Sweet sah mich perplex an.

Ich riß mich zusammen und wandte mich zum Gehen. »Dann, bis später.«

»Treffen wir uns in einer Pyramide«, rief Sweet mir nach.

Ich quetschte mich wieder in meinen Sitz und griff zu einem Sandwich – kein gewöhnliches Sandwich mit Huhn oder Käse, sondern ein Meisterwerk, mit Shrimps, gehacktem Eigelb und einer geheimnisvollen Sauce. Offenbar machten sich Sweet und Bright keine Sorgen. Statt dessen hatten sie mich angesehen, als würde ich gerade auch noch den letzten kümmerlichen Rest meines Verstandes verlieren. Natürlich waren die beiden Profis, sagte ich mir. Sie hatten wie die anderen von Jens' Erkrankung gehört. Vielleicht wußten sie nicht, daß John der gesuchte Mann war, aber sie achteten bestimmt auf alle außergewöhnlichen Vorkommnisse. Vermutlich wußten sie sogar, daß das Kairoer Museum in Kairo lag.

Ich kann nicht behaupten, daß mir die restliche Besichtigung von Sakkara große Freude machte, obwohl Feisal in Höchstform war und Alice den Großteil des Nachmittags bei mir blieb. Sie war eine angenehme Gesellschafterin, trotz ihrer Bildung nicht hochnäsig, und mit einem Hang zum Sarkasmus, den ich nie bei ihr vermutet hätte. »Schaut ganz so aus, als ob sie sich diesmal für Jugend und Schönheit statt fürs Geld entscheidet«, meinte sie grinsend mit einem Blick auf Suzi, die sich an Feisals Fersen geheftet hatte. »Larry wird erleichtert sein. Letzte Nacht sah er aus wie ein Hase, den man in die Enge getrieben hat.«

»Er ist ein sympathischer Mensch«, meinte ich. »Ich meine Larry. Kennen Sie ihn näher?«

»Niemand kennt ihn.« Alice, die, die Hände in den Taschen, kräftig ausschritt, wirkte so frisch wie eine Frau von der Hälfte ihrer Jahre. »Ich bin ihm ein- oder zweimal begegnet. Er ist ein treuer Anhänger der Archäologie und sehr belesen. Trotzdem habe ich mich gewundert, daß er an dieser Reise teilnimmt, denn er begibt sich nicht gern in Gesellschaft. Aber natürlich ist die Wiedereröffnung von Tetisheris Grab der Höhepunkt der Kreuzfahrt, und damit hat er sich seit drei Jahren hauptsächlich beschäftigt. Wahrscheinlich hofft er, einige der anderen Multimillionäre an Bord zur Unterstützung ähnlicher Projekte zu bewegen.«

Sie blieb stehen, damit die anderen aufholen konnten. »Heute nachmittag ist er nicht bei der Gruppe«, sagte ich, wobei ich versuchte, nicht zu keuchen. »Will er den raffgierigen Frauen aus dem Weg gehen?«

Sie verstand, was ich damit meinte. »Nicht Ihnen. Sie haben

ziemlichen Eindruck auf ihn gemacht. Er ist zu mir gekommen und hat mich gefragt, ob ich glaube, daß Sie ihn heute nachmittag begleiten würden. Er will die Adelsgräber der achtzehnten Dynastie besichtigen, die Touristen nicht offenstehen.«

»Und Sie haben ihm gesagt, ich hätte keine Lust? Verdammt, Alice, wie soll ich mir jemals einen Millionär angeln, wenn Sie es verhindern?«

Alice lachte. »Ich trage keine Schuld. Er hatte es sich anders überlegt, ehe ich antworten konnte. Ehrenwort, ich habe mich gefühlt wie eine Schulpsychologin, die einen schüchternen Jungen dazu überredet, ein Mädchen zum Tanzen aufzufordern. Aber«, fügte sie mit einem forschenden Blick auf mich hinzu, »machen Sie sich keine allzu großen Hoffnungen. Er mag Sie, weil Sie ihn wie einen Menschen behandelt haben, aber ich glaube nicht, daß er großes Interesse an der Ehe hat.«

»Ich auch nicht.«

»Sehr vernünftig.«

»Warum sind Sie nicht mitgegangen? Dieses ganze Touristenzeug muß doch langweilig für Sie sein.«

»Ich bin im Dienst, meine Liebe. Außerdem kann ich von dem Touristenzeug nie genug kriegen. Ich war schon seit Jahren nicht mehr in der Teti-Pyramide.«

»Ist das unsere nächste Besichtigung? Allmählich komme ich durcheinander«, gab ich zu.

»Kein Wunder. Wir stopfen furchtbar viel in einen Tag. Das Gehirn wird überfüttert. Sie müssen nicht reingehen, wenn Sie nicht wollen.«

»Ich glaube, das lasse ich auch. Gehen Sie nur los. Ich setze mich hierher und bewundere die Aussicht.«

Bis auf einige Energiebündel machten nach dem langen Vormittag und dem reichhaltigen Mittagessen alle schlapp. Ein paar waren im Bus geblieben, andere waren losgegangen, um Souvenirs zu kaufen, an denen kein Mangel herrschte. Nur etwa ein Dutzend Leute interessierte sich fürs Innere der Pyramide. Unter ihnen befanden sich Sweet und Bright und eine hochgewachsene, vierschrötige Frau, eine, wie man mir gesagt hatte, berühmte Romanautorin. Niemand hätte ihr den Vorwurf machen können, daß sie die Gefühle der Ägypter mit Füßen trat, denn sie war von Schulter bis Schienbein in wallende Gewänder gehüllt und hatte einen Schal wie eine Fahne um ihr riesiges, kantiges Gesicht geschlungen. Mir kam dieses Gesicht irgendwie bekannt vor, aber ich wußte nicht, wo ich es gesehen hatte, und war davon überzeugt, daß ich es in diesem Fall niemals vergessen hätte. Es gibt nur wenige berühmte Romanautorinnen mit dicken Schnurrbärten.

»Wie heißt sie?« flüsterte ich Alice zu.

»Louisa Ferncliffe. Aber sie schreibt unter dem Namen Valerie Vandine. Je von ihr gehört?«

Ich hatte von ihr gehört. Und ich hatte zugegebenermaßen sogar einige ihrer Romane gelesen. Sie war eine von Schmidts Lieblingsautorinnen. Schmidt liest nur zwei Arten von Romanen: knallharte Krimis mit muskulösen, cleveren Detektiven und kitschige historische Romane, in denen hilflose, kurvenreiche Heldinnen eine Rolle spielen. Mit anderen Worten: Gewalt und Sex. Ungläubig musterte ich die massige Gestalt vor mir. Diese Frau mußte eine unglaublich lebendige Phantasie haben, denn die sexuellen Verrenkungen, die sie bis ins letzte interessante Detail beschrieb, wären einem Menschen von ihrer Statur unmöglich gewesen.

Also deshalb kam sie mir bekannt vor. Die Photos auf den Rückseiten ihrer Bücher hatten den Schnurrbart und die tiefen Falten auf ihrer Stirn unterschlagen. Auch ein paar ihrer Doppelkinne waren wegretouchiert worden.

»Ihre Heldinnen sind alle groß, schlank und blond«, murmelte ich.

Alice kicherte. »Es würde mich interessieren, wie sie eine große, schlanke Blondine in einem Roman über das alte Ägypten unterbringt. Ich glaube, sie sammelt Material für ein solches Buch.«

Louisa legte den Kopf in den Nacken und betrachtete die zerbröckelnde Fassade des Gebäudes. »Wo sind die Inschriften?« fragte sie fordernd.

Feisal hatte ganz sicher schon dümmere Fragen gehört. »Im Inneren der Pyramide«, antwortete er geduldig. »Kommen Sie, Miss Vandine?«

Anstelle einer Antwort kehrte sie ihm den Rücken zu und wandte sich an Alice: »Kommen Sie auch mit?«

»Das hatte ich eigentlich vor. Ja.«

»In diesem Fall werde ich Sie begleiten. Ich möchte, daß Sie mir einige der Inschriften übersetzen, damit ich in der Luft der Grabkammer das Echo höre, die magischen Worte des Schutzes.« Sie reckte die Arme in die Luft und sang: »Oh, Götter der Unterwelt, grüßet den Pharao in Frieden! Oh, himmlische Führer, bringt den Zorn des Anubis über all jene, die dieses Grab schänden!«

Das war zuviel für Feisal. »Ich befürchte, einen solchen Text gibt es nicht, Miss Vandine.«

Sie musterte ihn von Kopf bis Fuß. »Woher wollen Sie das wissen? Dr. Gordon ist die Expertin ...«

»Nicht was die Inschriften in Pyramiden betrifft«, unterbrach Alice. Ihr Gesicht war gerötet, wenn auch nicht so stark wie Feisals. Ganz ruhig sprach sie weiter: »In Feisals Dissertation werden die Inschriften in Pyramiden mit denen auf Särgen verglichen. Er hat in Oxford und an der Universität von Chicago studiert. Ich glaube, ich werde Sie lieber doch nicht begleiten. Die Luft da drinnen ist ziemlich ... stickig.«

Nachdem die anderen hineingegangen waren, sagte ich: »Gut gemacht, Alice. Unerbittlich und doch höflich.«

»Viel zu höflich.« Alice nahm den Hut ab und fächelte sich das erhitzte Gesicht. »Sie hat es nicht begriffen. In jeder Gruppe gibt es ein paar dieser Leute. Ich weiß nicht, warum ich mir überhaupt die Mühe mache. Gegen Bigotterie und schlechte Kinderstube kommt man nicht an.«

»Warum arbeitet er mit seinen Qualifikationen als Reiseleiter?«

Alice zuckte die Achseln. »Es ist schwierig, Arbeit zu finden. Das dürfte *Ihnen* ja nichts Neues sein.«

»Sie haben recht.« Die Erinnerung, wie ich meinen Job ergattert hatte, ließ mich verlegen zusammenzucken. Erpressung wäre zwar etwas zu hart ausgedrückt, aber ...

»Sein Vater ist ein kleiner Beamter«, fuhr Alice fort. »Nicht viel mehr als ein Sachbearbeiter mit einem wohlklingenden Titel. Er hat sein ganzes Leben lang gespart, damit sein Sohn – der einzige

Sohn – einmal Karriere macht. Wie Sie sich vorstellen können, steht Feisal unter enormem Druck.«

»Bestimmt. Die Leute sind doch überall gleich.«

»In mancher Hinsicht.« Alice grinste mich an. »Und in anderer Hinsicht wieder nicht. Haben Sie Lust, sich noch ein paar Mastabas anzusehen? Es gibt dort ein paar sehr hübsche Reliefs, wenn Ihnen so etwas gefällt. Oder möchten Sie lieber das Serapeum besichtigen? Es ist zwar etwas weiter, aber ...«

»Eigentlich habe ich keine Lust auf unterirdische Kammern und Dunkelheit.«

Das hatte ich gedankenlos gesagt, und sofort bereute ich, selbst gegenüber einer netten Frau wie Alice, so leichtsinnig gewesen zu sein. Sie fragte nicht weiter nach, sondern nickte nur.

Während Alice mich überall herumführte, änderte ich allmählich meine schlechte Meinung von dunklen Kammern, in die niemals die Sonne fiel. Als wir uns wieder am Bus versammelten, war ich nicht die einzige, die müde, verschwitzt und rot im Gesicht war. Die Gruppe, die die Pyramide besichtigt hatte, sah so schlimm aus, wie ich mich fühlte. Trotzdem hatten sie offensichtlich einen interessanten Nachmittag verbracht. Sweet lobte Feisals Vortrag in höchsten Tönen, und Bright nickte und grinste ununterbrochen. Zu meiner Freude stellte ich fest, daß Louisas Schleier zerrissen war. Anscheinend war ihr jemand auf den Saum getreten.

Als ich mich in der kühlen, klimatisierten Bequemlichkeit niederließ und meinen geeisten Drink schlürfte, versuchte ich, auf die malerische Szenerie zu achten, die draußen vorbeiglitt: die Stufenpyramide schimmerte golden in der Nachmittagssonne; auf grünen Feldern wuchsen Alfalfa und Gemüse; barfüßige Kinder winkten uns verwöhnten Ausländern lächelnd zu. Doch in meinem Hirn wirbelten unzählige zusammenhanglose Eindrücke durcheinander. »Die Stufenpyramide ist einundsechzig Meter hoch ... Er mag Sie, weil Sie ihn wie einen Menschen behandeln ... Oh, Götter der Unterwelt, grüßet den Pharao in Frieden ... Die arme Frau hat sich ständig vollgestopft ...«

Jen hatte uns kein Theater vorgespielt. Der unangenehme Beweis dafür klebte zum Teil noch an meinen Kleidern. Würde John wirklich so weit gehen, um seinen Plan in die Tat umzusetzen? Ich war mir ziemlich sicher, daß im Museum noch alles in Ordnung war. Wenn die Tat laut Plan erst in drei Wochen stattfinden sollte, war es bestimmt nicht möglich, so schnell umzudisponieren. Wie dem auch sei (so sagte ich mir), ich hatte meine Pflicht als gute, kleine Spionin erfüllt. Sweet und Bright wußten, daß John ihr Mann war. Ich war so direkt gewesen, wie ich es wagen konnte; sie konnten die Botschaft unmöglich falsch verstanden haben. Jetzt lag die Sache nicht mehr in meiner Hand. Schließlich hatte ich mich nicht dazu bereiterklärt, das Museum mit der Waffe zu verteidigen.

Als ich die Gangway hinaufstieg, stand John vor mir. Eine Zigarette in der Hand, lehnte er an der Reling. Sein blondes Haar war von der Brise zerzaust, sein Hemd so rein und weiß wie frischgefallener Schnee. Er betrachtete die staubige, sonnenverbrannte und hinkende Menge mit freundlicher Herablassung.

»Viel besser«, rief er als Antwort auf irgendeine Frage – ich glaube, es war Feisal; ich war es ganz bestimmt nicht, denn ich war sprachlos. »Kein Grund zur Sorge haben die Ärzte gesagt.« Dann wandte er seine Augen, so blau und ausdruckslos wie Kornblumen, mir zu und meinte: »Ich war mir sicher, daß Sie es sofort erfahren wollten.«

Mit diesen Worten verschwand er und überließ mich einem Ansturm widerstreitender Gefühle (so hätte Louisa Ferncliffe es wahrscheinlich ausgedrückt). Letztendlich setzte sich die Wut durch.

Ich schnappte mir Suzi, die mit den anderen an Deck auf ihren Kabinenschlüssel wartete. »Sie sollten mit diesem Sonnenbrand zum Arzt gehen«, sagte ich unvermittelt.

Sie sah überrascht aus. »Ist es so schlimm? Es tut gar nicht weh.«

»Ihr Rücken ist knallrot.« Das war zwar eine leichte Übertreibung, doch alle ihre sichtbaren Körperteile waren kräftig rosa gefärbt.

Meine Durchsetzungskraft (oder etwas anderes) siegte. Suzi ließ sich von mir wegschleppen.

Carter arbeitete hart: Er war vierundzwanzig Stunden im Dienst, an Bord und an Land. Allerdings fand man ihn nur kurz nach der Rückkehr von den Besichtigungen zuverlässig in der Krankenstation vor, wo er sich bereithielt, »um eventuelle kleine Verletzungen zu versorgen«. Der Klang dieser Worte hatte mir gar nicht gefallen. Aber seit ich den unebenen Boden gesehen und die Hitze der Sonne gespürt hatte, verstand ich, warum die Passagiere jemanden brauchten, der sich um »geringfügige« Erkankungen vom Sonnenstich bis zum verstauchten Knöchel kümmerte. Die Krankenstation war wirklich beeindruckend, makellos sauber und sehr gut ausgestattet. Es gab dort auch einen verschlossenen Schrank, der wahrscheinlich Medikamente enthielt.

Während Carter Suzi untersuchte, fragte ich nach Jen. »Alles in bester Ordnung, abgesehen von zu reichhaltigem Essen und einer leichten Virusinfektion«, lautete die gereizte Antwort. Offenbar fühlte sich der gute Doktor ernsthaft in seiner Würde gekränkt. Ich konnte mir vorstellen, von wem. »Sie hat es geschafft, ihren übereifrigen Sohn zu überreden, daß er die Kreuzfahrt fortsetzt. Nachdem er das Krankenhaus inspiziert und sämtliche Mitarbeiter befragt hatte, hat er endlich zugestimmt.«

»Also sind Sie alle zusammen zurückgekommen?«

»Ja. Wenn Sie mich fragen, war Mrs. Tregarth froh, ihn los zu sein. Wahrscheinlich hat sie sich darauf gefreut, ein paar Tage lang in Ruhe gelassen zu werden. In Ordnung, Suzi, Sie sind in Topform, wenn ich mir diese Bemerkung erlauben darf. Reiben Sie sich heute nacht mit dieser Salbe ein, und schützen Sie Ihre Haut in den nächsten Tagen vor der Sonne.«

Jetzt war ich auf dem laufenden. Falls nicht einer der Krankenhausmitarbeiter zu Johns Komplizen gehörte, hatte er keine Gelegenheit gehabt, sich mit jemandem zu besprechen. Das hoffte ich wenigstens.

Ich hatte keine Nachricht in meinem Safe hinterlassen, aber ich fand eine vor, als ich ihn öffnete. Sie war kurz und knapp: »Bitte erstatten Sie baldmöglichst Meldung.«

Ich knüllte das Blatt zusammen und warf es in den Papierkorb. Wenn Burckhardt unbedingt so verdammt geheimnisvoll tun und derart auf Sicherheit achten wollte, sollte er warten, bis ich bereit war. Außerdem hatte ich ja schon bei Sweet und Bright Meldung erstattet.

Erst als ich unter der Dusche stand und das warme Wasser angenehm meinen schmerzenden Körper umspülte, wurde mir klar, wie müde ich war. Meine Muskeln waren weniger vor Erschöpfung, sondern durch pure Anspannung verkrampft. Den ganzen Tag war ich auf dem Sprung gewesen. Wie rücksichtsvoll von John, daß er mich sobald wie möglich beruhigt hatte ... Zum Teufel mit seiner Arroganz!

Ich beschloß, heute auf das Abendkleid zu verzichten, und schlüpfte in einen Baumwollrock und eine ärmellose Bluse. Auch die anderen würden müde sein. Der Zeitplan war wirklich streng, und morgen stand uns wieder ein langer Tag bevor: die Besichtigung von Meydum und Faiyum. Ich freute mich schon auf den Dienstag, wenn wir den ganzen Tag auf dem Schiff verbringen würden. Bis jetzt hatte ich keine Zeit gehabt, meinen kleinen Balkon zu nutzen oder die Dienstleistungsangebote auf dem Schiff zu erkunden, zu denen ein Friseur, ein Laden, ein Kraftraum und ein Swimmingpool gehörten.

Als ich jedoch zur blauen Stunde in den Salon kam, stellte ich fest, daß alle über die Programmänderung diskutierten, die an der Pinnwand hing. Meydum und zwei weitere Besichtigungstouren waren bis zur Rückreise verschoben worden. Wir würden sofort nach Amarna fahren.

Den meisten meiner Mitreisenden schien das gleichgültig zu sein, doch einige beklagten sich bitterlich – das ältere Ehepaar aus San Francisco, das sich grundsätzlich über alles beklagte, und Louisa, weil sie Meydum als Handlungsort ihres neuen Romans verwenden wollte. »Diese Änderung bringt mir meinen ganzen Arbeitsplan durcheinander«, beschwerte sie sich. »Ich habe meinem ungeduldigen Verleger versprochen, mindestens fünfzigtausend Wörter zu schreiben, bis wir in Luxor sind. Doch wie soll ich jetzt anfangen? Meine Phantasie wird nicht beflügelt, wenn ich diese prachtvollen Ruinen nicht zu Gesicht bekomme.«

Ich vermutete, daß Louisa an zwei andere Ruinen dachte. Meydum war nie eine Stadt gewesen, sondern nur ein riesiger Friedhof. Wie konnte man einen ganzen Roman auf einem Friedhof spielen lassen? Eine Liebesromanze inmitten von Mumien? Auf diesen Gedanken war bereits jemand gekommen. Als ich sah, daß sich meine Kollegen an einem Tisch versammelten, ging ich auf sie zu. Bestimmt würden sie den Grund der Programmänderung kennen. Doch dann bemerkte ich, daß Larry mich zu sich winkte. Er saß allein im Raucherbereich. Whitbread und der Sekretär, dessen Namen ich nicht kannte, befanden sich an einem anderen Tisch.

Nachdem wir die Neuigkeiten des Tages ausgetauscht hatten, fragte ich: »Wissen Sie, warum das Programm geändert worden ist?«

»Es hat etwas mit dem Wasserstand zu tun«, kam prompt die Antwort. »Dieses Schiff hier gehört zu den größten auf dem Fluß. Wenn der Nil Niedrigwasser hat, paßt es nicht durch die Schleusen in Asyut, die für kleinere Boote gebaut worden sind. Stromaufwärts werden wir keine Schwierigkeiten haben, aber auf der Rückfahrt könnte es, wie man mir gesagt hat, problematisch werden.«

Bis jetzt hatte man uns allein gelassen. War es Taktgefühl, Rücksichtnahme auf Larrys offentsichtlichen Wunsch, ungestört zu bleiben – oder die Anwesenheit der hochgewachsenen, kräftigen Gestalt am Nebentisch? Ed wandte uns das Gesicht zu, und obwohl er nicht aufdringlich hinstarrte, ließ er seinen Arbeitgeber nicht aus den Augen. Am Abend zuvor war mir seine Gegenwart nicht so aufgefallen. War etwas geschehen, weshalb er sich jetzt Sorgen um Larrys Sicherheit machte? Ich dachte gerade darüber nach und kam auf unzählige unangenehme Möglichkeiten, als sich ein Mann unserem Tisch näherte. Groß, blond ... mein Herz hätte keinen Moment ausgesetzt, selbst wenn ich Foggington-Smythe nicht erkannt hätte.

»Darf ich mich zu Ihnen setzen?« Ohne die Antwort abzuwarten, rückte er sich einen Stuhl zurecht und ließ sich darauf nieder. »Ich glaube, ich habe eine Pause verdient, nachdem ich den ganzen Nachmittag mit den idiotischen Fragen von Leuten zugebracht habe, die nicht die Spur einer Vorbildung haben.«

Ja, er hatte eine gewisse Ähnlichkeit mit John – die herablassende, arrogante Art. Doch John hätte nie eine so dumme Bemerkung gemacht. Er hatte einen feinen Instinkt fürs Lächerliche.

»Sie sind keine Wissenschafter«, sagte ich. »Nur Touristen, die einen angenehmen Urlaub verbringen wollen. Warum sollten sie Vorarbeit leisten, wenn sie einen Experten wie Sie haben, der ihnen jedes Thema erklären kann?«

Larry hob die Hand, um sein Lächeln zu verbergen, aber Foggington-Smythe nickte nur ernst. »Wahrscheinlich haben Sie recht.« Dann wandte er sich Larry zu, der, wie ich annahm, der wahre Grund seines Hierseins war. »Stimmt es, daß wir unser Programm geändert haben, weil den Behörden zu Ohren gekommen ist, daß die Terroristen morgen einen Übergriff auf Meydum planen?«

Larry blieb der Mund offenstehen. »Woher wissen Sie das?«

»Ich habe das Gerücht aufgeschnappt.«

»Soweit ich informiert bin, entbehrt es jeglicher Grundlage«, erwiderte Larry mit Nachdruck. Er blickte in Richtung Tür. »Wie dem auch sei, wir haben schon abgelegt. Warum gehen Sie nicht mit Vicky an Deck und zeigen ihr die Sehenswürdigkeiten?«

Ich machte es ihm nicht zum Vorwurf, daß er Perry entkommen wollte, auch wenn er mich dafür als Vorwand benutzte. »Eine gute Idee«, meinte ich freundlich. »Und Sie wollen bestimmt nicht mitkommen?«

»Ich befürchte, die Pflicht ruft mich«, murmelte Larry. »Die Programmänderung wird wahrscheinlich zur Folge haben, daß ich auch meine Pläne für den Empfang und die offizielle Öffnung des Tetisheri-Grabes umwerfen muß. Ich muß einige Erkundigungen einziehen.«

Als er zur Tür ging, folgten ihm seine beiden Angestellten. Perry begleitete mich an Deck.

Die Sonne versank in einem Dunstschleier, weshalb ich keine der Sehenswürdigkeiten erkennen konnte, die Perry mir zeigte. Ich ließ seine Worte über mich hinwegbranden. Mehr als ein gelegentliches »Wirklich?« oder »Wie interessant!« wollte er ohnehin nicht hören. Der Blick war wundervoll. Die Farben des Sonnenuntergangs spiegelten sich im gekräuselten Wasser, und am Ufer blitzten immer mehr Lichter auf.

»Verdammt!« rief Perry plötzlich aus. »Da kommt die Braut.« Kichernd über seinen eigenen Witz fuhr er fort: »Ein hübsches, junges Ding, aber ohne einen Funken Intelligenz. Bestimmt will sie mir wieder eine dumme Frage stellen ... Ach, Mrs. Tregarth. Wenn Sie Ihren Wissensdurst stillen wollen, warten Sie am besten bis heute abend. Ich halte einen Vortrag über ägyptische Literatur, aber danach werde ich Fragen beantworten.«

Einen so unhöflichen Abwimmelungsversuch hatte ich selten gehört, aber Mary parierte ihn großartig. »Wie überaus nett von Ihnen«, entgegnete sie lächelnd und in gedehntem Tonfall. »Aber eigentlich wollte ich mit Vicky sprechen ...«

»Wie bitte? Oh. Nun denn – äh ... Dann entschuldigen Sie mich.«

Mary grinste mir verschwörerisch zu. Der Wind wehte ihr den langen Rock um die Waden und ließ ihr die Seidenbluse am Körper kleben. »Ein schrecklich aufgeblasener Schwätzer. Hoffentlich habe ich Ihren Ausdruck weggetretener Langeweile nicht falsch gedeutet, Vicky.«

»Wollten Sie mir zur Hilfe eilen?« fragte ich.

Mit einer anmutigen Geste forderte sie mich auf, ein paar Schritte zu gehen, und wir liefen schweigend eine Weile nebeneinander her. Plötzlich blieb sie stehen, lehnte sich an die Reling und drehte sich zu mir um.

»Nein, ich wollte wirklich mit Ihnen sprechen. Und mich bei Ihnen bedanken, weil Sie so nett zu Mutter Tregarth waren.«

»Ich war nur zufällig in der Nähe.«

»Sie haben das getan, was eigentlich meine Aufgabe gewesen wäre.« Mary verzog den hübschen Mund. »Ich bin so zimperlich, und ich kann es einfach nicht mitansehen, wenn ein Mensch, den ich liebe, leiden muß. Hoffentlich haben Sie jetzt keine schlechte Meinung von mir. Ich fände es schön, wenn wir Freundinnen würden.«

Die Aussicht auf eine solche Freundschaft begeisterte mich nicht sonderlich. Ein gräßliches Bild entstand vor meinem geistigen Auge: die Braut, der Bräutigam und die neue Freundin der Braut in vertrauter Dreisamkeit. Aber ich brachte es nicht über mich, sie abzuweisen. Sie mußte den Kopf in den Nacken legen, um mir ins Gesicht zu sehen. Und ihre Augen waren weit aufgerissen und unschuldig. Ihre Pupillen hatten einen ungewöhnlichen Goldbraunton; im Licht des Sonnenuntergangs schimmerten sie wie Bernstein.

»Ich bewundere Frauen wie Sie«, fuhr sie fort. »Sie sind so intelligent und so tüchtig – Sie haben Ihr Leben in der Hand. Ganz anders als ich.«

»Nun«, sagte ich. »Das ist aber . . .«

Eigentlich hatte ich »falsch« sagen wollen, ersetzte es jedoch durch ein nichtssagendes »nett«.

»Sie würden sich bestimmt nicht aufdrängen«, sprach Mary aufgeregt weiter. »Das dürfen Sie auf keinen Fall glauben. Wenn John und ich allein sein wollten, hätten wir bestimmt keine solche Kreuzfahrt gebucht.«

»Oder Ihre Schwiegermutter dazu eingeladen«, entfuhr es mir unwillkürlich. Doch statt mir meine Offenheit übelzunehmen, fing Mary an zu lachen.

»Ich brauche Ihnen wohl nicht zu sagen, daß es genau umgekehrt war. Die Arme, sie liebt John so sehr. Die ganze Zeit hat sie geseufzt und Anspielungen gemacht, wie einsam sie sein würde.«

Und deshalb hatte ihr liebender Sohn nachgegeben und sie mitgenommen? Das warf ein ganz neues Licht auf John. Wenn er früher von seiner Mutter gesprochen hatte – was nicht oft geschah –, war seine Haltung stets distanziert, amüsiert und ein wenig ungeduldig gewesen.

»John ist in vieler Hinsicht kein geselliger Mensch«, sagte Mary. »Und sehr reserviert. Er zeigt seine Gefühle nicht gern öffentlich. Wenn wir allein sind . . .« Mit einem verlegenen Lachen hielt sie inne. »Ich weiß gar nicht, warum ich Ihnen das alles erzähle. Sie haben eine Art, die Menschen dazu bringt, sich Ihnen anzuvertrauen, Vicky. Ich fühle mich so wohl in Ihrer Gegenwart.«

»Das freut mich.« Mehr zu sagen wagte ich nicht.

»Ich hoffe, es macht Ihnen nichts aus, wenn ich Ihnen mein Herz ausschütte.«

Es machte mir etwas aus. Ich hatte nicht die geringste Lust dazu, intime Details über ihre Ehe mit John zu erfahren. Hatte er ihr vorgeschlagen, Kontakt mit mir aufzunehmen? Bestimmt nicht. Für ihn war es nur von Vorteil, wenn wir nichts miteinander zu tun hatten. Wahrscheinlich hatte sie mich als Vertraute ausgesucht, weil ich allein reiste und als einzige der Frauen auf dem Schiff nicht viel älter war als sie. Ich hatte mich schon gefragt – ja, das gebe ich offen zu –, warum seine Wahl auf ein unreifes junges Mädchen gefallen war, das vermutlich gerade erst die Schule abgeschlossen hatte. Doch nun wurde es mir klarer. Er wollte angehimmelt werden, unterwürfig und ohne lästige Fragen. Und Geld? Geld war Johns besondere Leidenschaft. Und ich hatte bereits festgestellt, daß Marys Kleider nicht aus dem Kaufhaus stammten.

»Aber überhaupt nicht«, log ich schamlos. »Ich habe ... äh ... Ihre Ohrringe bewundert. Es sind ausgezeichnete Kopien.«

Sie nahm das als taktvolle, wenn auch nicht sonderlich elegante Methode, das Thema zu wechseln. »Oh, das sind keine Kopien. Zweites Jahrhundert vor Christus, sagt John. Er hat sie mir geschenkt.

Ehe ich sie daran hindern konnte, hatte sie einen abgenommen und reichte ihn mir.

Ich war beinahe ängstlich, ihn zu berühren. Obwohl der winzige Kopf kaum zwei Zentimeter maß, waren die Gesichtszüge zart und detailgetreu geformt. Es war ein klassisches griechisches Gesicht, dessen Stirn ohne Unterbrechung in den Nasenrücken überging. Doch es trug einen Kopfschmuck, der ganz und gar nicht griechisch war: das Kuhgehörn und die Sonnenscheibe der ägyptischen Göttin Isis. Ein neuzeitlicher Juwelier hatte neue Befestigungen angebracht. Wahrscheinlich wäre es zu riskant gewesen, an dem alten Gold herumzubiegen, das fast rein war, beinahe vierundzwanzig Karat.

Schweigend gab ich ihr den Ohrring zurück. Ich hatte nie zuvor etwas gesehen, das ich lieber hätte haben wollen.

»Hübsch, nicht?« Lässig befestigte sie den Schmuck wieder an ihrem Ohr.

»Traumhaft.«

»Er hat mich gefragt, ob ich mir lieber Diamanten wünsche«, erzählte Mary unschuldig. »Aber die hier gefallen mir besser. Er hat einen so ausgezeichneten Geschmack.«

»Hmmm«, brummte ich. Die emaillierte goldene Rose, die unter meiner Bluse versteckt war, schien mir ein Loch in die Haut zu brennen.

»Da ist er ja.« Mary blickte an mir vorbei. »Sicher ist es Zeit, daß ich mich zum Essen umziehe. Ich bin so froh über unser Gespräch, Vicky.«

Sie fragte mich nicht, ob ich mich zu ihnen setzen wollte. Ich sah zu, wie sie ihm entgegeneilte; er stand wartend und mit verschränkten Armen da wie ein Kaiser, der seine Untergebenen zu einer Audienz empfängt. Dann drehte ich mich um und ging – in die entgegengesetzte Richtung.

Es gab keine Warnung, nicht einmal das Geräusch rascher Schritte. Er versetzte mir einen kräftigen Schlag, so daß ich vornübertaumelte. Mit einer Wucht, die mir den Atem raubte, prallte ich gegen die Reling und knallte zuerst mit dem Hinterteil und eine Sekunde später mit dem Hinterkopf aufs Deck. Funken tanzten durch die Dunkelheit wie hübsche kleine Sterne.

Nach einer Weile öffnete ich die Augen, aber ich schloß sie sofort wieder, als ich ein bekanntes Gesicht über mir sah. Dann machte ich sie wieder auf. Das Gesicht war doch nicht so bekannt: Foggington-Smythe.

»Guter, alter Perry«, krächzte ich.

»Schön«, sagte der gute, alte Perry. »Sie erkennen mich. Aber Sie bleiben besser ruhig liegen. Sie haben einen ziemlichen Schlag auf den Kopf bekommen.«

»Sie hat keine Gehirnerschütterung.« John saß neben mir auf dem Deck. Er rieb sich das Handgelenk und zog eine Grimasse wie ein Wasserspeier an einer Kathedrale. »Ich glaube, ich habe mir den Arm gebrochen«, fuhr er klagend fort.

»Natürlich«, sagte ich. »Sie haben mich niedergeschlagen. Das hätte ich gleich wissen sollen.«

»Ich glaube, ich habe mir den Arm gebrochen«, wiederholte John.

Es war genau wie früher: Ich lag verwundet am Boden, und John saß da und jammerte. »Verdammt, warum haben Sie das gemacht?« wollte ich wissen. Ich setzte mich auf und griff mir an den Hinterkopf. »Autsch!«

Perry legte mir einen männlichen Arm um die Schulter und drückte mich. »Autsch!« rief ich wieder.

»Ich trage Sie in die Krankenstation«, verkündete Perry.

»Nein, das werden Sie lassen. Ich habe keine Gehirnerschütterung.« Ich wies auf John, der sich immer noch den Arm hielt. »Tragen Sie lieber ihn. Ich nehme seine Füße. Vielleicht können wir ihn unterwegs ein paarmal kräftig fallenlassen.«

Johns Mundwinkel zuckten, aber er sagte nichts. Ich sah Mary, die sich, die Hände vor den Mund geschlagen, an die Reling preßte. Ihre Augen waren entsetzt aufgerissen. Ich bemerkte die verstreute Erde, die Tonscherben und die zerknickten Überreste des Jasmin, der in dem Blumentopf gewesen war. Er war genau an der Stelle auf Deck aufgeschlagen, wo ich gestanden hätte, hätte mich nicht jemand aus dem Weg gestoßen.

»Oh«, sagte ich.

»Vicky, Sie dürfen nicht böse auf ihn sein.« Mary kniete neben mir und legte den Arm um mich. Wir müssen ein hübsches Bild abgegeben haben. »Es war meine Schuld. Ich sah, daß er Blumentopf gefährlich nah an der Kante kippelte, und habe geschrien. John hat ganz automatisch gehandelt, wie es jeder Gentleman getan hätte.«

Ich funkelte John an. Er schloß die Augen, allerdings nicht rechtzeitig, um die Wut zu verbergen, die seine Augen saphirblau erstrahlen ließ. Ich hatte nicht die geringste Lust, mich bei ihm zu entschuldigen. In diesem Moment hätte ich ihm keine guten Absichten unterstellt, selbst wenn der Papst für ihn gebürgt hätte. »Nun ja«, fauchte ich. »Vielen Dank. Mein Kopf tut jetzt mehr weh, als wenn ich diesen winzigen Blumentopf abbekommen hätte. Und am Hinterteil habe ich eine Beule so groß wie eine Suppenterrine.«

»Der Blumentopf hätte Sie schwer verletzen können«, beharrte Mary.

Mit Perrys Hilfe kam ich wieder auf die Füße. »Schlimmer als jetzt? Na, ja, ich werd's überleben. Entschuldigen Sie mich jetzt bitte, ich muß duschen, mich umziehen und versuchen herauszufinden, wer mir den Schädel einschlagen wollte.«

»Das soll doch hoffentlich nicht heißen, es könnte Absicht gewesen sein!« rief Perry aus.

»Ein unglücklicher Zufall«, sagte John. »Oder eine Warnung.«

»Eine Warnung?« wiederholte Perry entgeistert.

»Das Leben in vollen Zügen zu genießen, solange man noch kann«, dozierte John. »Pflücke die Rosen, solange sie blühen.« In dieser Welt wimmelt es von Gefahren; man weiß nie, wann die Axt fällt. Das Leben ist höchstens ...«

»Liebling, bitte.« Mary verließ mich, eilte an seine Seite und nahm seinen Arm. »Sonst glaubt Vicky noch, du machst dich über sie lustig.«

»Oh, damit liegt sie meistens richtig«, erwiderte John.

»Meistens«, stimmte ich zu und ließ mich von Perry wegführen.

4. Kapitel

Ganz gleich, ob nun Terroristen oder Niedrigwasser der Grund waren, die Programmänderung hätte nicht willkommener sein können. So hatte ich Gelegenheit, meine Gedanken zu ordnen und meine Wunden zu pflegen. Ich hatte ein wenig übertrieben. Der blaue Fleck auf meinem Hinterteil war nur etwa so groß wie ein Salatteller. Als ich mich sehr vorsichtig in die mit Schaumbad gefüllte Wanne sinken ließ, versuchte ich, die Dinge von ihrer positiven Seite zu sehen.

Der Blumentopf war keine tödliche Waffe gewesen; selbst wenn er direkt auf meinem Kopf gelandet wäre, hätte er mir keinen bleibenden Schaden zugefügt. Wie John es überflüssigerweise und herablassend betont hatte, war er als Warnung gedacht gewesen. Nicht davor, daß es Menschen auf diesem Schiff gab, die mich gerne beseitigt hätten – das hatte ich bereits gewußt –, und auch nicht davor, daß sie nicht vor Gewalt zurückschreckten, um dieses Ziel zu erreichen. Die Botschaft war ein wenig subtiler: Ich sollte daran erinnert werden, daß ich nirgendwo auf dem Schiff sicher war. »Sie« hatten sogar Zugang zu meiner Kabine. Als der Blumentopf fiel, hatte ich genau unter meinem eigenen Balkon gestanden.

Überhaupt hatten zu viele Leute Zugang zu meiner Kabine. Ich streckte die Zehen aus dem Wasser, musterte sie nachdenklich und erinnerte mich an die aufgeregten Gesichter der Mannschaft, als man sie befragt hatte. Auf Perrys Drängen hatte ich den Vorfall sofort gemeldet. Hamid, der Chefsteward, hatte alle Verdächtigen umgehend in sein Büro zitiert.

Hamid war auf dem Schiff für den hauswirtschaftlichen Bereich zuständig, quasi ein Kapitän für nicht-nautische Angelegenheiten. Er war ein schlanker, gutaussehender Mann von unbestimmbarem Alter und strahlte Kompetenz und Ruhe aus. Ich hatte mich schon gefragt, ob er Burckhardts mysteriöser Verbindungsmann war, denn er hatte Schlüssel zu allen Kabinen und einen ausgezeichneten Grund, sie zu betreten. Schließlich konnte er immer behaupten, er kontrolliere die Arbeit seiner Untergebenen.

Falls er nur eine Rolle spielte, hatte er die Verkleidung gut gewählt. Mit seiner frischgestärkten, perfekt sitzenden Uniform und den attraktiv ergrauten Schläfen wirkte er wie der Inbegriff eines tüchtigen Hotelmanagers. Aber ich hielt mir vor Augen, daß er nicht der einzige war, der einen Schlüssel zu meiner Kabine besaß. Bis jetzt war mir gar nicht klar gewesen, wieviele Stewards es an Bord gab. Einer füllte die Minibar nach (er war Kopte, da der Umgang mit alkoholischen Getränken möglicherweise moslemische Gefühle verletzt hätte); ein zweiter holte die schmutzige Wäsche ab und brachte die saubere; ein dritter putzte und machte die Betten. Hamid befahl den bedrückt aussehenden Männern, sich in einer Reihe aufzustellen, und verhörte sie lautstark auf Arabisch. Wortreich und leidenschaftlich beteuerten die drei ihre Unschuld. Der Hauptverdächtige war ein junger Bursche namens Ali, der die Putzarbeiten versah und auch die Pflanzen pflegte. Er sah nicht älter aus als achtzehn – ein anmutiger, lächelnder Junge mit dichten, dunklen Wimpern, wie sie viele Ägypter haben. Er stritt alles ab. Ja, er habe die Blumen gegossen und die verwelkten Blüten abgeknipst. Als er das Zimmer verlassen habe, sei alles in Ordnung gewesen. Er wisse noch genau, daß er die Blumentöpfe richtig in den Ständer zurückgestellt habe. Er rang die Hände. Dann fing er an zu weinen.

Ich machte dem Schauspiel ein Ende. Es war reine Zeitverschwendung, und außerdem kann ich einen Mann nicht weinen sehen. Als ich Ali versicherte, ich gäbe ihm keine Schuld, heulte er noch lauter.

Hamid und Perry begleiteten mich zu meiner Kabine. Wie ich schon vermutet hatte, stand es mit den Blumen auf meinem Balkon zum besten: Jeder Topf befand sich gut befestigt an seinem Platz.

Ein sichtlich erleichterter Hamid äußerte die überaus logische Erklärung, daß ein Passagier in der Nachbarkabine möglicherweise seine Blumentöpfe verschoben habe. Natürlich werde er das sofort überprüfen ... Ich bedankte mich und wimmelte ihn und Perry ab. Aufgrund der Tatsache, daß sich nur angesehene Persönlichkeiten unter den Passagieren befanden, würden Hamids Nachforschungen gewiß recht oberflächlich ausfallen. Und ich wußte ganz genau, daß der Blumentopf von meinem Balkon gefallen war, auch wenn er ursprünglich nicht von dort stammte.

Ich pustete Seifenblasen von meiner Hand und beschloß, besser nach weiteren Verbrechern Ausschau zu halten. Johns Anblick hatte mich verwirrt und von meinem eigentlichen Ziel abgelenkt, doch er war ganz offensichtlich nicht der einzige Übeltäter an Bord. Das hatte ich schon vorher vermutet, und der Vorfall mit dem Blumentopf bewies es. Nun hatte ich die optimale Gelegenheit, Ermittlungen anzustellen, denn die Situation ähnelte der in alten englischen Kriminalgeschichten vom Mord im Landhaus: Sämtliche Verdächtigen waren versammelt und von der Außenwelt abgeschnitten. Ich würde alle befragen, auch die, mit denen ich bis jetzt noch nicht gesprochen hatte. Ich würde mich unters Volk mischen und sehr charmant und sehr, sehr schlau sein. Und sehr, sehr vorsichtig.

* * *

Abgesehen von anderen Ablenkungen, wie zum Beispiel der Frage, wer mich als nächstes schlagen würde und mit welchem Gegenstand, hatte meine Luxus-Kreuzfahrt inzwischen einen weiteren Haken: Mary wollte, daß John und ich uns »versöhnten«. Schon am selben Abend startete sie ihren Feldzug. Sie stand auf und rannte mir entgegen, um mich zu begrüßen, als ich in den Speisesaal kam. »Wir haben Ihnen einen Platz freigehalten, Vicky. Kommen Sie, setzen Sie sich zu uns.«

Ich hätte sie niederschlagen und über sie hinwegschreiten müssen. Sonst gab es für mich keine Möglichkeit, den kleinen Händen zu entrinnen, die sich an meinen Arm klammerten und mich mit gnadenloser Nächstenliebe zu einem Tisch zogen. Auch John war aufgestanden und wartete auf uns. An diesem Abend hatte sich niemand zum Essen umgezogen, doch John sah selbst in seiner Freizeitkleidung aus, als wäre er aus den Seiten eines Modekatalogs spaziert: ein weißes Polohemd mit diskreten Initialen auf der Brusttasche, die Bügelfalten seiner Hose so scharf, daß man sich daran hätte schneiden können. Er musterte mich, angefangen bei meinen billigen Sandalen bis zu dem imitierten Hermés-Schal, mit dem ich mir das Haar zurückgebunden hatte. Dann richtete sich sein Blick eindringlich auf meinen Hals, wo der Anhänger an seiner dicken Kette baumelte.

»Wie schön, daß Sie uns die Ehre geben, Dr. Bliss. Offenbar hinken Sie nicht. Hoffentlich heißt das, daß der blaue Fleck, von dem Sie gesprochen haben, nicht allzu groß ist.«

Als ich mich vorsichtig setzte, gab er meinem Stuhl einen Schubs, doch da ich schon mit so etwas gerechnet hatte, konnte ich mich abstützen, ehe ich mir die Tischkante in den Magen rammte. »Und Ihr armes Handgelenk«, meinte ich. »Soweit ich sehen kann, ist alles in Ordnung.«

Während der nächsten fünf Gänge vertrieben wir uns die Zeit mit derartigem Geplänkel. John war so höflich-unhöflich, wie er nur konnte. Er sprach in dem übertrieben gedehnten Tonfall, den ich besonders verabscheue, und würzte seine Konversation mit spitzen Seitenhieben. Ich glaubte, daß Mary die meisten Anspielungen nicht verstand, doch als John eine Bemerkung über meinen Kettenanhänger machte – »So groß und *so* golden« –, errötete sie und meinte rasch: »Aber, aber Liebling. Nicht jeder hat den gleichen Geschmack wie du. Er kennt sich besonders gut mit alten Juwelen aus«, erklärte sie mir.

»Ach, was Sie nicht sagen!« meinte ich.

Sie trug immer noch die griechischen Ohrringe. Im Lampenlicht schimmerten sie gedämpft, und die kleinen, zarten Gesichter trugen den gleichen herablassenden Ausdruck, den auch Johns Züge zeigten.

»Isis«, sagte er, als er meinen Blick auffing – oder meine Gedanken las, was unter diesen Umständen nicht weiter schwierig war. »Obwohl sie eine ägyptische Gottheit war, erfreute sie sich im hellenistischen Griechenland ziemlicher Beliebtheit. Zwischen dreihundert und dreißig vor Christus.«

»Vielen Dank, daß Sie mich aufgeklärt haben.« Ich stützte das Kinn auf die Hand und lächelte ihm betörend zu. »Die Ohrringe sind wunderschön. Wo finden Sie derartige Schmuckstücke?«

»Ach, hier und dort«, antwortete John. Sein Lächeln war weniger betörend. »Dieses Paar habe ich in einem Geschäft für antike Juwelen in New York aufgestöbert. Vielleicht kennen Sie es; es liegt in der Madison Avenue, Höhe siebzigste Straße.«

Das war ein Schlag unter die Gürtellinie. Natürlich kannte ich diesen Laden. Meine goldene Rose stammte ebenfalls von dort.

Beim Essen unternahm ich einen schwachen Versuch, meine Ermittlungen fortzusetzen, indem ich mich in kindlicher Neugier nach den anderen Passagieren erkundigte. Dieser Versuch war wenig erfolgreich. John wußte genau, was ich vorhatte; mit einem aalglatten Lächeln erging er sich in nutzlosen Informationen. Mary war hilfsbereiter, sie hatte die meisten unserer Mitreisenden bereits kennengelernt. »Die Johnsons sind aus San Francisco«, sagte sie mit einer Kopfbewegung in Richtung des älteren Paares, das ich in der ersten Nacht an Bord zusammen mit Jen gesehen hatte. »Er hat irgend etwas mit der Börse zu tun.«

»Er ist der größte Langweiler auf diesem Schiff«, ergänzte John. »Abgesehen vielleicht von seiner Frau. Ob Sie es glauben oder nicht, er sammelt Modelleisenbahnen.«

Und so ging es weiter: Mary nannte die Namen der Betreffenden, und John machte unhöfliche Bemerkungen über sie. Als wir zum Kaffee in den Salon gingen, entschuldigte ich mich und begab mich an Deck, um eine Zigarette zu rauchen. John folgte mir nicht. So kam ich in den Genuß eines kurzen Gesprächs mit Mr.

Johnson, der Zigarrenraucher war. Außerdem war er noch langweiliger, als John gesagt hatte. Glücklicherweise gesellte sich Alice zu uns, ehe er mir mehr über HO oder HQ (was immer das sein soll) erzählt hatte. Sie hatte von meinem »Unfall« gehört und eine Unmenge Fragen.

»Pflanzen machen nur Schmutz«, verkündete Johnson. »Warum nimmt man nicht welche aus Plastik, sage ich immer. Aber meine bessere Hälfte mag die verdammten Dinger nun einmal, obwohl...«

Da eine Stimme aus dem Salon den abendlichen Vortrag ankündigte, gingen wir wieder hinein. Der stellvertretende Chefsteward stand auf dem Podium, verlas die offizielle Version der Tatsache, die wir ohnehin schon alle kannten, und versprach uns verschiedene Darbietungen, um uns für die Programmänderung zu entschädigen. Einer der Passagiere, ein berühmter Amateurornithologe, hatte sich erboten, uns etwas über Vögel zu erzählen, und Dr. Foggington-Smythe wollte uns einen zusätzlichen Vortrag über die ägyptische Religion halten. In drei Tagen würde es ein großes ägyptisches Bankett und eine Kabarettvorführung geben, in der Passagiere und Mannschaft auftreten sollten. Das beste Kostüm würde prämiert werden. Wenn wir nicht schon in Kairo ägyptische Gewänder gekauft hätten, würde die Mannschaft uns gern behilflich sein, ein entsprechendes Kostüm zusammenzustellen. Außerdem böte der Laden von Mr. Azad (der sich dankbar lächelnd erhob) eine Auswahl verschiedener Kleidungsstücke.

»Das wird bestimmt lustig«, sagte ich zu Alice, die gerade einen Kellner herbeiwinkte.

»Chacun à son goût«, antwortete sie geheimnisvoll. »Möchten Sie Kaffee? Ich empfehle Ihnen, welchen zu trinken. Perrys Vorträge sind so anregend wie Valium.«

Ich war froh, daß ich auf sie gehört hatte. Perry dozierte über Isis, Osiris und Mut und eine Menge anderer Leute mit unaussprechlichen Namen. Als er sich den Unterschieden zwischen Pantheismus, Monotheismus und Henotheismus zuwandte, sank mir der Kopf auf die Brust. Eine größere Blamage blieb mir jedoch erspart, weil Alice mich ständig zwickte.

Es wurden nicht viele Fragen gestellt. Offenbar wollte niemand riskieren, daß er noch einmal von vorne anfing.

Die Mannschaft räumte Leinwand und Podium beiseite, und unsere Tanzkapelle – eine vierköpfige Big-Band – kam herein. Perry forderte mich zum Tanzen auf, aber ich benutzte meine blauen Flecken als Vorwand, um abzulehnen. Als ich in Richtung Tür hinkte, sah ich, wie die Johnsons sich feierlich im Kreis drehten; er hielt sie auf Armeslänge von sich und bewegte sich so schnell wie eine besonders tollpatschige Schnecke. Das jungverheiratete Paar tanzte nicht.

* * *

Am nächsten Morgen frühstückte ich in meiner Kabine. Soweit ich wußte, war Zimmerservice auf Kreuzfahrten sonst nicht üblich. Doch nun war Ali mein bester Freund auf der ganzen Welt, der – das versicherte er mir allen Ernstes – jederzeit sein Leben für mich hingeben würde, so ich es wünschte. Ich sagte, daß mir zwei weichgekochte Eier und Kaffee schon genügen würden. Er war in Rekordzeit zurück, und zwar mit einer Portion, die aussah, als hätte er von jedem Gericht auf dem Buffett eine Probe genommen. Ich mußte ihn regelrecht aus der Kabine drängen. Dann nahm ich mein Essen, den Kaffee, einen Block und einen Bleistift und ging hinaus auf den Balkon.

Die Aussicht war idyllisch – grüne Felder, Wasserbüffel, knietief in den seichten Fluten, schwarzgewandete Frauen, die Wäsche wuschen und Kinder in kurzen, bunten Kleidern beaufsichtigten. Ich winkte einer Gruppe von Kindern zu, die rufend und grüßend am Ufer stand.

Hatte ich überhaupt Lust, über ein Verbrechen nachzudenken? Warum zum Teufel sollte ich das tun? Ich hatte meine Pflicht erfüllt. Und mehr wurde von mir nicht erwartet. Vielleicht war die Sache mit dem Blumentopf doch ein Unfall gewesen. Vielleicht hatte John keinen Komplizen an Bord. Doch selbst wenn ich mich in beidem fälschlicherweise irrte, hatte ich keinerlei Hinweise auf die Identität eines seiner Mittelsmänner.

Ich habe in meinem Leben schon mehr Verbrecher kennengelernt, als mir lieb ist. Ich machte eine Liste.

Einige der Namen auf dieser Liste brauchte ich nicht mehr in Betracht zu ziehen – tot oder im Gefängnis. Auf die Leute in Rom, die glücklich und zufrieden mit falschen Juwelen gehandelt hatten, ehe ich sie so rüde dabei störte, traf jedoch keines von beiden zu. Sie hatten John die Schuld für ihre Aktivitäten in die Schuhe geschoben und frönten jetzt dem Dolce Vita, ein Beweis dafür, daß sich Verbrechen häufig doch auszahlt und die Gerechtigkeit nicht immer siegt. Aber ihr Unternehmen war nur regional tätig gewesen; es war höchst unwahrscheinlich, daß sie ihre Aktivitäten aufs Ausland ausgeweitet hatten.

Dagegen war mit der Bande, der ich in Schweden begegnet war, nicht zu spaßen. Sie waren Profis und kaltblütig wie Haie: der große, dumme Hans, eigentlich kein schlechter Mensch, aber der geborene Befehlsempfänger; Rudi, der aussah wie ein Frettchen und dessen Gehirn auch ganz ähnlich funktionierte (töte, töte alles um dich herum); Max, der nach einem anstrengenden Arbeitstag als Killer zu seiner Entspannung Scherenschnitte anfertigte; und Leif, ihr Boß, der mich mit einem langen, scharfen Messer bedroht hatte, bis John ihn gewaltsam aus meiner Nähe entfernte. Doch daß Leif nicht mehr unter den Lebenden weilte, war unbestritten: Ich selbst hatte seine Leiche identifiziert.

Ich besaß ein paar von Max' Scherenschnitten – Erinnerungsstücke, die mir der Künstler selbst geschenkt hatte. Sie bestanden aus dem üblichen schwarzen Papier und sahen den Menschen, die sie darstellen sollten, sehr ähnlich. Manchmal benutzte Max auch rotes Papier – für »eine besondere Sammlung«. Er war ein unauffälliger, harmlos wirkender kleiner Mann, und er war immer sehr nett zu mir gewesen, auch als ich ihm beim Abtransport ins Kittchen zum Abschied zuwinkte. Er hatte sogar ... Nun, er hatte sich nicht im eigentlichen Sinne dafür bedankt, daß ich an der Beseitigung seines Boß' beteiligt gewesen war. Allerdings hatte er angedeutet, daß sich ihm durch Leifs Tod neue und interessante Karrieremöglichkeiten eröffneten. »Wenn ich Ihnen jemals einen Gefallen tun kann, Dr. Bliss«, hatte er gesagt ...

Noch nie bin ich jemandem begegnet, der mir mehr Angst einflößte als Max. Ich hoffte und glaubte, daß er immer noch im Gefängnis saß. Aber Max hätte sowieso nie mit John zusammengearbeitet, selbst wenn dieser der einzige Verbrecherkollege auf der ganzen Welt gewesen wäre. Die gegenseitige Antipathie war ebenso persönlich wie beruflich. Weil Max nicht den geringsten Sinn für Humor hatte, trieb John ihn in den Wahnsinn, auch wenn er das gar nicht beabsichtigt hatte – aber meistens legte er es darauf an.

Die Affäre um das trojanische Gold ... die konnte ich vergessen. Alle beteiligten Schurken waren tot. Das stand außer Zweifel, auch der Anführer der Bande, der hundertfünfzig Meter tief auf einen Felsbrocken gestürzt war. John war indirekt schuld am Ableben des Betreffenden, zu dem es während einer seiner nervenzerfetzenden, spontanen Rettungsaktionen gekommen war.

Zum erstenmal fragte ich mich, wie John sich gefühlt haben mochte, als er diese beiden Männer tötete. In keinem der Fälle hatte es sich um absichtlichen und geplanten Mord gehandelt; er konnte sich immer auf Notwehr berufen oder vielleicht auf Körperverletzung mit Todesfolge. Aber John hatte immer behauptet, er verabscheue Gewalt, selbst wenn sie nicht gegen ihn gerichtet war. Litt er manchmal unter Alpträumen?

Unbehaglich rutschte ich auf meinem Stuhl herum. Die Liste zerriß ich in unleserliche Fetzen.

Johns Komplize konnte niemand sein, den ich kannte. Also mußte es sich um eine Person handeln, die ich nicht kannte (brillante Schlußfolgerung, Vicky). Ich wandte mich der Passagierliste zu.

Inzwischen konnte ich die meisten Namen mit einem Gesicht und einer Persönlichkeit verbinden. Insgesamt waren es nur dreißig Namen – neunundzwanzig, nun da Jen nicht mehr bei uns war. Ich wollte ihren Namen schon durchstreichen, hielt aber inne. Auch wenn sie nicht auf dem Schiff war, bedeutete das noch lange nicht, daß sie nichts mit der Sache zu tun hatte. Zwar konnte ich sie mir nur schwer als Meisterverbrecherin vorstellen, aber der merkwürdige Zufall, dem sie es verdankte, jetzt unbeobachtet in Kairo zu weilen, wollte mir einfach nicht aus dem Kopf.

Nach einigem Grübeln verwarf ich sechzehn Personen. Ich war nicht so leichtgläubig oder von Vorurteilen belastet, um anzunehmen, daß ein hohes Alter einen Menschen von jedem Verdacht befreit, doch als Meisterdieb brauchte man trotzdem ein Mindestmaß an körperlicher Beweglichkeit – darauf hätte ich wenigstens bei der Einstellung eines solchen Fachmanns bestanden. Etwa ein Dutzend Passagiere war über siebzig oder sogar noch älter. Ich strich auch Louisas Namen aus. Da sie ständig auf den Bestsellerlisten stand, hatte sie es nicht nötig, ihren Lebensunterhalt auf verbrecherische Weise zu bestreiten. Und sie war ohne Zweifel die echte Louisa Ferncliffe. Das Photo auf ihren Buchumschlägen war trotz aller Retuschen unverwechselbar.

Sweet und Bright gehörten zu den Guten. Wer blieb also übrig? Blenkiron war zu reich und zu bekannt, um ihn zu verdächtigen, doch seinen Sekretär und seinen Leibwächter hatte ich nicht gestrichen. Ich mußte herausfinden, wie lange sie schon für ihn arbeiteten. Diese Art von Arrangements waren Johns Spezialität, sprich: gefälschte eindrucksvolle Referenzen, um an eine Person heranzukommen oder sich Zutritt zu einem bestimmten Ort zu verschaffen. Suzi? Sie war ein bißchen zu gut, um echt zu sein. Da ich die oberen Zehntausend von Memphis, Tennessee, nicht kannte, war es genausogut möglich, daß sie eine Hochstaplerin war. Der menschenfeindliche Deutsche war eine weitere Alternative. Ich mußte ihn irgendwie besser kennenlernen.

Mary und John eingerechnet, ergab das einundzwanzig. Also blieben noch acht Personen übrig, mit denen ich – abgesehen von einer kurzen Vorstellung und einem beiläufigen »guten Morgen« – noch kein Wort gewechselt hatte. Doch ich neigte dazu, sie ebenfalls zu streichen. Sie gehörten alle einer Vereinigung von Amateurarchäologen aus Dallas an und reisten gemeinsam. Außerdem waren sie ebenfalls reich und nicht mehr die Jüngsten.

Was war mit den Mitarbeitern? Alice und Perry waren echt. Sie kannten einander und waren auch einigen anderen bekannt, zum Beispiel Blenkiron. Konnte einer von ihnen bestochen worden sein? Theoretisch ja. Theoretisch konnte auch Feisal korrupt sein. Vielleicht arbeitete er auch mit einer der fundamentalistischen Gruppen zusammen, die Ägypten von ausländischem Einfluß befreien wollten. Eine Aktion, die öffentliche Entrüstung, Unruhen und einen Volksaufstand auslösen konnte, war Fanatikern durchaus zuzutrauen.

Ganz offensichtlich konnte ich mit jeder Menge hypothetischer Motive und nur sehr wenigen tatsächlichen Hinweisen aufwarten. Auch mögliche Verdächtige hatte ich in rauhen Mengen zu bieten. Johns Komplize (oder Komplizen) konnte auch zu den Stewards oder den Seeleuten gehören. Und die zu befragen hatte ich keine Chance.

Zum Teufel damit. Ich zog mich an und ging in den Salon, um mir den Vortrag über Vögel anzuhören. Ich freute mich darauf, mich mit so hübschen, harmlosen Tieren wie mit Vögeln zu beschäftigen. Vögel fraßen Insekten. Und es war nichts dabei, Insekten zu töten.

Doch ich hatte die Eulen vergessen. Eulen fressen eine Vielzahl verschiedener Tiere, einschließlich niedlicher kleiner Mäuse und manchmal auch ein unvorsichtiges Kätzchen. Allerdings hatte der Vortrag ein unerwartetes Plus: Er wurde von dem menschenfeindlichen Deutschen gehalten, der wirklich sehr viel über Vögel wußte. Auch wenn er nicht vor Begeisterung sprühte, konnte er sein Thema sehr anschaulich vermitteln. Er sprach über die Geschöpfe wie andere Männer von ihren Geliebten und erwähnte lange schlanke Beine und zarte Rosatöne. Einige Vögel lebten, wie er uns leider mitteilen mußte, sehr zurückgezogen. Er hatte sogar seine Diasammlung mitgebracht, die er uns vorführte – es waren mindestens zweihundert. Nun, vielleicht waren es auch weniger. Mir erschien es eher mehr.

Seine Liebe zur Vogelkunde erklärte, warum er an dieser Kreuzfahrt teilnahm. Allerdings fiel mir auch auf, daß es viel einfacher ist, Kenntnisse in ägyptischer Ornithologie als in der Ägyptologie oder – wie ich zu meinem Leidwesen wußte – islamischen Kunst vorzutäuschen. Ein kluger Mann konnte sich in wenigen Wochen gut genug einarbeiten, um Laien von seinem Expertenwissen zu überzeugen.

Als er um Fragen bat, stellte ich eine Menge. Es waren alles dumme Fragen, die einzigen, die mir zu diesem Thema einfielen. Er antwortete ohne zu stocken – falls das etwas bewies. Leider kam er zu dem Schluß, daß ich wegen meines großen Interesses und meines abgrundtiefen Unwissens Privatunterricht brauchte, weshalb ich ihn erst nach dem Mittagessen loswurde. Inzwischen hatte ich mehr über die Nistgewohnheiten von Enten erfahren, als mir lieb war – und ich konnte immer noch nicht einschätzen, ob er mir etwas vormachte.

Als ich aus dem Aufzug trat, hörte ich Musik. Jemand spielte Klavier, und zwar ziemlich gut. Es war ein stürmisches, wuchtiges Stück – Chopins »Revolutionsetüde«.

Er wandte mir den Rücken zu, und die Musik übertönte meine Schritte. Da ich der Versuchung nicht widerstehen konnte, schlich ich mich näher und sprach ihn an.

»Wie schön. Du spielst unser Lied.«

Krachend ließ er die Hände auf die Tasten fallen und senkte den Kopf. Ich konnte sein Gesicht nicht sehen, aber sein Ohr war knallrot. Nach einer Weile sagte er leise: »Laß das!«

»Wo ist denn deine süße, kleine Frau?« fragte ich.

Er sah mich an. Sein Gesicht war immer noch gerötet, der Ausdruck so wütend, daß ich zurückwich. »Hör auf damit, Vicky. Laß mich in Ruhe.«

Es waren noch einige andere Leute im Salon: Ein älteres Paar aus Hamburg, Suzi Umphenour und Sweet und Bright, die über einer Schachpartie saßen.

Nachdem ich mich wieder gefaßt hatte, sagte ich leise: »Es gibt keinen Grund, so unhöflich zu sein.«

Einige Köpfe wandten sich in unsere Richtung. Johns Hände senkten sich wieder auf die Tasten, und er übertönte seine Worte mit einigen nachdrücklichen, aber ziemlich abgehackten Arpeggios. »Offenbar doch. Dezente Andeutungen sind offenbar an dich verschwendet. Und jetzt entschuldige mich.«

Er hörte auf zu spielen und erhob sich. Ich verstand. Im Gehen vernahm ich kurzen Applaus. »Wie schön!« rief die Hamburgerin auf Englisch. »Werden Sie beim Kabarettabend für uns spielen?«

John antwortete auf Deutsch: »Vielen Dank, gnädige Frau, aber leider nein.« Ebenfalls auf Deutsch fügte er hinzu, damit ich ich es hören konnte: »Ich spiele niemals vor Publikum.«

Das Telefon weckte mich um sechs Uhr morgens, eine unchristliche Zeit. Es war mein Weckruf. Ich grunzte etwas in den Hörer und streckte eine Hand lässig nach dem Knopf aus, mit dem ich meinen Zimmersteward herbeirufen konnte. Ich würde diesen Service zuhause vermissen, wenn ich um die gleiche Uhrzeit davon geweckt wurde, daß Clara auf meinem Gesicht saß und Cäsar jeden Teil meines Körpers ableckte, an den er herankommen konnte. Und keiner von beiden brachte mir den Kaffee ans Bett.

Es dauerte länger als sonst, bis jemand kam, und als ich auf das taktvolle Klopfen an der Tür »Herein!« rief, war es nicht Ali. Der Mann war dunkelhäutiger, älter und nicht so hübsch.

»Madame wünschen ihr Frühstück?« fragte er.

»Wo ist Ali?«

Der Mann wich meinem Blick aus. »Ich vertrete ihn. Mein Name ist Mahmud. Was darf ich der gnädigen Frau bringen?«

Ich bohrte nicht weiter nach. Vielleicht hatte Ali ja seinen freien Tag. Ich hatte gerade geduscht und meinen Bademantel angezogen, als Mahmud zurückkam. Ich wies ihn an, das Tablett auf den Balkon zu stellen.

Das Boot schaukelte sanft am Kai. Wir hatten El Till wie geplant erreicht und würden um Viertel nach sieben nach Amarna aufbrechen. Da meine Kabine nach Westen zeigte, konnte ich nur den Fluß und das gegenüberliegende Ufer sehen. Es war wie immer ein schöner Morgen. Ich würde heute keine Jacke brauchen. Der Wind fühlte sich warm an.

Als wir uns in der Halle versammelten, begann Feisal, Anweisungen zu rufen. Er schien heute etwas nervös zu sein und mahnte uns zweimal in ziemlich barschem Ton, uns nicht von der Gruppe zu entfernen und allein umherzuwandern.

»Das gilt natürlich nicht für mich«, sagte Perry, der sich mir genähert hatte. »Wenn Sie sich etwas Bestimmtes ansehen wollen ...«

»Ich glaube, die geplante Besichtigung deckt alles ab, was ich sehen möchte.«

Und das entsprach der Wahrheit. Es würde ein langer, heißer und ermüdender Tag werden. Am Vormittag würden wir die Ruinen der Stadt und einige Adelsgräber besichtigen. Dann würden wir zu einem frühen Mittagessen zum Schiff zurückkehren, wo die Schwächeren unter uns zurückbleiben konnten, während die wahren Archäologiebegeisterten noch das Königsgrab in einem weit entfernten Wadi und, wenn es die Zeit zuließ, einige weitere Adelsgräber in Angriff nehmen würden.

Ich hatte das Gefühl, daß ich beim Mittagessen versucht sein würde, mich den Schwächeren anzuschließen. Ich hatte etwas über Amarna gelesen, und Perrys Vortrag am letzten Abend hatte meine Erinnerungen wieder aufgefrischt.

Die Stätte liegt in einer weiten, halbmondförmigen Hochebene, deren gerade Seite vom Fluß begrenzt wird. Die Klippen der Hochwüste bilden die gekrümmte Seite. Amarna war die Hauptstadt des Ketzerkönigs Echnaton gewesen, einer der interessantesten und sagenumwobensten antiken Herrscher. Ich hatte würdige Wissenschaftler rot anlaufen und einander Prügel androhen sehen, wenn sie darüber stritten, ob Echnaton ein Monotheist, ein Pazifist, ein Idealist, ein verrückter religiöser Fanatiker oder ein widerwärtiger Perverser gewesen war. Die künstlerischen Konventionen seiner Zeit faszinierten mich, doch die besten Malereien und Skulpturen befanden sich nicht mehr an Ort und Stelle, sondern in Museen und Privatsammlungen. Die Ausgrabungsstätte war sowohl in der Antike als auch in unseren Tagen gründlich ausgeplündert worden.

Ich hatte nicht die geringste Lust, den ganzen Tag in Perrys Gesellschaft zu verbringen. Schon gar nicht, wenn wir die Ruinen der Stadt besichtigten. Ich wußte, wie es dort aussehen würde, da ich schon einige Ausgrabungsstätten kannte: langweilige Mauern aus Lehmziegeln, manche so niedrig wie Fundamente, andere so groß wie ich, und das ganze angeordnet zu einem verwirrenden Labyrinth. »Und das war die große Empfangshalle«, würde der Führer sagen, während wir alle ein Viereck aus Erde, begrenzt von weiteren kahlen Ziegelmauern, begafften. Er würde stundenlang weiterreden und uns Dinge nennen, die es einmal dort gegeben hatte, die aber nicht mehr vorhanden waren.

Feisal riß mich mit einem scharfen: »Vicky, bitte trödeln Sie nicht« aus meinen Gedanken, und ich trottete gehorsam hinter ihm her. Perry trottete mir nach.

»Ist er verkatert?« flüsterte ich.

»Er trinkt nicht«, antwortete Perry. »Moslems ...«

»Ich habe nur einen Witz gemacht. Was hat er denn?«

»Wir sind jetzt in Mittelägypten«, erklärte Perry ernst. »In diesem Gebiet haben die Terroristen am häufigsten zugeschlagen. Doch man hat alle Vorsichtsmaßnahmen ergriffen.«

Das hatte man wirklich. Als ich auf die Gangway trat, fiel mein Blick zuerst auf einen Lastwagen voller Soldaten. »Eine bewaffnete Eskorte?« rief ich aus.

»Wenn einem Mitglied unserer Reisegruppe etwas zustieße, wäre die Hölle los«, sagte Perry. »Achten Sie einfach nicht darauf, und seien Sie froh, daß sie da sind.«

Ich versuchte, seinem Rat zu folgen. Die Aussicht war wirklich wundervoll, solange man nicht zu der Sorte Menschen gehörte, die auf Bäume, Blumen, Gras und murmelnde Bächlein bestehen. Es war die Schönheit der Linien, die zarten Farbnuancen, die Schatten, die vom Violetten ins Blauschwarze changierten, schartige Felswände, die sich im Licht der aufgehenden Sonne erst rosig golden, dann blaßsilbern färbten. Zwar war ich von unserem Transportmittel – ein offener Eisenwagen mit Sitzreihen, gezogen von einem Traktor – nicht sonderlich begeistert, aber ich schlug auch nicht vor, zu Fuß zu gehen. Nicht, solange diese uniformierten Burschen mich mit finsterer Miene beobachteten.

Der Wagen erwies sich als genauso unbequem wie erwartet. Ich hielt mich an der Kante der Bank fest, während wir über einen Pfad holperten, der sich kaum von der umliegenden Wüste unterschied. Ich hatte es geschafft, Perry zu entkommen, doch als Sweet mir einen Platz neben sich (und, wie ich kaum hinzufügen muß, Bright) anbot, konnte ich nicht ablehnen, ohne unhöflich zu sein. John rutschte freundlicherweise hinüber, so daß ich genügend Raum hatte. Außerdem sagte mir sein Lächeln, er wußte sehr wohl, daß ich einen anderen Platz vorgezogen hätte.

»Ich habe Sie in letzter Zeit kaum gesehen«, sagte ich, drehte John den Rücken zu und bedachte Sweet mit einem verführerischen Lächeln.

»Wir haben uns nicht getraut«, kicherte Sweet. »Sie sind so beliebt, Vicky. Wir dachten, Sie wollten sich nicht mit zwei alten Langweilern wie uns abgeben, wenn so viele attraktive junge Männer um Sie herumwimmeln.«

Bright nickte grinsend. Konnte er eigentlich reden? Vielleicht hatte er einen peinlichen Sprachfehler, ein schlimmes Stottern oder Lispeln.

Wir machten ein paar Witze über ihr gutes Aussehen und meine Unwiderstehlichkeit, dann sagte ich: »Ich habe Larry heute noch gar nicht gesehen. Ist er an Bord geblieben?«

»Er ist schon in aller Frühe aufgebrochen, meine Liebe!«

»Er schwärmt für Nofretete wie ein Schuljunge«, mischte sich John ein.

Ich hätte ihn einfach ignoriert, aber Sweet beugte sich vor und bezog ihn ins Gespräch ein. »Ich dachte Tetisheri wäre seine Traumfrau.«

»Und Nefertari und Ti und all die anderen schönen, romantischen Königinnen Ägyptens. Er ist auf die Legenden und auf die Portraits hereingefallen, die, wie man vermuten muß, nur entfernte Ähnlichkeit mit ihren Vorbildern haben.«

Sweet nickte zustimmend. »Es ist verständlich, daß ein scheuer, sensibler Mann, der die Kunst und die Schönheit liebt, einen Traum der Wirklichkeit vorzieht.«

»Oder daß ein Mann eine Frau, die seit viertausend Jahren tot ist, gewissen lebenden Exemplaren gegenüber bevorzugt«, sagte John.

»Aber John, Sie sind ja ein Zyniker!« rief Sweet aus.

Mary hatte es gehört; errötend preßte sie die Lippen zusammen.

Der Wagen blieb stehen, und wir kletterten hinaus. Ein heißer Wind wehte mir die Enden meines Schals übers Gesicht.

Wir standen am Fuße der Klippen. Hoch über mir konnte ich die Eingänge zu den Gräbern sehen. Früher mußten Besucher die steilen und gefährlichen Hänge am unteren Teil der Felsen hinaufklettern, doch inzwischen hatte der Bedarf an Touristendevisen zum Bau leichter begehbarer Pfade und einiger Treppen geführt. Direkt vor uns begann die Wanderung mit langgezogenen flachen Stufen. Einige von uns hatten sich bereits an den Aufstieg gemacht.

Auf einer der Stufen saß eine Gestalt, die eine riesige Sonnenbrille und den größten, weißesten Tropenhelm trug, die ich je gesehen hatte. Der Mann wurde von einem Wurf miauender Katzen umringt. Er fütterte die Tiere mit Resten, die er aus den unzähligen Taschen seiner Khakijacke zog. Die Bemerkungen, die er an die Katzen richtete, dröhnten mir in den Ohren wie eine Totenglocke.

»Nicht drängeln, das ist unhöflich. Es ist genug für alle da. Ach, du bist eine schlechte Mutti; laß die Kleinen doch zuerst fressen.«

Hinter mir sagte eine hohle Stimme: »Womit habe ich das verdient. Ich gebe zu, ich habe nicht immer ein redliches Leben geführt, aber *kein Mensch* verdient so etwas. Nicht einmal Jack the Ripper oder Attila der Hunnenkönig ...«

Er gab damit meine Gefühle wieder. Allerdings konnte ich das nicht äußern, weil meine Stimmbänder gelähmt waren. Bitte, lieber Gott, dachte ich, sag mir, daß ich an einem Sonnenstich oder an Schizophrenie oder an einer ähnlichen Bagatelle leide.

Schmidt blickte auf. Sein buschiger, weißer Schnurrbart wehte im Wind, und sein niedlicher, kleiner, rosiger Mund öffnete sich zu einem breiten Grinsen.

»Entschuldigen Sie«, sagte John und schob mich beiseite. Er setzte sich mit seinem typisch lässigen Schlendergang in Bewegung, mit dem er Strecken rascher zurücklegte, als wenn er gerannt wäre. Da Schmidts Blick auf mich gerichtet war, bemerkte er ihn zuerst nicht. Doch als er ihn erkannte, machte sich ein glückseliger Ausdruck auf seinem Gesicht breit. John erreichte ihn, ehe er laut eine Begrüßung von sich geben konnte, und beugte sich über ihn.

»Ist das nicht reizend?« Das hatte Mary gesagt. Ich hatte mich wieder ausreichend gefaßt und war in der Lage, den Kopf zu drehen.

»Reizend«, wiederholte ich mit derselben Grabesstimme wie John vorhin.

»Der liebe alte Herr füttert die Katzen.« Mary hakte mich unter. »Ich hätte daran denken sollen, ein paar Essensreste mitzubringen. Die Tiere hier sehen so vernachlässigt und verhungert aus.« Sie stieß ein liebevolles Lachen aus. Ihre Augen schimmerten, als sie John ansah, der sich neben Schmidt auf die Treppe gesetzt hatte. John redete, und Schmidt hörte ihm mit offenem Mund zu.

»John hat so ein gutes Herz«, sprach Mary weiter. »Er liebt Katzen.«

Das war mir neu. John hatte Clara ganz bestimmt nicht geliebt, und sie hatte ihn auf den ersten Blick verabscheut. Sie war eine gute Menschenkennerin.

Allerdings gaben die süßen kleinen Kätzchen John einen Vorwand, ein vertrauliches und lebhaftes Gespräch mit Schmidt zu führen. Als wir meinen Chef erreichten, war John schon weitergegangen, und Schmidt hatte die Katzenfütterung abgeschlossen. Er wuchtete sich hoch und stieß den Schrei aus, den Johns Anwesenheit vorhin verhindert hatte.

»Grüß Gott, Vicky! Guten Morgen! Hallo! Wie bin ich froh, dich zu sehen!«

»Was tust du hier, Schmidt?« fragte ich. Meine Stimme war ruhig.

»Das war Schicksal. Ich erzähle dir alles später.« Schmidts Blick wanderte zwischen mir und Mary hin und her. Sein Lächeln verschwand, und er fing an zu blinzeln. Wahrscheinlich hatte John ihm alles erzählt, um peinliche Anspielungen auf frühere Bekanntschaften zu verhindern. Ich hätte alles dafür gegeben, zu wissen, was sie einander sonst noch anvertraut hatten.

Ich stellte Mary vor. Schmidt sagte nicht viel; er verhielt sich ihr gegenüber wie ein wahrer Gentleman, allerdings musterte er eindringlich ihr hübsches Gesicht. Sie waren ungefähr gleich groß.

Bald entschuldigte sie sich und meinte, ihr Mann erwarte sie. Allerdings hatte er nicht gewartet, sondern war schon ein gutes Stück vorausgegangen. Sie eilte ihm nach.

»Meine arme Vicky«, sagte Schmidt sanft. Er nahm die Sonnenbrille ab und wischte sich die Augen. »Laß nicht zu, daß der Haß von deinem Herzen Besitz ergreift.«

»Wovon zum Teufel redest du, Schmidt?«

»Dann bist du also nicht verzweifelt?« Unter der Hutkrempe hervor spähte Schmidt hinauf in mein Gesicht. »Nun, vielleicht bist du es wirklich nicht. Eine Frau, die so viele Liebhaber hat wie du...«

»Halt den Mund, Schmidt«, sagte ich.

Schmidt achtete nicht darauf, denn er hatte diesen Satz von mir schon zu oft gehört. »Und du kannst auch nicht erwarten, daß dir alle Liebhaber treu bleiben, solange du nichts tust, um sie zu ermutigen, und manchmal richtiggehend unhöflich zu ihnen bist. Nein, nein, streit es nicht ab. Ich habe es selbst gesehen. Ich hoffe nur, daß Sir John dieses arme Mädchen nicht nur geheiratet hat, um dir eins auszuwischen, denn das wäre ihr gegenüber gar nicht fair. Die junge Dame macht einen sehr charmanten Eindruck.«

»Schmidt...« Er sah mich erwartungsvoll an, aber ich wußte nicht, was ich sagen sollte. Wahrscheinlich war es das Sicherste, überhaupt nichts zu sagen, bis ich herausgefunden hatte, welche Lügen John Schmidt aufgetischt hatte. »Ich möchte nicht darüber sprechen«, meinte ich deshalb nur ausweichend.

»Möglicherweise ist dies hier nicht der passende Ort für ein vertrauliches Gespräch«, stimmte Schmidt mir zu. Inzwischen nahte drohend Feisal, der das letzte und langsamste Mitglied der Gruppe – eine uralte Engländerin, deren Körperkraft nicht mit ihrer Lebenslust Schritt halten konnte – den Berg hinaufscheuchte.

Höflich wie immer lüpfte Schmidt den Tropenhelm und verbeugte sich aus der Gegend, wo vermutlich seine Taille lag – eine Stelle, die abzuwinkeln ihm nicht leicht fiel. Ich stellte die beiden einander vor, und Feisal nickte. »Ja, Herr Doktor Schmidt, man hat uns gesagt, daß Sie zu uns stoßen würden. Willkommen.«

»Ihr Deutsch ist ja ausgezeichnet!« rief Schmidt aus. »Sind Sie unser Reiseleiter, mein Freund? Das ist ja famos! Ich habe viele Fragen. Sie können mir beispielsweise erklären...«

»Es wäre besser, Dr. Schmidt, wenn Sie damit warten würden, bis wir bei den Gräbern sind. Die anderen haben schon einen großen Vorsprung.«

»Ich befürchte, das ist meine Schuld«, sagte Mrs. Blessington (sie hatte mich gebeten, sie Anna zu nennen, aber ich schaffte es einfach nicht) fröhlich. »Es ist wirklich nett, daß die jungen Leute so viel Geduld mit meinen Wehwehchen haben.«

Ihr Lächeln bezog sich auch auf Schmidt, der sich zur doppelten Größe aufblies. »Ich werde Sie tragen!« rief er aus. »Ja, es wird mir eine Freude sein, eine schöne Frau im Arm zu halten!«

Er hätte es bestimmt versucht, wenn ich Feisal nicht einen bedeutsamen Blick zugeworfen hätte. »Aber nein, Herr Schmidt, das ist nicht fair«, sagte dieser rasch. »Ich habe sie zuerst gesehen. Anna, wenn Sie gestatten ...«

Lachend gestattete sie es. Sicher wog sie nicht viel, denn sie bestand nur aus Haut, Knochen und Durchhaltevermögen. Trotzdem war die Leichtigkeit, mit der Feisal die Stufen hinaufstieg, eine beeindruckende Demonstration seiner Muskelkraft. Schmidt trottete neben ihm her und erbot sich, zu übernehmen, falls Feisal ermüden sollte. Da sich die drei glänzend amüsierten, verkündete ich, daß ich vorausgehen würde, was ich auch tat.

Es war ein langer Aufstieg über Treppen und gewundene Pfade, der mir Zeit zum Nachdenken gab. Schmidts Ankunft hatte nur den Vorteil, daß John und ich uns zumindest in einem einig waren: Er wollte genau so wenig wie ich, daß Schmidt sich einmischte.

Bei früherer Gelegenheit hatte John Schmidt davon überzeugen können, daß er so eine Art Geheimagent war. Und das, obwohl Schmidt gewußt hatte, daß John bei unserer ersten Begegnung mit gestohlenen antiken Juwelen handelte. John und Schmidt waren ein Traumpaar: der eine der beste Märchenerzähler der Welt, der andere bereit, jede Lüge zu glauben, solange sie nur »romantisch« war.

Bestimmt hatte John nicht gewagt, Schmidt weiszumachen, daß er diesmal in anderer geheimer Mission unterwegs war. Außerdem war Schmidt nicht dumm, ganz gleich wie romantisch er auch sein mochte. Wie sollten ich oder John ihm erklären, wie wir zufälligerweise auf die gleiche Kreuzfahrt geraten waren?

Natürlich gibt es Zufälle. Doch dieser Zufall war ziemlich unglaubwürdig. Allerdings hatte John in seiner Verzweiflung vielleicht darauf beharrt, daß es sich wirklich um einen Zufall handelte. Er hatte nur ungefähr zehn Sekunden Zeit gehabt, um sich eine Geschichte auszudenken, die Schmidt überzeugen würde, daß wir nicht an einer gefährlichen und aufregenden Geheimaktion beteiligt waren – denn Schmidt hätte natürlich sofort mitmachen wollen.

Dann fiel mir eine andere Erklärung ein, und ein kalter Schauder ließ den Schweiß auf meinem überhitzten Körper gefrieren.

Ich hatte einmal einen Kriminalroman gelesen – ich glaube, von Agatha Christie –, in dem die verlassene Verlobte ihrem treulosen Geliebten und dessen neuer Braut auf die Hochzeitsreise folgt, um sich zu rächen. Ein weiterer merkwürdiger Zufall war, daß der Roman auch auf einer Nilkreuzfahrt spielt. Sicher hatte Schmidt das Buch gelesen oder den Film gesehen, er liebte Thriller. Der kalte Schweiß gerann, als mir Schmidts Worte einfielen. Ich solle nicht zulassen, daß Haß von meinem Herzen Besitz ergriffe?

Bestimmt kannte John den Roman auch. Wenn er gewagt hatte, Schmidt gegenüber anzudeuten, ich verfolgte Mary und ihn aus Eifersucht, würde ich ihn nicht nur umbringen. Ich würde ihn in kleine Stücke zerhacken und die Einzelteile seines Traumkörpers auf dem ganzen Schiff verstreuen. Dann konnte Mary ja versuchen, ihn wieder zusammenzusetzen, wie Isis es bei Osiris getan hatte.

Schmidt würde bestimmt darauf hereinfallen. Wenn er sich schon nicht als James Bond betätigen konnte, dann wenigstens als Hercule Poirot. Vielleicht...

Daß ich wirklich einige Sekunden mit dem Gedanken spielte, Schmidt in seiner Vermutung – dem kleineren von zwei Übeln – zu bestätigen, sollte ausreichend darauf hinweisen, wie gefährlich der kleine Kerl war.

»Da sind Sie ja.«

Mit wirrem Blick starrte ich den hochgewachsenen, blonden Mann an, der meinen Arm genommen hatte. Es war Perry. »Sie sehen ein wenig erschöpft aus, Vicky«, fuhr er fort, während er mein Gesicht betrachtete. »Das Klima kann recht anstrengend sein, wenn man es nicht gewohnt ist.«

Ich sah mich um. Ich hatte die Kuppe eines Pfades erreicht, wo sich ein Sims entlang der Klippe erstreckte. An diesem Sims lagen die Eingänge zu den Gräbern. Einige Mitglieder unserer Gruppe standen herum und fächelten sich mit ihren Hüten Kühlung zu. Aus einem nahegelegenen Grab, dessen Eisentor offenstand, klang die Stimme eines Menschen, der einen Vortrag hielt. Wie ich annahm, einer der einheimischen Führer.

»Sie wollen doch nicht den Touristen nachlaufen«, meinte Perry herablassend. »Ich mache für Sie eine kleine Privatführung.«

Der Wachmann mit dem Schlüssel – er trug ein langes Gewand und einen Turban – kam auf uns zu und schloß ein weiteres Tor auf. Ich ließ mich von Perry hineinführen. Ich glaube, ich fragte mich mit einiger Berechtigung, ob er einen bestimmten Grund hatte, mit mir allein sein zu wollen.

Falls dem so war, erhielt er keine Gelegenheit, seine Absichten in die Tat umzusetzen. Schmidt hatte sich an meine Fersen geheftet. Als ich sie einander vorstellen wollte, unterbrach mich Schmidt: »Ich kenne diesen Herrn. Habe ich dir nicht gesagt, daß ich nie ein Gesicht vergesse, Vicky? Es war bei einem Symposium über ägyptische Kunst vor fünf Jahren in Rom. Er sprach über die Portraitkunst von Amarna. Grüß Gott, Dr. Foggington-Smythe. Vielleicht erinnern Sie sich noch an mich – Schmidt ist mein Name.«

»Ich erinnere mich sehr gut an Sie, Herr Direktor«, erwiderte Perry kühl. »Während der gesamten Fragestunde haben Sie jede meiner Thesen kritisiert.«

Schmidt kicherte. »Ja, es war eine anregende fachliche Diskussion. Ich freue mich schon darauf, sie fortzusetzen.«

Und das tat er auch. Bald entschuldigte sich Perry und floh. Vielleicht bin ich voreingenommen, aber ich fand Schmidts Anmerkungen um einiges interessanter als Perrys. Das liegt auch daran, daß Schmidt keine Angst hat, seine Gefühle zu zeigen. Einige Details – eine Gruppe blinder Musiker, ein Gespann lebhafter, tänzelnder Pferde – hatten ihn so bewegt, daß er tatsächlich zu reden aufhörte, was man von Perry nicht behaupten konnte.

Nach der Besichtigung der Gräber versammelten wir uns um Feisal und einen seiner Assistenten, um ein paar Erfrischungen zu uns zu nehmen. In diesem Klima muß man eine Menge Flüssigkeit trinken; viele unerfahrene Touristen sind schon wegen Wassermangels zusammengebrochen. Wie ich inzwischen von Galactic Tours erwartete, gab es eine reiche Auswahl an Getränken und außerdem verschiedene Kekse.

Schmidt schwebte im siebten Himmel: Freunde, antike Kunstgegenstände und jetzt auch noch etwas zu essen. Die ganze Zeit schon hatte er vor sich hingesummt, doch nachdem Limonade und Kekse ausgeteilt waren, stimmte er aus voller Kehle ein Lied an. Es ist leichter, Schmidt singen zu lassen, als es ihm auszureden. Also ertrug ich es zähneknirschend. »Frankie und Johnny waren Liebende«, grölte er. »Mein Gott, wie verstanden sie sich auf die Liebe!«

Einige der ängstlicheren Passagiere zuckten ruckartig zusammen, und John, der in Schmidts Nähe stand, taumelte tatsächlich einige Schritte rückwärts. Schmidt deutete seinen entsetzten Blick als Interesse. »Das ist alte amerikanische Volksmusik«, erklärte er. »Die gnädige Frau aus Hamburg hat mir gesagt, was für ein begabter Musiker Sie sind. Ohne Zweifel kennen Sie dieses Lied, Ssss ... Herr Tregarth.«

John schüttelte den Kopf. Endlich einmal war er offensichtlich sprachlos.

»Oh, aber es ist sehr bekannt. Im Englischen heißt es »Frankie and Johnny were lovers. Oh, lordie ...«

»Ach ja?« John blinzelte.

»Es ist eine ausgesprochen interessante Musikform«, erklärte Schmidt. »Lieder vom Landleben und vom wilden Westen, Blues und Bluegrass ... wie Sie wissen, ist das nicht dasselbe; sie haben verschiedene Wurzeln.«

»Bluegrass«, wiederholte John ausdruckslos.

»Viele dieser Lieder sind tief und auf anrührende Weise religiös. Kennen Sie das mit dem Unfall auf dem Highway, wo Blut und Whiskey sich mischen?«

John rückte näher heran. Diesen Gesichtsausdruck hatte ich schon bei einer Katze gesehen, die von einem lebhaften Kleinkind in die Enge getrieben worden war – Entsetzen, Ungläubigkeit, gemischt mit Neugier wider Willen. »Faszinierend. Erzählen Sie mir mehr, Herr Schmidt.«

Ich entfernte mich rasch, allerdings nicht rasch genug, um die nächste Strophe zu verpassen.

Schließlich kehrten wir zum wartenden Wagen zurück, der uns zu unserer nächsten Station bringen sollte: den Ruinen der nördlichen Stadt. Als Schmidt sich wieder zu mir gesellte, nahm Perry, der ebenfalls in meiner Nähe war, schleunigst Reißaus. Feisal zählte die Häupter seiner Lieben, rief den Bummlern zu, sie sollten sich beeilen, und drängte die anderen, ihre Plätze einzunehmen.

Schmidt half mir in den Wagen, was ich geschehen ließ, und wandte sich dann Mary zu. Sie war allein und blickte ängstlich den Pfad hinauf.

»Hat er sich verspätet?« meinte Schmidt freundlich. »Um so besser für mich. Gestatten Sie mir, Ihnen einen Platz anzubieten.«

»Ich kann ihn nicht sehen.« Mary schützte die Augen vor der Sonne und ignorierte die Hand, die Schmidt ihr reichte.

Feisal drehte sich um. »Er hat beschlossen, zu Fuß zu gehen. Es ist nicht weit, er wird kurz nach uns ankommen. Steigen Sie bitte ein, wir haben nur eine Dreiviertelstunde für unsere Besichtigung.«

Eine Dreiviertelstunde reichte mir vollauf, und selbst Schmidt zog nach einer Weile allein los. Ich beobachtete ihn im Gespräch mit einem Mann, der wie ein Archäologe aussah – er war schlampig genug gekleidet, um einer zu sein – und in einem für Touristen gesperrten Bereich arbeitete. John entdeckte ich bis kurz vor unserem Aufbruch nirgends – nicht, daß ich nach ihm Ausschau gehalten hätte. Bei seinem Anblick erhellte sich Marys Gesicht; sie eilte auf ihn zu und hakte sich bei ihm unter.

»Liebling, ich habe mir Sorgen gemacht. Wo warst du?«

»Ich hab mich ein bißchen umgesehen«, antwortete John ausweichend. Als er meinen Blick auffing, fügte er hinzu: »Und bin gewissen Leuten aus dem Weg gegangen.«

Seine Anspielungen verloren zunehmend an Subtilität. Ich hatte verstanden.

In wenigen Stunden war es Schmidt gelungen, sich mit den meisten der Mitreisenden anzufreunden. Besonders Suzi, die er, wie ich erwartet hatte, als »prächtig gebautes Frauenzimmer!« bezeichnete, hatte es ihm angetan. Da wir von lauschenden Ohren umgeben waren, sprach ich auf dem Rückweg zum Schiff nur über Allgemeines.

»Warum hast du mir nicht gesagt, daß du an der Kreuzfahrt teilnimmst, Schmidt?«

»Ich wollte dich überraschen.« Schmidt strahlte mich an.

»Das ist dir auch geglückt.«

»Ich wollte schon von Anfang an mit. Das habe ich dir doch erklärt.«

»Ziemlich ausführlich.«

»Aber die Pflicht hatte Vorrang.« Schmidt brüllte aus Leibeskräften, was das Interesse und die Bewunderung seiner neuen Freunde weckte. »Also bin ich nach Amsterdam gefahren. Doch das entpuppte sich als Fiasko, Vicky. Der Herr wollte sich einfach nicht entscheiden und hielt mich einige Zeit hin. Außerdem hatte er ohnehin nicht viel Interessantes zu bieten. Deshalb sagte ich schließlich: ›Vielen Dank, auf Wiedersehen‹ und rief das Reisebüro an. Dort erfuhr ich, daß jemand abgesagt hatte. Gestern abend bin ich mit dem Zug in Minya angekommen und habe heute in aller Frühe mit einem gemieteten Boot den Fluß überquert. Ich wollte vor dir hier sein und dich erwarten. Mein Gepäck wollte man später zum Schiff bringen.«

Er drehte sich um, weil Alice eine Frage an ihn gerichtet hatte – natürlich hatte er auch sie irgendwann bei einem Kongreß kennengelernt –, was mir die Zeit gab, mich mit schmerzlichen Überlegungen zu quälen. Offenbar hatte das Reisebüro nicht erwähnt, daß der Platz wegen Erkrankung eines Passagiers freigeworden war. John hatte doch gesagt, Jen würde in Luxor wieder zu uns stoßen. Bedeutete das, sie würde nicht zurückkommen? Oder war schon zuvor jemand abgesprungen, hatte abgesagt? Ich brannte darauf, das in Erfahrung zu bringen.

Erst nach dem Mittagessen bekam ich dazu die Gelegenheit. Ich hatte kaum Zeit für die dringend nötige Dusche und zum Umziehen, als schon der Gong ertönte. Als ich in den Speisesaal kam, saß Schmidt schon, winkte mir zu und bedeutete mir lautstark, mich zu ihm zu setzen – und zu Louisa. Ich hätte wissen müssen, daß er sich gut mit ihr verstehen würde.

Endlich einmal bestritt sie nicht allein die Konversation. Das war deshalb überflüssig, weil Schmidt von nichts anderem sprach als von ihren wundervollen Büchern und von seiner Freude, die Autorin kennenzulernen, die er schon so lange bewunderte.

Ich glaube, es war Mark Twain, der die drei Schritte zum Herzen eines Schriftstellers beschrieben hat: 1) Sag ihm, daß du eins seiner Bücher gelesen hast; 2) Sag ihm, daß du seine sämtlichen Bücher gelesen hast; 3) Bitte ihn, das Manuskript seines nächsten Werkes lesen zu dürfen. Schmidt hielt sich an diese drei Schritte und ergänzte sie durch das größte aller Komplimente, das auch Mark Twain nicht eingefallen war: 4) Kenne alle Personen in allen Büchern und erinnere dich an jede Einzelheit der jeweiligen Handlung.

Da mir Louisas Leibesumfang aufgefallen war, überraschte es mich nicht, daß sie fast ebensolche Mengen verschlang wie Schmidt. Ihr Gesicht war, aufgeblasen von Kalorien und Selbstgefälligkeit, kein allzu schöner Anblick.

»Vicky schreibt auch Romane«, sagte Schmidt.

»Oh?« Louisas Lächeln wurde säuerlich. Wenn sie mir nicht so entsetzlich unsympathisch gewesen wäre, hätte ich Mitleid mit ihr gehabt. Wahrscheinlich glaubte sie, ich würde sie bitten, mein Manuskript zu lesen, mir den Namen ihres Agenten zu geben oder mich ihrem Verleger zu empfehlen. Ich war versucht, alles drei zu tun, nur um sie zu ärgern, aber meine Würde siegte.

»Nur zu meinem Privatvergnügen«, meinte ich bescheiden. »Die Abenteuer meiner Heldin sind zu unglaubwürdig, um sie zu veröffentlichen.«

Rosannas Abenteuer waren nicht viel unglaubwürdiger als die der meisten romantischen Heldinnen, einschließlich Louisas, aber in den letzten Jahren waren sie ein wenig ausgeufert. Das war allein Schmidts Schuld: Er provozierte mich. Nichts war ihm zu abstrus, solange nur viele Schwertkämpfe, zerrissene Mieder und bebende Busen darin vorkamen.

Ziemlich abrupt wechselte Louisa das Thema und fing an, Schmidt die Handlung ihres nächsten Romans zu erzählen. Sie hatte ihn noch nicht geschrieben, weshalb sie auch kein Manuskript vorweisen konnte (siehe Twain, Punkt drei).

Ich entschuldigte mich und überließ Schmidt seinem Schicksal. Gebannt lauschte er Louisas Schilderung der Kämpfe ihrer Heldin mit dem lüsternen Amonpriester. Ich hoffte, John vor dem Aufbruch zur nachmittäglichen Besichtigung abpassen zu können. Doch statt dessen wurde ich abgepaßt, und zwar von Mr. Hamid, dem Chefsteward. Ich fand, daß er ziemlich ernst aussah, und als er mich beiseitenahm, erwartete ich ... nun, eigentlich weiß ich nicht, was ich erwartete, aber bestimmt nicht das, was ich zu hören bekam.

»Sie erinnern sich doch an Ali, Ihren Zimmerkellner, Dr. Bliss?«

»Natürlich. Heute morgen hatte er keinen Dienst ... Ach, du meine Güte, sagen Sie jetzt nicht, daß er verschwunden ist.«

»Das haben wir zuerst angenommen, als er heute nicht zur Arbeit erschien. Es hätte mich nicht überrascht, denn wenn er den Vorfall mit dem Blumentopf verschuldet hat, waren das schlechtes Gewissen und die Angst vor Strafe Grund genug, um sich aus dem Staub zu machen.«

Das wäre schon schlimm genug gewesen, doch ich erkannte an Hamids gerunzelter Stirn, daß etwas Schwerwiegenderes vorgefallen sein mußte. Wahrscheinlich ahnte ich schon, was nun kam.

»Er ist irgendwann in der Nacht über Bord gefallen oder gesprungen«, sagte Hamid langsam. »Die Leiche wurde vor ein paar Stunden gefunden.«

5. Kapitel

Offenbar sah ich so elend aus, wie ich mich fühlte, denn Hamid nahm mich beim Arm und führte mich zu einem Sessel.

»Sie dürfen sich keine Vorwürfe machen, Dr. Bliss.«

»Das tu ich nicht.« Eine meiner weniger überzeugenden Lügen. Sie überzeugte nicht einmal mich selbst.

»Es war ein tragischer Unfall«, sagte Hamid sanft. »Wahrscheinlich hat er versucht, ans Ufer zu schwimmen, und einen Krampf oder etwas ähnliches bekommen.«

Die anderen versammelten sich schon zur Nachmittagsbesichtigung. John war auch dabei – natürlich mit Mary an seiner Seite.

»Sagen Sie ihnen, sie sollen auf mich warten«, meinte ich und stand auf. »Ich bin gleich zurück.«

Als ich die Stufen hinaufeilte, sah ich nur das Gesicht des Jungen vor mir – tränennaß beim Beteuern seiner Unschuld und strahlend, als er mir versicherte, wie sehr er meine Freundlichkeit zu schätzen wußte. Freundlichkeit! Es konnte unmöglich ein Unfall gewesen sein. Entweder war er bestochen worden, den Blumentopf hinunterzustoßen, und hatte seine Tat später bereut. Oder er hatte den Täter gesehen. Man hatte ihn so beiläufig und skrupellos beseitigt wie einen Moskito.

Die Nachricht, die ich kritzelte, war ziemlich unzusammenhängend, aber ich war mir sicher, daß man mich verstehen würde. Ich legte sie in den Safe und eilte zurück in die Halle.

Als ich ankam, gingen die anderen schon die Gangway hinunter, aber Feisal hatte auf mich gewartet.

»Hamid hat gesagt, daß er es Ihnen erzählt hat.« Prüfend musterten seine warmen, dunklen Augen mein Gesicht.

»Ja.«

»Das hätte er nicht tun sollen. Jetzt sind Sie bekümmert.«

»Natürlich. Halten Sie mich etwa für ein Ungeheuer?«

»Selbstverständlich nicht. Deshalb wollte ich auch nicht, daß Hamid es Ihnen sagt.« Beschützend legte er den Arm um meine Schultern, und einen Moment lang lehnte ich mich an ihn. Sein Griff wurde fester, als ein heftiger Schauder mich durchfuhr. Allerdings wußte er nicht, daß ich vor Wut und nicht vor Kummer zitterte.

»Es ist nicht nötig, daß die anderen Passagiere von dieser unglückseligen Angelegenheit erfahren«, meinte Feisal.

Ich nickte. »Ich habe mich wieder beruhigt, Feisal. Gehen wir.«

»Herr Schmidt fehlt noch. Er hat gesagt, daß er uns begleiten will.«

Eine unvernünftige Hoffnung keimte in meinem Herzen auf. »Wir können doch nicht ewig warten. Vielleicht ist er eingeschlafen.«

Doch soviel Glück blieb mir versagt. Übers ganze rosige Mondgesicht strahlend und unter wortreichen Entschuldigungen stieg er aus dem Aufzug, vollständig ausgestattet mit Tropenhelm, Sonnenbrille, Tasche und einer Vielzahl von Gegenständen, die an quer über seinem Oberkörper verlaufenden Riemen baumelten. Zwischen weiteren geheimnisvollen Utensilien erkannte ich einen Photoapparat, ein Fernglas und eine Feldflasche.

Weniger als die Hälfte der Passagiere machten von der Möglichkeit Gebrauch, die Königsgräber zu besichtigen. Zu meiner Erleichterung hatte die gute, alte Anna davon Abstand genommen; eigentlich waren nur die Unverwüstlichen, alle verhältnismäßig jung und kräftig, gekommen. Nachdem Schmidt die Alternativen – Sweet und Bright, John und Mary, eine tief verschleierte Louisa, die versuchte, geheimnisvoll zu wirken, das Ehepaar aus Hamburg, Alice und Perry – in Betracht gezogen hatte, setzte er sich neben Larry Blenkiron, den er wie einen alten Freund begrüßte. Wie sich herausstellte, war er das auch – oder zumindest ein alter Bekannter, was nach Schmidts Maßstäben auf das gleiche hinausläuft. Ich fragte mich, ob es in Kunst- und Archäologenkreisen überhaupt jemanden gab, den Schmidt nicht kannte. Ed Whitbread machte höflich Platz, damit ich auf Larrys anderer Seite sitzen konnte. In meinen Augen war das ein rührender Beweis des Vertrauens – entweder in meine Harmlosigkeit oder in seine Fähigkeit, mich aufzuhalten, falls ich vorhaben sollte, seinen Brötchengeber zu ermorden. Ich war sicher, daß er dazu durchaus in der Lage war.

Gefolgt von der bewaffneten Eskorte holperten wir über die verlassene Ebene. Die Sonne stand hoch am Himmel und leuchtete so hell, daß der Sand farblos zu sein schien. Der einzige Kontrast war der strahlendblaue Himmel über uns. Der Fahrtwind kam der Hitze aus einem Ofen gleich.

Schmidt schwelgte in Erinnerungen an seine und Larrys letzte Begegnung bei einem Kongreß zum Thema Denkmalschutz. Angefangen von den bunten Glasfenstern mittelalterlicher Kathedralen bis zu den Steinen des Kolosseums ist kaum ein Kunstwerk der Welt von Schäden durch Feuer, Überschwemmung, Umweltverschmutzung, Verkehr und die bloße Gegenwart von Menschen verschont geblieben. Natürlich interessierte sich Larry hauptsächlich für ägyptische Denkmäler, und er benahm sich lebhafter, als ich ihn je gesehen hatte. Trauer verdunkelte seine Stimme, als er die Verwüstung in den Gräbern beschrieb.

»Der Putz und die Gemälde darauf fallen buchstäblich von den Wänden. In den letzten zwanzig Jahren ist mehr Schaden entstanden als in den vorangegangenen viertausend.«

»Aber Sie haben ein Wunder vollbracht!« rief Schmidt aus. »Die Gemälde im Grab der Tetisheri zu restaurieren ...«

»Es ist nur ein Grab von vielen.«

»Es gibt auch noch Nofretetes Grab.«

»Die Gettys haben da Großes geleistet«, stimmte Larry zu. »Doch wenn man das Grab wieder öffnet, wird bald alles vergeblich gewesen sein.«

»Dann unterstützen Sie also den Gedanken, Reproduktionen anzufertigen?« fragte Schmidt. »Welche die Touristen dann besichtigen können, während die Originale nur noch der Wissenschaft zugänglich sind?«

»Ja.« Larry fing meinen Blick auf und lächelte entschuldigend. »Das klingt recht elitär. Laß niemanden rein – außer mir!« Er rutschte hin und her, um es sich auf dem harten Sitz ein wenig bequemer zu machen. »Für die Gräber in Amarna kommt jede Hilfe zu spät«, fuhr er bedauernd fort. »Es ist nur sehr wenig erhalten. Ich gebe zu, die ägyptische Regierung braucht die Dollars der Touristen, aber ich finde es schade, daß sie es den Besuchern durch bauliche Maßnahmen erleichtert hat, die Gräber zu erreichen. Ehe man diese Straße durchs Wadi gebaut hat, war es ein langer, anstrengender Fußmarsch von viereinhalb Kilometern.«

»Ich habe gehört, die Japaner wollen Aufzüge zu den Grabstätten der Adligen bauen«, sagte Schmidt.

Die beiden seufzten im Chor.

Inzwischen hatten wir die Ebene überquert und eine Schlucht oder ein Wadi erreicht, das die Klippen unterbrach. Da die Sonne immer noch hoch stand, warfen die Felsen nur wenig Schatten, so daß die Mitte der Straße im grellen Sonnenlicht glühte. Als Schmidt mich schlucken sah, öffnete er seine Feldflasche und hielt sie mir hin. Dankbar nahm ich an, trank und erstickte fast.

»Bier!«

»Aber natürlich«, sagte Schmidt. Ich gab ihm die Flasche zurück. »Herr Blenkiron?« fragte er.

Larry lehnte das Angebot ab. Ed ebenfalls.

Auf dem Wagen befand sich eine Eiskiste. Bei unserer Ankunft tranken wir alle etwas, ehe wir uns an die letzte Etappe unseres Wegs machten. Es war ein leichter Spaziergang, ein schmales Seitenwadi entlang, bis zum Eingang des Grabes. Eine kleine, steile Treppe führte abwärts. Aus dem Gang darunter schimmerte zwar ein Licht, aber man konnte es nicht unbedingt taghell nennen.

Feisal versammelte uns und begann mit seinem Vortrag. Schmidt sah nicht Feisal an, sondern mich. Er hatte vor dem Abstieg in den dämmrigen Gang die Sonnenbrille abgenommen, und seine kleinen Knopfaugen blickten besorgt.

Als einer von wenigen weiß Schmidt, daß ich einmal unter einem bayerischen Schloß lebendig begraben worden bin. Das klingt vielleicht ein wenig theatralisch, ist jedoch die reine Wahrheit: Der Tunnel war von einem Erdrutsch blockiert worden, so daß ich mich freischaufeln mußte, und zwar ohne Werkzeug, nur mit bloßen Händen, und ohne Licht bis auf ein paar Streichhölzer. Gegen Ende des Wegs wäre mir fast der Sauerstoff ausgegangen. Seitdem meide ich dunkle, enge und unterirdische Orte. Selbst Schmidt weiß nicht, daß ich manchmal noch von diesem Erlebnis träume.

John wußte es. Er wußte es deshalb, weil ich den Traum einmal hatte, als er bei mir war. Er hatte mich gehalten, während ich würgte, keuchte, mich absolut lächerlich machte und an ihn geklammert und völlig grundlos nach Licht und Luft flehte. Nachdem ich mich beruhigt hatte, bestand er darauf, daß ich ihm die ganze Geschichte erzählte. Das würde mir helfen, die bösen Geister auszutreiben, hatte er gesagt...

Auch er starrte mich an. Über Marys Kopf hinweg traf sein Blick aus schmalen, unbewegten Augen den meinen. Ich schaute weg.

Als die anderen mit dem Abstieg begannen, kam Schmidt näher. »Vicky, vielleicht solltest du das besser lassen.«

Er glaubte zu flüstern. Einige Köpfe wandten sich um, und Feisal kam zurück. »Ist etwas, Vicky?«

»Nichts«, entgegnete ich barsch.

Eigentlich war doch alles in bester Ordnung. Schließlich litt ich nicht an Klaustrophobie im klassischen Sinne einer krankhaften Angst vor engen, überfüllten Räumen. Solange es Licht gab und andere Menschen in der Nähe waren, konnte mir nichts geschehen.

Wenigstens sagte ich mir das.

Es war nicht so schlimm, wie ich befürchtet hatte. In regelmäßigen Abständen waren Lampen angebracht, und die unwegsameren Stellen des Pfades hatte man mit neuen Stufen oder Rampen überbrückt. Und es waren Leute da. Schmidt, die mitfühlende, treue Seele, blieb immer in meiner Nähe.

Für die Architektur ägyptischer Gräber habe ich mich noch nie begeistern können. Doch Sweet trat den Beweis an, daß sich das bei ihm anders verhielt: Obwohl Perry alles tat, um ihm zu entrinnen, heftete er sich an dessen Fersen und überschüttete ihn mit einem Redeschwall über Achsenverschiebungen, Neigungswinkel und die Unterschiede zwischen frühen und späteren Grundrissen. Ganz offensichtlich hatte er seine Hausaufgaben gemacht. Alice und Schmidt stritten, ob die Kunst in Amarna unter minoischem Einfluß stand. Wenn Feisal uns auf interessante Stellen hinwies, hallte seine Stimme merkwürdig von den Wänden wider.

Es gab nicht viele interessante Stellen. Die Wände des abwärts führenden Ganges waren rauh und schmucklos. Allerdings strahlten sie etwas Unheimliches aus, und so verstummten wir auf dem Weg in die Grabkammer einer nach dem anderen. Nur Feisal sprach weiter.

Auch in der Grabkammer gab es bis auf einige Kratzer an den rauhen Wänden nicht viel zu sehen, doch als Feisal uns auf sie aufmerksam machte und die Szenen beschrieb, deren kläglicher Überrest sie waren, gelang es ihm, uns einen Teil der einstigen Schönheit zu vermitteln. Es handelte sich um Abbildungen des Königs und der Königin, die dem einzigen Gott, den sie verehrten, Opfergaben darbrachten; der Sonnenscheibe, deren Strahlen in kleinen, zärtlichen Menschenhänden endeten; von Trauernden in zerrissenen Kleidern, die Hände in zeremoniellem Leid erhoben. Doch selbst mit Hilfe seiner wortreichen Schilderung konnte ich keine Einzelheiten an der Gestalt auf der Totenbahre erkennen. Feisal behauptete, diese Einzelheiten bewiesen, daß es sich um eine Frau handelte.

»Aber ich dachte, das hier wäre das Grab des Königs«, sagte die Hamburgerin.

»Wir wissen nicht, wer die Frau auf der Bahre ist«, antwortete Feisal. »Es heißt, es handelt sich um ...«

»Nofretete!« Mit rudernden Armen stürzte Louise auf ihn zu. Ihre Schleier bauschten sich wie die Flügel einer Fledermaus. »Ja, ich spüre es. Ich spüre ihre Gegenwart.«

Im Schneidersitz ließ sie sich auf den Boden sinken und summte vor sich hin.

Die anderen musterten sie mit einer Mischung aus Ekel und Verlegenheit. Sweet machte eine abfällige Bemerkung über die Anhänger des New Age, und Blenkirons Gesicht war starr vor Verachtung.

»Komisch, wie viele Menschen sentimental werden, wenn sie Nofretetes Namen hören«, murmelte eine spöttische Stimme. John stand, die Hände in den Taschen, da und sah mich lächelnd an. Sein Haar glänzte im Licht der Glühbirne über unseren Köpfen.

Als einziger von uns war Feisal eher amüsiert als peinlich berührt. Wahrscheinlich hatte er derartige Ausbrüche schon öfter erlebt. »Es ist nicht Nofretete. Sie ist ebenfalls in dieser Szene zu sehen. Ein Forscher hat die Vermutung geäußert, daß es ihr Grab ist, nicht das ihres Gatten, doch diese Ansicht hat sich nicht durchgesetzt. Möglicherweise war die unvollendete Zimmerflucht, die vom abwärts führenden Gang abzweigt, für ihr Begräbnis gedacht. Wir werden sie später besichtigen, doch zuerst möchte ich Ihnen den am besten erhaltenen Teil des Grabes zeigen, der für eine der königlichen Prinzessinnen vorgesehen war.«

Ohne auf Louisa einzugehen, führte er uns den Weg zurück, den wir gekommen waren.

Die anderen folgten ihm. Offenbar wollten sie diesen Raum ebensoschnell verlassen wie ich, wobei der Grund dafür nicht nur die Temperatur und die stickige Luft waren. Die Kammer war verhältnismäßig groß – laut Feisal etwa neun Quadratmeter –, und mein Kopf berührte nicht die Decke. Doch irgend etwas gab mir ein merkwürdiges Gefühl, und die verwitterten steinernen Säulen sahen aus, als würden sie jeden Moment zusammenstürzen.

Leise und respektlos vor sich hin pfeifend betrachtete John die Wand. Mary gesellte sich zu mir. »Ich muß dringend hier raus. Geht es Ihnen auch so?«

»Ich weiß nicht. Kommt darauf an, was Sie unter dringend verstehen.« Ich wischte mir den Schweiß von der Stirn.

»Wahrscheinlich ist es ein psychologisches Problem«, murmelte Mary. »Man wird hier so an Tod, Verfall und Dunkelheit erinnert...«

Das letzte Wort war eines zuviel gewesen. Ohne ihr zu antworten, strebte ich der Tür zu.

Aber ich war fest entschlossen durchzuhalten. Die Grabkammern in den Mastabas in Sakkara lagen über der Erde; die Adelsgräber in Amarna waren in die Klippen gehauen, doch wir waren bis jetzt noch nicht in die unterirdischen Gräber hinabgestiegen, weshalb ich in der Ferne immer ein wenig Tageslicht hatte sehen können. Einer so schwierigen Aufgabe hatte ich mich noch nicht gestellt, und ich glaubte, meine Phobie sehr vorsichtig bekämpfen zu müssen. Zum Teufel mit der Theorie, daß man sofort wieder aufsteigen muß, wenn man vom Pferd gefallen ist. Ich würde lieber mit einem sehr kleinen Pony oder einem Bernhardiner anfangen und mich langsam nach oben arbeiten.

Eine von Echnatons Töchtern war sehr jung gestorben und im Grab ihres Vaters beigesetzt worden. Die Zimmerflucht ging vom Hauptkorridor ab, der nach unten führte. Die Szene, die mich besonders gerührt hatte – der kleine Körper, der steif auf dem Totenbett lag, während die trauernden Eltern sich darüber beugten –, konnte man kaum erkennen. Ein Vandale hatte versucht, einen Teil des Reliefs abzuschlagen; der tiefe, schartige Riß zerstörte den Oberkörper der Prinzessin und andere Details.

»Aus diesem Grund bin ich dagegen, die Gräber frei zugänglich zu machen«, meinte Larry, der neben mir stand. »Bis in die dreißiger Jahre waren diese Reliefs praktisch intakt.«

»Aber man kann den armen Dorfbewohnern keinen Vorwurf daraus machen«, sagte Schmidt, der unbeirrbare Sozialist, auf meiner anderen Seite. »Die amerikanischen und europäischen Kunstsammler, die hohe Preise für illegal beschaffte Antiquitäten bezahlen, tragen die Schuld daran. Damit meine ich natürlich nicht Sie«, fügte er hastig hinzu.

Larry lachte. »Deshalb ist meine Sammlung auch nicht sehr beeindruckend. Museen und weniger von Skrupeln behaftete Sammler haben sich die besten Stücke unter den Nagel gerissen, ehe ich anfing, mich für die Ägyptologie zu interessieren. Wie dem auch sei, mich interessiert der Denkmalschutz ohnehin mehr als das Sammeln.«

Als wir die Räume der Prinzessin verließen, fiel mir auf, daß John wieder zurückblieb, während Mary mir folgte. Hatten sich die beiden gestritten? Ich wartete auf sie und lächelte ihr freundlich zu. Natürlich hatte ich dabei keine Hintergedanken.

»Fast geschafft«, sagte ich aufmunternd.

»Ach, das macht mir nichts.« Ihre Stimme zitterte trotzdem ein wenig. »Es ist sehr interessant.«

Wir stiegen die Rampe hinauf. Sie kam mir viel steiler vor als auf dem Hinweg. Die letzte Zimmerflucht, die, wie Feisal erklärt hatte, möglicherweise für die Bestattung der Königin vorgesehen gewesen war, befand sich auf halbem Weg nach oben. Ich wies auf den Eingang, wo die anderen warteten. »Werden Sie sich den Höhepunkt unserer Tour ersparen, oder machen wir mit?« fragte ich.

Mary sah sich um. John war hinter uns zurückgeblieben und ließ sich Zeit. Konnte dieses klägliche kleine Geschöpf denn keine Entscheidung fällen, ohne sich erst mit ihm zu beraten? Was tat er überhaupt allein da unten? Vielleicht hatten sie sich wirklich gestritten, und jetzt schmollte er und versuchte Mary ein schlechtes Gewissen zu machen, weil sie seine zarten Gefühle verletzt hatte.

»Ich wollte Sie eigentlich schon vorhin etwas fragen«, sagte ich beiläufig. »Wie geht es eigentlich Jen?«

»Viel besser. Sie wird ...«

Mit einem erstickten Laut hielt sie inne. Plötzlich war John da, ragte drohend hinter ihr auf. »Hast du mich aber erschreckt, Liebling!« rief sie aus.

»Sie hat sich wieder so weit erholt, daß sie nach Hause fahren konnte«, antwortete John.

»Soll das heißen, daß sie Ägypten verlassen hat?« Entgeistert starrte ich ihn an.

»Heute vormittag. Sie traut ägyptischen Ärzten und Krankenhäusern nicht.«

»Dann wird sie also nicht mehr an der Kreuzfahrt teilnehmen?«

»Nein.«

Ich wandte den Blick von seinem selbstzufriedenen Grinsen zu Marys gesenktem Kopf. Hatten sie sich deswegen gestritten?

»Sie scheinen sich darüber zu freuen«, stellte ich fest.

»Das tue ich in der Tat. Sie ist mir schrecklich auf die Nerven gegangen«, erwiderte John ohne einen Anflug von Mitleid. »Und jetzt aber Tempo, Mädels. Wenn man sich euer Getrödel anschaut, könnte man auf den Gedanken kommen, daß euch diese Besichtigung Spaß macht.«

Nachdem wir weitere unverputzte, unvollendete Felsenkammern betrachtet und zugehört hatten, wie Feisal uns ihren möglichen Zweck erklärte, war sogar Louisa dafür, die Besichtigung zu beenden. »Ich spüre ihre Gegenwart«, verkündete sie im Singsangton. »Die Schönste der Schönen ist niemals hier bestattet worden.«

»Damit hat sie wahrscheinlich recht«, murmelte Larry. »Aber aus den falschen Gründen. Seit wann ist sie Expertin für Nofretete?«

»Ich glaube, sie will sie zur Heldin ihres neuen Buches machen«, antwortete ich.

»Warum hat sie sich dann so darüber aufgeregt, daß sie Meydum nicht sehen kann?« fragte Larry. »Die Pyramide ist mehr als tausend Jahre vor Nofretetes Geburt erbaut worden.«

»Die Verfasserinnen historischer Romane kümmern sich nicht um solche kleinen Details«, erklärte ich, wobei ich schuldbewußt an die Abenteuer meiner eigenen Heldin dachte. Es war nicht ganz seriös gewesen, Rosanna in einer Besenkammer vor Dschingis Khan zu verstecken, doch Schmidt hatte es unterhaltsam gefunden, und das war hauptsächlich der Grund, warum ich meine Geschichte weiterschrieb.

Erhitzt, durstig und mit Staub bedeckt stürmten wir die Eiskiste und stürzten die kalten Getränke hinunter. Zwar war es auch jetzt am Nachmittag noch ziemlich heiß, aber nach dem stickigen Grab kam uns die Luft erfrischend vor. Selbst im Schatten hatte ich das Gefühl, daß meine Haut ausdörrte und sich über meine Knochen spannte. Es war das ägyptische Klima, nicht die gut gemeinten, aber oft zerstörerischen Konservierungsmethoden, das so ausgezeichnete Mumien hervorgebracht hatte.

Eigentlich wollte Blenkiron auf dem Rückweg zum Schiff noch einige weitere Gräber besichtigen, aber er gab lächelnd und ohne zu murren nach, als ihn die anderen nachdrücklich überstimmten. Bei seinem Vorschlag, noch bei den südlichen Gräbern Halt zu machen, stieß Mary einen unterdrückten Klageruf aus. Galant wie immer eilte Schmidt auf sie zu und bot ihr den Arm.

Obwohl er sich großartig hielt, machte ich mir Sorgen um ihn. Zwar behauptete er, die Herzoperation vor einigen Jahren habe einen neuen Menschen aus ihm gemacht, doch der neue Mensch sah nicht gesünder aus als der alte. Vor Hitze und Anstrengung war sein Gesicht gerötet, aber sein Lächeln war so breit wie immer, und sein Schnurrbart ragte entschlossen nach oben. Offenbar amüsierte er sich großartig.

Ich ließ ihn und die anderen vorangehen. Ich hatte noch keine Gelegenheit gehabt, mit John zu sprechen, denn es hätte wohl zu unangenehmen Vermutungen geführt, wenn ich mich allein mit ihm in eine leere Grabkammer zurückgezogen hätte. Vielleicht lag ihm ja ebensoviel wie mir an einem Gespräch unter vier Augen. Möglicherweise war das der Grund, warum er Mary aus dem Weg zu gehen schien.

Meine Theorie wurde bestätigt, als er sich mir anschloß. »Amüsieren Sie sich, Dr. Bliss?« fragte er laut und ohne das geringste Anzeichen von Verlegenheit.

»Lassen wir doch die Formalitäten«, entgegnete ich und zwang mich zu einem Lächeln.

»Ich versuche es, doch meine tiefsitzende Ehrfurcht vor akademischen Titeln macht es mir schwer.« Seine Stimme wurde leiser.

»Ich glaube nicht, daß ich es über mich bringe, Professor Schmidt mit Anton anzusprechen.«

»Dann nenn ihn halt Poopsie«, schlug ich in einem Anfall mangelnder Beherrschung vor.

Er preßte die Mundwinkel zusammen, um ein Lachen zu unterdrücken – oder eine unhöfliche Bemerkung. Diese Anspielung auf eine besonders spannungsgeladene Situation bei einer unserer früheren Begegnungen hätte beides bedeuten können.

Heiser flüsternd fuhr ich fort: »Was hast du ihm erzählt?«

»Warum fragst du ihn nicht selbst?«

»Das hatte ich vor. Ich will aber zuerst deine Version hören. Also halt mich nicht länger hin, die anderen warten schon.«

Ich stolperte kunstvoll, blieb stehen und bückte mich, um meinen Fuß in Augenschein zu nehmen.

»Zufall«, sagte John, während er mich beim Arm nahm, als wolle er mich stützen. Die Blutzufuhr in meiner Hand wurde abgeschnürt.

»Das kauft er uns nie ab.«

»Er hat keine andere Wahl.«

»Du unterschätzt Schmidt.«

»Für Schmidts blühende Phantasie kann ich nichts. Wenn du und ich das gleiche behaupten, wird er unmöglich ...« Er hielt inne, als Feisal und Larry auf uns zueilten. »Ist er verstaucht?« fragte er und fügte zweifelnd hinzu: »Vielleicht könnte Feisal Sie ... äh ... tragen.«

Damit spielte er darauf an, daß er es nicht schaffen würde und sogar Feisal Schwierigkeiten haben könnte, meine riesige Gestalt vom Boden aufzuheben. Ich richtete mich auf. »Ich bin nur umgeknickt. Alles in Ordnung.«

Mein geheimes Stelldichein mit Schmidt ließ sich leichter arrangieren. Ohne unsere Stimmen zu dämpfen, vereinbarten wir einen Treffpunkt, während der Wagen geräuschvoll über den unebenen Pfad holperte. Schmidt wollte sich im Salon mit mir treffen, damit wir unsere Cocktails gemeinsam mit seinen neuen Freunden einnehmen konnten. Das ließ mich wieder Mut schöpfen, wies es doch darauf hin, daß er das Märchen mit dem Zufall geglaubt hatte. Sicher würde er mich nicht fragen, was mich in Wirklichkeit an Bord dieses Schiffes geführt hatte. Trotzdem hielt ich es für das beste, ihm einen kurzen Vortrag über Takt und Diskretion zu halten, ehe ich ihn auf die Menschheit losließ. Außerdem wies ich ihn darauf hin, daß er noch keine Zeit zum Auspacken gehabt hatte. Wir vereinbarten also ein Treffen in seiner Kabine, nachdem ich mich frischgemacht hatte.

Ich verschloß und verriegelte meine Tür, ging aber nicht ins Bad, sondern zum Safe. Die Botschaft lag noch darin.

Fluchend stampfte ich mit dem Fuß auf. Da das nichts änderte, stellte ich mich unter die Dusche. Vielleicht hatte meine mysteriöse Kontaktperson noch keine Gelegenheit gehabt, die Botschaft abzuholen. Doch es war kein gutes Zeichen, und das kühle Wasser, das über meinen erhitzten Körper floß, konnte die Zweifel in meinem ebenfalls erhitzten Verstand nicht wegspülen. Ich zog mich gerade an, als es an der Tür klopfte.

Ich warf einen Bademantel über und öffnete eilig. »Oh«, sagte ich. »Hallo.«

Offensichtlich konnte Alice sich in Rekordzeit umziehen. Sie trug ein Kleid mit Blumenmuster und flache Sandalen. »Ich dachte, Sie brauchen vielleicht etwas für Ihren Knöchel«, meinte sie. »Diese Salbe hat bei mir immer gut gewirkt.«

Die Flasche, die sie mir hinhielt, sah gar nicht nach Salbe aus. Ihre Hand bedeckte das Etikett.

»Das ist sehr nett von Ihnen«, antwortete ich langsam. »Kommen Sie herein.«

Nachdem ich die Tür geschlossen hatte und mich umdrehte, saß sie mit übereinandergeschlagenen Knöcheln in einem Sessel. Auf der Flasche, die sie neben sich auf einen Tisch gestellt hatte, stand: »Wasserstoffperoxyd«.

»Sie?« entfuhr es mir, was nicht sehr originell klang.

»Ich gebe zu, man sieht es mir nicht an«, erwiderte Alice kühl.

»Woher wußten Sie, daß ich mit Ihnen sprechen wollte? Sie haben meine Nachricht doch nicht erhalten.«

Sie runzelte die Stirn. »Welche Nachricht?«

Ich zeigte sie ihr. »Sie waren ziemlich verstört«, murmelte sie, nachdem sie den hastig hingekritzelten Text gelesen hatte.

»Natürlich. Der arme, unschuldige Junge ...«

»Aber, aber, denken Sie logisch. Warum glauben Sie, ist die Nachricht nicht früher abgeholt worden?«

»Mein Gott.« Ich ließ mich schwer aufs Bett fallen. »Wollen Sie damit sagen, daß Ali ...«

»Er war ein Agent des ägyptischen Geheimdienstes.« Alices Miene verfinsterte sich. »Ich bin keiner. Ich habe mich nur bereiterklärt, bei diesem einen Auftrag zu helfen. Mir liegt der Schutz der Antiquitäten sehr am Herzen. Außerdem könnte eine zunehmende Ausländerfeindlichkeit meine Arbeit und die anderer behindern. Ali war der Mann, der auf Sie aufpassen sollte; meine Aufgabe war es nur, die Nachrichten weiterzuleiten.«

Diese Information erlöste mich von einem Alptraum. Es änderte zwar nichts an Alis viel zu frühem Tod, aber wenigstens war er Profi gewesen und hatte über die Gefahren seines Berufs Bescheid gewußt.

»Ich habe erst heute nachmittag von seinem Tod erfahren«, fuhr Alice fort. »Und mir wurde klar, daß ich mit Ihnen sprechen muß, obwohl ich die Anweisung habe, niemals und unter keinen Umständen direkt mit Ihnen Kontakt aufzunehmen. Diese Leute sind meiner Ansicht nach besessen von ihren Sicherheitsvorkehrungen, doch um ihnen nicht Unrecht zu tun, muß ich zugeben, daß sie dabei an meine und auch an ihre Sicherheit gedacht haben. Ich ...«

»Verdammter Mist, Alice!« Entsetzt starrte ich sie an. »Auf diesen Gedanken bin ich gar nicht gekommen. Wie nachlässig von mir. Am besten gehen Sie jetzt und halten sich in Zukunft von mir fern.«

»Beruhigen Sie sich, meine Liebe, ich habe nicht vor, Alis Platz einzunehmen. Ich bin genau das, wofür man mich hält: eine ältere, übergewichtige Archäologin, die noch nie eine Pistole abgefeuert oder eine Karatestunde absolviert hat. Wenn Sie sich darauf verließen, daß ich sie beschütze, wäre ihr Leben keinen Pfifferling mehr wert.« Sie griff in die Tasche ihres Kleides. »Stört es Sie, wenn ich rauche?«

»Nein, tun Sie sich keinen Zwang an.« Ich sah mich nach einem Aschenbecher um. Alice lachte.

»Das ist ein Fehler, Vicky. Ich weiß nicht, warum Sie sich als Raucherin ausgeben, aber Sie sollten lernen, es richtig zu machen. Sie haben den Aschenbecher noch nie benutzt, und Sie inhalieren auch nicht.«

»Es war kein besonders schlauer Gedanke von mir«, gab ich zu. »Also, was machen wir jetzt?«

»Warten, wie ich annehme.« Stirnrunzelnd betrachtete Alice ihr Feuerzeug. »Inzwischen haben sie bestimmt von Alis Tod erfahren und werden vermutlich einen Ersatz suchen. Aber die Programmänderung macht mir Sorgen. Meine Aufgabe war es, die Informationen, die ich von Ali erhielt, bei jedem Landgang weiterzugeben. Doch mittlerweile haben wir schon zwei der geplanten Stopps ausgelassen, und morgen wird wieder einer nicht stattfinden. Also kann ich mich bis Abydos nicht mehr mit meinen Auftraggebern in Verbindung setzen.«

»Und es gibt keine andere Möglichkeit, sie zu kontaktieren? Verdammt, das ist aber dumm. Was ist bei einem Notfall?«

»Es hat bereits einen Notfall gegeben«, antwortete Alice trokken. »Genauer gesagt, zwei. Die Verbindung ist in beide Richtungen unterbrochen. Ich habe mir schon die ganze Zeit gedacht, daß ich nur ein kleines Rädchen im Getriebe bin – so etwas wie eine zweite Absicherung im Informationsfluß. Es muß mindestens noch ein Agent an Bord sein – ein Profi, kein bemühter, aber unfähiger Amateur wie ich.«

War das Wunschdenken? Ich hoffte, nicht. Burckhardt hatte im Plural gesprochen, als er mir Schutz zugesichert hatte. »Wer?« fragte ich.

»Wenn ich das wüßte, würde ich nicht mit Ihnen sprechen.« Alice rieb sich die Stirn, als habe sie Kopfschmerzen, was wahrscheinlich der Fall war. Sie fuhr fort: »Aus den Spionagethrillern, die ich gelesen habe, weiß ich, daß das die normale Vorgehensweise ist: geringstmögliche Kontakte, größtmögliche Anonymität.«

Ich hatte auch ein paar dieser verdammten Dinge gelesen. Ali hatte mich und Alice gekannt. Wenn sie ihn befragt hatten, bevor sie ihn ermordeten ... Seine Leiche mußte deshalb nicht unbedingt Spuren aufweisen. Modernen Folterknechten stehen verschiedene Techniken und auch Drogen zur Verfügung.

»Anton kann es nicht sein, oder?«

Ihre Worte drangen zwar an mein Ohr, aber mein Gehirn weigerte sich, sie zu verstehen. »Was?« keuchte ich.

»Sie müssen Ali ersetzen«, sagte Alice. »Und Anton ist heute vormittag aus heiterem Himmel aufgetaucht...«

»Nein! Sind Sie wahnsinnig? Schmidt ist nicht...« Ich hielt inne, um Luft zu holen. »Der Übergang wäre zu nahtlos, Alice. Sie können erst heute früh von Alis Tod erfahren haben. Schmidt befand sich zu diesem Zeitpunkt schon in Minya.«

»Das stimmt.« Sie drückte ihre Zigarette aus und stand auf. »Wahrscheinlich ist es sinnlos, Vermutungen anzustellen. Die Lage wird ohnehin erst kritisch, wenn wir wieder in Kairo sind, und man wird sich bestimmt lange vorher mit uns in Verbindung setzen – sicherlich in Luxor. Ich rate, abzuwarten, nicht die Nerven zu verlieren und vorsichtig zu sein.«

Das war ein ausgezeichneter Ratschlag, und ich beabsichtigte auch, mich daran zu halten – wenn man mich ließ.

Nachdem sie gegangen war, starrte ich wie versteinert auf die geschlossene Tür. Mein Herz klopfte wie nach einem Dauerlauf. Ihre Vermutung, Schmidt könnte Alis Ersatzmann sein, war so abwegig, daß nur ein Wahnsinniger sie geglaubt hätte. Und Alice war nicht wahnsinnig. Wußte sie etwas über Schmidt, das ich nicht wußte? Gab es andere, die über die gleichen Informationen verfügten?

Jemand stöhnte. Das mußte ich gewesen sein, denn außer mir war niemand da. »Unmöglich«, sagte ich mir. Auch wenn man alle anderen Überlegungen außer acht ließ – zum Beispiel die Möglichkeit, daß ich von Vorurteilen belastet, arrogant und auf einen lieben, netten, schlauen Schauspieler hereingefallen war –, hatte Schmidt es auf keinen Fall in drei Stunden von München nach Minya schaffen können. Ich betete aus ganzem Herzen, daß die Schurken sich ebensogut mit Flugplänen auskannten wie ich. Denn ich wollte nicht, daß sie ihn – wie Alice – für Alis Ersatzmann hielten.

Das Telefon klingelte. Natürlich war es Schmidt. Der Klang seiner vollen, fröhlichen Nikolausstimme riß mich wieder zurück in die Wirklichkeit. »Unmöglich«, sagte ich.

»Was?« entgegnete Schmidt.

»Ich bin gleich da, Schmidt.«

Angesichts des Bildes, das sich mir einige Zeit später im Spiegel bot, hatte ich es offenbar geschafft, mehr oder weniger zusammenpassende Sachen anzuziehen. Allerdings weiß ich nicht, wie. Ich hatte anderes im Kopf.

Der Feind erschien mir um einiges besser organisiert als wir. Er hatte Ali enttarnt – was mir nicht gelungen war – und ihn ohne viel Federlesen beseitigt. Was nun? fragte ich mich. Hatte es sich nur um eine allgemeine Aufräumaktion gehandelt, oder war Ali im Begriff gewesen, einen oder mehrere der Verbrecher ans Messer zu liefern? Dazu hätte er unanfechtbare Beweise gebraucht, und das mußte die Gegenseite gewußt haben. Sonst wäre man nicht das Risiko eingegangen, in diesem Stadium des Plans einen Mord zu begehen.

Obwohl John während seiner Zeit mit mir eine ziemliche Negativliste angesammelt hatte, war er kein Mörder. Zugegeben, diese Einschätzung basierte zum Großteil auf seinen eigenen Aussagen, die ansonsten nicht allzu verläßlich waren. Doch ich war bereit, ihm zu glauben. Bei beiden Vorfällen, deren Augenzeugin ich geworden war, hatte er sich auf Notwehr berufen können.

Er hatte mich verteidigt.

Das Telefon riß mich aus diesen unangenehmen Gedanken. Da ich Schmidt am Apparat vermutete, reagierte ich nicht, sondern nahm meine Tasche und verließ die Kabine.

Auch wenn ich alle Vorurteile beiseiteließ, konnte ich mir nicht vorstellen, wie John Ali bewußtlos schlug und ihm dann den Kopf unter Wasser hielt, bis er ertrank. Das war nicht Johns Stil. Offenbar war er an ein paar üble Burschen geraten. Das war bei ihm eine schlechte Angewohnheit.

Schmidts Kabine lag auf dem Oberdeck, dem Sonnendeck, auf der gleichen Seite des Schiffes wie meine. Auf dieser Etage gab es nur vier Suiten – die elegantesten von allen. Ich nahm an, daß Blenkiron zwei von ihnen bewohnte.

Noch ehe ich klopfen konnte, riß Schmidt die Tür auf und umarmte mich fest. »Endlich! Ich wollte dich schon suchen gehen. Du bist zu spät.«

»Nein, bin ich nicht. Wir haben keine feste Zeit vereinbart.«

Seine Kabine war um einiges größer und prunkvoller als meine. Ein verankerter Wandschirm trennte die Sitzecke vom Schlafbereich; es gab zwei Polstersessel und dazu noch ein bequemes Sofa. Durch die offenen Schiebetüren drang ein kühles Lüftchen herein, und man konnte den atemberaubenden Anblick der roten Klippen im Sonnenuntergang genießen.

»Setzen wir uns auf den Balkon und bewundern wir die Aussicht«, schlug Schmidt vor, während er geschäftig mit Gläsern und Flaschen hantierte. »Es ist doch wirklich nett hier. Ich war schon auf vielen Kreuzfahrten, aber noch nie auf einer so luxuriösen.«

Sein Balkon war wie meiner mit blühenden Pflanzen geschmückt. Zögernd trat ich hinaus, wobei ich mir sagte, daß mir hier niemand etwas auf den Kopf fallen lassen konnte, weil es über uns kein Deck mehr gab. Zu meiner Rechten konnte ich den Bug – vielleicht war es auch das Heck – eines der Rettungsboote sehen. Zur Linken war Schmidts Balkon durch eine dicke Wand von der Nachbarkabine abgetrennt. Allerdings war sie nicht dick genug, um eine Stimme zu dämpfen, die so laut war wie die von Schmidt. »Setz dich, meine liebe Vicky, setz dich. Und dann werden wir angenehm miteinander plaudern«, rief er gutgelaunt.

»Wer wohnt nebenan?« fragte ich.

»Sir...« Gerade noch rechtzeitig hielt Schmidt inne. »Mr. Tregarth und seine Frau.«

»Verdammt, Schmidt«, zischte ich. »Genau deshalb wollte ich unbedingt mit dir unter vier Augen sprechen. Solche Fehler mußt du in Zukunft vermeiden.«

»Ja, ja, ich weiß. Aber was kann es jetzt schaden? Du weißt es, und er weiß...«

»Aber vielleicht weiß sie es nicht.«

»Sie sind hinuntergegangen.« Schmidt wirkte schuldbewußt. »Doch du hattest recht, mich daran zu erinnern, Vicky. Sie sind erst seit ein paar Wochen verheiratet, und Mary ist sehr jung und unschuldig. Möglicherweise hat er ihr noch nichts von seinem heldenhaften und gefährlichen Leben erzählt. Sie ist ein junges Ding, das man vor der rauhen Wirklichkeit schützen möchte, nicht?«

Unter uns hörte ich ein Klappern und Scheppern, das darauf hindeutete, daß die Gangway eingezogen wurde. Das Schiff entfernte sich sanft gleitend vom Ufer. Im Osten verdunkelte sich der Himmel, doch die geschwungene Linie der Klippen reflektierte das Licht des Sonnenuntergangs. Ein Schwarm Silberreiher, der sich in den Felsnischen niederließ, wirkte wie eine Wolke schwebender weißer Blüten.

Schmidt schwatzte weiter: »Vielleicht wird er sich jetzt vom aktiven Dienst zurückziehen. Ein Ehrenmann mit einem Gewissen würde doch nie seine junge Braut in Gefahr bringen oder ihr das Herz brechen, falls er ...«

»Eine hübsche Geschichte, Schmidt. Warum schreibst du kein Buch darüber? Du bist ihm noch nie zuvor begegnet. Ich bin ihm noch nie zuvor begegnet. Keiner von uns ist dem anderen je zuvor begegnet. Glaubst du, du kannst dir das merken?«

Schmidt hatte die Unterbrechung genutzt, um sein Glas an den Mund zu führen. Als er wieder daraus auftauchte, blickte er mich streng an. »Aber natürlich. Und du, Vicky, gibst du mir dein Ehrenwort darauf, nicht gewußt zu haben, daß er auf diesem Schiff sein würde?«

»Ich wußte es nicht«, entgegnete ich mit fester Stimme.

»Obwohl das nicht heißen muß, daß du mich nicht auch anlügen würdest, wenn es dir in den Kram paßt«, überlegte Schmidt laut. Ich trank mein Bier, ein einheimisches und gar nicht so schlecht. Dann sagte Schmidt: »Und es hat dir nicht das Herz gebrochen? Du wirst dich nicht an deinem treulosen Liebhaber rächen, indem du seiner unschuldigen, vertrauensseligen Frau alles über ihn ...«

»Du meine Güte, Schmidt!«

»Gut«, meinte Schmidt ruhig. »Dann werden wir einen angenehmen Urlaub verbringen und eine Menge Spaß haben. Ich bin schon seit Jahren nicht mehr in Ägypten gewesen. Die Reise wird sicherlich wundervoll. Ich freue mich schon seit langem darauf, Mr. Blenkirons Bekanntschaft zu machen.«

»Um ihm eine Spende abzuluchsen?« schlug ich vor.

Schmidt grinste. »Es ist meine Aufgabe, den Reichen Geld abzuschwatzen, und ich bin darin sehr gut.«

Das stimmte wirklich. Für eine so kleine Einrichtung verfügt unser Museum über beachtliche Mittel. »Er spendet für viele wohltätige Zwecke«, fuhr Schmidt nachdenklich fort. »Warum also nicht auch an uns? Und da du nicht an gebrochenem Herzen leidest, könntest du mir dabei helfen. Schließlich ist er nicht unattraktiv.«

»Schäm dich, Schmidt. Redet man so mit einer überzeugten Feministin wie mir?«

»Nun, er ist nicht häßlich«, verkündete Schmidt. »Ich würde dich nie bitten, deinen Charme an einen Mann zu versprühen, den du widerlich findest. Man sagt, er ist ein Frauenhasser, doch er hat sehr nett über dich gesprochen, Vicky, und mir viele Fragen gestellt.«

Die Hoffnung, Schmidt überzeugen zu können, daß es sich nicht gehört, potentielle Spender zu verführen, habe ich schon lange aufgegeben. Er hätte es selbst getan, hätte er über die nötige Ausstattung verfügt. Aber ich nehme an, das gilt für die meisten Museumsdirektoren. »Was hat er denn gesagt?« fragte ich und rückte meinen Stuhl näher heran.

* * *

Eigentlich wollte ich am nächsten Morgen ausschlafen. Es war ein langer Tag gewesen, abgerundet durch einen von Perrys ödesten Vorträgen. Doch ich wurde schon bei Morgengrauen von Schmidt aus dem Bett gerissen, der von mir verlangte, mit ihm an Deck anzusehen, wie das Schiff die Schleusen von Asyut passierte. Da ich bereits den Fehler begangen hatte, ihn hereinzulassen – die Alternative wäre gewesen, mitanzuhören, wie er schreiend an meine Tür hämmerte –, schlüpfte ich in die Kleider und gestattete, daß er mich wegschleppte.

Das Buffet am Oberdeck bot Tee, Kaffee und verschiedene Gebäckstücke. Ich kippte einige Tassen Kaffee hinunter, während Schmidt unter dem Gebäck wütete – wie ich annahm, schon zum zweitenmal. Obwohl es unklug gewesen wäre, es Schmidt gegenüber zuzugeben, war ich froh, wach zu sein, nachdem das Koffein seine Wirkung getan hatte. Die Sonne war noch kaum aufgegangen, die Luft war frisch und kühl. Vor uns lag die gewaltige Barriere des Damms; auf der Brücke darüber wimmelte der Verkehr: Busse, Fahrräder und Esel. Das Schiff hatte gestoppt und wartete darauf, passieren zu dürfen. Vor uns war ein weiteres Schiff an der Schleuse.

Auch hinter uns hatten sich einige Schiffe aufgereiht. Und um uns herum schwärmten wie Schmarotzerfischchen um einen Hai kleine Boote mit fliegenden Händlern, die lauthals ihre Waren anpriesen. Ich stellte mich mit Schmidt und einigen anderen an die Reling. Auch Schmidt fing an zu schreien; er verhandelte den Preis für ein Kleidungsstück, das einer der Händler ihm entgegenhielt. Es war ein langes Gewand, schwarz, aber von den Schultern bis zur Taille mit Pailletten, Perlen und Stickerei in pseudo-ägyptischen Mustern bedeckt.

Ich wollte meinen geschmacklosen Chef schon fragen, wie der Austausch von Ware und Geld vonstattengehen sollte, da sich die kleinen Boote etwa neun Meter unter uns befanden, als ein Gegenstand durch die Luft geflogen kam und klatschend auf Deck landete.

Wie ein rückwärtshüpfender Frosch sprang ich blitzschnell beiseite, und jemand bückte sich nach dem Päckchen.

»Sie kommen mir heute morgen etwas schreckhaft vor, Dr. Bliss«, stellte John fest. Er wandte sich um und reichte das Päckchen mit einer eleganten Verbeugung Suzi Umphenour.

Ich hatte gedacht, daß ich mich an Suzis aufsehenerregende Aufmachung inzwischen gewöhnt hatte, aber sie überraschte mich immer wieder. Heute trug sie ein Gewand, das direkt aus einem Film mit Jean Harlow zu stammen schien: diagonal geschnittener Satin, am Hals und den Manschetten der weiten Ärmel mit Marabufedern eingefaßt. Die Dinger an ihren Füßen bezeichnete man, glaube ich, als Pantoletten. Wie sie in ihnen die Treppe hinaufgestiegen war, ohne sich den Hals zu brechen, war mir ein Rätsel. Als sie nach dem Päckchen griff, rutschte sie aus und geriet ins Schlingern. Einige männliche Arme, auch die von Sweet und Bright, griffen hoffnungsvoll nach ihr, aber sie schaffte es, ihnen auszuweichen und heftig gegen John zu prallen. Er mußte ihre beiden Hände von sich lösen, ehe er sie wieder auf die Füße stellen konnte.

Vergnügt kichernd packte Suzi ihren Kauf aus und hielt ihn hoch: ein Kleid, sehr eng, sehr kurz und von oben bis unten mit goldenen Pailletten bedeckt. Bedauerlicherweise war auch noch eine passende Kappe dabei.

»Oh, sehr chic«, sagte John.

»Das ist für das ägyptische Fest heute abend«, erklärte Suzi, breit lächelnd wie immer.

»Ach, ja, das habe ich ganz vergessen. Vielleicht sollte ich etwas für Mary besorgen. Beraten Sie mich, Suzi? Sie haben so einen ausgezeichneten Geschmack.« Er bot ihr den Arm.

Folgte ich ihnen zur Reling? Aber natürlich. Ich wollte sowieso dorthin. Ich hörte Suzi fragen, wo Mary denn steckte, und Johns Antwort: »Ich habe sie überredet, auszuschlafen. Sie hatte eine recht unruhige Nacht.«

Von überall her kamen Plastiktüten geflogen. Schmidt hatte sich bereits eine geschnappt; er warf das schauderhafte Gewand über einen Stuhl, legte das Geld in die Tüte, knotete sie fest zu und warf sie zurück. Für einen alten Mann seiner Leibesfülle warf er sehr gut; der Händler fing die Tüte ohne Schwierigkeit auf. Suzi zielte nicht so genau; ihre Tüte flog am Boot vorbei und platschend ins Wasser, wurde aber vom Empfänger mit einem langen Haken mühelos gerettet.

Ich sah nicht, was für ein zauberhaftes Gewand John für seine Braut kaufte, denn ich war zu sehr damit beschäftigt, Schmidt daran zu hindern, nicht nur eines, sondern mehrere für mich zu erwerben. Ich schaffte es, ihm eines der Kleider mit den Goldpailletten auszureden. Die meisten Passagiere waren an Deck gekommen, um sich den Spaß nicht entgehen zu lassen. Und es wäre wahrscheinlich ein Spaß gewesen, wenn mich nicht Anspannung und Argwohn gequält hätten. Trotzdem – so versicherte ich mir – war es eine äußerst fragwürdige Methode, illegale Waren oder Sprengstoff zu liefern. Besonders deshalb, weil in einem der Boote schwarzuniformierte Männer saßen, die jede Transaktion aufmerksam beobachteten.

Die Leute zerstreuten sich, als wir in die Schleuse einfuhren. Es war ein schwieriges Manöver, was an der Größe der *Queen of the Nile* lag. Sie füllte sowohl in der Länge als auch in der Breite den gesamten Platz aus. Nackte Steinmauern erhoben sich zu beiden Seiten, nur unterbrochen von einer Treppe, die von oben hinunter zum Wasser führte. Nachdem wir in die Schleuse eingefahren waren, hätte sogar Suzi ihr Päckchen jemandem zuwerfen können, der auf diesen Stufen stand.

Allerdings befand sich dort nur ein Mann in schwarzer Uniform mit einem Gewehr in der Hand. Auf der Brücke über der Schleuse standen weitere Uniformierte.

Schmidt zog mich weg. »Gehen wir frühstücken«, verkündete er.

Mit einer bedeutsamen Geste wischte ich ihm die Krümel vom Schnurrbart. Er kicherte. »Das war kein Frühstück, nur ein kleiner Imbiß.«

Da wir an diesem Tag nicht an Land gehen würden, gab es fast ununterbrochen etwas zu essen; schließlich mußten die Passagiere bei Laune gehalten werden, und für manche von ihnen war Essen die Lieblingsbeschäftigung. Ich leistete Schmidt Gesellschaft, während er sich vollstopfte und sich zu entscheiden versuchte, wie er den restlichen freien Tag zubringen wollte. Ich schäme mich nicht, zuzugeben, daß Alis Tod meiner ohnehin schon schwachen Begeisterung einen Dämpfer aufgesetzt hatte. Wenn Alice meine einzige Verbündete war, saßen wir beide ganz schön in der Tinte. Wenn nicht, warum war der oder die andere dann noch nicht in Erscheinung getreten? Ich hatte wieder eine Nachricht im Safe hinterlassen; ihr Ton war fordernd, wenn nicht sogar hysterisch, aber falls ich keine Antwort bekam, konnte ich überhaupt nichts tun.

Was meine Gegner betraf, war ich bereit, sie in Ruhe zu lassen, solange sie mir nichts taten. Ich wollte keine weiteren Informationen sammeln, ja, nicht einmal so aussehen, als ob ich etwas wüßte. Wenn es jemals einen Zeitpunkt gegeben hatte, die Truppen ins Fort zurückzuziehen und sich um die Verteidigung zu kümmern, dann war dieser jetzt gekommen. Und ich würde Schmidt mit zu mir ins Fort nehmen. Da Alice ihn falsch eingeschätzt hatte, konnte es der Gegenseite genauso gehen.

Schmidt amüsierte sich großartig. Normalerweise läuft er mir immer nach, diesmal hing ich an ihm wie eine Zecke an einem

Hund. In seiner Unschuld freute er sich über meine Gesellschaft. Wir probierten die gräßlichen Gewänder an, die er gekauft hatte, und er versicherte mir ganz aufrichtig, ich sähe in allen wundervoll aus (so gern ich Schmidt auch habe, war ich nicht in der Lage, dieses Kompliment zu erwidern). Ich überredete ihn zu einem Besuch im Suq, wie Mr. Azad seinen Laden nannte, um dort etwas noch Geschmackloseres zu finden.

Schmidt liebte den Suq. Er liebt überhaupt Orte, wo er einkaufen kann, nicht nur für sich selbst, sondern – großzügig, wie er ist – auch für seine Freunde und Verwandten. Der Laden war klein und überfüllt: Wer nicht bei den Händlern in den Booten sein Kostüm erstanden hatte, suchte jetzt ein passendes Gewand für das abendliche Bankett. Mr. Azad führte keine Kleider mit goldenen Pailletten, doch einige der Gewänder waren prächtig bestickt und mit goldenen Borten eingefaßt. Lächelnd gab er uns die Erlaubnis, einen Armvoll in meine Kabine mitzunehmen und alles anzuprobieren. Schmidt probiert leidenschaftlich gern Kleider an. Noch lieber sieht er zu, wie ich sie anprobiere.

Nach vielen Beratungen und langem Drehen vor dem Spiegel entschied sich Schmidt für das geschmackloseste und weiteste Gewand. Eigentlich war es ein Zweiteiler: ein langärmeliger, bodenlanger Kaftan und ein passendes ärmelloses Übergewand, das vorne offenstand. Nachdem er dreimal versucht hatte, sich einen langen Schal turbanartig um den Kopf zu schlingen, überzeugte ich ihn, daß eine Kopfbedeckung nach Art der Beduinen viel männlicher wirkte.

Inzwischen war es Zeit fürs Mittagessen. Ich zählte lieber nicht mit, was Schmidt alles verdrückte. Ich hatte gehofft, daß er danach ein Nickerchen halten würde, aber er strotzte nur so vor Energie und Tatendrang. »Du willst doch bestimmt nicht den Vortrag verpassen, Vicky. Herr Foggington-Smythe spricht über das Grab der Tetisheri und zeigt Dias!«

»Du kennst seine Vorträge noch nicht, Schmidt. Er ist der langweiligste ...«

»Aber die Dias, Vicky! Viele davon hat vor uns noch niemand gesehen. Es ist eine vollständige photographische Reproduktion ...«

Ich sagte, ich würde ihn in zehn Minuten im Salon treffen, und er trollte sich – allerdings nicht, ohne mich zu warnen, auch ja nicht zu spät zu kommen, und mir zu versichern, daß ich schön genug wäre.

Einige Minuten brachte ich damit zu, mein Make-up aufzufrischen. Dann öffnete ich den Safe.

Meine Nachricht war verschwunden. Aber dafür lag etwas anderes darin: Eine hübsche, glänzende, 45er Automatik.

6. Kapitel

Ich bin auf einer Farm in Minnesota aufgewachsen. Dad hat uns allen beigebracht, wie man mit einem Gewehr und einer Flinte umgeht. Obwohl er selbst nicht jagte, fand er nichts dabei, Raubzeug (auch menschliches) abzuschrecken, wenn es das Vieh oder die Bewohner der Farm angriff. Außerdem war eine Kugel die schnellste und humanste Methode, ein tödlich verwundetes oder tollwütiges Tier von seinen Leiden zu erlösen. Allerdings verabscheute Vater Handfeuerwaffen. Seiner Ansicht nach waren sie etwas für Feiglinge und trugen eher dazu bei, einen Menschen in Schwierigkeiten zu bringen, als ihn daraus zu befreien.

Wahrscheinlich ist es einfach, diese Haltung einzunehmen, wenn man eins dreiundneunzig groß und gebaut ist wie ein Panzer.

Inkonsequent oder nicht, ich teile seine Auffassung. Mit der nötigen Vorsicht nahm ich das Ding und untersuchte es mit noch größerer Vorsicht. Ich kann zwar eine Automatik von einem Revolver unterscheiden, aber weiter reicht mein Fachwissen nicht. Dieses hier gehörte nicht zu den wenigen Exemplaren, die ich schon in der Hand gehabt hatte. Die Waffe war gesichert, das Magazin war voll, aber es gab keine Ersatzmunition.

Die Pistole bewies, daß Ali einen Helfershelfer an Bord gehabt hatte, was eine gute Nachricht war. Ich hoffte nur, die Waffe sollte mir nicht folgende subtile Botschaft vermitteln: »Du bist allein, Baby, rechne nicht mit meiner Hilfe.«

Auch ich kann subtile Botschaften vermitteln. Ich legte die Pistole wieder in den Safe und schloß die Tür. Ich konnte das verdammte Ding ohnehin nicht spazierentragen. Meine Kleider bestanden alle aus leichter Baumwolle und Leinen, und es gab keine Möglichkeit, die Pistole zu verstauen, ohne daß sie sich abzeichnete. Wenn ich sie in die Handtasche steckte, würde sie entweder in einem ungünstigen Augenblick herausfallen oder ganz nach unten rutschen, und ich fände sie im Bedarfsfall nicht rasch genug.

Dad hatte recht. Die verdammten Dinger brachten mehr Probleme als sie lösten. Das hoffte ich wenigstens.

Schmidt hatte mir einen Platz im Salon reserviert. Vermutlich war es kein merkwürdiger Zufall, daß außer uns nur noch Larry am Tisch saß. Anscheinend freute er sich, mich zu sehen. Schmidt hatte dieselbe Unschuldsmiene aufgesetzt wie immer, wenn er etwas im Schilde führte. Diesmal wußte ich, worum es ging, und ich wünschte ihm Glück. Schließlich bin ich selbst eine treue Mitarbeiterin des Museums – bis zu einem gewissen Punkt.

»Haben sie ein paar Stunden freibekommen?« sagte ich mit einem Blick zu dem Tisch, wo Larrys Untergebene saßen.

»Eigentlich ist es umgekehrt«, antwortete Larry lächelnd. »Ich mußte Schroeder regelrecht befehlen, eine Pause einzulegen. Er hat schon dutzendemale nach Luxor telefoniert, um alles für den Empfang vorzubereiten.«

»Ist Mr. Schroeder Ihr Sekretär?« fragte ich.

»Eher mein Chefassistent. Sind Sie ihm noch nicht vorgestellt worden?«

Ich schüttelte den Kopf. »Ich habe schon ein paar Worte mit ihm gewechselt«, sagte Schmidt. »Ein sympathischer Mensch, aber schüchtern, nicht?«

Larry lachte. »Das würde ich nicht behaupten. Aber er war sehr beschäftigt. Diese Programmänderungen waren wirklich lästig. Wir haben deshalb unseren eigenen Zeitplan für den Empfang in meinem Haus in Luxor und die offizielle Eröffnung des Grabes verschieben müssen.«

»Stimmt es also, daß wir die Ehre haben werden, als erste das Grab in seiner neuen Pracht zu sehen?« fragte Schmidt aufgeregt.

»Die ersten und möglicherweise die letzten«, erwiderte Larry.

»Aha!« Schmidt nickte und zwinkerte. »Ich habe mir schon gedacht, daß Sie das vorhaben. Natürlich stimme ich Ihnen voll und ganz zu. Aber können Sie das tun, mein Freund? Das Fremdenverkehrsamt wird gewiß etwas dagegen haben, wenn Sie das Grab schließen.«

»Ich habe ein Argument, das sie vielleicht überzeugen wird. Nein«, fügte er freundlich, aber bestimmt hinzu, »fragen Sie nicht, Anton. Es soll eine Überraschung werden. Sie wird beim Empfang übermorgen angekündigt.«

»Dann möchte ich es lieber gar nicht wissen«, verkündete Schmidt mit aufgerissenen Augen und geschürzten Lippen. »Ich mag Überraschungen.«

Er übertrieb die nett-naive Art ein wenig, weshalb ich versuchte, ihn durch ein leichtes Kopfschütteln zu warnen. Doch Schmidt grinste nur.

Der Raum hatte sich gefüllt. Alle waren da, sogar Suzi, von der ich erwartet hätte, sie würde ein Sonnenbad der Kultur vorziehen. Vielleicht hatte sie festgestellt, daß ihr zu ersterem das Publikum fehlte.

Es war ein langer Vortrag, doch nicht einmal Perrys hoffnungslose Pedanterie konnte diesem Thema die Faszination rauben.

Das Grab war um die Jahrhundertwende von einem berühmten Archäologen-Ehepaar entdeckt worden – sehr ungewöhnlich in jenen Tagen, als es Frauen noch nicht gestattet war, in der Archäologie oder einer anderen ernstzunehmenden Wissenschaft zu arbeiten. Weiterhin ungewöhnlich war, daß die beiden alle Funde sorgfältig aufgezeichnet und kopiert hatten, anstatt – wie so viele ihrer Zeitgenossen – alles aufzubuddeln, zu verwüsten, zu plündern und das Unbrauchbare wegzuwerfen.

Da es damals noch keine Farbfotografie gab, mußten die Wandgemälde von einem Zeichner bis aufs kleinste Detail kopiert werden. Howard Carter, den die Welt als Entdecker des Grabes von Tutanchamun kennt, hatte seine Karriere als Zeichner begonnen. Er hatte einige hübsche Arbeiten geliefert, aber ich glaube, man kann mir keine Voreingenommenheit vorwerfen, wenn ich behaupte, daß die besten archäologischen Zeichner dieser Zeit weiblichen Geschlechts waren. Auch die Entdecker des Tetisheri-Grabes hatten eine Frau beschäftigt, die die Gemälde geschickt und elegant kopierte hatte.

Wie Schmidt bereits einige dutzendmal erwähnt hatte, waren wir die ersten, die Fotografien der Restaurierungen zu Gesicht bekamen. Larry hatte schon unzählige Anfragen nach Veröffentlichung abgelehnt. Selbst der *National Geographic* hatte ihn nicht zu einem Artikel darüber überzeugen können.

Perry hatte die bemerkenswerte Idee gehabt, jeweils drei Versionen Dia um Dia miteinander zu vergleichen: zuerst die Zeichnungen, dann ein Farbdia des Gemäldes, ehe es vor drei Jahren restauriert wurde, und dann ein Dia des gleichen Bildausschnittes in seinem jetzigen Zustand. Es war eine faszinierende und überzeugende Demonstration, daß sogar die entlegensten Winkel zugänglich gemacht werden können, und ein ebenso beeindrukkender Beweis, wozu fähige Restaurateure und viel Geld in der Lage sind. Die Gemälde waren in nur neunzig Jahren schrecklich verwittert, doch Larrys Leute hatten ihnen ihre ursprüngliche Schönheit wiedergegeben.

Nachdem die Lichter angegangen und die Jalousien hochgezogen worden waren, beantwortete Perry Fragen. Ich stand auf und ging an Deck. Larry folgte mir.

»Brauchen Sie Ihre Dosis Nikotin?« fragte er lächelnd.

Ich vergaß ständig, daß ich ja rauchte. Ich nahm eine Zigarette heraus und antwortete ganz aufrichtig: »Ich möchte den Eindruck nicht verderben. Sie haben etwas Wundervolles getan, Larry. Am liebsten würde ich Ihre Hand küssen.«

Schmidt folgte Larry auf den Fersen. »Sie hat recht, mein Freund«, sagte er ernst. »Die Kunstfreunde der Welt stehen tief in Ihrer Schuld. Ich werde Ihnen zwar nicht die Hand küssen, aber ich würde sie gerne schütteln.«

Larry errötete heftig. Er blickte zu Boden und scharrte mit den Füßen wie ein schüchterner Schulbub. »Ihr Lob bedeutet eine Menge für mich«, murmelte er.

Ich befürchtete schon, Schmidt könnte Larrys aufgewühlte Gefühle ausnützen und Anspielungen auf gewisse andere Dinge machen, die dieser auch noch für die Kunstfreunde der Welt tun konnte. Deshalb wechselte ich das Thema. »Was ist mit ihrer Mumie geschehen?«

»Eine der unbeschrifteten Mumien im Versteck in Deir el Bahri soll angeblich ihre sein«, antwortete Larry. »Allerdings bezweifle ich das.«

»Weswegen?« fragte Schmidt interessiert.

»Das ist eine ziemlich komplizierte Frage.«

»Ach, ja, ich erinnere mich. Ich habe darüber gelesen.« Schmidt lehnte sich an die Reling. Seine Augen funkelten vor Neugier. Wie ich gesagt habe, interessiert sich Schmidt für fast alles und merkt sich alles, was er liest. »Es gibt einen Papyrus – Amherst, glaube ich – aus dem zwölften Jahrhundert vor Christus, der das Geständnis der Grabräuber von Theben beschreibt. So viele Königsgräber sind geplündert worden, daß die Priester die Mumien oder ihre zerstörten Überreste zusammensuchten und sie an einem geheimen Ort versteckten. Dieses Versteck wurde in den achtziger Jahren des letzten Jahrhunderts entdeckt, nachdem es von Grabräubern ausgeräumt worden war. Einige der Mumien konnte man nicht identifizieren, und keine von ihnen befand sich im Originalsarg ...«

»Sie kennen sich sehr gut aus«, meinte Larry barsch. Er drehte sich um, stützte die Arme auf die Reling und blickte über den Fluß hinaus.

Ich hätte diesen Hinweis verstanden, aber Schmidt plauderte fröhlich weiter: »Vor einigen Jahren hat die Universität von Michigan sämtliche Königsmumien geröntgt und einige merkwürdige Dinge herausgefunden. Zum Beispiel war die kleine Mumie, die neben der Leiche einer Hohepriesterin gefunden wurde, nicht wie vermutet die eines totgeborenen Kindes, sondern die eines Pavians! Eine der kleinen, alten Königinnen war glatzköpfig und hatte – wie sagt man? – Zähne, die nach vorne standen ...«

»Brotzeit, Schmidt«, unterbrach ich. »Tee, um genau zu sein. Warum sicherst du uns nicht einen guten Tisch neben dem Buffet, ehe die anderen kommen?«

Die Aussicht auf etwas Eßbares konnte Schmidt von allem anderen ablenken. Er eilte davon.

»Möchten Sie keinen Tee?« fragte ich Larry.

Er schüttelte den Kopf. »Ich warte auf das Bankett heute abend. Wo ich darüber nachdenke, fällt mir ein, daß ich noch gar kein Kostüm habe. Wenn Sie mich bitte entschuldigen ...«

Ich gesellte mich zu Schmidt. »Sie decken erst«, beschwerte er sich. »Es gab keinen Grund zur Eile. Warum ...«

»Ein dezenter Hinweis, Schmidt: Wenn du Larrys Herz gewinnen willst, sprich in seiner Gegenwart nicht über Mumien, besonders nicht über die Mumien hübscher, ägyptischer Königinnen.«

»Ah.« Schmidt überlegte. »Ah! Vielen Dank, Vicky. Darauf hätte ich selbst kommen müssen. Er ist wohl ein Romantiker. Er träumt von den schönen Bildern, den Gemälden, den Statuen.«

»Das vermute ich. Selbst die besterhaltensten Mumien kann man nicht als romantisch bezeichnen.«

»Hmmm, ja. Deshalb will er auch nicht glauben, daß die kleine alte Dame mit der Glatze und den Zähnen, die nach vorne stehen wie bei ihrer Tochter, seine Traumkönigin ist. Der Kopf wurde von dem schwer beschädigten Körper abgetrennt ...«

Ich stieß einen Protestschrei aus. »Schmidt, ich bin zwar nicht romantisch, aber gleich gibt es etwas zu essen. Hör auf damit!«

Ich stellte fest, ich hielt immer noch die Zigarette in der Hand. Gerade wollte ich sie wieder ins Päckchen stecken, als ein Feuerzeug aufflammte, und zwar so dicht an meiner Nase, daß ich zurückfuhr.

»Dürfen wir uns zu Ihnen setzen?« fragte Mary.

Schmidt sprang auf und rückte ihr einen Stuhl zurecht. Ich zog an der verdammten Zigarette und unterdrückte heldinnenhaft ein Husten. »Danke«, sagte ich.

»War mir ein Vergnügen«, entgegnete John.

»Daran zweifle ich nicht.«

»Wir sprachen gerade über Tetisheri«, erklärte Schmidt. »Vicky wollte nichts mehr über ihre Mumie hören.«

»Mary liebt Leichen«, sagte John.

»Oh, Liebling, mach keine solchen Scherze!« Marys hübscher Mund verzog sich angeekelt.

Im Laufe der letzten Tage hatte sich ihre Haut von cremefarben zu blaßgolden verfärbt, ohne auch nur den Anflug eines gewöhnlichen Sonnenbrandes. Sie trug ein weißes Seidenhemd mit einem burgunderroten und goldenen Schal, den sie locker um den Hals geschlungen hatte. Die griechischen Ohrringe hätten besser dazu gepaßt als die Diamanten – anderthalb Karat, wenn ich das beurteilen konnte (und ich konnte). Damit waren sie kleiner als der Stein des Rings an ihren Mittelfinger. Er überstrahlte den schlichten, goldenen Reifen daneben.

Allmählich begriff Schmidt, daß sich nur sehr wenige Menschen gern über Mumien unterhielten. »Gefällt Ihnen die hübsche kleine Statue besagter Dame besser, die im Britischen Museum steht?« fragte er kichernd und zwinkerte Mary zu.

Diese warf einen schüchternen Blick auf John. »Ich befürchte, ich …«

»Sie brauchen sich nicht zu entschuldigen!« rief Schmidt aus. »Eine schöne junge Frau sollte sich den Kopf nicht über Antiquitäten zerbrechen.«

»Danke, Schmidt«, sagte ich.

»Bei dir ist das etwas anders«, entgegnete Schmidt.

Ich beschloß, nicht weiter nachzufragen. Allerdings muß ich zugeben, daß es zum Teil Lust auf Stichelei war, die meine nächste Bemerkung inspirierte: »Mir hat diese kleine Statue immer besonders gut gefallen. Ich war außer mir, als man herausfand, daß es sich um eine …«

»Fälschung handelte«, beendete Schmidt, der Zwischentöne nie mitbekommt, den Satz.

Ich riß meinen Blick von Johns Gesicht los. Er hatte eine Augenbraue angehoben, eine Geste, die ich bei ihm besonders verabscheue. Ein leichtes Lächeln spielte um seine Lippen.

»Was macht das schon, solange sie schön ist?« fragte er. »Ein angesehener Ägyptologe hat sie als die schönste und charmanteste Skulptur ihrer Zeit bezeichnet. Ist sie jetzt etwa weniger Kunstwerk?«

»Aber darum geht es doch gar nicht, mein Freund!« rief Schmidt aus. »Die Authentizität des Werkes …«

Ich kannte die Für- und Gegenargumente nur allzu gut, auch

die von John. Ich hatte sie schon einmal gehört, als ich ihn wegen seiner Vorgehensweise, wertvolle antike Juwelen durch Kopien zu ersetzen, bei der Polizei hatte anzeigen wollen. Es waren ausgezeichnete Kopien gewesen, fast nicht vom Original zu unterscheiden. Doch ein Beispiel eines Gegenarguments hatte am Abend zuvor an Marys zarten Ohrläppchen gebaumelt. Ich wollte diese griechischen Ohrringe unbedingt haben und hätte für Kopien nicht dasselbe empfunden, ganz gleich, wie gut sie auch sein mochten.

Mary griff nach Johns Hand. Durch die Bewegung spannte sich die Seidenbluse über ihrem Arm; der Stoff war so dünn, daß ich ihre golden schimmernde Haut hindurchsehen konnte. Außerdem entdeckte ich dunkle Flecken. Es waren mehrere in regelmäßigen Abständen. Nicht die Art von blauen Flecken, die man sich beim Zusammenstoß mit einem Möbelstück oder einer Tür holt. Sie ähnelten eher den Abdrücken von Fingern.

* * *

Schmidt hatte Gefallen an Mary gefunden, was auch umgekehrt galt. Wer konnte ihr das übelnehmen? Er kann wirklich süß sein, besonders wenn er sich vor Galanterie fast überschlägt. John wollte uns auch nicht verlassen. Ich weiß nicht, was er im Schilde führte. Vielleicht, uns allen auf die Nerven zu fallen. Mir ging es ganz sicher auf die Nerven, als er das Gespräch von Antiquitäten auf Countrymusik brachte. Eine Frage war genug. Begeistert stürzte sich Schmidt auf das Thema.

»Ja, ja, das ist sehr interessant. Ich bin Vicky dankbar, daß sie mich damit bekannt gemacht hat, und ich beabsichtige, Gitarre spielen zu lernen.«

»Das wäre wahrscheinlich besser, als sich deinen Gesang anzuhören«, sagte ich unhöflich.

Doch Schmidt ist inzwischen gegen meine Beleidigungen immun. Er glaubt, ich scherze nur. (Und vielleicht hat er recht.) »Dann sing eben selbst. Das mit dem sterbenden Kissen.«

»Ein sterbendes Kissen?« Johns Augen waren so blau und unschuldig wie Vergißmeinnicht. »Das muß ich unbedingt hören.«

Schließlich versammelten wir uns im Salon gemütlich um das

Klavier. Schmidt kann ein wenig spielen, was reicht, um einige Akkorde zu begleiten. Er gab alle drei Strophen vom »Tod des Sünders« zum besten, einschließlich der mit dem sterbenden Kissen. (»Ein kleiner Bezugsfehler, was das Adjektiv betrifft«, lautete Johns Kommentar.)

Eine Menge Bluegrass-Lieder handeln von Kettensträflingen und Sündern, und Schmidt schickte sich an, den Beweis anzutreten, daß er sie alle kannte. Ein sensibler Mensch hätte dieses Thema vielleicht ein wenig peinlich gefunden, nicht aber John. Seinen Sinn für Humor kann man bestenfalls als pervers bezeichnen, aber heute war er in besonders seltsamer Stimmung. Er ermutigte Schmidt, immer weiter zu singen. Was Mary dachte, konnte ich nur erahnen. Ganz offensichtlich war sie nicht begeistert.

Sobald Schmidt zu singen begann, hatte sich der Salon schlagartig geleert. Da ich Schmidt nicht allein lassen wollte – besonders nicht mit John –, blieb ich. Um zu demonstrieren, wie wenig mir das ganze ausmachte, sang ich sogar einige Male den Refrain mit. Ich bin recht stolz auf meine Fähigkeit, von einer Note zur anderen zu rutschen. Gerade sang ich aus vollem Halse »Kleiner Sarg aus Rosenholz«, als ich feststellte, daß Schmidt aufgegeben hatte (er wird bei »Kleiner Sarg aus Rosenholz« immer von Gefühlen übermannt) und John in einem flachen, nasalen Tenor mitsummte, der verdächtig der Stimme der großen Sara Carter ähnelte.

Das brachte mich mit einem schmerzhaften Rums auf den Boden der Tatsachen zurück. Wir hatten gesungen – eine seltsame Mischung aus Bach, deutschen Schlagern und Weihnachtsliedern –, um wachzubleiben, als uns der Schneesturm in der verlassenen Kirche eingeschlossen hatte. Das war die denkwürdigste unserer gemeinsamen Nächte gewesen, wobei ich auch jene Nächte miteinbeziehe, die aus anderen Gründen denkwürdig waren. Gerade an diese Nacht wollte ich mich am allerwenigsten erinnern.

Der Text war auch nicht sehr aufmunternd: »Nimm seine Briefe und sein Medaillon und leg sie sanft auf mein Herz ...« Mitten in einem Glissando brach ich ab. »Wir ziehen uns besser zum Essen um, Schmidt. Es wird spät.«

»Noch eins«, bettelte John und blickte mich durch dichte Wimpern schmachtend an.

»Ja, dafür ist noch Zeit. Lassen Sie mich überlegen. Ah! Das eine kennen Sie bestimmt noch nicht, es ist das letzte der berühmten Road Sisters.«

Das Lied hieß »Du bist ein Umweg auf dem Highway zum Himmel«. Wie ich glaube, reicht eine Kostprobe:

»Als Mama auf dem Totenbett lag, hat sie mich vor Mädchen wie dir gewarnt. Doch du warst nur ein Aussichtspunkt am Straßenrand. Und ich fuhr mit, nur so zum Spaß.«

Ich unterbrach Schmidt nach drei Strophen und drei Refrains.

John sah begeistert aus. »Mein Gott«, sagte er ehrfürchtig. »Das ist ja großartig. Das ist ja noch besser als das mit Jesus und den Zielpfosten des Lebens. Wie geht es nochmal? ›Deine Kurven haben mich aus der Bahn geworfen ...‹«

»Schmidt«, zischte ich durch zusammengebissene Zähne.

»Ja, Vicky, wir gehen.« Er stand auf und nahm Johns Arm. »›Meine Hände sind vom Steuer abgerutscht ...‹«

Arm in Arm, in disharmonischem Duett singend, gingen sie davon. Es war der gräßlichste Lärm, den ich je gehört hatte, obwohl ich schon mehr als einmal einer Katze auf den Schwanz getreten habe.

Ich fing Marys Blick auf.

»Manchmal ist er eben so«, sagte sie mit einem gezwungenen, entschuldigenden Lächeln. »So launisch.«

»Launisch« war nicht das Wort, das mir dazu eingefallen wäre.

* * *

Schmidt für das große Dinner und das Kostümfest vorzubereiten, war schlimmer, als eine Braut für die Hochzeit einzukleiden. (Ja, ich bin auch schon Brautjungfer gewesen. Zweimal.) Ich brauchte nicht lange zum Anziehen. Schmidt, der hinterlistige, kleine Schurke, hatte mir drei Kleider verehrt, die er von den Händlern in den Booten gekauft hatte. Eins war zu kurz, das zweite zu eng und das dritte beides – und alle drei waren mit bunten Pailletten bestickt. Ich hatte bereits beschlossen, mich in keinem dieser Gewänder in der Öffentlichkeit zu zeigen. Also zog ich den schlichten, blauweiß gestreiften Kaftan an, den ich im Suq gekauft hatte, und betrachtete mich im Spiegel. Ich sah vielleicht nicht glamourös aus, aber wenigstens war der Kaftan bequem und sehr einfach: Zwei Rechtecke, an Schultern und Seiten zusammengenäht, mit Lücken, durch die man die Arme stecken konnte. Der Halsausschnitt und der Schlitz an der Vorderseite waren mit blauem Band eingefaßt.

Ich legte all meinen Goldschmuck an, und nachdem ich länger über die Frage nachgedacht hatte, als sie verdiente (»Nimm seine Briefe und sein Medaillon ...«), hängte ich mir auch die Kette um den Hals, an der die goldene Rose baumelte. Zu viele Menschen hatten Zugang zu meiner Kabine, und das Schmuckstück ist außergewöhnlich genug, um Verdacht zu erregen. Ich schob den Anhänger tief in meinen Büstenhalter, damit er unsichtbar blieb und nicht verrutschen konnte, und ging zu Schmidts Kabine.

Als er die Tür öffnete, ließ er enttäuscht die rosigen Mundwinkel hängen. »Warum hast du keines der schönen neuen Kleider angezogen? Das hier ist zu unauffällig, zu groß. Es ist häßlich!«

Ich hätte über seinen Beitrag zu meiner Garderobe ebenso beleidigende Bemerkungen machen können, aber meine Mutter hat mir beigebracht, daß es sich nicht gehört, an Geschenken herumzunörgeln. »Ich hebe die anderen auf, um Gerda zu verführen. Beeil dich, Schmidt. Oder hast du auf mich gewartet, damit ich dir das Gewand zuknöpfe?«

»Es gibt keine Knöpfe, die man zuknöpfen müßte«, entgegnete Schmidt ernst. »Ich habe noch nicht entschieden, was ich anziehen soll. Das mit den Goldborten oder das Silberne? Oder das hier, das Rotgrüne?«

»Ich dachte, du hättest dich schon für das Goldene entschieden.«

»Hatte ich auch. Aber jetzt gefällt mir das Silberne besser. Ach, ich hab's: Du ziehst das Goldene an und ich das Silberne.«

»Niemand wird uns glauben, daß wir Zwillinge sind, Schmidt.«

Schmidt ließ sich zu einem Kichern herab. Doch da er so entschlossen war, gab ich nach. Sittsam zog er sich mit seiner Ausrüstung ins Bad zurück, während ich mich umkleidete. Das dauerte bei mir etwa vierzig Sekunden. Dann saß ich da und wartete zehn Minuten lang. Schließlich brüllte ich: »Wo zum Teufel bleibst du, Schmidt?«

Die Tür ging auf. Wenn ich nicht schon gesessen hätte, wäre ich in Ohnmacht gefallen.

Fließende Gewänder und eine Kopfbedeckung, die das Gesicht umrahmt und die Glatze eines Mannes verbirgt, können sehr attraktiv, wenn nicht gar sexy aussehen; selbst kleine, pummelige Männer wirken auf einmal würdig. Das Problem war nur, daß Schmidt seinen Schnurrbart schwarz gefärbt hatte.

Diese einfache Aussage vermittelt nicht den lächerlichen Effekt. Schmidt hat eine helle Haut, die nun von der Sonne rosig verbrannt war. Seine buschigen Augenbrauen waren noch weiß. Der Schnurrbart war ... sagen wir einmal, er war ein schwerer Fehler.

Habe ich das geäußert? Nein, ich tat es nicht. »Ach, du liebe Güte!« rief ich aus. »Das paßt ja wie die Faust aufs Auge.«

Schmidt antwortete, daß auch ich hinreißend aussah, aber ich sollte das Haar offen tragen. Ich weigerte mich. Er machte mir deshalb immer noch Vorhaltungen, als ich die Tür öffnete. Unsere Nachbarn kamen gerade aus ihrer Kabine.

Mary sah in ihrem Gewand, einer Abwandlung des Kaftanschnitts, aus wie sechzehn. Ihr Kleid war blaßgelb, vorne baumelten kleine Bänder herab. Die Ärmel waren ellenbogenlang, und das ganze bestand aus schwerer, undurchsichtiger Baumwolle. Man konnte nichts darunter erkennen.

Ich hatte eigentlich damit gerechnet, daß John sich austoben würde – er war ein Maskeradespezialist und hatte etwas von einem Schmierenschauspieler an sich –, doch heute abend trug er nicht einmal einen Frack. Barhäuptig, hemdsärmelig und in einer zerknitterten Khakihose sah er so schlampig aus, wie es ihm nur möglich war.

Die Stiefel brachten mich darauf. »Ach«, sagte ich. »Sie haben sich als ehrlicher, schwer arbeitender Archäologe bei der Ausgrabung verkleidet. Sehr originell.«

John verstand als einziger die angedeutete Beleidigung. Er grinste, aber Schmidt rief aus: »Sehr gut! Aber Sie brauchen einen Tropenhelm. Aber, aber John, haben Sie denn keinen? Nehmen Sie meinen. Nein, ich bestehe darauf. Er rundet das Kostüm ab.«

Die meisten Männer hatten der Versuchung, sich zu verkleiden, nicht widerstehen können. Nur Ed Whitbread und der Urologe-Ornithologe trugen konventionelle Abendanzüge. Sweet und Bright hatten riesige, zueinanderpassende Turbane aufgesetzt. Der Herr aus Hamburg hatte einen roten Fez neckisch auf dem Scheitel sitzen, und Larry trug ein langes Gewand in dezentem Braun. Die Frauen sahen aus wie ein Schwarm grellbunter Vögel. Suzi hatte sich in das Kleid mit den goldenen Pailletten gezwängt, Louisa in eine der geschmacklos bestickten Roben. Das allein wäre schon schlimm genug gewesen, denn die Nähte waren deutlich zum Zerreißen gespannt. Doch zu allem Überfluß hatte sie ihre Aufmachung mit einer Kopfbedeckung abgerundet, die offenbar aus eigener Produktion stammte: einer Kopie der hohen Krone, die Nofretete auf den meisten Portraits trägt. An Nofretete sieht sie phantastisch aus. Denn sie hat einen langen Hals und keinen Damenbart.

Wir schlenderten herum, bewunderten unsere Kostüme, tauschten Komplimente aus und nahmen einige Drinks. Dann wurden wir zum Bankett gerufen. Da ich allmählich genug von dem jungen Paar hatte und nicht in der Stimmung war, Schmidt beim Essen zuzusehen, fragte ich Sweet und Bright, ob ich an ihrem Tisch sitzen könnte.

Die weitere Absicht, die ich damit verfolgte, wurde von Suzi durchkreuzt, die beschloß, als vierte bei uns Platz zu nehmen. Anscheinend hatte sie es auf Bright abgesehen. Ich schloß daraus, daß er wahrscheinlich reicher sein mußte, als er (oder eher Sweet) zugegeben hatte. Zwar gelang es Suzi nicht, ihn zum Sprechen zu bringen, aber er grinste und nickte die ganze Zeit, während er sich bemühte, den Blick von ihrem Dekolleté loszureißen. Wie ich zugeben mußte, war es wirklich beachtlich.

Einmal versuchte ich, ein interessantes Thema anzuschneiden, doch als ich Ali erwähnte, schüttelte Sweet stirnrunzelnd den Kopf. »Ja, ich habe davon gehört. Sehr traurig. Über etwas so Trauriges sollte man an einem Abend wie diesem nicht nachdenken. Haben Sie schon das Couscous probiert, Vicky? Einfach köstlich!«

Ich probierte das Couscous. Ich weiß nicht, was ich sonst noch aß; alles schmeckte köstlich, doch an die Namen der Gerichte hätte ich mich auch dann nicht erinnern können, wenn ich besser aufgepaßt hätte. Während ich zwischen dem überladenen Buffet und unserem Tisch hin und her wanderte, bemerkte ich, daß Schmidt sich so glänzend amüsierte, wie nur Schmidt es kann.

Nach dem Essen begaben wir uns in den Salon, um Kaffee zu trinken und die Darbietungen zu bewundern. Inzwischen waren fast alle ein wenig beschwipst und beteiligten sich mit kindlichem Vergnügen an der Kostümprämierung. Suzi versuchte einen Bauchtanz, und Louisa warf sich in Positur, reckte wie Steve Martin die angewinkelten Arme empor und ahmte König Tut nach. Den Preis für das beste Herrenkostüm gewann ausgerechnet Larrys Sekretär, der offenbar dazu hatte überredet werden können, einen freien Abend zu nehmen. Er sah in seinem arabischen Kostüm, der dunklen Brille und dem Saudi-Schnurrbart unter dem Palästinensertuch wirklich echt aus.

Unsere kleine Kapelle hatte die westlichen Instrumente mit Trommeln und Flöten vertauscht. Nachdem sie ein kurzes Konzert gegeben hatten, machte Hamid, der durchs Programm führte, eine Ansage. Offenbar stand uns eine besondere Attraktion bevor. Mehr wollte er uns nicht verraten, außer, daß der Tänzer, den wir jetzt zu sehen bekommen würden, normalerweise nicht öffentlich auftrat. Es war eine große Ehre, ein Tribut an die besonders bedeutenden Besucher.

Feisal betrat die Tanzfläche.

Bis jetzt hatte ich ihn nur in westlicher Kleidung gesehen. Sein schlichtes Gewand war hellgrau, und er sah hinreißend aus, als er einfach nur reglos dastand. Dann stimmte die Kapelle ein Lied an – wenn man das so ausdrücken kann –, und Feisal begann zu tanzen.

Ich wußte, daß der Bauchtanz nur eine Kopie der klassischen Form war, die sonst ausschließlich von Männern ausgeübt wird. Wenn Sie tanzende Männer für weibisch halten, haben Sie bestimmt noch nie Baryschnikow oder einen der anderen großen

Tänzer gesehen. Und Feisals Tanz hatte – auf völlig andere Weise und ausgehend von einem völlig anderen kulturellen Hintergrund – die gleiche Kraft. Ich kann nicht beschreiben, was er tat. Er vollführte Bewegungen mit Armen, Körper und Kopf, manchmal anmutig und gleitend, manchmal hart und abrupt. Als er seinen Tanz beendete, hatte jede Frau im Raum ein trockenes Gefühl im Mund, und ich dachte an Dinge, die ich sexistisch genannt hätte, hätte ein Mann sie über mich gedacht.

Feisal stand einen Moment still und nahm den Applaus mit leicht geneigtem Kopf entgegen. Dann breitete er die Arme aus und strahlte uns an. »Kommen Sie! Wer von Ihnen tanzt mit?«

Suzi war die erste auf der Tanzfläche. Eine Weile glitten sie umeinander herum – zumindest Feisal glitt; er hielt sie auf Armeslänge entfernt, so daß sich nur ihre Hände berührten. Sie war nicht sonderlich anmutig, amüsierte sich aber prächtig. Zwischen ihren blitzenden Zähnen, die fast so weiß waren wie die Feisals, quoll silbriges Lachen hervor, wenn sie wieder einmal über ihre eigenen Füße stolperte. Sweet und Bright versuchten es als nächste. Feierlich schwenkten sie die Arme, riefen jedoch nicht dieselbe Wirkung hervor.

Ich beschloß, daß ich eine Tasse Kaffee brauchte. Als ich an der Tanzfläche vorbeikam, schob Feisal Suzi geschickt in Brights Arme und nahm meine Hand.

»Alle Damen nacheinander!« sagte er und zog mich auf die Tanzfläche.

Da ich nicht viel dagegen tun konnte – er hatte einen stählernen Griff –, spielte ich mit. Allerdings spürte ich, wie mir die Röte in die Wangen stieg. Ich habe schon immer Komplexe wegen meiner Größe gehabt. Kleine Frauen sehen immer niedlich aus, ganz gleich wie tolpatschig sie auch sein mögen. Große Frauen hingegen wirken einfach nur tolpatschig.

»Sie sind sehr anmutig«, murmelte Feisal und hielt mich, als ich stolperte.

»Und Sie sind ein schrecklicher Lügner. Das werden Sie mir büßen, Feisal.«

Lachend warf er den Kopf in den Nacken. Seine Kehle war glatt und braun; die Muskeln zeichneten sich unter der Haut ab. »Sind

Sie mir aus dem Weg gegangen? Ich habe Sie schon länger nicht gesehen.«

»Sie waren beschäftigt. Hoppla! Entschuldigen Sie.«

»Nicht so verkrampft. Stemmen Sie sich nicht gegen mich. Wenn Sie nicht so schüchtern wären, würden Sie sich recht gut machen.«

Als Flirtversuch war es nicht sonderlich subtil, besonders, da es von einem schmachtenden Blick durch dichte Wimpern begleitet wurde. Ich lachte und stolperte wieder. Feisal lächelte. »Entschuldigen Sie. Es wird zur Gewohnheit. Ich war sehr beschäftigt, und es bringt gewisse Schwierigkeiten mit sich, an Bord Freundschaften zu schließen. Aber in Luxor haben wir ein wenig freie Zeit. Darf ich Ihnen vielleicht die Stadt zeigen?«

»Sie haben sich einen großartigen Moment ausgesucht, sich mit mir zu verabreden«, entgegnete ich, wobei ich versuchte, nicht über die eigenen Füße zu stolpern.

»Denken Sie darüber nach.«

»Gut. Kann ich mich jetzt setzen?«

»Natürlich. Es wird Zeit, daß ich mit Nofretete ein Tänzchen wage. Sieht sie nicht zum Fürchten aus?«

Eigentlich hatte ich keinen Grund, außer Atem zu sein, aber ich war es. Ich beschloß, daß ich frische Luft und Zeit brauchte, um mich wieder zu fassen. Als ich auf die offenen Türen zum Deck zuging, bemerkte ich eine lustige kleine Pantomime. Mary war aufgestanden und fuchtelte aufgeregt mit den Händen. Was sie sagte, konnte ich wegen der lauten Musik nicht hören, aber offensichtlich wollte sie John dazu überreden, mit ihr zu tanzen. Er schüttelte den Kopf. Lachend griff sie nach seiner Hand und zog daran. Er schüttelte weiter den Kopf und lächelte. Auch Schmidt hatte die beiden beobachtet. Als echter Kavalier rauschte er auf Mary zu und bot ihr die Hand. Als ich hinausging, begaben sie sich gerade auf die Tanzfläche.

Auf diesem Deck gab es keine dunklen Ecken, doch ich fand eine verhältnismäßig unbeleuchtete Stelle zwischen zwei Lampen und lehnte mich dort an die Reling. Es war eine traumhafte Nacht: Ein Lüftchen kühlte mein erhitztes Gesicht, und der Mond, zu drei Vierteln voll, zeichnete einen silbrigen Pfad auf das

Wasser. Am Westufer funkelten die Lichter eines Dorfes durch die Bäume. So viele Sterne, wie sie heute am Himmel leuchteten, hatte ich noch nie zuvor gesehen. Kurz gesagt, es war unbeschreiblich romantisch, und ich stand da, ganz allein im Mondlicht, und fragte mich, welcher der attraktiven Männer an Bord plante, mir die Kehle durchzuschneiden, und wann.

Möglicherweise war Feisal tatsächlich an meiner herausragenden Persönlichkeit interessiert. Hochgewachsene Blondinen sind in Italien und auch noch weiter östlich sehr beliebt. Vielleicht war er auch ein Agent des ägyptischen Geheimdienstes. Jede der beiden Möglichkeiten hätte mir sehr zugesagt, am meisten jedoch eine Kombination aus beiden.

Bis zu diesem Abend hatte er sich mir gegenüber distanziert verhalten – eine Vorsichtsmaßnahme, damit niemand ahnte, welche Rolle er in Wirklichkeit spielte? Der Vorschlag eines Rendezvous' in Luxor war möglicherweise dazu gedacht gewesen, mich zu beruhigen. Das alles war zwar ziemlich logisch, aber absolut unbewiesen.

Er nahte lautlos, wie auf Katzenpfoten, und ich hörte ihn nicht, bis er sich direkt hinter mir befand. Als ich mich umdrehte, war es zu spät zur Flucht. Ich stand mit dem Rücken zur Reling. An seinen zum Zupacken erhobenen Armen erkannte ich, daß ich nicht weit kommen würde, falls ich mich zum Weglaufen entschied. Der Mond war hinter ihm. Sein Licht schimmerte in seinem Haar, doch sein Gesicht lag im Schatten.

Seine Hände schlossen sich um meine Oberarme und zogen mich zu ihm. Er hatte so blitzschnell reagiert, daß ich zu überrascht war, um etwas zu tun. Ich war zu langsam. Als ich versuchte, das Knie zu heben, drückte er mich mit dem Körper an die Reling. Meine Fäuste erreichen nie sein Gesicht. Sie klemmten zwischen meiner Brust und seiner, während sein Arm meine Schultern umschlang und mich an ihn drückte.

»Ich würde dir dringend davon abraten zu schreien«, murmelte er.

»Verdammt!« zischte ich. »Was zum Teufel soll das? Jemand wird uns sehen ...«

Er sagte etwas, mit so leiser und zitternder Stimme, daß ich ihn nicht verstehen konnte. Seine freie Hand schob sich in den Ausschnitt meines Gewandes. Schreien kam nicht mehr in Frage. Ich hatte nicht mehr genug Luft in den Lungen. Der spärliche Rest meines Atems mischte sich mit seinem, als sich seine Lippen auf meine preßten. Ich konnte mich nicht befreien. Seine Finger waren von meiner Brust in mein Haar gewandert und hatten sich dort verkrallt. Durch den Druck seines Mundes fixierte er meinen Kopf in seiner harten Handfläche. Ich kannte – zumindest hatte ich das bis dahin gedacht – die Kraft seiner Hände, seiner Arme und seines sehnigen Körpers. Aber noch nie zuvor hatte er sie so ungebändigt, fordernd und kopflos eingesetzt. Nicht gegen mich...

Dann ließ er mich so plötzlich los, daß nur die Reling hinter mir meinen Sturz verhinderte. Er trat einen Schritt zurück und steckte die Hände in die Taschen. Ich fühlte mich, als wäre ich zu lange unter Wasser geschwommen: Es klingelte in meinen Ohren, ich schnappte nach Luft, meine Muskeln erschlafften. Keuchend und zitternd klammerte ich mich an die Reling, bis ich wieder zu Atem gekommen war. Obwohl ich in verschiedenen Sprachen fluchen kann, fiel mir kein Schimpfwort ein, das beleidigend genug für ihn gewesen wäre. »Wie lange bist du jetzt verheiratet? Zwei Wochen?«

Er drehte sich leicht zur Seite und zuckte die Achseln, doch als er antwortete, klang seine Stimme rauh und zittrig: »Die Monogamie ist so langweilig. Warum sollte ich mich auf eine Frau beschränken?«

»Sie ist jung, hübsch und bis über beide Ohren verliebt in dich...«

»Und wohlhabend«, fügte John hinzu. »Du glaubst doch nicht, daß ich diese vulgären Diamanten selbst bezahlt habe?«

Alle negativen Gefühle, die ich je für ihn empfunden hatte – Wut, Verachtung, Haß und Abscheu –, brachen plötzlich wie ein Sturzbach aus mir heraus. Obwohl meine skandinavischen Vorfahren zu Tobsuchtsanfällen geneigt haben, war dies das erstemal, daß ich selbst einen solchen erlebte. Ich holte aus und schlug zu.

Bis jetzt hatte ich John nur selten unvorbereitet erwischt, doch diesmal gelang es mir. Meine Handfläche traf mit einem Geräusch auf, als wäre ein großer, trockener Ast geknickt. Beim Aufprall schoß mir ein Schmerz den Arm hinauf bis zur Schulter.

Es fühlte sich großartig an.

Als sich das Rauschen in meinen Ohren legte, hörte ich Stimmen und Gelächter. Offenbar war der Tanz vorbei. Die anderen kamen aus dem Salon. Ich wußte nicht, ob einer von ihnen uns gesehen hatte. Aber das war mir auch gleichgültig.

Mein Abendtäschchen war aufs Deck gefallen. Ich hob es auf, holte mein Taschentuch heraus und rieb mir heftig den Mund ab. John war in den Schatten zurückgewichen und hielt sich die Wange. Ich schleuderte das Taschentuch zu Boden und ging weg.

Ich hatte keine Lust, den Salon zu durchqueren, denn ich wußte, daß ich zum Fürchten aussah: Mein Haar war zerzaust, meine Lippe blutete, und mein Gesicht war verzerrt vor Wut. Nachdem ich blindlings eine Treppe mit dem Schild »Nur für Mitarbeiter« hinaufgestürmt war, erreichte ich unbemerkt das Oberdeck und meine Kabine. Ich schloß die Vorhänge, zog mich aus und begutachtete den Schaden. Ich hatte an so vielen Körperstellen Schmerzen, daß ich kaum sagen konnte, wo es am meisten wehtat. Die roten Flecke an meinen Armen würden morgen wahrscheinlich blau und grün sein. Wie nett, dachte ich, dann konnten Mary und ich ja unsere Beulen vergleichen.

Gerade noch rechtzeitig schaffte ich es ins Bad. In der schlimmsten Pose der Demütigung kniete ich vor der Toilette und sah der häßlichen Wahrheit ins Auge: Nach dem ersten Sekundenbruchteil war der Kuß keine einseitige Sache mehr gewesen. Hätte er mir nicht die Arme festgehalten, hätte ich sie um ihn gelegt.

Und er hatte den Anhänger mit der Rose entdeckt. Er hatte außen an meinem Kleid gebaumelt, als ich in meine Kabine gekommen war. Eine Mischung aus Neugier und Lust, mich zu quälen, hatte die langen, geschickten Finger geleitet, die die Kette entlanggefahren waren, bis an die Stelle, wo die Rose zwischen meinen Brüsten ruhte. Wie mußte es seinem Ego geschmeichelt haben, daß eine weitere Frau ihm verfallen war und das Schmuckstück trug, das er ihr geschenkt hatte.

Mit einem festen Ruck zerriß ich die Kette. Ich schleuderte die

Rose quer durch den Raum, stellte mich unter die Dusche und drehte den Hahn bis zum Anschlag auf. Das Hämmern an der Tür hörte ich erst, als ich das Wasser abdrehte. Bestimmt war es Schmidt, denn niemand sonst hätte einen solchen Radau veranstaltet. Mir hätte klar sein müssen, daß er meine Abwesenheit bemerken und mich suchen würde. Ich hüllte meinen tropfnassen Körper und meine blauen Flecke in einen Bademantel und ging, um die Tür zu öffnen. Ansonsten würde er nur ununterbrochen weiter dagegenschlagen.

Offenbar hatte er Schuhcreme oder eine andere wasserlösliche Substanz zur Färbung seines Schnurrbartes benutzt. Die Farbe hatte lange, schwarze Schmierer auf seinen Wangen hinterlassen. Er sah aus wie Fu Manchu.

»Ah!« rief er aus und musterte mich prüfend. »Dir war übel.«

»Woher weißt du das?«

»Das erkenne ich auf den ersten Blick«, entgegnete Schmidt. »Laß mich herein. Ich pflege dich.«

Seufzend trat ich zurück. »Du brauchst mich nicht zu pflegen, Schmidt. Ich lege mich einfach schlafen.«

»Ja, da hast du recht. Wir müssen morgen in aller Frühe aufstehen, weil wir Abydos besuchen. Ich bringe dich zu Bett.«

Lachend widersprach ich. Das Lachen war ein Fehler, da sich dadurch meine Oberlippe anspannte und der Riß wieder aufging. Schmidts Züge wurden weich. »Du hast es auch schon für mich getan, Vicky«, sagte er in einem Ton, den er nur selten anschlägt, nicht einmal gegenüber mir, seiner Lieblingssklavin. »Damals, als ich krank war und Schmerzen hatte. Laß dich von mir verarzten.«

Ich senkte den Kopf, damit er die Tränen nicht sah, die mir in den Augen brannten. »Okay«, nuschelte ich. »Danke, Schmidt. Solange du mir nur nicht vorschlägst, ein Glas Bier zu trinken, um den Magen zu beruhigen.«

»Aber Bier ist gut, wenn man sich den Magen verdorben hat«, entgegnete Schmidt ernsthaft. »Doch ich habe noch etwas Besseres für dich. Während du dein Nachthemd anziehst, gehe ich es holen. Außer, du willst, daß ich dir auch dabei helfe.«

Er kicherte lüstern und trottete los, ohne die Antwort abzuwarten. Als er zurückkam, hatte ich mich schon umgezogen und die geröteten Druckstellen versteckt. Er war so lieb und so besorgt um mich, daß ich das scheußliche Zeug, das er mir verabreichte, klaglos schluckte und auch eine Schlaftablette annahm. Nachdem er mich zugedeckt hatte, stand er neben meinem Bett und schaute auf mich herunter.

»Willst du mir nicht erzählen, was geschehen ist?«

Ich drehte den Kopf weg. »Nichts ist geschehen, Schmidt. Ich habe nur zu viel gegessen.«

»Hmmm«, brummte Schmidt.

»Gute Nacht, Schmidt. Und danke.«

»Schlaf gut, Vicky. Und mach dir keine Gedanken. Irgendwann werden wir alles erfahren, ganz gleich, worum es geht.«

Da er das Zitat absichtlich verdreht hatte, um mich zum Lächeln zu bringen, lächelte ich; unbeholfen tätschelte er meine Schulter und trollte sich. Die Nachttischlampe ließ er brennen. Nachdem er fort war, wollte ich sie abschalten. Der Rosenanhänger lag auf dem Tisch, die zerrissene Kette ringelte sich darum wie eine kleine, goldene Schlange.

* * *

Ich hatte vergessen, einen Weckruf in Auftrag zu geben, aber Schmidt hatte daran gedacht. Glücklicherweise, denn ich bin nicht an Schlaftabletten gewöhnt und hätte wohl den halben Vormittag lang weitergeschnarcht, hätte er mich nicht angerufen und gesagt, er werde gleich bei mir sein.

»Gib mir eine halbe Stunde«, nuschelte ich kläglich.

»Eine Viertelstunde.«

Angetrieben von diesem Versprechen (oder dieser Drohung), schaffte ich es zu duschen und mich anzuziehen, ehe er vor meiner Tür stand. Ich besitze keine durchsichtigen Kleidungsstücke – zumindest nicht für den Tag –, weshalb ich ohne Schwierigkeiten ein Hemd fand, das die blauen Flecken verdeckte. Wie erwartet, färbten sie sich schon dunkler. Als ich mich im Spiegel betrachtete, stellte ich zu meiner Zufriedenheit fest, daß die Ausschweifungen der letzten Nacht – die körperlichen und die emotionalen – keine sichtbaren Spuren hinterlassen hatten. Ich stimmte Schmidts Vorschlag zu, zum Frühstücken nach unten zu gehen. John sollte mich kühl und lächelnd sehen, gefaßt und voller Verachtung für ihn.

Er war nicht im Speisesaal. Mary auch nicht. Da der Raum halb leer war, schloß ich, daß die anderen in ihren Kabinen frühstückten. Alice saß neben Feisal; die beiden winkten, ich winkte zurück und setzte mich dann zu Schmidt an einen Tisch, der so weit wie möglich von Alice entfernt war. Je seltener man uns zusammen sah, desto sicherer für sie.

Bei unserem Landgang würde sie nach ihrem Kontaktmann Ausschau halten. Ich fragte mich, in welcher Verkleidung er sich ihr nähern würde: Tourist, Souvenirhändler, Bettler? Die Gelegenheit war außergewöhnlich günstig für eine Zufallsbegegnung, denn auf den Ausgrabungsstätten wimmelte es von Leuten. Er würde da sein, dessen war ich mir sicher. Bestimmt war die Programmänderung den Behörden bekannt, und nach Alis Tod war es dringend erforderlich, den Kontakt zu erneuern.

Schmidt stopfte sich mit Eiern, Corn-flakes, Obst und Brot voll und füllte dann seine Taschen mit kleinen Häppchen. Für die Katzen? »Ja«, sagte Schmidt, als ich ihn danach fragte. »Und für die armen Hunde. Ach, Vicky, es ist so traurig, mitansehen zu müssen ...«

Feisal, der auf dem Weg nach draußen an unserem Tisch stehenblieb, unterbrach ihn mit der Aufforderung, wir sollten uns beeilen. »Vergessen Sie nicht, einen Hut mitzunehmen, Vicky. Wir sind jetzt weiter im Süden, und die Sonne ist heiß.«

Ich hoffte, es handelte sich um einen versteckten Hinweis, doch als ich hinaufeilte und in den Safe sah, befand sich nichts darin, was nicht schon am Vorabend dort gewesen war. Möglicherweise bezog sich der Hinweis auf etwas anderes. Vielleicht war es auch gar kein Hinweis. Nachdem ich einige Sekunden überlegt hatte, steckte ich die Pistole in die Handtasche.

Die meisten Passagiere waren schon versammelt. Nach der langen Schiffsreise wollten sogar die Besichtigungsmuffel an Land gehen. Schmidt hatte sich Larry geschnappt. Ich ignorierte sein Zwinkern und Nicken und gesellte mich zu Anna Blessington. Sie wirkte taufrisch, die Augen leuchteten aus ihrem faltigen Gesicht, und sie trug einen breitkrempigen Strohhut mit einer kecken Schleife unter dem Kinn. Ihre Hände auf dem Knauf ihres Spazierstocks waren mit Altersflecken gesprenkelt und von Arthritis verkrüppelt. Wenn sie eine Verbrecherin oder eine Geheimagentin war, würde ich mein Sherlock-Holmes-Abzeichen zurückgeben.

»Hat Ihnen das Fest gestern abend gefallen?« fragte ich.

»Ja, es war ein Riesenspaß, finden Sie nicht?« Beim Lächeln entstand eine Reihe weiterer bemerkenswerter Runzeln. »Besonders Feisals Tanz. Wenn ich mir vorstelle, daß er mich als einzige Frau in den Armen gehalten hat!«

»Ich spiele mit dem Gedanken, mir den Knöchel zu verstauchen«, gab ich zu.

»Sie haben es nicht nötig, zu solch schmerzhaften Mitteln zu greifen, meine Liebe.« Mühsam stand sie auf und griff selbstbewußt nach meinem Arm. »Nur bis wir die Gangway hinter uns haben, wenn es Ihnen nichts ausmacht. Sie ist ein wenig steil.«

Die alten Friedhöfe und die dazugehörigen Tempel liegen in der Wüste. Lange Zeit fuhren wir durch Felder und das Städtchen Hammadi. Die Kinder waren gerade auf dem Weg zur Schule. Ich freute mich, daß sich auch Mädchen unter ihnen befanden, keusch in langärmelige, dunkle Kleider gehüllt, die Köpfe mit weißen Tüchern bedeckt. Die älteren Frauen trugen alle Schwarz. In Buden am Straßenrand wurden die verschiedensten Waren von Obst und Gemüse bis hin zu billigem Plastikgeschirr verkauft. Nachdem wir die Stadt hinter uns gelassen hatten, durchquerten wir Felder, auf denen Kohl und Zuckerrohr wuchsen. Die schmale Teerstraße verlief entlang eines Kanals. Wir rumpelten an mit Reisig beladenen Eseln, rostigen Lastwagen voller Töpfe, Männern mit Turbanen auf Fahrrädern und einem anderen Reisebus vorbei.

Neben dem Eingang zur archäologischen Ausgrabungstätte herrschte modernes Chaos: Reihen von Buden, an denen man Filme und Souvenirs erwerben konnte, einige Cafés, vor denen rostige Tische und Stühle standen. Feisal lief herum wie ein Hütehund, trieb uns zu einer Gruppe zusammen und versicherte Suzi, die ausbüchsen wollte, um sich die Souvenirs anzusehen, sie werde nach der Besichtigung des Tempels noch ausreichend Zeit haben, ihr Geld loszuwerden. Schmidt entkam ihm, als wir die Rampe zum Eingang hinaufstiegen. Als ich mich umdrehte, sah ich meinen Chef von mageren Hunden und hungrigen Katzen umringt. Ich übergab Anna Feisal zu treuen Händen und ging zu ihm zurück.

»Du meine Güte, Schmidt, so komm schon, Feisal hat unsere Eintrittskarten.«

Schmidt hatte sämtliche Essensreste aus seinen Taschen verfüttert. Traurig betrachtete er ein Kind, das neben uns auf einem Mäuerchen saß. Das Kind hatte die Hand ausgestreckt und winselte um Bakschisch. Es hatte nur ein Bein.

»Ach, Vicky ...«

»Ich weiß, Schmidt. Komm.«

»Nur noch einen Moment ...« Er ging zu dem Jungen hinüber und füllte seine Hand mit zerknitterten Geldscheinen. Das war nicht so großzügig, wie es klingt, da es in Ägypten fast nur Papiergeld gibt; die kleinste Banknote ist etwa zehn Cent wert. Aber ich glaube nicht, daß Schmidt sich die Zahlen auf den Geldscheinen angesehen hatte.

Allerdings ist Schmidt kein Kind von Traurigkeit, und seine Stimmung besserte sich, als wir im Tempel waren. Ich würde den Leuten nicht widersprechen, die die Tempel in Abydos für die schönsten in ganz Ägypten halten. Einige der Bauwerke, die die Touristen besonders lieben – Dendera, El Kab, Philae – sind vielleicht besser erhalten, doch sie stammen aus der griechischen oder der ptolemäischen Epoche, sind also tausend Jahre jünger. Abydos wurde in der neunzehnten Dynastie erbaut, einer der Blütezeiten ägyptischer Kunst.

Schmidt holte seine Kamera heraus und fotografierte alles, was ihm vor die Linse kam. Dann drückte er mir den Apparat in die Hand, und ich mußte ihn vor allem, was mir vor die Linse kam, fotografieren. Schließlich übergab er die Kamera Bright, der zufällig in unserer Nähe stand, und er mußte uns beide ... nun, praktisch vor allem, was ihm vor die Linse kam. Als wir den inneren Hof erreichten, hatte Schmidt den ersten Film vollgeknipst und zog sich hinter eine Säule zurück, um einen neuen einzulegen.

Ich nutzte seine Abwesenheit zur Flucht, nicht nur vor Schmidts Liebe zu Schnappschüssen, sondern auch vor den anderen. Feisal hielt gerade einen Vortrag. Ich wollte keinen Vortrag hören, ich wollte mich einfach nur umsehen.

Auch einige der anderen hatten sich selbständig gemacht. Ich sah Alice die Stufen hinaufsteigen, die zur Hypostylenhalle führten. John und Mary folgten ihr Hand in Hand. Bright und Sweet waren nirgends zu sehen.

Ich setzte mich auf eine niedrige Mauer aus behauenem Stein und ließ alles auf mich wirken. Ich versuchte, nicht an das zu denken, was Alice vielleicht gerade tat. Zwar hoffte ich sehr, daß sie es tat, aber ich wollte nicht darüber nachgrübeln. Nach einer Weile führte Feisal die Gruppe in die Säulenhalle. Ich blieb sitzen. Es war heiß, doch nicht unerträglich. Die mächtige Gestalt des Pharaos, der von verschiedenen Göttern gegrüßt wird, schmückte die quadratischen Säulen der Nische mir gegenüber. Da die Säulen Wind und Wetter ausgesetzt waren, war der Großteil der Farbe verblaßt. Ich schob meinen Hut zurecht, so daß er meine Augen beschattete, und ruhte mich aus. Mit der Zeit verschwammen die Stimmen der Reiseleiter, die in sechs verschiedenen Sprachen Vorträge hielten, zu einem angenehmen Summen im Hintergrund. Es überraschte mich gar nicht, daß die Reliefs nun in frischen Farben erstrahlten. Der Leib und die Gliedmaßen des Königs waren rotbraun, seine Krone hellblau, sein Kragen und die Armbänder in Türkis und Gold abgesetzt.

Eine der gemalten Figuren trat von der Säule herunter. Der Mann trug keine Krone, und sein Haar war hellbond, nicht schwarz. Mit hochgezogener Augenbraue grüßte er mich aus der Entfernung, drehte sich um und fing an, etwas von der Wand zu entfernen. Die Gegenstände nahmen in seiner Hand Gestalt an: mit Juwelen und Perlen geschmückte Kragen, schwere Armbänder, goldene Kelche und Schatullen ...

»Hier sind Sie ja.«

Schläfrig rieb ich mir die Augen und blickte auf. Der Mann vor mir trug weder einen weißen Rock noch einen Perlenkragen, sondern sandfarbene Hosen und ein Hemd. Larry lächelte mich schüchtern an. »Tut mir leid, wenn ich Sie gestört habe.«

»Nein, es war gut so. Sonst wäre ich noch umgefallen.«

Ein paar von uns wollen sich die Gräber des Alten Reiches ansehen«, erklärte Larry. »Anton dachte, Sie wollten vielleicht mitkommen.«

»Die Königsgräber der ersten Dynastie? Ich habe geglaubt, davon ist nichts mehr erhalten.«

»Eigentlich nichts, was sich zu besichtigen lohnt. Aber es gibt hier Gräber aus allen Epochen; dieser Ort war die heiligste Stätte in ganz Ägypten, wo der Legende nach Osiris begraben sein soll. Im letzten Jahr hat eine Forschergruppe aus Boston einen Friedhof aus der vierten Dynastie entdeckt. Normalerweise ist er für Touristen nicht zugänglich, doch zufällig kenne ich den Verantwortlichen, und ...« Er brach ab und sah mich zweifelnd an. »Wahrscheinlich interessiert das nur einen wahren Liebhaber wie mich.«

Er sah aus wie ein kleiner Junge, dessen Mutter gerade eine Kröte oder eine Ringelnatter abgelehnt hat. Die Augen schließen und ans Nationalmuseum denken, sagte ich mir. Wahrscheinlich handelte es sich bei den Gräbern um Mastabas, ähnlich denen in Sakkara. Der Überbau befand sich oberhalb der Erde, und falls jemand mich bitten sollte, die unterirdischen Grabkammern zu besuchen, würde ich höflich ablehnen.

»Ich würde gerne mitkommen«, sagte ich.

Wie sich herausstellte, waren wir eine kleine Schar Auserwählter. Natürlich war Ed Whitbread mit von der Partie. Er folgte Larry und mir in diskretem Abstand. Sweet und Bright hatten sich uns angeschlossen.

»Wo ist Schmidt?« fragte ich und blickte mich um, als wir uns über die sandige Einöde auf den Weg machten.

»Wahrscheinlich füttert er irgendwelche Katzen«, antwortete Larry. »Sollen wir ihn holen? Vielleicht hat er seine Meinung geändert.«

»Er läßt sich leicht ablenken«, gab ich zu. »Moment, da kommt er ja ... nein, es ist Feisal.«

Wenn die Sonne mich nicht geblendet hätte, wäre mir dieser

Fehler nicht unterlaufen. Bald hatte Feisal uns eingeholt. Seine Miene war finster.

»Sir, der Bus fährt in einer Stunde ab. Wo ...«

»Ich hätte Sie gefragt, ob Sie mitkommen wollen, Feisal, aber ich dachte, Sie müßten bei der Gruppe bleiben«, erklärte Larry.

Feisals finstere Miene wurde von einem interessierten Blick aus strahlenden Augen abgelöst. Er galt nicht mir. Immer wieder vergaß ich, daß Feisal studierter Ägyptologe war.

»Die anderen versorgen sich gerade mit Souvenirs und kalten Getränken. Da ich noch keine Gelegenheit hatte, die Ausgrabungen zu sehen, würde ich mich Ihnen gern anschließen, wenn es Ihnen nichts ausmacht.«

Taktvoll blieb er zurück und überließ mich Larry, der mir alles über die Gräber des Alten Reiches erzählte. Ich muß sagen, es war eine angenehme Abwechslung, daß ein Mann seinen Geist und nicht seine Muskeln spielen ließ, um mich zu beeindrucken.

Außerdem war es eine angenehme Abwechslung, Ruhe vor den Menschenmassen zu haben. Ein ehrgeiziger »Fremdenführer« trottete neben uns her, bis Larry ihn mit einer barschen arabischen Bemerkung wegschickte. Nachdem wir zehn Minuten gegangen waren, zeigte Larry mit dem Finger: »Dort ist es.«

Ich sah mich nach Mauern und behauenen Steinen um. Doch ich sah nur einen niedrigen Hügel vor uns. Mir wurde mulmig, als ich begriff, daß mir ein kleiner Irrtum unterlaufen war. Alle Gebäude, die sich zweitausend vor Christus oder sogar vor noch längerer Zeit über der Erde befunden hatten, lagen heute darunter, begraben vom alles verschlingenden Sand. Ich folgte Larry auf den Hügel. Meine Stimmung besserte sich, als ich unter mir nicht etwa ein finsteres, bedrohliches Loch, sondern eine offene Grube entdeckte. Sie war mit Steinen ausgekleidet, und es gab auch einige Mauerreste, keiner höher als einen Meter. Vor einem der Mauerreste kauerte ein braunes Bündel, das sich beim Aufstehen als ein Mann entpuppte.

»Tut mir leid, Leute, hier darf keiner ...«, fing er an. Dann entspannte sich sein schmales Gesicht. »Mr. Blenkiron! Ich habe gehört, daß Sie in Ägypten sind, doch ich habe nicht mit Ihrem Besuch gerechnet.«

»Ich hoffe, wir stören Sie nicht.« Larry bot mir die Hand, und wir kletterten in die Grube hinunter.

Wer viel Geld hat, ist in allen Gesellschaftskreisen willkommen. Der Archäologe hätte wahrscheinlich sogar Kleopatra aus dem Bett geworfen, um den reichen Förderer ägyptologischer Ausgrabungen willkommen zu heißen. Er begrüßte Feisal mit Namen und bat uns andere, ihn Ralph zu nennen. Immer wieder entschuldigte er sich dafür, daß im Augenblick nichts Interessantes vonstatten ging.

»Die Männer haben heute frei«, erklärte er. »Es ist Freitag. Pat wird bedauern, daß er Sie nicht getroffen hat. Er ist nach Luxor gefahren, um in der Bibliothek im Chicago House zu arbeiten.«

Ralph zeigte uns einige der Reliefs. Es waren zwar nur Fragmente, aber sehr schöne, zarte Basreliefs, die denen in Sakkara ähnelten. Dann vertieften er und Larry sich in ein Fachgespräch. Bald verkündeten Sweet und Bright, sie würden jetzt umkehren. Larry sah auf die Uhr. »Ja, gehen Sie nur vor. Sagen Sie, wir sind gleich zurück. Ich würde mir nur noch gern rasch die Grabkammer ansehen.«

Er zog eine riesige Taschenlampe hervor. »Nicht nötig, Sir«, meinte Ralph stolz. »Wir haben eine Leitung gelegt und ein paar Glühbirnen aufgehängt. Soll ich Licht machen?«

Von der nordwestlichen Ecke der Grube führte eine sanft abfallende Rampe hinunter. Die Decke war niedrig, aber von einigen nackten Glühbirnen gut erleuchtet. Ich folgte Ralph und Larry bis zu dem gefürchteten Loch im Boden, mit dem ich schon gerechnet hatte. Das obere Ende einer groben Holzleiter ragte aus dem Schacht.

Jemand rief etwas von oben. »Verdammt, ich muß schauen, was da los ist«, sagte Ralph. Er stieg die Rampe wieder hinauf. Larry, der schon auf der Leiter stand, blickte mich an, und zum erstenmal im Leben beschloß ich, vernünftig anstelle von leichtsinnig zu sein.

»Tut mir leid, ich kann nicht...«

Ich versuchte das Zittern in meiner Stimme zu verhindern, aber vergebens. Larry sah überrascht aus. »Aber Vicky, ich hatte ja keine Ahnung. War es das, was Ihnen im Königsgrab von Amarna so zu schaffen gemacht hat? Ich fand, Sie sahen ... Also kehren wir um. Ich muß nicht unbedingt da hinunter.«

»Nein, lassen Sie sich durch mich nicht aufhalten. Ich warte auf Sie.«

»Wenn Sie unbedingt meinen ...« Sein Kopf verschwand.

Zuerst dachte ich, Larry hätte den Schrei, so hoch und durchdringend wie der eines Vogels, ausgestoßen, doch dann hörte ich auch ihn schreien. Diesem Schreckensruf folgten ein Klappern und ein Aufprall. Die Lichter gingen aus.

Gleich hinter mir, nur etwa neun Meter entfernt, sah ich Tageslicht – ein leuchtendes, himmlisches, strahlendes Quadrat. Ich konnte die Rampe hinaufklettern ... und Larry dort unten in der Dunkelheit seinem Schicksal überlassen. Sicherlich war die Leiter gebrochen. Er war gestürzt – wie tief? Ich hörte ein schwaches Stöhnen. Es erstarb, dann Schweigen.

Habe ich schon erwähnt, daß ich den Tunnel unter dem Schloß in Rothenburg mit zwei weiteren Personen teilte, die beide verletzt waren? Einer von ihnen war Tony, einmal meine bessere Hälfte und immer noch ein sehr guter Freund. Das Stöhnen aus der Dunkelheit katapultierte mich in die Vergangenheit zurück, und für einige schreckliche Sekunden vergaß ich Zeit und Raum. Ich glaubte, Tony läge da unten, bewußtlos und nach Luft schnappend. Ich mußte zu ihm, mußte ihm helfen ...

Ich tat es nicht. Ich konnte es nicht. Wie ein Häufchen Elend krümmte ich mich zusammen, und als plötzlich etwas zwischen mir und dem Tageslicht stand, fing ich an zu wimmern.

7. *Kapitel*

Hände ergriffen mich und versuchten, mich zu strecken. Ich wehrte mich wie besessen, bis mir klar wurde, daß ich diesen Griff kannte. »Tony«, krächzte ich. »Oh, Tony, verdammt, ich dachte, du wärst ...«

Er ohrfeigte mich. Nachdem mein Kopf wieder gerade auf den Schultern saß, schielte ich zu ihm hinauf. Es war nicht Tony. Natürlich nicht. Tony war in Chicago, nicht in dem dreckigen Tunnel unter dem Schloß. Und ich auch nicht. Ich war in Ägypten, in einem dreckigen Tunnel in einem Grab, das ...

»Du Mistkerl«, sagte ich schwach.

»Das ist wohl ein bißchen unpassend.« John zog mich auf die Füße und lehnte mich an die Wand, damit er Platz hatte. Dann beugte er sich über den Schacht. »Blenkiron!« rief er. »Sagen Sie etwas! Nur keine Schüchternheit!«

Eine hohle Stimme erklang: »Ich bin in Ordnung. Sie müssen ein Seil holen. Die Leiter ...«

»Einen Moment.«

»Was tust du hier?« wollte ich wissen.

John drehte sich zu mir um. Ich konnte sein Gesicht nicht erkennen. Nur vom oberen Teil der Rampe kam Licht herein, und selbst diese entfernte Beleuchtung wurde schwächer, als sich Leute um die Öffnung drängten und aufgeregt Fragen riefen. Ich spürte die Bewegung mehr, als sie zu sehen; sein schon erhobener Arm sank wieder herunter. Ich hatte ihn viel fester geschlagen als er mich. Offenbar hatte er beschlossen, sich nicht zu revanchieren. Er hatte zu viele Zeugen.

»Du hast wirklich ein Talent fürs Unwichtige«, stellte er fest. »Komm schon, raus mit dir. Kannst du gehen, oder soll ich dich schleppen?«

Ich konnte nicht gehen. Die Decke war zu niedrig. Also kroch ich davon, so schnell ich konnte, während John zurückblieb und in aller Ruhe mit Larry die Lage erörterte.

Als ich aus der Öffnung hervorkam, fand ich mich inmitten einer Prügelei wieder, falls man eine Meinungsverschiedenheit zwischen einem Zwerg fortgeschrittenen Alters und einem großen, kräftigen Mann mit diesem Wort beschreiben kann. Ed hielt Schmidt im Schwitzkasten; dieser trommelte auf seinen Rücken ein und brüllte etwas auf Mittelhochdeutsch, der Sprache, in der er am liebsten flucht.

»Hören Sie auf, Sie Spinner«, sagte Ed. Er war nicht einmal außer Atem geraten. »Da kommt sie doch schon. Gesund und munter.«

Er ließ Schmidt los, und dieser stürmte mir entgegen. »Vicky! Wie fühlst du dich? Ich habe versucht, dir zur Hilfe zu kommen...«

»Drück mich nicht so fest, Schmidt. Mir geht es gut.« Aber ich schob ihn nicht weg; es war so schön, von jemandem umarmt zu werden, der mich liebte. Über Schmidts Kopf hinweg entdeckte ich die anderen Mitglieder unserer Reisegruppe in verschiedenen Stadien der Neugier und Sorge. Feisal hielt Suzis kurvenreiche Gestalt umklammert. Ihre Augen waren zwar geschlossen, aber ich bezweifelte, ob sie wirklich das Bewußtsein verloren hatte. Einen Arm hatte sie um Feisals Hals gelegt. Mary lehnte bleich und erschüttert an einer Mauer. Allerdings war sie nicht so bleich wie der junge Archäologe, der wohl befürchtete, daß sich all seine Hoffnungen auf eine großzügige Spende nun in Wohlgefallen aufgelöst hatten. Man kann das Herz eines potentiellen Mäzens nur noch schwer gewinnen, nachdem er in einen Schacht gefallen ist.

»Ich begreife nicht, wie das passieren konnte«, beharrte er. »Die Leiter war in bestem Zustand. Hundertmal sind wir darauf herumgeklettert ... Oh! Oh, Gott sei Dank, Mr. Blenkiron. Haben Sie sich verletzt?«

»Nur ein paar blaue Flecke.« Gefolgt von John, kam Larry aus dem Tunnel. Er war zwar staubig und zerrauft, aber es schien ihm nichts zugestoßen zu sein. »Es war nicht Ihre Schuld«, fuhr er verlegen fort. »Die Leiter ist in Ordnung. Wahrscheinlich bin ich ausgerutscht, als das Licht plötzlich ausging. Und jemand hat geschrien...«

»Wahrscheinlich Suzi.« Feisal ließ sie ohne viel Federlesens auf den Boden sinken. Sie schlug die Augen auf. »Wo bin ich?« murmelte sie.

Keiner beantwortete ihr diese Frage.

»Ein Glück, daß niemand verletzt wurde«, sagte Feisal in einem Ton, der mich daran erinnerte, daß er für die Sicherheit und das Wohlergehen der Reisegruppe verantwortlich war. Bekam er für jeden verlorengegangenen Touristen das Gehalt gekürzt? Wenn ja, hatte er wegen Jen schon eine kleine Einbuße hinnehmen müssen. Hatte Jen Kairo wirklich verlassen? Ich hatte dafür nur Johns

Wort, und ihm hätte ich nicht einmal die Behauptung abgenommen, daß die Erde rund ist.

Angetrieben von Feisal kehrten wir wieder zum Bus zurück. Niemand fragte, warum der Strom ausgefallen war. Offenbar geschah so etwas ständig. Wahrscheinlich war es nur ein merkwürdiger Zufall, daß es ausgerechnet dann passieren mußte, als Vicky Bliss, bekannt für ihre Phobie, in ein Grab hinuntergeklettert war. Wenn ich es nicht in letzter Minute mit der Angst zu tun bekommen hätte, wäre ich diejenige auf der Leiter gewesen.

Nur zwei Menschen wußten von meiner Phobie. Ich dankte Gott, daß ich mich nicht vor Larry lächerlich gemacht hatte. Er hatte zwar bemerkt, wie mulmig mir wurde, hatte aber die abscheuliche Vorstellung nicht mitbekommen, die ich später geliefert hatte. Wenigstens hatte ich nur gewinselt, nicht geschrien.

Mein Blick richtete sich auf John, der vor uns ging. Mary klammerte sich an seinen Arm. Sie waren nicht mit uns zum Grab gegangen. Wahrscheinlich waren sie – und Suzi und die anderen – mit Schmidt gekommen. John war so etwas zuzutrauen: ein kurzer Ruck am Kabel, das sich an der Wand schlängelte...

Wieder eine Warnung, die mich psychisch, nicht körperlich verletzen sollte. Egal unter welchen Umständen, es war ausgesprochen mies und unfair, einem anderen Menschen so etwas anzutun. Und die Umstände, unter denen John von meiner Achillesferse erfahren hatte, machten es noch mieser und unfairer.

Schmidt sah mich an. »Du bist ja ganz rot im Gesicht, Vicky. Hast du einen Sonnenbrand?«

»Nein, Schmidt. Es ist kein Sonnenbrand.«

* * *

Das Schiff legte ab, sobald wir an Bord gegangen waren. Am nächsten Tag sollten wir Luxor erreichen. Ich konnte es kaum erwarten. Ganz gleich, welche Hindernisse sich mir auch in den Weg stellen mochten, ich würde mich an einen echten, tatsächlich vorhandenen Polizisten oder an einen Angehörigen des Geheimdienstes wenden und verlangen, daß man mir sagte, was hier vor sich ging. Die Situation zerfledderte wie ein durchweichtes Papierhandtuch, und ich befürchtete, den Verstand zu verlieren. Ich hatte weder Ali noch Alice im Verdacht gehabt, bis letztere sich mir offenbart hatte. Allmählich zweifelte ich daran, ob Sweet und Bright wirklich die waren, für die ich sie hielt. Wenn es ihre Aufgabe war, mich zu beschützen, hatten sie mindestens zweimal versagt. Und immer noch hatte ich keine Ahnung, wer Johns Komplizen sein könnten.

Alice und mir gelang es, ein paar Worte zu wechseln. »Ich habe gehört, Sie hatten ein kleines Abenteuer, Vicky. Gut, daß niemand verletzt wurde«, meinte sie, und ich entgegnete: »Ja, das finde ich auch.« Ihre Antwort lautete: »Hier ist das Buch über die Gräber in Memphis, das ich Ihnen leihen wollte.«

Ich fand keine mit unsichtbarer Tinte geschriebene Botschaft. Auch keine, die ich anhand von Pünktchen oder Nadelstichen unter gewissen Wörtern ablesen konnte. Nur einen hastig mit Bleistift gekritzelten Zettel, der zwischen den Seiten steckte. »Er war hier. Hat versprochen, daß man nach Ankunft in Luxor mit uns in Verbindung treten wird. Wir sollen uns unauffällig verhalten, nichts tun und bei den anderen bleiben. Ali ist ertrunken. Alle Verletzungen entstanden nach seinem Tod, bis auf eine im Gesicht. Vielleicht hat er sich den Kopf gestoßen, das Bewußtsein verloren und ist über Bord gefallen. Schlage vor, Sie denken nicht über die Alternative nach.« Es gab auch ein P.S.: »Verbrennen Sie diese Nachricht, und vernichten Sie die Asche in der Toilette.«

Das hätte ich sowieso getan. Während ich zusah, wie die Asche vom Wasserstrudel hinabgesaugt wurde, dachte ich über die Alternative nach.

Nach dem Mittagessen ließen Schmidt und ich uns auf dem Sonnendeck nieder. Schmidt fing an, Postkarten zu schreiben. Er hatte schon jedem seiner Bekannten geschrieben und verstand nicht, warum ich nicht das gleiche tat.

»Wenigstens an deine Mama und deinen Papa«, beharrte er. »Hier ist eine hübsche mit den Pyramiden. Und eine aus Kairo für Tony ...«

Ich nahm die Karten, damit er den Mund hielt. Aber ich wußte einfach nicht, was ich schreiben sollte. »Hier ist es wunderschön« war nicht nur abgedroschen, sondern unwahr. Und was »schade, daß du nicht hier bist« betraf – ich dankte Gott, daß dem nicht so war.

Trotzdem wünschte sich ein Teil von mir, der egoistische, feige Teil, es möge sich doch so verhalten, als ich einen witzigen Gruß auf Tonys Karte kritzelte (»Hallo! Rate mal, wo ich bin!«). Zum erstenmal war ich völlig allein, ohne jemanden, mit dem ich reden und auf den ich mich verlassen konnte. Während der Angelegenheit in Rom hatte sich Schmidt nicht als sonderlich nützlich erwiesen. Aber immerhin hatte er gewußt, was ich gerade tat. Und gegen Ende des Abenteuers waren John und ich, wenn auch widerwillig, Verbündete geworden. Wir hatten die meiste Zeit zusammen verbracht und versucht, verschiedenen Leuten aus dem Weg zu gehen, die entweder einen von uns oder sogar beide umbringen wollten. Aber auf der Flucht vor einer Mörderbande ist man für jede Gesellschaft dankbar. Außerdem war John im Davonlaufen ungewöhnlich begabt.

Schmidt hatte sich im Liegestuhl neben mir ausgestreckt, den Hut über die Augen geschoben und war eingenickt. Er hielt die Hände über dem Bauch gefaltet. Die Enden seines Schnurrbarts flatterten bei jedem Atemstoß.

Sein Anblick, so verletzlich, liebenswert und harmlos wie ein kleines Kind, wirkte wie eine kalte Dusche, durch die ich wieder einen klaren Kopf bekam. Meine Gedanken ordneten sich. Ich mußte Schmidt hier herausholen. Und auch mich selbst. Es war idiotisch von mir gewesen, mich auf einen solchen Plan einzulassen – obwohl mir nicht klar gewesen war, wie gefährlich es werden würde. Noch idiotischer war es von mir, daß ich trotz Johns Anwesenheit weitergemacht hatte. Ich hatte meinen Auftrag erfüllt; mein mysteriöser Auftraggeber hatte sich nicht an seinen Teil der Abmachung gehalten. Er hatte nicht richtig auf Schmidt aufgepaßt. Zum Teufel mit dem Kairoer Musem. Ich hätte keinen Quadratzentimeter von Schmidts Glatze gegen sämtliche Schätze des Museums eingetauscht. Und zum Teufel mit den Sicherheitsvorkehrungen. Ich hatte es nicht nötig, wie eine flügellahme Ente herumzuflattern, bis jemand gnädig Kontakt mit mir aufnahm – oder bis mich jemand in meiner Badewanne ertränkte und über Bord warf. Gleich nach unserer Ankunft in Luxor würde ich Karl Feder anrufen und mein Entlassungsgesuch einreichen. Wenn es möglich gewesen wäre, direkt mit ihm zu telefonieren, hätte ich keine Minute gezögert. Aber ich vertraute niemandem mehr, auch nicht dem Funker.

Es war erstaunlich, um wie vieles besser ich mich fühlte, nachdem meine Entscheidung gefallen war. Ich konnte sogar die Aussicht genießen. Der Fluß wurde an beiden Seiten von den Klippen der Hochwüste gesäumt; selbst im hellen Sonnenlicht hatten sie eine bleiche, rosiggelbe Farbe, die unwirklich schien. An manchen Stellen erhoben sie sich direkt am Ufer, an anderen waren sie mehr ins Landesinnere versetzt und gaben einen schmalen Streifen bebaubares Land frei. Kleine Ansammlungen brauner Hütten aus Lehmziegeln waren von grünenden Feldern und Palmen umgeben. Vögel flatterten und sausten durch die Luft. Felder blauer Wasserhyazinthen glitten an uns vorbei, schwimmende Blumeninseln mitten im Fluß.

Ich erwiderte das Winken einiger Kinder, die am Ufer standen, doch in Gedanken war ich anderswo. Die größte Schwierigkeit lag darin, Schmidt zu überreden, die Reise abzukürzen. Verrückte Gedanken schossen mir durch den Kopf – ein Telegramm mit der Nachricht, daß das Museum brannte oder daß ein Familienmitglied erkrankt war? Nein, das würde nicht klappen. Er würde anrufen und die Wahrheit herausfinden. Außerdem wäre es grausam, ihn zu ängstigen.

Vier Tage sollten wir in Luxor bleiben. Und es bestand nicht die geringste Chance, Schmidt von hier loszueisen, bevor er nicht das berühmte Grab gesehen hatte. Auch ich brannte darauf, es zu sehen. Vielleicht, so dachte ich hoffnungsvoll, wartete die Polizei ja schon im Hafen von Luxor, um die Schurken festzunehmen. Vielleicht würde John die ganze Sache abblasen. Vielleicht würde Schmidt krank werden. Vielleicht würde ich krank werden. Vielleicht konnte ich eine Krankheit simulieren und darauf bestehen, daß Schmidt mich nach München zurückbrachte...

Vielleicht würde sich die Mumie des Tutanchamun aus ihrem

Grab erheben und die Schurken mit einem göttlichen Fluch belegen.

»Ach, verdammt«, murmelte ich.

Schmidt bewegte sich. »Was hast du gesagt?«

»Nichts.«

Was war, wenn ich einen Nervenzusammenbruch vortäuschte? Das hätte mir eigentlich nicht schwerfallen dürfen.

Schmidt schob seinen Hut zurück und setzte sich auf. »Brotzeit«, verkündete er.

Das stimmte in der Tat. Die Stewards deckten schon für den Tee. Schmidt weiß immer, wann Essenszeit ist, ganz gleich ob er wach ist oder schläft. Falls er jemals ins Koma fallen sollte, kann ich ihn bestimmt wieder aufwecken, indem ich ihm einen Krapfen unter die Nase halte.

Die übrigen Passagiere versammelten sich allmählich. Ich raffte gerade naschhaft Kekse zusammen, als Perry neben mir am Buffet erschien. Er sah ein wenig bleich aus, und als ich ihm die Schokoladenwaffeln empfahl, zog er ein Gesicht und meinte, er werde sich lieber auf Tee beschränken.

»Mir ist aufgefallen, daß Sie heute morgen nicht an Land gegangen sind«, sagte ich. »Fühlen Sie sich nicht wohl?«

Eigentlich war es mir gar nicht aufgefallen – Perry gehörte nicht zu den Leuten, deren Abwesenheit man bemerkt –, doch ich wollte höfliche Konversation betreiben. Er zögerte. Offenbar war er zwischen seinem Bedürfnis nach Mitleid und dem Eingeständnis, gegen gewöhnliche Erkrankungen nicht besser gefeit zu sein als ein nichtswürdiger Tourist, hin und her gerissen.

»Nur ein bißchen Ärger mit dem Magen«, sagte er schließlich.

»Das kommt hier häufig vor.«

»Ist mir noch nie passiert«, meinte Perry spitz. »Und ich habe schon in Lokalitäten gegessen, vor denen man Touristen normalerweise warnt. Bestimmt hat jemand in der Küche geschlampt.«

Es gibt Krankheiten, die in nicht davon betroffenen Menschen die schlimmsten Seiten zu Tage fördern. Ich leckte mir die Schokolade von der Unterlippe und nahm noch einen großen Bissen. »Es heißt, das passiert hier jedem früher oder später«, sagte ich schonungslos. »Einige von uns hat es bereits erwischt: Anna, die Hamburger und ...«

»Wen? Oh.« Perry lachte höflich. »Ein Witz. Sie leiden unter den üblichen Touristenbeschwerden, doch bei mir ist das anders. Ich habe mich nicht ... äh ... übergeben müssen, mir ist nur ein wenig flau. Meine Temperatur ist normal, aber mein Puls ...«

»Wovon handelt Ihr Vortrag heute abend?« Obwohl ich vorgehabt hatte, ihn beim Tee ein wenig zu bemitleiden, hatte ich keine große Lust, mir eine Liste unangenehmer Symptome anzuhören.

»Vom Tal der Könige. Dorthin fahren wir morgen vormittag. Aber Alice hat sich netterweise erboten, den Vortrag an meiner Statt zu halten. Es ist wichtig, daß ich mich schone. Ich muß morgen abend zu dem Empfang. Larry hat mich ausdrücklich eingeladen.«

Wir alle waren eingeladen, doch ein für mich untypischer Anfall von Nächstenliebe hinderte mich daran, ihn darauf hinzuweisen. Der Arme, er war eben durch und durch langweilig. Ich wäre ihn gerne losgeworden, aber mir fiel nichts ein, ohne ihn zu kränken. Mein Blick schweifte durch den Raum. Schmidt hatte sich Larry aus der Menge herausgepickt. Alice saß bei ihnen am Tisch. Sie schienen sich gut zu unterhalten, lachten und redeten lebhaft. John und Mary standen, Schulter an Schulter, an der Reling. Neben ihnen, doch ganz offensichtlich nicht bei ihnen, sah ich Bright und ...

Nur Bright. Mir wurde klar, daß ich keinen von ihnen je ohne den anderen gesehen hatte. Wo steckte Sweet? War es möglich, Bright ohne seinen Dolmetscher in ein Gespräch zu verwikkeln?

Perry schwadronierte über verschiedene Langweiligkeiten, die er angeblich besser beherrschte als jeder andere. »Nicht, daß ich mit der Aufgabe nicht zurechtkäme. Jeder ist in der Lage, eine Verwaltung zu leiten, doch Ausgrabungen und das Halten von Vorträgen erfordern besondere ...«

»Genau«, sagte ich, wobei ich mich irgendwie fragte, warum ich ihm zugestimmt hatte. »Sollten Sie sich jetzt nicht besser hinlegen? Sie wollten sich doch schonen.«

Sobald er gegangen war, stürzte ich mich auf Bright. Hier brauchte ich nicht um den heißen Brei herumzureden. Meine erste Frage war ganz unverfänglich: »Wo ist denn Ihr Freund? Hoffentlich nicht krank.«

Bright dachte über diese Frage nach und nickte dann ernst. »Krank.«

»Das tut mir aber leid. War der Arzt schon bei ihm?«

Bright nickte lächelnd.

»Kann ich etwas tun?«

Bright schüttelte achselzuckend den Kopf.

»Geht es Ihnen gut?«

Bright nickte lächelnd.

Mich beschlich der Eindruck, daß sich das ständig wiederholen würde, wenn ich weitere Fragen stellte. Ein Nicken und ein Lächeln, ein Kopfschütteln und ein Achselzucken, ein Nicken und ein Lächeln ... Der Mann war nicht stumm, denn er hatte ja etwas gesagt. Ein Wort, in einer leisen, zögernden Stimme, der Stimme eines Menschen, der einen peinlichen Sprachfehler hat, der lispelte oder stotterte, und seine Worte deshalb sorgfältig wählen muß.

Oder jemand, der den Umstand verbergen möchte, daß er seine angebliche Muttersprache gar nicht beherrscht.

Er mußte das Risiko noch einmal eingehen; schließlich konnte er mich nicht wortlos stehenlassen. Sein »Entschuldigen Sie mich« wurde wieder von einem Lächeln und einem Nicken begleitet. Ich sah zu, wie er, in alle Richtungen lächelnd und nikkend, über das Deck ging und nach drinnen verschwand.

Wahrscheinlich hatte er genug davon gehabt, am Krankenbett seines Freundes zu sitzen, und war nach oben gekommen, um ein wenig frische Luft zu schnappen und etwas anderes zu sehen. Obwohl es unvorsichtig von ihm gewesen war. Die letzten beiden Wörter hatte er so präzise ausgesprochen, wie es ein Muttersprachler niemals tun würde. Ich hatte nie geglaubt, daß er wirklich ein Fabrikant aus Milwaukee war. Allerdings hätte ich einen Profi-Agenten für klug genug gehalten, sich eine überzeugendere Tarnung zuzulegen.

Ja, ich mußte eindeutig mit jemandem reden, der wußte, was hier vor sich ging. Denn ich hatte nicht die geringste Ahnung.

Als ich zu Schmidt zurückkehrte, unterhielt er gerade wieder die anderen. John machte sich tatsächlich Notizen. »Hillbilly«, wiederholte er und schrieb das Wort auf.

»Das ist richtig. Es bedeutet...«

»Ich bin mit dem Begriff halbwegs vertraut. Dann das Western-Element...«

»Ja, die Cowboys. Ein sehr pessimistisches Völkchen.« Schmidt belegte das durch ein Beispiel: »Begrab mich nicht in der einsamen Prärie, wo die Kojoten (eine Art von Schakalen mit sehr lauten Stimmen) heulen...«

»›Und der Wind weht frei...‹ Ja, ich hab's. Es hat wirklich etwas Trauriges an sich, finden Sie nicht?«

»Aber am romantischsten sind die Lieder, die vom Gefängnis und von der Eisenbahn handeln?«

»Romantisch?« entfuhr es mir unwillkürlich.

»All die sterbenden Kopfkissen«, murmelte John.

Schmidt setzte seinen Vortrag, untermalt von musikalischen Beispielen, fort. Ich hatte keine Ahnung, wie Mary es ertrug. Entweder war sie ebenfalls unmusikalisch oder sie kochte inzwischen vor Wut. Schließlich bekam ich Mitleid mit ihr und versuchte, das Thema zu wechseln.

»Wo sind denn die anderen? Es ist so ein schöner Tag. Man sollte glauben, daß noch mehr Leute an Deck wären.«

»Bestimmt ruhen sie auf ihren sterbenden Kopfkissen«, sagte John. »Die Rache des Pharao hat zugeschlagen. Wir übrigen werden uns bis zur Ankunft in Luxor sicherlich in einem ähnlichen Zustand befinden.«

»Was meinst du damit?« fragte ich.

»Noch nicht gehört?« Er drehte sich um. »Der Kühlschrank ist außer Betrieb. Die idealen Bedingungen für Eiweißzersetzung.«

Ich fragte ihn nicht, woher er das wußte. Wenn ein solches Gerücht erst einmal in die Welt gesetzt ist, spricht es sich rasch herum, besonders in einer kleinen, geschlossenen Gesellschaft wie der unseren. Als wir uns versammelten, um ein paar Drinks zu nehmen und uns den abendlichen Vortrag anzuhören, hielt Hamid es für notwendig, eine Ansage zu machen.

Das Gerücht stimmte. Der Kühlschrank war ausgefallen; sämtliche Versuche, ihn zu reparieren, waren bis jetzt erfolglos geblieben. Allerdings bestehe nicht die geringste Gefahr einer Lebensmittelvergiftung. Diejenigen unter uns, die schon einmal einen längeren Stromausfall erlebt hätten, wüßten bestimmt, daß Gefriertruhen die Kälte stundenlang speicherten. Am Morgen würden wir in Luxor ankommen. Also könnten wir alles, was heute abend serviert würde (der Küchenchef bereitete, wie Hamid mit einem breiten Lächeln verkündete, ein regelrechtes Festmahl zu), bedenkenlos essen.

Als er zu Ende gesprochen hatte, war leichtes Murren zu hören, hauptsächlich von denen, die sich sowieso andauernd beschwerten. Alice, die Hamid auf dem Podium abgelöst hatte, sagte noch ein paar beruhigende Worte, ehe sie mit ihrem Vortrag begann.

Sie war eine viel bessere Rednerin als Perry und schmückte die vermittelten Fakten mit persönlichen Erinnerungen und Anekdoten aus. Von Schmidts Gekicher animiert, lachte ich immer an den richtigen Stellen, aber ich muß zugeben, daß ich nicht bei der Sache war. Gerade als ich glaubte, eine vernünftige Entscheidung getroffen zu haben, geschah etwas, das sie mich wieder in Frage stellen ließ. Konnte ich mich in Sweet und Bright getäuscht haben? Die Antwort darauf war schlicht deprimierend. Und ebenso die Folge daraus. Nur mit ihnen hatte ich über John gesprochen. Einige kleine Tonbandkassetten purzelten in diesem Augenblick in meiner Handtasche herum. Ich hatte sie nicht in den Safe gelegt, weil ich mir einredete, es befände sich nichts Belastendes darauf. Nur eine Reihe unhöflicher Bemerkungen von John und schwache Kommentare meinerseits. Doch ich wußte, daß ich mir etwas vormachte. Und ich wußte auch, warum.

Und ich wußte ebenfalls, daß ich jetzt dringend aufhören mußte, mich wie eine Idiotin zu benehmen. John hatte zwar behauptet, er lehne Gewalt ab, schien jedoch entweder seine Meinung geändert zu haben oder arbeitete jetzt mit Leuten zusammen, die diese Auffassung nicht teilten. Ali war ermordet worden. Dessen war ich mir so sicher, als ob ich Zeugin der Tat gewesen wäre. Auch der defekte Kühlschrank machte mich nicht eben glücklich. Technische Geräte sind häufig defekt – wenigstens meine –, weshalb dieser Schaden, oberflächlich betrachtet, recht harmlos wirkte. Allerdings war unser Programm schon einmal geändert worden, und falls man den Kühlschrank nicht reparieren konnte, würde das vermutlich eine noch drastischere Änderung unserer Reiseroute zur Folge haben.

Als die Lichter angingen, setzte ich hastig ein interessiertes Lächeln auf. Alice beantwortete Fragen. Wie ich erwartet hatte, befaßte sich die erste mit dem Fluch des Tutanchamun.

Reiner Zufall, erwiderte Alice. Lord Carnarvon hatte sich beim Rasieren geschnitten und sich eine Blutvergiftung zugezogen, auf die eine Lungenentzündung gefolgt war. Die anderen, die mit ihm im Grab gearbeitet hatten, waren steinalt geworden. Sie spulte eine Reihe von Namen und Daten mit der Selbstsicherheit eines Menschen herunter, dem diese Frage schon dutzendmal gestellt worden ist. Bedrückt überlegte ich, ob Touristen in fünfzig Jahren wohl das gräßliche Schicksal erörtern würden, das die Passagiere der *Queen of the Nile* ereilt hatte. Und das traurige Ende der Victoria Bliss, von einem tragischen Unfall in der Blüte ihrer Jahre jäh aus dem Leben gerissen.

An diesem Abend gingen alle zeitig zu Bett. Um Viertel vor sieben würden wir zur Besichtigung des Tals der Könige aufbrechen.

* * *

Eine kläglich geschrumpfte Schar versammelte sich am nächsten Morgen in der Halle – nur ein Dutzend Passagiere plus Alice und Feisal. Oh, und Perry. Sweet und Bright waren nicht dabei. John und Mary schon. Auch Suzi, was mich ein wenig überraschte. Ich hätte erwartet, sie würde den ganzen Tag damit zubringen, vor dem großen Empfang heute abend ihre Schönheit zu pflegen. Vorsichtige Fragen meinerseits brachten ans Licht, daß sämtliche fehlende Personen lebendig und wohlauf waren. Einige litten unter den üblichen Beschwerden, andere hatten beschlossen, sich den langen, anstrengenden Marsch zu sparen.

Ich war ebenfalls versucht gewesen, die Besichtigung auszulassen. Ein rascher Blick auf die Wegbeschreibung hatte mir gezeigt, daß einige der Gräber, die wir besuchen würden, als »tief« bezeichnet wurden. Und ich hatte eine heftige Aversion gegen Gräber im allgemeinen, besonders aber gegen »tiefe« Gräber entwikkelt. Doch als ich Schmidt anrief, wobei ich entgegen aller Wahrscheinlichkeit hoffte, daß er an Magenbeschwerden litt, teilte er mir mit, er komme gleich zum Frühstück. Er verlangte, daß ich mich beeilte. Also beeilte ich mich. Wenn Schmidt entschlossen war, an Land zu gehen, durfte ich ihn nicht allein ziehen lassen.

Bevor ich meine Kabine verließ, sammelte ich alle Tonbandkassetten ein und legte sie in den Safe.

Die Wegbeschreibung hatte mich außerdem an etwas erinnert, das ich vergessen hatte – die Lage des Tals. Die moderne Stadt Luxor befindet sich am Ostufer des Nils. Das Tal der Könige und die anderen antiken Friedhöfe sind am Westufer. Nachdem das Schiff uns am Westufer abgesetzt hatte, würde es den Fluß überqueren und neben den übrigen Touristendampfern vor Anker gehen. Wir würden mit der Fähre hinüberfahren, um mit den anderen zu Mittag zu essen. Das bedeutete, ich würde bis zum Nachmittag warten müssen, um Karl anrufen oder mich mit dem örtlichen Polizeirevier in Verbindung setzen zu können.

Die aufgehende Sonne stand hinter uns, als wir das Schiff verließen. Sie tauchte die Klippen im Westen in einen zarten, tiefrosafarbenen Schein. Die Luft war kühl und frisch, bis auf die Abgase von zahlreichen Touristenbussen.

Feisal trieb uns zu einem dieser Busse. Als wir uns zum Einsteigen hintereinander aufstellten, gelang es mir, Alice beiseitezunehmen.

»Ich mach nicht mehr mit«, murmelte ich.

»Ich auch nicht.«

Ich fragte sie, was sie diesbezüglich unternehmen wollte.

»Jemand wird sich heute nachmittag mit mir in Verbindung setzen. Im Tempel von Luxor. Ich werde mit meinem kleinen Fuß aufstampfen und fordern ...« Sie brach ab. Die anderen waren schon eingestiegen, und Feisal winkte.

Schmidt hatte mir einen Sitzplatz reserviert. Er bestand darauf, daß ich mich ans Fenster setzte, damit ich die Sehenswürdigkeiten bewundern konnte. Während der Fahrt beschrieb er sie mir mit lauter Stimme. Das Gedächtnis dieses Mannes war wirklich erstaunlich. Obwohl er, wie er sagte, seit zehn Jahren nicht mehr in Ägypten gewesen war, hatte er kein Detail vergessen.

Etwa eine Viertelstunde lang fuhren wir durch Felder und die kahle Wüste. Wir hielten direkt auf die Klippen zu. Eine Spalte öffnete sich, die Straße beschrieb eine Kurve und führte dann hinein in das öde Tal, wo viele Jahrtausende lang die Könige des Reiches bestattet worden waren. Schmidt redete immer weiter und sprudelte Statistiken und historische Daten hervor.

Louisa, die unter ihren Schleiern vor sich hinbrütete, saß auf der anderen Seite des Ganges. »Was ist mit dem Grab der großen Königin Nefertari?« unterbrach sie Schmidts Vortrag.

»Nein, nein, das besichtigen wir heute nicht«, erklärte Schmidt geduldig. »Es liegt im sogenannten Tal der Königinnen. Aber es hat sich seit meinem letzten Besuch vieles verändert«, fuhr er fort, ohne Luft zu holen. »Der neue Parkplatz liegt ziemlich weit von den Gräbern entfernt. Das ist gut, denn die Busse haben große Schäden angerichtet. Die Bahn, mit der wir den letzten Teil der Strecke zurücklegen werden, hat einen Elektromotor ...«

Ich fragte mich, wie es hier wohl zur Hochkonjunktur des Tourismus aussehen würde. Schon jetzt war es schlimm genug: ein Dutzend Busse und Hunderte von Menschen. Als wir aus der Bahn stiegen und hinter Feisal einen staubigen Pfad entlangtrotteten, sagte Schmidt in dem lauten Murmeln, das er für ein Flüstern hält: »Was ist mit dir, Vicky? Wirst du es schaffen, in die Tiefen ...«

»Deswegen sind wir doch hier, oder? Wenn ich es nicht schaffen wurde, wäre ich nicht mitgekommen.«

Mein scharfer Ton kränkte ihn nicht. Verständnisvoll nickend nahm er meinen Arm. »Ich bleibe immer in deiner Nähe. Die Lichter sind hell, und außerdem sind viele Leute da.«

Das erste Grab war am leichtesten zugänglich. Es war auch das, das ich mir auf keinen Fall entgehen lassen wollte. Früher war das Grab Tutanchamuns Touristen verschlossen gewesen. Seine Wandgemälde waren stark verwittert wie die der meisten Gräber im Tal.

Das Grab selbst war eigentlich nicht besonders beeindruckend. Anstelle der langen, komplizierten Gangsysteme, die man sonst in

Königsgräbern findet, gab es hier nur eine Treppe und einen einzigen Korridor, an dessen Ende einige Räume lagen. Die allgemein akzeptierte Theorie lautete, daß Tutanchamun im Alter von achtzehn Jahren unerwartet verstorben war, und so blieb für den Bau seines Grabes keine Zeit mehr. Deshalb hatte man sich mit einem bereits bestehenden Grab begnügen müssen, das ursprünglich nicht für einen Angehörigen des Köngigshauses vorgesehen gewesen war.

»Mord«, sagte Feisal mit Grabesstimme, als wir uns um ihn versammelten. »Ist der junge König ermordet worden? Sein Schädelbruch kann das Ergebnis eines tödlichen Unfalls gewesen sein, aber er hatte viele Feinde und keine Erben.«

Der riesige, steinerne Sarkophag stand in der Mitte des Raumes. Tuts Mumie lag noch darin, allerdings dezent versteckt; sie war in einem schrecklichen Zustand gewesen. Seine goldenen Särge standen nun im Kairoer Museum. Unwillkürlich sah ich John an, der den Sarkophag mit wachem Interesse musterte. Gewiß würde nicht einmal er versuchen ... Einer der verdammten Särge bestand aus massivem 22-karätigem Gold und wog fast dreihundert Pfund. Man brauchte eine Seilwinde, um das Ding auch nur anzuheben. Allerdings gab es im Museum noch Hunderte anderer Objekte, alle leicht transportierbar, die Johns Zeit und Mühe sicherlich wert waren. Die vier kleineren Grabkammern hatte man mit Gegenständen von künstlerischem und historischem Wert gefüllt.

Jetzt war das Grab leer, bis auf den Sarkophag und die zerschmetterten Knochen des armen Jungen. Achtzehn Jahre alt, kinderlos, möglicherweise ermordet ... Schmidt zog sein Taschentuch heraus und putzte sich die Nase. Er ist widerwärtig sentimental.

Wir kehrten um – fünfundzwanzig Schritte, ich zählte sie – und gingen den Korridor entlang und die Stufen hinauf – es waren sechzehn, ich zählte auch sie. Aber ich hatte keine Angst gehabt. Schließlich war der ganze Weg beleuchtet gewesen und neben mir hatte Schmidt sentimental geschnieft. Nachdem wir wieder im Sonnenlicht standen, schob der Wärter das Tor zu und schloß es ab – sehr zum lautstarken Ärger einiger alleinreisender Touristen, die sich in der Hoffnung, hineinzukommen, in der Nähe des Grabes aufgehalten hatten. Anscheinend war das Grab offiziell geschlossen. Wieder war unsere Gruppe bevorzugt behandelt worden.

Als wir das nächste Grab auf unser Liste, das von Amenophis II., erreichten, veranstaltete Schmidt wieder ein Theater wegen meiner Ängste. Das Grab gehörte zu denen, die im Reiseführer als »tief« bezeichnet worden waren, weshalb Schmidt darauf beharrte, ich solle eine Besichtigung gar nicht erst versuchen. Er sprach so laut wie immer, und so war jeder in der Gruppe, der vielleicht nichts von meiner Phobie gewußt hatte, nun auch im Bilde.

»Sei nicht albern, Schmidt«, sagte ich. »Das kann ich mir einfach nicht entgehen lassen.«

Tiefer und tiefer stiegen wir hinab, und wenn Sie glauben, ich zählte die Stufen nicht, irren Sie sich gewaltig. Die Stufen führten nach unten, alle Korridore führten nach unten, und als ich schon dachte, wir wären endlich angekommen, standen wir wieder vor einer Treppe, die natürlich (wie sollte es anders sein?) nach unten führte, hin zu einem ebenfalls abwärts geneigten Gang. Die quadratischen Säulen im letzten Raum waren bemalt und trugen Inschriften. An mehr erinnere ich mich nicht. Ich war zu sehr damit beschäftigt, einen unbeteiligt-ruhigen Gesichtsausdruck zu bewahren.

Abgesehen von anderen Unbequemlichkeiten war es dort unten in der Tiefe heiß, stickig und sehr staubig. Als wir uns auf den Rückweg machten, war Schmidt feuerrot im Gesicht, und sein Keuchen gefiel mir gar nicht. Während ich mein Tempo dem seinen anpaßte und immer wieder stehenblieb, um ihm eine Pause zu gönnen, vergaß ich vor Sorge um ihn meine Angst. Ich wußte, er würde nie eine Schwäche zugeben, und ich hätte Feisal treten können, als er hilfsbereit sagte: »Vielleicht sollten Sie besser ins Rasthaus gehen und etwas Kühles trinken, anstatt das nächste Grab zu besichtigen. Das Grab des Horemheb ist das tiefste im ganzen Tal; die Luft ist sehr schlecht, und die Hitze ...«

Schmidt erstickte fast bei seinem Versuch, mit dem Keuchen aufzuhören. »Mir ist es gleich, was du tust, Schmidt«, sagte ich, ehe er widersprechen konnte. »Aber ich mache schlapp. Wo ist das Rasthaus?«

Da alle für das Rasthaus stimmten, kehrten wir zum Eingang zurück und stiegen in die Bahn. Inzwischen stand die Sonne so hoch am Himmel, daß sie sämtliche Farbe aus den Klippen bleichte und sie nun blaßbraun aussahen. Das bedeutet nicht, daß es im Tal der Könige besonders viele Farben gegeben hätte, nur den leuchtendblauen Himmel über unseren Köpfen und die geschmacklos-grelle Aufmachung einiger Touristen.

Schmidt war schon bei seiner zweiten Limonade – eigentlich wollte er Bier, aber ich verbot es ihm –, als Larry, mit dem ich gerade über Grabreliefs gesprochen hatte, mitten im Satz abbrach. »Entschuldigen Sie«, murmelte er, stand auf und ging zur Tür.

Dort wurde er von Schroeder erwartet. Dieser trug den Hut in der Hand, auf seiner Glatze glänzten Schweißperlen. Ich fand es etwas merkwürdig, daß Schroeder nicht zu uns an den Tisch gekommen war, und war damit nicht die einzige. Alle verstummten und starrten hin. Alle, außer John. Nach einem kurzen Blick auf Schroeder lehnte er sich zurück und senkte die Augen. Seit wir hier saßen, hatte er noch kein Wort gesprochen.

Nach ein paar Minuten ging Schroeder, und Larry kehrte zu uns zurück. Lächelnd schüttelte er den Kopf. »Ständig sage ich ihm, daß er seine Pflicht zu ernst nimmt. Ein unwichtiges Detail wegen des Empfangs heute abend.«

»Wie lange arbeitet er schon für Sie«, fragte ich unschuldig.

»Moment ...« Larry drehte sich zu Ed, dem Allgegenwärtigen, um. »Wie lange? Seit zwei Jahren?«

»So in etwa.« Ed widmete sich wieder seinem Bier. Er war nicht gerade gesprächig.

Wenn Ed sich daran erinnerte, wann Schroeder eingestellt worden war, arbeitete er selbst offenbar seit mehr als zwei Jahren für Larry. Ich hielt mir vor Augen, daß mich solche Einzelheiten nicht länger interessierten.

Schmidt vernichtete noch eine weitere Limonade und zwei Schokoladenriegel. Dann verkündete er, er sei bereit, die Besichtigung fortzusetzen. Gerade überlegte ich, wie ich ihm das ausreden konnte, als Larry sagte: »Der Tag ist viel zu schön, um ihn unter der Erde zu verbringen. Was halten Sie davon, nach Deir el Bahri zu wandern, Vicky? Es liegt in der Bucht südlich von hier, jenseits dieser Hügel. Von dort aus hat man einen wunderbaren Blick auf den Tempel. Der Bus könnte uns doch dort abholen, oder, Feisal?«

Feisal nickte, und Schmidt rief aus: »Ausgezeichnet! Eine famose Idee! Ich komme auch mit.«

»Aber Herr Direktor«, widersprach Feisal. »Es ist ein langer, anstrengender Fußweg. Fünfundvierzig Minuten...« Zweifelnd betrachtete er Schmidts Leibesfülle, »oder sogar mehr«, fügte er hinzu.

Hinzu kam, daß niemand Schmidt eingeladen hatte. Aber ich verschwendete nicht meine Zeit, ihm das mitzuteilen. Wahrscheinlich war die Wanderung das geringere von zwei Übeln und würde Schmidt auch nicht mehr schaden als die heiße, staubige und stickige Luft in den Grabkammern.

»Wir werden uns nicht überanstrengen«, meinte Larry mit einem beruhigenden Lächeln in meine Richtung.

»Klingt interessant«, mischte sich John ein. »Wenn es Ihnen nichts ausmacht, würde ich Sie gern begleiten.«

»Ja, eine Wanderung würde mir großen Spaß machen«, sagte Mary aufgeregt.

»Nein.« John drehte sich zu ihr um. »Für dich wäre es zu mühsam, in deinem Zustand.«

Mary blieb der Mund offenstehen, und sie errötete charmant. Ich weiß nicht, wie mein Gesichtsausdruck wirkte, aber sicherlich nicht charmant.

»Sonst noch jemand?« fragte Larry in das verlegene Schweigen hinein. »Gut, dann bis später.«

Ed hatte zwar kein Wort gesagt, doch es überraschte mich nicht, daß er mit von der Partie war. Als er versuchte, Schmidt beim ersten und schwierigsten Teil des Anstiegs behilflich zu sein, wurde er barsch zurückgewiesen. Auf dem Gipfel angekommen, wischte sich Schmidt die schweißnasse Stirn und keuchte triumphierend: »Ha! So ein Theater wegen eines kleinen Spaziergangs. Wenn Sie wie ich schon die Zugspitze und das Matterhorn bestiegen hätten...« Da ihm an dieser Stelle die Luft ausging, mußte er es dabei belassen. Alle schauten beeindruckt, außer John, der dämlich grinste.

Wir bewunderten die Aussicht länger, als sie es verdiente, um Schmidt Zeit zum Ausruhen zu geben. Larry zeigte uns, wo die anderen Gräber lagen. Der hohe, pyramidenförmige Gipfel, die »Lady of the West«, erhob sich sonnenerstrahlt über das Tal, über das er wachte.

Unser Weg führte uns über die felsige Hochebene. Der Pfad war zwar steinig, aber eben, und Schmidt stürmte heldenhaft voran. John hielt mit ihm Schritt. Als ich ebenfalls schneller gehen wollte, nahm Larry meinen Arm. »Ich möchte mit Ihnen sprechen, Vicky. Deshalb habe ich diese Wanderung überhaupt vorgeschlagen.«

Ich warf einen Blick über meine Schulter. Ed ging in einiger Entfernung hinter uns, die Hände in den Taschen.

»Worüber?« fragte ich.

Larry senkte die Stimme. »Über einen gemeinsamen Freund. Er heißt Burckhardt.«

Ich stolperte über einen Stein, der nicht größer war als ein Tischtennisball. Larry hielt mich fest. »Tut mir leid. Wußten Sie das nicht?«

»Ich weiß nicht das geringste«, stieß ich hervor. »Burckhardt, dieser Mistkerl ...«

»Erwähnen wir diesen Namen lieber nicht mehr. Machen Sie sich keine falschen Vorstellungen, Vicky.« Als er mißbilligend lächelte, entstanden auf seinem Gesicht attraktive Falten. »Ich führe kein Doppelleben wie irgendein Comicheld. Die ägyptische Regierung hat mich über die Lage informiert. Man weiß, wie sehr ich mich um bessere Beziehungen zwischen Ägypten und dem Westen bemühe und wie sehr mir die wunderbaren Kunstschätze dieses Landes am Herzen liegen. Heute abend werde ich eine Ankündigung machen ... Nun, Sie werden es noch früh genug hören. Die Vorstellung, jemand könnte diese Reise als Tarnung benutzen, um etwas zu tun, womit er meine gesamte Arbeit zerstören würde ...«

»Ich verstehe.«

»Das weiß ich. Und ich kann Ihnen gar nicht sagen, wie sehr ich ... wie sehr wir alle Ihre Hilfe zu schätzen wissen. Nur zu Ihrem Schutz hat man mich angewiesen, nicht schon früher mit

Ihnen in Kontakt zu treten. Doch inzwischen hat sich einiges geändert.«

»Deshalb ist Mr. Schroeder gekommen«, sagte ich. »Um Ihnen zu berichten ...«

»... daß der Kühlschrank nicht von allein versagt hat, Vicky. Es war Sabotage, und man kann ihn nicht mehr reparieren. Das Gerät muß ersetzt werden. Der Himmel weiß, wie lang das dauern wird. Wir müssen die Kreuzfahrt abbrechen. Hamid wird diese Ansage beim Mittagessen machen. Sie wissen doch sicher, was das bedeutet?«

Mein Blick hing an Schmidt, der lebhaft gestikulierte. Das Geräusch eines heulenden Kojoten drang an mein Ohr. Ich verstand einige Worte; sie hatten mit dem Himmel, Mama und pfeifenden Zügen zu tun.

»Ich bin mir nicht ganz sicher«, sagte ich langsam. »Welche Alternativen wird man den Passagieren anbieten? Abgesehen davon, daß die Reisekosten erstattet werden müssen.«

»Selbstverständlich. Wahrscheinlich werden sich die meisten dafür entscheiden, ein paar Tage in Luxor zu bleiben, das schließlich der Höhepunkt der Kreuzfahrt ist. Glücklicherweise – oder unglücklicherweise, wenn man es vom Standpunkt der Tourismusbranche aus betrachtet – gibt es genügend freie Hotelzimmer. Danach ...«

Erwartungsvoll sah er mich an. »Einige werden bestimmt nach Kairo zurückkehren«, murmelte ich. »Früher oder später sind wir alle wieder in Kairo, wo das Museum steht.«

»Ja. Vicky, haben Sie eine Ahnung, wer die betreffenden Personen sein könnten?«

»Ja.« Ich zeigte mit dem Finger. »Er.«

Schmidt und John waren stehengeblieben und warteten auf uns.

»Aber doch nicht Anton!« rief Larry aus.

»Seien Sie nicht albern. Er.« Ich konnte seinen Namen nicht aussprechen.

»Mr. Tregarth?« Larry klang fast ebenso ungläubig. Er verlangsamte sein Tempo. »Aber er ist ein bekannter ...«

»Verbrecher. Ich bin ihm bereits früher begegnet. Ich weiß nicht, wer die anderen sind, ihn habe ich als einzigen erkannt.«

»Er würde doch bestimmt nicht seine schwangere Braut mitbringen.« Larry wirkte schockiert.

»Eine ausgezeichnete Tarnung, finden Sie nicht?«

Ich hörte John lachen. Schmidt hatte ihm ein neues Lied beigebracht. Einige Wörter wurden zu mir hinübergetragen: »Als ich aufwachte, trug ich Fußeisen ...«

»Komm, Vicky. Warum trödelst du so?« rief Schmidt. »Die Aussicht ist grandios.«

»Noch etwas«, sagte Larry hastig. »Ich möchte, daß Sie in Luxor bei mir wohnen. Ich besitze dort ein Haus, wie Sie wissen ...«

»Natürlich weiß ich das. Dort geben Sie doch auch den Empfang.«

»Richtig. Bei mir werden Sie sicherer sein als in einem Hotel. Anton natürlich auch.«

Schmidt hört immer das, was er nicht hören soll. »Was ist mit mir?« fragte er.

»Das erzähl ich dir später, Schmidt«, antwortete er. »Es ist eine Überraschung.«

Schmidt liebt Überraschungen. Strahlend verlangte er von mir, daß ich die Aussicht bewunderte.

Der Tempel der Pharaonin Hatschepsut lag unter uns. Licht und Schatten verliehen seinen Kolonnaden und Höfen schärfere Konturen. Vermutlich ist dieser Tempel das anmutigste und wohlproportionierteste Gebäude in Ägypten. Ich hatte mich darauf gefreut, ihn zu sehen.

Allerdings nicht unter diesen Umständen. Neben mir stand John, Hände in den Taschen, sein Haar schimmerte silbrig und golden. Leise summte er vor sich hin: »Nur ein sorgenvoller Mann singt ein sorgenvolles Lied ... Auch wenn mich jetzt die Sorge drückt, es geht vorbei ...«

Wenn er sich da nicht verrechnet hatte ...

8. Kapitel

Hamid wartete mit seiner Ansage, bis wir uns alle zum Mittagessen versammelt hatten. Natürlich stimmten gewisse Leute wieder einmal einen Klagechor an, doch die entrüsteten Beschwerden und »Unerhört!«-Rufe verklangen, als Hamid die verschiedenen Alternativen nannte. Sie waren um einiges großzügiger, als es bei den meisten anderen Reiseveranstaltern der Fall gewesen wäre.

Noch an diesem Nachmittag würde man uns ins Hotel Winter Palace bringen – natürlich auf Kosten des Veranstalters. Nach den geplanten vier Tagen im Gebiet von Theben konnten die Passagiere, die es wünschten, ein anderes Schiff nach Assuan nehmen. Weiterhin bot sich die Möglichkeit, mit dem Flugzeug nach Kairo zurückzukehren und dort zwei Wochen im Mena House oder einem der Vier-Sterne-Hotels zu wohnen.

»Was meinst du, Vicky?« fragte Schmidt. »Was sollen wir tun? Ich stimme für Kairo. Assuan ist zwar sehr interessant, aber außer den Gräbern der Adligen ...«

»Wir müssen uns ja nicht sofort entscheiden.«

Ich konnte den Blick nicht von John abwenden. Mit einem Gesicht, so ausdruckslos und nichtssagend wie eine geschlossene Auster, hörte er Hamid zu. Ich zweifelte nicht an seiner Entscheidung. Er hatte gewußt, was passieren würde. Gewiß war er an der Herbeiführung dieser Programmänderung beteiligt gewesen. Auch Mary beobachtete ihn mit leicht besorgtem Gesicht. Sie würde nicht gefragt werden, doch wenn ich in ihren Schuhen gesteckt hätte (was Gott verhüten möge!), hätte ich meine eigenen Gründe gehabt, Kairo zu bevorzugen.

Also hatten sie heiraten *müssen,* dachte ich, eine scheußliche und gleichzeitig willkommene Vorstellung. Marys Vater hatte John bestimmt Daumenschrauben angesetzt. Allerdings hätte er diesen Auskneif-Experten niemals gestellt, wenn dieser nicht seine eigenen Gründe für eine Eheschließung gehabt hätte. Das reife, saftige Stück Mango, auf dem ich gerade herumkaute, schmeckte wie Sand, als sich die unvermeidliche Hochrechnung in meinem Kopf abspulte. Mindestens sechs Wochen, ehe sie sicher sein konnte – vielleicht länger –, dazu noch ein paar Wochen, um die Hochzeit zu planen.

Monate. Die beiden mußten schon seit Monaten zusammensein. Dieselben Monate, in denen er mich ... besucht ... hatte. Während ich dagesessen hatte wie irgend so ein Dummchen aus einem Country-Song und meinem Liebsten treu gewesen war.

Ich schluckte das eklige Stück mit einem lauten Glucksgeräusch hinunter. Schmidt sah mich besorgt an. »Was ist? Wird dir schlecht? Du kannst jetzt nicht krank werden, wir haben ...«

»Mir ist nicht schlecht, verdammt! Mach nicht so ein Theater, Schmidt! Gehen wir packen.«

Meine elegant ausgestattete Kabine mit dem hübschen kleinen Balkon war mir noch nie anziehender vorgekommen. Das war also die versprochene Luxuskreuzfahrt gewesen. Ich hatte keine Gelegenheit gehabt, sie zu genießen. Meine Mutter hatte mir immer erklärt, daß ein Angebot, das zu gut klingt, um wahr zu sein, mit Sicherheit irgendwo einen Haken hat.

Allerdings tröstete mich die Aussicht, Larrys Hausgast zu sein, ein wenig. (Meine Mutter wäre bestimmt beeindruckt gewesen.) Ich hatte in einer Zeitschrift Photos des Gebäudes in Luxor gesehen; es war nicht nur ein Haus, sondern ein Anwesen mit traumhaften Gärten, einem Swimmingpool und all dem anderen Drum und Dran, das reiche Leute zu ihrem Glück brauchen.

Und ich würde weit weg von John und seiner schwangeren Frau sein.

Ich packe meine Koffer ohnehin nie sehr ordentlich, und meine augenblickliche Stimmung trug nicht unbedingt zur Sorgfalt und Methodik bei. Willkürlich warf ich meine Sachen in die Reisetaschen und stellte diese neben die Tür. Nachdem ich mich mit einem letzten Blick in Schränke und Schubladen vergewissert hatte, daß alles eingepackt war, öffnete ich den Safe.

Die Tonbänder waren fort.

Ich kauerte vor dem Safe und tastete in der Hoffnung, etwas zu finden, sein Inneres ab – eine Waffe, eine Nachricht, eine Schachtel Pralinen, irgend etwas, das darauf hinwies, daß sich jemand für mich interessierte –, als das Telefon klingelte. Ich riß den Hörer hoch und schrie: »Was willst du, Schmidt?«

»Tut mir leid, ich bin es nur«, murmelte eine Stimme entschuldigend.

»Larry?«

»Ja. Ich hoffe, Sie nehmen meine Einladung an. Eigentlich wollte ich Sie noch einmal persönlich wiederholen, aber als ich mit Ihnen sprechen wollte, waren Sie schon nicht mehr im Speisesaal.«

Also hatte er es ernst gemeint. Ein kleiner Schauder durchfuhr mich, eine Mischung aus Freude, Erleichterung und wieder aufflammender Angst. Die Lage mußte bedrohlich sein, wenn er mich so unbedingt an einen sicheren Ort bringen wollte. »Das ist sehr nett von Ihnen. Ist es Ihnen auch bestimmt recht?«

»Meiner Ansicht nach sind Sie dort am besten aufgehoben.«

Deutlicher brauchte er es nicht mehr zu sagen. »In Ordnung«, antwortete ich. »Vielen Dank. Was ist mit Schmidt?«

»Ich habe schon mit ihm gesprochen. Er meinte, er würde nur mitkommen, wenn Sie es auch tun. Also ist alles geregelt. Treffen wir uns in einer halben Stunde in der Halle?«

Da es keinen Sinn machte, in meiner Kabine herumzusitzen, ging ich in den Salon. Ich rechnete damit, daß Schmidt auch dort sein würde, denn Hamid hatte angekündigt, die Bar würde geöffnet sein – ein letzter Abschied von der *Queen of the Nile* für diejenigen, die ihr diese Ehre erweisen wollten. Schmidt wollte offenbar nicht, doch einige andere hatten sich eingefunden. Alice und Feisal waren in ein ernstes Gespräch vertieft. Ich setzte mich zu ihnen.

»Was werden Sie beide jetzt tun?« fragte ich.

»Allen Freunden droht irgendwann der Abschied«, sagte Feisal mit einem theatralischen Seufzer. »Aber wir müssen uns früher trennen, als ich gehofft habe; allerdings dauert es noch ein paar Tage. Ich werde mit der Reisegruppe hier in Luxor bleiben.«

»Und dann?«

Er lächelte betörend. »Für mich wenigstens hat die Sache ein gutes Ende. Doch ich darf noch nicht darüber sprechen. Wollen Sie heute nachmittag mit mir den Luxor-Tempel besichtigen?«

Ich schüttelte den Kopf. Feisal bedachte mich mit einem gönnerhaft-männlichen Blick. »Sie müssen sich wohl für den Empfang heute abend zurechtmachen? Dann sehen wir uns später im Hotel.«

Mit einem Blick auf die Uhr stand er auf.

»Ich werde nicht im Hotel sein. Larry hat mir angeboten, bei ihm zu wohnen.«

Alice sah mich überrascht an. »Gratuliere«, sagte sie lachend. »Seit Jahren sind Sie die erste unverheiratete Frau, der diese Ehre zuteil wird.«

»Aber er braucht nicht um seine Unschuld zu fürchten«, meinte ich. »Schmidt kommt auch mit.«

Feisal grinste. Offenbar hatte er gute Laune. »Wie man sagt, liegt ihm nicht viel an der Ehe. Und er ist zu alt für Sie. Oder haben Sie Ihr Versprechen vergessen, mit mir das Nachtleben von Luxor zu erkunden?«

»Gerne, Feisal, danke.«

»Dann bis heute abend.« Auf dem Weg nach draußen schnappte er sich Suzi, als er an ihrem Tisch vorbeikam. Ich hörte ihre schrille Stimme in gespieltem Protest, während er sie hinausführte.

»Wohnen Sie wirklich bei Larry?« Alice wartete nicht auf meine Antwort. Nachdenklich fuhr sie fort: »Dann wird Ihnen nichts geschehen. Sein Anwesen könnte einer Belagerung standhalten.«

»Was ist mit Ihnen?«

»Ich bin raus aus der Sache.« Alice machte keinen Hehl aus ihrer Erleichterung. »Man hat mich gebeten, die Gruppe zu begleiten, die nach Assuan weiterfährt.«

»Dann haben Sie mit jemandem ... gesprochen?«

Der Salon leerte sich, doch ich wagte immer noch nicht, Namen zu erwähnen.

»Nein. Ich soll ... jemanden ... heute am späten Nachmittag im Luxor-Tempel treffen. Aber ich kann mir nicht vorstellen, daß meine Dienste noch länger vonnöten sind. Die Personen, die ... die beteiligten Personen fahren nicht nach Assuan.« Sie leerte ihr Glas und stand auf. »Ich wollte sowieso von dem Auftrag zurücktreten. Ich bin zu alt für solche Dinge. Bis später.«

Ich ließ ihr einen kleinen Vorsprung, bevor ich folgte. Offenbar hatte sie recht. Die Passagiere, die sich für Assuan entschieden, waren bestimmt unschuldig. Aber die Reisegruppe nach Kairo mußte man im Auge behalten.

Als ich die Halle betrat, brachen die letzten Teilnehmer der Gruppe, die einen Landgang unternehmen wollte, gerade auf. Meine Beschützer warteten schon: Schmidt, Larry und der unvermeidliche Ed. Die offenen Türen führten nicht auf die Gangway, sondern in die Halle eines anderen Kreuzfahrtschiffes, die wir passieren mußten, um an Land zu kommen. Larry erklärte, daß hier manchmal bis zu fünf Schiffe nebeneinander lagen.

Der Wagen, der uns erwartete, sah aus wie die Sonderanfertigung für einen Scheich. Die getönten Scheiben waren gewiß kugelsicher. Ed saß vorne beim Chauffeur, weshalb wir drei im Fond Unmengen von Platz hatten. Die Rücksitzbank hätte für die vier Ehefrauen des Scheichs und einige Konkubinen ausgereicht.

Der Shari el-Bahr el-Nil, im Volksmund das Sims genannt, verläuft entlang des Flußufers. Es ist ein hübscher Boulevard mit einer von Bäumen gesäumten Promenade auf der einen und einer faszinierenden Mischung von antiken Tempeln, modernen Hotels und Souvenirläden auf der anderen Seite. Wir kamen am Winter Palace vorbei, wo unsere Mitreisenden wohnen würden, fuhren noch etwa anderthalb Kilometer und bogen dann in eine schmale Auffahrt ein. Die Mauern vor uns ähnelten denen eines Forts. Oben lagen Rollen aus Stacheldraht, und das geschlossene Tor bestand offenbar aus Eisen. Als das Auto sich näherte, schwang es langsam auf.

Ich zwickte Schmidt. »Weißt du, Schmidt, ich glaube, wir sind nicht mehr in Kansas.«

Es war, als hätte man plötzlich von einem Schwarzweißfilm auf Technicolor umgeschaltet. Noch vor wenigen Minuten waren wir an Hotelburgen und Läden mit Schildern voller greller arabischer und anderer Schriftzeichen vorbeigefahren. Hinter den abweisenden Mauern erblickte ich jetzt grüne Rasenflächen und Beete aus leuchtenden Blumen. Gewundene Pfade führten durch die Bäume zu den Gebäuden, deren Dächer man durchs Laubwerk sah. Das Haupthaus war niedrig und schlicht und bestand aus hellem

Backstein. Es war zweigeschossig mit rotem Ziegeldach. Im oberen Stockwerk befanden sich Balkone.

Schmidt antwortete nicht. Mit kindlicher Freude sah er sich um.

Als wir aus dem Auto stiegen, stürzte sich eine Horde Bediensteter auf uns. Zwei trugen mein Gepäck nach oben in mein Zimmer, wo ein lächelndes, grauhaariges Dienstmädchen darauf wartete, meine Sachen auszupacken. Als ich ihr helfen wollte, protestierte sie, aber ich wollte nicht, daß sie den Zustand meiner Unterwäsche sah. Schließlich wurde ich sie los, indem ich ihr gestattete, einen Armvoll Kleider zum Bügeln mitzunehmen.

Auf dem Tisch stand Mineralwasser in einer Karaffe aus geschliffenem Glas und eine Obstschale – nicht zu vergessen eine Vase mit frischen Blumen. Ich hatte nicht viel zu Mittag gegessen. Ich biß in einen Apfel (wuchsen in Ägypten Äpfel oder ließ Larry sie einfliegen?) und trat auf den Balkon hinaus.

Die häßliche Mauer konnte ich nicht sehen, da sie durch geschickt gepflanzte Büsche und Bäume verborgen wurde. Wasserfontänen schillerten in allen Regenbogenfarben und tränkten das durstige Gras. An ein solches Leben hätte ich mich gut gewöhnen können. Das wäre überhaupt nicht schwierig gewesen.

Ich blickte auf meine abgeschabten Sandalen und meinen zerknitterten Rock hinunter und lächelte sarkastisch. Ich bezweifelte, daß Larry ehrenhafte Absichten hatte – und auch keine unehrenhaften im klassischen Sinne. Es war rein geschäftlich. Damit würde ich mich abfinden müssen.

Er hatte uns mitgeteilt, daß er für den Rest des Vormittags beschäftigt sein würde, und uns gebeten, uns wie zu Hause zu fühlen. Wir könnten ja Haus und Grundstück erkunden, schwimmen gehen und uns die Bibliothek ansehen. Jeder Wunsch würde uns erfüllt werden.

Ich legte mich aufs Bett. Nur fünf Minuten.

Von Donnergrollen wurde ich geweckt. Nachdem ich schläfrig ins Sonnenlicht geblinzelt hatte, das goldene Streifen auf den Boden zeichnete, schloß ich messerscharf, daß es doch kein Donner sein konnte. Jemand klopfte an die Tür. Schmidt? Gut ausgebildete Dienstboten hämmern, wie wir Weltbürger wissen, nicht gegen Türen.

»Herein!« rief ich und räkelte mich wie eine Katze.

Er folgte der Aufforderung. Oder war es doch ein Diener? Sein grünrot gestreiftes Gewand ließ seine rundlichen Waden frei. Aus seinen Sandalen ragten kleine, rosige Zehen.

»Warum verschwendest du deine Zeit mit Schlafen?« fragte er. »Ich habe schon das Haus erkundet. Du mußt es dir anschauen, Vicky. Blenkiron besitzt einige der schönsten Antiquitäten, die ich je gesehen habe – keine Altertümer, wenn du mich recht verstehst, sondern islamische Kunst und Möbelstücke. Aber jetzt ist es zu spät. Wir nehmen unsere Cocktails am Pool ein. Zieh rasch deinen Bikini an.«

Das erschien mir eine gute Idee. Ich angelte meinen Badeanzug – es war kein Bikini, denn ich entblöße mich ungern in der Öffentlichkeit – aus der Schublade und begab mich ins Badezimmer. Schmidt griff nach einer Mandarine.

»Ah, sehr hübsch«, lobte er, als ich wieder herauskam. »Nein, zieh nichts drüber! Du hast keinen dicken Bauch wie ich und brauchst nicht...«

»Halt den Mund, Schmidt«, brummte ich freundlich und schlüpfte in meinen Bademantel.

Zielsicher führte mich Schmidt die Treppe hinunter und einen schattigen Gang entlang, der in einen Innenhof führte. Auch dieser war von hohen Mauern umgeben. Hibiskus und Rosen blühten in tropischer Pracht; Jasmin rankte sich auf einer Pergola am einen Ende des geschwungenen Pools, dessen blaues Wasser im Sonnenlicht funkelte. Larry erhob sich aus einem der Liegestühle unter der Pergola und eilte mir entgegen.

Er trug eine schwarze Badehose, und ich bin *sicher*, er versuchte, den Bauch einzuziehen. Er hatte eine viel bessere Figur als die meisten Männer seines Alters, aber ich befürchte, daß ich sie nicht gebührend würdigte. Etwas anderes – jemand anderer – lenkte mich ab.

Er stand vornübergebeugt mit erhobenen Armen und leicht angewinkelten Knien auf dem Sprungbrett am anderen Ende des Pools. Obwohl er nicht in meine Richtung blickte, wußte ich, daß er mich gesehen hatte: Ziel seiner Pose war es, seinen muskulösen Körper zur Schau zu stellen, und er verharrte ein wenig zu lang in dieser Stellung, ehe er absprang, durch die Luft schnellte und geschmeidig wie eine Schlange ins Wasser eintauchte.

Ich wandte mich zu Larry um. »Was zum Teufel...«

Vor lauter Entrüstung hatte ich Schmidt vergessen. Larrys erhobene Hand erinnerte mich an seine Anwesenheit. Schmidt trottete zwar auf die Pergola zu, doch wäre ich weiterhin so lautstark geblieben, hätte er mich gehört.

»Aus diesem Haus herauszukommen, ist genauso schwierig, wie hineinzugelangen«, sagte Larry leise. »Ich habe ihn lieber hier unter Beobachtung, als ihn frei in Luxor herumlaufen zu lassen.«

»Er ist nicht so dumm, hier einen Fehler zu machen«, widersprach ich. »Bestimmt weiß er, daß wir ihn verdächtigen.«

»Dumm ist er vielleicht nicht.« Larry betrachtete John, der aus dem Wasser geklettert war und nun am Schwimmbeckenrand saß. Ein Glas in der Hand, kam Schmidt auf ihn zu und begrüßte ihn begeistert. John lächelte. Er lehnte sich zurück und stützte sich auf die Ellenbogen. Durch diese Bewegung spannten sich seine Brustmuskeln, so daß man seine Rippen und das Schlüsselbein sah. Er hatte abgenommen – nicht viel, da er kaum ein überflüssiges Pfund am Körper gehabt hatte, trotzdem war sein eleganter Körperbau nun besser sichtbar.

»Dumm ist er vielleicht nicht«, wiederholte Larry, »aber arrogant. Wenn wir ihn an der langen Leine führen...«

»Ein Gesicht wie ein Galgenstrick.« Das hatte ich einmal als passendes Motto für John vorgeschlagen. Gab es in Ägypten den Tod durch den Strang?

»Ich brauch was zu trinken«, sagte ich.

John glitt wieder ins Wasser. Schmidt zog den Bademantel aus und warf ihn mit der großartigen Geste eines Arnold Schwarzenegger (dem er nicht im mindesten ähnlich sah) beiseite. Mit zwei seiner Wurstfinger hielt er sich die Nase zu und sprang in den Pool. Eine Wasserfontäne schoß himmelwärts. Ich wandte den Blick ab und folgte Larry zur Pergola. Dort lag Mary ausgestreckt auf einem Liegestuhl, halb verborgen von einem Jasminzweig.

Sonst bedeckte nicht viel ihre Blöße. Ihr Badeanzug war sehr französisch – ein paar Stoffstücke und einige Schnüre. Allerdings wirkte das an ihr eher niedlich als sexy; sie war so zierlich wie ein Kind; nirgendwo war eine Ausbuchtung zu sehen.

Ich zwang mich, das Nachrechnen einzustellen, und stolperte in Richtung Pergola, wobei ich mich fühlte wie eine große, blonde Kuh. Ich setzte mich neben Mary, während Larry mit Gläsern und Eiswürfeln hantierte. Es war sehr gemütlich und intim, keine Diener, man war unter Freunden.

»Ist es nicht wunderhübsch hier?« sagte Mary. »Wirklich nett von Larry.«

»Hmmm.«

Am anderen Ende des Schwimmbeckens hoben zwei Stimmen zu einem Lied an – wenn man diesen Ausdruck so großzügig gebrauchen kann. Offenbar tauchten die beiden in die Tiefen der Countrymusik hinab, denn hier handelte es sich um einen echten Oldie: »›Wenn ich ein Engel wär mit Flügeln, flög ich über diese Gefängnismauern ...‹«

Ziemlich unwahrscheinlich, dachte ich. Diesmal würde es für ihn kein Entrinnen geben. Und keiner verdiente die Strafe mehr als er.

* * *

Als ich zurück in mein Zimmer kam, stellte ich fest, daß jemand meine frisch gebügelten Kleider in den Schrank gehängt hatte. Sie dufteten leicht nach Jasmin.

Es war kein begehbarer Wandschrank im amerikanischen Stil, sondern ein riesiges vergoldetes und bemaltes Möbel, wie es in Europa zum Aufbewahren der Kleidung dient. Meine klägliche Garderobe füllte weniger als die Hälfte seines geräumigen Inneren, das aus Sandelholz bestand. Wie alle anderen Möbelstücke war auch dieser Schrank alt, wunderschön und bestimmt schrecklich wertvoll. Während ich ehrfürchtig die Malereien betrachtete, wünschte ich, ich hätte wirklich so viel über islamische Kunst gewußt, wie ich zu wissen vorgab. Wie das orthodoxe Judentum vermeidet auch der Islam in der Kunst die Darstellung der menschlichen Gestalt. Der Schrank war mit Blumen, Tieren und der dekorativen kufischen Schrift bemalt. Ein kunstvolles Gitter, vergoldet und so geschickt angefertigt, daß die Löcher einen Teil des Gesamtmusters bildeten, bedeckte die obere Hälfte der Türen. Eine gute Idee in diesem heißen Klima, da die Kleidungsstücke auf diese Weise gelüftet wurden.

Anders als das Zimmer war das angrenzte Bad hochmodern ausgestattet. Es gab sogar einen eingebauten Föhn, für den ich Larry dankte, als ich meine feuchten Locken bearbeitete. Es war idiotisch gewesen, daß ich mir die Haare hatte wachsen lassen. Sie waren dick und schwer und brauchten zum Trocknen eine Ewigkeit. Ich schwor mir, sie abschneiden zu lassen, sobald ich wieder zu Hause war.

Das Abendessen mit unserem Gastgeber sollte im kleinen Kreis um Viertel nach sieben stattfinden. Der Empfang begann um neun. Ich nahm an, daß es sehr elegant zugehen würde, doch leider hatte ich nichts besseres zu bieten als mein gutes, altes, enganliegendes, schwarzes Cocktailkleid. Ich war gerade hineingeschlüpft, als Schmidt an meine Tür hämmerte. Er war zehn Minuten zu früh. Auf Strümpfen ging ich zur Tür und öffnete. Schmidt machte ein enttäuschtes Gesicht. Ständig versucht er, mich nackt zu erwischen.

»Du bist schon fertig«, sagte er traurig.

»Davon kann keine Rede sein. Setz dich, Schmidt. Ich muß noch etwas mit meinen Haaren machen.«

»Aber sie sehen offen sehr hübsch aus. Laß es so.«

»Sie geraten mir beim Essen immer in den Mund.«

Mit Frack und Fliege sah Schmidt aus wie ein würdiger Pinguin. Er ging zum Spiegel, spähte hinein, rückte seine Fliege zurecht und strich die Schärpe glatt, die diagonal über seine Brust verlief. Die Schärpe war lila. Ich war dabeigewesen, als er sie gekauft hatte, hatte ihm aber ausgeredet, auch noch eine Medaille zu kaufen, um sie daran zu befestigen.

Ich behängte mich mit meinen Juwelen, einschließlich des goldenen Medaillons. Die Emaillerose ließ ich weg. Der Anhänger hatte noch nie geschmackloser ausgesehen. Schmidt, der mich beobachtete, machte den Mund auf, beschloß aber, seinen Kommentar für sich zu behalten. Einige Male schon hatte er versucht, mir Schmuck zu kaufen, und er hat in diesem Bereich, wie bei allem, was mit Kunst zusammenhängt, einen ausgezeichneten Geschmack. Außerdem hat er so viel Geld, daß er nicht weiß, was er damit anfangen soll. Warum also hatte ich seine Geschenke nicht angenommen? Nicht, weil ich an seinen Motiven gezweifelt hätte. Schmidt liebt mich wie eine Tochter oder eine gute Freundin. Vielleicht befürchtete ich, unsere Freundschaft könnte durch teure und einseitige Geschenke Schaden nehmen.

Manchmal kann ich ganz schön dämlich sein.

Oben auf der Treppe bot Schmidt mir den Arm, und wir schritten langsam und würdevoll hinunter. Ich wußte, daß er uns nicht als nettes, kleines Dickerchen und tolpatschige weibliche Bohnenstange, sondern als König Rudolf und Prinzessin Flavia sah, die durch die Reihen der knicksenden Höflinge in den Ballsaal stolzierten. In einem plötzlichen Anfall von Zuneigung drückte ich seinen Arm. Er erwiderte diese Geste, sah mich aber nicht an. Er lächelte hoheitsvoll und herablassend und paßte seine Schritte der ruritanischen Königshymne an.

Ich kann nicht behaupten, daß das Abendessen im kleinen Kreis ein sonderlicher Genuß war. Whitbread und Schroeder waren nicht da. Wie ich annahm, überwachten sie die letzten Vorbereitungen zum Empfang. Schmidt widmete sich Mary, deren tief ausgeschnittenes, blaues Chiffonkleid ihre schlanken Arme und das zarte Schlüsselbein freigab. Das Kleid mußte ein Vermögen gekostet haben. Sie trug eine Parure aus Saphiren und Diamanten – Ohrringe, Kette und Armband. Das Armband war so schwer, daß sie ihre schmale Hand kaum heben konnte.

Untypischerweise sprach John nur sehr wenig. Er wirkte geistesabwesend. Einige Male mußte Mary eine Bemerkung oder eine Frage wiederholen, bevor er antwortete..

Schließlich sah Larry auf die Uhr. »Wir sollten besser hineingehen. Die Gäste kommen gleich.«

Der große Salon nahm eine ganze Seite des Hauses ein. Mir fehlen die Worte, um ihn zu beschreiben (unter anderem deshalb, weil ich zu wenig über islamische Architektur weiß). Die Außenwand, die zum Garten zeigte, war ein prachtvolles Gewirr aus buntem Glas, Täfelungen und kunstvoll geschnitzten Gittern. Die

Bögen und Säulen an den Fenstern waren mit türkisblauen und korallenroten antiken Kacheln gefliest.

Die Gegenstände in den Nischen der beiden Innenwände waren jedoch nicht islamisch, sondern altägyptisch: der lebensgroße Kopf eines Pharaos mit Doppelkrone aus Sandstein, die kleine, bemalte Statue eines schlanken Mädchens, das einen Korb auf dem Kopf trug, ein Holztäfelchen aus einer Kosmetikschatulle, das die hübsche Abbildung eines sitzenden oder kauernden Ibis zeigte (oder was Ibisse sonst so tun). Eine bescheidene Sammlung für einen Mann mit Larrys Geld und Geschmack. Es waren alles wertvolle Stücke, doch ich hätte keines von ihnen als herausragend bezeichnet.

Allerdings hatte ich nicht die Zeit, sie gründlich zu betrachten. Larry zog mich zur Tür, wo ich die nächste halbe Stunde verbrachte und mit ihm die Gäste empfing. Vermutlich war das der Höhepunkt meines Wirkens in der feinen Gesellschaft. Mein Gott, ich kann es kaum erwarten, Mama das zu erzählen! dachte ich, während ich dem Innenminister die Hand schüttelte und mir vom Leiter der ägyptischen Antikenverwaltung die Fingerspitzen küssen ließ. Selbst die besten unter uns (was mich nicht einschließt) sind gegen Snobismus nicht gefeit.

Unsere Freunde und Mitreisenden trafen als letzte ein. Suzi schenkte Larry ein strahlendes Lächeln und umarmte mich fest. Ihre Diamanten hinterließen Abdrücke auf meiner Brust. Larry reichte sie an irgendeinen Minister weiter. Ich begrüßte Sweet und seinen schweigenden Begleiter, stellte fest, daß Louisas Schleier bereits verrutschten, und drückte allen anderen die Hand. Unter ihnen befand sich auch Feisal, eine stattliche Erscheinung im Frack mit schwarzer Fliege. Er küßte mir die Hand und zwinkerte mir zu.

»Das reicht«, sagte Larry, als endlich alle im Saal waren. »Trinken Sie ein Glas Champagner. Sie haben es sich verdient.«

Sofort wurde er von einem der Würdenträger mit Beschlag belegt, und ich zog mich in eine verhältnismäßig ruhige Ecke zurück. Während ich an meinem Champagner nippte – vorsichtig, denn er hat eine ungünstige Wirkung auf mich –, sah ich mich im Raum um. »Unsere« Leute standen beisammen, bis auf Suzi, die sich einen General geangelt hatte. Vielleicht war es auch ein Oberst, ich wußte nicht, was seine Abzeichen zu bedeuten hatten. Seine Brust war mit Orden bedeckt, und er schien von Suzi ebenso fasziniert zu sein wie sie von ihm. Ich bemerkte Ed, der in einer strategisch günstigen Position vor einem der Fenster stand, die auf den Rasen hinausgingen. Ununterbrochen beobachtete er die Menge. Obwohl sein Frack offenbar von einem guten Schneider stammte, beulte er sich an einigen Stellen aus. Zuerst konnte ich Schmidt nirgends entdecken, doch dann sah ich ihn auf mich zukommen. Er wurde von einem jungen Mann begleitet, dessen breites, offenes Gesicht in mir sofort heftiges Heimweh auslöste. In meiner Heimatstadt wimmelt es von Menschen mit solchen Gesichtern. Er mußte aus Minnesota sein.

Er war in Duluth geboren, was jedoch erst später im Gespräch herauskam. Schmidt stellte ihn mir als Dr. Paul Whitney, Direktor des Chicago House vor, der Abteilung des Instituts für Orientalistik in Luxor.

»Lassen wir die Titel«, meinte Paul mit einem breiten Lächeln. (Ach, diese wundervollen großen Zähne! Nur in Minnesota ...) »Hier wimmelt es doch nur so von Doktoren. Was für ein ausgezeichneter Anlaß, finden Sie nicht?«

»Ich weiß nicht, was der Anlaß ist«, gab ich zu. »Larry sagte etwas von einer Überraschung, aber ...«

»So groß ist die Überraschung nun auch wieder nicht. Wir hier in Luxor sind ein schrecklicher Haufen von Klatschmäulern. Larry übergibt sein Haus der Antikenverwaltung; er stiftet es als Forschungsinstitut für Denkmalpflege.«

Er nahm ein Glas von dem Tablett, das ein Kellner ihm hinhielt. Ich auch. Zwei Gläser würden mich schon nicht umbringen.

»Das ist aber sehr großzügig«, sagte Schmidt. »Ich hoffe, Paul, mein junger Freund, daß Sie jetzt nicht gelb vor Neid werden.«

Paul dachte eine Weile darüber nach. Dann lachte er. »Die Angelegenheit wird sicherlich in einem größeren Rahmen ablaufen, als unser Institut es könnte. Das epigraphische Institut wurde in den Zwanziger Jahren gegründet. Wir versuchen zwar, mit der modernen Technik mitzuhalten, aber es ist nicht leicht, Gelder aufzutreiben. In der Archäologie haben viele neue Entwicklungen stattgefunden, und die Ausrüstung ist ziemlich teuer. Hier ist alles auf dem neuesten Stand, von den Computern bis zur Ausstattung der Labors. Aber nein, wir sind nicht gelb vor Neid. Ganz im Gegenteil. Schließlich beschäftigen auch wir uns mit Denkmalschutz, indem wir die Denkmäler erfassen, ehe sie verfallen.«

Schmidt stellte ihm ein paar Fragen über den Tempel in Medinet Habu, der zu den großen Projekten des Instituts gehörte und an dem ich kein sonderliches Interesse hatte. Um ehrlich zu sein, überhaupt keins. Als Paul meine Geistesabwesenheit bemerkte, wechselte er netterweise das Thema.

»Falls Sie Zeit haben, Vicky, wäre es uns eine Ehre, wenn Sie unserer bescheidenen Einrichtung einen Besuch abstatteten. Unsere Bibliothek ist eine der besten des Landes, und Sie können sie gern benutzen.«

Ich dankte ihm dafür und meinte, Feisal, Alice und Perry hätten mich bereits so mit Informationen vollgestopft, daß ich das meiste bestimmt innerhalb der nächsten beiden Wochen wieder vergessen würde.

»Alle drei sind erstklassige Wissenschaftler«, stimmte Paul mir zu. »Für eine solch teure Kreuzfahrt kommen nur die besten in Frage. Ach, das erinnert mich an etwas – in ihrer Reisegruppe gibt es jemanden, den ich gern kennenlernen würde. Bestimmt kennen Sie Mr. Tregarth. Können Sie mir sagen, welcher der Herren es ist?«

»Wir werden etwas viel Besseres tun!« rief Schmidt aus. »Wir stellen Sie beide einander vor. Er ist ein alter ... äh ... hmmm. Wir haben uns auf der Reise gut angefreundet. Wo steckt er denn nur? Ah, da ist er ja! Er unterhält sich gerade mit dem Innenminister.«

Wenn noch etwas nötig gewesen wäre, um mich endgültig zu demoralisieren, hätte der letzte Satz genügt. Der Innenminister ist unter anderem für den Geheimdienst zuständig.

Als wir näherkamen, versetzte der gedrungene, kaffeebraune Herr, mit dem John gesprochen hatte, diesem einen freundlichen Klaps auf den Rücken und drehte sich um. John entdeckte und erwartete uns, die Augenbraue vornehm fragend hochgezogen.

Paul stellte sich selbst vor. Er war zu aufgeregt, um auf Schmidt zu warten. »Es ist mir wirklich eine Freude, Mr. Tregarth. Der Herr Direktor hat Ihnen zwar geschrieben, aber ich freue mich, Ihnen persönlich danken zu können.«

»Danken«, sagte jemand. Ich war es.

John senkte bescheiden den Blick, allerdings nicht, bevor ich das spitzbübische Glitzern in seinen Augen gesehen hatte.

»Ohne Mr. Tregarth wäre es uns nicht möglich gewesen, dem Institut für Orientalistik einen gestohlenen Kunstgegenstand wiederzubeschaffen«, erklärte Paul. »Einer seiner Angestellten hatte ihn erworben und den gefälschten Dokumenten geglaubt, die der Verkäufer ihm vorlegte. Doch als Mr. Tregarth das Stück sah, erkannte er es und setzte sich mit uns in Verbindung.«

»Wieviel hat er dafür verlangt?« fragte ich. Zwei Gläser Champagner waren tatsächlich zu viel gewesen.

Johns Gesicht verzog sich zu einem Ausdruck edlen Märtyrertums. Doch das Glitzern war immer noch da, und es war genau auf mich gerichtet. »Nur was er selbst für das Stück bezahlt hatte«, erwiderte Paul schockiert. »Er wollte nicht einmal einen Finderlohn annehmen.«

»Es war doch nichts dabei«, murmelte John. »Das hätte jeder getan.«

Larry ersparte mir eine Fortsetzung der schauspielerischen Darstellung. Er bat um Ruhe für seine Ansage. Sie war kurz, ruhig und bescheiden. Aber da Bürokraten alles komplizierter gestalten, mußte jeder, der etwas darstellte, ebenfalls eine Rede halten. Einige der Würdenträger umarmten Larry, was ihm offenbar sehr peinlich war. Am Schluß seiner Ansprache stellte er den Direktor des neuen Instituts vor, einen vierschrötigen, bärtigen jungen Schweizer namens Jean-Louis Mazarin. Schon vorher war mir aufgefallen, wie hemmungslos dieser Mazarin den Champagner in sich hineinschüttete. Doch er hatte auch allen Grund zu feiern. Als Archäologe Arbeit zu finden, ist ziemlich schwierig, und eine solche Stelle war der Traum eines jeden Wissenschaftlers. Wie Larry sagte, war das der angemessene Dank dafür, daß Dr. Mazarin die Restaurierungsarbeiten an den Gemälden im Grab der Tetisheri beaufsichtigt hatte.

Angemessen vielleicht, aber nicht sonderlich taktvoll. Es überraschte mich, daß kein Ägypter zum Direktor ernannt worden war.

Allerdings überraschte es mich weniger als Pauls überschäumende Dankesbezeugung. Was hatte John jetzt vor? Ganz sicher hatte er Hintergedanken gehabt, denn die hatte er immer. Die erste Erklärung, die mir einfiel, war, daß das Institut für Orientalistik nun eine sehr gute Fälschung besaß. Und daß John sich diese hatte bezahlen lassen, gab der Sache eine ganz besondere Note.

Das Fest war noch in vollem Gange, als Larry sich zu mir gesellte und mich aufforderte, seine Stiche anzusehen. Eigentlich handelte es sich um Skizzen – die originalen, handcolorierten Zeichnungen, die ein Maler namens David Roberts in den dreißiger Jahren des letzten Jahrhunderts auf ägyptischen Ausgrabungsstätten angefertigt hatte. Ich hatte unzählige Reproduktionen davon auf Postkarten und Briefpapier gesehen. Selbst die Drucke brachten auf Auktionen Hunderte von Dollar ein.

Am meisten interessierte mich jedoch der kleine, schlanke Mann mit der geraden Haltung. Er stand auf, als Larry und ich ins Zimmer kamen, und obwohl er Zivil trug, konnte man die Uniform an ihm erahnen. Er unterbrach Larrys Versuch, uns einander vorzustellen.

»Vornamen genügen«, sagte er mit einem Lächeln, das sich nicht in seinen wachen, dunklen Augen widerspiegelte. »Nennen Sie mich Achmet.«

»Ich hätte noch ein paar andere Namen für Sie auf Lager«, erwiderte meine vom Champagner gelockerte Zunge. »Was zum Teufel haben Sie sich dabei gedacht, mich mutterseelenallein im Regen stehen zu lassen?«

»Setzen Sie sich bitte«, meinte Achmet.

Ich setzte mich. Ich konnte mir vorstellen, daß sich die meisten Menschen setzten, wenn Achmet es ihnen befahl.

»Es tut mir leid, wenn Sie es so empfinden«, fuhr er fort. »Wir konnten nicht voraussehen, daß unsere Pläne ... durchkreuzt werden würden.«

»Und Ali wurde wahrscheinlich so ganz nebenbei beseitigt?«

Achmet preßte die Lippen zusammen. »Ja, er wurde ermordet.

Aber Sie brauchen keine Angst mehr zu haben, Dr. Bliss. Ihr Teil des Auftrags ist erledigt. Außer Tregarth haben Sie niemanden erkannt? Sie wissen nicht, wer seine Komplizen sind?«

»Die Antwort auf beide Fragen lautet ›nein‹«, erwiderte ich barsch.

»Dann gibt es für Sie nichts mehr zu tun.« Er lehnte sich zurück und breitete die Hände aus. »Von jetzt ab steht er unter Beobachtung. Genießen Sie den Rest Ihres Aufenthalts in unserem Land und vergessen Sie, was geschehen ist.«

»Einen Moment noch«, sagte ich, als er aufstand. »Ich habe noch ein paar persönliche Fragen.«

»Je weniger Sie wissen, desto besser.«

»Ach, immer wieder die alte Leier! Aber ich bin neugierig. Was ist, wenn er seine Absichten aufgibt? Er kennt mich. Er weiß...«

»Daß er unter Verdacht steht?« Achmet strich sich über den sauber gestutzten schwarzen Schnurrbart. »Ich kann mir gut vorstellen, daß er das weiß. Ihre Anwesenheit auf dem Schiff hat vermutlich gereicht, um seinen Argwohn zu wecken.«

»Das habe ich Burckhardt von Anfang an gesagt.«

Achmet zuckte die Achseln. »Es spielt keine Rolle. Wenn er weitermacht, und das wird er unserer Meinung nach bestimmt, kriegen wir ihn.«

»Worauf hat er es abgesehen?« wollte ich wissen. »Hoffentlich sind Sie auch schon auf den Gedanken gekommen, daß das Museum nur ein Ablenkungsmanöver sein könnte. Während Sie dort die Sicherheitsvorkehrungen erhöhen, läßt er vielleicht anderswo etwas mitgehen.«

»Natürlich sind wir auch schon auf den Gedanken gekommen.« Achmet stand schon fast in der Tür. Offenbar langweilte ich ihn. Er drehte sich noch einmal um und richtete das Wort an mich: »Ich habe Ihnen gesagt, Sie sollen die Sache vergessen, Dr. Bliss. Halten Sie sich von Tregarth, vom Museum und besonders von den Mitarbeitern des Geheimdienstes fern.«

»Das ist ja alles gut und schön. Aber was ist, wenn er ... sich nicht von mir fernhält, wenn seine Komplizen...«

Anscheinend verlor Achmet die Geduld mit mir. Wenigstens

glaube ich, daß sein Stirnrunzeln darauf hinwies. Unwillen schien der einzige Gesichtsausdruck zu sein, den er zustandebrachte. »Warum sollte man sich mit Ihnen befassen? Sie haben die einzige Information, die Sie hatten, weitergegeben. Wenn Sie nicht weiter in Angelegenheiten herumstochern, die Sie nichts angehen, geschieht Ihnen nichts.«

Auch ich runzelte finster die Stirn. »Sie waren es doch, die mich gebeten haben herumzustochern.«

»Das ist richtig. Und wir sind Ihnen für Ihre Hilfe sehr dankbar.«

Das war die unaufrichtigste Dankesbezeugung, die ich je gehört hatte, auch wenn ich diejenigen mitrechnete, die ich John hatte abringen können.

Der Rest des Abends verschwimmt in meiner Erinnerung. Immer wieder drückte mir jemand ein Glas Champagner in die Hand, und mir fiel mittlerweile kein Grund mehr ein, es abzulehnen. Ich plauderte ein wenig mit Alice, die in Pailletten und Chiffon sehr elegant aussah. Ihr hatte Achmet dasselbe gesagt wie mir: Für Sie ist der Fall abgeschlossen. Vergessen Sie alles. Ich weiß noch undeutlich, daß ich mich mit Jean-Louis, dem neuen Direktor, unterhielt, aber ich habe keine Ahnung mehr, worüber, und auch nicht, wie ich ins Bett kam.

Natürlich wachte ich mit einem Kater auf. Das geschah mir recht.

Die Wiedereröffnung von Tetisheris Grab entpuppte sich als weiterer großer Anlaß. Ich hatte zwar mit ein paar Ministern gerechnet, aber nicht mit so vielen Reportern und Sicherheitsleuten. Unsere kleine Karawane wurde von einer Militäreskorte begleitet, und als wir die Ausgrabungsstätte erreichten, bemerkte ich, daß sich außer uns keine Touristen dort befanden.

Tetisheris Grab liegt nicht im Tal der Könige oder im Tal der Königinnen. Die königlichen Angehörigen und Adligen ihrer Dynastie waren am Hang eines Hügels mit dem Namen Dira' Abu'l-Naga bestattet worden. Tetisheri gehörte zu den letzten ihrer Familie, die auf diesem Friedhof beigesetzt worden waren. Ihre Vorfahren hatten noch Grabstätten an den besseren und leichter zugänglichen Hügelausläufern erhalten. Daß ihr Grab sehr hoch am hinteren Ende einer schmalen Felsspalte lag, war vermutlich der Grund, warum es die Jahrtausende überstanden hatte.

Wir stiegen die neu erbauten Stufen hinauf, die uns den Zugang zum Grab leichter machten als den Männern, die drei Jahre lang hier gearbeitet hatten. Natürlich wurden weitere Reden gehalten. Larry reichte dem Minister den riesigen Schlüssel, und dieser öffnete die Eisentore, mit denen man den Eingang verschlossen hatte. Alles klatschte, und dann führte Larry die erste Gruppe hinein. Es waren politische Würdenträger. Wir gewöhnliche Sterbliche mußten warten.

Während wir also warteten, unterhielt ich mich mit Paul Whitney. Nur wenige Archäologen waren eingeladen worden, und laut Paul waren viele gelb vor Neid. »Wir jammern alle über die Schäden, die durch Besucher in den Gräbern entstehen«, meinte er spöttisch. »Aber wir nehmen uns selbst davon aus.«

»Also werden Sie die Einladung ablehnen?« fragte ich.

»Soll das ein Witz sein?«

»Erfaßt.«

Ich hatte nicht einmal Bedenken wegen meiner Klaustrophobie. Verglichen mit den kunstvoll geschmückten Gräbern späterer Jahre war dieses hier klein und schlicht – eine Treppe, ein kurzer Korridor und zwei Räume. Nur zehn Personen durften auf einmal hinein, aber der Raum erschien mir trotzdem recht eng, weil wir uns alle aneinander drängten und die Ellenbogen an den Körper preßten. Man hatte uns gewarnt, die Gemälde nur ja nicht zu berühren.

Vorsichtig näherte ich mich einer Wand, um mir das ganze aus der Nähe anzusehen. Die frühen Maler hatten die Felswände mit einer Schicht Gips verkleidet, ehe sie die Farbe auftrugen. Als Larrys Leute ihre Arbeit aufnahmen, hatten sich durch Feuchtigkeit und Salzausblühungen große Teile der Gipsschicht vom dahinterliegenden Felsgestein gelöst. Man hatte die losen Stellen vorsichtig entfernt und auf eine gepolsterte Fläche gelegt; dann hatte man den Fels gereinigt und den Gips wieder angebracht, und zwar mit Hilfe moderner Klebstoffe, die weder ausflockten noch austrockneten, wie es bei älteren Bindemitteln oft vorgekommen war. Erst dann konnte die eigentliche Restaurierung beginnen – die Beseitigung jahrzehntealter Schmutzschichten und der Wiederauftrag der winzigen Farbflöckchen, die auf den Boden oder zwischen Fels und Putzschicht gerieselt waren. Eine Aufgabe, die außergewöhnliche Geduld und Geschicklichkeit erforderte.

Nachdem wir wieder im Freien waren, suchte ich mir einen bequemen Stein, setzte mich und schob meinen Hut über die Augen. Offensichtlich gewöhnte ich mich allmählich an das Klima. Die heiße, trockene Luft fühlte sich angenehm an. Ja, zum Teufel, ich würde tun, was der gute, alte Achmet mir vorgeschlagen hatte – alles Vorgefallene vergessen und mich amüsieren.

Vielleicht konnte ich Schmidt dazu überreden, mich nach Assuan zu begleiten. Eine angenehme Kreuzfahrt, ohne Zwischenfälle. Später konnten wir nach Luxor zurückkehren, denn sie würden von nun an jede seiner Bewegungen beobachten, immer auf der Lauer, wie eine Katze vor einem Mauseloch. Sie würden warten, bis er die Tat beging, die ihn entweder ins Gefängnis oder an einen beengteren und dauerhafteren Aufenthaltsort bringen würde. Es ist schon häufig jemand erschossen worden, weil er sich der Verhaftung widersetzte.

Zwei gestiefelte Füße kamen in mein Blickfeld, und als ich aufsah, stand Jean-Louis vor mir. Ich war nicht traurig darüber, daß meine Gedankengänge unterbrochen wurden.

»Haben Sie eine Zigarette?« fragte Jean-Louis brüsk.

»Tut mir leid, aber ich ...« Dann fiel mir ein, daß ich ja rauchte. Ich griff in meine Tasche und holte die Zigaretten heraus. Das Päckchen war noch fast voll, aber ziemlich zerdrückt. »Behalten Sie es«, sagte ich großzügig.

»Sehr nett von Ihnen.«

Das war es nicht, doch ich behielt das für mich. Offenbar war er Kettenraucher. Wo er gestanden hatte, war der Boden mit Kippen übersät.

»Haben Ihnen die Gemälde gefallen?« fragte er.

»Ich bin immer noch ganz benommen. Sie haben großartige Arbeit geleistet. Mes hommages.«

Obwohl ich wegen seines buschigen Haarschopfes und des Bartes nicht viel von seinem Gesicht sehen konnte, stellte ich fest, daß er mein Lächeln nicht erwiderte. »Es ist nur ein kleiner Teil dessen, was getan werden muß. Und das wird die Aufgabe des Instituts sein – Denkmalschutz. Ein wichtiges Anliegen, finden Sie nicht?«

»Zweifellos. Wie ich schon sagte ...«

»Ein Anliegen, für das man Opfer bringen muß.«

Er schien mit sich selbst zu sprechen. Ich fragte mich, ob er betrunken war. Aber doch sicher nicht um diese Uhrzeit? Seine Hand zitterte, als er sich eine neue Zigarette am Stummel der alten anzündete.

Ich spürte regelrecht, wie in meinem Kopf Hebel einrasteten. Ich weiß nicht, wie es der Gesellschaft gelingt, Frauen so zu konditionieren, daß sie sich verpflichtet fühlen, melancholisch gestimmte Männer zu trösten, zu ermutigen und ihnen zu schmeicheln. Ich kämpfe gegen diesen Impuls an, seit ich alt genug bin, ihn zu durchschauen, doch ich war nicht immer erfolgreich. Ich kam zu dem Schluß, daß Jean-Louis offenbar zu den bedauernswerten Menschen gehörte, die vor lauter Löchern den Käse nicht sehen. Anscheinend brütete er über die gewaltige Aufgabe nach, die vor ihm lag, und zweifelte an seiner Fähigkeit, sie auch zu bewältigen. Allerdings würde die Arbeit nie vollendet sein, zumindest nicht in seiner Lebenszeit; es gab einfach zu viel zu tun. Das gilt für viele Bereiche, zum Beispiel auch für die Erschaffung einer Welt, in der überall soziale Gerechtigkeit und Friede herrschen und in der kein Kind hungern muß. Deswegen ist das noch lange keine Entschuldigung, mit seinen Bemühungen aufzuhören.

Das sagte ich ihm auch, wobei ich meine pathetischen Äußerungen mit Komplimenten würzte. Allmählich entspannte sich sein Gesicht, oder wenigstens sein Mund. »Sie haben recht«, meinte er nachdenklich. »Und ich gehöre zu den wenigen Menschen, die erfolgreich in diesem Gebiet arbeiten können.«

»Hmmm ... richtig«, entgegnete ich.

Als er mir dann ausführlich erzählte, was für ein guter Restaurator er war, fing ich an, meine weiblichen Instinkte zu bereuen. Mein wandernder Blick traf den von Larry, der uns beobachtet hatte, und er eilte mir auf mein unausgesprochenes Flehen hin zur Hilfe.

»Aber, aber, Jean-Louis, Sie sollen sich doch unter die Leute mischen«, tadelte er.

»Ich auch«, meinte ich und erhob mich. »Ich hatte noch keine Gelegenheit, mich mit unseren ehemaligen Mitreisenden zu unterhalten.«

Larry begleitete mich. »Ein launischer Mensch, finden Sie nicht?« fragte ich, als wir außer Hörweite waren.

Larry runzelte die Stirn. »Im Augenblick hat er nicht den geringsten Grund, launisch zu sein. Was hat er denn gesagt?«

»Ich befürchte, ich habe nicht richtig zugehört.«

»Er hat eine Menge geredet. Sehr ungewöhnlich für ihn, normalerweise ist er recht zurückhaltend.«

»Er hat nach Komplimenten geangelt«, meinte ich. »Und sie auch bekommen.«

Unsere Mitreisenden begrüßten uns mit offenen Armen. »Wir befürchteten schon, Sie hätten uns verlassen«, sagte Sweet, der sich offenbar wieder von seiner Krankheit erholt hatte, mit einem bedeutsamen Unterton.

»Ich würde auch desertieren, wenn ich die Gelegenheit dazu hätte«, fügte Suzi mit einem breiten Grinsen hinzu. »Wollen Sie mir nicht auch so eine Einladung organisieren, Vicky?«

»Ich bin nur wegen ... wegen Schmidt eingeladen worden«, antwortete ich im Bemühen, mir eine vernünftige Erklärung einfallen zu lassen. »Er und Larry sind alte Freunde.«

»Und was ist mit den Tregarths?« fragte Suzi. »Das sind doch bestimmt keine alten Freunde von Larry.«

»Keine Ahnung, warum sie eingeladen wurden«, entgegnete ich.

»Tregarth hat das Talent, sich überall hineinzudrängen, wo er unerwünscht ist«, mischte sich Perry ein und gesellt sich zu uns.

»Ich kann niemandem eine Einladung besorgen«, meinte ich spitz. »Ich wäre auch nicht so unhöflich, es zu versuchen.«

»Was haben Sie vor?« wollte Sweet wissen. »Kommen Sie übermorgen mit uns nach Assuan?«

Ich erwiderte, ich hätte mich noch nicht entschieden. Auch einige der anderen waren noch unentschlossen, aber die meisten wollten nach Assuan fahren. Auch Sweet und Bright. Offenbar hatte ich mich in ihnen getäuscht. Aber ich verstand immer noch nicht, warum Bright wegen seiner Herkunft gelogen hatte.

»Wie dem auch sei, wir werden noch ein oder zwei Tage zusammensein«, sagte Sweet fröhlich. »Fahren Sie heute nachmittag mit uns nach Karnak, Vicky?«

Die Menge zerstreute sich. Feisal fing an, die Gruppe in den Bus zu treiben, und ich kehrte zu »meiner« Limousine zurück. Zuerst aber verabredete ich mich für den Nachmittag mit den anderen. Das war reiner Snobismus mit umgekehrten Vorzeichen: Ich wollte nicht, daß sie mich für zu arrogant hielten, um mit Nicht-Milliardären zu verkehren.

Wir saßen zu fünft in der Limousine, wenn man den Chauffeur nicht mitzählte, doch ohne John wäre mir der Wagen nicht überfüllt vorgekommen. Wenigstens mußte ich nicht neben ihm sitzen. Ich stieg nach Schmidt ein, und Larry nahm rechts von mir Platz. Er lehnte sich mit einem Seufzer zurück und lockerte seine Krawatte.

»Bestimmt sind Sie froh, das hinter sich zu haben«, sagte ich.

Larry sah mich an und grinste verlegen. »Ich verabscheue Zeremonien und lange Reden. Ich bin froh, daß es vorbei ist, aber es wird mir schwerfallen, Ägypten zu verlassen.«

Ich fand, meine Pflicht als mitfühlendes weibliches Wesen für heute bereits erfüllt zu haben. Außerdem konnte ich kein Mitleid mit einem Mann empfinden, der – wenn ich die Zeitungsartikel richtig verstanden hatte – sechs weitere Häuser besaß, unter anderem ein Schloß an der Loire.

»Sie können ja immer ein neues Haus bauen«, sagte ich.

»Ich habe schon zu viele gottverdammte Häuser«, entgegnete Larry, als habe er meine Gedanken gelesen. »Nein, ich werde nicht mehr in Ägypten leben.«

»Ich bin sicher, daß sie immer ein Zimmer für Gäste frei haben«, sagte John.

Er spielte auf Jane Austen an, doch keiner der anderen verstand den Hinweis. Die böse alte Tante Norris in *Mansfield Park* hatte immer ein freies Zimmer, weil sie niemals jemanden einlud, bei ihr zu übernachten.

Schmidt kicherte breit. »Larry, für Sie wird immer und überall in

Ägypten ein Zimmer bereitstehen. Sie haben dem Land einen großen Dienst erwiesen. Wann reisen Sie ab, mein Freund? Sie müssen uns sagen, wenn wir Sie stören. Wie ich gehört habe, ist das Hotel ETAP sehr hübsch; wir können jederzeit dorthin umziehen.«

Larry versicherte uns, daß wir so lange bleiben konnten, wie wir wollten. »Die Spedition kommt morgen. Aber es wird eine Weile dauern, weil einige der Keramiken und Möbel alt und empfindlich sind. Also gibt es keinen Grund zur Eile. Wissen Sie schon, wie Sie weiterreisen werden?«

Er sah John an. John warf einen Blick auf mich und zog die Augenbraue hoch.

Ich erinnerte mich an Achmets Worte. Jetzt schien mir die ausgezeichnete Gelegenheit gekommen zu sein, mein absolutes Desinteresse an John Tregarth alias Smythe und all seinen Aktivitäten zum Ausdruck zu bringen. »Ich fahre nach Assuan«, sagte ich.

»Aber Vicky«, fing Schmidt an.

»Du mußt ja nicht mitfahren, Schmidt.«

»Ich fahre dahin, wo du hinfährst«, sagte Schmidt, wie ich gehofft hatte. Ansonsten hätte ich ihn entführen und gewaltsam verschleppen müssen.

Am Nachmittag besuchten wir den Tempel von Karnak. John und Mary beschlossen, uns zu begleiten. Ich hatte sie nicht dazu aufgefordert. Schmidt hatte es getan. Larry lehnte ab; er sagte, er müsse arbeiten, außerdem habe er den Tempel schon dutzende Male gesehen.

Wir mußten ein paar Minuten auf die anderen warten. Während ich die Menschenmassen betrachtete, die zwischen den Reihen der widderköpfigen Sphinxe wimmelten, sagte ich: »Ich kann mir nicht vorstellen, wie es hier zur Hochsaison aussieht. Schau dir all die Leute an.«

»In dieser Gegend hat es keine Übergriffe auf Touristen gegeben«, antwortete Schmidt und nickte Mary aufmunternd zu.

Marys liebender Ehemann ging nicht so schonend mit ihren Gefühlen um. »Das stimmt nicht ganz, Schmidt«, widersprach er mit leichtem Stirnrunzeln. »Vor einigen Jahren ist hier ein Bombenanschlag verübt worden, und am Anfang dieser Saison hat auch schon einer stattgefunden.«

»Ach, aber diese Angriffe galten als Protest dagegen, was die Fundamentalisten die Verehrung heidnischer Götter nennen«, erklärte Schmidt. »Einige dieser Leute« – er zeigte auf eine Gruppe ungepflegter Besucher mit Pferdeschwänzen und abgeschnittenen Jeans –, »man bezeichnet sie als Esoteriker, halten im Tempel Zeremonien ab. Wir hingegen verehren überhaupt nichts.«

»Richtig«, stimmte ich zu. John grinste mich an. Ich wich seinem Blick aus und fuhr fort: »Du hast recht, was diese Leute betrifft, Schmidt. Sie tragen alle Amulette, Kristalle, Ohrringe und solchen Mist. Warum müssen sie nur so vergammelt aussehen?«

»Ihre Spiritualität hat sie über irdische Bedürfnisse erhaben gemacht«, sagte John in einem Ton, den ich sehr gut kannte. »Eigentlich sollten Sie doch auf der Seite dieser Leute stehen, Vicky. Schließlich verabscheuen auch Sie krassen Materialismus und die vulgäre Anhäufung von Gütern, stimmt's?«

Die Ankunft unserer Mitreisenden rettete mich. »Sie sehen sehr zufrieden aus, Feisal«, bemerkte ich, während ich neben ihm herging. »Verraten Sie mir jetzt Ihre gute Nachricht, oder ist es immer noch ein Geheimnis?«

»Nicht mehr.« Feisal blieb stehen und drehte sich zu mir um. Er klopfte sich an die Brust. »Erweisen Sie dem stellvertretenden Direktor des Instituts die gebührende Ehre.«

Ich ergriff seine Hand und schüttelte sie heftig. »Gratuliere! Ich freue mich so für Sie!«

Beim Weitergehen hielt Feisal immer noch meine Hand. »Wollen Sie nicht mit mir zusammen feiern? Ich habe doch versprochen, Ihnen das Nachtleben von Luxor zu zeigen?«

»Das wäre schön. Aber warum spielen Sie hier noch den Reiseleiter?«

»Ich gehörte nicht zu den Leuten, die eine Sache so einfach hinwerfen. Sobald der letzte Teilnehmer an dieser Reise sicher im Flugzeug nach Kairo sitzt, trete ich meine neue Stelle an. In der Zwischenzeit werde ich wie ein guter Soldat meine Pflicht erfüllen. Nun, meine Freunde, bleiben Sie stehen; der Tempel von Karnak ist nicht nur ein Tempel, sondern eine Tempelanlage, die im Laufe vieler Jahrhunderte erbaut wurde. Die Straße der Sphinxe ...«

Als wir unseren Weg fortsetzten, lösten sich einige von der Gruppe, manche, um sich auszuruhen, andere, um eine bestimmte Stelle näher in Augenschein zu nehmen. Schmidt und ich waren stehengeblieben, um einen Obelisken zu betrachten. Er hielt mir einen Vortrag über den Werdegang der Hatschepsut – »eine der ersten Feministinnen, Vicky, sie sollte dich interessieren« –, als ich ein bekanntes Gesicht wahrnahm, das nicht zu unserer Gruppe gehörte. Besser gesagt, einen bekannten Bart.

»Ich habe Sie überall gesucht«, brummte Jean-Louis unwirsch.

»Warum?« fragte ich. Er machte ganz sicher nicht den Eindruck eines Mannes, der endlich die Frau seiner Träume gefunden hatte.

»Um Ihnen die Tempel zu zeigen, natürlich. Sie hatten mich doch darum gebeten?«

»Wir freuen uns natürlich über Ihre Gesellschaft!« rief Schmidt aus, ehe ich antworten konnte. Nun gut, ich hätte nein gesagt, denn ich konnte mich an eine solche Bitte nicht erinnern. Allerdings weiß ich, daß manche Menschen die Angewohnheit haben, an ihre eigenen Phantasien zu glauben. Ich schien Eindruck auf Jean-Louis gemacht zu haben. Das sollte mir eine Lehre sein, mein Mitgefühl nicht so wahllos zu verteilen.

Er hatte drei Jahre lang am Aton-Tempel gearbeitet, ehe er das Projekt aufgegeben und Larrys Angebot angenommen hatte. Er kannte Karnak, wie ich meine Wohnung kenne. Schließlich schafften wir es, ihn von besagtem Teil des Tempels loszueisen, und wir überredeten ihn, uns langweilige Touristenattraktionen wie die Hypostylenhalle zu zeigen. »Beeindruckend« ist ein abgenutztes Wort, doch es gibt kein anderes, um diese Ansammlung gewaltiger Säulen zu beschreiben. Nur die Touristen störten mich. Eine Gruppe hatte sich im Kreis auf den Boden gesetzt. Ich erkannte die Sucher nach der Wahrheit, die wir vorhin in den Tempel hatten gehen sehen. Sie murmelten vor sich hin und fuchtelten mit den Händen. Ich hörte jemanden das Wort »Aura« sagen.

»Dummköpfe«, zischte Jean-Louis.

»Sie fügen niemandem Schaden zu«, meinte Schmidt nachsichtig.

Nach einer Weile beschloß ich, daß ich für diesen Tag genug gesehen hatte. Ich unterbrach Jean-Louis mitten in seiner Übersetzung der Annalen des Thutmosis III. Er las die Hieroglyphen von der Mauer ab. Soweit es mich betraf, verschwendete er damit seine Zeit; woher sollte ich wissen, ob er sie richtig ablas?

Jean-Louis sah auf die Uhr. »Wir müssen gehen. Mr. Blenkiron läßt uns mit dem Auto abholen, es wartet sicher schon.

Ich entdeckte Suzi, als wir durch die Hypostylenhalle kamen. Ich erwiderte ihr Winken, doch Jean-Louis blieb nicht stehen. Offenbar waren wir zu spät. Als wir hinter der letzten – oder ersten, was davon abhing, aus welcher Richtung man es betrachtete – Säule hervorkamen und in die Straße der Sphinxe traten, wurden wir von John und Mary erwartet. Mary sah völlig erschöpft aus, was ich gut nachfühlen konnte. Wir hatten eine gewaltige Strecke zurückgelegt und trotzdem nur einen Teil des riesigen Geländes abgedeckt.

Dann geschah es. Die Wucht der Explosion schleuderte mich zu Boden. Vielleicht war es auch Schmidt, der mich zu Boden gerissen hatte. Als ich wieder zu Atem und zu Bewußtsein kam, lag er auf mir.

Ich kam zu dem Schluß, daß ich aller Wahrscheinlichkeit nach nicht tot war. Was Schmidt betraf, war ich nicht so sicher. Die dickliche, rosige Hand lag schlaff und reglos neben meinem Gesicht. Ich versuchte, unter ihm hervorzukriechen. Menschen schrien, und ich hörte Geräusche wie von Feuerwerkskörpern.

Dann wurde das Gewicht von meinem Rücken genommen. Ich erhob mich erst auf alle Viere, dann auf die Knie. John beugte sich über Schmidt und schüttelte ihn. Schmidts Kopf schlenkerte hin und her. Endlich schlug er die Augen auf, und er stieß einen Angstschrei aus: »Vicky? Vicky, wo bist du? Bist du verletzt? Ach, Gott...«

»Mit Ihnen ist alles in Ordnung«, sagte John und trat einen Schritt zurück. »Hören Sie mit dem Gekreische auf, Schmidt, sie ist nicht verletzt.«

»Woher willst du das wissen?« Meine Schienbeine und Unterarme hatten den Großteil des Sturzes abgefangen. Blut quoll aus meiner aufgeschürften Haut. »Was ist passiert?«

Schmidt kroch auf mich zu und nahm mich in die Arme. »Eine Bombe, Vicky. Terroristen haben eine Bombe gezündet und geschossen. Gott sei Dank, daß du nicht verletzt bist.«

Ich konnte über seine Schulter hinwegsehen. Der Staub der Explosion hatte sich noch nicht gelegt. Mehrere Menschen waren umgerissen worden, aber anscheinend war niemand schwer verletzt, denn alle bewegten sich und schimpften. Alle bis auf einen. Klebrige Haarsträhnen wuchsen rings um die blutige Höhle, die einmal sein Gesicht gewesen war.

9. Kapitel

Mary war auf dem Boden zu einem Haufen grüner Voile und zerzauster, brauner Locken zusammengesunken. John zog sie auf die Füße. »Los, verschwinden wir.«

»Sollten wir nicht auf die Polizei warten«, krächzte ich. Ich gab mir alle Mühe, meinen Brechreiz zu unterdrücken.

John würdigte mich keiner Antwort. Seine taumelnde Braut im Schlepptau, eilte er schon in Richtung Ausgang. Wie immer führte er den Rückzug an. Schmidt zupfte mich am Ärmel. »Er hat recht. Vielleicht wird noch einmal geschossen. Komm, wir können hier nichts tun.«

Offenbar entsprach das der allgemeinen Auffassung. Schreiend und drängelnd strömten die Menschen durch den Ausgang. Die Wachen waren gegen diesen geballten Ansturm machtlos. Wie wild wedelten sie mit ihren Gewehren herum; und einer von ihnen schoß in die Luft. Zumindest glaube ich, daß er in die Luft schoß. Falls er vorgehabt hatte, so der Massenflucht Einhalt zu gebieten, verfehlte er sein Ziel: Das Geräusch des Schusses versetzte die Leute endgültig in Panik. Wir wurden von der Menge mitgerissen, die in Richtung Parkplatz stürzte.

John tauchte von irgendwoher auf und packte Schmidt beim Kragen. »Hierlang.«

Ed stand neben dem Wagen. Als er uns kommen sah, öffnete er die hintere Tür und fuchtelte heftig mit einem großen, schweren, gefährlich aussehenden Gegenstand herum, den er in der rechten Hand hielt. »Einsteigen. Beeilung!«

John hielt Schmidt immer noch am Kragen. Er setzte ihn ins Auto, verpaßte mir einen kräftigen Schubs und folgte mir auf den Fersen, wobei er besagte Fersen und die daran hängenden Beine mit sich ins Wageninnere zog. Die Tür fiel ins Schloß, und das Auto fuhr los.

Endlich gelang es uns, Arme und Beine zu entwirren. Ed war vorne beim Fahrer eingestiegen. Das Gewehr war verschwunden. Mary kauerte in der Ecke; ihre Augen waren zwar offen, hatten aber einen glasigen, starren Ausdruck. Ihr hübsches Kleid war zerknittert und staubig. John saß auf dem Notsitz ihr gegenüber und fuhr sich mit den Fingern durchs zerzauste Haar. Er hatte keinen Kratzer abbekommen. Schmidt auch nicht, da er klugerweise auf mich gefallen war. Ich blutete Larrys teure Samtbezüge voll.

Eigentlich hatte ich mit einem Besuch, wenn nicht gar mit einem Verweis von Seiten der Polizei gerechnet, aber ich hätte wissen müssen, daß man einen Menschen wie Larry nicht mit solchen Alltäglichkeiten belästigte. Schmidt befand sich gerade in meinem Zimmer und rang mir die Zustimmung ab, mir Arme und Beine mit meterlangen Verbänden einwickeln zu dürfen, als ein Diener an der Tür klopfte. Er teilte uns mit, der gnädige Herr bäte uns zum Nachmittagscocktail auf die Terrasse.

Die anderen waren schon da. Mary hatte sich umgezogen. Sie trug Weiß – und die griechischen Ohrringe. Larry veranstaltete viel Aufhebens um meine Verletzungen, doch ich unterbrach seine Mitleidsbekundungen: »Nur ein paar Abschürfungen und blaue Flecke. Mir geht es gut. Im Gegensatz zu dem armen Jean-Louis. Er war es doch, oder? Ich ... ich war mir nicht ganz sicher.«

»Ich habe die Nachricht schon erhalten. Natürlich hatte er Ausweispapiere bei sich.« Wie immer war Larry der vollkommene Gastgeber. Er reichte mir ein Glas, ehe er sich auf einen Stuhl fallenließ. Er schlug die Hände vor die Augen. »Mir graut davor, es seinen Eltern mitzuteilen. Sie waren so stolz auf ihn.«

Eine Träne kullerte Schmidt über die Wange. »Es ist furchtbar – entsetzlich, ein Verbrechen. Gerade als sich sein größter Traum erfüllt hatte. Was wird jetzt aus dem Institut, Larry?«

John, elegant vom Scheitel bis zur Sohle, ruhte anmutig in einem Liegestuhl. »Es gibt auch Glück im Unglück«, meinte er gedehnt. »Und diesmal scheint Feisal Glück zu haben. Oder werden Sie einen anderen zum Direktor benennen?«

Selbst Larry gelang es kaum, angesichts einer solchen Taktlosigkeit höflich zu bleiben. Seine Antwort fiel deshalb recht barsch aus: »Selbstverständlich wird Feisal den Posten übernehmen. Er ist schon auf dem Weg hierher, denn es gibt noch einiges zu besprechen. Deshalb muß ich Sie bitten, mich zu entschuldigen, wenn er kommt.«

»Sind die Terroristen gefaßt worden?« fragte ich.

»Noch nicht. Offenbar ist große Verwirrung entstanden. Die Polizei verhaftet ...«

»... die üblichen Verdächtigen«, murmelte ich. Nach meinem Wissen über den ägyptischen Sicherheitsdienst zu urteilen, würden die üblichen Verdächtigen nichts zu lachen haben.

John stellte sein Glas auf den Tisch und erhob sich. »Ich glaube, ich gehe jetzt schwimmen. Kommt jemand mit?«

Mary schüttelte den Kopf. »Ich finde, das gehört sich jetzt nicht«, wandte Schmidt zweifelnd ein.

Die Hände in den Taschen schlenderte John pfeifend ins Haus. Er traf jeden Ton. Ich erkannte die Melodie von »Das Autowrack am Highway«. An diesem Nachmittag übertraf er sich selbst an Taktlosigkeit. Es war zwar kein Whiskey geflossen, dafür aber jede Menge Blut. Und ich hatte niemanden beten hören.

Larry versuchte, Schmidt aufzumuntern: »Sie haben den armen Mann schließlich kaum gekannt ...« Doch Schmidt blieb sitzen. Obwohl ich ihm nicht Gefühllosigkeit unterstellen wollte, vermutete ich, daß er Hintergedanken hatte: Er hatte Appetit auf weitere leibliche Genüsse und auch auf Informationen. Während er sich an den Häppchen gütlich tat, löcherte er Larry mit Fragen: War sonst noch jemand verletzt worden? Kannte man schon das Motiv für den Anschlag? Wo waren die Bomben versteckt gewesen? Wie hatte man sie gezündet? ... Larry wußte es nicht.

Schließlich kündigte ein Diener an, Feisal warte in Larrys Arbeitszimmer. Larry entschuldigte sich. Schmidt beschloß, nun doch schwimmen zu gehen. Und da ich mich nicht zwischen zwei Übeln – einem vertraulichen Gespräch mit der schwangeren Braut oder dem Anblick des Ehemannes der schwangeren Braut, der er vor mir seine Muskeln spielen ließ – entscheiden konnte, ging ich in mein Zimmer.

Auch ich konnte Schmidts Fragen nicht beantworten. Allerdings führte meine – zugegebenermaßen verwirrte – Erinnerung an den Vorfall bei mir zu weiteren Fragen, die Schmidt nicht gestellt hatte. Ich hatte ein riesiges Loch im Boden und eine Menge Staub gesehen. Aber soweit ich wußte, war weder eine einzige Säule umgestürzt, noch hatte eine der Sphinxen auch nur einen Kratzer abbekommen. Viele Menschen waren zu Boden gestürzt, doch nur einer von ihnen war eindeutig tot. Die Ermordung eines Ausländers, überdies noch eines ausländischen Archäologen, würde die Gemüter erhitzen. Die üblichen Verdächtigen waren wirklich nicht zu beneiden. Doch vielleicht waren sie diesmal nur Sündenböcke, nicht die wirklichen Killer. (Achten Sie auf den Fachjargon. Berühmte Amateurdetektive klingen gerne wie Profis.)

Allerdings konnte ich nicht behaupten, daß ich mich in diesem Augenblick wie ein Profi fühlte. Ich hatte eine Sch... angst. Informationsbruchstücke huschten mir durch den Kopf wie unruhige Käfer mit zu vielen Beinen; immer, wenn ich versuchte, einen von ihnen zu erwischen, versteckte er sich blitzschnell hinter einer Gedächtnislücke. Die Idee war so abwegig, daß ich sie lachend abgetan hätte, wäre es um einen anderen als John gegangen.

Doch eine Sache erhob sich strahlend wie ein Leuchtturm aus dem Nebel. Als ich mich zum Abendessen zu den anderen gesellte, zermarterte ich mir das Hirn nach einem schonenden Weg, es ihnen zu vermitteln. Larry fehlte. Er hatte sich mit der Begründung entschuldigen lassen, er habe den ganzen Abend zu tun. Mir kam es vor, als schicke der Himmel mir diese Gelegenheit, meinen Plan in die Tat umzusetzen.

»Ich habe ein schlechtes Gewissen, daß wir den armen Larry so ausnutzen«, sagte ich, während ich in einem köstlichen Obstsalat herumstocherte. »Er ist zu höflich, um es auszusprechen, aber ganz bestimmt stört ihn unsere Anwesenheit. Nicht nur, daß er seine Abreise vorbereiten muß. Jean-Louis' Tod hat für ihn bestimmt eine Menge zusätzlicher organisatorischer Fragen aufgeworfen. Was meinst du, Schmidt? Sollen wir in ein Hotel umziehen?«

Normalerweise war Schmidt mit allem einverstanden, solange es ihn nur nicht von mir trennte. Diesmal aber machte es den Anschein, als wollte er sich widersetzen. »Wir könnten unserem armen Freund Hilfe und Beistand ...«

»Ich glaube kaum, daß er Ihre Hilfe brauchen kann«, bemerkte John trocken. »Ich finde Vickys Vorschlag großartig. Wir werden Sie beide sehr vermissen, wenn Sie fort sind.«

Wenn das kein Wink mit dem Zaunpfahl war, wußte ich es nicht. Aus dem Winkel von Johns Augenbraue schloß ich, daß es sich außerdem um ein Zitat aus einem von Schmidts Country-Songs handelte. Viele drehten sich um das Thema, daß man einen Menschen vermißt, wenn er fort ist – und in den meisten Fällen meint das »fort« nicht nur eine vorübergehende Abwesenheit.

Die Mahlzeit schleppte sich dahin. Daran war vor allem Schmidt schuld, der gewaltige Mengen aller servierten Speisen verschlang. Außer ihm hatte offenbar niemand Appetit. Als wir in den Salon gehen wollten, um den Kaffee einzunehmen, hielt einer der Diener mich zurück. »Ein Herr möchte Sie sprechen«, murmelte er.

Der Herr wartete in der Halle. Zuerst erkannte ich ihn nicht. Mit seinem dunklen Anzug und der strengen Krawatte sah er aus, als wollte er zu einer Beerdigung. Auch sein Gesichtsausdruck hätte dazu gepaßt.

»Feisal«, sagte ich überrascht.

Sein Lächeln wirkte nicht sehr überzeugend. »Ich war gerade bei Mr. Blenkiron. Ich dachte ... ich hoffte, ich könnte Sie überreden, mit mir einen Kaffee trinken zu gehen.«

Aus verschiedenen Gründen hielt ich das nicht für eine gute Idee. »Lieber nicht, Feisal. Nicht heute abend.«

Er nahm seine Aktenmappe in die linke Hand und umfaßte meine mit seiner rechten. Sein Griff war fest. Seine Stimme senkte sich zu einem Flüstern. »Bitte, Vicky. Es wird nicht lange dauern. Es ist nicht das, was Sie denken. Oder glauben Sie etwa, ich wäre heute in der Stimmung, um zu feiern? Ich muß mit Ihnen reden.«

Einige Gründe sprachen für seine Idee. Er sah, daß ich weich wurde. »Wir gehen ins ETAP oder in den Winter Palace, ganz wie Sie wollen«, fuhr er in demselben heiseren Flüstern fort. »Bitte!«

»Nun ...«

Er schleppte mich praktisch zur Tür hinaus. Ich machte einige schwache Einwände, ich müsse mein Make-up auffrischen und meine Handtasche holen, was er nicht gelten ließ. Ich sei bereits wunderschön, und meine Handtasche bräuchte ich ebenfalls nicht. Er würde mich nach Hause bringen.

Dieses Versprechen hielt er, wenn auch nicht so, wie ich mir das vorgestellt hatte.

Zu meiner Erleichterung wurden wir von einem Taxi erwartet, und nicht von Larrys Straßenkreuzer. Noch erleichterter war ich, als ich aus Feisals ansonsten unverständlicher Anweisung an den Fahrer das Wort »Winter Palace« heraushörte. Wir gingen nicht hinein, sondern setzten uns auf die belebte Terrasse. Ich bestellte Kaffee.

»Kommen wir gleich zur Sache«, sagte ich. »Was ist los?«

»Wie können Sie das noch fragen?«

»Aber ich frage Sie. Es hat doch mit Dr. Mazarins Tod zu tun, richtig? Eine nette Beförderung für Sie.«

Seine Haut verfärbte sich merkwürdig braungrau. »Glauben Sie etwa, ich hätte etwas damit zu tun?«

»Wenn ich das glaubte, säße ich nicht hier. Aber Sie gehören doch zu einer dieser ... äh ... revolutionären Zellen, oder?«

Feisal wurde noch eine Nuance grauer. »Falls Sie miterleben wollen, wie man mich lebenslänglich ins Gefängnis wirft, müssen Sie nur ein wenig lauter sprechen.«

»Tut mir leid.«

Feisal leerte seine Tasse und bestellte eine zweite. »Vergessen Sie die Politik. Mit unserer augenblicklichen Situation hat sie nichts zu tun. Ich habe den Eindruck, daß Ihnen das klar ist.«

Er hielt inne und sah mich erwartungsvoll an.

Seine wenigen Andeutungen hatten meine Vermutung bestätigt. Aber obwohl ich mich danach verzehrte – oder sagen wir lieber »darauf brannte« –, mehr zu erfahren, hatte ich nicht vor, meinen Verdacht ausgerechnet einem der Verdächtigen mitzuteilen.

»Bitte, fahren Sie fort«, sagte ich deshalb.

Feisal holte ein Taschentuch hervor und wischte sich die Stirn. »Ich gehe ein großes Risiko ein, wenn ich Sie warne, aber ich konnte mich nicht einfach aus dem Staub machen und Sie Ihrem Schicksal überlassen. Ich werde mich verstecken, und Sie müssen das auch tun. Ich kann Sie an einen sicheren Ort bringen.«

Ich stöhnte. »Warum tu ich mir das alles an?« fragte ich ins Leere. »Man müßte eigentlich annehmen, daß ich inzwischen vernünftiger geworden bin. Nein danke, Feisal. Wenn Sie mich entschuldigen, werde ich mir jetzt an den Tischen ein wenig Geld zusammenbetteln, damit ich mir ein Taxi...«

»Zurück in die Höhle des Löwen?«

»Genau. Denn Ihre Geschichte kommt mir ziemlich aberwitzig vor.«

»Ich habe Ihnen doch gesagt...«

»Sie haben mir überhaupt nichts gesagt. Sie haben nur von irgendwelchen vagen Gefahren gesprochen. Beanspruchen Sie meinen Verstand, Feisal. Nennen Sie mir zwei – zum Teufel, ich bin auch mit einem zufrieden –, also einen guten Grund, warum ich Ihr Angebot annehmen sollte.«

Feisal stöhnte ebenfalls. Wir klangen wie zwei kranke Hunde.

»Ich wollte Ihnen das hier zeigen.« Er öffnete seinen Aktenkoffer und holte ein Blatt Papier heraus.

Es war nichts darauf geschrieben. Es war ein Stück schmuckloses, schwarzes Papier, etwa zwanzig Quadratzentimeter groß.

Ich spürte, wie das Blut langsam aus meinem Kopf wich; im Gehirn fing es an und griff dann auf meine Stimmbänder über. Zunächst brachte ich nur ein schreckliches Gurgeln heraus. Schließlich gelang es mir, mich zu räuspern. »Wer hat Ihnen das gegeben? Larry? Max?«

»Wer ist Max?« Entweder war er wirklich erstaunt, oder er hätte sich bei Sir Laurence Olivier als Schauspiellehrer bewerben können.

»Er macht Scherenschnitte«, murmelte ich, während ich das schwarze Stück Papier anstarrte. »Als Hobby. Seine anderen Hobbys sind Betrug, Diebstahl und Mord. Kunst und Antiquitäten sind seine Spezialität. Ich dachte, er wäre im Gefängnis! Ich selbst war an seiner Festnahme beteiligt! Wie zum Teufel ist er...«

Ich schob meinen Stuhl zurück und stand auf. »Ich muß Schmidt da rausholen. Wenn Max einer von diesen Leuten ist... Oh, mein Gott, er muß es sein! Er war vorsichtig genug, mir aus dem Weg zu gehen, aber ich hätte sofort darauf kommen müssen. Bestimmt hat er eine Perücke getragen, als ich ihn das erstemal...«

Ich verschwendete meine Zeit, indem ich hektisch unter dem Tisch nach meiner Handtasche suchte, ehe mir einfiel, daß ich sie gar nicht dabei hatte. Feisal packte mich am Arm, als ich blindlings auf die Straße hinaustaumelte.

»Einen Moment. Sie haben kein Geld für ein Taxi.«

»Ich sage dem Fahrer, er soll warten. Nur so lange, bis ich Schmidt und meine Handtasche geholt habe.«

»Ich komme mit. Sekunde.«

Er warf ein paar Geldscheine auf den Tisch und nahm seine Aktenmappe, ohne den Griff um meinen Arm zu lockern. Als ich versuchte, mich loszureißen, sagte er: »Offenbar sind Sie nun überzeugt, daß Gefahr droht. Kommen Sie mit mir an den Ort, von dem ich gesprochen habe.«

»Nicht ohne Schmidt.«

Vor dem Hotel standen einige Rostlauben. Ich öffnete die Tür des ersten Vehikels – in der Hoffnung, daß es sich um ein Taxi handelte – und stieg ein. Feisal folgte mir.

»Ich holte ihn, nachdem ich Sie...«

»Nein, das werden Sie nicht. Fahrer!«

Feisal hielt mich in einer Umarmung, die mir fast den Brustkorb zerquetschte, und ließ eine Salve von Instruktionen an den Fahrer los. Ich verstand zwar kein Wort, war mir aber ziemlich sicher, daß er dem Mann nicht die Anweisungen gegeben hatte, die mir vorschwebten. Ich versuchte, mich zu befreien. »Lassen Sie mich los, Sie Mistkerl!«

»Selbstverständlich«, antwortete Feisal und nahm seine Arme weg. Als ich in den Sitz zurücksank, versetzte er mir einen Kinnhaken.

Offenbar hatte er mir irgendeine Spritze gegeben, denn als ich aufwachte, war es bereits Morgen. Sehr früh am Morgen; der Sonnenaufgang überzog den Boden mit einem hübschen, rosigen Hauch ... wo ich war, wußte ich nicht. Ohne die Umgebung in Augenschein zu nehmen, stürzte ich zur Tür. Eigentlich überraschte es mich nicht, daß sie abgeschlossen war. Vor dem einzigen Fenster befand sich ein verschnörkeltes Gitter. Trotz seines hohen Alters – das schwarze Eisen wies rostige Stellen auf – war es noch intakt. Das stellte ich fest, als ich daran rüttelte. Bestand sein Zweck darin, Menschen ein- oder auszusperren? Doch ganz gleich, wozu man es angebracht hatte, es genügte, um mich am Verlassen des Zimmers zu hindern.

Der Adrenalinstoß ließ nach, und ich begann zu zittern. Die Knie wurden mir weich. Ich stolperte zurück zum Bett und setzte mich.

Nachdem ich mich im Raum umgesehen hatte, mußte ich zugeben, daß ich schon an schlimmeren Orten eingesperrt gewesen war. Die Möbel sahen aus, als stammten sie aus dem ägyptischen Äquivalent eines Fabrikresteladens, waren jedoch sauber und ziemlich neu. Außer dem Bett gab es noch einen Tisch, eine Lampe und zwei Stühle. Auf dem Tisch befanden sich ein Krug (Plastik) voll Wasser, ein Glas (Plastik) und eine Schüssel (dreimal dürfen Sie raten), ein Stück Seife, ein Handtuch und die Taschenbuchausgabe eines Romans ohne Buchdeckel. Ich nahm das Buch zur Hand. Es war von Valerie Vandine. Ich schleuderte es quer durchs Zimmer.

Das Zimmer hatte nur eine Tür. Aber ich verfüge über Lebenserfahrung. Schließlich bin ich auf einer Farm aufgewachsen. Der gesuchte Gegenstand war dezent unter dem Bett versteckt.

Nachdem ich vierzig- oder fünfzigmal im Zimmer auf und ab gelaufen war, hob ich das Buch auf und fing an zu lesen.

Gerade setzte sich die kurvenreiche Madeleine de Montmorency zum zweitenmal gegen den Schurken zur Wehr, als ich ein Geräusch an der Tür hörte. Gleichzeitig berührten das Buch und meine Füße den Boden. Da es im Raum nichts gab, das ich als Waffe hätte benutzen können, mußte ich mich auf meine Geschicklichkeit, meinen Mutterwitz und meine bloßen Hände verlassen, was mich, wie ich zugeben mußte, entschieden in Nachteil versetzte.

Doch als ich die Gestalt in der Tür sah, sanken meine geballten Fäuste. Nicht einmal in meinen kühnsten Träumen hätte ich mir einen solchen Anblick ausmalen können.

Sie war knapp einen Meter groß, etwa hundert Jahre alt und hatte keinen einzigen Zahn im Mund. Alles an ihr, bis auf Gesicht und Hände, war in schwarzen Stoff gehüllt – die übliche Kleidung traditionsbewußter Musliminnen. In ihrem eigenen Haus und in Gegenwart einer anderen Frau brauchte sie keinen Schleier zu tragen. Als sie ihren Mund zu etwas verzog, was sicherlich kein Lächeln war, entblößte sie ihr Zahnfleisch. Sie kam ins Zimmer und stellte ein Tablett auf den Tisch.

Wo ich herkomme, gehört es sich einfach nicht, alte Damen zu schlagen. Offenbar sagte ihr mein entgeisterter Blick, daß von mir keine Gefahr drohte. Sie richtete sich zu voller Größe – etwa einen Meter acht – auf und wies zur Tür. Dann drehte sie ihr knochiges Handgelenk – einmal, zweimal, dreimal. Ich hatte verstanden: Drei Türen, drei Schlösser zwischen mir und der Freiheit.

Ich spielte schon mit dem Gedanken, meine Vorbehalte gegen das Schlagen alter Damen zu überwinden – nicht fest natürlich, nur ein kleiner Klaps –, als sie plötzlich zurücksprang wie eine ägyptische Zikade. (Sie sind schwarz, sehr groß und können nicht fliegen. Sie beamen sich von Ort zu Ort wie Kapitän Kirk.) Ehe ich handeln konnte, war sie draußen. Die Tür fiel krachend zu, und ich hörte, wie sich der Schlüssel im Schloß drehte.

Ich fluchte nicht. Ich war zu überrascht, um wütend zu sein. Was für eine komische Gefängniswärterin war das? Wo zum Teufel befand ich mich? Und wem zum Teufel hatte ich das zu verdanken?

Nachdem ich meinen Kaffee geleert und ein Stück des ungesäuerten Brotfladens geknabbert hatte, war ich mir ziemlich sicher, daß ich die Antwort auf die letzte Frage kannte: Nur ein Wahnsinniger konnte sich so etwas ausgedacht haben, und Grandma Moses paßte genau ins Bild. Ich fragte mich, wo er sie aufgetrieben hatte. Also machte ich mir, als ich fünfzig Seiten später wieder den Schlüssel im Schloß gehen hörte, nicht mehr die Mühe, eine Angriffsstellung einzunehmen. Wenn John im Spiel war, nutzten bloße Hände überhaupt nichts. Um ihn zu überwältigen, hätte ich einen Wasserwerfer gebraucht.

Der Mann, der hereinkam, hatte denselben lässig-provozierenden Gang und dasselbe arrogante Grinsen. Aber es war nicht John, sondern Feisal.

»Haben Sie nichts von Barbara Michaels oder Charlotte MacLeod da?« fragte ich, wobei ich das Buch schwenkte. »Ich kann Valerie nicht ausstehen.«

Feisal ließ sich bequem auf einem der Stühle nieder. »Falsches Stichwort. Eigentlich müßten Sie jetzt »Wie können Sie es wagen?« oder »Was haben Sie mit mir vor?« sagen, damit ich Sie lüstern anglotzen kann.«

»Lassen wir diese Wortspiele«, sagte ich. »Wer ist die alte Dame?«

»Meine Großmutter.«

»Sie mieses Subjekt. Sie sollten sich schämen, Ihre unschuldige Großmutter in die Sache hineinzuziehen. Oder ist sie gar nicht so unschuldig?«

»Oh, doch. Sie glaubt, mein Interesse an Ihnen wäre persönlicher Natur.«

»Einen Moment mal.« Ich glaubte ihm zwar nicht, aber ich hielt es trotzdem für ratsam, vom Bett aufzustehen. Ich setzte mich auf den anderen Stuhl ihm gegenüber. »Eine liebe, altmodische Moslem-Oma würde sich doch nie an einer Entführung und Vergewaltigung beteiligen.«

»Natürlich nicht.« Feisal machte ein entsetztes Gesicht. »Sie weiß, daß ich auf Frauen unwiderstehlich wirke, und glaubt, daß Sie sich nur zieren. Aber keine Angst«, fuhr er fort, während ich nach den richtigen Worten suchte, um meinen Gefühlen Ausdruck zu verleihen, »so sehr es mich auch reizen würde, Ihnen die

Unschuld zu rauben, Sie sind vor Aufmerksamkeiten dieser Art völlig sicher.«

»Und warum?«

Feisal seufzte. »Wahrscheinlich liegt es an den Jahren in Oxford. Es ist zwar nur eine Fassade, aber sie haftet an einem wie Klebstoff. Außerdem hat man mir ausdrücklich mitgeteilt, wie viele Quadratzentimeter Haut man mir abziehen würde, wenn auch nur der Hauch meines Atems auf Sie fiele. Der Betreffende zitierte, wie ich glaube, aus dem *Kaufmann von Venedig.*«

»Er zitiert häufig Shakespeare«, stimmte ich zu. »Wie galant, daß er sich Gedanken über meine Unschuld macht. Oder will er mich nur zwischenlagern?«

Feisal verschränkte die Arme. »Vicky, Sie müssen die Situation einfach ernstnehmen. Sie sind hier vollkommen sicher. Wahrscheinlich ist das hier der einzige Ort in ganz Luxor, an dem sie vollkommen sicher sind. Wenn Sie darauf bestehen, besorge ich Ihnen anderen Lesestoff. Warten Sie einfach ein paar Tage.«

Ich gab mich so ungerührt wie er, verschränkte die Arme und streckte die Beine aus. »Und was geschieht in ein paar Tagen?«

»Ich werde Sie nicht fragen, wieviel Sie wissen«, fing Feisal an.

»Offenbar weiß ich mehr, als ich zu wissen glaube. Welcher wichtige Hinweis, den ich zwar anscheinend bemerkt, aber nicht richtig gedeutet habe, hat zu dieser überstürzten Aktion geführt?«

Feisal zog die hübschen, schwarzen Augenbrauen zusammen, doch als er sprach, klang er eher verwirrt als zornig: »Erstaunlich. Sie haben wirklich keine Ahnung?«

»Ich verstehe kein Wort.«

»Offensichtlich. Warum warten Sie nicht einfach ab und überlassen alles uns?«

»Bedeutet ›uns‹ Sie und John? Ich klammere mich nur ungern an einen so dünnen Strohhalm.«

Ich habe nie herausgefunden, warum so viele Ägypter solch dichte Wimpern haben. Feisals waren so borstig wie eine Zahnbürste. Sie senkten sich und verbargen seine Augen. »Er hat mich hineingezogen«, sagte er, »und er hat versprochen, mich wieder herauszuholen.«

»Ach, Sie armer, vertrauensseliger Mann!« rief ich in aufrichtigem Mitgefühl aus.

Feisal gab den Versuch auf, unbeteiligt zu wirken. Er funkelte mich wütend an. »Sie können einem wirklich auf die Nerven gehen. Ich versuche, Ihr Leben zu retten, und riskiere dabei mein eigenes. Wenn man herausfindet, was ich getan habe, werde ich eines langsamen und qualvollen Todes sterben.«

»Wo ist Schmidt?« fragte ich, ohne auf seine theatralische Bemerkung einzugehen. Vielleicht beruhte sie auf Wahrheit, vielleicht nicht, doch im Augenblick war mir das vollkommen gleichgültig.

»In Sicherheit.«

Jetzt oder nie, sagte ich mir. Großmutter würde nicht so wachsam sein, nun, da ein großer, starker Mann im Haus war. Außerdem war mindestens eine der drei Türen im Moment nicht verschlossen. Und vielleicht wiegte sich Feisal derart in der Illusion männlicher Überlegenheit, daß er auch die anderen offengelassen hatte. Ich seufzte lächelnd, lehnte mich in meinem Stuhl zurück, hakte beide Füße unter der Querstrebe von Feisals Stuhl ein und zog an.

Das Geräusch, mit dem Feisal und der Stuhl zu Boden stürzten, befriedigte mich sehr. Wie ich gehofft und erwartet hatte, kam sein Hinterkopf heftig mit den nackten Dielen in Kontakt. Ich war schon aus der Tür, als ich ihn schreien hörte. Er brüllte zwar auf Arabisch, doch ich entnahm dem Tonfall, daß es sich um Unflätigkeiten handeln mußte.

Panisch wirbelte ich im Kreis, weil ich nicht wußte, in welche Richtung ich mich wenden mußte. An jedem Ende des kurzen Korridors befand sich eine Tür. Da meine Chancen, die richtige zu erwischen, fünfzig zu fünfzig standen, entschied ich mich für die linke.

Falsch. Diese Tür führte nicht auf die Straße, sondern in die Küche. Als ich sie öffnete, stand ich vor einem Herd, einem Tisch, einer Spüle und Oma.

Hoffentlich habe ich noch solche Reflexe, wenn ich einmal hundert bin. Großmütterchen fauchte mich zahnlos an, sprang zurück und griff nach etwas auf dem Tisch. Dort befanden sich verschiedene Gegenstände: Ein Topf, ein paar Zwiebeln und ein langes Messer. Ich wartete nicht ab, bis sie das Richtige gefunden hatte. Ich schubste Oma so sanft, wie die Umstände es gestatteten, und eilte, gefolgt von Geschrei und Verwünschungen, zur anderen Tür. Die Verwünschungen kamen von Feisal, dessen Schritte ich im Korridor hörte.

Die dritte Tür war auch nicht verschlossen. Allerdings erhielt meine Begeisterung einen gewaltigen Dämpfer, als ich mich nicht auf der Straße, sondern in einer von Mauern umgebenen Einfriedung wiederfand. Sie war nicht geteert. Aus der Erde ragte Unkraut (vielleicht waren es auch Zwiebeln) hervor; ein paar Hühner pickten gelangweilt im Boden. Als ich zum Tor rannte, stoben sie entrüstet gackernd auseinander. Feisal hatte das Tor ebenfalls nicht verriegelt, so sehr war er von sich überzeugt.

Ich machte mir weder die Mühe, es hinter mir zu schließen, noch blieb ich stehen, um zu überlegen, in welche Richtung ich eigentlich wollte. Jede Richtung war besser als das hier. Diesmal wandte ich mich nach rechts und rannte, als wäre der Teufel hinter mir her. Die Hühner fingen wieder an zu gackern, und ich hörte Feisal wortreich fluchen.

Zuhause in Amerika hätte man diese Straße eine Seitengasse genannt. Sie war schmal, ungeteert und von hohen Mauern gesäumt – wie ich annahm, die Rückseite von Höfen, ähnlich dem, aus dem ich gerade entkommen war. Niemand war zu sehen, nicht einmal ein Huhn, doch nicht weit entfernt entdeckte ich Menschen, Autos und weitere Zeichen der Hoffnung.

Ich weiß nicht, wie weit Feisal hinter mir lag, als ich aus der Seitengasse auf die Straße stürmte. Er folgte mir nicht. Aber damit hatte ich auch nicht gerechnet. Er würde es nicht wagen, mich vor allen Leuten zurückzuschleppen, wenn ich mich sträubte und schrie.

Ich hatte keine Ahnung, wo ich mich befand. Offenbar in Luxor, doch nicht in dem Teil der Stadt, der mir vertraut war. Es sah eher aus wie eines der Städtchen, durch die wir auf unseren Besichtigungsfahrten gekommen waren – einstöckige Läden, Verkaufsbuden, holperige, mit Schutt bedeckte Gehwege. Ich ging weiter, ohne auf die neugierigen Blicke der Passanten zu achten.

Anscheinend war dieser Ort bei Touristen nicht beliebt, denn ich war die einzige Ausländerin weit und breit.

Nachdem ich ein paar Ecken weitergeschlendert war, atmete ich wieder normal. Der Fluß war immer noch nicht in Sicht. Nach der Sonne konnte ich mich nicht richten, denn sie stand hoch über mir. Ich würde jemanden nach dem Weg fragen müssen. Luxor war eine verhältnismäßig große Stadt, so daß ich stundenlang hätte im Kreis umherirren können, und ich hatte es eilig. Endlich entdeckte ich etwas, das wie eine Tankstelle aussah, besser gesagt, zwei Zapfsäulen und eine Hütte mit einem rostigen Blechdach. Einige Männer in Jeans und T-Shirts lungerten bei den Zapfsäulen herum.

Ich näherte mich. »Corniche de Nil?« fragte ich hoffnungsvoll.

Als Antwort bekam ich einen ausgestreckten Zeigefinger und einen arabischen Wortschwall, der, wie ich glaubte, auch ein unsittliches Angebot enthielt. »Vielen Dank«, sagte ich und ging die Straße hinunter, auf die der Finger gezeigt hatte. Ich mußte noch zweimal fragen, bis ich endlich vor mir einen freien Platz und funkelndes Wasser sah.

Ich hatte den Fluß und den Boulevard gefunden, und einige Meter vor mir entdeckte ich eine mir vertraute Ansammlung von Pylonen und Säulen: Karnak. Allerdings war es noch ziemlich weit bis zu meinem Ziel, und ich hatte Hunger und Durst. Außerdem hatte ich keinen Piaster in der Tasche.

Ich wandte mich an die erstbesten Touristen – ein Ehepaar mittleren Alters, das mit Kameras und Ferngläsern behängt war und auch sonst alle unübersehbaren Merkmale dieser Spezies aufwies. Er trug Shorts und ein mit Sphinxen und Palmen bedrucktes Hemd; sie las aus dem Baedeker vor.

Die beste Methode, Geld aus Leuten herauszuholen, ist, an ihre Vorurteile zu appellieren. Touristen in der dritten Welt rechnen geradezu damit, ausgeraubt zu werden, obwohl das, soweit ich informiert bin, in New York oder Washington um einiges wahrscheinlicher ist als in Kairo, geschweige denn in Luxor. Mein Äußeres bestätigte jedenfalls die tragische Geschichte, die ich den beiden erzählte.

Sie wollten, daß ich zur Polizei ging. Ich hielt mir das Taschentuch, das die freundliche Dame mir gegeben hatte, vor die Augen: »Nein, nein, das würde ich nicht ertragen! Ich muß sofort zurück ins Hotel. Mein Mann macht sich bestimmt schon schreckliche Sorgen. Wir wollten uns vor einer Stunde treffen. Und dabei hat er mich davor gewarnt, allein herumzulaufen ... da war ein Mann...«

Als ich ins Taxi stieg, hatte ich zehn Pfund und die Visitenkarte des Mannes in der Tasche. Ich hatte wirklich vor, ihm das Geld zurückzuzahlen, leider verlor ich seine Karte.

Der Fahrer ließ mich ein Stück entfernt vom Haus aussteigen. Nachdem ich ihn bezahlt hatte, war ich wieder pleite. Wahrscheinlich hatte er mir zuviel abgeknöpft, aber ich hatte keine Lust, mich mit ihm zu streiten. Der Fluß funkelte in der Sonne, und der Himmel war klar und blaßblau. Ich ging langsam weiter und überlegte mir dabei meinen nächsten Schritt.

Hatte man auch Schmidt an einen »sicheren Ort« verschleppt oder ihn dorthin gelockt? Wenn er nicht im Haus war, hatte ich keine Ahnung, wo ich ihn suchen sollte. Allerdings gab es Anlaß zu der Hoffnung, daß man ihn für zu harmlos halten würde, um ihn einzusperren. Sicher hatte man sich eine glaubhafte Erklärung für mein Ausbleiben in der vergangenen Nacht ausgedacht. Durch meine Flucht sah die Sache nun jedoch ganz anders aus. Feisal hatte genug Zeit gehabt, meine Flucht zu melden, und man rechnete bestimmt damit, daß ich wieder zum Haus zurückkehrte. John wußte, ich würde Schmidt nie seinem Schicksal überlassen.

In diesem Augenblick erschienen mir meine Überlegungen sinnvoll, was darauf hinweist, daß ich nicht allzu klar dachte. Ich war müde, hungrig und durstig, und ich machte mir schreckliche Sorgen um Schmidt. Und selbst wenn ich bereits gewußt hätte, was ich bald herausfinden sollte, wäre ich trotzdem ratlos gewesen. Schmidt zu befreien hätte weiterhin oberste Priorität gehabt.

Ich hatte mir ein paar verworrene Gedanken darüber gemacht, ob ich das Anwesen durch das Tor oder über die Mauer betreten sollte: Durch das Tor – denn ich hatte weder die Zeit noch die

Ausrüstung, um eine Mauer zu erklimmen, die oben mit Scherben und Stacheldraht bestückt war. Nicht eine Minute lang glaubte ich, unbemerkt aufs Grundstück gelangen zu können. Mein Plan, wenn man ihn so nennen wollte, lautete einfach: reinkommen. Danach ... ich hatte nicht die geringste Ahnung, was ich danach tun würde. Nun denn, dachte ich. Das Glück ist mit den Tapferen, die Sanftmütigen werden die Welt erben – und außerdem hatte ich eine hübsche, kleine Pistole in der Handtasche. Möglicherweise würde ich das verdammte Ding sogar benutzen müssen – falls es sich noch im Schrank befand, wo ich es zurückgelassen hatte, und falls ich es holen konnte, ehe man mich erwischte.

Als ich das Tor erreichte, hatte ich zum erstenmal Glück – und ich war gerade noch rechtzeitig gekommen. Zwei große Laster und ein Pritschenwagen warteten vor dem Tor. Die Laster waren verschlossen, doch die Ladefläche des Pritschenwagens war offen. Und besetzt; nach der Kleidung zu schließen, waren es Einheimische. Einige saßen, andere lehnten draußen am Wagen.

Sie freuten sich, mich zu sehen, und hatten offenbar keine Lust, mich mit unwichtigen Fragen zu behelligen. Vielleicht fragten sie auch, aber sie bekamen jedenfalls keine Antwort. Charmant lächelnd streckte ich die Arme aus. Ein Dutzend kräftiger, brauner Hände hoben mich auf den Wagen, und einige der Männer machten höflich Platz, als ich ihnen bedeutete, daß ich mich gern setzen wollte. Wie richtig ist es doch, daß Sprachschwierigkeiten einer wahren Freundschaft nicht im Wege stehen! Als der Pritschenwagen vor dem Haus ankam, waren meine Begleiter und ich schon ein Herz und eine Seele; die Beziehungen waren sehr eng. Ich mußte mich aus einigen freundlichen Armen befreien, ehe ich aussteigen konnte. Doch man fand sich grinsend, achselzuckend und unter liebevollen Abschiedsworten damit ab, daß ich mich verdrückte.

Mit einem, wie ich hoffte, lässigen Lächeln schlenderte ich an den Möbelpackern vorbei ins Haus. Sobald ich drinnen war, fiel die Lässigkeit von mir ab. Ich rannte den Flur entlang und die Treppe hinauf. Meine einzige Chance, wenn es überhaupt eine gab, bestand in der Schnelligkeit. Wahrscheinlich hatten die Diener nichts mit der Sache zu tun, doch wenn einer meiner Widersacher mich entdeckte, war mein Leben keinen Pfifferling mehr wert.

Unbemerkt – so hoffte ich – erreichte ich Schmidts Tür und drehte am Knauf. Die Tür rührte sich nicht. Mein Verstand arbeitete nicht auf vollen Touren. Ich konnte nur daran denken, daß sie ihn eingesperrt hatten, daß er ein Gefangener war. Einige wertvolle Sekunden verstrichen, bis ich den Schlüssel im Schloß entdeckte, und weitere ebenso wertvolle Sekunden dauerte es, bis meine schweißnassen Finger ihn umgedreht hatten.

Das Zimmer war leer. Nicht nur Schmidt fehlte, sondern auch seine Kleider und sein Gepäck. Ich sah im Schrank nach, um mich zu vergewissern, doch eigentlich war ich schon nach dem ersten Blick sicher gewesen. Schmidt kann sich keine fünf Minuten in einem Raum aufhalten, ohne seine Besitztümer überall zu verstreuen.

Die Türangeln waren gut geölt. Wenn ich nicht zufällig in diese Richtung gesehen hätte, wäre mir nicht aufgefallen, daß die Tür sich wieder öffnete. Panisch griff ich nach dem nächstbesten schweren Gegenstand – einer Messingvase, kunstvoll mit emaillierten und silbernen Einlegearbeiten verziert.

John schlüpfte durch den Türspalt und schloß vorsichtig die Tür.

Er wirkte nicht so elegant wie sonst: Sein Hemd war staubig, und in seinem Haar hing eine Spinnwebe. »Stell das Ding weg«, sagte er leise.

Ich holte mit der Vase aus. »Was habt ihr mit Schmidt gemacht? Wenn ihr ihm auch nur ein Haar ...«

»Er ist fort.« Argwöhnisch hing Johns Blick an meiner behelfsmäßigen Waffe. »Freiwillig und aus eigenem Antrieb.«

»Ich weiß jetzt, was hier gespielt wird«, sagte ich.

»Wirklich?«

»Ja. Hast du tatsächlich geglaubt, du könntest damit durchkommen ...«

Er hatte große Mühe, sich zu beherrschen. Ich kannte die Anzeichen: die zuckenden Hände, den angespannten Kiefer. Als er sprach, zitterte seine Stimme vor Wut, aber sie klang immer noch so leise, daß ich ihn kaum verstehen konnte. »Verdammt,

Vicky, kapierst du es nie? Ich weiß nicht, wie du hier hereingekommen bist ...«

»Nein? Du hast doch auf mich gewartet.«

»Im Wandschrank im Flur, um genau zu sein. Man hat mir gesagt, du seist entkommen, und obwohl ich gehofft habe, daß ich mich diesmal irrte, ahnte ich, du würdest so etwas tun. Und jetzt verschwinde auf der Stelle. Falls du es noch schaffst.«

Ich erwiderte seinen finsteren Blick. Die Zähne hatte ich so fest zusammengebissen, daß mein Kiefer schmerzte. Ich hatte nicht die geringste Absicht, durch diese Tür zu gehen, solange ich dazu an John vorbeimußte. Nicht einmal für einen Sekundenbruchteil wollte ich ihm den Rücken zuwenden. Nach einer Weile lockerten sich seine Hände, und er zuckte die Achseln. »Wenn du es nicht anders willst«, sagte er und wandte mir den Rücken zu.

Er konnte mich nicht gehört haben: Ich trug Turnschuhe, und der Teppich war dick. Er konnte mich auch nicht gesehen haben, denn es gab keine glatte Oberfläche, in der ich mich vielleicht gespiegelt hätte. Er wußte es einfach. Sein erhobener Arm traf mit einer unglaublichen Wucht gegen meinen, so daß ich die Vase fallenließ. Sie stürzte klappernd auf den Boden. Ich taumelte zurück und versuchte, seinen flinken, zugreifenden Händen zu entrinnen. Obwohl ich wußte, es war vergebens, sträubte ich mich zappelnd, selbst nachdem er schon meine Arme fest umklammerte und mir mit einer Hand den Mund zuhielt. Nun hatte er endgültig die Beherrschung verloren. Sein Gesicht war gerötet, und er tat mir weh. Seine Nägel gruben sich in meine Wange. Ich spürte, wie Tränen des Schmerzes und der Wut in meine Augen traten.

Er nahm die Hand von meinem Mund und lockerte seinen Griff ein wenig, allerdings nicht genug, als daß ich mich hätte befreien können. »Du Vollidiotin! Ich versuche, dich zu retten. Wenn du schreist, dreh ich dir deinen verdammten Hals um.«

Da seine Finger inzwischen um meinen Hals lagen, zweifelte ich nicht daran, daß er seine Drohung wahrmachen konnte – oder würde. Ich holte tief Luft und zwang mich, mich zu beruhigen. Ich lehnte mich an ihn. Die Zornesröte verblaßte, und seine Mundwinkel zogen sich nach oben.

»Vergiß es«, murmelte er.

Ich hatte gar nicht an etwas Bestimmtes gedacht. Seine Hand rutschte von meiner Kehle an meine Wange. Lange Finger griffen in mein Haar und zogen mir den Kopf zurück.

Beim Gedanken, wie ich ausgesehen haben muß, wird mir ganz schlecht: halb geöffnete Lippen, halb geschlossene Augen ... allerdings waren die Augen nicht ganz geschlossen, und mein Gesicht zeigte zur Tür. Die plötzliche Änderung meines Gesichtsausdrucks – von Schicksalsergebenheit zu Scham und Entsetzen – war ihm Warnung genug. Er ließ mich los und wirbelte herum.

Sie trug eine dunkle Hose und eine weite Leinenjacke und wirkte damit wie ein kleines Mädchen in den Sachen ihres großen Bruders. Das Haar hatte sie mit einem gelb und bernsteinfarben gemusterten Schal zurückgebunden. Er paßte zu der Farbe ihrer weit aufgerissenen, starren Augen.

»Ach, Sie sind es, Vicky«, sagte sie. »Wie schön, daß Sie wieder bei uns sind.«

»Wenn ich je Mordlust in den Augen eines Mannes gesehen hatte...« Diesen abgedroschenen Satz hatte ich Gott weiß wieviele Male in unzähligen Kriminalromanen gelesen und ihn nur für eine Phrase gehalten. Nun wußte ich, daß es keine Phrase war.

Er sprang so blitzartig los, daß ich kaum reagieren konnte. Ich fing seinen erhobenen Arm mit beiden Händen ab. »Verdammt, John!«

Mit einem einzigen Ruck angespannter Muskeln schleuderte er mich beiseite, als ob ich eine Schlange oder ein giftiges Insekt gewesen wäre. Ich taumelte rückwärts, rutschte aus und landete krachend auf dem Hosenboden. Den Schuß hörte ich nicht, aber ich hörte Johns Schreie und sah, wie er stürzte. Er krümmte sich vor Schmerzen.

So sah also ein Schalldämpfer aus, dachte ich, als ich die Pistole in Marys zarter Hand anstarrte. Aus irgendeinem Grund hatte ich ihn mir größer vorgestellt.

Ihre Lippen öffneten sich, und heraus kam ein Schwall übelster Schimpfwörter, die mich fast ebenso schockierten wie ihre Tat. Es klang, als ob Dorothy auf Onkel Henry und Tante Em fluchte. Ihr rosiger Mund war nicht mehr hübsch, sondern verzerrt wie der einer griechischen Furie. Und ihre Augen waren so dunkel wie Kaffeebonbons.

»Verdammt! Warum mußte er mir im Weg stehen?« Sie richtete ihre gelbbraunen Augen auf mich, und deren Ausdruck ließ mich zurückweichen. Das gefiel ihr. »Nun denn, es tut nichts zur Sache. In nächster Zeit wird er nirgends hingehen. Und Sie würden ihn doch nie verlassen, oder? Schauen Sie, ob Sie etwas für ihn tun können. Es wäre mir gar nicht recht, wenn er stirbt. Ich habe noch Pläne mit Ihnen, liebste Vicky, und der Spaß wäre nur halb so groß, wenn John nicht alles mitansehen könnte.«

Die Tür fiel zu. Der Schlüssel drehte sich im Schloß.

John setzte sich auf. »Verfehlt«, meinte mit Genugtuung.

Ich betrachtete den Fleck auf seinem Ärmel, der immer größer wurde. »Verfehlt?« krächzte ich.

»Eigentlich wollte sie etwas mehr Schaden anrichten.«

Das brauchte er nicht weiter auszuführen. Sie hatte gewußt, daß es nur den einen Weg gab, ihn aufzuhalten, indem sie einem von uns eine Kugel verpaßte. Wem von uns beiden war ihr offensichtlich egal. Wenn John mich nicht zur Seite gestoßen hätte ...

Und wenn ich mich nicht eingemischt hätte, wäre er vielleicht in der Lage gewesen, ihre Tat zu verhindern.

Von allen Fragen, die in meinem überhitzten Gehirn durcheinanderwirbelten, fischte ich die unwichtigste heraus: »Ist sie schwanger?«

»Bestimmt nicht von mir.« John blickte nicht auf. Er war damit beschäftigt, seinen Ärmel hochzukrempeln, und stellte sich dabei ziemlich ungeschickt an.

»Willst du mir damit sagen, daß du nicht ... daß du nie ...«

»Wie du vielleicht schon festgestellt hast, sind meine Grundsätze ziemlich dehnbar, aber es gibt einige Dinge, bei denen sogar ich die Grenze ziehe. Abgesehen von allen anderen Gründen ...« Er sah mich durch seine dichten Wimpern an. »Abgesehen von allen anderen Gründen würde ich lieber mit einer Tarantel ins Bett gehen. Wenn du mir nicht glaubst, und das tust du bestimmt nicht, kann ich ein paar Zeugen benennen. Max und Whitbread haben abwechselnd die Nacht bei uns verbracht. Wirklich sehr gemütlich ... Würde es dir etwas ausmachen, mir zu helfen? Sie ist sicher bald zurück, und in diesem Fall wäre es für keinen von uns beiden ratsam, noch hier zu sein.«

Eins zu null für ihn. Ich erhob mich und untersuchte den Medizinschrank. Er war gut gefüllt. Man hätte glauben können, daß unsere Gegner mit einem kleinen Krieg rechneten.

Ich klatschte etwas Gaze und Klebeband über die blutige Furche, die die Kugel geschlagen hatte. »Wie willst du aus diesem Zimmer rauskommen?« fragte ich. »Die Tür ist abgeschlossen.«

»Mit diesen kleinen, praktischen Dingern, die du klugerweise mitgebracht hast.« John zog eine Haarnadel aus meiner Frisur.

»Hast du deshalb ... Autsch! Das ist die mit dem Widerhaken am Ende, sie ist hängengeblieben ...«

»Einer der Gründe.« Seine Finger strichen zärtlich über meine Wange, so zart, daß ich es mir genausogut auch eingebildet haben konnte. »Dann tu du's doch. Ich habe nicht viel Übung darin, da ich meine Dietriche ansonsten anderswo aufbewahre. Danke.«

Er kniete sich neben die Tür und fing an, im Schloß herumzustochern. »Vielleicht sollten wir uns überlegen, was wir tun, wenn wir hier draußen sind«, meinte ich ängstlich.

»Das wichtigste Wort, mein Liebling, lautet ›draußen‹.« Anscheinend bereitete das Schloß Schwierigkeiten, denn er schwitzte stark, obwohl das Zimmer angenehm kühl war. »Mary wird gar nicht erfreut sein, wenn wir verschwunden sind.«

»Ist sie verliebt in dich?«

Die Haarnadel rutschte ihm aus der Hand und fiel klappernd auf den Boden. »Verdammt«, zischte John zwischen zusammengebissenen Zähnen. »Behalt deine gräßlichen Vermutungen für dich. Wenn ich das glaubte, würde ich meinem Leben ein Ende bereiten. Nein ...« Etwas klickte, und er preßte die Finger zusammen. »Ihr Motiv ist viel einfacher. Sie wirft mir – berechtigterweise, wie ich zugeben muß – vor, ich sei schuld am Tode ihrer Brüder.«

»Ihr Bruder ...«

»Brüder, sie hatte zwei.« Nach einer kurzen Pause sagte er

schicksalsergeben: »Der Schaden ist sowieso nicht mehr gutzumachen, also ist es sinnlos, wenn ich weiter schweige. Oder hattest du genügend Hinweise, um es selbst herauszufinden? Zwei Brüder, ein starker Hang zu manischer Mordlust und diese strahlenden, leeren, braunen Augen ...«

Es war wahr. Ich kannte nur einen Menschen mit derart ungewöhnlichen, goldbraunen Augen. Bei unserer ersten Begegnung in Stockholm hatte ich ihn für ein herausragendes Exemplar nordischer Männlichkeit gehalten, gebaut wie ein Wickinger und groß – wirklich groß. Einen Mann zu finden, der fünfzehn Zentimeter größer ist als ich, ist wirklich schwierig. Ich war sogar bereit gewesen, darüber hinwegzusehen, daß Leif nicht den geringsten Sinn für Humor hatte. Doch als ich herausfand, daß er Max' Boß war und zur Bande hörte, war meine jugendliche Begeisterung rasch verflogen.

John war tatsächlich schuld an Leifs Tod. In diesem Fall war meine Abneigung gegen Mord aufgrund des Umstandes verflogen, daß Leif versucht hatte, mich umzubringen. Und das wäre ihm unzweifelhaft gelungen, hätte John ihn nicht daran gehindert.

»Aber an Georges Tod bist du nicht schuld«, sagte ich, während ich zusah, wie Johns Hände sich am Schloß zu schaffen machten. »Oder doch?«

»Nein, sein Zellengenosse hat ihm letztes Jahr auf ziemlich grausige Weise den Garaus gemacht. Aber da ich an seiner Verhaftung beteiligt war, haben ihre Vorwürfe eine gewisse Berechtigung ... Ah, geschafft.«

Er gab mir die Haarnadeln zurück.

»Wohin jetzt?« fragte ich. »Ich weiß, raus hier. Wie?«

»Irgendwelche Vorschläge?« Vorsichtig spähte John durch den Türspalt.

»In mein Zimmer. Ich brauche meine Handtasche.«

»Wenn sie uns erwischen, brauchst du keine Handtasche mehr«, lautete die bedrückende Antwort.

»Mein Zimmer hat einen Balkon. Wenn wir durchs Haus gehen, werden wir bestimmt entdeckt.«

»Da hast du recht. Dann also los.«

Auch mein Zimmer war abgeschlossen. John ließ den Schlüssel stecken, nachdem er ihn umgedreht hatte.

Ich reichte ihm die Haarnadeln. »Wenn sie feststellen, daß die Tür noch immer abgesperrt ist, schauen sie vielleicht gar nicht hier hinein.«

»Wenn sie erst einmal unser Verschwinden bemerkt haben, werden sie überall nachsehen.« Er trat auf den Balkon. »Eigentlich hättest du erwähnen können, daß es neun Meter nach unten geht«, sagte er, als er zurückkam.

»Ich dachte, das wüßtest du.« Wir flüsterten beide. Die Schritte, die ich gerade vor meiner Tür gehört hatte, waren zwar nicht stehengeblieben, aber ich nahm an, daß der Betreffende bald zurückkommen würde. »Knote ein paar Bettlaken zusammen.«

»Das ist zwar abgedroschen, aber einen Versuch wert. Was zum Teufel tust du da?«

»Ich suche meine Tasche. Vielleicht habe ich sie in den Schrank...«

Obwohl ich damit gerechnet hatte, zuckte ich vor Schreck zusammen, als es geschah: ein wortloser Wutschrei – ob Mann oder Frau, war nicht festzustellen –, der kaum durch die schwere Tür gedämpft wurde. Die Antwort kam ebenso leise. »Ihr beide bewacht die Türen. Vielleicht sind sie noch im Haus.«

Ich hatte diese Stimme zwar seit einigen Jahren nicht mehr gehört, aber ich erkannte sie. Ich erstarrte, meine Finger umkrallten den Griff meiner Handtasche. John umfaßte meine Taille. Wie ich glaubte, versuchte er, mich zum Balkon zu ziehen. Doch stattdessen hob er mich hoch, stieß mich in den Schrank und schloß die Tür.

Und sperrte sie ab, ich wußte nicht wie. Ich hatte weder einen Schlüssel noch ein Schlüsselloch gesehen. Aber als ich von innen dagegendrückte, rührte sich das verdammte Ding keinen Millimeter. Dann hörte ich auf zu drücken. Ich hörte auch auf zu atmen. Die Zimmertür war aufgeflogen.

Vielleicht würden sie zuerst unter dem Bett nachsehen. Dann kam bestimmt der Schrank an die Reihe, ein anderes Versteck gab es nicht, und diese Burschen waren offenbar sehr gewissenhaft.

Und während sie mich suchten – und fanden –, würde John Zeit haben ...

Er hatte Zeit. Er war so geschmeidig wie eine Katze; er konnte – auf das Risiko, daß er sich ein paar Rippen brach – vom Balkon springen. Ich hätte es angesichts der Alternativen getan. Doch er blieb. Ich stand im Dunkeln, krümmte mich, biß mir auf die Fingerknöchel und verfluchte meine Feigheit, während ich dem Geschehen lauschte. Es dauerte nicht lange. Sie waren drei gegen einen.

Und einer von ihnen war Hans, Max' großer, etwas minderbemittelter Komplize. Das stellte ich fest, nachdem ich entdeckt hatte, daß es im Schrank nicht völlig dunkel war. Die Öffnungen des Gitters ließen Licht herein. Und einige dieser Öffnungen waren so groß, daß ich ungehindert hindurchspähen konnte.

Glücklicherweise war ich zu atemlos, um aufzuschreien. Sonst hätte ich es wahrscheinlich getan, als ich Max weniger als einen halben Meter entfernt von meinem weit aufgerissenen blauen Auge entdeckte. Sein kahler Schädel glänzte wie poliert. Die dicke Hornbrille machte ihn noch unkenntlicher – vermutlich hatte er früher Kontaktlinsen getragen. Doch wenn ich ihn mir einmal aus der Nähe hätte ansehen können, hätte ich ihn bestimmt erkannt. Allerdings hatte »Mr. Schroeder«, Larrys Sekretär, gute Gründe gehabt, um mir aus dem Weg zu gehen.

Eine von Hans' riesigen Fäusten umschloß Johns linken Arm. Der Kerl, der seinen anderen Arm festhielt, war mir ebenfalls bekannt. Rudi hatte immer einen mordlustigen Eindruck gemacht, und daran hatte sich nichts geändert. Ich schloß messerscharf, daß diesmal John sein Opfer werden sollte. Im Augenblick hielt Rudi sich mit einer Hand den Bauch und schnappte nach Luft, allerdings hatte der tapfere junge Mann noch immer genug Kraft, Johns Arm kräftig vor- und zurückzureißen. Natürlich schrie John auf. Selbstbeherrschung hatte noch nie zu seinen herausragenden Fähigkeiten gehört.

»Vorsicht«, sagte Max leise. »Das ist sein rechter Arm, Rudi. Den braucht er noch.«

Er hatte Blut ab Kinn. (Ich mußte feststellen, daß Hans unverletzt war und auch nicht blutete. John griff lieber Leute an, die kleiner waren als er.) Max holte ein Taschentuch heraus, wischte sich den Mund ab und betrachtete gründlich und angewidert die Blutflecken. Dann schleuderte er das Taschentuch zu Boden.

»Wo ist sie?« fragte er.

John riß die Augen auf, so weit er konnte. »Wer?«

Rudi war inzwischen wieder zu Atem gekommen. Seine Schultern bewegten sich, und John stieß einen Schmerzensschrei aus.

»Hör auf damit«, sagte Max. Doch es klang nicht, als ob er das wirklich so meinte.

»Wahrscheinlich ist sie über den Balkon geflohen«, fuhr er fort, »während Sie hier galant den Helden gemimt haben, um uns an der Verfolgung zu hindern. War das wirklich der Grund? Ich kann mir nur schwer vorstellen, daß Sie Ihre Haut riskieren würden, nicht einmal dieser Frau zuliebe.«

»Ich bin selbst überrascht«, gab John zu. »Bestimmt hatte ich andere Gründe. Warum denn nur? Sie sind doch ein so ausgezeichneter Menschenkenner, Maxie, vielleicht können Sie mir sagen...«

»Schafft ihn hier raus«, befahl Max barsch.

»Was ist mit der Frau?« fragte Rudi. Sein Blick suchte das Zimmer ab.

»Die einzige Frau im Haus ist meine mädchenhafte Braut«, antwortete John aalglatt. »Und die würde ich jetzt nicht stören, Rudi, alter Junge. Vermutlich wetzt sie gerade ihre Messer oder zerstückelt ein Baby oder...«

Ich wußte, daß Max die Beherrschung verlieren würde, wenn John lange genug so weitermache. John wußte das bestimmt auch. Max' Rückhand zielte verständlicherweise auf Johns Mund. Der Schlag war so heftig, daß Johns Kopf zurückgerissen wurde und er leblos zwischen den beiden Männern hing.

»Fesselt ihn«, befahl Max.

»Aber Herr Max«, widersprach Rudi.

»Und knebelt ihn. Wenn er noch einen seiner klugen Sprüche losläßt, kann ich möglicherweise nicht mehr an mich halten.«

Eigentlich wollte ich nicht zusehen, aber ich konnte nichts dagegen tun. Ich biß mir auf die Knöchel und beobachtete die Prozedur aufmerksam und ohne eine Träne zu vergießen. Sie fesselten ihm Hände und Füße und benutzten das Taschentuch, das Max auf den Boden geworfen hatte, als Knebel. Als sie damit fertig waren, hatten sich die Blutflecke darauf vermehrt.

Auch Max beobachtete die Szene. Er stand mit dem Rücken zu mir, als er kaltblütig sagte: »Schafft ihn weg. Ich bleibe hier und durchsuche das Zimmer, nur für alle Fälle.«

10. Kapitel

Eigentlich hätte mir das Herz stehenbleiben oder das Blut in den Adern gefrieren müssen, aber ich fühlte nichts. Abgesehen von einem unbestimmten, instinktiven Bedürfnis, Max den Hals umzudrehen.

Nachdem die anderen gegangen waren, schloß er die Tür und mit einem Blick auf den Schrank sagte er leise: »Es tut mir leid, daß Sie das mitansehen mußten, Dr. Bliss.«

»Mir tut es auch leid.« Seine Worte waren so plötzlich, um nicht zu sagen überraschend gewesen, daß ich ganz automatisch geantwortet hatte. Warum auch nicht? Schließlich wußte er, daß ich da war. Würde er sich jetzt dafür entschuldigen, daß er mich aus dem Schrank holte und mich Hans und Rudi auslieferte? Und Mary?

»Haben Sie eine Uhr?«

Ich dachte gerade an Mary und den Ausdruck in ihren Augen, als sie sagte, sie hätte noch Pläne mit mir. »Was? Oh. Ja.«

»Dann warten Sie eine Viertelstunde. Bis dahin werden die meisten von uns das Haus verlassen haben. Wenn Sie vorsichtig sind – ich schlage vor, Sie gehen über den Balkon –, müßten Sie es schaffen, unbemerkt zu verschwinden. Ich flehe Sie an, keine Dummheiten zu machen. Man würde Sie nur wieder erwischen.«

»Wo schaffen Sie ihn hin?«

Max ließ die Zunge gegen die Zähne schnalzen. »Aber, Dr. Bliss, Sie wissen doch, daß uns solche Fragen nicht weiterbringen.«

»Bitte, Max. Sie haben gesagt, daß Sie mir noch einen Gefallen...«

»Diesen Gefallen erweise ich Ihnen jetzt. Wenn man herausfindet, daß ich Ihnen bei der Flucht geholfen habe, sitze ich in der Tinte. Nehmen Sie das erste Flugzeug nach Kairo und verlassen Sie so schnell wie möglich das Land.«

»Sie wissen genau, daß ich das nicht tun werde.« Eine vernünftige Frau hätte wohl kaum ihre Zeit verschwendet, mit ihm herumzustreiten. Aber Vicky Bliss konnte natürlich den Mund nicht halten. »Sie haben mich doch einmal etwas gefragt, wissen Sie noch? Damals kannte ich die Antwort nicht. Jetzt schon. Ich liebe ihn, Max. Bitte...«

Max machte einen Schritt auf mich zu. »Weinen Sie etwa?« fragte er argwöhnisch.

»Das würde ich tun, wenn ich glaubte, daß es von Nutzen sei.«, schniefte ich.

»Es wäre vollkommen zwecklos. Ich kann beim besten Willen nicht verstehen, warum sich eine intelligente Frau wie Sie so benimmt. Sie sollten mir dankbar sein, weil ich ... Hören Sie auf damit!«

»Ich kann nicht«, schniefte ich. Dieses Gespräch zwischen einem höflichen Verbrecher und einem heulenden Schrank wäre einem unbeteiligten Beobachter sicherlich komisch vorgekommen. Allerdings war ich nicht unbeteiligt. Und Max fühlte sich sichtlich unwohl in seiner Haut. Ich verstand ihn nicht. Ich hatte ihn noch nie verstanden. Kaltblütige Verbrecher mit einer sanften Ader in ihrem harten Herzen gibt es doch nur in Romanen. Doch warum hatte er Rudi und Hans hinausgeschickt, wenn er mich nicht entkommen lassen wollte?

»Eine Viertelstunde«, wiederholte Max. »Es ist zwecklos, die anderen zu verfolgen. Inzwischen haben sie das Haus bereits verlassen. Aber sie ist noch hier, und es wäre ihr ein Vergnügen, Sie in die Finger zu bekommen. Sie tun ihm keinen Gefallen, wenn Sie sich wieder einfangen lassen.«

Er hielt sich für so schlau. »Ich kann nicht raus«, schluchzte ich. »Er hat mich eingesperrt.«

»Aber hier ist kein Schlüssel. Wie...« Er näherte sich dem

Schrank. »Aha. So also. Das ist gut, es wird Sie lange genug aufhalten. Auf Wiedersehen – oder besser, leben Sie wohl, Dr. Bliss.«

Ich stieß noch einige Schluchzer aus, als er zur Tür ging. Seine Schultern zuckten zwar, doch er drehte sich nicht um.

Nur für alle Fälle wartete ich einige Minuten. Als ich wieder gegen die Tür drückte, öffnete sie sich problemlos. Der Riegel war in die Schnitzerei eingearbeitet. Er war nicht versteckt, nur kaum zu erkennen, wenn man nicht danach suchte. Ich hätte die Tür aufbrechen können, indem ich mich kräftig dagegenwarf. Max hatte mir diese Mühe erspart. Außerdem wäre es ein Jammer gewesen, ein so schönes antikes Möbelstück zu beschädigen.

John hatte die Bettlaken auseinandergerissen, ehe wir gestört worden waren. Falls ich es noch nicht erwähnt habe: Sie bestanden aus Leinen so zart wie Seide und ließen sich leicht verknoten. Ich nahm die Stoffstreifen mit hinaus auf den Balkon, von dem aus man den Garten überblicken konnte. Ich hörte, daß hinter dem Haus etwas vor sich ging – wahrscheinlich waren es meine Freunde, die Möbelpacker. Auf meiner Seite des Hauses war niemand zu sehen, nicht einmal ein Gärtner. Trotzdem hielt ich Ausschau, während ich das Ende eines Bettlakens am schmiedeeisernen Geländer befestigte. Bevor ich über das Geländer kletterte und mein selbstgebasteltes Seil umfaßte, hängte ich mir die Handtasche um den Hals.

Da ich schon einige Klettertouren im Gebirge unternommen hatte, bildete ich mir ziemlich viel auf meine Fähigkeit ein, mich mühelos in einen Kamin oder an einer Felswand hinunterzulassen. Allerdings fand ich bald heraus, daß Bettlaken kein guter Ersatz für Seile und Haken sind. Meine verspannten Muskeln bewegten sich nicht so, wie sie sollten, das Laken dehnte sich, und die Tasche schlug ständig gegen meine Brust. Doch ich wagte nicht, sie wegzuwerfen. Auf der Flucht zu sein, ist schon schlimm genug. Aber ohne Geld, Paß und weitere nützliche Gegenstände auf der Flucht zu sein, kompliziert die Sache um einiges.

Die letzten drei Meter mußte ich mich fallenlassen, nicht weil das Laken zu Ende war, sondern weil meine Oberschenkel schlappmachten. Ich rappelte mich auf und huschte die Hauswand entlang, wobei ich mich unter jedem Fenster duckte, bis ich an der Ecke angekommen war.

Zwei Gärtner pflegten die Blumenrabatten, welche die Auffahrt säumten. Sie knieten mit dem Rücken zu mir und jäteten offenbar Unkraut. Ihre staubigen, ausgeblichenen Gewänder waren inmitten des schattigen Blattwerks kaum zu erkennen, und ihre weißen Turbane sahen aus wie Blumenkohlköpfe. Es standen keine Autos in der Auffahrt. Die Tore an ihrem Ende waren geschlossen. Ebenso die kleine Tür neben den Toren. Sie war mir bis jetzt noch nicht aufgefallen, aber ich hatte damit gerechnet, daß sie da sein würde: für Besucher, die das Haus zu Fuß betreten oder verlassen wollten.

Also hatte ich zwei Möglichkeiten. Eigentlich hatte ich mehrere, aber mich den Verbrechern auszuliefern, war eine, die mir nicht sonderlich zusagte. Auch die Alternative, über eine drei Meter hohe, mit Stacheldraht und Scherben bestückte Mauer zu klettern, gefiel mir nicht. Deshalb blieb mir, entweder loszurennen oder lässig an den Gärtnern vorbeizuschlendern. Ich entschied mich für zweiteres. Die Gärtner würden mich bestimmt sehen – und das sollten sie auch. Wahrscheinlich würden sie eher eine in panischer Angst Flüchtende, als eine friedfertige Spaziergängerin aufhalten.

Solange ich konnte, hielt ich mich im Gebüsch. Doch als ich den Pfad verlassen und ins Freie treten mußte, war ich noch immer drei Meter vom Tor entfernt. Eine Hand in der Tasche, die andere in der Handtasche, schritt ich zielstrebig auf das Tor zur. Einer der Gärtner setzte sich auf und sah mich neugierig an, als ich vorbeikam. Ich nickte ihm freundlich zu und schaffte es, nicht loszurennen. Mein Rücken fühlte sich so entblößt an, als hätte man mich nicht nur meiner Kleidung, sondern auch meiner Haut beraubt. Meine Nackenmuskeln schmerzten, während ich das Bedürfnis niederkämpfte, zurückzublicken.

Das Fußgängertor war verschlossen. Damit hatte ich gerechnet, aber ich hatte auch gehofft, daß es nur ein einfacher Schließmechanismus sein würde. Doch dieses Glück blieb mir versagt. Ich fand nicht einmal ein Schlüsselloch. Vermutlich konnte man das verdammte Ding ebenso wie das Haupttor nur elektronisch öffnen. Ich hörte den Gärtner etwas rufen. Nach der Betonung am Satzende zu urteilen, war es anscheinend eine Frage: »Wissen Sie denn nicht, daß Sie sich verabschieden müssen, bevor Sie gehen, Sie unhöfliche Person?« oder »Was zum Teufel haben Sie vor, junge Frau?«

Ohne zu antworten, ging ich weiter. Doch den nächsten Beweis seines Interesses an mir konnte ich nicht mehr ignorieren – er war zu nachdrücklich. Mit einem surrenden Knall traf die Kugel die Stahlverkleidung des großen Tors. Offensichtlich sollte ich die Sache allmählich ernstnehmen. Ich holte die Pistole aus der Handtasche, kauerte mich hin, hielt den Lauf an das Metallkästchen am Fuße der nächsten Säule und drückte ein paarmal ab. Meine Haltung war instabil, und meine Beine zitterten genauso wie meine Hände. Der Rückstoß warf mich um. Die nächste Kugel zischte ins Leere, genau an der Stelle, wo mein Kopf gewesen wäre, wäre ich nicht gestürzt. Dieser Mistkerl mußte ein Gewehr haben. Mit einer Handfeuerwaffe hätte er auf diese Entfernung nie so genau getroffen.

Der Schaltkasten war nun ein Gewirr aus rauchenden, zerschmetterten Metallteilen. Das Tor stand offen. So weit, so gut. Allerdings würde ich nicht weit kommen, wenn ich meinen Gegner nicht an der Verfolgung hinderte. Ich sah mich um. Der Mann mit dem Gewehr hatte das Schießen eingestellt und war losgerannt. Er befand sich immer noch einige Meter von mir entfernt, was jedoch nicht für den Gärtner galt. Ich konnte das Weiße in seinen Augen sehen. Also stand ich auf und richtete die Pistole auf ihn. Er war kein Held. Mit einem Aufschrei sprang er in den nächstbesten Busch. Auch ich schrie auf – inzwischen verlor ich allmählich meine berühmte Nervenstärke –, sprang durchs Tor und begann zu laufen – genau in ein Paar Arme, die mich umfingen.

Alles verschwamm vor meinen Augen. Ich hatte ein Klingeln in den Ohren, war kurz davor, hysterisch zu werden. Ich boxte meinen Angreifer in den Magen. Doch meine Faust prallte von einer Oberfläche ab, die so nachgiebig war wie ein Wasserball. Als er zurücktaumelte, riß er mich mit. Wir fielen auf den Sitz eines wartenden Autos, das mit quietschenden Reifen und begleitet vom

Geruch nach verbranntem Gummi losfuhr. Die Tür hing in den Angeln, bis jemand sie zuschlug.

Er war wieder auf mich gefallen. Ich blickte in ein Gesicht, das ganz nah vor meinem war, und brach in Tränen aus: »Schmidt! Oh, Schmidt, dich schickt der Himmel. Was zum Teufel machst du hier?«

Auch in Schmidts Augen standen Tränen, aber nur deshalb, wie er eigens betonte, weil ich ihn in den Solarplexus getroffen hatte. Nachdem wir unsere Arme und Beine entwirrt hatten, drückte er mich fest an seinen Bauch. »Lehn den Kopf an meine Schulter, mein kleiner Liebling«, sagte er zärtlich. »Papa Schmidt kümmert sich um den Fall.«

Bei diesen Worten fing ich wieder an zu weinen, und Schmidt mußte mir sein Taschentuch leihen und mich auffordern, mir wie ein braves Mädchen die Nase zu putzen. Das Auto bog quietschend in eine Seitengasse ein, die kaum breiter war als die, durch die ich heute gelaufen war. Der Fahrer fuhr so schnell, daß der Wagen an beiden Seiten die Mauern streifte.

»Was macht er da?« keuchte ich.

»Den Verfolgern entfliehen.« Schmidts glückliches Grinsen reichte von Ohr zu Ohr und vom Schnurrbart zum Doppelkinn. Er beugte sich vor, warf eine Handvoll Geldscheine auf den Beifahrersitz und rief etwas auf Arabisch. Mit einem Freudenschrei raste der Fahrer auf eine belebte Kreuzung zu.

»Schmidt!« Ich mußte die Stimme erheben, um das Motorengeräusch und das Wutgebrüll der anderen Autofahrer zu übertönen. »Schmidt, ich glaube, er hat sie abgehängt. Wäre es nicht weniger auffällig, wenn er mit normaler Geschwindigkeit fahren würde?«

»Wahrscheinlich hast du recht«, sagte Schmidt bedauernd. Eine weitere Handvoll Scheine und eine längere Ansprache führten zum gewünschten Ergebnis.

»Ich habe ihn angewiesen, uns einige Zeit in der Stadt herumzufahren«, meinte Schmidt und lehnte sich zurück. »Jetzt können wir uns unterhalten. Was ist passiert?«

Ich erzählte ihm alles. Als mir die Stimme versagte, fragte er ernst: »Also ist er ihr Gefangener?«

»Oder tot.«

Schmidt schüttelte so heftig den Kopf, daß sämtliche Doppelkinne wackelten. »Sie werden ihn nicht umbringen. Noch nicht. Vicky, du denkst nicht klar. Ja, ich verstehe, daß deine Gefühle im Widerstreit mit deiner Intelligenz liegen, daß dein Herz sich danach sehnt, dem Mann, den du liebst, zur Hilfe ...«

»Halt den Mund, Schmidt.« Ich biß mir auf die Lippe. »Tut mir leid, ich hab's nicht so gemeint.«

»Ha«, sagte Schmidt. »Nun. Ich wußte das nicht, was du mir über die junge Frau berichtet hast. Das erklärt jedoch die eine Sache, die mich verwirrt hat. Hör zu. Die Angelegenheit ist ernster, als ich gedacht habe, und wir müssen unverzüglich handeln. Gestern nacht ist Sir John ...«

»Das ist nicht sein richtiger Name.«

»Ich weiß, aber ich habe mich daran gewöhnt. Er paßt zu ihm. Gestern nacht ist er in mein Zimmer gekommen. Er sagte, er habe dich zu deiner eigenen Sicherheit fortgeschickt. Auch ich sollte dieses Haus schleunigst verlassen. Ich wollte seinem Rat folgen und kündigte heute morgen an, daß ich es für das beste hielte, in ein Hotel umzuziehen. Larrys Einwände waren nur Höflichkeitsfloskeln. Er machte einen geistesabwesenden Eindruck.«

»Er war bestimmt nicht bei der Sache. Hat er etwas dazu gesagt, daß ich gestern nacht nicht zurückgekommen bin?«

»Oh, ja. Er meinte, er sei besorgt, und fragte mich, ob ich wüßte, wo du sein könntest. Ich war sehr schlau.« Schmidt plusterte sich auf. »Ich antwortete, du seist eine erwachsene Frau, und dies sei nicht das erstemal, daß du die Gesellschaft eines attraktiven, jungen Mannes vorgezogen hättest.«

»Vielen Dank.«

»Das Wichtige dabei war nicht, daß er es glaubte, sondern daß er glaubte, daß ich es glaubte«, sagte Schmidt mit einem selbstzufriedenen Grinsen. »Meine naive Fassade kann sich manchmal als recht nützlich erweisen. Niemand versuchte, mich am Verlassen des Hauses zu hindern. Ha, aber sie werden es bereuen, wenn sie erst einmal herausfinden, wie sehr sie mich unterschätzt ...«

»Schmidt«, fing ich an, wobei ich versuchte, trotz meiner zusammengebissenen Zähne zu sprechen. »Irgendwann einmal werde ich einen ganzen Tag damit zubringen, dir zu bestätigen, wie brillant du bist. Im Moment aber habe ich es ziemlich eilig. Weich also nicht dauernd vom Thema ab. Warum warst du heute am Tor?«

»Und das gerade noch rechtzeitig«, fügte Schmidt hinzu. »Ich war nicht zufällig dort.«

»Das habe ich auch nicht angenommen.«

Inzwischen biß ich die Zähne nicht mehr zusammen, ich fletschte sie. Rasch sprach Schmidt weiter: »Ja, ich erzähl dir schon alles, aber unterbrich mich nicht ständig. Wie ich gesagt hatte, fuhr ich zum Winter Palace und nahm mir dort ein Zimmer. Ich verzehrte gerade mein Mittagessen, als ein Kellner mich zum Telefon rief. Es war Feisal. Er berichtete mir, er rufe auf Anweisung eines gemeinsamen Freundes an. Du habest den Fehler gemacht, ihm – das ist Feisal – wegzulaufen. Nun befürchte der Freund, du werdest zu Larry Blenkirons Haus zurückkehren. Er – der Freund – rate mir dringend, meine eigene und auch deine Flucht vorzubereiten. Ich solle draußen vor dem Tor wachen und versuchen, dich abzufangen.«

Ich hatte plötzlich die kuriose Vorstellung von Schmidt, der über dem Haus schwebte wie der Goodyear-Zeppelin oder ein recht wohlgenährter Engel. (Für Schmidt existierte der Himmel nicht, wenn ihm dort kein unerschöpflicher Vorrat dickmachender Lebensmittel zur Verfügung stünde.)

»Du warst zu schnell für mich«, fuhr Schmidt stirnrunzelnd fort. »Ich hoffte immer noch, ich würde dich kommen sehen, als ich Gewehrschüsse hörte. Ich wußte, daß sie bestimmt auf dich oder auf Ssss ... John schossen. Also sprang ich aus dem Taxi und wollte schon das Tor aufbrechen, als du herauskamst.«

»Das Tor aufbrechen«, wiederholte ich. »Wie hast ... Schon gut. Du bist ein Held, Schmidt. Ohne dich hätte ich es nie geschafft.«

»Ohne Johns Voraussicht und edlen Opfermut hättest du es nie geschafft«, verbesserte mich Schmidt. »Und jetzt müssen wir ihn retten, richtig? Weißt du, wohin sie ihn verschleppt haben?«

»Sie haben ihn nicht verschleppt.« Ich betrachtete meine Hand. Die Fingerknöchel waren aufgescheuert. »John ist es gelungen ...

die anderen abzulenken. Sie sind nicht besonders schlau. Aber Max konnte er nicht täuschen. Max wußte, daß ich nicht genug Zeit zur Flucht gehabt hatte. Er dachte sich, daß ich mich irgendwo im Zimmer versteckte. Der Schrank kam am ehesten in Frage. Als er seinen Komplizen befahl, John zu fesseln, wollte er mich irreführen. Ich sollte glauben, daß sie ihn an einen entfernten Ort bringen würden. Rudi wollte den Befehl sogar in Frage stellen, aber Max hat ihn unterbrochen. John ist immer noch im Haus. Deshalb muß ich zurück.«

»Aber natürlich«, sagte Schmidt.

»Ich mußte ihn zurücklassen, Schmidt. Ich mußte Max davon überzeugen, daß ich auf sein Märchen hereingefallen war, und sichergehen, daß die anderen mein Verschwinden bemerkten. Mein Abgang ist ein wenig auffälliger als beabsichtigt ausgefallen«, gab ich zu. »Doch jetzt sind sie bestimmt nicht mehr so wachsam. Sie rechnen nicht mit meiner Rückkehr. Wenn ich geblieben wäre . . .«

»Hör auf, Vicky.« Schmidt brachte mich mit dem Taschentuch zum Schweigen. Ich putzte mir die Nase und wischte mir das Gesicht ab, während er sanft weitersprach. »Du brauchst dich nicht vor mir zu rechtfertigen. Es wäre der pure Leichtsinn gewesen, anders zu handeln.«

»'tschuldige«, nuschelte ich. »Ich werde nervös, wenn man auf mich schießt.«

»Ha«, sagte Schmidt. »Und jetzt sei ruhig, damit ich dir etwas erzählen kann. Hast du mich für so dumm gehalten, daß ich nicht wußte, was du tust? Von Anfang an habe ich es gewußt – ich habe mehr gewußt als du, Frau Besserwisserin. Ich habe dir doch gesagt, daß ich nie ein Gesicht vergesse. Als ich Mr. Blenkirons Sekretär sah, erkannte ich ihn sofort als den verbrecherischen Scherenschnittkünstler.«

»Wie?« fragte ich ungläubig. »Du hast Max doch nie zu Gesicht bekommen. Er war im Gefängnis.«

»Und dort habe ich ihn gesehen, im Gefängnis. Ich war neugierig«, gab Schmidt zu. »Ich interessiere mich für kriminelle Hirne, und nach dem, was du mir von ihm erzählt hattest, glaubte ich, er müsse ein ungewöhnlicher Mensch sein. Auf dem Schiff hat er sich von dir ferngehalten, aber er hat nicht damit gerechnet, daß ich mich an ihn erinnern würde. Sobald ich ihn erkannte, war mir klar, es würde Schwierigkeiten geben. Natürlich hatte ich diesen Verdacht auch gleich beim Anblick von Sir John. Sollte es Zufall sein, daß du und er euch beide auf dem Boot befandet? Du beleidigst mich, wenn du meinst, daß ich ein solches Märchen glaube.«

»Du hast so getan, als würdest du es glauben.«

»Aber natürlich. Obwohl dein mangelndes Vertrauen mich sehr gekränkt hat. Doch ich habe dir verziehen«, sagte Schmidt großzügig. »Denn ich verstand deine verzweifelte Lage, als ich diesen schrecklichen Menschen erkannte. Wer die junge Frau war, wußte ich allerdings nicht, begriff jedoch schnell, daß es sich nur um eine Scheinehe handelte und sein Herz immer noch dir gehörte.«

Ich wollte schon eine sarkastische Bemerkung machen, änderte dann aber meine Meinung. Wenn Johns Herz mir nicht gehörte, hatte er sich um der Freundschaft willen sehr ins Zeug gelegt.

»Wie bist du darauf gekommen?« fragte ich kleinlaut.

»Dadurch, daß er dich nicht ansah, wenn er glaubte, andere bemerkten es, und daran, wie er dich anschaute, wenn er glaubte, andere sähen es nicht. Du«, meinte Schmidt, »konntest deine Gefühle besser verbergen. Hätte ich es nicht besser gewußt, ich hätte euch für Feinde, nicht für ...«

»Schon gut. Hat John dir erzählt, was sie vorhaben, Schmidt?«

»Nein, das mußte er mir nicht erzählen. Ich wußte es.«

»Wie hast ... Verdammt, schon gut.« Ich sah aus dem Taxifenster. Palmen, Blumenbeete, das gekräuselte Wasser des Flusses unter uns ...«Eins nach dem anderen. Bist du aus dem Winter Palace ausgezogen?«

»Nein. Weißt du ...«

»Um Himmels willen, Schmidt. Sie wissen, daß du dort bist; sie werden dich suchen.«

Schmidt stieß einen Schrei aus. Obwohl er sich so ruhig gab, waren seine Nerven nicht stärker als meine. »Trau mir doch ein kleines bißchen Verstand zu, Vicky! Wenn ich ausgezogen wäre, würden sie mich einfach woanders suchen. Jetzt warten sie darauf, daß ich wieder ins Hotel zurückkomme. Ich habe mein Gepäck zwar dortgelassen, aber alles Notwendige mitgenommen.« Er zeigte auf den Aktenkoffer, der neben ihm auf dem Sitz lag.

»Du hast recht, und ich bin eine Idiotin«, sagte ich zerknirscht.

»Nein, du bist keine Idiotin. Du fürchtest um das Leben und die Sicherheit des Mannes, den du ...«

Ich wollte ihn zwar nicht anschreien, aber ich wußte, ich könnte nicht anders, wenn er das Wort aussprach. Deshalb unterbrach ich ihn: »Ich habe auch alles Notwendige dabei, aber ich muß diese türkisgoldene Tasche loswerden. Sie ist zu auffällig.«

»Endlich denkst du wieder klar«, lobte Schmidt. Er beugte sich vor und richtete ein paar Sätze an den Fahrer.

»Ich wußte gar nicht, daß du Arabisch sprichst.«

»Ich spreche alle Sprachen.« Schmidt zwirbelte seinen Schnurrbart. »Allerdings ist mein Arabisch nicht sehr gut. Nur ein paar Redewendungen.«

Der Fahrer folgte – wie ich vermutete – Schmidts Anweisungen und hielt an einem der Straßenmärkte. Schmidt sprang aus dem Taxi. Er kam mit einem Arm voller Souvenirs zurück, zu denen auch eine neue Tasche gehörte. Sie war schwarz; auf einer Seite war Nofretetes Kopf abgebildet, die andere war mit Hieroglyphen beschriftet. Mehr als die Hälfte aller in Ägypten verkauften Souvenirs sind mit Nofretetes Kopf geschmückt.

»Wohin jetzt?« fragte ich, während ich Paß, Brieftasche und einige andere Utensilien in die neue Tasche umräumte.

»Ins ETAP«, antwortete Schmidt. »Gut, daß du deinen Paß dabei hast; wir brauchen unsere Pässe an der Rezeption.«

»Mit unseren richtigen Namen?«

»Wir haben keine andere Wahl, außer du hast zufälllig einen falschen Paß bei dir«, entgegnete Schmidt. Ich konnte ihm seinen Sarkasmus nicht übelnehmen. »Du kennst die Bestimmungen für Ausländer. Und schlag jetzt nicht vor, wir sollten ein billigeres Hotel wählen. Wenn sie uns suchen, werden sie zuerst in den Absteigen nachsehen, weil sie bestimmt glauben, daß wir nicht so leichtsinnig sein werden, wieder in ein Vier-Sterne-Hotel zu gehen. Das nennt man ein doppeltes Täuschungsmanöver«, fügte Schmidt hinzu.

Ich verließ nur ungern das Taxi, denn ich fühlte mich so auffällig wie eine rote Verkehrsampel. Allerdings würde ich in einem teuren Hotel, in dem es außer mir noch andere blonde Touristinnen gab, weitaus weniger Aufsehen erregen als in den Seitengassen von Luxors Altstadt. Schmidt hatte wieder einen ausgezeichneten Einfall gehabt. Also hielt ich mich im Hintergrund und betrachtete die ausliegenden Broschüren, während er uns anmeldete. Der alte Knabe war heute wirklich in Hochform – was für mich nicht galt. Falls unsere Feinde ihn aufspüren sollten, konnte er eine glaubhafte Begründung für seinen Hotelwechsel vorweisen. Mein Name würde in der Anmeldung überhaupt nicht auftauchen. Als er, geführt von einem Pagen, an mir vorbeikam, rief er laut: »Vierter Stock, richtig?« Ich wartete einige Minuten, ehe ich ihm folgte. Als ich im vierten Stock aus dem Aufzug stieg, wurde ich schon von Schmidt erwartet. Er brachte mich zu seinem Zimmer. Es war sehr hübsch, mit Balkon und getrennten Betten. Nicht, daß ich damit gerechnet hätte, eines davon zu benutzen.

»Gut gemacht, Schmidt«, sagte ich. »Jetzt müssen wir ...«

»... den Zimmerservice anrufen«, meinte Schmidt und tat es. »Wenn der Kellner kommt, versteckst du dich im Bad. Und jetzt mach den Mund zu, Vicky, in dieser Stellung sieht er sehr häßlich aus. Ich weiß, welche Angst dich peinigt, und daß du sehnlichst darauf brennst, dem Mann, den du ...«

»Nein«, sagte ich. »Ich glaube nicht, daß du das weißt.«

»Aber wir müssen einen Plan schmieden, anstatt uns Hals über Kopf in die Gefahr zu stürzen. Die Niederlage wäre unausweichlich. Seit wann hast du nichts mehr gegessen?«

Ich setzte mich auf eins der Betten. »Ich weiß es nicht.«

»Wir werden rennen, schießen und große Strapazen überstehen müssen«, meinte Schmidt genüßlich. »Dazu brauchen wir all unsere Kraft und Klugheit. Außerdem brauchen wir Verkleidungen. Und Waffen. Und Geld, viel Geld, für Bestechungen und ...«

»Du kannst nicht mitkommen, Schmidt.«

»Aber Vicky ...«

»Setz dich, Schmidt.« Ich klopfte auf das Bett neben mir.

Schmollend nahm Schmidt Platz. Ich legte den Arm um ihn – so weit es ging. »Du bist der Mann, den ich liebe, Schmidt. Und du bist tausendmal klüger als alle, die ich kenne, einschließlich mir selbst. Ich werde etwas essen und jede Verkleidung anziehen, die du mir besorgst. Und ich werde mit äußerster Vorsicht zu Werk gehen. Aber eine Person kann sich besser unbemerkt einschleichen als zwei.« Besonders wenn der zweite Schmidts Leibesumfang hatte. Allerdings hätte ich mir lieber die Zunge abgebissen, als das auszusprechen. »Außerdem muß einer von uns dem anderen Rückendeckung geben. Wenn ich es nicht schaffe, mußt du den Ball übernehmen. Das«, so fügte ich rasch hinzu, »ist ein Begriff aus dem Football, Schmidt, kein richtiger Vorschlag. Ich meine ...«

»Ich weiß, was Football ist«, schniefte Schmidt. Da er mir sein Taschentuch gegeben hatte, wischte er sich die Augen mit dem Handrücken ab. »Du meinst, ich muß dann zur Polizei gehen. Warum tun wir das nicht jetzt gleich?«

»Da fallen mir mindestens zwei gute ...« Ein Klopfen an der Tür unterbrach mich. Ich schleppte mich ins Bad und spritzte mir Wasser ins Gesicht, während ich wartete, bis der Kellner wieder fort war. Mein Gesicht hatte zwar weit mehr als nur Wasser nötig, aber wenigstens konnte ich den Großteil des Drecks entfernen, ehe Schmidt mich rief.

»Ich kenne diese Gründe«, sagte er, während er mir einen Platz anbot. »Es dürfte schwierig sein, die Polizei zu überzeugen, das Haus eines so angesehenen Gastes wie Herrn Blenkiron zu durchsuchen. Kannst du beweisen, was er vorhat, Vicky?«

»Nein.« Ich steckte irgend etwas in den Mund und kaute darauf herum. Das Schlucken fiel mir nicht leicht, aber ich schaffte es. »Das ist der eine Grund. Der andere ...«

»Ja, daran habe ich auch schon gedacht.« Untypischerweise schien Schmidt das Essen nicht zu schmecken.

Keiner von uns wollte es aussprechen. Selbst wenn die Polizei überredet werden konnte, das Haus zu durchsuchen, würde sie vermutlich nichts finden. Eine Leiche läßt sich leichter verstecken als ein lebendiger Mensch. John kannte die Pläne der Verbrecher genau. Sie brauchten ihn noch, um ihr Vorhaben in die Tat umzusetzen – und ich war ziemlich sicher, was seine Rolle dabei sein würde. Doch wahrscheinlich würden sie lieber ihre Vorgehensweise ändern als riskieren, daß John bei den Behörden aussagte.

»Und mir macht noch etwas Sorgen«, wechselte Schmidt taktvoll das Thema. »Glaubst du, es ist möglich, daß nicht alle Polizisten ehrlich sind?«

»Meiner Ansicht nach sind todsicher einige schwarze Schafe dabei. Bei den Sicherheitskräften jedes Landes gibt es immer welche, die sich kaufen lassen.« Ich legte die Gabel weg und sah meinen Chef bedrückt an. »Da ist noch ein kleines Problem, Schmidt. Bestimmt weiß nicht einmal John genau, wer von Blenkiron bezahlt wird und wer ahnungslos ist. Wenn wir uns an den Falschen wenden ...«

»Iß, iß«, drängte Schmidt. »Verlier nicht den Mut. Wir werden uns nicht an den Falschen wenden, weil wir sofort zur höchsten Instanz gehen werden, zu meinem alten Bekannten Dr. Ramadan, dem Direktor des Kairoer Museums, und zu meinem guten Freund, dem Innenminister, und zu dem netten Menschen, den ich einmal bei einem Kongreß kennengelernt habe ...«

»Das überlasse ich dir, Schmidt«, sagte ich. Ich konnte nicht essen. Ich konnte nicht denken. Ich konnte keine Sekunde länger stillsitzen. In diesem Augenblick hatte ich vollstes Verständnis für die Leute, die die Zensur von Filmen mit einem Übermaß ausdrücklich gewalttätiger Szenen forderten. Ich hatte offenbar zuviele dieser Streifen gesehen. Ständig flackerten Bilder in Technicolor über die Leinwand vor meinem geistigen Auge. »Sag mir, wie ich wieder in dieses Haus reinkomme.«

Das Haupttor kam nicht in Frage. Man würde es gut bewachen, vor allem, weil ich die elektronische Schließanlage außer Betrieb gesetzt hatte. Wenn ich erst einmal auf dem Grundstück war, konnte ich mich unter die Möbelpacker mischen und so ins Haus gelangen. Wenn die Möbelpacker noch da waren, und wenn ich es schaffen würde, über die verdammte Mauer zu klettern, und wenn mein Turban mir dabei nicht vom Kopf rutschte ...

»Vergiß es«, sagte ich ungeduldig und riß Schmidt den weißen Stoffstreifen aus der Hand, nachdem er mir zum drittenmal über die Ohren gerutscht war. »Ich kann mir das Ding sowieso erst umwickeln, nachdem wir das Hotel verlassen haben. Ich werde mogeln und Sicherheitsnadeln benutzen.«

Schmidt hatte einen kurzen Einkaufsbummel unternommen. Entlang des Boulevards gibt es Dutzende von Läden und Souvenirständen; das einzige Problem war, dort eine Galabyia ohne Pailletten, Stickerei oder bunte Streifen zu finden. Die, die er schließlich mitbrachte, war einfarbig grau. Nachdem ich sie zusammengeknüllt, durch den Blumenkasten auf dem Balkon gezogen und den Saum ausgefranst hatte, sah sie einigermaßen echt aus. Das weiße Stoffstück war ein Baumwollschal für Touristinnen. Mein hübscher, brauner Teint kam aus der Tube.

»Was hast du sonst noch da drin?« fragte ich. Die Neugier siegte über meine rasende Ungeduld, als Schmidt die Tube wieder in die Aktenmappe steckte.

»Kontaktlinsen«, erwiderte Schmidt. »Schwarze und braune. Eine Schere. Haarfärbemittel...«

Ich lehnte das Haarfärbemittel ab. Es würde zu lange dauern, um zu trocknen, und wenn es das gleiche Zeug war, das Schmidt für seinen Bart benutzt hatte, lief es wahrscheinlich aus.

»Reiseschecks«, fuhr Schmidt fort. »Und Geld. Nimm es. Vielleicht brauchst du es. Ich wechsle heute nachmittag noch ein paar Reiseschecks ein. Und nimm auch das da.«

Ich steckte das Geld in die Tasche. Der angebotene Gegenstand war ein Messer.

»Woher hast du das?« fragte ich. Die anderen Sachen hatte er wahrscheinlich aus München mitgebracht, aber mit dem Messer hätte man ihn nie durch den Zoll gelassen. Es hatte einen Holzgriff und eine zwanzig Zentimeter lange schimmernde Klinge.

»Vom Taxifahrer«, antwortete Schmidt seelenruhig. »Er hatte keine Pistole, aber...«

»Danke.« Ich konnte nicht wählerisch sein. Nur schade, daß der Taxifahrer keine Uzi dabeigehabt hatte.

Nun konnte ich doch nicht meine hübsche, neue Handtasche benutzen. Ich füllte meine Taschen mit so vielen nützlichen Utensilien, wie hineinpaßten, und verschloß sie mit Sicherheitsnadeln. Schmidt redete – irgend etwas über Kairo –, aber ich unterbrach ihn. »Los, gehen wir.«

Im Taxi legte ich meine Verkleidung an. Der Taxifahrer beobachtete mich so interessiert im Rückspiegel, daß er fast ein Fahrrad und zwei schwedische Touristen umgefahren hätte. Schmidt erzählte ihm irgendeine Geschichte – wahrscheinlich etwas Unanständiges, denn der Fahrer lachte lauthals, und Schmidt errötete, als ich ihn fragte, was er gesagt hatte.

Er setzte mich ab, und ich winkte ihm nach, als das Taxi zurück zum Boulevard fuhr. Die Vorbereitungen hatten viel zu lange gedauert. Die Sonne ging schon hinter den Klippen am Westufer unter; ihr greller Schein spiegelte sich im Wasser wider. Wahrscheinlich wäre es vernünftiger gewesen, bis nach Sonnenuntergang zu warten. Eigentlich stand das außer Frage: Es wäre wirklich viel vernünftiger gewesen.

Meine Einkaufstasche in der Hand schlurfte ich den von Schlaglöchern übersäten Gehweg entlang. Ausnahmsweise war ich froh, daß meine Füße groß genug waren, um Herrenschuhe zu tragen. Die Damenpantöffelchen waren geschmacklose Dinger mit hochgebogenen Zehen und goldenen Verzierungen. Nachdem ich ein paar hundert Meter gegangen war, war meine Fußbekleidung so staubig und abgeschabt wie die der anderen Passanten.

Der Anblick, der sich mir am Institutseingang bot, sorgte dafür, daß ich mich in der ersten Seitenstraße versteckte, die vom Boulevard abging. Ich hatte mit Wachen gerechnet. Aber ich hatte nicht erwartet, daß sie schwarze Uniformen tragen würden. Das bestätigte auf traurige Weise Schmidts und meine Befürchtungen. Offenbar hatte Larry die Polizei davon überzeugt, daß er Schutz brauchte. Wenn um das ganze Gelände herum Polizisten postiert waren, steckte ich fürchterlich in der Klemme.

Als ich auf Schleichwegen den hinteren Teil des Anwesens erreicht hatte, war es schon fast dunkel, und meine Nerven waren zum Zerreißen gespannt. Ein uniformierter, mit einem Gewehr bewaffneter Kerl hatte mich bereits von der Mauer verjagt, und gleich auf der anderen Seite der schmalen Straße standen Wohnhäuser. Endlich fand ich ein leeres, mit Unkraut überwuchertes Grundstück zwischen den Häuserzeilen, auf dem sich der Schutt türmte. Dort fiel kein Licht auf das Fundament der Mauer. Der Lehmputz war abgebröckelt, so daß die Ritzen im Mauerwerk bloßlagen. Niemand war zu sehen. Jetzt oder nie, sagte ich mir. Ich war inzwischen bereit, meine Pistole zu ziehen und jeden zu erschießen, der sich mir in den Weg stellen sollte. Das hieß, falls die Pistole überhaupt noch geladen war. Ich wußte nicht mehr, wieviele Schüsse ich abgefeuert hatte. Einige.

Noch nie war ich eine Wand so schnell hochgeklettert. Jeden Moment erwartete ich einen Schrei oder einen Schuß. Während ich mich mit den Zehennägeln und einer Hand an die Mauer klammerte, griff ich mit der anderen in die Einkaufstasche an meinem Rücken und holte das Kopfkissen heraus, das ich von Schmidts Bett genommen hatte. Es half ein wenig, doch der Stacheldraht verursachte einen langen Riß in meinem Gewand, als ich das Bein darüber schwang. Mein Schienbein wurde auch in Mitleidenschaft gezogen. Ich versuchte gar nicht erst, hinunterzuklettern; ich ließ mich einfach fallen.

Der Sturz aus drei Metern Höhe raubte mir den Atem. Außerdem hatte der Busch, in den ich fiel, eine Menge Dornen. Allerdings war es ein schöner, dichter Busch. Ich dankte Larrys Gartenbauarchitekten, daß sie sich solche Mühe gegeben hatten, die häßliche Mauer zu verdecken.

Ich hatte meine Nofretete-Tasche bei Schmidt gelassen und trug meine eigenen Kleider unter der Galabyia. Nachdem ich alles aufgesammelt hatte, was mir aus den Taschen gerutscht war, spähte ich durch die Zweige und versuchte herauszufinden, wo ich war. Der Swimmingpool – oder besser gesagt, der darum verlaufende Zaun – gab mir eine Orientierungshilfe. Ich setzte meinen Turban wieder auf und schlich zum Haus. Ich hielt mich, wann immer möglich, in den Büschen. Wenn es nicht möglich war, rannte ich, so schnell ich konnte, über die freie Fläche. Es würde bald dunkel werden, doch wenn die Möbelpacker schon Feierabend hatten ... Offenbar schickten sich die Gärtner gerade dazu an. Ich beobachtete, wie ein paar von ihnen, Rechen und Spaten über der Schulter, zu einem Schuppen gingen. Wahrscheinlich waren die anderen – die, denen ich auf keinen Fall begegnen wollte – gerade unterwegs. Nicht etwa zu einem neuen Versteck, wie Max mir hatte weismachen wollen, sondern um die arme, kleine Vicky zu suchen. Sie brauchten mich. Nicht nur wegen meiner persönlichen Qualitäten, sondern um John dazu zu bringen, seine Rolle zu spielen.

Und ich brauchte John. Nicht wegen seiner persönlichen Qualitäten, sondern weil er die Antworten auf gewisse wichtige Fragen kannte. Wie weit ging die Bestechungsaffäre? Wie viele Personen waren darin verwickelt? Unter anderem zögerte ich deshalb, mich an die Polizei oder den Geheimdienst zu wenden, weil ich sicher war, daß einige Mitarbeiter dieser Institutionen Komplizen der Verbrecher waren. Der Mann, den ich in Larrys Büro kennengelernt hatte, hatte darauf bestanden, daß ich ihn mit dem wunderbar anonymen Namen Achmet ansprach. Ganz sicher wurde er von Larry bezahlt. Der Zweck dieses Gesprächs war mir inzwischen sonnenklar: Ich sollte mich nicht mehr mit dem Fall befassen und auch nicht mit weiteren Personen Kontakt aufzunehmen.

Bevor ich Max gesehen hatte, war ich nicht sicher gewesen, ob Larry ebenfalls zu der Bande gehörte. Die Verbrecher hätten trotz einiger Schwierigkeiten auch ohne sein Wissen operieren können. Aber Larry hatte mir auf meine Frage, wie lange sein Sekretär schon für ihn arbeite, nicht die Wahrheit gesagt. Vor einem Jahr hatte Max noch in einem schwedischen Gefängnis eingesessen. Larry hatte die nötigen Hebel in Bewegung gesetzt und ihn herausgeholt, als er ihn brauchte. Es ist beängstigend, wieviel Macht man durch Geld erhält. Alle komplizierten Teile des Plans waren durch Larrys Einfluß und Geld vereinfacht worden. Wahrscheinlich gehörte ihm die *Queen of the Nile* – sowie die Mannschaft und der Kapitän und der Techniker, der folgsam die Kühlaggregate sabotiert hatte. Und Jean-Louis und Feisal. Es war nicht fair. Alle waren auf Larrys Seite. Alle außer John, der wie immer auf seiner eigenen Seite war. Ich wagte nicht darüber nachzudenken, warum er die anderen verraten hatte. Auch nicht darüber, welchen Preis er vermutlich dafür würde bezahlen müssen. Es gab da einiges, worüber ich nicht nachzudenken wagte. Wenn ich es tat, würden die Abwehrmechanismen abbröckeln, die ich im Laufe der Jahre entwickelt hatte, und eine solche Schwäche konnte ich mir im Moment nicht leisten.

Als ich mich der Seitentür näherte, hörte ich Stimmen. Die

Möbelpacker machten Überstunden. Doch ein Blick sagte mir, daß meine schlaue Idee kein zweites Mal funktionieren würde. Der Mann in der offenen Tür, der jeden musterte, der hinein oder hinaus ging, trug europäische Kleidung. Obwohl es noch nicht ganz dunkel war, hatte man das Flutlicht über der Tür eingeschaltet, damit er die Gesichter der Arbeiter besser erkennen konnte. So konnte ich meinerseits sein Gesicht klar erkennen. Er hatte sich mir als Bright vorgestellt. Aber eine Ahnung hatte mir gesagt, daß das nicht sein richtiger Name war.

Das Flutlicht war mir von großem Nutzen, da er kaum sehen konnte, was außerhalb des grellen Lichtkegels passierte. Ich schlich durch den Garten bis zur Terrasse. Als ich auf allen vieren im zweifelhaften Schutz der niedrigen Mauern dahinkroch, rutschte mir eine Sandale vom Fuß. Statt sie wieder anzuziehen, streifte ich auch die andere ab. Im Haus würde ich mich barfuß schneller und lautloser bewegen können.

Ich hatte mich auch darauf vorbereitet, notfalls eine Scheibe einschlagen zu müssen. Zu den nützlichen Gegenständen, die Schmidt mir aufgedrängt hatte, gehörte eine Rolle Klebeband. Doch die Glastüren waren nicht verschlossen. Im Salon brannte Licht, es war jedoch niemand da. Nachdem ich die Tür hinter mir zugeschoben hatte, entspannte ich mich ein wenig; allerdings wußte ich, daß das Gefühl, jetzt sicherer zu sein, sich hauptsächlich auf Wunschdenken gründete. Hinter Vorhängen und Möbelstücken konnte ich mich jederzeit verstecken. Viele der Möbel, an die ich mich erinnerte, waren bereits verschwunden – wahrscheinlich in einem der Lastwagen.

Ich wünschte, ich hätte den Grundriß des Hauses besser gekannt. Bestimmt gab es irgendwo Zimmer, die der Öffentlichkeit nicht zugänglich waren, und damit meinte ich nicht die Küche oder die Wirtschaftsräume. Wenn sie so geheim waren, wie ich glaubte – unterirdisch und mit allen möglichen Überwachungssystemen gesichert –, wäre der Zugang sicherlich nicht einfach. Ich hatte beschlossen, zuerst die Schlafzimmer zu durchsuchen.

Mein Turban hatte sich gelöst, und meine Hände zitterten zu sehr, um das verdammte Ding wieder in Ordnung zu bringen. Ich schlang ihn mir mit einem ordentlichen Pfadfinderinnenknoten um den Hals und schlich zum Flur, wo sich die Haupttreppe befand.

Wäre der Mann, der gerade herunterkam, barfuß gewesen, dann wäre ich ihm genau in die Arme gelaufen. Aber er trug Stiefel und schritt kräftig und selbstbewußt aus. Als ich ihn kommen hörte, versteckte ich mich wieder im Salon, wobei ich betete, daß dieser Raum nicht sein Ziel sein würde. Er schlug die andere Richtung ein: zu Larrys Arbeitszimmer. Die Tür ging auf, und ich hörte Stimmen, bevor sie sich wieder schloß.

Offensichtlich wurde gerade eine geschäftliche Besprechung abgehalten. Es waren mehrere Stimmen gewesen, einschließlich eines weiblichen Soprans, der nicht so sanft klang wie sonst, sondern erheblich lauter und schriller. Ich hatte nicht gewagt, den Neuankömmling zu beäugen – Max? Larry? –, jedenfalls befanden sich jetzt mindestens vier meiner Widersacher in diesem Büro.

Mit gerafftem Gewand rannte ich die Treppe hinauf. Alle Türen auf dem Flur waren geschlossen; die Glühbirnen in antiken, bronzenen Haltern leuchteten hell.

Eine systematische Suche hätte darin bestanden, alle Türen zu öffnen. Allerdings barg diese Methode auch Risiken. Schließlich konnte man nicht erwarten, daß sich die ganze Bande in Larrys Arbeitszimmer versammelt hatte. Wenn ich die Tür eines Zimmers öffnete, in dem sich jemand befand, wäre meine Suche sofort beendet worden. Ich probierte zunächst die Tür von Schmidts ehemaligem Zimmer und dann von meinem. Beide Räume waren dunkel. Ich mußte Licht machen, um mich zu vergewissern, daß niemand da war. Das war zwar nicht sehr schlau, aber ich hatte vergessen, eine Taschenlampe mitzubringen. Ich hatte eine ganze Menge vergessen.

Es wurde immer später. Jeden Augenblick konnte die Besprechung vorbei sein. Vielleicht sollte ich mich nach einem Versteck umsehen, für den Fall, daß jemand heraufkam. Wenn ich John nicht gleich fand oder wenn er nicht in diesem Teil des Hauses war, mußte ich warten, bis alle schliefen, bevor ich meine Suche fortsetzte. Vielleicht hatte ich ja Glück und konnte ein paar Gesprächsfetzen aufschnappen: »Gehen wir in den Keller, den man über eine Treppe neben der Küche erreicht, und schauen nach, ob unser Gast (Hohngelächter) sich auch wohlfühlt.«

Wie witzig! Offenbar hatte Schmidts blühende Phantasie schon auf mich abgefärbt.

Andererseits war es wahrscheinlich, daß sie ihn in den Keller gesperrt hatten (falls es überhaupt einen gab); möglicherweise auch in eines der Nebengebäude. Vermutlich war es Zeitverschwendung, die Schlafzimmer abzusuchen, aber es mußte getan werden, und jetzt, bevor die Hausbewohner sich zur Nachtruhe zurückzogen, war der beste Zeitpunkt dafür. Allerdings mußte ich zuerst ein vorübergehendes Versteck finden. Die schmale, schmucklose Tür in einer kleinen Nische sah aus, als ob sie in eine Besenkammer oder einen Wäscheschrank führte. Ich rüttelte daran. Niemand würde sich darin aufhalten.

Doch es war jemand darin.

Es war ein kleines Zimmer von etwa zweieinhalb oder drei Quadratmetern mit einem einzigen Fenster. Die Regale an den Wänden wiesen darauf hin, daß früher Bettwäsche oder andere Haushaltsgegenstände dort aufbewahrt worden waren. Die Möblierung bestand aus einem Feldbett, einem Tisch und einigen Stühlen.

Sie hatten sich nicht einmal die Mühe gemacht, die Tür abzuschließen.

Sein Kopf war vornübergesunken, sein Körper hing in den Stricken, mit denen er am Stuhl festgebunden war. Ich hatte nicht zu hoffen gewagt, ihn unversehrt vorzufinden. Sogar mit ein bißchen Blut hatte ich gerechnet. Doch nur die finstersten Alpträume hätten mich auf diesen Anblick vorbereiten können. Flecken bedeckten sein Hemd wie ein makabres abstraktes Muster in Rostbraun und Scharlachrot. Einige dieser Flecken waren waren noch feucht und hell, einige zu einem häßlichen Braun getrocknet.

Ich brachte kein Wort heraus. Das Geräusch kam dem Krächzen eines Vogels näher als einem menschlichen Schreckensschrei, aber offenbar erkannte John meine Stimme trotzdem. Sofort hob er den Kopf und sah mich stirnrunzelnd an.

»Du schon wieder«, sagte er wenig begeistert.

»Was ...« Bis auf eine geschwollene Lippe war sein Gesicht unverletzt. Ich räusperte mich und versuchte es noch einmal: »Was haben sie ...«

»Man nennt es den ›Tod der tausend Schnitte‹ oder etwas ähnlich Klangvolles. In kleinen Dosen setzt man diese Methode zur Disziplinierung oder als Überzeugungstaktik ein.« Seine Stirnfalten wurden tiefer. »Die Befragung drehte sich hauptsächlich um deinen augenblicklichen Aufenthaltsort. Ich hätte ihnen sagen sollen, daß sie sich die Mühe sparen können, weil du früher oder später sowieso hier aufkreuzen würdest. Mein Gott, Vicky, hat dir die eine Begegnung mit dieser schrecklichen Frau nicht gereicht? Seit zwei Tagen versuche ich, dich aus diesem Haus zu schaffen, und du kommst zurück wie ein ... ein verdammter Bumerang!«

»Du bist der widerlichste, undankbarste Mistkerl, den ich je ...«, fing ich an.

»Wenn du vorhast, hier herumzuschreien, mach wenigstens die Tür zu!«

»Oh.« Ich schloß die Tür.

»Darf ich mich in dem schmeichelhaften Glauben wiegen, daß du diesmal meinetwegen zurückgekommen bist?« fragte John in beißend höflichem Ton. »Das ist aber nett von dir. Nun gut, dann versuchen wir das mit der Flucht eben noch einmal. Vermutlich hast du eine Waffe bei dir. Vielleicht gar ein Messer? Wenn nicht, da liegt eins auf dem Tisch.«

Ich hatte es schon bemerkt und bemühte mich, nicht hinzusehen. Die Klinge war mit einer dunklen Kruste bedeckt. Ich raffte mein Gewand und holte mein eigenes Messer heraus. Ich hatte anstelle einer Scheide ein Stück Stoff darumgewickelt.

Ein ängstlicher Blick trat in Johns Augen, als ich auf ihn zugewankt kam. »Paß bitte auf, was du tust. In den Extremitäten befinden sich einige wichtige Arterien, und deine Anatomiekenntnisse ...«

»Ich glaube nicht, daß ich mich so gut auskenne wie sie.« Ich zweifelte nicht daran, wer das andere Messer benutzt hatte. Sein Hemd stand offen, und ich konnte einige der Schnittwunden sehen. Sie waren so ordentlich aufgereiht wie die Stiche einer Kreuzstichstickerei.

Es gelang mir, seine Fußfesseln durchzuschneiden, ohne eine Arterie aufzuschlitzen. Dann kroch ich hinter den Stuhl. Als das Messer seinen nackten Arm berührte, stieß er einen Fluch aus. »Ich versuche, das Messer zwischen deine Handgelenke zu schieben«, fauchte ich. »Das Seil sitzt recht eng.«

»Ach, wirklich?«

»Und wenn du nicht aufhörst, zu zappeln und herumzumeckern, bist du selbst schuld, wenn ich eine Arterie erwische.«

Nachdem das letzte Stück Seil gefallen war, stand John schwungvoll auf und fiel sofort auf die Knie. Ohne nachzudenken, streckte ich die Hände nach ihm aus. Er wich vor meiner Berührung zurück.

»Nicht. Warte einen Moment ...«

Hilflos stand ich da und sah ihn an, während er mühsam nach Luft schnappte. Sein Haar war dunkel vom Schweiß, und um seine Handgelenke verliefen tief eingegrabene, rote Striemen.

»John«, flüsterte ich. »Ich ... äh ... ich ...«

»Was ist?« Er blickte zwar nicht auf, reckte aber erwartungsvoll die Schultern.

»Ich ... es tut mir leid.«

»Es tut dir leid«, wiederholte John.

»Nun ... äh ... Es war sehr nett von dir, daß du mich im Schrank eingesperrt hast und ... alles andere. Natürlich wäre es nie zu all dem gekommen, wenn du mir schon früher erzählt hättest, daß Mary zur Bande gehört und eine verkappte Sadistin ist.«

»Gut gemacht«, sagte John. »Einen Augenblick habe ich schon geglaubt, die Vicky, die ich kenne und liebe, wäre auf einmal weich geworden.« Er grub in seinen Hosentaschen. Obwohl seine Hände noch gefühllos waren, gelang es ihm, ein Döschen herauszuholen, doch als er es öffnen wollte, entglitt es seinen Fingern.

»Laß mich mal.« Ich hob es auf. »Du bräuchtest eigentlich etwas stärkeres als Aspirin.«

»Das *ist* etwas stärkeres als Aspirin. Eine weiße und zwei gelbe Tabletten bitte.«

Diese Tabletten gefielen mir gar nicht. Wenn sie nicht illegal waren, dann waren sie bestimmt gefährlich. Vielleicht auch beides. Allerdings erschien mir der Moment nicht geeignet, ihm einen Vortrag über Drogenmißbrauch zu halten. »Kannst du sie ohne Wasser schlucken?«

»Das werde ich wohl müssen.«

Nachdem er sie hinuntergewürgt hatte, sagte ich: »Vielleicht sollten wir allmählich los.«

»Da bin ich ganz deiner Ansicht. Am besten erörtern wir erst den Fluchtweg, der dir vorschwebt. Dir schwebt doch sicherlich einer vor.«

»Soweit bin ich nicht gekommen«, gab ich zu.

»Ach wirklich?«

Wir knieten beide auf dem Boden. Als er sich umwandte, befanden sich seine Augen direkt vor meinen.

Eine Weile sprach keiner von uns ein Wort. Dann sagte er: »Falls du mich nicht unter den Arm klemmen und losrennen willst, wirst du dich ... sagen wir mal zehn Minuten gedulden müssen. So lange dauert es, bis die Tabletten wirken. Vorher schaffe ich vielleicht ein langsames Kriechen.«

»Haben sie gesagt, wann sie wiederkommen?«

»Nein, so rücksichtsvoll waren sie nicht. Warst du die ganze Zeit über hier? Aber doch hoffentlich nicht im Schrank.«

»Nein, ich bin geflohen. Das habe ich Max zu verdanken. Er wußte, daß ich im Schrank war.«

Die Nachricht war so überraschend, daß John aufschreckte. »Was? Woher weißt du das?«

»Wir hatten ein langes Gespräch. Er schickte Hans und Rudi aus dem Zimmer, bevor er mit mir redete, und er wollte mich ganz offensichtlich entkommen lassen. Allerdings hat er mir nicht verraten, wohin sie dich bringen, selbst nicht, nachdem ich ihm gesagt habe, daß ich ... äh ...«

»Leidest du plötzlich an Sprachstörungen?« meinte John. »Du hast was ... äh?«

»Bist du jetzt bereit, zu ...«

»Nein. Was hast du dem armen, alten Maxie gesagt? Bist du in Tränen ausgebrochen? Hast du ihm gesagt, daß du ... Oh, mein

Gott«, sagte John. Nur er konnte mir die Gedanken vom Gesicht ablesen. »Das darf doch nicht wahr sein! Du hast Max – ausgerechnet Max – das alte Romeo-und-Julia-Drama vorgespielt? Hast du gedroht, dich auf meinem Grabstein zu vergiften? Hast du versprochen, ihm bis ans Ende der Welt zu folgen und ihn zu erdolchen, ehe du dich von den Zinnen stürzt wie Tosca? Ich bin gerührt, daß du für mich einen Meineid geschworen hast, Liebling. Doch meine hohe Meinung von deiner Intelligenz ist schwer erschüttert. Es wäre leichter gewesen, an die Gefühle einer Klapperschlange zu appellieren als an diesen kaltblütigen, zynischen ...«

Die Tür öffnete sich einen Spalt, und ein Mann schlüpfte herein. Es war Max.

»Ah«, sagte er leise. »Ich wußte, daß ich Sie hier finden würde.«

Da ich auf meinem Gewand kniete, mußte ich aufstehen, um an meine Pistole zu kommen. Interessiert sah Max zu, wie ich in meinen Taschen wühlte. John rührte keinen Muskel. Sein Mund stand immer noch offen, seine Augen waren glasig. Endlich fand ich die Pistole und richtete sie auf Max. »Rufen Sie nicht um Hilfe«, sagte ich.

»Liebe Frau Dr. Bliss, ich hätte Zeit gehabt, ein ganzes Sonett aufzusagen, während Sie ihre Waffe suchten«, entgegnete Max. »Vielleicht etwas von Shakespeare oder von Mrs. Browning? Leider kenne ich mich mit englischen Dichtern nicht so gut aus.«

John schloß den Mund und räusperte sich, war jedoch noch nicht in der Lage, etwas zu sagen. »Drehen Sie sich um, Max«, befahl ich.

»Damit Sie mich mit dem Pistolengriff bewußtlos schlagen können? Ich glaube, lieber nicht, Dr. Bliss. Es wäre schmerzhaft für mich und nicht sehr nützlich für Sie.«

Schwankend stand John auf und nahm mir die Pistole ab. Nach einem Blick darauf steckte er sie in seinen Gürtel. »Würden Sie uns das bitte näher erklären, Max?«

»Ich dachte, ich hätte mich deutlich genug ausgedrückt«, antwortete Max. »Ich werde Ihnen bei der Flucht helfen.«

11. Kapitel

Glücklicherweise war John zu perplex, um zu widersprechen oder sich in langatmigen, sarkastischen Reden zu ergehen. Die Zeit wurde allmählich knapp. Die Besprechung im Arbeitszimmer war zu Ende; die Teilnehmer zerstreuten sich, um sich zum Essen umzukleiden – oder auch aus anderen Gründen.

Max wartete auf Mary. Er hatte uns zwar erklärt, was wir tun sollten, weigerte sich aber, meine Fragen zu beantworten. Dazu wäre keine Zeit mehr, hatte er gesagt, und als wir die schrille, hochfahrende Stimme vor der Tür hörten, hinter der wir lauschend standen, wurde mir der Grund klar. Er hatte damit gerechnet, daß sie sich vor dem Umkleiden noch ein wenig amüsieren wollte.

»Gehen Sie mir aus dem Weg, Max.«

»Nein, ich verbiete es. Sie haben schon genug Schaden angerichtet.«

»Sie haben mir nichts zu verbieten!«

»Dann werde ich mich an jemanden wenden, der die Macht dazu hat.« Seine Stimme wurde hart. »Er wird nicht zulassen, daß Sie das gesamte Unternehmen gefährden.«

Sie stieß einen Schwall von Substantiven und Adjektiven aus. Zuerst dachte ich, daß sie auf Max gemünzt waren, bis dieser trocken antwortete: »Ich kann Tregarth auch nicht ausstehen, aber das Geschäft hat Vorrang vor persönlichen Antipathien. Wir können ihn nicht zwingen, seinen Teil der Aufgabe zu erfüllen, wenn wir uns seinen Gehorsam nicht durch eine Geisel sichern. Und wenn Sie weiter Ihre kleinen Spielchen mit ihm treiben, wird er dazu auch nicht mehr in der Lage sein. Ich habe die Tür abgeschlossen und den Schlüssel eingesteckt. Also können Sie sich die Mühe sparen, später wiederzukommen.«

Sie stürmte davon, wobei sie Schimpfwörter brüllte, die eine Dame überhaupt nicht kennen sollte. Das Haus erzitterte, als sie ihre Zimmertür zuknallte. Max ging wortlos. Er hatte uns bereits unsere Instruktionen erteilt, und ich konnte es ihm nicht verdenken, daß er sein eigenes Risiko möglichst gering halten wollte.

Wahrscheinlich hielt man Mary bei Laune, indem man ihr Verräter und andere entbehrlichen Personen als Spielzeug überließ, ehe man die Bedauernswerten beseitigte. Auch ihr Bruder war ein großer Freund von Messern gewesen.

Max hatte mir den Schlüssel gegeben und mich angewiesen, abzuschließen. Meine Hand war so darum verkrampft, daß John meine Finger einzeln lösen mußte, um ihn mir abzunehmen.

»Was hast du vor?« fragte ich heiser flüsternd. »Er hat gesagt, wir sollen hierbleiben.«

»Er hat gesagt, wir sollen in der nächsten Stunde nicht versuchen, das Haus zu verlassen«, verbesserte John. »Ich würde lieber woanders warten. Ich teile dein blindes Vertrauen in Maxie nicht.«

»Warum tut er es dann?«

»Keine Ahnung. Aber du kannst sicher sein, daß er es nicht deshalb tut, weil sein Herz von Gefühlen gerührt wurde. Er hat nämlich keine. Vielleicht betrachtet er dich inzwischen als eine Art Maskottchen oder Glücksbringer. Er ist gräßlich abergläubisch – du mußt dir nur seine entsetzlichen Scherenschnitte ansehen. Sie sind nicht länger ein Hobby, sondern ein Wahn.« John öffnete die Tür und drehte sich dann zu mir um. »Willst du deine Pistole zurück?«

»Nein.«

»Dann hol das Messer. Du hast es neben dem Stuhl auf dem Boden liegenlassen. Und steck es nicht in die Tasche! Halt es in der Hand. Bleib dicht hinter mir. Wenn man uns entdeckt und ich dir sage, daß du weglaufen sollst, renn los, und zwar ohne erst lange mit mir herumzustreiten und auch ohne dich umzudrehen. Ist das klar?«

Ich nickte. Seine Anweisungen waren unmißverständlich gewesen. Ob ich mich daran halten würde, war allerdings eine andere Frage.

»Dann los.«

Entweder hatte er das Haus gründlicher erkundet, als ich dazu Gelegenheit gehabt hatte, oder er war früher schon einmal hier gewesen. Er ging nicht zur Treppe, sondern in die entgegengesetzte Richtung. Wir mußten an einigen Schlafzimmern vorbei, auch an Marys, und wenn ich mich inzwischen nicht in einem Zustand völliger Gefühlslähmung befunden hätte, wäre ich wohl auf der Stelle vor Schreck tot umgefallen, als ich aus diesem Raum ein Krachen und einen unartikulierten Schrei hörte. Es war ein Wutschrei gewesen. Offenbar machte sie ihren Gefühlen Luft, indem sie Lampen, Vasen und andere zerbrechliche Gegenstände zerschmetterte.

John ging mit ausholenden, regelmäßigen Schritten weiter und ließ sich nicht aus dem Takt bringen. Er bewegte sich jetzt weniger mühevoll. Das Ende des Flurs lag im Schatten, da es dort keine Wandleuchten gab. Was ich für eine Sackgasse gehalten hatte, entpuppte sich als Tür, die in derselben unauffälligen Farbe gestrichen war wie die Wand. Als John sie öffnete, sah ich eine Plattform, von der aus schmale, nackte Stufen nach unten und nach oben führten. Das Treppenhaus wurde von einer einzigen Glühbirne an der Decke beleuchtet. Eigentlich hätte ich wissen müssen, daß das Haus eine eigene Dienstbotentreppe besaß. Nicht, daß mir dieses Wissen etwas genützt hätte, denn auch in diesem Teil des Gebäudes befanden sich Menschen.

Ich fühlte mich ein wenig erleichtert, nachdem John die Tür geschlossen hatte. Doch als er sich auf die oberste Stufe setzte, fragte ich ängstlich: »Worauf wartest du? Die Diener werden hier vorbeikommen.«

»Nein, werden sie nicht. Wenigstens nicht so bald.« Er lehnte sich zurück, stützte sich auf die Ellenbogen und fuhr mit leiser Stimme fort: »Offensichtlich hast du noch nie mit dem Gedanken gespielt, eine Verbrecherkarriere einzuschlagen. Falls sich deine Zukunftspläne ändern sollten, denke bitte immer daran, daß es lebenswichtig ist, auf Zeitabläufe zu achten. Der Mensch ist ein Gewohnheitstier und besteht mit zunehmendem Alter immer mehr auf eine gewisse Regelmäßigkeit. Blenkiron speist jeden Tag um Viertel nach sieben zu abend. Die Diener bereiten gerade das Essen zu und nehmen ihre eigene Mahlzeit ein. Sie kommen erst nach oben, um die Betten aufzudecken, wenn die Gäste sich zurückziehen ...«

»John, wenn du nicht aufhörst, mir Vorträge zu halten, statt mir ein paar Fragen zu beantworten, schreie ich.«

»Dann stell vernünftige Fragen.«

»Wie bist du in diese Sache...«

»Nein, nein. Ich muß zugeben, diese Frage macht durchaus Sinn, aber unter den gegebenen Umständen ist sie weniger wichtig als eine Reihe anderer. Außerdem würde die Antwort einer ausführlichen Erklärung bedürfen, die du mir wahrscheinlich ohnehin nicht glauben würdest. Also versuch, daran zu denken, daß unser vorrangiges Anliegen im Augenblick...«

»Schon gut! Bleiben wir bis acht Uhr hier?«

»Wieviel Uhr ist es?«

»Viertel nach sieben.«

»Wie die Zeit verfliegt, wenn man sich amüsiert«, murmelte John. »In der nächsten halben Stunde ist dieser Platz so gut wie jeder andere. Aber ich muß noch etwas erledigen, ehe wir uns davonmachen. Du wartest hier, während ich...«

»Nein.«

»Es könnte ein wenig gefährlich werden...«

»Nein. Ich lasse dich nicht aus den Augen.«

John betrachtete mich nachdenklich. Schnell wich ich zurück. »Oh, nein, das läßt du schön bleiben. Du wirst mir kein zweitesmal einen Kinnhaken verpassen, auch nicht zu meinem besten.«

»Die Idee hat etwas für sich. Aber in diesem Fall würde es eher schaden als nützen. Außerdem würdest du wahrscheinlich zurückschlagen. Also gut, dann komm eben mit. Aber vergiß nicht, was ich dir gesagt habe.«

Die Treppe endete an einer anderen geschlossenen Tür. Als John sie vorsichtig aufschob, zuckte ich zusammen. Die Stimmen klangen, als wären sie nur wenige Meter entfernt. Das entsprach auch den Tatsachen. Der Raum zu unserer Linken war die Küche. Essensgeruch stieg mir in die Nase, und ich hörte das Klappern von Töpfen und Geschirr.

John schlug die entgegengesetzte Richtung ein. Er bewegte sich so lautlos, als ob er ebenfalls barfuß gewesen wäre. Da ich noch nie in diesem Teil des Hauses gewesen war, hatte ich keine Ahnung, wohin wir gingen. Deshalb hielt ich mich dicht hinter ihm. Als er die nächste Tür öffnete, wußte ich, wo wir uns befanden:

Vor uns lag die Eingangshalle des Hauses, die von einem bronzenen Kronleuchter und einem Dutzend Wandstrahlern erhellt wurde wie eine Bühne. Der offene Torbogen zu meiner Rechten führte in den Salon. Auch dieser Raum war hell erleuchtet; in etwa vierzig Minuten würde Larry mit seinen »Gästen« hereinkommen. Zu meiner Linken befand sich die Treppe. Ich hätte mich lieber im trügerisch sicheren Schatten des gewaltigen Aufgangs versteckt, aber John blieb nicht stehen. Unbekümmert schlenderte er am Fuße der Treppe vorbei und bog in den Flur ein, der zur Bibliothek und zu Larrys Arbeitszimmer führte.

Offenbar kannte er die Zeitabläufe in diesem Haushalt sehr gut. Wir begegneten keiner Menschenseele. Vor dem Arbeitszimmer betätigte John einen Hebel und drückte auf einen Knopf, die beide in der Schnitzerei des Türrahmens verborgen waren, ehe er am Knauf drehte. Also war es doch nicht das erstemal, daß er Larrys Gastfreundschaft genießen durfte. Auch ein begabter Schnüffler wie er hätte in nur zwei Tagen nicht so viele nützliche Einzelheiten herausfinden können.

Doch in diesem Moment erwies sich Johns Theorie als falsch. Vermutlich war es eine Art Kompliment an mich, daß Larry einen Wachposten in seinem Arbeitszimmer aufgestellt hatte. Andererseits konnte man es auch als eine Art Beleidigung deuten: Hatte er mich wirklich für so dumm gehalten, zurückzukehren? Nun, er hatte recht behalten. Und wenn ich nach Beweisen für Larrys Schuld gesucht hätte, wäre das Arbeitszimmer mein erster Anhaltspunkt gewesen.

Der Wachposten war der Mann, den ich als Sweet kannte. Er verzehrte sein Abendessen von einem Tablett. Wahrscheinlich vermutete er, seine Besucher gehörten zum Haushalt, da sie ja mit dem Sicherheitssystem vertraut waren. Dieser Irrtum war unsere Rettung. Sweet ließ die Gabel fallen und griff nach seinem Schulterhalfter, doch er war zu langsam. John hatte schon die Pistole auf ihn gerichtet.

»Nimm ihm die Waffe ab«, sagte John. »Geh hinter ihm vorbei und mach einen großen Bogen. Verzeih, daß ich dich auf etwas so Offensichtliches hinweise.«

Sweets Gesichtsausdruck paßte gar nicht zu seinem selbstgewählten Pseudonym. Seine Augen, so starr wie die eines Reptils, folgten mir, als ich in einem großen Sicherheitsabstand seitlich um ihn herumschlich. Ich hatte keine große Lust, mich in seine Reichweite zu begeben, aber das entpuppte sich als überflüssig. Als Sweet den Kopf wenden mußte, um mich weiter zu beobachten, schlug John zu – nicht mit der Pistole, sondern mit der linken Faust.

»Ich wußte gar nicht, daß du beidhändig bist«, sagte ich, während ich mein Pfadfinderinnenhalstuch abnahm und es Sweet um die Handgelenke wickelte.

»Bin ich nicht. Verdammt! Das hat wehgetan.«

»Hör auf zu jammern und hilf mir. Ich brauche ein Seil.«

»Tut mir leid, das ist mir gerade ausgegangen.« John nahm den Gürtel ab und fesselte Sweet damit die Füße.

»Wir brauchen einen Knebel. Wo ist das hübsche, saubere, weiße Taschentuch, das ein Mann von Welt immer bei sich trägt?«

»Der Knebel ist überflüssig.« John ging zum Kamin und tastete die Vertäfelung daneben ab. »Wieviel Uhr ist es?«

»Sieben Uhr fünfundzwanzig.«

»Wir haben nicht viel Zeit. Hoffentlich habe ich nicht vergessen ... Ah. Geschafft.«

Unter dem Druck seiner Hände glitt ein Teil der Vertäfelung zur Seite. Dahinter konnte ich Licht sehen. Anscheinend hatte es sich beim Öffnen der Tür automatisch eingeschaltet. »Geh schon los«, sagte er. »Ich nehme den Ballast mit.«

»Larry ist wirklich ein Romantiker«, bemerkte ich, als ich die Stufen hinabging, die hinter der Vertäfelung zum Vorschein gekommen waren. »Überall Geheimgänge.«

»Diese Form der Romantik hat einige recht praktische Gründe.« John folgte mir, wobei er »Sweet« an den Füßen hinter sich herschleppte. Obwohl ich eigentlich ein zartfühlender Mensch bin, zuckte ich nicht zusammen, als sein Kopf über die Stufen polterte.

Am Fuße der Treppe gab es keine Tür, sondern nur einen großen, fensterlosen Raum.

Kein Wunder, daß Larrys Antiquitätensammlung mich nicht beeindruckt hatte. Die tatsächlichen Prunkstücke befanden sich hier unten – seine eigene Privatkollektion, die außer ihm keinem Menschen zugänglich war. Der Raum war gedämpft erleuchtet und mit einem Teppich ausgestattet. Es war kühl, Temperatur und Luftfeuchtigkeit waren sorgfältig geregelt, damit die Kunstgegenstände keinen Schaden nahmen. Sie standen in offenen, mit Samt gepolsterten Vitrinen an den Wänden, damit Larry seine Besitztümer nach Herzenslust anfassen und liebkosen konnte.

Ungläubig und wie betäubt wanderte mein Blick von einem Meisterwerk zum anderen. Die hübsche kleine Statue der Tetisheri im britischen Museum war tatsächlich eine Fälschung. Das Original stand hier. Ebenso Nofretetes Büste – nicht die bemalte, die sich in Berlin befindet, sondern die andere, noch schönere, die eigentlich ins Kairoer Museum gehört.

Hatte ich mich in Larrys wahren Absichten getäuscht? Der Inhalt dieses Raumes war ein Beweis für den größten Kunstraub der Weltgeschichte. Doch damit, daß er die Schätze aus dem Museum in dieses Zimmer verschleppt hatte, war Larry noch lange nicht am Ziel. Erst wenn er seine Beute aus Ägypten herausgeschafft hatte, war seine Mission vollendet. Zusammengepackt mit Haushaltsgeräten würden die Antiquitäten ungehindert den Zoll passieren. Niemand würde so pedantisch sein, die persönliche Habe des großen Menschenfreunds zu durchsuchen, der dem ägyptischen Staat soeben ein Institut im Wert von mehreren Millionen Dollar gestiftet hatte. Reichte das Larry immer noch nicht?

Nein. Ich hielt auch weiterhin hartnäckig an meiner ursprünglichen Theorie fest, obwohl sie durch nichts bestätigt wurde. Der Kühlschrank auf der *Queen of the Nile,* der zu einem derart günstigen Zeitpunkt den Geist aufgegeben hatte; der gewaltsame Tod des neuen Institutsdirektors, nur wenige Stunden, nachdem er in mir eine mitfühlende und chronisch neugierige Zuhörerin gefunden hatte; Larrys bis ins letzte Detail geplante Abreise aus Ägypten; seine seltsame Marotte ... Die Sammlung vor meinen Augen war für mich ein überzeugender Beweis dieser Marotte: Nahezu jeder Gegenstand im Raum stellte entweder eine Königin oder Prinzessin dar oder stammte aus ihrem Besitz.

Viele Vitrinen waren leer, ihr Inhalt befand sich bereits in den hölzernen Packkisten, die das sonst so ordentliche Zimmer verunstalteten. Allerdings stand noch eine Menge herum. Der kleine Kopf einer Prinzessin aus Amarna, ein Diadem aus geflochtenen Goldfäden mit kleinen, türkisfarbenen Blumen...

John hörte, wie ich nach Luft schnappte. »Ich habe mich schon gefragt, ob dir das auffallen würde«, sagte er. Er schleppte Sweet in eine Ecke und stülpte eine der leeren Kisten über ihn.

Das Diadem war Grabbeigabe einer Prinzessin aus dem Mittleren Reich gewesen. Ich hatte eine Skizze davon in der Werkstatt des Goldschmiedes gesehen, der im Auftrag der römischen Bande falsche Juwelen anfertigte. Das Original befand sich im Kairoer Museum, nicht im Metropolitan, wie ich damals irrtümlich angenommen hatte. Offenbar war es nun nicht mehr dort.

»Du...« fing ich an. »Du ... hast schon vor so langer Zeit damit angefangen?«

»Es dauert seine Zeit, eine solche Sammlung aufzubauen«, entgegnete John kühl. Er kam näher und betrachtete das hübsche Schmuckstück mit Kennerblick. Dann schüttelte er bedauernd den Kopf. »Zu groß und zu empfindlich. Das hier erfüllt den Zweck vermutlich genauso gut.«

Der Gegenstand, den er achtlos in die Tasche steckte, war ein Brustschmuck; die Mitte des komplizierten Musters bildete ein riesiger Skarabäus aus Lapislazuli. Das Schmuckstück hatte einst Tutanchamun gehört.

John nahm meine schlaffe Hand und führte mich die Treppe hinauf.

»Wie spät?« fragte er, während er die Vertäfelung schloß.

»Äh ... zwanzig vor acht.«

»Dann halten wir uns am besten bereit.«

»Weißt du, was Max vorhat?«

»Ich habe eine Ahnung, ja. Sag mir jetzt nicht, du hättest seine Absichten nicht schon im voraus gekannt. Eigentlich leitest du doch diese Rettungsaktion.«

Ich knurrte ihn an. Der Anblick dieser unglaublichen Sammlung – deren Großteil Larry vermutlich John verdankte – hatte mich wieder daran erinnert, wer John in Wirklichkeit war. Und als ich ihn jetzt vor mir sah, mit leuchtenden Augen, fröhlich und grinsend wie ein Honigkuchenpferd, steigerte sich mein Argwohn. Ich hatte in meiner Studentenzeit nähere Bekanntschaft mit Amphetaminen und anderen nützlichen Drogen gemacht. Früher oder später würde er zusammenbrechen, und nach der Wirkung der Tabletten zu urteilen, würde der Absturz lang und unangenehm werden. Einige der Schnittwunden bluteten noch. Die hellen Flecken auf den rostbraunen hatten die Form von Blumen.

Als er meinen Blick auf seinem Hemd spürte, mißverstand er meinen Gesichtsausdruck. »Leih mir das seltsame Gewand, das du da trägst.«

»Warum?«

»Mein Gott, Vicky, nimm dich zusammen und hör auf, ständig dumme Fragen zu stellen. Dir nützt es als Verkleidung gar nichts, solange dein blonder Haarschopf darüber erstrahlt wie ein Leuchtturm. Außerdem kannst du ohne das Ding wahrscheinlich schneller rennen. Wenn wir, was ich noch nicht zu hoffen oder zu erwarten wage, tatsächlich den Boulevard erreichen, werden wir ein Taxi nehmen müssen. Und selbst in Luxor legen Taxifahrer gewiß keinen großen Wert auf Fahrgäste, die aussehen, als kämen sie gerade aus einem Kriegsgebiet.«

»Besonders heutzutage«, murmelte ich und zog die Galabyia aus.

Sie stand ihm überhaupt nicht, aber wenigstens verdeckte sie die Blutflecken.

Max hatte uns angewiesen, uns um zehn vor acht bereit zu halten. Nachdem er seinen Teil der Abmachung – was immer das war – erfüllt hatte, blieben uns noch fünf Minuten, vielleicht auch weniger. Falls er bis zehn nach acht nichts unternommen hatte, waren wir auf uns selbst gestellt. Er hatte uns Hals- und Beinbruch gewünscht.

Entweder hatte er den Hunger seiner Komplizen überschätzt, oder meine Uhr ging nach. Als wir die Halle durchquerten – schutzlos und gut sichtbar aus mindestens vier Richtungen –, hörte ich, wie sich die Tischgesellschaft auflöste. Bei meiner wilden Flucht in ein bestenfalls mäßiges Versteck hätte ich John, der vor mir herging, fast umgerannt. Der erste unserer Widersacher kam in den Salon, als ich mich gerade unter die Treppe duckte.

Ehe ich Luft holen konnte, schlug Max zu. Erst später begriff ich, was er getan hatte; damals war ich so perplex, daß ich zuerst nur Stimmengewirr hörte; alles schrie und fluchte in verschiedenen Sprachen durcheinander. Die Bande lief in alle Richtungen, einige durch die Glastüren auf die Terrasse, andere in die Halle. Mary gehörte zur zweiten Abteilung. Ich konnte einen kurzen Blick auf sie erhaschen, als sie an mir vorbeistürmte. Und dieser Blick war mehr als genug. Ihr Gesichtsausdruck hätte gut zu einem Medusenhaupt gepaßt.

Larry war dicht hinter ihr. Anstatt ihr die Treppe hinauf zu folgen, rannte er in Richtung Arbeitszimmer. Wirklich interessant, daß die meisten in einer Krisensituation rein instinktiv handeln, was nicht in allen Fällen praktisch ist. Ich wußte nicht, wie Mary die abgeschlossene Tür öffnen wollte, aber ich traute dem kleinen Liebling einiges zu. Und sobald sie feststellte, daß ihr neues Spielzeug verschwunden war, würde sie zurückkommen. Das gleiche galt auch für Larry, wenn er Sweet entdeckte. Und wir befanden uns noch im Haus. Die Tür war sicherlich verschlossen, bewacht oder beides. Allmählich fragte ich mich, ob mein kindliches Vertrauen in Max wirklich gerechtfertigt gewesen war.

Noch während mir dieser unfreundliche Gedanke kam, hörte ich, wie sich die Tür öffnete. Wahrscheinlich war es Hans, der draußen Wache stand, denn Max rief auf Deutsch: »Schnell! Sie sind in diese Richtung gelaufen. Ihnen nach!«

Er folgte Hans. Als ich, unterstützt durch einen Schubs von John, losstürmte, war die Halle leer, und die Vordertür stand offen.

Es war fast zu leicht. Max hatte den Suchtrupp hinters Haus gelockt, wohin jeder vernünftige Flüchtige fliehen würde, denn dort war es dunkel, und es wuchs dichtes Gebüsch. Nachdem Max mit ein paar Schüssen einige der Lampen gelöscht hatte, wurde es sogar noch dunkler. Wenigstens nahm ich an, daß es Max gewesen war; von den anderen hätte uns bestimmt niemand diesen Dienst erwiesen.

Wie ich schon sagte, fast zu leicht: Ein pflichtbewußter Mensch war auf seinem Posten geblieben. Seine schwarze Uniform war in der Dunkelheit kaum zu sehen. Wenn er sich nicht neugierig dem

Tor genähert hätte, wäre er uns nicht rechtzeitig aufgefallen. Das gedämpfte Licht spiegelte sich auf dem Lauf seines Gewehrs.

Wir erstarrten im Schatten. Die kleinste Bewegung hätte uns verraten.

»Gib mir das Messer«, hauchte John mir ins Ohr.

Ich fragte ihn nicht, was er damit vorhatte. Ich konnte es mir nicht vorstellen. Der Mann stand drei oder vier Meter von uns entfernt, und es bestand keine Möglichkeit, sich unbemerkt an ihn heranzupirschen. Außerdem trug er das Gewehr nicht über der Schulter, sondern in der Hand.

Johns Arm fuhr zurück. Gleichzeitig hakte er den Fuß um meinen Knöchel, so daß ich zu Boden stürzte. Eine Kugel pfiff über meinen Kopf hinweg. Als ich aufstand, und zwar in beachtlicher Geschwindigkeit, lag der Wachmann reglos auf dem Bauch.

»Ist er tot?« fragte ich atemlos.

John richtete sich auf. Er hatte das Gewehr in der Hand. »Nein, es sei denn, er hat vor lauter Angst das Zeitliche gesegnet. So gut kann ich nun auch wieder nicht mit dem Messer zielen. Es war mehr dazu gedacht, ihn abzulenken. Vicky, würde es dir etwas ausmachen, dieses Gespräch auf später zu verschieben und loszurennen? Bestimmt haben sie den Schuß gehört.«

Es ist kein Vergnügen, barfuß über unebenen Boden zu laufen. Als ich mir das erstemal den Zeh stieß, warf John das Gewehr weg und nahm meine Hand. Immer wenn ich stolperte, was alle zwei oder drei Schritte geschah, zerrte er an meinem Arm und zog mich taumelnd mit sich. Ich lauschte nicht mehr, ob uns jemand verfolgte. Ich fragte mich nicht mehr, ob auf der Straße noch ein Wachposten stehen würde. Ich konnte nur noch daran denken, wie sehr meine Füße schmerzten.

Als wir ungehindert hinaus auf den hell erleuchteten Boulevard stürmten, war ich immer noch mit meinen Füßen beschäftigt. »Langsamer«, keuchte ich und versuchte, meine Hand zu befreien. »Wir haben es geschafft.«

»Noch nicht.« Er blieb stehen und hob den Arm. »Gelobt sei Gott und der heilige Judas: ein Taxi. Hoffentlich hast du Geld dabei. Ich bin es langsam leid, andere Leute niederzuschlagen.«

Vermutlich hatte der Fahrer seine Zweifel, uns mitzunehmen,

aber John gab ihm keine Zeit zum Nachdenken. Als der Wagen losfuhr, spähte John aus dem Rückfenster und zischte etwas. Ich schloß daraus, daß der heilige Judas, der Schutzpatron für hoffnungslose Fälle, nun doch keine Spende erhielte. Jemand hatte uns ins Taxi einsteigen sehen.

Nachdem John dem Fahrer Anweisungen gegeben hatte, sagte er kein Wort mehr, außer, um das Geld von mir einzufordern, und zwar in einem Ton, der gut zu einem Bankräuber gepaßt hätte. Ich händigte ihm einen Teil von Schmidts Banknotenbündel aus und rieb mir die geschundenen Füße. Obwohl ich mich fragte, wohin wir fuhren, hatte ich nicht die Kraft, mich danach zu erkundigen. Nachdem wir den Luxor-Tempel passiert hatten, bog das Taxi in eine Straße ein, die weg vom Fluß führte, und blieb schließlich stehen.

»Kannst du noch ein wenig gehen?« fragte John, während er mir beim Aussteigen half.

»Was ist die Alternative?« Ich stand auf einem Bein. So tat es nur halb so weh.

»Du könntest auch auf dem Bauch kriechen.«

Aber er legte den Arm um mich und hob mich über die schlimmsten Schlaglöcher. Der Gehweg war uneben und mit Abfällen übersät. Ich war so damit beschäftigt, aufzupassen, wohin ich trat, daß ich meine Umgebung nicht wahrnahm. Als John an einer Tür stehenblieb und klopfte, war ich froh, daß wir unser Ziel erreicht hatten. Ich dachte schon, es wäre niemand zu Hause, doch dann hörte ich Riegel und Ketten klappern. Die Tür öffnete sich einen Spalt weit. Dann ging sie wieder zu.

John stellte einen Fuß dazwischen. »Sesam öffne dich«, sagte er.

Es war sein Fuß, nicht seine Bitte, der uns endlich Einlaß verschaffte. Die Tür ging auf, und da stand sie. Sie hatte sich ein Stoffstück übers Gesicht gezogen, das nur ihre schwarzen Knopfaugen freigab. Doch dieses Gesicht hätte ich überall erkannt.

»Hallo, Omi«, sagte ich. »Ich bin wieder da. Freust du dich nicht, mich wiederzusehen?«

Feisal freute sich ganz und gar nicht darüber. Nach einem langen und offenbar mit Flüchen gepfefferten arabischen Monolog streckte er schicksalsergeben die Hände aus. »Hier rein«, fauchte er und öffnete eine Tür. Es war Omas gute Stube, elegant ausgestattet mit glänzenden Polstermöbeln, einem Fernseher und einem Teppich mit grellrotem Rosenmuster. Oma stieß ein zitterndes Protestgeheul aus. Ich konnte es ihr nicht verdenken, daß sie zwei staubige Vagabunden wie uns nicht in ihrem hübschen, sauberen Zimmer dulden wollte. Dabei waren meine blutigen Fußabdrücke auf den roten Rosen kaum zu sehen.

Ich ließ mich in den nächstbesten Sessel fallen und streckte die Beine aus. Als Feisal meine Füße sah, änderte sich sein Gesichtsausdruck. »Was ist geschehen?«

»Eine ganze Menge«, antwortete John.

Oma war aus dem Zimmer geschlüpft. Als sie zurückkam, hatte sie den Schleier ordentlich festgesteckt. Sie trug ein Wasserbekken, das sie neben meinen Sessel auf den Boden stellte. Im Becken schwamm eine tote Fliege. Skrupellos schob ich die Leiche mit dem Zeh beseite und stellte die Füße ins warme Wasser. Es fühlte sich wunderbar an. Lächelnd nickte ich der alten Dame zu. Sie senkte den Kopf und murmelte etwas auf Arabisch.

»Sie bittet Sie um Entschuldigung«, übersetzte Feisal. »Sie glaubt, Sie hätten sich verletzt, als Sie vor ihr fortgelaufen sind. Sie sagt, sie hätte Sie nicht ängstigen wollen.«

Ich lehnte mich vor und berührte Omas gebeugte Schulter. »Shoukran«, sagte ich. »Mehr Arabisch kann ich nicht, Feisal. Sagen Sie ihr, daß ich mich bei ihr entschuldige und ihr sehr dankbar bin.«

»Sie ist nicht die einzige, bei der du dich entschuldigen solltest«, meinte John, ungerührt von diesem bewegenden Wortwechsel. »Wenn du wie geplant hier geblieben wärst ...«

»Bei dir habe ich mich schon entschuldigt. Aber eigentlich ist es dein eigener Fehler. Wenn du aufhören würdest, andere Leute herumzuschubsen, und ihnen statt dessen gnädigerweise deine Absichten erklärtest, und wenn du nicht so unerträglich arrogant wärst, könnte man vielleicht ...«

»Genug!« rief Feisal aus. »Wir haben nicht die Zeit, einander

Vorwürfe zu machen. Du hast versprochen, mich aus diesem Schlamassel rauszuholen, Johnny...«

»Johnny?« wiederholte ich. »Ist das nicht reizend? Warum darf ich dich nie Johnny nennen?«

»Er darf es eigentlich auch nicht. Es ist nur ein plumper Versuch, sentimentale Erinnerungen an unsere gemeinsame Schulzeit wachzurufen.«

»Dann nenne ich dich in Zukunft ›mein Blauäuglein‹.«

Eigentlich war ich davon ausgegangen, daß John das nicht verstehen würde, aber Schmidts Unterricht war umfassender gewesen als vermutet. Urplötzlich begann John zu lachen, und seine Miene veränderte sich. Wieder bekam meine Schutzbarriere ein paar Risse. Diesen Ausdruck hatte ich bei ihm nur selten gesehen.

»Nie werde ich die Freuden vergessen, die wir zusammen erlebt haben«, versicherte er mir.

»Was in Gottes Namen...« fing Feisal an.

»Das braucht dich nicht zu interessieren. Tatsache ist, alter Junge, daß ich dich nur rausholen kann, wenn ich auch meinen eigenen Hals rette. Und das wiederum geht nur, wenn ich die Farben wechsle und zu Recht und Gesetz überlaufe. Solange unsere früheren Mitstreiter nicht ordentlich in einem Hochsicherheitsgefängnis verstaut sind, stecken wir beide in der Sache drin.« Er seufzte. »Komisch, findest du nicht? Umstände, auf die ich keinen Einfluß habe, zwingen mich, ein ehrlicher Mensch zu werden...«

»Sei nicht traurig«, meinte ich. »Dir bleibt ja immer noch der Trost, daß es kein moralischer Beweggrund, sondern bloßer Selbstschutz war, der dich zu dieser schmerzlichen Entscheidung getrieben hat. Allerdings wird es ein ziemliches Stück Arbeit werden, deinen Namen wieder reinzuwaschen. Wie willst du das anstellen?«

»Eine gute Frage.« John rieb sich die Stirn. »Wie viele der örtlichen Gendarmen stehen in Blenkirons Diensten, Feisal?«

»Zu viele«, lautete die knappe Antwort. »Das Vermögen dieses Mannes genügt, um einige mittelgroße Länder aufzukaufen. Also auch, um ein paar arme Teufel zu bestechen, die versuchen, ihre Familien mit viel zu geringen Gehältern durchzufüttern. Einige von ihnen sind zwar ehrlich, aber ich weiß nicht welche. Und auch die Ehrlichen halten Blenkiron für die größte Entdeckung seit König Tuts Grab. Wenn sein Wort gegen unseres steht, haben wir nicht die geringste Chance.«

»Ich habe ein bißchen mehr in petto«, murmelte John. »Aber ich glaube, wir sollten uns an die Kairoer Behörden wenden – direkt ans Innenministerium und die Antikenverwaltung.«

»Sie werden den Flughafen und den Bahnhof überwachen«, wandte Feisal ernst ein. »Wie ich vermute, wissen sie, daß du auf und davon bist.«

»Da vermutest du ganz richtig. Also müssen wir mit dem Auto fahren.«

»Ich habe aber kein Auto«, sagte Feisal. »Und schlag jetzt bitte nicht vor, daß ich eines stehle. Ich habe ohnehin schon genug Ärger am Hals.«

»Wieviel Geld haben wir?« fragte John.

Es war mehr, als ich gedacht hatte. Feisal verzog zwar das Gesicht, wollte aber kein Spielverderber sein und steuerte seine hart verdienten Ersparnisse bei – ein paar hundert ägyptische Pfund. John hatte nur ein paar Pfund in der Brieftasche. Er war gewohnheitsmäßig pleite, wenn es ans Bezahlen ging, doch diesmal sparte ich mir eine spöttische Bemerkung. Schließlich hatte er keine Gelegenheit gehabt, bei unserem Aufbruch sein Gepäck mitzunehmen.

»Bestimmt hat Schmidt Geld«, sagte ich. »Er wollte noch ein paar Reiseschecks einwechseln.« Als John zu einer Antwort ansetzte, unterbrach ich ihn. »Ohne Schmidt fahre ich nicht. Wir müssen ihn vorher abholen.«

»Natürlich«, erwiderte John mit hochgezogener Augenbraue. »Oder hast du gedacht, ich werfe Schmidt den Wölfen zum Fraß vor? Und ehe du dich wieder in Schimpftiraden gegen mich ergehst, möchte ich dich daran erinnern, daß *ich* ihn aus diesem verdammten Haus herausgeholt und in den ... Oh, mein Gott, hoffentlich ist er nicht mehr im Winter Palace.«

»Nein. Er ...«

»Nimm.« John gab Feisal das Geld. »*Du* wirst das Auto mieten müssen, Feisal.«

»Aber sie sind auch hinter mir her«, widersprach dieser.

»Nicht so sehr wie hinter uns. Versuch, einen Wagen zu finden, der vier Räder und möglichst funktionierende Bremsen hat. Und trödle nicht herum.«

Kopfschüttelnd ging Feisal los. Oma, die gute Seele, gab sich noch immer die größte Mühe, wiedergutzumachen, daß sie so häßlich zu mir gewesen war. Ständig kam sie mit neuen Tabletts und Flaschen wieder.

»Nun denn«, sagte John und griff nach einem Bier. »Jetzt erzähl mir, was passiert ist, nachdem Maxie dich hat entkommen lassen.«

»Solltest du denn Alkohol trinken?«

»Das Wasser hier wäre sicher noch schlechter für mich. Bitte versuch, nicht vom Wesentlichen abzuschweifen, meine Liebe. Wir haben nicht viel Zeit, und ich muß wissen, was vorgefallen ist. Wo hast du Schmidt getroffen? Offenbar ist es ihm nicht gelungen, dich abzufangen.«

»Offenbar. Aber er hat mich erwartet, als ich aus dem Haus kam.« Ich gab John eine kurze Zusammenfassung der folgenden Ereignisse, der er amüsiert und so unbeteiligt lauschte, daß er mich fast in Rage gebracht hätte.

»Der gute alte Schmidt. Wir müssen jemanden organisieren, der ihm einen Orden verleiht und ihn auf beide Wangen küßt. Er wäre begeistert.«

»Ich bin schon zufrieden, wenn wir ihn heil hier herausbringen. Ich traue ihm alles zu, John. Wenn ich nicht bald wieder auftauche, wird er mich bestimmt suchen. Er wird sich als James Bond verkleidet ins Institut schleichen oder ...«

»Ich glaube, nicht einmal Schmidt würde etwas so Sinnloses tun. Gewiß ist ihm klar, daß er dir am besten hilft, wenn er Blenkiron bei den Behörden anzeigt. Wieviel weiß er?«

»Äh ...«

John murmelte etwas. Dann wiederholte er es laut.

»Verdammt«, verteidigte ich mich, »wir hatten keine Zeit für ein gemütliches Gespräch! Er sagte, er wisse wahrscheinlich, was los sei, und ich sagte, ich wisse es auch, und dann ... äh.«

»Und was glaubst du zu wissen?« fragte John ganz ruhig.

»Nun ... ich nehme an, daß Larry die *Queen of the Nile* zum Transport seiner Beute benutzt. Um sich schnell und ohne Zwischenstopps und Verzögerungen aus dem Staub machen zu können, mußte er die Reisegruppe loswerden. Das Programm wurde in Wirklichkeit geändert, weil man sich Sorgen wegen des niedrigen Wasserstandes machte. Er muß durch die Schleusen ...«

»Das Programm wurde nicht geändert. Er hatte es die ganze Zeit so geplant.«

»Du wußtest ...«

»Nein, ich wußte es nicht. Aber egal, das ist nicht so wichtig. Bis jetzt hast du recht. Nach der Ankunft in Kairo wird die Beute – wie hübsch du das ausgedrückt hast! – zum Flughafen gebracht. Ich muß sicher nicht eigens erwähnen, daß Blenkiron einige Fluggesellschaften besitzt.«

»Und auch nicht, daß der Flughafen von Luxor für Frachtmaschinen zu klein ist.«

»Kluges Mädchen.«

»Wie lange wird er brauchen ...«

Als ich ein Geräusch an der Tür hörte, brach ich ab. Es war Feisal. »Einer meiner Freunde ist gegangen, um das Auto zu besorgen«, verkündete er. »Er bringt es uns in etwa einer Stunde.«

»Wenn er kommt, sind wir besser abmarschbereit«, sagte John.

Er zog das Gewand über den Kopf. Feisal schnappte nach Luft. »Du mußt zum Arzt. Oder ins Krankenhaus.«

»Eine großartige Idee!« sagte John. »Ich sehe mich schon, wie ich den Leuten dort erkläre, daß ich versehentlich in eine Wurstmaschine geraten bin. Ich brauche nichts weiter als ein sauberes Hemd.«

Wegen des getrockneten Blutes klebte das Hemd an einigen Stellen an seiner Haut fest. Ausnahmsweise widerstand er der Versuchung zu übertreiben und schälte das Kleidungsstück vorsichtig ab, wobei er mehrmals mannhaft einen Aufschrei unterdrükken mußte. Nun sah ich zum erstenmal das wirkliche Ausmaß seiner Verletzungen, die so schrecklich waren, daß sie keiner zusätzlichen theatralischen Untermalung bedurften. Feisal zuckte zusammen und wandte den Blick ab. Auch wenn er offenbar Mitleid mit John hatte, konnte ich mich des Eindrucks nicht erwehren, daß er sich seinen eigenen Körper in diesem Zustand vorstellte. Außerdem vermutete ich, daß John genau wußte, welche Wirkung dieser Anblick auf seinen zögerlichen Verbündeten haben würde. Eine visuelle Demonstration wirkt zuweilen besser als tausend Worte.

Ich meldete mich nicht freiwillig zur ersten Hilfe. Ich wurde dazu verdonnert. Nicht zum erstenmal flickte ich John nach einem Arbeitsunfall wieder zusammen. Einige frühere Verletzungen hatten zwar auch einer längeren Behandlung bedurft, doch diesmal kostete es mich mehr Überwindung – denn es waren die Folgen sadistischer Quälerei, keine Zufallstreffer bei einer Auseinandersetzung. Über den Vorgang des Verbindens verlieren wir besser nicht viele Worte. John tat mir den Gefallen, eine Menge Theater zu veranstalten, was es mir ein wenig leichter machte. Ein wenig.

»Was nun?« fragte ich und warf die Pflasterrolle und die Schere aufs Bett. »Wie ich annehme, haben Sie keine Perücken, falschen Bärte oder sonstige Verkleidungen auf Lager, Feisal?«

Obwohl John immer noch leise vor sich hinfluchte, konnte er der Versuchung nicht widerstehen, die Unwissenden zu erleuchten: »Die Kunst der Verkleidung ...«

»Ich will deinen Vortrag über das Thema Verkleidung nicht hören.«

»Ich auch nicht«, stimmte Feisal mir zu. »Aber sie hat recht. Ich könnte losgehen und ...«

»Keine Zeit«, widersprach John. »Wie ich schon andeutete, liegt die Kunst der Verkleidung eher in Körperhaltung und Bewegungen als in einer plumpen Veränderung des Äußeren. Schauen wir einmal nach, was du im Haus hast.«

John auszustatten war nicht weiter schwierig. Er und Feisal hatten in etwa die gleiche Größe. Feisal sträubte sich zwar heftig, als John sich seinen besten Anzug aussuchte, der in Kairo gefertigt worden war, aber er wurde überstimmt. »Ich muß wie ein angesehener Geschäftsmann aussehen, wenn ich Schmidt abhole. Oder meldest du dich freiwillig?«

»Nein«, antwortete Feisal ohne Zögern.

»Eine weise Entscheidung. Inzwischen überprüfen sie bestimmt die Hotels, falls sie es nicht schon getan haben. Ich möchte so wenig wie möglich auffallen, aber ...«

»Dann mußt du dir die Haare färben«, wandte Feisal ein. Nachdem John die Folgen einer Gefangennahme so eindrucksvoll demonstriert hatte, beteiligte sich Feisal engagiert, wenn nicht gar begeistert, an unseren Fluchtvorbereitungen. »Und die Augenbrauen.«

»Hast du keine Schuhcreme da?«

»Ich putze meine Schuhe nicht selbst«, erwiderte Feisal hochmütig.

»Bitte verzeih«, meinte John. »Ich wollte damit nicht andeuten, daß du dich derart niedrigen Tätigkeiten widmest. Dann mußt du mir eben einen ordentlichen Turban wickeln. Um diese Nachtzeit wirkt eine dunkle Sonnenbrille etwas deplaziert. Aber deine verehrte Großmutter besitzt doch sicherlich einen Kajalstift oder eine andere Augenschminke.«

Ich muß zugeben, es war sehr lehrreich, ihm bei der Arbeit zuzusehen. Er benutzte nicht viel von dem schwarzen Zeug – was immer es auch war. Nur genug, um seine Augenbrauen und die langen Wimpern einen Hauch dunkler zu färben. John wurde schnell braun; ich hatte Ägypter gesehen, deren Haut nicht dunkler war als seine. Nachdem der Turban fertig war, hatte sich sein Aussehen erstaunlich verändert. Teilweise lag das auch an seinem Gesichtsausdruck – zusammengepreßte Lippen, vorgeschobenes Kinn, gerunzelte Stirn.

»Was ist mit deinen wunderschönen blauen Augen?« fragte ich.

Seine Antwort kam wie aus der Pistole geschossen: »›Ich werde niemals wieder braune Augen lieben‹«. Dann lachte er auf. »Ein wahreres Wort wurde nie ausgesprochen. Und was meine wunderschönen blauen Augen betrifft, beabsichtige ich nicht, lange genug stillzuhalten, daß jemand seinen Blick darin versenken kann. Und was machen wir mit dir?«

»Vielleicht kann Omi mir ein Gewand und einen Schleier leihen.«

John schüttelte den Kopf. »Du bist zu groß, um als Ägypterin durchzugehen. Ich befürchte, du wirst Männerkleider anziehen müssen. Deine strahlenden blauen Augen übertreffen meine bescheidenen Fähigkeiten ...«

»›Und du hast mich öfter belogen, als Sterne am Himmel stehen ...‹ Tut mir leid. Nimm's nicht persönlich. Aber in der Country-Musik geht es offenbar ständig um blaue Augen.«

Feisal starrte uns an, als ob wir den Verstand verloren hätten. Wahrscheinlich hatte er recht. John übte diese Wirkung auf mich aus.

»Also machen wir es so«, sagte John. »Wie ich schon sagte, müssen wir etwas mit deinen Haaren unternehmen.«

»Abschneiden«, sagte ich und griff nach der Schere. »Dann kann Feisal mir auch einen Turban wickeln.«

John nahm mir die Schere aus der Hand. »Setz dich hin. Ich tu's.«

»Ich hätte wissen müssen, daß Haareschneiden auch zu deinen vielen Fähigkeiten gehört.«

Langsam glitten seine Hände von meinem Scheitel bis hinunter in den Nacken, glätteten meinen verfilzten Haarschopf und faßten ihn zusammen. Eine lange Pause entstand, ehe er sagte: »Ich habe eine bessere Idee. Ein bißchen spirituelle Erleuchtung würde dir nicht schaden.«

»Wovon redest du?« Ich versuchte, mich umzudrehen, aber er schloß die Hand um meinen provisorischen Pferdeschwanz und zog kräftig daran.

»Nimm Verbindung mit dem Universum auf und erwecke das Kollektivbewußtsein der Welt«, leierte John. »Für einen Eso-Jünger bist du zwar nicht dreckig genug, aber das läßt sich leicht ändern.«

Nachdem er sein Vorhaben in die Tat umgesetzt hatte, war ich dunkelblond mit strähnigem Pferdeschwanz und Dreitagebart. Der Schmutz und der Bart stammten aus dem Garten, der goldene Ohrring von Oma und das kragenlose, langärmelige Hemd von Feisal. Da ich mich allmählich für meine Maskerade erwärmte, verlangte ich einen Kristallanhänger und abgeschnittene Jeans.

»Wir kaufen das Eso-Zubehör auf einem Basar«, sagte John. »Diese Typen stehen auf Skarabäen, Hieroglyphen und solches

Zeug. Aber die Shorts kommen nicht in Frage. Deine Knie sind nicht knubbelig genug.«

»Das hättest du aber schmeichelhafter ausdrücken können«, meinte ich.

»Deine Beine, mein Liebling, ähneln Meisterwerken der Bildhauerkunst«, erwiderte John freundlich. »Gliedmaßen wie die deinen wären eine Zierde für Aphrodite oder die junge Diana gewesen. Niemals würde man diese Wunderwerke wohlgerundeter Schönheit für die eines Mannes halten. Deine Figur, um es kurz zu sagen, ist einfach göttlich.«

»Schleimer«, entgegnete ich.

Mit erhobenem Zeigefinger malte John ein unsichtbares Häkchen in die Luft. »Ein Punkt für dich.«

Feisals Freund war ein schüchterner, wortkarger Bursche. Als wir sein Hupsignal hörten und aus dem Haus kamen, stieg er sofort aus dem Auto und ging davon, ohne sich umzusehen. Wenn er damit bezweckte, daß weder John noch ich ihn wiedererkennen würden, war ihm das gelungen.

Was das Auto betraf, hatte ich bereits ähnliche Vehikel gesehen – auf Schrottplätzen oder verlassenen Grundstücken. In einem besseren Zustand wäre es als Oldtimer durchgegangen; nach den Heckflossen zu urteilen mußte es mindestens dreißig Jahre alt sein.

»Du meine Güte!« rief John entsetzt. »Konnte er nichts Besseres auftreiben? Mit diesem Wrack schaffen wir es keine dreißig Kilometer weit.«

»Ich hoffe, du hältst mich jetzt nicht für unhöflich«, sagte Feisal. »Aber ich muß dich daran erinnern, daß du es dir im Augenblick nicht leisten kannst, wählerisch zu sein. Außerdem klingst du wie ein typischer, hochnäsiger, dämlicher Tourist. Da wir unterprivilegierten Bewohner der dritten Welt uns nicht jedes Jahr ein neues Auto leisten können, wissen wir, wie man die alten in Schuß hält.«

»Eins zu null für dich«, gab John zu. »Damen zuerst, Vicky.«

Er reichte mir den Korb, den Oma uns aufgenötigt hatte. Abgesehen von Feisals Koffer war er unser einziges Gepäck.

Feisal setzte sich an Steuer. »Wohin?« fragte er.

»Ins ETAP.«

»Prima. In den großen Touristenhotels sehen sie bestimmt zuerst nach.«

»Fahr einfach los«, meinte John barsch.

Schmidt hatte mir einen seiner Schlüssel gegeben. »Nur für den Fall des Falles.« Ich hatte nicht nachgefragt, was er damit meinte. Ich hatte andere Dinge im Kopf gehabt. Auf meinem Weg durch die Halle versuchte ich auszusehen, als hielte ich nach einer Aura und nicht nach möglichen Entführern Ausschau. Warum hatte ich ihn nicht gefragt? Er hatte keinen Grund, sein Zimmer zu verlassen, außer um die Schecks einzuwechseln, was nicht lange dauern würde. Dafür hatte er aber um so mehr Grund, sich nicht vor die Tür zu rühren. Selbst wenn sie ihn fanden, würden sie nicht an ihn herankommen, wenn er einfach niemandem aufmachte ... abgesehen vom Zimmerkellner? Oder jemandem, der meine Stimme nachahmte?

John war vorausgegangen. Er erwartete mich am Aufzug. »Was ist los?« fragte er.

Ich wollte gar nicht wissen, wie er darauf kam. Er kam immer darauf. »Ich habe Angst«, gab ich zu.

»Es ist das Beste, immer mit dem Schlimmsten zu rechnen.« Er nahm den Schlüssel aus meiner Hand. »Zurück.«

Er versetzte der Tür einen heftigen Tritt und ging blitzschnell in die Hocke. »So machen sie es immer im Film«, bemerkte er, während er wieder aufstand. »Eigentlich unsinnig, wenn man bedenkt, daß die meisten Verbrecher heutzutage Automatikwaffen benutzen. Aber wahrscheinlich glauben sie, daß es ...«

»Er ist nicht da. Dieser verdammte alte Idiot. Wo zum Teufel steckt er?«

Die Türen von Badezimmer und Wandschrank standen offen. Was das bedeutete, fiel mir erst ein, nachdem wir sämtliche Verstecke abgesucht hatten. In meiner morbiden Phantasie sah ich Schmidts zusammengekrümmte Leiche in der Wanne oder unter dem Bett liegen.

»Offenbar ist er selbst auf den Gedanken gekommen auszuziehen. Es gibt keine Anzeichen eines Kampfes«, sagte ich. »Wenn er zu Larry zurückgegangen ist, um mich zu suchen, bring ich ihn um.«

»Dort ist er nicht«, antwortete John.

»Was?« Ich wirbelte herum. John beugte sich über den Schreibtisch. »Woher weißt du das?«

»Er hat dir eine Nachricht hinterlassen.«

Der Zettel war zusammengeknüllt und dann glattgestrichen worden. Wegen der vielen braunen, klebrigen Flecken darauf konnte man das Geschriebene kaum lesen.

»Meine liebe Vicky«, lautete der Anfang. (Schmidt hatte in Deutsch geschrieben.) »Ich habe den Beweis, den wir brauchen. Ich gebe diese Nachricht in deinem Hotel ab und gehe dann zum verabredeten Treffpunkt...«

»Was soll das bedeuten?« fragte ich. »Welchen Beweis? Er hat nie etwas davon erwähnt. Welchen Treffpunkt?«

»Beruhige dich.« John setzte sich an den Schreibtisch. »Schauen wir mal, ob wir darauf kommen, was er vorhat.«

»Vielleicht sollten wir besser verschwinden.«

»Kein Grund zur Eile. Sie waren schon hier.«

»Woher...« Ich hielt meine Zunge im Zaum. John brannte darauf, seine Fähigkeiten unter Beweis zu stellen; sein schiefes Grinsen und sein kühler Blick forderten mich geradezu auf, dummes Zeug herauszusprudeln, damit er die Gelegenheit bekam, mir alles geduldig zu erklären. »Wo war der Zettel?« fragte ich.

John nickte gnädig – wie ein Lehrer einem begriffsstutzigen Schüler zunickt, der das Problem endlich verstanden hat. »Auf dem Schreibtisch. Jemand hat ihn glattgestrichen.«

»Aber Schmidt hat ihn doch bestimmt weggeworfen. In den Papierkorb oder auf den Boden, nachdem er etwas darauf verschüttet hatte...«

»Absichtlich etwas darauf verschüttet hatte«, bestätigte John.

»Damit alle glauben, er hätte den Zettel weggeworfen, weil er naß und klebrig war, und einen anderen geschrieben.« Ich tigerte im Zimmer auf und ab. »Er hat damit gerechnet, daß sie ihn früher oder später finden. Ich bin jetzt...«, ich sah auf die Uhr, »... seit über fünf Stunden weg. Und sie suchen seit dem frühen Nachmittag nach uns. Zeit genug, in jedem Hotel in Luxor Erkundigungen einzuziehen. Er hat sich unter seinem richtigen Namen angemeldet...«

»Wenn er so klug ist, wie ich mittlerweile annehme, hat er dieses Zimmer kurz nach dir verlassen«, sagte John. »Verkleidet, wenn ich meinen guten Schmidt richtig einschätze. Was dann? Was würde ich als nächstes tun? Mich in der Hotelhalle niederlassen und hoffen, daß du zurückkommst, ehe sie mich finden. Bereit zur Flucht, falls sie vor dir hier sind. Bestimmt hat er vorher seine Reiseschecks umgetauscht und seinen Paß abgeholt.«

»Sie waren zuerst hier.«

»Und haben den weggeworfenen Brief gefunden.« Johns Augen funkelten vor Vergnügen und – wie sich sofort herausstellte – Bewunderung. »Du verstehst doch, was der kleine Kerl getan hat. Dieser Brief soll nicht nur die Verfolger irreführen, sondern auch dich schützen, falls sie dich wieder gefangen haben sollten. Wenn er die Beweise hat, um sie hinter Schloß und Riegel zu bringen, gibt es für sie keinen Grund mehr, dir etwas anzutun. Ganz im Gegenteil, ihnen wird viel daran gelegen sein, daß du bei bester Gesundheit bist, damit sie einen Tauschhandel abschließen können: Schweigen oder wenigstens einen Vorsprung gegen deine Freilassung.« Er hielt inne und erteilte dann das höchste Lob, zu dem er fähig war: »Das hätte ich selbst auch nicht besser machen können.«

»Also glaubst du nicht, daß er zum Haus zurückgekehrt ist?«

»Nicht unser Schmidt. Ganz gleich, ob du auf der Flucht oder in der Gewalt unserer Feinde bist, kann er dir am besten helfen, wenn er auf freiem Fuß bleibt.« John wandte sich wieder der Botschaft zu. »Ich finde hier sonst nichts. Aber es würde mich nicht überraschen, wenn er ... Einen Moment mal. Was ist das?«

»Das klebrige Zeug muß gespritzt sein«, sagte ich, während ich eine leere Seite hochhielt, die ebenfalls mit Flecken gesprenkelt war.

»Die Flecken ergeben ein verdächtig gleichmäßiges Muster«, murmelte John.

»Versuch doch mal, die Punkte zu verbinden«, schlug ich spöttisch vor.

John stieß einen triumphierenden Schrei aus. »Ich hab's! Schau her.«

Er nahm einen Stift und fing an zu zeichnen – keine Verbindungen zwischen den Punkten, sondern eine Reihe paralleler Linien. Genau fünf. Durch sie wurde klar, was es mit den merkwürdigen Spritzern auf sich hatte. Es waren Noten.

»Kein Notenschlüssel«, murmelte John. »Gehen wir einmal davon aus, daß C Grundton ist und daß es keine Vorzeichen gibt. Wäre auch schwierig gewesen, sie einzuzeichnen ...« Er fing an zu pfeifen. »Klingelt bei dir etwas?«

»Spar dir deine Wortspiele«, tadelte ich. »Nein, es kommt mir nicht bekannt vor.«

»Wie ist es damit?« Es klang ein wenig anders. Vermutlich hatte er einige Bs und/oder Kreuze eingestreut.

»Das ist Zeitverschwendung«, knurrte ich. »Wahrscheinlich wollte Schmidt besonders schlau sein, aber wenn das einer seiner geliebten Country-Songs ist, wirst du nie darauf kommen, welchen er meint. Sein ganzes Repertoire umfaßt nämlich nur drei oder vier Melodien.«

John ließ sich schwer auf einen Stuhl fallen. »Mein Gott, ich hätte es wissen sollen!«

»Was? Was?«

Er versuchte, mir die richtige Melodie vorzupfeifen, mußte aber so lachen, daß er die Lippen nicht gespitzt halten konnte. »Wenn die Ägypter ihm keinen Orden verleihen, tu ich es selbst. Und ich küsse ihn auch auf beide Wangen. Er hat den Nachtzug nach Memphis genommen.«*

* Night train to Memphis (Nachtzug nach Memphis) ist der Titel eines von Schmidt geliebten Country-Songs. Im Lied ist natürlich Memphis, Tennessee, gemeint. (A. d. Übers.)

12. Kapitel

Sämtliche persönlichen Besitztümer waren aus dem Zimmer entfernt worden, entweder von Schmidt selbst oder von Johns hypothetischem Suchkommando.

Das Suchkommando wurde weniger hypothetisch, als wir das Zimmer weiter durchkämmten. Unsere Gegner hatten sich große Mühe gegeben, ihre Spuren zu verwischen, doch ich bezweifelte, daß Schmidt die Matratze hochgehoben, wieder zurückgelegt und dann das Bett gemacht hatte. Außerdem hatte das Suchkommando aus Männern bestanden – die Laken waren nicht festgesteckt.

»Gibt es einen Nachtzug nach Memphis?« fragte ich, während ich die Nachttischschubladen überprüfte.

»Es gibt einen nach Kairo. Liegt doch ganz in der Nähe.« John kam aus dem Badezimmer. »Dort ist nichts. Was ist mit der Kommode?«

»Nur die Souvenirs, die wir heute gekauft haben.« Die Nofretete-Tasche lag ganz oben auf dem Haufen. Ich drehte sie um und schüttelte sie. »Er hat sogar noch ein paar Sachen mitgenommen, die ich zurückgelassen habe – Kosmetika, Sonnenbrille ...«

»Schokoladenriegel, Äpfel und Lebkuchen?«

Ich wollte nicht an jene Nacht in der verlassenen Kirche erinnert werden, als wir die Kleinigkeiten aus meinem Rucksack verzehrt hatten. Früher oder später würde ich mich mit diesen immer breiter werdenden Rissen in meiner Schutzmauer befassen müssen, aber nicht jetzt, solange uns über sechshundert Kilometer von der Rettung trennten und auch nicht, solange Schmidt sich irgendwo herumtrieb und wer weiß was anstellte. Nicht jetzt, solange Mary sich darauf freute, alte Bekanntschaften aufzufrischen. »Vielleicht hat er irgendwo Geld für uns deponiert«, meinte ich.

»Er würde nie etwas Wertvolles zurücklassen. Die Nachricht sollte den Eindruck vermitteln, daß keiner von euch beiden in dieses Zimmer zurückkehren wollte.«

»Das ist offensichtlich«, entgegnete ich.

»Das war's dann also. Es ist nichts mehr hier, außer ein paar Reiseprospekten. Ich gehe zuerst. Nimm den nächsten Aufzug. Ich treffe dich beim Auto.«

Doch als ich aus dem Aufzug kam, stand er ganz in der Nähe. Er sah auf die Uhr, als würde er auf jemanden warten, der sich verspätet hatte. Mit einer kaum merklichen Kopfbewegung wies er zur Rezeption hin.

Ich bemerkte zuerst Foggington-Smythe. Er war barhäuptig und redete stirnrunzelnd auf den Hotelangestellten ein. Dieser schüttelte den Kopf. Dabei galt sein Blick jedoch nicht Perry, sondern seiner Begleiterin. Von hinten sah ich nichts als weiß – Pelzmantel, langes Abendkleid, gebleichtes Haar.

Ich versteckte mich hinter einer günstig gelegenen Säule. John schlenderte auf mich zu und blieb stehen, um sich eine Zigarette anzuzünden. »Gehören sie zu dir?« fragte er.

»Nein, ich glaube nicht. Zu dir?«

»In unserer augenblicklichen Lage müssen wir davon ausgehen, daß jeder, der nicht für uns ist, gegen uns arbeitet. Geh zum nächsten Ausgang, aber nicht rennen.«

Etwas anderes blieb mir auch nicht übrig. Wäre ich in meinem zweifelhaften Versteck stehengeblieben, hätte ich mich nur verdächtig gemacht. Doch ich fühlte mich, als folgte mir der Lichtkegel eines gewaltigen Scheinwerfers durch die Halle. Als mir plötzlich jemand den Weg versperrte, wäre ich vor Schreck fast aus Feisals viel zu großen Sandalen gesprungen.

»Entschuldigen Sie, junger Mann.«

Verwirrt blickte ich um mich, bis ich begriff, daß mit dem jungen Mann ich selbst gemeint war. Ein grauhaariger Amerikaner, der einen roten Fez trug, hatte mich angesprochen. Er wollte wissen, wo ich mein Hemd gekauft hatte. Naiv, wie ich nun einmal bin, bemerkte ich seine weiteren Absichten erst, als er vorschlug, wir könnten doch zusammen einen trinken gehen und in Ruhe darüber sprechen.

Gerade wollte ich ihm sagen, was er mit seinem Drink – und seinem Fez – machen sollte, als John, seine Aktentasche schwenkend, an mir vorbei zur Tür schlenderte und mir damit einen schmerzhaften Schlag gegen das Bein versetzte. Es war, wie man so schön sagt, ein Wink mit dem Zaunpfahl. Wortlos knurrte ich meinen Bewunderer an und trottete hinter John her.

Die letzten Meter zum Auto rannte ich. Der Motor lief schon. John stieß mich ins Wageninnere.

»Du dumme Kuh!« schimpfte er. »Warum bist du stehengeblieben? Foggington-Smythe hätte dich erkennen können.«

»Was soll ich tun, wenn ich auf Männer so unwiderstehlich wirke?« entgegnete ich. Als Feisal plötzlich ein zweifelhaftes Wendemanöver startete, fiel ich auf Johns Schoß.

John setzte mich wieder auf. »In deiner augenblicklichen Aufmachung fällt es mir nicht schwer, dir zu widerstehen.«

»Ich bin am Boden zerstört.«

»Allmählich begreife ich, warum ihr beide so vielen Leuten auf die Nerven fallt«, ertönte eine Stimme vom Vordersitz. »Wo ist der Herr Direktor? Wohin fahren wir? Was...«

»Immer hübsch der Reihe nach«, antwortete John. »Ich schlage vor, daß wir zuerst den Boulevard verlassen. Nimm wenn möglich Seitenstraßen...«

»Aber wir müssen zuerst zum Bahnhof«, unterbrach ich.

»Nein, müssen wir nicht.«

»Doch. Ich möchte sichergehen, daß Schmidt...«

»Nein, das wirst du nicht tun.«

»Hört auf!« schrie Feisal hysterisch.

»Du hast recht«, sagte John. »Wer führt hier das Kommando?«

»Ich habe nicht die geringste Lust, mich durch ein Gewirr von Seitengassen zu kämpfen«, verkündete Feisal. »Je schneller wir aus Luxor herauskommen, desto besser.«

John seufzte. »Wahrscheinlich war das die sinnloseste Frage, die ich jemals gestellt habe. Vicky, es ist zwecklos, Schmidt am Bahnhof zu suchen. Ich ... äh ... ich bin nicht ganz offen mit dir gewesen.«

»Ach, nein!« brüllte ich. »Du warst nicht ganz offen? Ich fasse es nicht. Welches winzigkleine Detail hast du denn unter den Tisch fallen lassen? Laß mich raten. Es gibt gar keinen Nachtzug nach Memphis, richtig?«

»Es gibt keinen gottverdammten Zug nach Memphis, stopp,

Thema erledigt!« Er brach mitten in seinem Wutgeschrei ab, und in dem nun folgenden Schweigen konnte ich jeden seiner zitternden Atemzüge hören. »Das habe ich dir schon gesagt«, fuhr er ein paar Dezibel leiser fort. »Doch was ich dir aus einer Reihe von allesamt berechtigten Gründen vorenthalten habe, ist, daß es einige Nachtzüge nach Kairo gibt. Möchtest du meine Vermutungen hören, welchen Schmidt wahrscheinlich genommen hat, oder würdest du lieber mit diesem sinnlosen Austausch von Beleidigungen weitermachen?«

»Ich kann es nicht ausstehen, wenn du so redest«, nuschelte ich. »Also schieß los.«

»In Ägypten gibt es«, sagte John gedehnt und ließ sich jedes Wort auf der Zunge zergehen (ich hätte ihn erwürgen können), »verschiedene Arten von Zügen. Jede Nacht fahren zwei Züge der Schlafwagengesellschaft von Luxor nach Kairo. Ihr Anfangsbahnhof ist Assuan, aber das braucht uns nicht zu kümmern. Der eine verläßt Luxor um halb acht, der andere um halb elf. Beide Abfahrtszeiten sind, wie ich nicht eigens erwähnen muß, nur Schätzwerte.«

»Das mußt du nicht eigens. Woher kennst du den Fahrplan?«

»Wie ich mich zu erinnern glaube, habe ich bereits davon gesprochen, wie wichtig es ist, auf Zeitabläufe zu achten, wenn man in meinem Beruf Erfolg haben will. Diese Regel gilt ganz besonders für öffentliche Verkehrsmittel. Wirklich«, meinte John nachdenklich, »ich sollte eines Tages ein kleines Handbuch schreiben. Regel Nummer eins: Es ist ratsam, sich gleich nach der Ankunft über die schnellste Möglichkeit zur Abreise zu informieren.«

»Bitte, tu es nicht, John«, meinte ich sehr sanft.

»Dann hör auf, mich abzulenken. Wie ich schon sagte: Die meisten wohlhabenden Touristen, die mit der Bahn reisen wollen, nehmen einen dieser beiden Züge. Und das ist ein guter Grund, warum Schmidt, wenn ich ihn richtig kenne, in keinem dieser Züge sitzt. Außerdem haben sie einen weiteren Nachteil: Sie halten zwischen Luxor und Gizeh, also außerhalb von Kairo, nicht an. Wenn man sich erst einmal im Zug befindet, kann man zehn oder elf Stunden lang nicht aussteigen. Falls ich mit Verfolgern rechnen würde, wäre mir eine flexiblere Lösung lieber.«

»Klingt logisch«, gab ich zu. »Was ist also die Alternative?«

»Ich freue mich so, daß du danach fragst. Die anderen Nachtzüge halten an verschiedenen Bahnhöfen, doch nur einer von ihnen hat einen Waggon erster Klasse. Die erste Klasse ist selbst gemessen an deinem verwöhnten amerikanischen Geschmack recht komfortabel. Das gilt jedoch nicht für die zweite und die dritte Klasse. Und selbst wenn Schmidt willens wäre, sich dem Gedränge und der Hitze auszusetzen, würde er kaum als Student oder als Ägypter durchgehen.«

»Also ...«

»Also glaube ich, daß er den Zug um elf nehmen wird. Er hält in Sohag, Asyut und Minya. Wahrscheinlich wird er eine Fahrkarte bis Kairo kaufen, um seine Verfolger zu verwirren, und an einer der anderen Stationen aussteigen.«

»Ist das der letzte Zug?«

»Es gibt noch andere, nach Mitternacht. Wir müssen annehmen, daß er nicht nur ›Nacht‹, sondern ›heute nacht‹ gemeint hat. Der Brief trug das heutige Datum.«

»Das ist schlau, aber furchtbar weit hergeholt«, sagte ich.

Wir hatten das Stadtzentrum hinter uns gelassen. Außer den Scheinwerfern der entgegenkommenden Autos war kein Licht zu sehen. John hatte sich in die andere Ecke des Wagens zurückgezogen. Er antwortete nicht auf meine Bemerkung, aber ich hörte seinen Atem, und was ich hörte, gefiel mir gar nicht.

»Fühlst du dich nicht wohl?« fragte ich.

»Mir geht es ausgezeichnet.«

»Vielleicht solltest du noch so eine Tablette ...«

»Das habe ich gerade getan.« Er zögerte einen Moment, dann sagte er: »Falls ich einschlafen sollte, weck mich, bevor wir in Nag Hammadi sind. Möglicherweise müssen wir dort unseren Plan ändern.«

»Welchen Plan?« fragte ich. »Wenn du etwas vorhast, solltest du mich einweihen. Werden wir versuchen, Schmidt an einem der Bahnhöfe, die du erwähnt hast, abzufangen? Oder willst du direkt nach Kairo durchfahren, vorausgesetzt, daß dieser klapprige Schrotthaufen es bis dahin schafft? Oder ...«

Feisal unterbrach mich mit einem arabischen Wortschwall.

»Was haben Sie gesagt?« Ich beugte mich vor.

»Das übersetze ich lieber nicht wörtlich. Auch die englische Sprache kennt einschlägige Sprichwörter, die sich auf herrschsüchtige Frauen beziehen.«

Ich hörte John unterdrückt kichern. »Aber, aber, Kinder, jetzt streitet euch nicht. Die Hauptstraße, die von Norden nach Süden führt, und auch die Schienen kreuzen bei Hammadi den Fluß. Wenn unsere Gegner eine Straßensperre errichten wollen, eignet sich diese Stelle am besten. Da wir nichts tun können, bis wir dort sind, hört mit der Streiterei auf, damit ich ein bißchen schlafen kann.«

Da mir keine Antwort einfiel, die weder unhöflich, kindisch noch belanglos war, hielt ich den Mund.

Noch ehe wir anderthalb Kilometer gefahren waren, schlief John schon tief und fest. Als ich den Arm um seine Schultern legte und ihn herunterzog, so daß er quer auf dem Sitz und mit dem Kopf auf meinem Schoß lag, murmelte er nur etwas. Feisal trat so fest wie möglich aufs Gas. Das Auto zitterte bedenklich, doch der Motor machte erstaunlich wenig Lärm.

Der Verkehr war ziemlich dicht. Ägyptische Autofahrer haben die anstrengende Angewohnheit, das Fernlicht einzuschalten, anstatt abzublenden, wenn ihnen ein anderes Fahrzeug entgegenkommt. Ich versuchte, nicht jedesmal zusammenzuzucken, aber ich schaffte es nicht. Bei jedem näherkommenden Auto wurde das Wageninnere für einen Moment in ein gespenstisches Licht getaucht. Der Kopf in meinen Armen hätte ebenso ein wohlgeformter Totenschädel sein können, die Augenhöhlen ähnelten dunklen Löchern, die Haut spannte sich über Wangenknochen und Schläfen.

»Schläft er?« Feisals Stimme war kaum hörbar.

Ich zwickte John vorsichtig in den Arm. Keine Reaktion, nicht einmal ein protestierendes Murmeln. Das bewies zwar gar nichts, denn sich schlafend oder bewußtlos zu stellen war einer von Johns Lieblingstricks. »Normalerweise hören sie auf, dich zu schlagen, wenn sie glauben, daß du nichts mehr spürst«, hatte er einmal im Rahmen eines seiner Vorträge über Kriminalität feierlich erklärt.

»Ich glaube schon.« Ich strich mir über die Wange.

»Entschuldigen Sie, daß ich so unhöflich war. Aber gehen Sie nicht ein wenig unfreundlich mit ihm um?«

»Er war ja auch nicht sonderlich freundlich zu mir.«

»Freundlich zu Ihnen?« Feisals Stimme wurde lauter. »Ohne Sie wäre er überhaupt nicht hier. Er hatte nicht die Absicht, bei diesem Vorhaben weiter mitzumachen, und er wollte auch mich überreden, auszusteigen. Wenn Sie nicht aus heiterem Himmel aufgetaucht wären ...«

»Moment mal«, unterbrach ich. »Lassen Sie mich eins klarstellen. Wollen Sie damit andeuten ...«

Er deutete es nicht nur an, er sagte mir alles, brutal und direkt. Feisal mochte mich in diesem Augenblick nicht besonders. Das beruhte auf Gegenseitigkeit.

»Das Projekt wurde vor drei Jahren in Angriff genommen. Johnny war schon früher für Blenkiron tätig gewesen, aber diese Aufgabe hier war um einiges komplizierter. Deshalb heuerte Blenkiron eine Bande an, deren Anführer der Mann ist, der sich Max nennt. Nach Fertigstellung der Grabrestaurierung und nachdem Max seine Strafe abgesessen hatte, nahm Blenkiron Kontakt mit Johnny auf. Johnny lehnte ab. Er wollte aussteigen. Sie hätten ihn gehen lassen, denn er konnte ihnen nichts anhängen, ohne damit sich selbst zu belasten. Doch dann hatte jemand den schlauen Einfall, ihn, während Blenkiron seine Schätze in Kairo ins Flugzeug lud, das Museum ausrauben zu lassen. Ganz gleich, ob es Johnny geglückt oder mißlungen wäre, es wäre auf jeden Fall eine gute Ablenkung gewesen.«

»Eine sehr gute«, murmelte ich. »Wessen schlauer Einfall war es denn?«

»Dreimal dürfen Sie raten. Max ist Geschäftsmann. Er hat keine Zeit für sinnlose Gefühle wie Rachedurst – und genau das war das Motiv besagter Person, die Sache mit dem Museum vorzuschlagen. Die Idee klang gut, aber es gab auch eine Reihe praktischer Hinderungsgründe. Besonders schwierig war es, einen ausgefuchsten Burschen wie Johnny zur Erledigung eines Auftrags zu zwingen, zu dem er keine Lust hatte. Max war sich darüber im klaren und hätte Johnny nur zu gerne aussteigen lassen. Leider jedoch hält man in seinem Unternehmen – wie auch in gewissen anderen kriminellen Organisationen – viel auf Familienbande, und das einzig überlebende Mitglied besagter Familie ist ... Sie haben sie ja erlebt. Können Sie sich vorstellen, wie schrecklich es für Johnny war, Tag für Tag mit dieser Wahnsinnigen zusammenzusein, sich ihre unflätigen Drohungen anzuhören und zu wissen, daß sie sich an Ihnen rächen würde, wenn er ihr nur ein Haar krümmte?«

Für mich war es, als hörte ich in einem langen, haßerfüllten Scheidungsprozeß die Version der anderen Seite. Ereignisse, die vom Standpunkt der einen Person aus betrachtet absolut eindeutig erscheinen, gewinnen aus der Perspektive der Gegenpartei völlig andere Dimensionen.

»Sie lockten Sie also auf diese Kreuzfahrt«, fuhr Feisal fort. »Irgendeine gefälschte Nachricht, die der Leiche eines Agenten untergeschoben wurde – die Einzelheiten habe ich nie erfahren. Sobald Johnny klar geworden war, worauf er sich da eingelassen hatte, brach er den Kontakt zu Ihnen ab. Jen schwebte ebenfalls in Gefahr, einfach weil die Bande wußte, wer sie war und wo sie sich aufhielt; wenn John nicht bereit gewesen wäre, sie als ahnungslose Geisel auf die Kreuzfahrt mitzunehmen, hätten sie sie vielleicht entführt oder etwas noch Schlimmeres mit ihr angestellt. Aber John plante, dafür zu sorgen, daß Jen irgendwann während der Kreuzfahrt das Schiff verließ. Wenn sie erst einmal in Sicherheit war, konnte er sich um seine eigenen Probleme kümmern. Allerdings kam er nicht auf die Idee, daß sie noch eine zweite Geisel an Bord locken würden. Wahrscheinlich können Sie sich nicht vorstellen, wie er sich an jenem Tag in Gizeh bei Ihrem Anblick fühlte.«

Ich konnte es mir vorstellen. Ich hatte sein Gesicht gesehen.

Am nächsten Tag hatte es John bereits geschafft, Jen vor den Verbrechern in Sicherheit zu bringen, und zwar durch eine Improvisation, zu der nur er in der Lage war. Doch dann erschien Schmidt auf der Bildfläche, so daß die Summe der Geiseln wieder zwei betrug. Ich erinnere mich an das Entsetzen in Johns Stimme, als er Schmidt in Amarna entdeckte – und an Marys Lächeln. Natürlich hatte sie gewußt, wer Schmidt war. Bestimmt hatte sie meinen Lebenslauf bis in alle Einzelheiten auswendig gelernt, besonders die Episode, die mit ihren Brüdern in Zusammenhang stand.

»Warum zum Teufel hat er es mir nicht erzählt?« fragte ich.

»Die Bande hat dafür gesorgt, daß er nie die Gelegenheit dazu bekam. Sie wurden beide Tag und Nacht bewacht. Als verliebte, junge Braut hatte Mary einen ausgezeichneten Vorwand, wie eine Klette an ihm zu hängen. Und wenn sie nicht bei ihm war, hielten sich Blenkiron oder einer der anderen in Ihrer Nähe auf.«

Diese Worte schmerzten wie ein Schlangenbiß, nein, noch mehr, denn ich hätte wenigstens einen Teil des Komplotts vermuten müssen. Und es sollte schlimmer kommen. Ich wußte, was Feisal sagen wollte, noch ehe er es aussprach.

»Das war nicht der eigentliche Grund. Ich war dabei, als sie ihm bis ins letzte Detail schilderten, was sie mit Ihnen anfangen würden, falls Sie durch ihn oder auf andere Weise die Wahrheit erfahren sollten.«

»Okay, ich verstehe«, sagte ich heiser. »Sie brauchen nicht ...«

»Ich werde es trotzdem tun. Ihnen ist doch hoffentlich klar, daß sie der Bande auf Gedeih und Verderb ausgeliefert waren, während das Schiff sich auf dem Fluß befand. Die angebliche Programmänderung war nichts dergleichen. Wir alle – außer Johnny – wußten davon. Dadurch brachten sie seine Pläne durcheinander und machten es ihm unmöglich, seine und Ihre Flucht in die Wege zu leiten. Blenkiron befehligte das Schiff, die Mannschaft und die Hälfte derjenigen Passagiere, die im vollen Besitz ihrer Körperkraft waren. Auch den Arzt. Wenn Sie etwas in Erfahrung gebracht oder auch nur einen Verdacht entwickelt hätten, hätte er sie mit Medikamenten vollgepumpt, sie in Ihre Kabine gesperrt und ein Schild mit der Aufschrift »Quarantäne« an die Tür gehängt. Und dort wären Sie geblieben, hilflos und für alle Retter unzugänglich, bis ...«

»Bis sie mich über Bord geworfen hätten«, murmelte ich. »Oder hätten sie sich etwas Ausgefalleneres überlegt?«

»Etwas viel Ausgefalleneres«, Feisals Stimme klang nicht mehr so wütend, aber er war noch nicht bereit, mich zu schonen. »Außerdem langwierig. Mit Schmidt wollten sie genauso verfahren, falls er lästig werden sollte. Es wird immer jemand krank. Keiner hätte Fragen gestellt, wenn Sie beide einer exotischen und schließlich tödlichen Krankheit zum Opfer gefallen wären. Ihre Ahnungslosigkeit war Ihre einzige Chance, am Leben zu bleiben. Und das bedeutete, Ihr Verdacht mußte auf Johnny gelenkt werden. Für seine Kooperation versprachen sie ihm, daß Sie mit den anderen Passagieren in Luxor das Schiff verlassen dürften.«

»Und er hat das geglaubt?«

»Natürlich nicht. Er hat Himmel und Erde in Bewegung gesetzt, um Sie an einen sicheren Ort zu bringen, ohne Ihnen Informationen zu geben, die Sie noch mehr gefährden würden. Und dabei mußte er sich mit Ihnen und mit Blenkiron herumschlagen.«

Er fluchte leise, als der Wagen ins Schlingern geriet – vermutlich hatte er einem Hindernis auf der Straße ausweichen müssen. Das Auto holperte einige Meter am Straßenrand entlang, bis er es wieder auf die asphaltierte Fahrbahn lenken konnte. Ich stützte Johns Kopf mit meiner anderen Hand. »Wie weit ist es bis Hammadi?«

»Noch etwa dreißig bis vierzig Kilometer? Versuchen Sie, das Thema zu wechseln?«

»Ja.«

»Sie wollten doch eben noch alles wissen. Jetzt haben Sie Gelegenheit, einige der Antworten zu bekommen, die er Ihnen niemals geben wird.«

Ich sagte nichts. Die Ereignisse der letzten Wochen spulten sich vor meinem geistigen Auge ab wie ein fremdsprachiger Film, den ich beim ersten Mal nicht verstanden hatte. Feisals Untertitel ließen mir jede Szene in einem neuen Licht erscheinen.

John hatte seine Rolle ziemlich gut gespielt. Allerdings hätte es mir auffallen müssen, daß er Mary nie mit einem Kosenamen ansprach und sie nie berührte, wenn es sich vermeiden ließ. Und allein in ihrer Kabine ... Wie ich Mary inzwischen kennengelernt hatte, war ich mir ziemlich sicher, daß es ihre größte Freude gewesen war, ihn so lange zu provozieren, bis er in gefährlicher, doch letztlich sinnloser Wut tobte. Die blauen Flecken an ihren Armen waren der sichtbare Beweis, daß es ihr bei mindestens einer Gelegenheit gelungen war. Und sie hatte sich prompt und wirksam gerächt. Wenn Schmidts laute Bemerkungen über meine Klaustrophobie sie nicht darauf aufmerksam gemacht hatten, war es ihr bestimmt wegen meines Verhaltens aufgefallen.

Der Vorfall war ein Gemeinschaftsprojekt gewesen: Larry hatte mich ins Grab gelockt, Mary oder einer der anderen hatte das Licht ausgeschaltet. Wahrscheinlich hatte John etwas derartiges vermutet, aber er hatte es nicht verhindern können. Ihm blieb nur, mir so schnell wie möglich zur Hilfe zu eilen.

Mehrmals hatte er sich unter einem Vorwand in meiner Nähe aufgehalten, wenn er befürchten mußte, daß ich in Gefahr schwebte. Der Anblick von Schroeder-Max im Rasthaus hatte seinen Argwohn geweckt; er hatte sich selbst zu dem Spaziergang vom Tal nach Deir el Bahri eingeladen, weil er mich und Schmidt nicht mit Larry und Ed hatte alleinlassen wollen. Und er hatte Mary daran gehindert, uns zu begleiten, nicht nur, weil sie eine zusätzliche Bedrohung für mich darstellte, sondern weil ... weil jede Sekunde, die er nicht in ihrer Gegenwart zubringen mußte, für ihn wahrscheinlich eine ebensolche Wohltat war wie ein Atemzug frischer Luft für einen Menschen, der in einem unterirdischen Kanal eingesperrt ist.

Doch am längsten würde mich die Erinnerung an jene Nacht verfolgen, als er mir an Deck nachgegangen war, während Schmidt mit Mary tanzte. Inzwischen hatten ihn Angst, Sorge, Widerwillen und der Zwang, diese Gefühle zu verbergen, sicher schon halb in den Wahnsinn getrieben. Kein Wunder, daß er die Beherrschung verloren hatte. Allerdings nur für ein paar kurze Momente. Als er bemerkte, wie wir beobachtet wurden, hatte er mich ganz bewußt zu einer Reaktion provoziert, die unsere alten Zwistigkeiten unter Beweis stellen sollte und die dafür sorgen würde, daß ich das Deck verließ und mich in meine verhältnismäßig sichere Kabine zurückzog.

Aber es hätte in jener Nacht und auch bei verschiedenen anderen Gelegenheiten die Möglichkeit für einige kurze, vertrauliche Worte gegeben: »Ach, übrigens, Vicky, ich bin mit diesem kleinen Miststück gar nicht wirklich verheiratet. Es ist nur eine Tarnung.

Außerdem schwebst du in Lebensgefahr. Wenn ich dir also ein Zeichen gebe, verschwinde, such dir ein Versteck und bleib da. Und nimm Schmidt mit.«

Natürlich hätte ich gehorcht, ohne ihm Fragen zu stellen und ohne ihm zu widersprechen. Schmidt selbstverständlich auch.

Genau.

Feisal nahm den Fuß vom Gas und fuhr an den Straßenrand. Dann drehte er sich um und legte den Arm über die Sitzlehne.

»Was ist los?« fragte ich.

»Nichts. Wenigstens hoffe ich das. Wir haben die Brücke bald erreicht, und ich möchte ihn noch nicht wecken. Ich glaube, er hat keine Nacht mehr richtig durchgeschlafen, seit...«

»Hören Sie auf, Feisal.«

»Ich möchte Sie nur noch auf eine Kleinigkeit hinweisen. Als John auf Blenkirons Vorschlag einging, war sein eigenes Überleben nicht Teil der Abmachung. Es wurde nicht einmal erwähnt. Er verhandelte um *Ihr* Leben, nicht um seins. Selbst auf die Gefahr hin, daß Sie Ihre schlechte Meinung von ihm beibehielten, wenn es nur zu Ihrer Sicherheit beitrug. Ich habe Verständnis für Ihr Mißtrauen, aber wenn ich die Gerüchte, die mir von vielen Seiten zugetragen wurden, richtig verstehe, hat er schon einige Male Kopf und Kragen für Sie riskiert. Sind Sie denn nicht einmal auf den Gedanken gekommen, im Zweifelsfall zu seinen Gunsten zu entscheiden?«

Feisals Taktik war in etwa so wirkungsvoll wie ein Rammbock. Die Mauer war eingestürzt, und ich lag bäuchlings im Schutt. Ich hatte das Gefühl, falls ich je wieder den Kopf heben könnte, würde ich etwas sehen, das mich für diese schreckliche Erfahrung entschädigte. In diesem Augenblick jedoch konnte ich nur daran denken, wie sehr ich Feisal verabscheute. Wenn man wie eine Schlange am Boden herumkriecht, braucht man eine zweite Schlange, die einem Gesellschaft leistet.

»Und was haben Sie in letzter Zeit für Ihren alten Schulfreund getan?« fragte ich. »Sie würden immer noch mit Blenkiron zusammenarbeiten, wenn Jean-Louis' Ermordung nicht einige Zweifel auf Ihre eigenen Überlebenschancen geworfen hätte. Der arme Teufel hat mir überhaupt nichts verraten. Der Mord an ihm war nichts weiter als eine vorbeugende Maßnahme, etwa so, als ob man ein Wespennest auf der Veranda ausräuchert.«

»Darauf hat John mich sofort hingewiesen«, bemerkte Feisal trocken. »Und ich gestehe, daß ich mich erst danach bereiterklärte, Sie in Sicherheit zu bringen. Er konnte es auf keinen Fall selbst tun, denn sie beobachteten ihn wie ein Schwarm Geier, und er war allmählich der Verzweiflung nahe. Ich behaupte nicht, ein besonders edler Mensch zu sein, Vicky. Johnny hat mich vor einigen Tagen dazu überredet, Ihnen eine Waffe zu geben. Hamid gehörte zu uns. Es war kein Problem, mir seine Schlüssel zu besorgen. Aber...«

»Aber«, mischte sich eine entfernte Stimme ein, »du wirst einige Probleme bekommen, wenn du nicht auf der Stelle weiterfährst. Warum bist du stehengeblieben?«

Feisal legte den Gang ein und fuhr los. »Ich dachte, du bräuchtest...«

»Ich könnte etwas zu trinken gebrauchen. Und es würde mich freuen, wenn du mit deinem Geschwätz über Dinge aufhörst, die dich nichts angehen.«

»Wieviel hast du mitgehört?« fragte ich. Wie froh war ich, daß er mein Gesicht in der Dunkelheit nicht sehen konnte.

»Ziemlich viel«, erwiderte John.

»Lügst du jetzt?«

»Das tu ich doch immer.«

Ich war nicht in der Lage, das Thema weiter zu verfolgen. »Wenn du von meinem Schoß aufstehst, geb ich dir etwas zu trinken.«

Ein Lastwagen donnerte auf uns zu; das grelle Licht seiner Scheinwerfer und die Schatten im Wageninneren ließen Johns nach oben gewandtes Gesicht mit dem zerzausten Haar einer fröhlichen Vogelscheuche ähneln, doch ich kannte ihn zu gut, als daß mich sein Gesichtsausdruck hätte täuschen können. Gähnend setzte er sich auf. Ich hörte das Knistern von Stoff und ein leises Klicken. War es wieder Zeit für zwei kleine, gelbe Tabletten? Wie viele von diesen Dingern konnte er nehmen, ehe er anfing, die Wände hochzugehen?

Ich beugte mich vor und wühlte in dem Korb, den Oma uns

gepackt hatte. Offenbar hatte sie ihre Speisekammer geplündert. Das Essen hätte für ein Dutzend Personen gereicht – Brot, gekochte Eier, Obst, sechs Dosen Limonade. Ich öffnete eine Dose und reichte sie John.

»Ich weiß nicht, was es ist ...« fing ich an.

»Ich auch nicht. Es schmeckt wie Batteriesäure. Aber egal, wenigstens ist es flüssig. Wo sind wir?«

»Noch eine Viertelstunde bis Nag Hammadi«, antwortete Feisal. »Hoffentlich war dein Gerede von Straßenblockaden nur Schwarzseherei. Wenn wir den Fluß nicht hier überqueren ...«

»Weiter nördlich kommen noch ein paar Brücken. Und wenn ich mich recht entsinne, gibt es doch eine Art Straße am Ostufer.«

»Beides richtig. Aber du hast meine Frage nicht beantwortet. Wie kommst du auf die Idee, daß sie in Hammadi auf uns warten könnten?«

»Foggington-Smythe ist Vicky aus dem Hotel gefolgt. Er hat unsere Abfahrt beobachtet.«

»Warum hast du das nicht früher gesagt?« fragte Feisal.

»Was hätte das gebracht? Entweder hat er uns gesehen oder nicht. Wenn ja, und falls ein paar andere ebenso unangenehme Vermutungen auch zutreffen, werden sie uns in Nag Hammadi erwarten.«

»Aber wie ...«, fing ich an.

»Mein Gott, muß ich dir denn alles erklären? Benutze deinen Verstand. Du kannst genausogut rätseln wie ich, was Blenkiron möglicherweise tun wird und kann. Und er verfügt über grenzenlose Möglichkeiten. Immer mit dem Schlimmsten rechnen, erinnerst du dich?«

Er war von mir weggerutscht. Kerzengerade saß er da und starrte geradeaus. Zehn Minuten, dachte ich, gebt ihm wenigstens zehn Minuten.

»Was sollen wir ...« setzte Feisal an.

Ich beugte mich vor. »Wie gut kennen Sie die Straßen?«

Eine lange Pause entstand, ehe Feisal antwortete: »Das hängt davon ab, welche Straßen Sie meinen. Die Hauptstraße von Norden nach Süden kreuzt den Fluß in Hammadi und verläuft von dort aus am Westufer entlang nach Kairo. Am Ostufer gibt es eine kleinere Straße, doch die ist noch nicht ganz fertiggestellt.«

»Wo sind die Brücken?« fragte ich.

Ich versuchte, etwas Zeit für John zu gewinnen, aber während Feisal in aller Breite die geographischen Verhältnisse erläuterte, ertappte ich mich bei der Überlegung, wie Schmidt seine Flucht bewerkstelligen wollte. Verdammt, ich hatte immer gedacht, den alten Knaben besser zu kennen als John. Ich hätte eigentlich wissen müssen, was in seinem Kopf vorging.

»Also ist in Sohag die nächste Brücke nach Hammadi? Dort hält doch auch der Zug, den Schmidt – vielleicht – genommen hat.«

»Stimmt. Von Nag Hammadi aus sind es etwa fünfundsiebzig Kilometer.«

»Und die nächste Brücke befindet sich in Asyut?«

»Genau.«

»Asyut ist auch die zweite Haltestation. Dann kommt vor Kairo nur noch eine.«

»Minya«, bestätigte Feisal.

»Dort hat Schmidt übernachtet, ehe er zur Reisegruppe stieß«, meinte ich nachdenklich.

John räusperte sich. »Willst du damit sagen, daß er vielleicht einen Teil seines Gepäcks dort zurückgelassen hat? Meine Theorie war möglicherweise ein wenig an den Haaren herbeigezogen, aber deine ist wirklich ...«

»Nein, hör zu.« Je länger ich darüber nachdachte, desto wahrscheinlicher kam es mir vor. »Schmidt hat sich vor seiner Abreise aus München mit Agentenutensilien eingedeckt. Er hat sich sogar Kontaktlinsen in verschiedenen Farben anfertigen lassen! Er hatte den Verdacht, es handle sich bei dieser Kreuzfahrt nicht nur um eine normale Urlaubsreise. Wer könnte besser wissen als Schmidt, daß ich mich nie als Expertin für ein Thema ausgeben würde, von dem ich keine Ahnung habe, wenn es dafür keine guten und stichhaltigen Gründe gäbe? Ich wette, er schmiedet seit seiner Ankunft in Ägypten Pläne. Und wenn es nur zum Spaß gewesen wäre. Er hat Max sofort erkannt, und das bestätigte ...«

»Verdammter Mist!« rief John aus. »Meinst du, der kleine

Mistkerl hat uns von Anfang an verdächtigt? Warum hast du mir das verschwiegen?«

»Es war keine Zeit...« fing ich an.

»Schmidt allein ist schon schlimm genug«, meinte John finster, »aber ihr beide zusammen... Feisal, halt an, verdammt noch mal. Nein, nicht mitten auf der Straße. Fahr rechts ran und such eine passende Stelle. Und jetzt Vicky, hast du vielleicht die Güte, mir genau zu erzählen, worüber du mit Schmidt gesprochen hast, bevor du mir zur Hilfe geeilt bist. Ihr wart doch sicher intelligent genug, Vorkehrungen für den Fall zu treffen, daß man dich aufhielte oder Schmidt sein Zimmer würde verlassen müssen.«

Die Tabletten hatten ihn zwar wieder aufgemuntert, aber seine Laune nicht gebessert. Ein wenig überrascht stellte ich fest, daß wir wieder miteinander umgingen wie früher. Nichts hatte sich verändert, außer der Art, wie ich ihn wahrnahm. Er war der gleiche Mensch wie immer – weder Heiliger noch Sünder, weder Held noch Schurke, sondern eine verwirrende Mischung von alledem. In anderen Worten, menschlich. Wie ich. Wir waren uns ähnlicher, als ich zugeben wollte – sarkastisch, unnahbar, ständig dabei, uns zu rechtfertigen. Beide hatten wir Angst vor unseren Gefühlen und davor, sie zu zeigen. Mein zweites Ich, mein dunkler Engel, mein geliebter, mörderischer Gefährte, mein...

»Laß dir nur Zeit«, höhnte John. »Wir haben es nicht eilig.«

»Verdammt, wie hätten wir Vorkehrungen treffen sollen?« fragte ich. »Ich hatte ja keine Ahnung, wie lange ich brauchen würde, um mich ins Haus zu schleichen, und ich wußte auch nicht, wo ich meine Sache beginnen sollte. Es hätte die ganze Nacht dauern können, dich zu finden.«

»Die ganze *Nacht*?«

Feisal war in eine schmale schmutzige Straße abgebogen, die neben einem Bewässerungskanal herführte. Ich konnte unter uns das dunkle Wasser funkeln sehen. Auf der anderen Seite versperrten die hohen Halme irgendwelcher Pflanzen – Zuckerrohr oder Bambus – mir den Blick.

John brauchte mich nicht darauf hinzuweisen, daß ich den Verstand verloren haben mußte, wenn ich wirklich geglaubt hatte, mich stundenlang im Haus herumtreiben zu können, ohne daß jemand mich entdeckte. Es war Wahnsinn gewesen. Da mir keine vernünftige Antwort einfiel, sagte ich nichts.

»In Ordnung«, fuhr John mit erstickter Stimme fort. »Vielleicht ist jetzt wirklich nicht der geeignete Augenblick, dieses Thema weiter zu erörtern. Wir müssen entscheiden, was wir nun tun wollen. Eigentlich habe ich keine große Lust, Schmidt auf den verworrenen Pfaden seiner Phantasie zu folgen. Aber mir graut bei dem Gedanken, welchen Schaden er anrichten könnte, wenn er allein und unbewacht durch Ägypten wandert.«

»Bis jetzt war er erfolgreicher als wir«, widersprach ich entrüstet. »Seine Botschaft war wirklich genial.«

»Du meinst, er war erfolgreicher als du«, lautete die unfreundliche Antwort. »Und auf der Basis der Genialität, die er bislang an den Tag gelegt hat, ziehe ich die Möglichkeit in Betracht, daß er uns vielleicht weitere Informationen übermitteln wollte.«

»Johnny«, mischte sich Feisal ein. »Niemand bewundert deinen kunstvollen Satzbau so wie ich, aber könntest du dich bitte kürzer fassen?«

»Ich denke an die Reiseprospekte«, sagte John. »Er hätte es nicht gewagt, einen Namen zu unterstreichen, doch die oberste Broschüre war aufgeschlagen und neu gefaltet worden. Die darauf aufgelisteten Reiseziele lagen alle in Mittelägypten: Beni Hassan, Amarna ...«

»Nofretete!« rief ich aus. »Sie lag auch ganz zuoberst. Die Tasche mit ihrem Bild darauf, die er mir auf dem Basar gekauft hat ...«

»Amarna«, murmelte John. »Ich verstehe nicht ... Er kann doch nicht ...«

»Johnny«, fing Feisal an.

»Schon gut. Wir brauchen mehr Informationen, ehe wir uns für eine endgültige Route entscheiden. Wie ich vermute, verfügt dieses Wunderwerk der Automobiltechnik nicht über ein Radio? Nein, das wäre zuviel verlangt. Halt am nächten Café – oder besser noch an einer Tankstelle.«

Als wir nicht weit von der Zufahrtsstraße zur Brücke anhielten, zog ich einen Schal über den Kopf und duckte mich in eine dunkle Ecke, während Feisal ausstieg und mit dem Tankwart und den anderen Burschen, die an den Zapfsäulen herumstanden, ein Gespräch von Mann zu Mann führte.

Er blieb nicht lange weg. Als er zurückkam, erkannte ich an seinem Gesichtsausdruck, daß er etwas Unangenehmes erfahren hatte.

John wartete, bis Feisal in eine Seitenstraße eingebogen war. »Nun?«

»Meine Verbrecherkarriere entwickelt sich prächtig«, antwortete Feisal bedrückt. »Wie es aussieht, bin ich inzwischen nicht nur ein gesuchter Terrorist, sondern auch ein Kidnapper.«

»Wen haben Sie denn entführt?« fragte ich neugierig.

»Sie natürlich.« Feisal bog um eine scharfe Kurve. »Vor uns befindet sich auf dieser Seite der Brücke ein Kontrollposten. Ganz bestimmt halten sie dort nach uns Ausschau.« Er drehte wieder am Lenkrad. Das Auto zwängte sich durch eine so schmale Gasse, daß die Kotflügel an den Mauern schrammten. »In ein paar Kilometern kommen wir auf die Straße, die am Ostufer entlangführt.« Mit einem Aufschrei trat er auf die Bremse. Der Mann auf dem Esel sah sich um und bedachte ihn mit einer unhöflichen Geste. Wenigstens nahm ich an, es war eine.

»Pech, alter Junge«, heuchelte John Mitgefühl. »Ich hatte gehofft, daß sie nicht so bald auf dich kommen. Aber wahrscheinlich ließ sich das nicht vermeiden, da wir alle gleichzeitig verschwunden sind.«

»Also arbeitet Foggington-Smythe auch für Larry«, sagte ich.

»Nicht unbedingt. Vielleicht hat er nur ganz beiläufig erwähnt, er habe im Hotel jemanden gesehen, der dir sehr ähnelte.«

»Aber ich bin doch verkleidet«, widersprach ich.

»Er hatte Gelegenheit, deine Rückansicht zu bewundern«, entgegnete John mißmutig. »Ich habe dir doch gesagt, daß diese Jeans zu eng sind. Darf ich fragen, woher Foggington-Smythe so gut mit den Umrissen deines ... Mein Gott, Feisal, paß auf ...«

Ein splitterndes Krachen kündete davon, daß er einen kleinen Schuppen umgefahren hatte.

»Lenk mich nicht ab«, zischte Feisal zwischen zusammengebissenen Zähnen.

Die letzten hundert Meter unseres Umwegs führten über die Uferböschung eines Bewässerungsgrabens. Ich glaube, daß sich drei Räder des Wagens die meiste Zeit über auf der Straße befanden. Aber wenigstens verfehlten wir den Mann auf dem Fahrrad.

Als wir wieder auf der Hauptstraße waren, räusperte sich John. »Möchtest du, daß ich mal fahre?« fragte er taktvoll.

Das hatte ich auch gerade anbieten wollen. Zwar würde kein Tourist, der noch ganz bei Sinnen war, freiwillig in Ägypten nachts Auto fahren, aber ich ging davon aus, daß ich mich auch nicht schlechter schlagen würde als Feisal. Ich glaube, ihm fielen schon die Augen zu.

Feisal bremste. »Haben wir etwas zu trinken?«

Ich reichte ihm eine Dose Limonade. Er rutschte auf den Beifahrersitz, und John setzte sich hinters Steuer.

»Hast du sonst noch was erfahren?« fragte er, während er wieder auf die Straße fuhr.

»Sie haben zwar nicht die Autonummer, aber dafür eine Beschreibung des Wagens. Außerdem ist man sich noch nicht sicher, ob ich Vicky aus Lüsternheit oder aus politischen Motiven entführt habe ...«

»Die Entführung einer amerikanischen Touristin, ganz gleich aus welchem Grund, wird auf jeden Fall Aufsehen erregen«, meinte John nachdenklich. »Hast du mich auch entführt?«

»Sie wissen oder nehmen an, daß wir drei zusammen sind, wenn du das meinst. Komisch, jetzt, da du es erwähnst: Was deine genaue Rolle betrifft, hat man sich sehr vage ausgedrückt. Es kam in allen Nachrichtensendungen. Die Regierung ist entsetzt, schockiert und betroffen. Sie werden den Verbrecher mit allen zur Verfügung stehenden Mitteln jagen und ihn ...«, er schluckte, »gebührend bestrafen.«

»Wunderbar«, sagte John. »Indem sie dich der Entführung beschuldigen, haben sie dafür gesorgt, daß sich jeder ehrliche Polizist und jeder unbescholtene Bürger an der Suche nach dir beteiligt. Und sie haben die Möglichkeit offengelassen, daß ich vielleicht auch zu den verkappten Terroristen gehöre.«

»Aber das ist doch Schwachsinn!« rief ich aus. »Ich kann ihnen erklären ...«

»Dazu bekommst du möglicherweise keine Gelegenheit«, entgegnete John.

Eine Weile fuhren wir in bedrücktem Schweigen weiter. Dann hörte ich Musikfetzen vom Vordersitz. »Es war ein Mädchen aus Minnesota, die war so lang und war so groß...«

Ich beugte mich vor. »Ich glaube, sie war aus Birmingham.«

»Falsch, Tennessee. Ein Punkt für mich.«

»Ich kann das Lied«, protestierte ich. »Außerdem handelt es nicht von einem Mädchen, sondern von einem Zug.«

»Gut, dann nur einen halben Punkt. Warum schläfst du nicht ein bißchen? Du bist doch bestimmt müde. Heroische Rettungsaktionen sind ziemlich anstrengend für ein Mädchen.«

»Vergiß es. Ich werde nicht schlafen, während ihr zwei starken, intelligenten Männer alle Entscheidungen trefft. Wohin fahren wir?«

Feisal kicherte. »Sie hat einen seltsamen, aber sehr individuellen Charme. Allmählich verstehe ich, warum du...«

»Man gewöhnt sich an sie«, stimmte John zu. »Was unsere weitere Route betrifft, hängt sie vor allem davon ab, wem wir unterwegs begegnen. Aber ich glaube, wir fahren nach Minya. Bestimmt hat Schmidt das mit seinen wunderbar geheimnisvollen Hinweisen gemeint. Es ist der nächstgelegene Bahnhof bei Amarna. Schmidts Zug kommt nicht vor sieben Uhr morgens an, und vielleicht hat er Verspätung. Wenn wir es rechtzeitig schaffen, holen wir ihn vom Bahnhof ab. Wenn nicht, fragen wir in den Hotels nach.«

»Und wie willst du über den Fluß kommen?« fragte Feisal.

»Ich habe vor, die Brücken zu meiden. Dort kann man am besten Straßensperren errichten. Bis Amarna halten wir uns am Ostufer und nehmen dann die Fähre. Diese Vorgehensweise hat eine Reihe von Vorteilen: Die Gegenseite wird damit rechnen, daß wir auf der Hauptstraße bleiben. Und es ist immer ratsam, das zu tun, was der Gegner nicht erwartet.«

»Verschone uns mit deinen Vorträgen über Kriminalistik«, schimpfte Feisal. »Deine Vorgehensweise hat nur einen kleinen Haken, John. Von hier aus kommen wir nicht nach Amarna.«

»Aber die Straße...« fing John an.

»Endet einige Kilometer nördlich von Asyut. Sie ist noch im Bau.«

»Es gibt doch sicher eine Umgehung.«

»Ja, ein paar Trampelpfade für Esel und Kamele. Wenn wir am Fluß entlangfahren, gibt es eine Stelle, wo die Klippen bis zum Ufer reichen. Mit dem Auto würden wir es nicht schaffen.«

»Hmmm. Dann müssen wir uns wohl etwas anderes ausdenken.«

»Für mich hört es sich nicht so an, als ob wir eine Alternative hätten«, bemerkte ich. »Wir müssen in Asyut den Fluß überqueren und riskieren, in eine Straßensperre zu geraten.«

»Feisal ist nur bescheiden«, meinte John sanft. »Gewiß kann er uns eine Alternative vorschlagen. Er hat doch überall Freunde. Freunde mit vielen Fähigkeiten. Richtig, alter Junge?«

»Verdammt, Johnny, ich habe schon seit Jahren nichts mehr mit diesen Leuten zu tun. Ich war einer dieser jugendlichen Fanatiker ...«

»Ich verstehe«, sagte John in derselben ruhigen, sehr unangenehmen Stimme. »Kein kluger, idealistischer junger Bursche – und das gilt auch für junge Mädchen – kann dem Ruf der Revolution widerstehen. Trotzdem ...«

Das Schweigen vom Vordersitz war geradezu ohrenbetäubend. Aber es schien John zufriedenzustellen.

Ich weiß nicht, wie lange ich geschlafen habe, aber als ich aufwachte, war ich steif und durchgefroren. Das Auto war stehengeblieben. Über der schönen Aussicht vergaß ich für einige Momente, daß dies nicht der richtige Zeitpunkt war, die Landschaft zu bewundern.

Der Mond war aufgegangen. Rund und voll stand er wie ein silberner Ballon über den Klippen. In seinem kalten, hellen Licht wirkten die schartigen Grate wie Gletscher, und die Wüste ähnelte frisch gefallenem Schnee. Noch nie hatte ich so viele Sterne gesehen.

Mein Fenster war geschlossen, aber das auf der Beifahrerseite war halb heruntergekurbelt, und so konnte ich ihre Stimmen deutlich hören.

»Das wirst du nicht brauchen«, sagte Feisal.

»Hoffentlich nicht. Nur, damit du und deine Freunde verstehen, daß ich es im Notfall benutzen werde.«

Ich richtete mich auf, um besser sehen zu können. Feisal lehnte, die Hände in den Taschen und mit hochgezogenen Schultern, am vorderen Kotflügel. Die Nacht war kühl. John stand ihm einige Meter entfernt gegenüber. Der Mond schien so hell, daß ich jede Einzelheit erkennen konnte.

»Daran zweifle ich nicht im geringsten«, sagte Feisal. Er klang eher amüsiert als ängstlich. »Seltsam. Ich glaubte, ich würde den Tag nie erleben ... Bleib ruhig, Johnny. Ich habe nicht deinem Ziel widersprochen, nur der Methode. Ich bin schon seit fünf Jahren nicht mehr auf dieser Strecke gefahren, und ich weiß nicht, ob ich Amr mit Worten, Druck oder Geld überreden kann, uns den Jeep zu leihen. Und unsere finanziellen Mittel sind bald erschöpft. Aber es wäre ein schwerer Fehler, ihm zu drohen. Also steck die Waffe weg, okay?«

»Gib ihm das.« John nahm seine Armbanduhr ab.

Feisal nahm sie. »Gut, versuchen wir es.«

Sie stiegen wieder ein. John drehte sich zu mir um. »Aufgewacht?«

»Ja. Wo sind wir?«

»Ein paar Kilometer nördlich von Asyut. Noch Fragen?«

»Wie ...«

»Spar sie dir für später. Und halt dich aus sämtlichen Gesprächen raus. Die Leute hier sind konservativ und schätzen dominante Frauen nicht.«

Die Ansammlung niedriger Hütten mit Flachdächern einige Kilometer weiter konnte mit viel gutem Willen als Dorf bezeichnet werden. Die Fenster der Häuser waren dunkel. Es gab ein Café, es gibt immer eins, aber selbst dort war niemand zu sehen.

Um mich selbst zu entlasten, was ich immer gerne tue, gestehe ich, daß ich die Antworten auf die meisten meiner Fragen zu kennen glaubte. Der Mensch, an dessen Tür Feisal gerade klopfte, war bestimmt ein Mitglied der Organisation, zu der auch er einmal gehört hatte – ganz gleich, wofür sie auch eintreten mochte. Selbst Experten für die politische Lage im Nahen Osten haben angesichts der unzähligen revolutionären Gruppen und ihrer verschiedenen Ziele und Methoden inzwischen den Überblick verloren. Obwohl ich mich nicht sehr gut auskannte, wußte ich, daß viele Studenten sich radikalen Bewegungen anschlossen, weil diese versprachen, der Korruption und Unfähigkeit innerhalb der Regierung ein Ende zu setzen.

Das versprechen sie anfangs alle. Doch früher oder später treten diese hehren Ziele in den Hintergrund, sei es im Nahen Osten, in Irland oder in den USA; Gewalt führt zu Gegengewalt, und meistens leiden die armen Teufel am meisten, für deren Wohl beide Seiten angeblich kämpfen. Die Zwangsmaßnahmen der staatlichen Sicherheitskräfte hatten viele Unentschlossene für die Seite der Revolutionäre gewonnen, und es hätte mich nicht überrascht, wenn jeder im Dorf insgeheim mit ihnen sympathisiert hätte. Wir waren jetzt in Mittelägypten; die Stadt Asyut am anderen Flußufer war – wahrscheinlich immer noch – eines der Zentren der Rebellion, oder des Terrorismus, was davon abhing, auf welcher Seite man stand.

Endlich öffnete sich die Tür, und Feisal trat ein. John war ausgestiegen. Die Hände in den Taschen, lehnte er an der Autotür. Ich hatte noch nie erlebt, daß er eine Waffe trug. Ich fragte mich, ob er sie wirklich benutzen wollte – oder ob der Kerl im Haus als erster schießen würde.

Feisal blieb nur zehn Minuten weg. Als er zurückkam, wurde er von seinem Freund (?) begleitet. Der Mann wirkte nicht sehr sympathisch. Obwohl er sich einen Wollschal um Kopf und Hals gewickelt hatte, konnte ich im hellen Mondlicht deutlich sein Gesicht sehen.

»Alles in Ordnung«, sagte Feisal mit Blick auf Johns rechte Hosentasche. »Er ist einverstanden. Er ist zwar nicht sehr begeistert, aber er ist einverstanden.«

»Gut.« John nahm die Hand aus der Tasche und öffnete die Autotür. »Komm, Vicky.«

Mein Anblick steigerte die Begeisterung des Mannes nicht unbedingt. Er ließ einen leisen arabischen Wortschwall los und ruderte mit den Armen. Ich lächelte ihn charmant an. »Worüber ist er so wütend?« fragte ich.

»Über alles«, antwortete Feisal. »Aber ich nehme es ihm nicht übel. Die Lage hat sich verschlechtert, falls das überhaupt möglich ist. Sie errichten jetzt auch auf dieser Seite des Flusses Straßensperren. Und auch entlang der Straße zum Roten Meer.«

»Wie ermutigend«, bemerkte John kühl. »Sie wissen also nicht, welche Straße wir genommen haben.«

»Sie werden es bald herausfinden, wenn wir nicht sofort losfahren. Hier entlang.«

Wir folgten unserem Gastgeber wider Willen hinters Haus, wo der Jeep – oder besser, das rostige Skelett eines Jeeps – stand. Die Türen waren mit Stricken zugebunden. Ich kletterte hinein. Beim Hinsetzen stellte ich fest, daß noch einige Sprungfedern übrig waren. Zumindest eine.

Feisal stapelte das Gepäck auf meinem Schoß und wandte sich an John. »Wieviel Geld haben wir?«

»Ein paar hundert Pfund. Warum?«

»Wir brauchen mehr Vorräte. Wasser, Decken, Benzin. Nein, widersprich nicht, hör zu. Der Mond geht gleich unter, und ich wage nicht, diese Strecke in der Dunkelheit zu fahren. Wir müssen für den Rest der Nacht und vielleicht auch morgen über Tag irgendwo unterkriechen. Ich nehme an, du willst nicht am hellichten Tag ankommen?«

»Es sind doch nur fünfzig oder sechzig Kilometer....« fing John an.

»Luftlinie. Du hast so etwas noch nie gemacht, aber ich. Du kennst dieses Land nicht, aber ich.«

Im Mondlicht erschien Johns Gesicht leichenblaß, es hatte die Farbe eines gebleichten Knochens. »Du mußt dich etwas ausruhen, bevor wir weiterfahren, John«, stieß ich hervor.

Er drehte sich zu mir um. »Ich hab dir doch gesagt, du sollst den Mund halten.«

»Halt selber den Mund. Feisal, wie weit...«

Feisal wedelte mit den Händen. »Fragen Sie nicht. Verschont mich beide mit euren Fragen. Überlaßt es nur mir.«

Unser widerwilliger Verbündeter wurde von Minute zu Minute widerwilliger, aber – im Austausch für unser letztes Geld – besorgte er knurrend einige Benzinkanister, ein paar Decken (dem Geruch nach hatte er sie den Eseln abgenommen), einige Flaschen Wasser und sechs Dosen, die, wie sich herausstellte, kohlensäurehaltige Zitronenlimonade enthielten. Unsere Abreise fand ohne die üblichen Abschiedsworte statt. Als ich mich bedanken wollte, schüttelte der Mann nur den Kopf und ging weg.

Nach einigen vergeblichen Hustern sprang der Motor an. Er machte einen entsetzlichen Lärm. Bestimmt war inzwischen das ganze Dorf wach, aber in keinem Fenster zeigte sich Licht.

Ich öffnete eine Dose und verschüttete die Hälfte des Inhalts auf meinem Hemd, als Feisal den Gang einlegte. Wir holperten über die Hochebene. Falls es dort so etwas wie einen Pfad gab, konnte ich ihn zumindest nicht erkennen. Ich biß die Zähne zusammen, um mir nicht auf die Zunge zu beißen und um eine Bemerkung zu unterdrücken. Ich wußte, warum Feisal in diesem unangenehmen Tempo dahinratterte. Vor Morgengrauen mußten wir weit genug vom Dorf entfernt ein Versteck gefunden haben, und der Mond ging schon unter. Ich hatte das unangenehme Gefühl, auch zu wissen, warum Feisal nicht in der Dunkelheit fahren wollte, und dieser Verdacht bestätigte sich, als ich sah, wie er direkt auf die Klippen zuhielt, die sich kahl vor uns erhoben.

Man nennt diese Vertiefungen Wadis – Schluchten, die das Wasser in die Bergausläufer der Hochwüste geschnitten hat. Durch Springfluten und natürliche Erosion ist der unebene Boden mit Geröll übersät, von kleinen Kieseln bis hin zu Felsen von der Größe eines Chevrolets. Das Wadi, in das Feisal hineinfuhr, ohne das Tempo zu verlangsamen, war anfangs ziemlich breit. In seiner Mitte verlief eine Art Weg. Die Felsstücke waren etwa so groß wie Toaster. Wir holperten über jeden von ihnen hinweg. Ich biß mir auf die Zunge.

Bald wurde das Mondlicht schwächer, denn die Schlucht verengte sich. Zu beiden Seiten stiegen steile Felswände auf. Feisal hatte die Scheinwerfer eingeschaltet. Sie halfen nicht viel. Einer war durchgebrannt, der andere würde es auch nicht mehr lange machen. Feisal fuhr noch ein Stück weiter. Dann blieb er mit einem Ruck stehen, so daß mir die Zähne zusammenschlugen. Er stellte Licht und Zündung ab.

»Das war's«, sagte er. »Von hier ab wird der Boden felsiger, und ich will keinen Achsenbruch riskieren.«

»Felsiger?« krächzte ich.

Unsere Stimmen hallten unheimlich in der Stille wider. Es war so dunkel, daß ich nicht einmal die Umrisse meiner Begleiter sehen konnte, aber ich hörte die Federn quietschen, als John seine Sitzhaltung veränderte.

»Wie weit ist es noch?« fragte er. Seine Stimme klang tonlos vor Erschöpfung.

»Unwichtig.« Feisal war offenbar ebenso erschöpft. »Heute nacht können wir nicht mehr weiterfahren. Am besten ruhen wir uns ein wenig aus. Vicky, verteilen Sie die Decken. Sie können sich auf dem Rücksitz zusammenrollen.«

»Zusammenrollen ist das richtige Wort«, entgegnete ich. »Ich schlafe lieber auf einem Felsen.«

Und genau das tat ich. Feisal räumte einige größere Gesteinsbrocken beiseite, so daß wir uns zu dritt nebeneinander legen und uns zusammenkuscheln konnten, um uns gegenseitig zu wärmen. Ich erwartete von John eine unflätige Bemerkung darüber, aber er sagte kein Wort. Vermutlich versuchte er, seine Zähne am Klappern zu hindern. Wir alle zitterten. Die Luft war kalt, und die Decken waren viel zu dünn, um viel zu nützen. Ohne das Thema eigens zu erörtern, nahmen Feisal und ich John in die Mitte. Er schlief sofort ein. Nicht einmal der harte Boden, der Eselsgestank und die Kälte konnten verhindern, daß mir die Augen zufielen. Doch als ich wegdämmerte, dachte ich sehnsüchtig an Suzis riesigen, langen, weichen, weißen Pelzmantel.

Trotz der widrigen Umstände schlief ich sechs Stunden lang. Die Hitze und ein vages Gefühl, unbequem zu liegen, weckten mich auf. Als ich mühsam meine verklebten Augen öffnete, stellte ich fest, daß ich in der Nacht meine Lage verändert hatte. Johns Kopf ruhte auf meiner Schulter und auf meinem linken Arm, der um ihn geschlungen und inzwischen eingeschlafen war. John selbst sah aus wie eine der besser erhaltenen Mumien: die Haut straffgespannt über Wangenknochen und Stirn, die Augenlider runzlig und eingesunken, die Lippen aufgesprungen.

Als ich ein gurgelndes Geräusch hörte und durch mein zerzaustes Haar nach oben blickte, entdeckte ich Feisal, der vor mir stand. Er sah nicht viel besser aus als John – oder als ich, wie ich vermutete. Er wischte sich den Mund am Ärmel ab und reichte mir die Wasserflasche. Ich schluckte, oder ich versuchte es, denn meine Kehle war staubtrocken. Dann schüttelte ich den Kopf.

John schlief noch eine halbe Stunde. Als er die Augen aufschlug, krächzte ich fröhlich: »Guten Morgen.« Nachdem er sich aus meiner schlaffen Umarmung gelöst hatte, setzte er sich auf und stützte den Kopf in beide Hände.

»Habe ich dir schon einmal gesagt«, meinte er, »was eine deiner am wenigsten liebenswerten Eigenschaften ist? Du bist morgens so verdammt guter Laune.«

»Normalerweise bist du auch ziemlich guter Laune.«

Er hob den Kopf. »Bei der Gelegenheit, auf die du anspielst, hatte ich ausgezeichnete Gründe...«

»Hört auf«, befahl Feisal. »Kommt frühstücken, wenn man das so nennen kann.«

Das Frühstück bestand aus Wasser, trockenem Brot, Orangen und hartgekochten Eiern. Selbst wenn wir Kaffee oder Tee dabei gehabt hätten, was jedoch nicht der Fall war, hätten wir keine Möglichkeit gehabt, Wasser zu kochen. Während ich auf dem harten Brot herumkaute, betrachtete ich die Umgebung: steiniger Wüstenboden unter uns, steile Felswände um uns herum. Es gab keinen Grashalm, geschweige denn einen Baum, ganz gleich ob tot oder lebendig. Der fahle Kalkstein der Klippen leuchtete in der Sonne.

»Wenigstens regnet es nicht«, sagte ich.

John warf mir einen Blick zu, der eine Mischung aus spöttischem Grinsen und Ungeduld verriet. Feisal fand es weniger erheiternd.

»Beten Sie, daß es nicht anfängt. Es regnet nicht oft hier, aber wenn, gießt es ziemlich heftig. Das Wasser fließt durch diese Wadis ab. Eine Springflut würde unser Ende bedeuten.«

»Sagen Sie doch mal etwas Aufmunterndes«, schlug ich vor.

»Ich versuche mein Bestes«, gab Feisal finster zurück. »Gut, sehen wir uns einmal an, wo wir jetzt sind.« Mit der Handfläche glättete er eine Stelle im Sand, nahm einen Stift aus der Tasche und zeichnete mit dessen stumpfem Ende eine grobe Karte. »Hier ist der Fluß, und hier ist das Wadi, in dem wir uns befinden. Und das da ist das Wadi, zu dem wir wollen. Es führt an den Steinbrüchen von Hatnub vorbei und endet in der Ebene von Amarna, nahe bei den südlichen Gräbern.«

Zweifelnd studierte ich die Skizze. »Zwischen den beiden Wadis gibt es keine Verbindung.«

»Laut Karte nicht, aber es ist gerade noch möglich, mit dem Auto durchzukommen«, antwortete Feisal und rieb sich das stoppelige Kinn. »Wenigstens vor fünf Jahren. Ich kann die Route nicht genauer beschreiben, weil es zu kompliziert wäre. Wenn mir etwas geschieht ...«

»Erleiden wir alle das gleiche Schicksal«, ergänzte John ruhig. »Im Augenblick bist du derjenige, auf den wir am wenigsten verzichten können. Wertvoller als Diamanten, wertvoller ...«

»Als Gold«, sagte ich. »Ein Punkt für mich.«

John grinste, oder er versuchte es wenigstens. Feisal verdrehte die Augen.

»Ihr beiden seid mir ein Paar. Könnt ihr endlich einmal aufhören, vom Thema abzuschweifen?«

Lachen ist eines von zwei Dingen, die das Leben lebenswert machen – auch einer von Johns Sinnsprüchen, den er eines Morgens von sich gab, nachdem er demonstriert hatte, wie wichtig das andere der beiden Dinge war. In beiden Fällen hatte er recht. Es gibt Situationen, in denen man lachen muß, damit man nicht losschreit. Und wenn ich in der Klemme stecke, dann lieber mit jemandem, der schlechte Witze reißt als mit einem Liebhaber dramatischer Szenen.

»Wenn etwas geschieht«, wiederholte Feisal, »fahrt nach Westen.«

Johns Hand löschte die Skizze aus. »Vergiß es. Werden wir es heute schaffen?«

»Wir müssen«, entgegnete Feisal knapp. »Mit ein wenig Glück bis heute nachmittag. Und das führt uns zur nächsten Frage. Wir wollen nicht angestürmt kommen, wenn es überall von Touristen, Reiseleitern und Wachen wimmelt.«

»Nein«, stimmte John zu. »Also planen wir unsere Ankunft für neun Uhr abends; dann sitzen alle beim Essen oder vor dem Fernseher.«

»Wir haben Schmidt verpaßt«, sagte ich.

Obwohl meine Stimme, wie ich glaube, nicht zitterte, meinte John unerwartet sanft: »Mach dir keine Sorgen um ihn, Vicky. Ich vermute, wir haben den alten Knaben schwer unterschätzt. Selbst wenn sie ihn einholen sollten, werden sie ihm nichts tun, solange wir auf freiem Fuß sind.«

»Hoffentlich hast du recht.«

»Ich habe immer recht«, entgegnete John mit Nachdruck. »Übrigens kann man nicht sagen, daß wir ihn verpaßt haben, da wir nicht genau wissen, wo er ist oder was er vorhat. Bete, daß er es nach Kairo geschafft hat. Wenn er jemanden in hoher Position davon überzeugen kann, das Schiff zu durchsuchen, sind wir aus dem Schneider.«

»Aber das Schiff ist doch bestimmt noch nicht angekommen«, meinte ich, während ich mir das verschwitzte Gesicht mit dem Ärmel abwischte.

»Wahrscheinlich nicht. Doch du kannst sicher sein, daß Blenkiron seinen Zeitplan geändert hat. Er wird das Schiff beladen und so schnell wie möglich aufbrechen. Die *Queen of the Nile* kann ein ziemliches Tempo vorlegen. Wenn sie Tag und Nacht unterwegs ist und Blenkiron seinen Einfluß nützt, um sie ohne Verzögerung durch die Schleusen zu bekommmen, ist er in ein paar Tagen in Kairo. Wir – oder Schmidt – müssen unbedingt vor ihm dort sein.«

Wie beiläufig griff er in die Tasche und holte Tutanchamuns Brustschmuck heraus. Das Schmuckstück schimmerte in gedämpften Gold- und Türkisschattierungen und bedeckte seine gesamte Handfläche. Der riesige blaue Käfer in der Mitte hielt eine Sonnenscheibe aus Karneol in den erhobenen Zangen.

Feisal schnappte nach Luft. »Aus Blenkirons Sammlung? Eine gute Idee, Johnny, das sollte reichen ...«

John schüttelte den zerzausten Kopf. »Bestimmt reicht es, um das Interesse der Museumsverwaltung zu wecken, weshalb ich es ... äh ... ausgeborgt habe. Doch wenn Blenkiron mit seiner

Sammlung erst einmal das Land verlassen hat, steht in der Frage der Herkunft dieses Schmuckstücks mein Wort gegen seines. Irgendwann wird man möglicherweise feststellen, daß die anderen Objekte Fälschungen sind. Aber in diesem Teil der Welt mahlen die Mühlen langsam. Außerdem werden Bürokraten überall nur ungern aktiv. Und während sie debattieren, streiten und Vermutungen anstellen, verrotten wir in irgendeinem Kerker. Wenn wir Glück haben.«

»Ich glaube, du gefällst mir besser, wenn du leichtfertig bist«, sagte ich.

»Mir nicht.« Feisal erhob sich. »Wir sollten aufbrechen.«

Selbst nachdem ich das Gelände gesehen hatte, hätte ich nie gedacht, daß es sechs Stunden dauern würde, weniger als fünfundvierzig Kilometer zurückzulegen. Aber wahrscheinlich hätte es schlimmer kommen können. Niemand wurde von einem Skorpion oder einer Kobra gebissen, und auch der Jeep fiel nicht auseinander, abgesehen von einer Tür, die Feisal mit Draht wieder befestigte. Wir hatten nur zweimal einen Plattfuß. Immer wieder taten sich kleinere Schluchten auf, und es war manchmal unmöglich, das Hauptwadi von einer Sackgasse zu unterscheiden. Fast anderthalb Kilometer fuhren wir in eines hinein, bis Feisal seinen Irrtum bemerkte und zurücksetzen mußte. Als die Sonne stieg, brannte sie unbarmherzig auf die Schlucht herab. Es wurde immer heißer. Naßgeschwitzt und mit juckender Haut erreichten wir das Ende des ersten Wadi und stellten fest, daß der steile Abhang fast völlig durch einen Steinschlag blockiert war.

»Können wir ihn umfahren?« fragte ich.

Die beiden funkelten mich wütend an. Feisal hatte das Hemd ausgezogen. Der Schweiß lief ihm das Gesicht hinab und sammelte sich in der Höhlung über seinen Schlüsselbeinen. Ein Jammer, daß ich zu erhitzt und zu müde war, um den Anblick zu genießen, denn er hatte wirklich einen wunderschönen Körper. John hatte vorgezogen, den seinen nicht zur Schau zu stellen.

»Nein, meine Liebe«, entgegnete Feisal, wobei er seine ebenmäßigen, weißen Zähne fletschte. »Das hier ist der einzige Weg. Seit ich das letztemal hier war, muß es ein kleines Erdbeben oder eine Springflut gegeben haben.«

Er stieg aus und kramte in den diversen verrosteten Werkzeugen herum, die auf dem Rücksitz lagen. Ich stellte keine weiteren Fragen. Selbst mir waren die Alternativen klar: Entweder ließen wir den Jeep stehen und gingen zu Fuß, oder wir räumten so viel von dem Geröll beseite, daß wir mit dem Auto weiterfahren konnten.

Auch mit dem richtigen Werkzeug und ohne die unangenehme Hitze wäre es eine gewaltige Aufgabe gewesen. Wir hatten nur einen Wagenheber als Hebel, es waren weit über dreißig Grad, und unser Wasservorrat ging langsam zur Neige ... Ich erinnere mich, daß ich großes Verständnis für Sisyphus entwickelte, den griechischen Sagenheld, der dazu verdammt worden war, bis in alle Ewigkeit einen Felsblock einen Hügel hinaufzuwälzen. Sobald er ihn oben hatte, rollte er wieder herunter.

Als wir eine Pause einlegten, wischte sich Feisal die Stirn mit einem Objekt ab, das einmal ein weißes Taschentuch gewesen war, sich aber inzwischen in einen schmutzigen Lumpen verwandelt hatte. Die Sonne war weiter westlich gewandert, so daß wir ein wenig Schatten bekamen. Wir reichten die Wasserflasche herum und saßen keuchend da. Sogar John war zu erschöpft, um Witze zu reißen. Sein Hemd war triefnaß, und das nicht nur vom Schweiß. Die Schußwunde mußte sich wieder geöffnet haben. Als er meinen Blick spürte, hob er den Kopf und sah mich eindringlich an – eine Warnung, bloß nichts zu sagen. Ich tat es nicht.

»Wir sollten es bald geschafft haben«, meinte Feisal nach einer Weile.

»Glauben Sie wirklich?« fragte ich.

»Ja, wirklich.« Er nahm meine Hand, drehte sie herum und untersuchte erst die abgeschürfte Handfläche, dann die eingerissenen Nägel und die blutenden Finger.

»Das sind nicht die Hände einer Dame«, sagte ich. »Ich schätze, aus dem Chrysanthemenball wird nichts.«

»Sie stehen ganz oben auf meiner Liste«, antwortete Feisal leise. Er hob meine schmutzige, blutige Hand an seine Lippen.

John stand auf. »Ich unterbreche diese liebevolle Szene nur sehr ungern, aber sollten wir nicht weitermachen?«

Als Feisal meinte, wir könnten aufhören, lagen immer noch viele Felsstücke auf dem Abhang herum. Wir stiegen in den Jeep, Feisal stieß zurück, um Anlauf zu nehmen, und jagte den Motor hoch. Ich schloß die Augen und öffnete sie nicht wieder, während der Jeep aufwärts ruckelte, über die Hügelkuppe holperte und dann wieder nach unten fuhr.

Abwärts war es nicht so steil wie aufwärts, doch genauso steinig. Als wir verhältnismäßig ebenen Boden erreicht hatten, beschleunigte Feisal das Tempo, und ich öffnete die Augen.

Er beobachtete mich im geborstenen Rückspiegel. »Das Schlimmste ist jetzt vorbei!« rief er. »Wir sind gleich da.«

»Schauen Sie nicht mich an!« schrie ich zurück. »Sondern die Straße – falls man sie so nennen kann!«

Es ist richtig, daß das Sammeln von Erfahrungen den Horizont erweitert: Ich werde mich nie mehr über die Beschaffenheit einer Straße beschweren, ganz egal, wo ich auch bin. Verglichen mit dem, was wir hinter uns hatten, war der Rest der Strecke ein Kinderspiel. Nun hatte ich die Muße zu bemerken, wie heiß es war. Die Luft war knochentrocken. Ich spürte, wie meine Haut sich spannte und spröde wurde. Nach etwa einer Stunde hielt Feisal an und stellte den Motor ab.

»Wir sind fast da. Aber wir verstecken uns besser, bis es dunkel wird, denn hier kommen manchmal Leute vorbei.«

Wir legten uns auf den harten Boden und tranken das letzte Wasser. Ich war todmüde, aber nicht schläfrig. Ich wartete, bis John eingeschlafen war oder das Bewußtsein verloren hatte – was auch immer zuerst geschah –, ehe ich zu sprechen begann: »Er schafft es nicht mehr lange.«

»Ich weiß. Doch wir können im Moment nichts für ihn tun. Ruhen Sie sich ein bißchen aus, Vicky. Sie haben heute ganze Arbeit geleistet.«

»Was passiert, wenn wir in Amarna sind?«

»Er hat etwas vor, aber Sie dürfen mich nicht fragen, was. Er hat mir gesagt, wohin ich gehen und was ich sagen soll, allerdings ohne mir Näheres zu erklären.« Mit einem tiefen Seufzer, der von Herzen kam, streckte Feisal sich aus. »Wenigstens können wir sicher sein, daß niemand uns gefolgt ist. Nur ein Idiot würde diesen Weg nehmen. Keine Angst, meine Liebe, wir werden jemanden bestechen oder unter Druck setzen, damit er uns hilft.«

»Wir haben kein Geld.«

Feisals dichte Wimpern senkten sich. Dann öffnete er noch einmal die Augen und grinste mich an. »Dann verkaufen wir eben etwas. Vielleicht Sie. Eine Frau, die so hart arbeiten kann, bringt bestimmt etwas ein.«

Ich ließ ihn schlafen. Auch ich versuchte einzuschlafen, konnte es aber nicht. Also lag ich da, zählte Johns Atemzüge und sah zu, wie der Himmel dunkler wurde und strahlend die Sterne aufgingen.

Endlich rührte Feisal sich. »Ist das Wasser alle?«

»Es ist noch Limonade da. Ich habe sie aufgespart.«

»Gut gemacht. Also los. Johnny?«

»Du sollst mich nicht so nennen«, ertönte eine mürrische Stimme aus der Dunkelheit.

»Ich dachte, es gefällt dir besser als ›Blauäuglein‹. Möglicherweise könnte mir einer von euch beiden eines Tages erklären, was diese geheimnisvollen Anspielungen zu bedeuten haben.«

»Am Sankt Nimmerleinstag vielleicht«, lautete Johns Antwort.

Als wir aus dem breiteren Ende des Wadis kamen, beschien der Mond hell die Ebene von Amarna. Zwischen den dunklen Baumgruppen am Flußufer funkelten Lichter.

Wir waren alle nicht in Jubelstimmung. Noch nicht.

»Fahr nach Norden«, sagte John. »Ich schlage vor, du folgst so lange wie möglich den Klippen. So ist das Risiko geringer, das man uns entdeckt.«

»Wenn die Leute immer noch nicht mitbekommen haben, daß wir hier sind, müssen sie taub sein«, merkte ich an.

»Wieder ganz die alte«, stellte John fest. »Möglicherweise möchtest du lieber zu Fuß gehen. Es sind nur noch neun oder zehn Kilometer.«

Ich sagte nichts mehr.

Feisal fuhr nun langsamer, und wenn ich in Gedanken nicht anderswo gewesen wäre, hätte ich vielleicht die Landschaft bewundert. Die Klippen rings um die Ebene wirkten im Dämmerlicht eisig und fahl. Wo ihre Wände von Nischen und Schluchten durchbrochen wurden, konnte man Schatten erkennen. Die tiefere, dunkle Einbuchtung war vermutlich der Eingang zum Königswadi, das wir bereits besucht hatten. Nachdem wir die Straße überquert hatten, die von der Anlegestelle zu den Gräbern führte, blieb Feisal stehen und stellte den Motor ab.

»Das da drüben ist das Dorf.« Er deutete auf ein paar Lichter am Flußufer.

John rührte sich nicht. »Wir warten hier.«

»Was hast du jetzt vor?« fragte Feisal.

»Die notwendigen Vorsichtsmaßnahmen zu treffen. Drei Personen fallen mehr auf als eine, zumal zwei von ihnen offensichtlich Ausländer sind. Bestimmt hat uns jemand gehört. Du kannst dich ja einmal umsehen und zurückkommen, wenn es Schwierigkeiten geben sollte. Das Haus, das du suchst, steht am nordöstlichen Ende des Dorfes. Auf der einen Seite ist eine Ziegelei und ...«

»Das hast du mir alles schon gesagt.« Feisal kletterte aus dem Auto und streckte sich. »Wenn die Luft rein ist, gebe ich dir ein Zeichen, daß du nachkommen kannst. Ich warte auf dich am Feld. Sechs Lichtblitze und dann zwei im zehnminütigen Abstand.«

Er ging los. John sah ihm einige Minuten nach und stieg dann aus dem Jeep. »Raus mit dir.«

»Warum?«

»Ich würde nur zu gern einmal erleben, daß du eine vernünftige Anordnung befolgst, ohne nach dem warum zu fragen. Ein bißchen Bewegung ist gut für dich.«

Ich stand auf und streckte mich. »Oh, Gott, so fühlt man sich also mit achtzig. Ich weiß nicht, ob ich so alt werden will.«

»Ich schon.« John stützte mich, als ich steif wie eine Greisin aus dem Jeep kletterte.

Wir setzten uns neben einen Felsausläufer, einige hundert Meter vom Auto entfernt. »Es ist ziemlich unbequem«, beschwerte ich mich. In der Hoffnung, ein Stück Boden zu finden, das nicht mit scharfkantigen Steinen übersät war, rutschte ich umher.

»Es ist eben, und es liegt im Schatten. Mein Gott, dann nimm eben das hier.« Er zog Feisals Jacke aus und breitete sie aus.

»Frierst du nicht?«

»Nein.«

»Hast du Fieber?«

Er wich meiner ausgestreckten Hand aus, setzte sich in einiger Entfernung hin und lehnte sich an einen Felsen. »Aber wenn du nicht aufhörst, sinnlose Fragen zu stellen, bekomme ich bestimmt welches.«

»Was hältst du von ein paar sinnvollen Fragen?« Ich reichte ihm eine Limodose.

»Und die wären?«

»Hattest du wirklich vor, das Kairoer Museum auszurauben?«

»Um Himmels willen, nein. Ich habe den verdammten Laden schon zweimal ausgeräumt. Was für einen Grund hätte ich, es wieder zu tun? Ein Mann sollte nach den Sternen greifen, findest du nicht?«

»Ein ganzes Grab zu stehlen wäre doch sicherlich eine Herausforderung.«

»Dein Mitgefühl und dein Verständnis rühren mich mehr, als ich in Worte fassen kann.« Er öffnete die Dose und nahm einen großen Schluck, ehe er fortfuhr: »Es handelt sich nicht um das gesamte Grab, nur um ein paar ausgewählte Wände.«

»Ich kann es immer noch nicht glauben. Wie wollte er sie wegschaffen ...«

»Ach, das bringt er schon fertig«, antwortete John ruhig. »Wenn wir ihn nicht aufhalten. Eigentlich ist es ja schade. Es hätte der Höhepunkt meiner glänzenden Karriere werden können. Du verstehst doch, warum ich die Idee so interessant fand?«

»Wann fing sie denn an, dich zu interessieren?«

John setzte sich bequemer hin. »Meine erste Abmachung mit Blenkiron betraf das Diadem der Prinzessin. Du hättest bei deiner Begegnung mit meinen Freunden in Rom bemerken müssen, daß es sich um ein sehr ausgefallenes Objekt handelte. Sämtliche anderen Juwelen, die wir ... äh ... ersetzt haben, stammten aus der Renaissance oder sogar noch späteren Jahrhunderten, und sie kamen alle aus Privatsammlungen. Das Diadem befand sich im Kairoer Museum, und nur ein fanatischer Sammler würde einen Gegenstand besitzen wollen, den er nie zur Schau stellen kann. Beim Anblick des Schmuckstücks hättest du gleich an einen Mann wie Blenkiron denken müssen: unanständig reich und absolut skrupellos.«

»Beleidige mich nicht, John. Ich gebe mir große Mühe, nett zu dir zu sein.«

»Wirklich? Entschuldige, das war mir nicht aufgefallen. Wie ich schon sagte, bestand der Vorteil meiner Vereinbarung mit Blenkiron darin, daß ich die Gegenstände nur aus dem Museum entfernen sollte. Da sie im Land blieben, konnte ich mir anstrengende Begegnungen mit Zollbeamten ersparen. Die Statue der Tetisheri war die einzige Ausnahme. Er war so von ihr besessen, daß er sie ständig mit sich herumtrug. Allerdings ist es weitaus leichter, Antiquitäten nach Ägypten hineinzuschmuggeln als hinaus.«

»Also ist die im Britischen Museum eine Fälschung.«

John kicherte. »Ironie des Schicksals, aber Blenkirons Statue ist offenbar auch eine. Nicht nur die Analyse der Farben läßt bei der, die ich aus dem Britischen Museum entwendet habe, Zweifel aufkommen, auch die Hieroglyphen machen stutzig. Es würde mich nicht überraschen, wenn die erste Statue vom Urgroßvater des kleinen alten Fälschers in Gurnah gefertigt worden wäre, der die zweite für mich machte. Die Produktion von Fälschungen hat dort alte Tradition.«

»Wie hast du ihn kennengelernt?«

»Das ist eine lange Geschichte«, antwortete John. »Sie reicht zurück in die finstere Vergangenheit und steckt voller Einzelheiten, die Schmidt sicherlich äußerst romantisch finden würde.«

»Dann erzähl sie nicht jetzt. Das Britische Museum hat deine Fähigkeiten bestimmt hart auf die Probe gestellt. Die Sicherheitsvorkehrungen sind ziemlich gut.«

»Ich werde auf deine versteckten Andeutungen nicht eingehen, mein Liebling, also brauchst du mich nicht zu fragen, wie ich es angestellt habe. Berufsgeheimnis, weißt du? Ich sage nur soviel, daß die theatralischen Handlungsabläufe, wie sie sich die Verfasser von Kriminalromanen ausdenken, unmöglich in die Tat umzusetzen sind, insbesondere nicht die, bei denen man sich exotischer Gerätschaften bedienen muß. Je komplizierter ein Werkzeug ist, desto wahrscheinlicher geht es kaputt, wenn man es gerade dringend braucht.«

Er machte eine Pause, um einen Schluck zu trinken, und fuhr dann fort: »Blenkiron hatte den Einfall, Tetisheris Grab zu stehlen, kurz nachdem Gettys Leute angefangen hatten, an dem Grab von Nofretete zu arbeiten. Es war wirklich eine recht clevere Idee. Die Reliefs zu restaurieren, war genau die Art von Großzügigkeit, die man inzwischen von ihm erwartete, und für ihn die beste Gelegenheit, die Abbildungen zu kopieren. Man sprach sogar darüber, eine Nachbildung des Grabes anzufertigen, um die Touristen zufriedenzustellen, ohne das Original zu beschädigen. Falls man also hinter seine Aktivitäten gekommen wäre, hätte er immer behaupten können, er arbeite an eben dieser Nachbildung, um seine Freunde bei der Antikenverwaltung damit zu überraschen. Natürlich war es eine gewaltige Aufgabe, aber wie Feisal schon gesagt hat, ist Blenkiron reich genug, um sich jegliches Fachwissen zu kaufen.«

»Und die Fachleute gleich dazu«, murmelte ich. »Der arme Jean-Louis.«

»Das gehörte genau genommen, zu den schwierigsten Aspekten an seinem Plan«, fuhr John fort. »Du wärst überrascht, wie viele ehrliche Wissenschafter es gibt. Man mußte sehr vorsichtig an sie herantreten. Allerdings gibt es in der Archäologie nicht viele freie Stellen, dafür aber eine Menge überqualifizierter armer Teufel wie Mazarin und Feisal, die dringend Arbeit suchen. Ich hätte Mazarin nicht eingestellt. Anstatt sich seine Bestechlichkeit einzugestehen, mußte er sich einreden, daß er von edlen Motiven geleitet wurde. Solche Leute sind gefährlich, denn ihr Gewissen läßt ihnen keine Ruhe. Wenn man sie unter Druck setzt, brechen sie zusammen. Das habe ich Blenkiron auch gesagt, doch er hat meinen Rat ignoriert. Und jetzt weißt du, warum. Von Anfang an war er darauf vorbereitet, unbequeme Zeugen zu beseitigen.«

»Ist das der Grund, warum du aussteigen wolltest?«

»Sicherlich hat das dazu beigetragen. Allerdings war Max ein noch stärkeres Abschreckungsmittel. Wie du dich erinnerst, war er schon bei unserer letzten Begegnung in Schweden nicht gut auf mich zu sprechen. Ich hatte Blenkiron davor gewarnt, Max für dieses Vorhaben anzuheuern, und Max wußte das. Er hat meine Weigerung, mit ihm zusammenzuarbeiten, leider persönlich genommen. Er ist ein sehr sensibler Mensch.«

»Woher wußte er deinen wirklichen Namen?«

Auf diese Frage war John nicht gefaßt gewesen. Er zerdrückte die leere Dose. »Das ist nicht...«

»Die ganze Zeit schon bestimmst du das Gespräch. Jetzt bin ich dran. Wie haben sie dich gefunden? Max wußte vorher nicht, wer du bist. Er nannte dich immer Smythe.«

John schwieg. Ich wußte, er fühlte sich nicht wohl in seiner Haut, sonst hätte er sich mit einer Lüge aus der Affäre gezogen. Nicht, daß ich sie ihm geglaubt hätte. Ich kannte nämlich die Antwort.

»Durch mich, nicht wahr? Max wußte, daß du noch lebst. Er wußte, du bist nicht tot. Mary wußte es von ihm. Als sie sich daran machte, dich aufzuspüren, fing sie bei mir an. Wahrscheinlich haben sie mich monatelang beobachtet und gehofft – erwartet –, daß du irgendwann auftauchst. Und dann mußten sie dich nur noch bis nach Hause verfolgen.«

John warf die zerknickte Dose weg. »Welchen Unterschied macht das?«

»Keinen«, entgegnete ich bedrückt. »Es war nur der gottverdammte Tropfen, der das Faß ... Schau! Ist das nicht ein Licht?«

Als ich aufspringen wollte, hielt John mich am Arm fest. »Eindeutig Licht. Aber eins von vielen. Bleib sitzen.«

»Glaubst du, daß es nicht Feisal ist?«

»Er hatte zu wenig Zeit, um El Till zu erreichen, geschweige denn, um sich umzusehen. Sie kommen in unsere Richtung. Ach, verdammt«, sagte John. »Ich rechne zwar immer mit dem Schlimmsten, aber ich kann es nicht leiden, wenn es tatsächlich eintritt.«

13. Kapitel

»Sie haben ihn erwischt«, flüsterte ich.

»Oder er hat uns verraten.«

»So etwas würde er nie tun, oder?«

»Ich wäre sehr enttäuscht von ihm.« John sprach so leise, daß ich ihn kaum verstehen konnte. »Aber vermutlich gibt es noch andere Möglichkeiten ...«

»Zum Teufel mit deinen anderen Möglichkeiten! Du sagst mir doch ständig, daß man immer mit dem Schlimmsten rechnen muß. Was sollen wir jetzt tun?«

»Du kannst tun, was du willst«, sagte John. »Ich werde mich ... äh ... hinlegen.«

Und das tat er auch, obwohl »umfallen« wohl ein treffenderer Ausdruck gewesen wäre.

Er sah so friedlich aus, sein Kopf ruhte auf dem angewinkelten Arm. Aber als ich seine Wange berührte, bewegte er sich nicht. Seine Haut glühte.

Eigentlich war ich fast erleichtert, daß es keine Alternative mehr gab. Ich deckte ihn mit der Jacke zu und strich ihm das Haar aus der Stirn. »Tschüs, John«, flüsterte ich. »Ich liebe dich.«

Ich stand auf.

Seine Hand umfaßte meinen Knöchel und riß mich um, so daß ich mit einem Krachen zu Boden stürzte. »Wo willst du hin, verdammt noch mal?« fragte er.

Sand ist viel härter, als er aussieht, und in dieser Wüstenlandschaft ist er zudem mit Steinen durchsetzt. Als ich wieder Luft bekam, war es zu spät zur Flucht. John hatte mich auf den Rücken gewälzt und lag quer auf mir.

»Du hinterlistiger Mistkerl!« keuchte ich. »Das hast du mit Absicht gemacht!«

»Redet man so mit dem Mann, den man liebt?« Seine Stimme klang fast wieder normal. Ich wußte, das leichte Zittern lag an seinem unterdrückten Lachen. »Es kränkt mich sehr, daß du annimmst, ich würde auf einen derart kindischen, theatralischen Trick zurückgreifen.«

»Bist du übergeschnappt, John? Da kommen Leute...«

»Wir haben genug Zeit. Wolltest du wirklich losrennen, die Verfolger von mir ablenken und Gefangennahme oder ein schlimmeres Schicksal riskieren?«

Seine Lippen waren heiß und trocken. Anfangs. Ich drehte meinen Mund weg. »Du bist nicht übergeschnappt, du hast Fieberphantasien. Laß mich los. Es ist die einzige vernünftige Möglichkeit.«

»Nein, ist es nicht.«

»Doch. Hör auf damit.«

»Nein, ist es nicht. Warum sollte ich?«

»Weil...« Das Gespräch war mir entglitten, was genau genommen für die ganze Situation galt. »Schau...«

»Ich kann nicht, ich bin beschäftigt.«

»Mir werden sie nichts tun«, stieß ich kichernd hervor. Ich fange immer an zu kichern, wenn ich unter Anspannung stehe. Außerdem kitzelten mich seine Wimpern. »Ich erzähle ihnen...«

»Das ist keine kluge Idee«, widersprach John, »weil es vielleicht gar nicht die Polizei ist. Und wenn es nicht die Polizei ist und sie dich gefangennehmen, muß ich dir zur Hilfe kommen. Und dann fängt das ganze ermüdende Spiel wieder von vorne an.«

»Würdest du das tun?«

»Ich habe dir doch verboten, dumme Fragen zu stellen. Wiederhol es.«

»Ich liebe dich.«

»Ich war mir sicher, so etwas verstanden zu haben.« Er stützte sich auf die Ellenbogen, wozu er meine Hände losließ. Ich umfaßte seinen Kopf und zog sein Gesicht nah an meines.

Allerdings war ich etwas abgelenkt, nicht nur wegen seiner unnatürlich erhitzten Haut, sondern weil ich ein Geräusch hörte. Ich wandte den Kopf und murmelte: »Wir sollten besser aufhören.«

»Die Vernunft gebietet eine verantwortlichere Handlungsweise.« Aber statt sich zu bewegen, küßte er meinen Mundwinkel. »Vicky, ich konnte dir nicht die Wahrheit sagen. Ich durfte es nicht einmal darauf ankommen lassen, daß du Verdacht schöpfst. Sie haben mich derart unter Druck gesetzt...«

»Ich weiß. Feisal hat es mir erzählt.«

»Das muß ich verpaßt haben. Hoffentlich bin ich bei seiner Schilderung gut weggekommen.«

»Wie Sir Galahad, aber ich wie etwas, das aus einem Dreckhaufen ... Oh, Gott. John ...«

»Entschuldige. Habe ich dir wehgetan?«

»Ja. Tu's noch mal. Nein! Nein, nicht, wir müssen ...«

»Ich hab dir wehgetan – in der Nacht, als du mit Feisal getanzt hast. Während du gelacht und ihn mit verführerischen Blicken bedacht hast, lehnte *sie* an meiner Schulter. Sie beobachtete dich, lächelte und zischte Gemeinheiten ... Schmidt ist gerade zur rechten Zeit gekommen. Ich hätte mich nicht mehr lange beherrschen können. Und dann, als ich dich sah – du warst so kühl und gleichgültig. Ich dachte, es wäre dir egal und ... Aber das entschuldigt nicht, was ich getan habe. Kannst du ...«

»John«, sagte ich verzweifelt. »Ist das nicht Hundegebell?«

»Wahrscheinlich. Es wimmelt hier nur so von Hunden, die den Mond ... Oh.« Er hob den Kopf und lauschte. »Du meinst einen ganz bestimmten Hund im Gegensatz zu Hunden im allgemeinen. Verdammt, ich glaube, du hast recht. Das ändert die Sachlage erheblich. Vor zweibeinigen Verfolgern können wir uns vielleicht verstecken, aber gegen den besten Freund des Menschen haben wir keine Chance. Allmählich entwickle ich eine Aversion gegen diese widerwärtigen Kreaturen. Zuerst dein abscheuliches Mistvieh ...«

»Steh sofort auf!«

Die Lichter waren nähergekommen. Drei Lichtkegel – vermutlich Taschenlampen. Also nicht die Polizei, denn die wäre besser ausgerüstet gewesen und hätte mehr Lärm veranstaltet.

»Wie konnten sie wissen, daß wir hier auftauchen würden? fragte ich.

»Würde mich auch interessieren.« John stand auf. Wieder hallte Hundegeheul über die Wüste, das John mit einem Schwall von Flüchen erwiderte. »Mit meinem Gehirn scheint etwas nicht zu stimmen. Wir sollten uns besser verstecken. Vielleicht ist es ja nicht nötig, aber ...«

Mein Gehirn funktionierte auch nicht besser als seins. Seine

Tätigkeit hatte sich auf die Grundinstinkte reduziert, die alle gejagten Kreaturen bestimmen. »Richtig. Wir verstecken uns. Aber wo?«

»Ich weiß, wo. Allerdings habe ich gehofft, nicht darauf zurückgreifen zu müssen, denn ich weiß ja, was du...«

»Oh, nein. Nicht in einem Grab. Ich kann nicht, John. Ich schaffe es nicht.«

»Kein Grab. Wir könnten sowieso nicht hinein; sie sind alle abgeschlossen. Komm mit.«

Bei jedem Schritt knackte und knirschte der Boden unter unseren Füßen. Die Schatten, in deren Schutz wir dahinschlichen, waren nicht dunkel genug; die Felsen, die uns von der Ebene trennten, waren nicht dick und nicht hart genug. Wenn John mich nicht immer weitergeschubst hätte, wäre ich wahrscheinlich schicksalsergeben sitzengeblieben wie ein Kaninchen vor der Schlange. Obwohl ich vielleicht mehr litt als das Kaninchen, denn ich wußte genau, was mir im Fall einer Gefangennahme blühte. Ich hatte miterlebt, wozu Mary fähig war, wenn sie sich nur ein wenig amüsieren wollte. Und inzwischen war sie bestimmt ziemlich wütend.

Die Felswand war verwittert und zerklüftet. Ich entdeckte unzählige Nischen, die groß genug waren, um sich darin zu verstecken. Aber jedesmal, wenn ich panisch auf eine zusteuerte, zog John mich weiter. Gegen eine nette, nicht allzutiefe Nische hätte ich ja nichts einzuwenden gehabt, doch ich ahnte, daß John einen weniger angenehmen Unterschlupf im Sinn hatte. Anscheinend wußte er, wohin er wollte. Woher? Diese Frage schoß mir wie viele andere durch den Kopf und ich fand keine Antwort.

Nachdem wir einen niedrigen Felsvorsprung passiert hatten, hielt John auf eine der Öffnungen in der Felswand zu. Der Mond war bereits untergegangen, aber die Sterne leuchteten so hell, daß ich sehen konnte, wie dunkel die Öffnung war. Wirklich dunkel. Stockdunkel. John mußte mich hineinzerren. Innen war es finster wie in einem Grab, allerdings nicht so still. Um uns herum quietschte und flatterte es. Die Dunkelheit bewegte sich.

Ich warf mich an Johns Brust und verkrallte mich in sein Hemd. Das war keine sehr gute Idee, zum Glück befand sich hinter ihm eine Wand, sonst wären wir beide gestürzt. Sein Atem entwich mit einem Geräusch, das weithin hörbar gewesen wäre, hätte er es nicht durch ein Zusammenpressen der Lippen gedämpft. Dann schlossen sich seine Arme um mich, und sein Mund streifte mein Ohr.

»Halt durch, Liebling. Das ist nur eine Höhle mit ein paar jämmerlichen Fledermäusen. Die kleinen Faulpelze sollten doch eigentlich unterwegs sein.«

»Oh, Gott«, wimmerte ich. »Es tut mir leid, daß ich dir wehgetan habe.«

»Hast du doch gar nicht.« Das war die unverfrorenste Lüge, die ich je gehört hatte, sogar von John. »Hör zu, Vicky. Ich glaube nicht, daß sie diese Höhle kennen, aber vielleicht führt der Hund sie hierher. Wenn das passiert, gibt es einen anderen Ausweg. Einen Tunnel.«

»Ich kann nicht ...«

»Natürlich kannst du.« Wir hatten beide geflüstert; nun war seine Stimme nur noch ein Hauch. Seine Lippen lagen an meinem Ohr. »Ruh dich einen Moment aus und atme tief durch.«

Ich versuchte, mich von ihm loszumachen, damit mein Gewicht nicht auf seine Brust drückte, aber sein Griff wurde fester. Seine Lippen strichen über meine Wange.

»Zeig mir den Tunnel«, murmelte ich.

»In einer Minute.«

Es kam mir länger vor als eine Minute. Dann sagte er leise: »Hier entlang.« Er zog mich ins hintere Ende der Höhle. »Hier. Siehst du ihn?«

»Ich sehe überhaupt nichts.«

»Dann taste.« Er führte meine Hand.

»Gefunden. Woher kennst du diese Höhle?«

»Es gibt eine alte Familie ... »

Er mußte mich nicht zum Schweigen auffordern. In der stillen Wüstennacht ist jedes Geräusch weithin hörbar. Die Schritte waren zwar noch etwas entfernt, aber sie kamen näher.

»Du zuerst«, sagte ich.

»Ich folge dir.«

Wieder eine Lüge. Die Mischung aus Adrenalin und Hormonen

hatte ihm vorübergehend neue Kraft verliehen, doch ich bezweifelte, daß er ohne die Wand, an die er sich lehnte, noch aufrecht stehen konnte.

Manchmal funktionieren meine Instinkte besser als mein sogenannter Verstand. Und der Instinkt, der nun Besitz von mir ergriff, besiegte die Angst, ja, sogar den Selbsterhaltungstrieb. Meine Hände waren zwar eiskalt, aber absolut ruhig, seine jedoch nicht. Während er noch nach meinem Handgelenk tastete, nahm ich die Pistole aus seiner Tasche.

Der Hund war draußen vor der Höhle. Ich hörte sein schnelles, aufgeregtes Hecheln, dann das Klappern von Steinen und einen unterdrückten Fluch. Der schartige Höhleneingang erhellte sich.

Ich legte den Finger um den Abzug und zielte, indem ich mein Handgelenk mit der anderen Hand stützte.

Der Hund stieß ein lautes, erwartungsvolles Gebell aus. Der Mann, der bei ihm war, räusperte sich.

»Äh ... Dr. Bliss? Mr. Tregarth? Sind Sie da drin?«

Es war nicht die Stimme von Max. Diese Stimme hatte ich noch nie zuvor gehört – langsam und zögernd mit einem angenehmen Südstaatenakzent.

Johns Hand schloß sich über meiner und drückte mir den Arm herunter. Die Stimme sprach weiter: »Äh ... ich hatte noch nicht das Vergnügen, Sie kennenzulernen, Dr. Bliss, aber ... äh ... wenn Sie da drin sind ... äh ... Verdammt, Fido, bist du sicher, daß wir hier richtig sind? Dummer Hund ...«

Fido (Fido?) bellte entrüstet. »Gut, wenn du unbedingt meinst«, sagte die Stimme. »Ich komme mir zwar schrecklich dämlich vor, aber wenn du sicher bist ... Äh. Erinnern Sie sich noch an mich, Mr. Tregarth? Ich bin Keith Kendrick von der Universität von Kalifornien. Äh ... wie geht es Ihnen?«

Ich fing an zu lachen.

»Kommen Sie herein«, sagte John. »Sie müssen Dr. Bliss entschuldigen; sie benimmt sich eben manchmal so.«

Hysterisch kichernd schützte ich meine Augen vor dem grellen Licht. Hinter dem Lichtkegel stand ein hochgewachsener, magerer Mann mit sandfarbenem Haar und einem verlegenen Lächeln.

Der Hund zu seinen Füßen sah aus wie einer der streunenden Köter, die in den Dörfern herumlungern. Doch er trug ein Halsband und wedelte wild mit dem Schwanz.

John räusperte sich. »Dr. Bliss, darf ich Ihnen Dr. Kendrick vorstellen?«

»Vicky«, keuchte ich. »Nett, Sie kennenzulernen.«

»Nennen Sie mich Keith.«

Ich bemühte mich, mit dem Lachen aufzuhören. »Woher wissen Sie, daß wir hier sind?«

»Von ihm natürlich. Er hat Sie schon erwartet.«

»Feisal?« fragte ich zweifelnd.

»Feisal sind wir auch begegnet«, antwortete Keith. »Als wir nach Ihnen suchten. Er hat schon früher mit Ihnen gerechnet und machte sich Sorgen. Deshalb sind wir losgegangen ...«

»Er?« fing ich an und begann zu gestikulieren. »Ich halte das nicht mehr aus. Wer ist ›Er‹?«

Kendrick wich zurück. Ich hatte vergessen, daß ich immer noch die Pistole in der Hand hielt. »Äh ... Dr. Bliss, macht es Ihnen etwas aus, das wegzulegen ... Er kommt. Regen Sie sich nicht auf. Ich glaube, ich höre ihn schon.«

Es war keine Frage des Glaubens, denn er nahte in Höchstgeschwindigkeit, wobei er ständig stolperte oder gegen etwas stieß. Als er in die Höhle gestürmt kam, brachte er vor Atemnot kein Wort heraus. Er packte mich und drückte mich keuchend an sich.

»Schmidt«, japste ich. »Schmidt, bist du es? Gott sei Dank, es geht dir gut! Was tust du hier?«

»Ich weiß nicht, warum du so überrascht bist.« Schmidt ließ mich los. »Ich sagte doch, daß ich hier sein würde. Guten Abend, Sir – John, ich freue mich ja so, Sie wiederzusehen!«

Er stürzte sich auf John, packte seine Hand und fing an, sie heftig zu schütteln. John lächelte amüsiert. »Amarna«, murmelte er. »Sie haben Hinweise hinterlassen. Den Prospekt und die ... die ...«

»Ja, die Tasche. Ich wußte, zwei kluge Leute wie ihr würden die Bedeutung verstehen. Was hätte es auch sonst heißen sollen?«

»Amarna«, wiederholte John. »Richtig. Wirklich schlau.«

»Hör auf, ihn so zu schütteln, Schmidt«, sagte ich. »Es geht ihm nicht gut.«

»Ach, mein armer Freund! Haben Sie Fieber? Dann gehen wir sofort zu mir. Kommen Sie, ich werde Sie stützen.« Er drehte sich um und zerrte Johns Arm über seine Schulter.

Das war zuviel für den armen John. Ich weiß nicht, ob er vor Schüttelfrost oder vor Gelächter zitterte, doch er schaffte es zurück zum Jeep, wo Feisal uns erwartete. Erst dann verlor er das Bewußtsein.

Unsere Ankunft in Keiths Haus verlief nicht eben unauffällig. Feisal mußte John hineintragen, und Schmidt hörte einfach nicht auf zu reden. Doch keiner der Nachbarn ließ sich blicken, um herauszufinden, was da vor sich ging. Manchmal ist es sicherer, nichts zu wissen.

Das Haus hatte nur zwei Räume. Der, in den Keith uns brachte, war offensichtlich sein Schlafzimmer. Es enthielt ein Feldbett, einige Kartons, einen Tisch und einen Stuhl – beide mit diversen Bestandteilen der Herrengarderobe belegt – und eine Lampe. »Ohne Mr. Tregarths Großzügigkeit hätte ich mir so eine komfortable Unterkunft nicht leisten können«, sagte Keith. »Hoffentlich ist er nicht ernstlich krank. Was kann ich tun?«

Auf mich wirkte die Unterkunft nicht sonderlich komfortabel, ja, nicht einmal sauber. Aber sie war um einiges besser, als wir zu hoffen gewagt hatten. Als ich um Wasser bat, erfuhr ich erfreut, daß dank Johns Großzügigkeit eine Menge davon in Flaschen vorhanden war. Feisal ging los, um sich um den Jeep zu kummern, und Keith holte noch mehr Wasser. Schmidt kauerte sich neben mich und sah zu, wie ich Johns Hemd aufknöpfte und die Pflaster entfernte.

»Ist er verwundet?« Obwohl er sich aufrichtig Sorgen machte, bemerkte ich einen begeisterten Unterton. Wunden sind ja so romantisch! In Schmidts Lieblingsliteratur befinden sie sich gewöhnlich am Arm oder an der Schulter, und nachdem sich der Held auf die Lippe gebissen hat, murmelt er: »Es ist nur ein Kratzer«. Dann zieht er wieder los, um mit bloßen Händen vier oder fünf Gegner zu erledigen.

»Das kannst du laut sagen.« Ich nahm den Verband ab.

»Lieber Gott«, flüsterte Schmidt. »Wer hat das getan?«

»Das erzähl ich dir später. Es ist nicht so schlimm, wie es aussieht, Schmidt«, fügte ich hinzu, als Tränen des Mitleids Schmidts sonnenverbrannte Wangen hinabkullerten. »Das Fieber muß an etwas anderem liegen. Vielleicht ... vielleicht bessert sich sein Zustand, wenn er eine Nacht richtig durchschläft.«

John öffnete ein Auge. »War das ...« Das Auge richtete sich auf Schmidt und schloß sich dann wieder. »Ja. Ich dachte schon, ich träume. Schmidt, was haben Sie ...«

»Ganz ruhig, mein lieber Freund«, sagte Schmidt. »Alles ist gut. Sie sind bei uns in Sicherheit.«

»Nicht alles ist gut.« John stützte sich auf einen Ellenbogen. »Was haben ...«

»Ruhen Sie sich jetzt aus und schlafen Sie«, beharrte Schmidt und versuchte, ihn nach unten zu drücken.

»Nein, trink erst etwas. Du mußt ja völlig ausgetrocknet sein.« Ich schob Schmidt weg und hielt John ein Glas an die Lippen.

»Ja, das ist wahrscheinlich das beste«, stimmte Schmidt zu.

»Mein Gott, hört ihr beide jetzt auf, an mir herumzuzerren wie zwei Hunde an einem Knochen? Ich ergebe mich in eure Aufmerksamkeitsbezeugungen, wenn Schmidt mir sagt, was für eine verrückte Geschichte er Kendrick erzählt hat.«

»›Richard ist wieder er selbst‹«, stellte ich fest.

»Richard ist noch lange nicht wieder er selbst. Was ein Glück für Sie ist, Schmidt ...«

»Aber natürlich habe ich ihm die Wahrheit gesagt.«

»Oh, Gott.« John sank zurück auf das harte Kissen.

»Daß Sie eine Verschwörung gegen das Museum aufgedeckt haben und nun auf dem Weg nach Kairo sind, um Mitteilung zu machen, und daß die Verbrecher Ihnen dicht auf den Fersen sind«, sprach Schmidt weiter.

»Wie ich vermute, in genau diesen Worten.« Er stieß einen Seufzer aus, als ich ihm das Gesicht mit einem feuchten Tuch abwischte. »Nun, es könnte schlimmer sein. Sie sind doch nicht etwa auf Einzelheiten eingegangen?«

»Mehr habe ich nicht verraten«, entgegnete Schmidt entrüstet.

»Es ist eine alte Grundregel der Spionage, nicht alles auszuplaudern. Außerdem hätte er mich für verrückt erklärt, wenn ich ihm die ganze Wahrheit gesagt hätte. Und jetzt müssen Sie schlafen. Möchten Sie vielleicht eine Schlaftablette? Ich habe welche ...«

»Keine Tabletten«, widersprach ich. »Er hat schon zu viele genommen.«

In diesem Augenblick kamen Feisal und Keith zurück. »Wie geht es ihm«, fragte letzterer und kauerte sich neben das Bett. »Allmächtiger! Wie ist das ...«

»Ein kleiner Unfall«, antwortete John. »Ich ziehe Unfälle magisch an. Besonders wenn ich mich in Gesellschaft gewisser Leute befinde.«

»Wenn er nörgelt, ist er über den Berg«, sagte Feisal. Er stieß einen Kleiderhaufen vom Stuhl und setzte sich.

»Sie sehen alle aus, als könnten Sie einen Drink gebrauchen«, meinte Keith. »Ich habe eine Flasche Bourbon da.«

»Bier gibt es auch«, bot Schmidt an. »Ich habe ...«

»Natürlich Bier«, bemerkte ich. »Wo Schmidt ist, ist das Bier nicht weit. Tut mir leid Jungs, die Party findet nicht statt. Alle raus. Er braucht Ruhe.«

»Nur ... noch eins.« Johns Kräfte schwanden erneut. Er zwang sich, die Augen zu öffnen. »Schmidt, wie sind Sie hierher gekommen?«

»Selbstverständlich mit dem Zug. Meine geheimnisvolle Botschaft an Sie ...«

»Wurde gefunden und dechiffriert«, sagte John ernst. »Mit welchem Zug?«

»Ich bin um sechs Uhr abends aus Luxor abgefahren. Es hat mir schier das Herz zerrissen, Vicky, dich zu verlassen, ohne zu wissen, ob deine mutige Rettungsaktion erfolgreich war. Aber ich war sicher, daß du es schaffen würdest. Und wenn nicht, würde ich dich am besten unterstützen können, indem ich so schnell wie möglich Hilfe holte. Also ...«

»... bist du kurz nach mir aus dem Hotel ausgezogen.« Allmählich verstand ich, was in John vorging, und ich empfand dieselbe rasende Neugier, die ihn wohl bei Bewußtsein hielt. »Vermutlich in Verkleidung.«

»Ich kann's kaum erwarten«, murmelte John.

Schmidt kramte zwischen den Gegenständen auf dem Tisch herum. Er war so zufrieden mit sich, daß er die Kleidungsstücke nicht einfach nur vorzeigte. Er zog sie an: ein langes, verschossenes schwarzes Gewand, eine Kopfbedeckung von gleicher Farbe und einen undurchsichtigen Schleier, der sein Gesicht vom Nasenrücken bis über das Kinn bedeckte.

»Ich hatte auch meine Kontaktlinsen eingesetzt«, erzählte die pummelige, kleine Ägypterin mit gedämpfter Stimme. »Meine Augen haben entsetzlich getränt, weil die Fenster des Waggons offenstanden und eine Menge Staub und Sand hereinwehte. Ein sehr überzeugendes Kostüm, nicht wahr? Ich mußte nicht einmal meinen Schnurrbart abrasieren, Vicky, obwohl ich auch das getan hätte ... Was ist los?«

»Er ist in Ohnmacht gefallen«, sagte ich. Ich konnte ihm das nicht verdenken.

Nachdem ich ihn mit einem feuchten Schwamm abgerieben hatte, fühlte sich seine Haut nicht mehr so heiß an. Bald verwandelte sich seine Bewußtlosigkeit in tiefen Schlaf. Ich wusch seine sichtbaren Körperteile und einen Teil derer, die unter der Kleidung verborgen waren. Dann trat ich ins Nebenzimmer, wo die Party in vollem Gange war.

Schmidt sprang von seinem Stuhl auf. Eigentlich sollte ich besser vom Stuhl sagen, denn es gab nur einen. »Bier oder Bourbon, Vicky?«

»Nichts von beidem. Ich ... ach, zum Teufel, Bourbon.«

»Du solltest dich auch ausruhen.« Schmidt half mir auf den Stuhl und tätschelte mich.

»Ja, wenn wir beschlossen haben, was wir als nächstes tun.«

»Im Augenblick sind unsere Möglichkeiten ein wenig eingeschränkt«, entgegnete Feisal trocken. Er saß im Schneidersitz auf dem Boden. Mit seinen zerknitterten, schmutzigen Kleidern und den dunklen Bartstoppeln hätte ihn niemand als den gepflegten jungen Intellektuellen von der *Queen of the Nile* erkannt. »Wir müssen hierbleiben, bis Johnny wieder auf den Beinen ist. Wann wird er ...«

»Woher zum Teufel soll ich das wissen?« Ich nahm einen Schluck, erschauderte, und nahm noch einen. »Tut mir leid, Feisal. Ich wollte Sie nicht so anfauchen. Wenn es ihm morgen nicht besser – sehr viel besser – geht, bringe ich ihn zu einem Arzt. Wahrscheinlich werden Sie mir helfen müssen, denn wenn er bei Bewußtsein ist, geht er niemals freiwillig mit. Dann müssen Sie und Schmidt ohne uns weiterfahren. Wahrscheinlich ist es das beste, wenn wir uns trennen; so verdoppeln wir die Chancen, daß wenigstens einer durchkommt.«

Feisal warf mir einen merkwürdigen Blick zu und nickte wortlos. »Aber Vicky!» rief Schmidt aus.

»Halt den Mund, Schmidt.« Der Bourbon wirkte ausgezeichnet. In meinem Gehirn arbeitete es. Ich fühlte mich wie eine Mischung aus Einstein und Meisterspionin und war zu allem bereit. »Wir dürfen nicht zu lange hierbleiben. Keith könnte in große Schwierigkeiten geraten, wenn die Polizei herausfindet, daß er uns Unterschlupf gewährt hat.«

»Wenn die Wahrheit ans Licht kommt, wird man ihn als Helden feiern.« Schmidt zwirbelte an seinem Schnurrbart und fügte freudig hinzu: »Wie uns andere auch.«

»*Wenn* die Wahrheit ans Licht kommt. Bitte, widersprich mir nicht, Schmidt. Ich kann mich noch etwa zehn Minuten wachhalten, und obwohl ich darauf brenne, alles über deine Zugfahrt zu hören und zu erfahren, warum Keith in Johns Schuld steht und wie zum Teufel wir alle hier an diesem unmöglichen Ort gelandet sind, muß das warten. Inzwischen weiß bestimmt das ganze Dorf, daß wir hier sind. Früher oder später wird uns jemand verraten. In jeder Gruppe von Menschen verbergen sich Denunzianten. Und ich riskiere es lieber, von der Polizei erwischt zu werden als von den anderen Kerlen. Wenn sie uns zuerst ausfindig machen ...«

Ich hob das Glas an die Lippen. Es war leer. Kein Wunder, daß ich mich so seltsam fühlte. »Ich bin nicht betrunken«, sagte ich. Langsam und würdevoll glitt ich von der Vertikalen in die Horizontale. Ich glaube, es war Feisal, der mich auffing.

Zweimal wachte ich während der Nacht auf – zumindest wäre es Nacht gewesen, wenn ich um eine normale Zeit ins Bett gekommen wäre. Jedesmal war das Zimmer hell, und jedesmal kniete ich neben dem Bett und fummelte an Johns Gesicht herum, ehe ich vollständig aufwachte. Beim erstenmal fühlte er sich heiß an, weshalb ich ihn mit dem Schwamm abrieb. Anstelle von Dank bekam ich nur ein gereiztes Knurren zu hören. Beim zweitenmal zitterte er. Also deckte ich ihn zu und kehrte dann wieder auf die Matte zurück, die eine mitleidige Seele neben dem Bett ausgebreitet hatte. Ich sagte mir, daß ich mich nur noch ein paar Minuten ausruhen wollte ...

Als ich wieder erwachte, war es an die vierzig Grad heiß. Meine Kleider klebten am Körper, und mein Mund fühlte sich an wie ein Pfad in der Wüste, über den eine Menge Kamele gegangen sind. Keith stand in der offenen Tür. Er hatte ein Tablett in der Hand.

»Ach, entschuldigen Sie«, sagte er. »Ich wollte ihm nur Kaffee bringen.«

John setzte sich auf und versuchte, nonchalant auszusehen, was für einen Mann, der unrasiert, schmutzig und halbnackt in einem fremden Bett liegt, nicht eben leicht ist. Aber ich muß ihm zugutehalten, daß es ihm beinahe gelang.

»Du siehst hinreißend aus«, stellte er fest. »Wenn du mich nett bittest, teile ich vielleicht sogar meinen Kaffee mit dir.«

Als ich mich aufsetzte, bemerkte ich, daß ich ein weißes, mit Gold eingefaßtes Gewand trug, das mir schweißnaß am Körper klebte. Offenbar hatte Schmidt es auf seinem Weg zum Bahnhof gekauft. Ich hoffte, daß er es war, der mich entkleidet hatte.

»Ich ... äh ... ich hole noch eine Tasse.« Keith verschwand.

»Ein taktvoller Bursche«, meinte John. »Möchtest du mir nicht die fiebernde Stirn kühlen?«

Ich kroch zum Bett hinüber und berührte seine Stirn. »Sie ist heiß.«

Seine Hand glitt unter dem weiten Ärmel meinen Arm hinauf. »Du auch. Das gilt ebenfalls für das oberägyptische Klima.«

»Du siehst zum Fürchten aus.«

Seine Finger schlossen sich um meinen Arm, und er zog mich an sich. »Die Liebe sieht nicht mit den Augen hin, sondern mit dem Geist.«

»Der Geist hat damit recht wenig zu tun«, bemerkte ich trokken.

»Wenn ich so schlechte Manieren hätte wie manch anderer, würde ich dich darauf hinweisen, daß du im Moment auch nicht gerade wie aus dem Ei gepellt aussiehst. Aber da du meine Liebe und mein Sonnenschein bist, werde ich dich selbst dann noch lieben, wenn dein Haar silbern geworden ist. Geht es dir auch so?«

»Unfair. Das waren mindestens zwei verschiedene Lieder.«

»Beantworte die Frage.«

»Welche Frage?«

Ich hatte nicht damit gerechnet, daß man uns lange allein lassen würde. Und auf die Identität unseres nächsten Besuchers hätte ich jede Wette abgeschlossen. John ließ mich los, und ich kauerte mich auf die Fersen.

»Ah!« rief Schmidt erfreut aus. »Es geht Ihnen besser.«

»Hoffentlich gewöhnen Sie sich das nicht an, Schmidt«, entgegnete John.

»Nein, nein. Kümmern Sie sich nicht um mich. Machen Sie einfach weiter ...«

»Gib mir den Kaffee, Schmidt«, sagte ich.

Schmidt tat es und setzte sich. »Wenn Sie nicht weiterflirten wollen, sollten wir uns vielleicht unterhalten. Ja, das wäre das beste. Sie müssen Ihre Kräfte schonen, mein Freund. Die Liebe schwächt sogar die Lebenskräfte eines gesunden Mannes, und eine Frau wie Vicky zu lieben ...«

»Äh ... ganz richtig«, unterbrach ihn John. »Wenn es Ihnen nichts ausmacht, Schmidt, sollten wir uns mit wichtigeren Dingen als mit meinen Lebensgeistern befassen. Was tut sich draußen in der großen, weiten Welt? Offenbar habe ich den Tag mit Müßiggang und Schlaf verschwendet.«

»Es war keine Verschwendung«, beruhigte ihn Schmidt. »Sie müssen wieder zu Kräften kommen. Vielleicht können wir morgen vormittag aufbrechen. Vorausgesetzt natürlich, daß Sie und Vicky nicht ...«

»Halt den Mund, Schmidt«, sagte ich ganz automatisch.

Ich hätte John gern bei seiner Morgentoilette geholfen (ohne die schwächenden Betätigungen, die Schmidt angesprochen hatte), doch ich konnte Schmidt nur aus dem Zimmer befördern, indem ich ihn begleitete.

Es war später, als ich vermutet hatte. Schmidt hatte recht: John brauchte noch eine Nacht Ruhe, ehe wir unsere Reise fortsetzen konnten. Außerdem brauchten wir Kleider, Proviant und vor allem weitere Informationen, bevor wir uns auf den Weg machten.

Feisal war ausgegangen, um Erkundigungen einzuziehen. Keith braute irgendetwas auf einer Kochplatte; als er mich fragte, ob ich hungrig sei, antwortete ich, ich wolle lieber auf die anderen warten.

»Es tut mir leid, daß wir unangemeldet bei Ihnen hereingeschneit sind«, fügte ich hinzu. »Wir werden alles tun, um Sie dafür zu entschädigen.«

Keith schaltete die Kochplatte herunter und kauerte sich neben meinen Stuhl. Ich erinnerte mich, wo ich ihn schon gesehen hatte – an dem Tag, als die Reisegruppe Amarna besuchte, hatte er sich mit Schmidt unterhalten. Natürlich betrachtete Schmidt solche kurzen Begebenheiten als Beginn einer wunderbaren Freundschaft. Und Freunde mußten ihren Freunden im Notfall aus der Klemme helfen. Vielleicht würde dieses Erlebnis Keith eine Lehre sein, nicht mehr mit Fremden zu sprechen.

»Wie ich zugeben muß, habe ich geglaubt, Dr. Schmidt hätte eine Schraube locker, als er hier auftauchte und mir die verrückte Geschichte erzählte, jemand wolle das Kairoer Museum berauben.« Keith warf einen Blick auf Schmidt, der auf dem Boden saß. Neben ihm lag der Hund auf einer Matte. Der Schwanz des Hundes wedelte auf und nieder, während Schmidt sich auf Deutsch mit ihm unterhielt. »Doch als er sagte, er sei mit Mr. Tregarth verabredet, nahm ich an, daß alles in Ordnung sei. Hoffentlich habe ich Mr. Tregarth nicht verärgert, als ich seine Großzügigkeit erwähnte. Er hatte darum gebeten, anonym zu bleiben, als er mir anbot, meine Arbeit hier einen weiteren Monat lang zu finanzieren.«

»Er ist ein sehr bescheidener Mensch«, sagte ich. »Wann hat er Ihnen diesen Vorschlag gemacht?«

»Vor etwa sechs Wochen. Ich hatte zwar die Genehmigung, hier zu arbeiten, allerdings nur genügend Mittel für einen Monat, wenn ich sehr sparsam lebte. Jetzt kann ich meine Untersuchung beenden.«

Ich ließ mir alles über seine Untersuchung erzählen, wobei ich an den richtigen Stellen nickte und lächelte. Ich glaube nicht an Zufälle, und es beruhigte mich, daß es sich hier nicht um einen solchen handelte. Johns »Großzügigkeit« war nichts dergleichen gewesen. Nachdem er Blenkirons Vorhaben kannte, war ihm klargeworden, daß er so viele Verbündete wie möglich brauchte. Und er mußte sich jemanden suchen, der eine Ausgrabungsgenehmigung der Antikenverwaltung besaß, da man eine solche nur schwer und mit großem Zeitaufwand bekommen konnte. Anscheinend hatte er geplant, sich in Amarna von der Reisegruppe zu trennen, und er hatte sich zweifellos eine glaubwürdige Geschichte ausgedacht, um Keith zur Mitarbeit zu bewegen. Meine Ankunft hatte seine Pläne durchkreuzt; deshalb hatte er sich nicht einmal die Mühe gemacht, während unserer Besichtigung ein paar Worte mit Keith zu wechseln. Dafür aber Schmidt, und der nette, geschwätzige Keith hatte Schmidt von seinem großzügigen Mäzen erzählt. Also war Schmidt davon ausgegangen, daß John sich an Keith wenden würde, wenn er Amarna als Treffpunkt wählte.

Und so war es geschehen. Bis jetzt war Schmidt uns allen eine Nasenlänge voraus. Er wußte genau, was er tat. Doch ich tappte immer noch im Dunkeln.

Der Hund hatte genug von Schmidt und kam herüber, um mich in Augenschein zu nehmen. Er war ein unauffälliges Tier und ähnelte all den anderen bemitleidenswerten Streunern, bis auf den Unterschied, daß seine Rippen nicht hervorstanden und daß er Menschen offenbar vertraute.

»Was geschieht mit ihm, wenn Sie abreisen?« fragte ich, während ich Fido hinter dem Ohr kraulte.

»Er gehört mir nicht. Ein Mitarbeiter der ägyptischen Forschungsgesellschaft hat ihn vor einigen Jahren aufgenommen – jeden Winter kommen sie für ein paar Monate hierher. Sonst kümmert sich der Hausmeister um ihn. Aber anscheinend mag er weiße Bohnen in Tomatensauce lieber als Reis, denn er weicht mir nicht mehr von der Seite. Leider ist das heute der Hauptgang«, fügte er schmunzelnd hinzu. »Meine Vorräte sind nicht besonders umfangreich.«

Ich versicherte ihm, daß ich Fido's Liebe zu weißen Bohnen in Tomatensauce teilte.

»Dann kümmere ich mich um das Essen«, meinte Keith, streckte sich und stand auf. »Feisal kommt bestimmt jeden Moment zurück. Hoffentlich geht es Mr. Tregarth besser. Solche Verletzungen habe ich noch nie gesehen, als ob jemand sie ihm absichtlich ...«

»Ich glaube, ich erspare Ihnen die Einzelheiten«, sagte ich. »Das liegt nicht etwa daran, daß wir Ihnen nicht vertrauen.«

»Schon okay. Je weniger ich weiß, und so weiter und so fort. Da kommt Feisal«, fügte er hinzu. »Die Bohnen sind gleich fertig.«

»Es könnte schlimmer sein«, gab Feisal zu. »Natürlich weiß das ganze verdammte Dorf, daß wir hier sind.«

Schmidt eilte Feisal entgegen. »Sehr gut, mein Freund, Sie sind wohlbehalten zurück. Was tut sich?«

»Wie haben Sie unsere Anwesenheit erklärt?« fragte ich. Ich kenne Kleinstädte. Klatsch und Tratsch gehören zur Lieblingsbeschäftigung, und persönliche Fragen gelten nicht als unhöflich, sondern nur als Ausdruck freundlichen Interesses.

Feisal fuhr sich mit den Fingern durchs staubige Haar und kauerte sich auf den Boden. »Ich habe erzählt, ich wäre der Fahrer von Kendricks Archäologenfreunden, die ihn für ein paar Tage besuchten. Man hat mir das abgenommen, aber ich glaube trotzdem, daß wir so bald wie möglich aufbrechen sollten. Wie geht es Johnny?«

In diesem Augenblick erschien Johnny auf der Bildfläche. »Hast du noch etwas Wichtiges erfahren?« wollte er wissen.

»Nicht viel. Ich wollte nicht nach der entführten amerikanischen Touristin fragen, und niemand redete davon. Du weißt ja, wie es in Dörfern ist: Die örtlichen Skandale bewegen die Gemüter viel stärker als Ereignisse von nationaler Bedeutung. Machen Sie das Radio an, Kendrick. Vielleicht kommt eine Nachrichtensendung.«

Wir verzehrten gerade das Abendessen – Keith hatte auch einige Dosen Rindfleischeintopf geöffnet –, als die Nachrichten begannen. Natürlich waren sie auf Arabisch, weshalb ich auf eine Übersetzung warten mußte. Allerdings erkannte ich an Feisals Gesichtsausdruck, daß die Meldung nichts Gutes für uns bedeutete.

»Sie wissen jetzt, daß wir das Fahrzeug gewechselt haben«, sagte Feisal und schaltete das Radio ab. »Amr hat den Jeep als gestohlen gemeldet. Dieser Mistkerl!«

»Man kann ihm keinen Vorwurf daraus machen, daß er nichts mit der Sache zu tun haben will«, widersprach John. »Schließlich muß er seine Familie und seine Freunde schützen. Also wissen sie inzwischen auch, daß wir uns diesseits des Flusses befinden?«

»Offenbar haben sie unsere Spur verloren«, gab Feisal widerwillig zu. »Man vermutet, daß wir umgekehrt und durch die Straßensperren geschlüpft sind, ehe man von dem Jeep erfahren hat. Doch wir können ihn nicht mehr benutzen, sie haben eine Fahrzeugbeschreibung und die Autonummer.«

»Können wir ein anderes Auto kaufen?« fragte ich.

John warf mir einen Blick zu. Obwohl er nichts sagte, kannte ich diesen Gesichtsausdruck, und mir wurde wieder einmal klar, daß er mir einen Schritt voraus war. Wenn er vorgehabt hatte, sich hier von der Reisegruppe abzusetzen, mußte er auch Vorkehrungen getroffen haben, um die Ausgrabungsstätte wieder zu verlassen.

Nach einer kurzen Pause – ich muß dem jungen Mann zugutehalten, daß sie sehr kurz war – rausperte sich Keith. »Sie können meinen Land Rover nehmen. Das bin ich Ihnen schuldig, denn schließlich habe ich Ihnen das Geld zu verdanken, um ihn zu mieten.«

Johns leichtes Lächeln verflog. »Intelligent, wie Sie sind, ist Ihnen wahrscheinlich inzwischen klar, daß Sie benutzt wurden, Kendrick«, sagte er barsch. »Ich habe nicht damit gerechnet, daß sich die Dinge so entwickeln würden, und es tut mir leid, daß ich Ihre Hilfe so stark in Anspruch nehmen muß. Doch mein Bedauern geht nicht so weit, Sie aus Ihrer Pflicht zu entlassen. Wir brauchen dieses Auto. Ich glaube nicht, daß Sie deswegen ernstliche Schwierigkeiten bekommen werden. Falls irgendjemand – beispielsweise die Polizei – erfährt, daß wir hier waren, versuchen Sie bloß nicht, den Schlaumeier oder den Helden zu spielen. Sagen Sie einfach, wir hätten Sie überfallen und mit der Waffe bedroht – es liegt ganz bei Ihnen. Wir werden Ihre Geschichte bestätigen.«

»Wollen wir hoffen, daß es nicht dazu kommt«, erwiderte Keith. »Ich verstehe zwar nicht, was hier vor sich geht, aber wie meine Großmutter schon sagte, muß man manchmal eben vertrauen, ohne Fragen zu stellen. Aber Sie müssen mir unbedingt erzählen, wie die Sache ausgegangen ist.«

»Das erfahren Sie in den Nachrichten«, entgegnete John. »So oder so ... Nun denn, dann brechen wir morgen früh auf. Feisal, du und Schmidt, ihr nehmt den Land Rover. Mit deiner lieben alten Mutter auf dem Rücksitz wirst du keinen Verdacht erregen. Vicky und ich versuchen, uns nach Minya durchzuschlagen, und ...«

Feisal schüttelte den Kopf. »Das ist aussichtslos, Johnny.«

»Aber die Chancen sind größer ...« fing John an.

»Vollkommen korrekt. Wir müssen uns trennen. Aber keiner von euch beiden spricht Arabisch. Schmidt schon.«

»Er kann nur fluchen und schmutzige Witze erzählen«, meinte ich.

Schmidt errötete. »Das könnte reichen«, sagte Feisal. »Nein, Johnny, es tut mir leid, aber Vicky geht mit mir oder mit Schmidt. Am besten mit mir, auf diese Weise gehört ein kräftiger Mann zu jeder Gruppe.«

»Hören Sie mal zu, Sie Chauvi«, fing ich an.

Schmidt war ebenso entrüstet wie ich. »Ha! Sie glauben wohl, ich kann mich nicht verteidigen und Vicky beschützen? Ich, der beste Fechter von ganz Europa?«

Ich tätschelte seine Hand und gab beruhigende Geräusche von mir. Dabei beobachtete ich John und sah, wie sein Gesichtsausdruck sich änderte, als er Feisals eindringlichen Blick erwiderte. »Feisal hat recht«, meinte er schließlich zögernd. »Das ist die bessere Lösung. Er kennt die Straßen, und wenn Vicky sich auf dem Rücksitz kleinmacht, kann sie sich in eines dieser so praktisch verhüllenden Gewänder wickeln und bescheiden schweigen. Hoffentlich strengt dich das nicht zu sehr an, Vicky.«

»Ach, geh zum Teufel«, fauchte ich. »Wenn du glaubst, ich weiß nicht, warum Feisal diesen Vorschlag gemacht hat, bist zu schief gewickelt. Frauen und Kinder zuerst in die Boote, richtig? Unsere Gegner werden die Bahnhöfe überwachen. Außerdem hat Larry es sowieso auf dich abgesehen, und du bist nicht bei Kräften, und ...«

Schmidt nahm meine Hand. Er drückte sie und sagte sanft, aber mit Nachdruck: »Die beiden haben recht, Vicky. Denk mit dem Kopf, anstatt mit dem Herzen, und mach es uns nicht noch schwerer.«

John und Schmidt würde der Abschied nicht leichter fallen als mir, denn sie machten sich ebensolche Sorgen um mich, deshalb konnte ich den beiden nicht widersprechen. Für Larry machte es keinen großen Unterschied, ob er mich oder John in die Finger bekam. Wenn Sie dich erwischen, hatte John gesagt, werde ich dich retten. Und das galt auch für Schmidt, den kleinen Helden.

Mein Schweigen wurde als Zustimmung gedeutet. Feisal stand auf. »Der Markt ist noch geöffnet. Was brauchen wir?«

Da Schmidt all seine Reiseschecks eingelöst hatte, erstickten wir in Geld. Nachdem Feisal mit der Einkaufsliste losgezogen war, blieb uns nur noch auf ihn zu warten. Keith lehnte mein Angebot ab, ihm beim Abwaschen zu helfen. Also ließ ich mich neben John auf dem Boden nieder. Schmidt sang dem Hund etwas vor.

Fragen Sie mich nicht warum, aber das Singen schien Schmidts Nerven zu beruhigen. Der Hund war begeistert. Genauso wie John. »Singen Sie uns doch ›Umweg auf dem Highway zum Himmel‹ vor, Schmidt«, schlug er vor.

Die dritte Strophe – »Wenn du jemals von der Überholspur runterkommst« – faszinierte Keith derart, daß er sich neben den Hund auf die Matte hockte und eine Zugabe verlangte. Übertönt von Schmidts (und des Hundes) Geheul, flüsterte ich: »Du mieser Schwindler. Du kanntest die Lieder schon.«

»Ich bin mit der gesamten Bandbreite abendländischer Musik

vertraut«, entgegnete John bescheiden. Er legte den Arm um mich, und ich lehnte mich an seine Schulter.

»Warum hast du dann so getan, als hättest du sie noch nie gehört?«

»Hatte ich auch nicht. Wenigstens nicht Schmidts Version. Mein ganzes Leben habe ich darauf gewartet, ihn ›Es war nicht Gott, der die Spelunken-Engel erschuf‹ singen zu hören.«

Schmidt erklärte Keith gerade, was wandernde Melodien waren: »Sie werden feststellen, daß viele verschiedene Lieder dieselbe Melodie haben. Die, die ich Ihnen gerade vorgesungen habe, gehört auch zu dem zärtlichen Liebeslied ›Ich denk heute nacht an mein Blauäuglein ...‹«

»Sing es nicht, Schmidt«, flehte ich.

»Bitte nicht unser Lied«, stimmte John zu. Er schüttelte sich vor Lachen. »Was halten Sie statt dessen von ›Großer gefleckter Vogel‹, Schmidt?«

»Ach, ja, richtig. Kennen Sie es, Keith? Der große gefleckte Vogel ist die Kirche. ›Die anderen Vögel flattern um sie herum ...‹«

In Johns Gesicht stand unverhohlene Freude. »Ich werde ihm eine Gitarre kaufen. Nein, eine Mundharmonika.«

Ich preßte das Gesicht an Johns Schulter und lachte so heftig, daß mir die Tränen kamen.

Feisal und ich brachen bei Morgengrauen auf. John würde warten, bis die Straßen belebter waren, und dann die Fähre nehmen. Schmidt war der niedlichste kleine Scheich, den ich je gesehen hatte. Da das Reden seine Aufgabe war, mußte er Männerkleider tragen, und wegen seines etwas seltsamen Akzents beschlossen wir, ihn als Touristen aus einem anderen arabischsprechenden Land auszugeben. Natürlich weinte er. Als er die Arme ausbreitete, drückte ich ihn fest an mich.

»Wir sehen uns in Kairo, Schmidt. Paß auf dich auf.«

»Ja, ja.« Schmidt straffte seine Schultern und wischte sich die Augen. »Keine Angst, Vicky. Ich werde deinen Geliebten schützen ...«

»Halt den Mund, Schmidt.« Ich küßte ihn und drehte mich zu John um.

Schmidts Haarfärbemittel war nicht von so exzellenter Qualität wie das meiner Freundinnen; deshalb wirkte Johns Haar stumpf und glanzlos. Seine Augen leuchteten strahlendblau aus dem gebräunten Gesicht.

Wir hatten Johns Lebensgeister in der letzten Nacht nicht geschwächt. Um genau zu sein, hatten wir kaum einen Moment allein miteinander verbracht. Es war zu viel zu tun gewesen, und auf Schmidts Beharren hin hatte John ein Schlafmittel genommen.

»Paß auf dich auf«, sagte ich.

»Du auch.«

Wir schüttelten uns die Hand, wahrscheinlich eine absurde Geste. Doch da Feisal und Schmidt uns beobachteten und ein schwarzer Schleier mein Gesicht verhüllte, wäre jegliche Demonstration von Gefühlen noch absurder gewesen. Feisal schüttelte grinsend den Kopf und murmelte etwas auf Arabisch. Schmidt blinzelte hastig.

Da die Ostufer-Straße nördlich von Amarna noch nicht ausgebaut war, mußten wir die Fähre zum Westufer nehmen. (Feisal war auf Johns Frage, ob es nicht eine Umgehung wie die gäbe, auf der wir Amarna erreicht hatten, erbleicht, weshalb John taktvoll das Thema gewechselt hatte.) In Minya angekommen, würden wir wieder ans Ostufer wechseln; dort war das Gebiet weniger dicht besiedelt, und die Straßen waren nicht so befahren, so daß wir rascher vorankommen würden.

Ich kauerte mich auf den Rücksitz und versuchte, wie ein altes Weiblein auszusehen, während Feisal ausstieg, um mit den übri gen Frühaufstehern eine Zigarette zu rauchen und zu plaudern. Die Überfahrt dauerte nur fünf Minuten; niemand sprach mich an.

Allerdings waren meine Gedanken keine guten Reisebegleiter. Hatten wir eine mögliche Gefahr übersehen, eine Sicherheitsvorkehrung nicht bedacht? Soweit ich ohne Thermometer feststellen konnte, war Johns Temperatur heute morgen normal gewesen. Doch er war noch lange nicht über dem Berg: Einige der tieferen Schnittwunden heilten schlechter als erwartet. Da Schmidt als Scheich reiste und die Taschen voller Geld hatte, konnten sie sich wenigstens allen Komfort leisten). John spielte seinen Sekretär, Gesellschafter oder etwas ähnliches. (Als Feisal anzüglich bemerkt hatte, es gebe noch eine weitere Alternative, war Schmidt vor Scham und Entrüstung rot angelaufen.) John trug das einzige weiße Hemd und den besten Anzug des armen Keith. Er würde nur Deutsch sprechen, das er ziemlich fließend beherrschte.

Doch wie ich wußte, war ihre Reiseroute die gefährlichste. Nachdem sie am anderen Ufer angekommen waren, würden sie mit einem Mietwagen oder einem Taxi nach Minya fahren müssen, um den Zug zu nehmen. Und es bestand durchaus die Möglichkeit, daß die Polizei den Bahnhof überwachte. Bestenfalls – das hieß, wenn sie weder erwischt, aufgehalten, noch zu einem Umweg gezwungen wurden – würden sie frühestens am Nachmittag in Kairo ankommen.

Nach Feisals Schätzung würden wir mindestens sechs Stunden brauchen, selbst wenn keine der obengenannten Katastrophen eintrat. Wir würden uns mit den anderen am Hauptbahnhof auf dem großen Platz treffen, wo die riesige Statue von Ramses II steht. Dort waren wir inmitten des dichten Verkehrs und der wimmelnden Fußgänger verhältnismäßig sicher. Als Zeit hatten wir fünf Uhr nachmittags vereinbart; falls die erste Begegnung fehlschlug, wollten wir uns alle zwei Stunden wieder am Treffpunkt einfinden, bis ... bis etwas geschah.

Wer die Stadt früher erreichte, sollte nicht auf die anderen warten. Johns Anweisungen waren klar und eindeutig gewesen: »Je eher wir die Behörden benachrichtigen, desto besser für uns alle. Schmidt wird sich mit seinen Freunden bei der Antikenverwaltung und im Innenministerium in Verbindung setzen. Vicky ...«

»Ich rufe Karl Feder an. Der Mistkerl hat mich in diese Sache hineingezogen; jetzt soll er mich auch wieder rausholen.«

»Gut. Wenn du ihn nicht erreichst, oder sonst etwas nicht klappt, geh sofort zur amerikanischen Botschaft.«

Die erste kleine Schwierigkeit ergab sich, als Feisal und ich uns der Brücke näherten, die zum Ostufer führt. Der Verkehr staute sich fast einen Kilometer lang. Feisal verlangsamte das Tempo, und ich hörte ihn leise und tonlos fluchen. Als ich mich vorbeugte, unterbrach er kurz seinen Monolog: »Seien Sie still, verschleiern Sie ihr Gesicht und beten Sie.«

Er rief einem Mann, der vor uns auf der Ladefläche eines Pritschenwagens stand, eine Frage zu. Obwohl ich die Antwort (und die Frage) nicht verstand, war mir klar, um was es sich handelte. Es ging zwar voran, aber sehr langsam. Weiter vor uns sah ich Uniformen und Gewehre.

Ich verwandelte mich in ein schwarzes Häufchen und bemühte mich, fünfzehn Zentimeter kleiner auszusehen. In meiner Not fiel mir kein Gebet außer »Müde bin ich, geh zur Ruh« ein, was, wie ich inbrünstig hoffte, völlig unangebracht war. Also senkte ich den Kopf und konzentrierte mich auf meine Atmung.

Es dauerte mehr als zwanzig Minuten, bis wir den knappen Kilometer hinter uns hatten. Da ich aus Vorsicht nicht wagte, den Kopf zu heben, spürte ich den Mann neben mir mehr, als ihn zu sehen. Nach einer Weile, in der ich die Luft anhielt, und einem kurzen, auf arabisch geführten Gespräch, setzte sich der Land Rover in Bewegung.

Fünfzehn oder zwanzig Kilometer später hielt Feisal am Straßenrand an. Er drehte sich um, legte den Arm über die Sitzlehne und zwang sich zu einem Lächeln. »Wie wär's jetzt mit etwas zu trinken?« fragte er heiser.

Ich kramte im Korb zu meinen Füßen herum und holte eine Limonadenflasche heraus.

»Wenn so etwas noch mal passiert, sterbe ich«, teilte ich ihm mit.

Feisal leerte die Flasche und warf sie aus dem Fenster. »Sie suchen vermutlich noch immer nach dem Jeep. Sie haben mich nicht einmal nach meinen Papieren gefragt. Solange sie nicht herausfinden, daß wir das Fahrzeug gewechselt haben, sind wir sicher. Also beruhigen Sie sich und genießen Sie die Landschaft.«

»Ha«, sagte ich.

Ich hoffe, noch einmal die Gelegenheit zu bekommen, auf dieser Straße zu fahren, und zwar in der richtigen Stimmung, um mich an der Aussicht zu erfreuen. Denn an diesem Tag wäre mir nicht einmal die Cheopspyramide aufgefallen, außer sie hätte mitten im Weg gestanden. Feisal fuhr wie ein Mann, der vor dem Gesetz auf der Flucht ist, aber das galt auch für die anderen Verkehrsteilnehmer. Ich mußte meine wallenden Gewänder mit beiden Händen festhalten, damit sie nicht im Fahrtwind flatterten, der durch die offenen Fenster kam. Er saß vorne, ich hinten; es bestand keine Möglichkeit zu einem Gespräch. Also klammerte ich mich an meine Schleier und schloß die Augen. Zweimal mußten wir wegen einer Baustelle Schritt fahren, dreimal wegen verschiedener Unfälle, von denen jedoch keiner schwerwiegend zu sein schien; die Straße wurde lediglich von wild gestikulierenden Menschen blockiert, die das Geschehen erörterten.

In der vergangenen Nacht hatte ich nicht viel geschlafen. Als ich nach einem unbeabsichtigten Nickerchen aufwachte, befanden wir uns auf einer breiten von Läden gesäumten und belebten Straße. Vor uns ragten zwei schlanke, elegant geformte Türme in den Himmel.

Ich beugte mich vor und stupste Feisal an. »Wo sind wir? Ist das da vorne eine Moschee?«

»Nein, das ist eines der Stadttore. Es stammt aus dem elften Jahrhundert. Ich bin eine Umgehung gefahren.« Seine Stimme brach. »Wir haben es geschafft. Gelobt sei Gott, wir haben es geschafft!«

»Gelobt sei Gott«, stimmte ich aus ganzem Herzen zu. »Wieviel Uhr ist es?«

»Halb eins. Wollen Sie etwas essen?«

»Ich will dieses Zelt loswerden«, knurrte ich. »Ich will duschen, ein eisgekühltes Getränk und Kleider zum Wechseln. Aber ich bin schon zufrieden, daß ich heil angekommen bin.«

»Sie können das Gewand meinetwegen ausziehen, solange Sie es anmutig und unauffällig tun«, sagte Feisal. »Jetzt erregen Sie in westlicher Kleidung kein Aufsehen mehr. Ich suche ein Café, wo wir einen Happen essen können, während wir den nächsten Schritt besprechen.«

Ich war zu erhitzt, müde und durcheinander, um ihm zu widersprechen. Doch nachdem er angehalten und ich mich – hoffentlich unauffällig – meines Zeltes und des Schleiers entledigt hatte, fing ich an, mir Sorgen zu machen. Inzwischen befanden wir uns im Stadtzentrum. Um uns herum wimmelte es von jungen Leuten, unter denen sich auch einige Ausländer befanden. Messerscharf schloß ich, daß Feisal sich für ein Café im Univiertel entschieden hatte.

»Dazu haben wir keine Zeit«, widersprach ich, als er mir aus dem Auto half. »Ich muß Karl Feder anrufen.«

»München liegt doch in einer anderen Zeitzone, vermutlich ist Feder gerade beim Mittagessen.« Feisal führte mich durch einen Vorhang aus Perlenschnüren und suchte uns einen Tisch. Das Lokal war heiß, dunkel, laut und voller Fliegen. Die Leute unterhielten sich in einer Mischung aus verschiedenen Sprachen. Ein Radio im Hintergrund dudelte ägyptische Popmusik. »Was möchten Sie essen?«

»Egal. Irgend etwas. Mit Eis drin.«

»Hier würde ich Ihnen das Eis nicht empfehlen. Es besteht aus normalem Leitungswasser.«

Er bestellte auf Arabisch. »Ich werde meinen Vater anrufen«, sagte er dann.

»Finden Sie, daß das eine gute Idee ist?«

»Meine Mutter ist bestimmt schon krank vor Sorge«, antwortete Feisal. »Ich muß ihr sagen, daß ich in Sicherheit und unschuldig bin.«

Bei jeder anderen Begründung hätte ich ihm wahrscheinlich widersprochen, doch er hatte einen wunden Punkt getroffen. Ich wußte, was es bedeutete, Stunde um Stunde, Tag um Tag auf Nachricht zu warten und das Schlimmste zu befürchten. Das wußte ich wirklich nur zu gut.

»Wahrscheinlich geht es meiner Mutter auch nicht viel besser«, meinte ich schuldbewußt. »Ist es international bekannt, daß ich entführt worden bin?«

»Darauf können Sie Gift nehmen«, antwortete Feisal und verzog das Gesicht.

»Nach solchen Geschichten lecken sich alle Reporter die Finger. Verdammt! Bestimmt ist mein Vater schon unterwegs nach Kairo. Nun, er wird noch ein paar Stunden warten müssen. Ich kann von einer öffentlichen Telefonzelle kein Auslandsgespräch führen.«

Das Essen wurde gebracht – Fleischstückchen, Paprikawürfel und Zwiebelscheiben auf kleinen Holzspießchen.

»Es dauert nicht lang«, sagte Feisal. »Ich bin gleich zurück.«

Es war zwei Uhr. Noch drei Stunden warten. Mindestens drei. Wenn sie um fünf nicht da waren ... Ich versuchte, nicht daran zu denken.

Als Feisal zurückkam, lächelte er. Bevor ich dieses Lächeln sah, hatte ich nicht bemerkt, wie alt und müde er wirkte.

»Alles in Ordnung«, verkündete er und nahm Platz. »Er möchte uns sehen.«

»Ihr Vater?«

»Zuerst wollte er, daß ich mich stelle. Doch als ich ihm erklärte, Sie seien bei mir und würden meine Version der Geschichte bestätigen, war er bereit, uns anzuhören.«

»Das ist aber nett von ihm. Hören Sie, Feisal, ich weiß nicht so recht ...«

»Ich sage Ihnen doch, daß alles in Ordnung ist. Ein Freund von ihm ist auf Geschäftsreise, und Vater hat den Schlüssel zu seiner Wohnung. Sie liegt in der Nähe des Bahnhofs. Wir können uns dort verstecken und von seinem Telephon aus München und die Botschaft anrufen. Auch Ihre Eltern, wenn Sie möchten. Das ist viel sicherer als das Telegrafenamt. Sie können duschen, und vielleicht gibt es auch etwas zu trinken mit Eis.«

»Wo sollen wir ihn treffen?« fragte ich zweifelnd.

»Ezbekiya Gardens. Das ist in der Nähe seines Büros. Er wollte nicht, daß wir dort oder zu Hause aufkreuzen.«

»Wahrscheinlich wird beides von der Polizei überwacht.«

»Er hat so etwas angedeutet. Sind Sie fertig?«

Diesmal saß ich vorne bei Feisal. Er lächelte ruhig. Ständig wies er mich auf Sehenswürdigkeiten hin – Moscheen, Museen und Parks. Der Verkehr war entsetzlich, das Parken offenbar Glückssache. Die Lücke zwischen einer Karre voller Blumenkohlköpfe und einer verhutzelten alten Dame, die anscheinend ihren Hausstand am Randstein ausgebreitet hatte, hätte ich niemals als legalen Parkplatz erkannt, doch Feisal zerstreute meine Bedenken.

»Ich hoffe, daß wir nicht mehr zu dem verdammten Auto zurückmüssen. Wir haben noch ein paar Blocks zu gehen.«

»Okay.«

»Vicky.«

»Was ist?«

»Nur für den Fall...« Er zögerte. »Ich bin sicher, daß alles in Ordnung ist, aber bleiben Sie ein paar Meter hinter mir. Ich rede mit ihm und hole den Wohnungsschlüssel. Warten Sie auf mein Zeichen, ehe Sie näherkommen.«

Er gab mir keine Gelegenheit zu einer Antwort, sondern ging los.

Ich folgte ihm in einem Abstand, der gerade ausreichte, um ihn nicht aus den Augen zu verlieren. Sein Vorschlag war sehr vernünftig gewesen. Vielleicht wurde sein Vater beschattet und konnte seine Verfolger nicht abschütteln.

Es ist lebensgefährlich, in Kairo eine Straße zu überqueren. Da die Straße am westlichen Rand von Ezbekiya Gardens breit und sehr stark befahren ist, verlor ich Feisal einige Sekunden aus den Augen, während ich mir Mühe gab, den Taxis, Bussen und Lastwagen auszuweichen. Als ich atemlos, aber unverletzt auf der anderen Seite ankam, stand er neben einem kleinen Kiosk. Der Park war sehr groß, und offenbar hatten sie diesen Treffpunkt vereinbart. Gemäß seiner Anweisungen blieb ich zurück und sah, wie ein grauhaariger Mann sich Feisal näherte. Er trug westliche Kleidung. Selbst auf diese Entfernung bemerkte ich die Ähnlichkeit zwischen den beiden. Sie unterhielten sich eine Weile. Dann nahm der alte Mann Feisal in die Arme.

Es ist nichts Ungewöhnliches daran, einen verlorenen Sohn zu umarmen. Außerdem finden die Männer im Nahen Osten nichts dabei, ihre Zuneigung auch körperlich auszudrücken. Erst als ich bemerkte, daß die Leute auseinanderstoben wie Hühner auf dem Hühnerhof beim Auftauchen eines Fuchses, wurde mir klar, was vor sich ging. Feisal bemerkte die Füchse auch. Sie waren nur schwer zu übersehen – vier von ihnen hatten automatische Waffen bei sich. Er machte sich aus den Armen los, die ihn umfingen und versetzte seinem Vater einen Stoß, der ihn zurücktaumeln ließ.

»Laufen Sie!« schrie er. »Vicky, laufen Sie!«

Er versuchte nicht einmal zu fliehen. Er wollte mich nur warnen. Reglos stand er da, als sie ihn niederschossen. Ich vernahm das Rattern der Waffen und seinen Aufschrei. Dann stürzte er zu Boden. Ein weiterer schriller Schrei war zu hören. Wie ich glaubte, kam er von Feisals Vater.

Kreischend rannten die Leute durcheinander. Ich ließ mich von ihnen mittragen, ohne zu wissen, wohin. Wut, Entsetzen und Trauer schnürten mir die Kehle zu. Welcher Vater würde seinen eigenen Sohn ans Messer liefern? Ich hoffte, daß es der alte Mann gewesen war, der geschrien hatte. Ich hoffte, daß er Schmerzen litt. Vielleicht hatte er nicht damit gerechnet, daß sie ohne Warnung das Feuer eröffnen würden. Doch er hätte es ahnen müssen. Warum hatte er seinem Sohn nicht vertraut und ihm keine Chance gegeben, alles zu erklären ...?

Ich warf mich vor ein Taxi, löste mich von der Kühlerhaube und riß die Tür auf. »Amerikanische Botschaft«, keuchte ich. »Shari Latin America.«

Obwohl ich nicht überdurchschnittlich patriotisch bin, hat mich der Anblick der Flagge nie stärker berührt als an diesem Tag. Je weiter man von daheim entfernt ist, desto besser gefällt sie einem. Hocherhobenen Hauptes marschierte ich zur Tür und verlangte Einlaß.

Es ist angenehm, berühmt zu sein. Sobald ich meinen Namen nannte, wurde ich von einem Büro zum nächsten weitergereicht, bis ich mich in einem Raum wiederfand, den nur wenige Touristen zu Gesicht bekommen. Auch dort hing eine Flagge, und hinter einem großen Schreibtisch aus Mahagony befand sich ein Bild des Präsidenten. Ich hatte ihn gewählt und immer gefunden, daß er ein freundliches Lächeln hatte. Noch nie hatte es freundlicher ausgesehen.

»Dr. Bliss? Dr. Victoria Bliss? Gott sei Dank! Sie haben ja keine Ahnung, wie erleichtert ich bin, Sie zu sehen.« Der Mann, der mir entgegeneilte, entsprach nicht meinem Bild von einem Botschafter. Er war zu jung und hatte kein graues Haar. Allerdings war er wirklich froh, mich zu sehen. Er bat mich, ihn Tom zu nennen, nahm meine beiden Hände, schüttelte sie, und wiederholte ständig, wie erleichtert er war.

»Der Botschafter ist in den USA, weshalb ich, wie man so sagt, hier die Stellung halte. Eine Geiselnahme ist der schlimmste Alptraum für einen Diplomaten.«

»Ach, du meine Güte, es tut mir wirklich leid, wenn ich Ihnen Sorgen bereitet habe«, sagte ich.

Als er errötete, trat ich mich im Geiste gegen das Schienbein. Allmählich wurde ich so sarkastisch wie John und riß dumme Witze, obwohl ich mir eigentlich Toms Wohlwollen und seine Aufmerksamkeit sichern mußte. Es war unbedingt notwendig, daß ich jetzt ruhig blieb. Wenn ich zu toben anfing oder in Tränen ausbrach, würde er mich nur für ein hysterisches Frauenzimmer halten. Dann würde ich ihn niemals davon überzeugen können, daß meine wilde Geschichte wahr war.

»Entschuldigen Sie«, sagte er mit einem Lächeln, das so charmant war, daß es wahrscheinlich zum Anforderungsprofil seines Postens gehörte. »Natürlich haben wir vor allem an Ihre Sicherheit gedacht. Nehmen Sie Platz. Nein, ich bestehe darauf. Ich werde Ihnen keine Fragen stellen, ehe Sie Gelegenheit hatten, sich ein wenig zu erholen.« Er ging zum Schreibtisch und drückte ein paar Knöpfe. »Joanie, kommen Sie bitte? Joanie ist meine Assistentin. Sie wird sich um Sie kümmern.«

»Aber ich möchte, daß Sie mir Fragen stellen! Es war ein Irrtum. Ich wurde niemals ...«

Offenbar hatte Joanie darauf gewartet, daß man sie rief. Inzwischen hatte wahrscheinlich jeder von meiner Ankunft erfahren, und alle platzten vor Neugier. Sie war älter als ihr Boß, doch als Frau hatte sie es wahrscheinlich schwerer, Karriere im diplomatischen Dienst zu machen.

»Sie müssen mich anhören!«

Joanie nahm mich in die Arme. »Das werden wir, meine Liebe. Keine Sorge. Kommen Sie nur mit mir. Sie möchten sich bestimmt frischmachen.«

Hätte sie kein graues Haar und kein faltiges, mütterliches Gesicht gehabt, hätte ich vielleicht Widerstand geleistet. Als sie mich erschrocken und mitleidig anstarrte, wurde mir klar, wie entsetzlich ich wahrscheinlich aussah. Außerdem spürte ich in diesem Augenblick, daß ich zur Toilette mußte. (Ich weiß, das ist nicht »romantisch«, aber wahr.)

»In Ordnung«, sagte ich. »Fünf Minuten. Ich bin sofort zurück, Tom. Gehen Sie nicht weg.«

Joanie war sehr nett. Sie bot mir sogar ihr Make-up an, und nachdem ich die Fratze gesehen hatte, die mir aus dem Spiegel entgegenstarrte, nahm ich an. Ich hätte einem Menschen, der so aussah, auch nicht zugehört.

Sie stellte mir nur eine Frage: »Hat er Ihnen wehgetan, Schätzchen? Er hat doch nicht ...«

Das war die falsche Frage. Ich dachte an Feisal, an seine Witze und seine Sorgen um seine Mutter. Daran, wie er gestürzt war, an seine Schreie; er hatte seinen wahrscheinlich letzten Atemzug dazu verwendet, mich zu warnen. Ich stürzte mich auf Joanie wie eine Verrückte.

»Mir wehgetan! Er war ...« Es war auch die falsche Zeit. Ich schleuderte meinen Lippenstift nach ihr. »Verdammt, warum stehe ich hier herum und schmiere an meinem Gesicht herum? Vielleicht ist er nicht tot. Vielleicht liegt er im Sterben und wird gequält und ...«

»Ganz ruhig, Schätzchen.«

»Und nennen Sie mich nicht Schätzchen!«

Ich dachte, ich hätte mich ganz vernünftig und angemessen verhalten, bis Joanie mich zu einem kleinen Raum brachte, der offenbar eine Krankenstation war. Eine weitere mütterliche, grauhaarige Frau, die einen Pullover über ihrer weißen Tracht trug, stand auf, um uns zu begrüßen.

»Das ist also die junge Dame. Willkommen daheim, meine Liebe. Wir sind ja so erleichtert, Sie zu sehen.«

Ich fühlte mich, als würde ich in Zuckerwatte erstickt. Von beiden Seiten stürzten sie sich auf mich. Dann kam Tom herein und versperrte mir den Weg zur Tür.

»Wie geht es ihr, Frances?« fragte er und rieb sich lächelnd die Hände. Er dachte, das Schlimmste wäre vorbei. Er hatte eine Schockreaktion erwartet.

»Ich hatte noch keine Gelegenheit, sie zu untersuchen. Wenn Sie sich bitte setzen würden, Miss Bliss ...«

Ich fing an, ihr zu widersprechen. Plötzlich wurde mir – ein wenig verspätet – klar, was ich angerichtet hatte. Feisal in Schutz zu nehmen, war ein schwerer Fehler gewesen. Es kommt häufig vor, daß sich Geiseln mit ihren Entführern identifizieren, und wenn der Entführer jung und gutaussehend ist und die Geisel weiblich ... Ich unternahm einen letzten, verzweifelten Versuch, mich zu beruhigen, doch rückblickend betrachtet muß ich zugeben, daß mir das nicht sehr gut gelang.

»Was haben Sie vor?« fragte ich und wich vor der Krankenschwester zurück. »Ich lasse mir keine Spritze geben. Ich verabscheue Spritzen.«

»Ich messe nur Ihren Blutdruck und Ihren Puls«, antwortete die Schwester, als spräche sie mit einem Kind. »Keine scheußlichen Spritzen. Ehrenwort.«

»In Ordnung.« Ich ließ zu, daß sie mich auf einen Stuhl schob, und fixierte Tom mit einem Blick, den ich für eindringlich und ruhig hielt. Aber wahrscheinlich ähnelte er eher einem wahnsinnigen Starren. »Bleiben Sie stehen und hören Sie mich an.«

»Glauben Sie mir, Dr. Bliss, es gibt einige Leute, die nichts lieber täten, als Sie anzuhören. Aber«, fügte er mit dem ersten Anflug von Rücksichtnahme, den ich bis jetzt an ihm bemerkt hatte, hinzu, »ich will verdammt sein, wenn ich diese Leute an Sie heranlasse, bevor ich mir sicher sein kann, daß mit Ihnen alles in Ordnung ist. Ich habe Ihren ... äh ... Freund angerufen. Er ist gleich hier.«

»Meinen Freund?« Eine kühne Hoffnung regte sich. Hatten Schmidt und John es geschafft? Wenn sie den Zug um zehn Uhr erreicht hatten ...

»Ja.« Tom lächelte. »Er hat zu jeder vollen Stunde hier angerufen.«

»Normal«, verkündete die Schwester und wickelte die Blutdruckmanschette ab. Sie klang enttäuscht.

»Das habe ich Ihnen doch gesagt. Und jetzt ...«

»Weit aufmachen.«

Sie hebelte meinen Mund mit einem Stäbchen auf und spähte hinein.

Ich glaube, es hätte keinen großen Unterschied gemacht. Die ganze Angelegenheit dauerte nur wenige Minuten, doch wenn ich Gelegenheit gehabt hätte, nur eine Frage zu stellen ...

Ich hatte vergessen, daß es außer mir in Ägypten noch weitere bedeutende Amerikaner gab. Ich hatte vergessen, daß der Flug von Luxor nach Kairo nur sechzig Minuten dauert. Sie hatten ihn direkt in die Klinik gebracht. Wer würde einen verzweifelten Millionär nicht auf dem schnellsten Wege mit seiner verloren geglaubten und gerade erst wiedergefundenen Verlobten vereinen?

Als ich ihn sah, sprang ich auf, wobei ich das Glas Wasser verschüttete, das die Schwester mir reichte. Auch die kleinen, weißen Tabletten, die sie mir aufdrängen wollte, fielen zu Boden. Es gab kein Entrinnen. Der Raum hatte nur eine Tür. Als er mich in die Arme schloß, versuchte ich, mich zu befreien.

»Liebling, es ist alles in Ordnung!« rief er und drückte mich fest an sich. »Oh, Vicky, ich habe mir solche Sorgen gemacht. Sag jetzt nichts, Liebes, ich will dich einfach nur umarmen.«

Vielleicht hätte mich ein ruhiges, vernünftiges Verhalten gerettet, obwohl ich das bezweifle. Außerdem war es unmöglich. Ich konnte seine Berührung nicht ertragen. Statt des teuren Rasierwassers und der sauberen Wäsche roch ich Schweiß und Blut. Statt seines glatten, gepflegten Gesichts sah ich Jean-Louis' zerschmetterte Züge, Feisals Sturz und Johns blutige Schnittwunden, die eine Komplizin dieses Mannes ihm zugefügt hatten. Ich sträubte mich, schrie und versuchte, Larry zu beißen. Ich kann den anderen nicht verdenken, daß sie annahmen, der lange erwartete Nervenzusammenbruch sei nun endlich eingetreten. Zu zweit mußten sie meinen Arm festhalten, um die Spritze hineinzubohren. Als letztes hörte ich Larrys Stimme: »Mein armer Liebling. Gott danke Ihnen allen. Ich kümmere mich jetzt um sie.«

14. Kapitel

Wieder am Anfang.

Das dachte ich, als ich in einem großen, mit Antiquitäten möblierten Zimmer aufwachte. Ich fühlte mich ziemlich ruhig und entspannt. Wenigstens ein Vorteil von Beruhigungsmitteln: Es kann einen nichts mehr erschüttern.

Doch tief unter dem Schleier flaumiger Medikamentenseligkeit versuchte ein Teil meines Gehirns wie wild, meine Aufmerksamkeit zu erregen. Denk nach! schrie er. Tu etwas! Lieg nicht nur da! Rette dich!

Larry hatte Zeit genug gehabt, mich nach Luxor zurückzubringen. Es war Nacht; die Fenster waren dunkel. Doch ich befand mich nicht in einem Zimmer von Larrys Haus in Luxor. Die Möbel waren zwar alt, aber nicht so gut gepflegt wie Larrys Antiquitäten; die Vergoldung blätterte ab, und die Matratze meines Bettes roch leicht muffig. Entweder unterhielt Larry noch eine Dépendance in Kairo, oder er wohnte bei einem Freund. (Schließlich hatte er so viele.) Jedenfalls war es kein Hotelzimmer. Es gab weder einen Fernseher, noch eine Speisekarte für den Zimmerservice – und auch kein Telefon.

Und innen an der Tür befanden sich kein Riegel und keine Kette. Die Tür war von außen abgeschlossen. Überraschte mich das? Nein. Doch ich bedauerte es, daß mich diese aufgeregte innere Stimme aus meinem gemütlichen Dämmerschlaf aufgeschreckt hatte.

Die Fenster waren nicht verschlossen. Sie führten auf einen kleinen Balkon hinaus, wo ich einige Minuten stand und mir von der Nachtluft das Gesicht kühlen ließ. Durch die Zweige der Bäume schimmerten einige Lichter. Zu meinem Bedauern waren sie nicht höher als der Balkon und zu weit entfernt, um als Fluchtweg zu dienen. Der Erdboden lag weit unter mir. Nirgendwo konnte ich einen mir bekannten Orientierungspunkt entdecken – keine Türme, keine Hotelburgen, nicht einmal eine Pyramide. Wahrscheinlich befand sich das Haus in einer der Vorstädte.

Das angrenzende Badezimmer war einmal ein Prachtstück

gewesen. Nun wiesen die Kacheln Risse auf, der Marmor war verfärbt. Aus dem Wasserhahn rann eine rostige Brühe.

Nachdem das Wasser ein wenig klarer geworden war, erfrischte ich mir Hände und Gesicht. Dann ging ich wieder ins Zimmer und setzte mich. Viel mehr Möglichkeiten hatte ich nicht.

Als sich der Medikamentennebel legte, setzte eine widerwärtige, panische Angst ein. Die vergangenen Stunden waren nicht angenehm gewesen; die meiste Zeit über hatte ich mich gefürchtet, manchmal sogar fast zu Tode geängstigt, doch dieshier war noch schlimmer – als ob einem der Stuhl weggezogen wird, wenn man schon glaubt, sich endlich setzen und entspannen zu können. Um mir selbst gerecht zu werden, muß ich betonen, daß es nicht der Gedanke an Marys Pläne war, der meinen Mund trocken werden und meine Hände zittern ließ. Vielleicht befanden John und Schmidt sich ja im Nebenzimmer, und Mary beschäftigte sich gerade mit einem von ihnen oder mit allen beiden. Feisal war wahrscheinlich tot.

Nicht der Mut, sondern die Verzweiflung trieb mich dazu aufzustehen. Ich mußte es herausfinden. Möglicherweise war die Wahrheit weniger schmerzlich als die Traumbilder meiner Phantasie. Schlimmer konnte sie gar nicht sein.

Ich hämmerte an die Tür. Kurz darauf hörte ich das Geräusch eines Schlüssels; die Tür öffnete sich. Er richtete keine Waffe auf mich, das brauchte er auch gar nicht. Der Wachmann war Hans, mein alter Bekannter, mit dem Gesicht eines Schafes und dem Körperbau eines Riesen. Hans hatte sogar an den Ohren Muskeln, und er war über zwei Meter groß.

Die ägyptische Sonne hatte seinem hellen Teint übel mitgespielt. Seine Wangen waren rot und schälten sich. »Guten Abend, Fräulein Doktor«, begrüßte er mich höflich. »Sie sind also aufgewacht. Ich sage Bescheid.«

Zehn unendliche Minuten schleppten sich dahin, ehe sich etwas rührte. Bei Larrys Anblick entspannten sich meine schmerzenden Muskeln. Zwar mochte ich ihn nicht besonders, aber ich zog seine Gesellschaft der Marys eindeutig vor. Ed folgte ihm mit einem Tablett. Er gab keinen sehr überzeugenden Kellner ab.

»Personalknappheit?« fragte ich, während Ed das Tablett abstellte und sich mit verschränkten Armen vor der Tür aufbaute. Er sah gelangweilt aus. Wahrscheinlich war so etwas für ihn Routinearbeit.

»Sie haben meine Pläne ziemlich gestört«, gab Larry zu. »Doch nur vorübergehend. Möchten Sie vielleicht etwas trinken?«

Die Mineralwasserflasche war noch nicht angebrochen; das Siegel war intakt. Unverhohlen belustigt sah Larry zu, wie ich die Flasche untersuchte.

»Sie haben keine andere Wahl«, teilte er mir freundlich mit. »Sie können zwar in den Hungerstreik treten, doch ohne Wasser halten Sie in diesem Klima nicht lange durch.«

Höflich wie immer sparte er sich den Hinweis darauf, daß es noch weitere, unangenehmere Methoden gab, mich zu disziplinieren. »Was haben Sie also vor?« fragte ich.

Larry lehnte sich in seinem Sessel zurück und musterte mich mit einem beifälligen Lächeln. »Sie sind wirklich eine bemerkenswerte Frau, Vicky. Es überrascht Sie sicher nicht, daß ich uns der Botschaft gegenüber als Verlobte ausgegeben habe? Ich fand die Vorstellung nicht ganz unangenehm.«

»Bleiben wir doch einfach Freunde«, schlug ich vor.

Larry lachte. »Gehört Ihr Herz einem anderen? Denken Sie darüber nach, Vicky. Es wäre ein Ausweg aus Ihren momentanen Unannehmlichkeiten.«

»Wo ist er?«

Er fragte mich nicht, wen ich meinte. »Wissen Sie es denn nicht?«

»Wir haben uns heute morgen getrennt.« Es schadete nicht, ihm so viel zu verraten. Bestimmt wußte er, daß Feisal und ich zusammen gereist waren. Und daß John und Schmidt es genauso gemacht hatten, war eine logische Vermutung.

»Das habe ich mir gedacht. Natürlich haben Sie einen Treffpunkt in Kairo vereinbart. Schon gut, wir brauchen diese Information nicht. Wir haben bereits die nötigen Schritte unternommen, um ihn davon in Kenntnis zu setzen, daß Sie unser Gast sind. Er müßte jede Minute hier sein.«

Sie hatten ihn nicht erwischt. Wahrscheinlich sah man mir die Erleichterung an. Larry schüttelte den Kopf. »Schöpfen Sie keine

Hoffnung, Vicky. Unter Ihrem Balkon steht ein Posten, und jede Tür wird bewacht.«

Also würde es einen Austausch geben – oder das Angebot, einen solchen vorzunehmen. Sie konnten es sich nicht leisten, mich laufen zu lassen. Sicherlich war John das klar.

»Wie haben Sie sich mit ihm in Verbindung gesetzt?«

»Meine Liebe, jeder Fernsehsender in diesem Land hat heute abend Ihr Gesicht gezeigt. Ich selbst habe die Presseverlautbarung herausgegeben. Bestimmt hat er es auch gesehen, denn er hat gewiß die Nachrichten verfolgt. Sie erholen sich in der Villa des Vorsitzenden der Ägypto-Amerikanischen Handelsgesellschaft von Ihrem Schock und den Strapazen. Der Hausbesitzer verbringt zwar die meiste Zeit in den Staaten, hat aber Ihnen und Ihrem besorgten Verlobten gern einen Zufluchtsort zur Verfügung gestellt.«

Und wenn ich vom Balkon stürzte oder mir die Pulsadern aufschnitt, würde mein besorgter Verlobter beteuern, ich hätte in einem Fall krankhafter Depression Selbstmord begangen, was natürlich auch auf Feisals Konto ging.

»Was ist mit Feisal?« zwang ich mich zu fragen. Ich fürchtete mich vor der Antwort.

Larry vollführte eine wegwerfende Handbewegung, die zeigte, wieviel ihm ein Menschenleben wert war. »Vergessen Sie ihn, er spielt keine Rolle mehr. Ich interessiere mich im Augenblick für Schmidt und Tregarth, und auch Sie sollten sich Gedanken über die beiden machen. Ihnen droht keine Gefahr, solange sich die beiden nicht weigern, mit uns zu kooperieren. Nein, unterbrechen Sie mich nicht, lassen Sie mich ausreden. Warum sollte ich Ihnen etwas antun wollen? Wenn ich das Land erst einmal verlassen habe, können Sie mir nichts mehr beweisen. Und ohne den Brustschmuck haben Sie überhaupt nichts in der Hand.«

Er deutete mein entsetztes Schweigen dahingehend, daß seine Argumente allmählich Erfolg zeitigten. Er beugte sich vor, sah mich eindringlich an und fuhr fort: »Sie haben sich große Mühe gegeben und viele Gefahren und Strapazen überstanden, um mich aufzuhalten. Ohne Zweifel ist das bewundernswert, allerdings auch sehr dumm. Warum wollen Sie Ihr Leben riskieren, um mich an einer so harmlosen Tat zu hindern? Die Antiquitäten, die ich mir angeeignet habe, werden gut gepflegt und besser erhalten werden, als das an ihrem Herkunftsort der Fall gewesen wäre. Also habe ich sie gerettet, nicht entweiht.«

Ich kannte diese Argumente. Jeder Plünderer, Archäologe und Dieb seit Anfang der Menschheitsgeschichte hat sie benützt, und sie haben leider etwas für sich. Vom Elgin-Marmor wäre nicht mehr viel übrig, wenn er auf dem Parthenon geblieben wäre. Dennoch bin ich da anderer Ansicht, aber ich hatte keine Lust, mit Larry zu streiten.

Ich hatte solche Augen schon früher gesehen – im Gesicht des schäbigen, schüchternen kleinen Mannes, der versucht hatte, in unserem Museum eine Statue der Diana zu zertrümmern. Der Sicherheitsdienst hatte ihn erwischt, bevor er viel Schaden anrichten konnte. Später, als er sich bereits in Polizeigewahrsam befand, hatte ich Gelegenheit gehabt, mit ihm zu sprechen. Sehr höflich und zurückhaltend hatte er mir erklärt, Gott habe ihm befohlen, sämtliche Götzenbilder zu zerstören. Er begriff nicht, warum wir seinen Standpunkt nicht nachvollziehen konnten.

Obwohl dieser kleine Mann und Larry entgegengesetzte Ziele verfolgten, ähnelte sich ihre Gedankenwelt. Es ist eine Art geistiger Verstopfung – wenn Sie mir diese alltägliche Metapher verzeihen –, die Überzeugung steht da wie ein monolithischer Block, den kein Gegenargument durchdringen kann.

Stirnrunzelnd drehte sich Larry um, als die Tür sich öffnete. Wir hatten uns so gut verstanden; er war sicher, daß ich im Begriff war, ihm zuzustimmen.

Sie hatte das Haar mit einem weichen Schal zurückgebunden, dessen Farbe zu ihrem hellblauen Kleid paßte. Es ähnelte einem Hängerkleidchen für Kinder mit breiten Trägern und großen Taschen auf dem angekrausten Rock. Sie sah aus wie sechzehn. Die griechischen Ohrringe funkelten in ihrem dunklen Haarschopf.

»Hat sie ihn?« Marys Stimme klang barsch und überhaupt nicht kindlich.

»Darüber haben wir noch nicht gesprochen«, erwiderte Larry. »Doch ich bezweifle es. Bitte gehen Sie.«

»Aber Sie haben versprochen ...«

»Nein, das ist nicht wahr. Gehen Sie und überlassen Sie die Sache mir.«

Sie bedachte uns beide mit einem gehässigen Blick und schlüpfte hinaus.

»Diese Frau entwickelt sich zu einer gottverdammten Landplage«, murmelte Larry. »Ich glaube, mit ihr stimmt etwas nicht.«

»Wissen Sie, Larry, ich finde, Sie haben recht. Warum werfen Sie sie nicht hinaus? Sie haben sie doch eingestellt.«

»Nein, das ist nicht richtig. Meine ursprüngliche Abmachung bestand mit ihrem Bruder. Ein sehr fähiger Mann.«

Der fähige, besonnene Leif. Ich erinnerte mich an unsere letzte Begegnung. Das Messer, mit dem er nach mir gestochen hatte, befand sich noch in seiner Hand, als John ihn hinunter ins eisige Wasser gezogen hatte.

Larrys Stirnfalten glätteten sich. »Nun, es wird nicht mehr lange dauern. Nach dieser Unternehmung werde ich den Kontakt mit diesen Leuten gewiß nicht aufrechterhalten. Obwohl ich das bedauere, weil sie in der Vergangenheit sehr gute Arbeit für mich geleistet haben. Auch Mary war anfangs sehr tüchtig. Einige ihrer Ideen kann man geradezu als brillant bezeichnen – zum Beispiel dem toten Agenten die Botschaft unterzuschieben und Sie an Bord zu locken, damit Tregarth nicht aus der Reihe tanzt.«

»Oh«, sagte ich. Offenbar rechnete er mit einer Antwort, doch ich brachte es nicht über mich, ihm zu diesem Geistesblitz zu gratulieren.

»Marys Organisation hat sich um diese Angelegenheit gekümmert, und zwar sehr gut«, fuhr Larry fort. »In den letzten Wochen hat sie sich allerdings merkwürdig benommen, und ich kann so etwas nicht dulden. Es schadet der Effizienz.«

»Richtig«, sagte ich und schluckte.

»Ich brauche diesen Brustschmuck, Vicky«, sprach Larry weiter. »Haben Sie ihn?«

»Was ... Oh.« So gebannt war ich Larry auf der Geisterbahn seiner Gedanken gefolgt, daß ich das Schmuckstück des Tutanchamun fast vergessen hatte. »Nein, ich habe ihn nicht. Haben Sie mich denn nicht durchsucht?«

Larry machte ein verlegenes Gesicht. »Natürlich nur, soweit es die Schicklichkeit zuließ. Mary wollte ... Selbstverständlich habe ich das nicht gestattet.«

»Danke«, sagte ich, und das meinte ich auch so. Bei der Vorstellung, daß ihre kleinen, weichen Hände mich berührten, überlief mich eine Gänsehaut.

»Das Schmuckstück ist verhältnismäßig groß«, fuhr Larry fort. »Und ich kann mir kaum vorstellen, es übersehen zu haben. Ich bin ohnehin nicht davon ausgegangen, daß Tregarth es Ihnen anvertrauen würde. Er hat es, nicht wahr?«

»Falls er nicht dümmer ist, als ich glaube, hat er es inzwischen bestimmt an einem sicheren Ort versteckt.«

»So etwas haben wir uns schon gedacht. Nun denn.« Larry erhob sich. »Er wird es uns im Austausch für Sie überlassen. Also besteht für Sie nicht der geringste Grund, sich Sorgen zu machen, Vicky. Kann ich etwas tun, um Ihnen den Aufenthalt angenehmer zu gestalten?«

Sein Abgang würde sicherlich dazu beitragen, doch es wäre taktlos gewesen, ihm das zu sagen. Deshalb schüttelte ich den Kopf.

»Ruhen Sie sich ein wenig aus«, sagte Larry freundlich. »Sobald wir von ihm hören, lasse ich es Sie wissen.«

Offenbar war Mary nicht die einzige, die in den letzten Wochen übergeschnappt war. Oder war Larry schon immer so gewesen? Verbohrt und blind für die Folgen seiner »harmlosen« Taten? Vielleicht waren sie ja alle so, die Direktoren, Vorsitzenden und Generäle, die in ihren schicken Büros saßen und den Befehl ausgaben, »Ziele zu beschießen« und »Arbeitsplätze abzubauen«. Das Leid und die verstümmelten Leichen, die ihre Anweisungen zur Folge hatten, bekamen sie nie zu Gesicht.

Ich ruhte mich nicht aus und rührte auch das Essen auf dem Tablett nicht an. Es sah sowieso kaum appetitanregend aus: trokkene Brötchen und welker Salat, der wahrscheinlich eine ganze Kolonie kraftstrotzender Typhusbakterien beherbergte – ein Hinweis darauf, daß sich nur wenig oder gar kein Personal im Haus befand. Möglicherweise hatte Larry nicht seine ganze Mannschaft um sich versammelt. Einige der Männer mußten das Schiff bewachen. Mary und Hans waren hier, und das bedeutete, Max und Rudi waren ebenfalls vor Ort. Wie viele waren es insgesamt?

Und was machte das für einen Unterschied? Ich war eingesperrt, und John konnte nicht zu mir, ohne daß man ihn erwischte.

Ich ging auf den Balkon. Unter mir – weit unter mir – entdeckte ich eine gepflasterte Terrasse. Kein Busch weit und breit, der meinen Fall gedämpft hätte. Außerdem stand Rudi dort unten. Zumindest sah ich im Schatten eine Gestalt, so schlank wie ein Wiesel, die ihm sehr ähnelte. Und um die Katastrophe komplett zu machen, wackelte das Balkongeländer, als ich daran rüttelte. Selbst wenn Rudi nicht dort unten gelauert hätte, wäre es sinnlos gewesen, es noch einmal mit dem Bettlakentrick zu versuchen. Das Geländer hätte das Gewicht einer gesunden Frau von eins achtzig nicht getragen.

In der Hoffnung, eine benutzte Rasierklinge oder eine Nagelfeile zu finden, untersuchte ich das Badezimmer, als ich hörte, wie die Schlafzimmertür aufging.

»Er ist unterwegs. Er hat vor ein paar Minuten angerufen.«

Ihre Augen leuchteten. In ihnen schwammen kleine Pünktchen wie tote Insekten in Bernstein. Meine Zuversicht konnte nicht weiter schwinden – sie war bereits auf dem Tiefpunkt angelangt.

»Deshalb«, fuhr Mary vergnügt fort, »müssen wir seinen Empfang vorbereiten. Setzen Sie sich auf diesen Stuhl. Nicht in den großen, geschnitzten Lehnsessel, sondern auf den da.«

Es war ein Holzstuhl, dessen Sitzfläche und Lehne mit ausgeblichenem Goldbrokat bezogen waren.

»Nein, danke«, sagte ich und wich zurück. »Ich stehe lieber.«

»Wenn Sie wollen.« Sie wandte sich zur Tür. »Hans, kommen Sie herein.«

Obwohl Hans nicht in der Lage war, Gefühlsnuancen mit dem Gesicht auszudrücken, hatte ich den Eindruck, daß auch er allmählich am Verstand der kleinen Mary zweifelte. »Aber gnädige Frau, Herr Max hat mir gesagt...«

»Von wem bekommen Sie Ihre Befehle? Ich werde ihr nichts

tun«, fügte sie nicht sehr überzeugend hinzu. Wenigstens mich überzeugte es nicht. Der arme, verwirrte Hans setzte sein Muskelgebirge in Bewegung und kam auf mich zu.

Nur um keinen falschen Eindruck entstehen zu lassen, nahm ich eine Schale vom Tisch. Zu meiner Überraschung traf ich ihn mitten auf die Brust. Allerdings verwunderte es mich nicht weiter, daß ihn das nicht aufhielt.

Also setzte ich mich auf den Stuhl. Hans nahm das Seil, das Mary in weiser Voraussicht mitgebracht hatte, und fesselte mir Handgelenke und Knöchel. Er arbeitete langsam und bedächtig. Die Knoten waren nicht so eng, daß es wehtat. Hans machte es kein Vergnügen, andere Menschen zu quälen. Er brachte sie einfach nur um.

»Larry wird gar nicht damit einverstanden sein«, sagte ich.

»Er weiß, daß ich hier bin.« Mary schob Hans aus der Tür und schloß sie. »Mein geliebter Gatte ist ein schlauer Mistkerl, und wie ich Larry sagte, wäre es leichtsinnig, ein überflüssiges Risiko einzugehen.«

»Sind Sie wirklich verheiratet?«

»Mit Trauschein und allem drum und dran.« Die Hände in den Taschen, lehnte sich Mary an den Tisch. »Allerdings wird unsere Ehe nicht lange währen«, fuhr sie im Plauderton fort. »Eigentlich bedauere ich es fast. Mir graut es schon davor, Schwarz zu tragen, denn diese Farbe steht mir überhaupt nicht. Außerdem war es eine recht interessante Erfahrung, das Bett mit ihm zu teilen.«

»Ach, sparen Sie sich dieses Theater«, sagte ich. »Mit diesen Mätzchen verschwenden Sie nur Ihre Zeit, Mary. Es ekelte ihn davor, Sie zu berühren. Sie sind an ihm wie eine Klette, nicht er...«

Ich hätte nie gedacht, daß eine so weiche, kleine Hand so kräftig zuschlagen konnte. Als meine Ohren nicht mehr klingelten, fragte ich: »Hat Larry Ihnen die Erlaubnis gegeben, mich zu verprügeln?«

»Er hat mir das Messer weggenommen.« Marys Stimme wurde tiefer, und ihre goldenen Augen funkelten. »Aber dagegen hat er bestimmt nichts einzuwenden. Ein paar blaue Flecken werden John vermutlich rascher überzeugen. Sie haben ihn abgerichtet wie einen Pawlowschen Hund. Ich weiß nicht, wie Sie das geschafft haben...«

Sie musterte mich prüfend von Kopf bis Fuß. Ich konnte ihr Problem nachvollziehen. Die Vorstellung, daß ein Mann eine spitzzüngige Amazone von eins achtzig mit dem Charakter eines Igels einem niedlichen kleinen Mädchen vorzog, wollte ihr nicht in den Kopf. Um ehrlich zu sein, ging es mir da nicht anders – obwohl ich mich nicht wunderte, daß er der süßen Killer-Mary hatte widerstehen können; die Frage lautete vielmehr, warum er es so lange mit mir ausgehalten hatte.

Mit einer plötzlichen Bewegung riß sie sich die hübschen, kleinen griechischen Ohrringe vom Ohr und warf sie nach mir. »Die waren für Sie bestimmt, aber ich habe ihn gezwungen, sie mir zu geben. Hat es Ihnen Spaß gemacht, sie an mir zu sehen?«

»Ich war ein wenig erstaunt. Sie passen nicht zu Ihnen.«

»Doch sie eigneten sich großartig als Liebespfand, nicht wahr? Unverwechselbare Einzelstücke, sorgfältig ausgesucht für eine Frau, die sie schätzt.« Ihr Daumen liebkoste den geschmacklosen Diamanten an ihrem Finger.

Da ich wußte, was sie vorhatte, war ich zunächst erleichtert, als sie es mit ein wenig Psychofolter versuchte. »Möchten Sie nicht wissen, wie es Ihren Freunden ergangen ist?«

Ich zuckte die Achseln. »Schmidt haben Sie nicht erwischt, sonst hätten Sie es schon herausposaunt. Feisal... ich nehme an, er ist tot.«

»Aber nein«, antwortete Mary leise. »Er lebt noch. Wahrscheinlich wird er nie mehr gehen können, doch das dürfte ihn nicht weiter kümmern, da man ihn ohnehin wegen Landesverrats hängt.« Ihre rosige Zungenspitze schob sich durch die halboffenen Lippen. Sie amüsierte sich so gut, daß sie die Stimmen draußen nicht hörte.

Es gibt ein Gedicht über einen Wegelagerer, der meilenweit bis zu einer alten Herberge reitet. Die Soldaten benützen seine Geliebte als Lockmittel, binden sie an einen Stuhl und richten eine Flinte auf ihre Brust. Es gelingt ihr, den Finger auf den Abzug zu legen, und als sie ihren Liebsten kommen hört, drückt sie ab – »und warnt ihn mit ihrem eigenen Tod.«

Ich habe mich immer gefragt, warum sie nicht einfach laut geschrien hat.

Nun, vielleicht hätte er sie nicht gehört, weil die Hufe seines Pferdes solchen Lärm machten. Vielleicht paßte es auch nicht ins Metrum. Auf meine Brust war jedoch keine Flinte gerichtet. Und außerdem wußte John sowieso, daß die Soldaten hier auf ihn warteten.

Ich warf den Kopf zurück, riß den Mund auf und schrie. Doch ich rief nicht den Namen meines Liebsten: »Max! Hey, Max!«

John kam zuerst durch die Tür, doch Max folgte ihm dicht auf den Fersen. Erst später verstand ich, was diese Szene bedeutete.

Anscheinend war die Pawlowsche Konditionierung doch nicht so stark, wie Mary vermutet hatte. John machte ein paar Schritte und blieb stehen. Mich würdigte er nur eines kurzen Blickes; er sah Mary an.

»Noch ein Melodrama«, stöhnte Max ungeduldig. »Ich habe es gründlich satt! Sie durften nicht herkommen, Mary. Mr. Tregarth ist bereit, mit uns zusammenzuarbeiten. Wenn Sie mit diesem Unsinn weitermachen, werden Sie ihn nur verärgern.«

»Ich bin bereits verärgert«, sagte John. Er drehte sich zu mir um. »Bist du ...«

»Alles in bester Ordnung.« Ich zwang mich zu einem Lächeln. »Hoffentlich hast du noch ein paar Trümpfe im Ärmel; falls nicht, war das hier nicht eine deiner klügeren Aktionen.«

Er trug immer noch Keiths Anzug, doch er hatte sich die billige Farbe aus den Haaren gespült. Er wich meinem Blick aus und sagte in den Raum hinein: »Sie redet oft dummes Zeug, wenn sie nervös ist. Mary hat diese Wirkung auf andere Menschen. Schafft sie hier raus.«

Als nächster erschien Blenkiron auf der Bildfläche. »Verdammt noch mal!« rief er. »Mary, ich habe Ihnen doch gesagt ...«

Sie lachte verächtlich. »Es muß angenehm sein, ein schlechtes Gedächtnis zu haben, Larry.«

»Aber ich habe Ihnen ganz gewiß nicht die Erlaubnis gegeben ...« Er konnte die häßlichen Worte nicht einmal aussprechen. »Es tut mir leid, Vicky. Ich habe Mary angewiesen, Sie zu bewachen, aber ich habe ihr nie gestattet ...«

»Großartig«, meinte ich. »Wie wär's, wenn Sie mich jetzt losbinden?«

Niemand reagierte auf diesen naiven Vorschlag. Mary wich ein paar Schritte zurück, und Max meinte mit kaum verhohlener Ungeduld: »Können wir die Situation jetzt endlich vernünftig erörtern? Haben Sie den Brustschmuck bei sich, Mr. Tregarth?«

»Diese Frage ist überflüssig«, erwiderte John. »Sie waren doch selbst dabei, als Rudi mich durchsucht hat.«

»Wo ist er?«

»Das geht Sie einen feuchten Kehrricht an. Aber, aber, Maxie, verlieren Sie jetzt nicht die Beherrschung. Dieser Brustschmuck ist mein Trumpf im Ärmel. Sie glauben doch nicht, daß ich Ihnen das Stück ohne jegliche Gegenleistung aushändige?«

»Was Sie wollen, brauche ich Sie ja nicht zu fragen.«

»Natürlich nicht. Und bitte beleidigen Sie mich nicht, indem Sie mir vorschlagen, Vicky nach der Übergabe freizulassen. Ich verlange, daß sie dieses Haus verläßt und sicher in der Botschaft untergebracht wird. Sobald sie mich anruft, sagt, daß sie dort angekommen ist, und der Botschafter dies bestätigt, hole ich Ihnen den Brustschmuck.«

»Wir können Sie zwingen, uns zu verraten, wo er ist«, sagte Max.

»Sie können es versuchen«, entgegnete John freundlich. Die Hände in den Taschen, lehnte er an einer Kommode und spielte ziemlich gekonnt lässiges Selbstbewußtsein vor. Allerdings bemerkte wenigstens ich die Spannung, die jeden seiner Nerven vibrieren ließ. Er bemühte sich, mich nicht ansehen zu müssen.

»Jedoch ist das nicht die beste Methode, Ihr Ziel zu erreichen«, fuhr John fort. »Sie kennen mich gut, Maxie. Glauben Sie, ich interessiere mich für das Museum, das Grab oder sonst irgendeine dämliche Antiquität auf der Welt? Ich werde sogar den Museumsraub übernehmen, wenn Sie das wünschen.«

»Das würden Sie tun?« fragte Blenkiron aufgeregt. »Aber Sie haben gesagt...«

John zog eine Augenbraue hoch. »Ich hatte nichts dagegen, das Museum auszurauben. Was mich ein wenig abschreckte, war der starke Verdacht, daß ich die Aktion nicht überleben würde. Mit einem gewöhnlichen Sicherheitssystem komme ich zurecht, aber ich lehne es ab, mir von einem meiner angeblichen Helfershelfer eine Kugel oder ein Messer in den Rücken jagen zu lassen.«

Max sah ein wenig verlegen aus. »Ich war dagegen«, sagte er. »Ich war sicher, daß Sie mit etwas derartigem rechnen würden, und es bestand wirklich keine Notwendigkeit...«

John unterbrach ihn. Obwohl er Max ansah, wußte ich, daß er jede von Marys Bewegungen und Atemzügen beobachtete. Sie war die unsichere Kandidatin in dem Netz gegenseitiger Abhängigkeiten, das er sich so sorgfältig zu knüpfen bemühte. Ich wagte nicht, mich zu rühren oder etwas zu sagen, da ich befürchtete, das Kartenhaus durch ein falsches Wort zum Einsturz zu bringen.

»Es bestand keine Notwendigkeit«, stimmte John zu. »Sie sind Geschäftsmann, Max, und Mr. Blenkiron geht es nur darum, sich mit seinen hübschen Spielzeugen aus dem Staub zu machen. Mein einziges Interesse liegt darin, daß ich und Vicky überleben. Mein Vorschlag wird zur Umsetzung all dieser hehren Ziele beitragen, doch nur, wenn Sie sich unverzüglich entscheiden. Herr Schmidt hat einen Termin mit dem Museumsdirektor, und zwar in...« er sah auf die billige Uhr, die er anstelle seiner alten trug, »in eineinviertel Stunden. Falls er nichts von mir hört, ehe er seinen augenblicklichen Aufenthaltsort verläßt, wird er den Brustschmuck mitnehmen, und dann sind – entschuldigen Sie diese Platitüde – die Würfel gefallen. Vicky bleibt kaum genug Zeit, die Botschaft zu erreichen, vorausgesetzt, sie fährt innerhalb der nächsten fünf Minuten los.«

Max' Augen verengten sich. »Wir müssen das besprechen. Ohne eingehende Beratungen können wir keine Entscheidung treffen.«

»Daran sind Sie selbst schuld«, entgegnete John. »Sie hätten sich kein so abgelegenes Versteck aussuchen sollen. In Kairo herrscht Tag und Nacht dichter Verkehr.«

Vielleicht hatte dieses Gerede von Auren doch etwas Wahres an sich. Fast konnte ich die Spannungslinien sehen, die kreuz und quer durch den Raum verliefen wie verschlungene, bunte Wollfäden. Allmählich sah man John die Anstrengung an, die es ihn kostete, die anderen zu beeinflussen. Er stand zwar immer noch lässig da, aber auf seiner Stirn bildeten sich Schweißperlen.

»Ich finde, es klingt vernünftig«, meinte Blenkiron zögernd. »Solange wir Tregarth in unserer Gewalt haben, wird niemand wagen...«

»Sie Dummköpfe«, mischte sich Mary ein. »Sehen Sie denn nicht, was er vorhat?«

Sie hatte reglos verharrt, mit gefalteten Händen und gesenktem Kopf. Es war ihre alte Pose koketter Unterwürfigkeit, weshalb die Männer – dank der typischen Überheblichkeit ihres Geschlechts – sie nicht in das Gespräch einbezogen hatten. Doch ich hatte so etwas befürchtet, und John ging es genauso. Er richtete sich auf und nahm die Hände aus den Taschen. Noch ehe er etwas sagen konnte, meinte Blenkiron zornig: »Halten Sie den Mund. Sie haben schon genug angerichtet.«

»Sie sentimentaler Idiot!« Händeringend trat sie einen Schritt vor. »Zu empfindsam, um einer Frau wehzutun, richtig? Und was ist mit Ihnen, Max? Werden Sie etwa weich? Ich befürchte, ich kann Ihnen für diesen Auftrag kein positives Zeugnis ausstellen. Sind Sie wirklich so dumm, sich von diesem Menschen hypnotisieren zu lassen und das einzige Druckmittel aufzugeben, das Sie gegen ihn in der Hand haben? Ich werde Ihnen zeigen, wie Sie bekommen, was Sie wollen. Halten Sie ihn fest, Max.«

Sie wartete nicht ab, ob er ihren Befehl befolgte, so sicher war sie sich, daß er ihr gehorchen würde.

Sie brauchte kein Messer, denn schließlich hatte sie ihren Diamanten. Diamanten sind härter als Stahl. Sie hatte den Ring herumgedreht, und als ihre Hand mein Gesicht traf, riß der Stein eine lange, schmerzende Wunde.

Als ich die Augen aufschlug, hatte John sie bei der Kehle gepackt. Ich sah, wie sie den Mund aufriß und nach Luft schnappte; ihre Wangen verfärbten sich dunkel.

Max hatte sich nicht von der Stelle gerührt.

John hätte ihr mit einem Ruck seiner langen, geschickten Hände das Genick brechen können. Als er sie losließ, glitt sie wie ein Bündel Lumpen zu Boden, doch sie lebte noch. Ich hörte, wie sie rasselnd nach Atem rang. Johns Hände sanken herunter. Da er mit dem Rücken zu mir stand, konnte ich sein Gesicht nicht sehen.

Max seufzte. »Sie überraschen mich, Mr. Tregarth. Mr. Blenkiron, ich glaube, Sie müssen jetzt los.«

Larrys Züge waren vor Abscheu und Entsetzen verzerrt. »Ja, ja, das ist wahrscheinlich besser«, murmelte er. »Das Schiff legt jeden Moment an. Ich gehe nur hinunter zum Hafen und ... Kümmern Sie sich um alles, Max?«

»Seien Sie unbesorgt, Mr. Blenkiron. Ich erledige es.«

»Sie sind ein sehr tüchtiger Mann, Max. Ich überlasse die Angelegenheit Ihnen. Vicky, ich ... äh ... wünsche Ihnen viel Glück. Hoffentlich begegnen wir einander das nächstemal unter ... äh ... erfreulicheren Umständen.«

Die Tür schloß sich.

John drehte sich um. Er war leichenblaß, und der Schweiß lief ihm über die Wangen. Doch seine Stimme klang kühl und spöttisch. »Schade, daß wir ihm kein Handwaschbecken anbieten konnten. Tun Sie nichts, was Sie bereuen könnten, Max. Sie wissen, es ist vorbei.«

Er trat näher an mich heran, als Max auf ihn zukam.

»Ich weiß«, sagte Max ruhig. Er bückte sich, hob die Bewußtlose auf und trug sie zum Bett. Allerdings legte er sie nicht darauf, sondern ging weiter in Richtung Balkon. Als er zurückkam, waren seine Arme leer.

Das hatte er so ruhig, zielsicher und ohne zu zögern getan, daß ich zunächst nicht verstand, was geschehen war, doch dann lief John plötzlich los und kam nach ein paar Schritten ruckartig zum Stehen.

»Die Sorge wären wir los«, sagte Max. »Ich hatte gehofft, Sie würden mir die Arbeit abnehmen, aber offenbar habe ich Sie überschätzt. Doch das macht nichts, die Beweislast wird nicht bei mir liegen. Wenn Sie beide hier warten – eine Stunde dürfte genügen –, können Sie ungehindert aufbrechen. Whitbread begleitet Blenkiron, und Rudi und Hans kommen mit mir. Also müssen Sie nicht befürchten, daß jemand Sie stört.«

John räusperte sich. »Wollen Sie damit sagen ...«

»Ich bin Profi, Mr. Tregarth, und ich unterschätze Ihre Intelligenz nicht. Als ich erfuhr, daß Sie und Herr Schmidt wohlbehalten in Kairo eingetroffen sind, wußte ich, wir hatten verloren. Natürlich wird Schmidt sich sofort an die Behörden wenden. Und da er ein renommierter Wissenschaftler ist, wird man dort nicht umhinkönnen, ihn anzuhören und seinen Anschuldigungen, wenn auch ungern, nachzugehen. Wenn die Polizei Ihnen nicht zutrauen würde, Dr. Bliss unbeschadet aus diesem Haus zu bringen, würde sie jetzt bereits vor der Tür stehen.«

Als er auf eine Antwort wartete, nickte John benommen. »Deshalb«, fuhr Max fort, »bat ich Mr. Blenkiron, unsere ausstehenden Rechnungen zu begleichen, und buchte unsere Flüge. Dem Armen fehlt meine Erfahrung. Er ahnt nicht, daß sein Schiff bereits von einem Empfangskommittee erwartet wird.« Max sah auf die Uhr. »Jetzt muß ich aber wirklich los. Ach, Dr. Bliss, bitte verzeihen Sie mir. Zweifellos wird Mr. Tregarth weniger Mühe haben, Sie zu befreien, wenn ich ihm sein Taschenmesser zurückgebe.«

John hatte sich wieder ausreichend in der Gewalt, um das Taschenmesser aufzufangen, obwohl seine Bewegungen nicht so elegant waren wie sonst. »Vielen Dank. Ich hoffe, auch mir wird man keine ... Beweislast ... auferlegen.«

»Nur, soweit es meine Auftraggeber betrifft.« Als John widersprechen wollte, fuhr Max ruhig fort: »Sie müssen verstehen, daß ich keine Verantwortung übernehmen kann, ohne Unannehmlichkeiten zu riskieren, um es einmal milde auszudrücken. Ich bin stolz auf meinen Ruf und möchte nicht, daß er beschmutzt wird. Es steht Ihnen frei, was Sie der Polizei erzählen. Vor Vergeltungsmaßnahmen brauchen Sie sich nicht zu fürchten. Vom finanziellen Standpunkt aus betrachtet, war diese Operation ein Erfolg für uns, und wir haben nicht die Zeit, um sie mit persönlichen Rachefeldzügen zu verschwenden. Solange Sie uns nicht in die Quere kommen, werden wir Sie nicht belästigen.«

»Ich versichere Ihnen, daß ich mein bestes tun werde«, antwortete John. Er hatte meine Fußfesseln durchgeschnitten. Dann trat er hinter mich und befreite meine Arme. Ich saß nur da. Mich an diesem Gespräch zu beteiligen, hätte sogar meine Schlagfertigkeit überstiegen.

»Das beruht auf Gegenseitigkeit«, sagte Max. »Ich kann Sie nicht ausstehen, Mr. Tregarth. Hoffentlich sehen wir uns nie wieder. Leben Sie wohl. Leben Sie wohl, Dr. Bliss.«

»Leben Sie wohl, Max«, meinte ich. »Ich bringe es nicht über mich, mich bei Ihnen zu bedanken, aber ...«

»Sie schulden mir nichts.« Er zögerte kurz. Dann spielte ein merkwürdiges Lächeln um seine schmalen Lippen. »Ich wünsche Ihnen viel Glück. Sie haben es nötig.«

Ich hatte gehofft, daß mein Held, der Mann, der alles gewagt hatte, um mich zu retten, mich nun, da wir endlich allein waren, in seine Arme reißen würde. Er würde mich an sich drücken und Koseworte stammeln, wie es in Liebesromanen immer geschieht. Doch John stand nur da und starrte wie benommen die geschlossene Tür an. Also erhob ich mich ohne seine Hilfe. Anscheinend taten meine Beine noch ihren Dienst. Ich glaubte auch, im vollen Besitz meiner geistigen Kräfte zu sein, bis ich bemerkte, daß ich, ohne nach links und nach rechts zu sehen, auf den Balkon zuhielt.

John packte mich am Arm. »Nein, Vicky.«

»Sie könnte ...«

»Nein.«

Er berührte meine Wange. Ich hatte überhaupt nicht mehr an die Schnittwunde gedacht, bis seine Fingerspitze von meinem Wangenknochen hinunter zum Kiefer glitt. Ich weiß nicht mehr, wer von uns beiden sich zuerst bewegte. Seine Arme umschlossen mich so fest, daß mir die Rippen schmerzten, doch er zitterte wie Espenlaub und wehrte sich nicht, als ich seinen Kopf an meine Schulter zog.

»So ist es schon viel besser«, murmelte ich. »Nicht, John. Du hättest ihn nicht aufhalten können. Max hat sämtliche Register gezogen, damit du ihm die Arbeit abnimmst.«

»Und er hätte es fast geschafft. Mein Gott, es war verdammt knapp. Viel zu knapp ...«

»Küß mich.«

»Was? Oh. In Ordnung.«

»Fühlst du dich jetzt besser?« fragte ich nach einer Weile. Meine Stimme zitterte ein wenig. Seine auch. »Ja, danke. Vorübergehend zumindest. Aber ich schlage vor, die weitere Behandlung zu verschieben. Ich halte es nicht länger in diesem gräßlichen Haus aus.«

»Ist es nicht zu gefährlich?«

»Nein, ich glaube nicht. Max ist ein vertrauenswürdiger Mensch – wenn es ihm in den Kram paßt, sein Wort zu halten.«

»Wollen wir unseres brechen? Wir haben ihm doch eine Stunde Vorsprung versprochen.«

»Ich habe ihm gar nichts versprochen. Allerdings wäre es nicht sehr klug von mir, Max zu verärgern. Ich werde ihn nicht verraten, aber es gibt keinen Grund, warum wir die Zeit hier verbringen sollten.«

»Okay. Einen Moment noch.«

Die Ohrringe waren auf dem komplizierten Muster des Teppichs nur schwer zu erkennen. Schließlich fand ich beide. Einer der Drähte war gebrochen.

»Das kann man reparieren«, meinte John und blickte mir über die Schulter. »Obwohl ich nicht davon ausgehe, daß du sie jetzt noch tragen willst.«

»Machst du Witze? Es sind die schönsten, die ich je gesehen habe.«

»Woher wußtest du, daß ich sie für dich gekauft habe?«

»Sie hat es mir gesagt. Danach war ich erst recht scharf darauf.«

»Ich wußte gar nicht, daß du so ein nachtragendes kleines Mädchen bist.«

»Nachtragend ist das richtige Wort, gegen das kleine Mädchen verwahre ich mich.« Weich spiegelte sich das Licht in den kleinen goldenen Gesichtern, und ich schloß vorsichtig die Finger darum. »In den letzten zwanzig Jahrhunderten waren sie bestimmt schon in schlimmeren Händen. Und Ohren.«

Im Haus herrschte eine unheimliche Ruhe; es war düster wie in einem Mausoleum. Die meisten Möbel waren mit Schutzhüllen abgedeckt. Unsere Schritte hallten in der Stille wider. Ich konnte kaum glauben, daß sie wirklich alle fort waren, und rechnete ständig damit, uns würde jemand aus einem der finsteren, riesigen Räume mit den hohen Decken anspringen. Als wir die Tür erreicht hatten, ohne einer Menschenseele zu begegnen, stieß John einen erleichterten Seufzer aus.

»Das ganze Haus ist von Fernsehteams und Reportern umzingelt«, sagte er. »Ich würde dir ja anbieten, dich in besinnungslosem Zustand über die Schwelle zu tragen, doch vermutlich ist Flucht sinnvoller, als an die Gnade der Presse zu appellieren.«

»Also fliehen wir«, meinte ich. »Ich frage nicht einmal, wohin.«

»Das macht mir Mut. Bleib dicht bei mir.«

Er legte den Arm um mich und öffnete die Tür.

Die Limousine war riesig, schwarz und lang. Als wir, verfolgt von rasenden Reportern, darauf zustürmten, öffnete sich die Tür. John stellte einem der Reporter ein Bein und stieß mich in ein Paar wartender Arme.

»Hallo, Schmidt«, sagte ich. »Ich habe schon geahnt, daß du hier sein würdest.«

Als ich am nächsten Morgen aufwachte, war es nicht Morgen, sondern Nachmittag. Ich lag mit dem Gesicht zum Fenster auf der Seite. John schmiegte sich an meinen Rücken. An seinem Atem erkannte ich, daß er noch schlief. Deshalb blieb ich ruhig liegen und genoß ... genoß die Tatsache, daß ich ihn noch atmen hören konnte und daß ich selbst noch am Leben war.

Der Ausblick war nicht schlecht. Nur wenige Hotels dieser Erde haben ein derartiges Panorama zu bieten: Die Cheopspyramide, die golden im Sonnenlicht schimmerte, schien so nah, als stünde sie direkt vor dem Schlafzimmerfenster. Natürlich hatte Schmidt die eleganteste Suite im teuersten Hotel des ganzen Landes angemietet, und das ohne Reservierung und in der Hochsaison.

Wir waren erst um vier Uhr morgens im Mena House angekommen. Weil John darauf bestand, hatten wir zuerst das Krankenhaus angesteuert. Vermutlich würden die juristischen Formalien, die nötig waren, um Feisal von jeder Schuld reinzuwaschen, eine Weile dauern. Wir waren ihm und seiner Familie die Mitteilung schuldig, daß wir alles in die Wege leiten würden.

Erst nach einem Anruf beim Innenminister ließen uns die Wachen durch, die noch immer im Dienst waren. Beim Anblick von Feisals Vater überbekam mich ein solches Mitleid, daß ich ihm nicht mehr böse sein könnte. Auch seine Mutter war da; die beiden saßen nebeneinander auf einer harten Bank im Flur; sie hatte den Arm um seine gebeugten Schultern gelegt. Als Schmidt ihnen die gute Nachricht überbrachte, brachen sie in Tränen aus. Alle außer John, der sich wie üblich nicht aus der Ruhe bringen ließ, fielen einander weinend um den Hals. Feisal stand unter starken Beruhigungsmitteln, doch als ich seine Wange küßte und ihm etwas ins Ohr flüsterte, hörte er mich sicherlich.

Es war Johns Vorschlag gewesen, mir eine Besuchserlaubnis für Feisals Krankenzimmer zu beschaffen. (»Wenn ihn etwas weckt, ist es eine Frau.«) Aber als ich meinte, solange wir dort wären, könnte John seine Wunden von einem Arzt untersuchen lassen, funkelte er mich nur wütend an und knurrte irgend etwas von anderen Therapiemöglichkeiten. Allerdings gelang es mir mit Schmidts Hilfe, ihn zur Zustimmung zu zwingen. Für die andere Therapie war auch noch später Zeit, und ich wollte sichergehen, daß sein Zustand eine solche Betätigung zuließ.

Danach mußten wir Gespräche mit unzähligen Menschen führen. Man überhäufte uns mit Fragen, für die wir uns noch keine passenden Antworten ausgedacht hatten. Deshalb war ich gezwungen, zusammenzusinken und Unwohlsein vorzutäuschen, damit sie uns gehen ließen. Und später ... Er verlor das Bewußtsein, als sein Kopf das Kissen berührte. Das hatte ich nun von meiner Rücksicht.

So leise wie möglich versuchte ich, meine Liegeposition zu verändern. Da er sein Gesicht abgewandt hatte, konnte ich nur seine Wange sehen. Mir hatten seine Wangenknochen schon immer gefallen, doch jetzt war die Haut darüber zu straff gespannt. Obwohl sein Mund entspannt war und sein Atem regelmäßig ging, überkam mich abergläubische Angst, denn ich bemerkte, wie eingefallen seine Züge selbst im Schlaf waren.

Das sichtbare Auge öffnete sich. Es zeigte leichtes Interesse.

»Ach, du bist wach«, sagte ich fröhlich.

»Mittlerweile. Du hast mich angeatmet.«

»Tut mir leid.«

»Ja? Mir nicht.« Er drehte sich um und nahm mich in die Arme.«

»Der Arzt hat gesagt ...«

»Dieses Thema haben wir nicht angeschnitten. Ich habe sorgfältig vermieden, es zur Sprache zu bringen.«

Seine Lippen glitten von meiner Schläfe zu meinem Ohr und wanderten abwärts, als ich sagte: »Ich glaube, das ist keine gute Idee. Du siehst entsetzlich aus, und du bist zu mager, und ...«

Als seine Lippen meine berührten, schlug ich alle Vorsicht in den Wind und erwiderte seinen Kuß so heftig, daß er ein Stöhnen ausstieß.

»Ich weiß, du hast es nicht so gemeint«, sagte er zufrieden. »Die Männer in meiner Familie stehen in dem Ruf, daß keine Frau ihnen widerstehen kann. Nun, das gilt allen Erzählungen zufolge nicht für meinen Vater, wenn man den Berichten meiner Mutter glaubt. Er war in jeder Hinsicht ein schrecklicher Langweiler. Aber Großvater soll in seiner Jugend kein Kostverächter gewesen sein, und mein Urgroßvater ist ...«

»Ich will nichts über deinen Urgroßvater hören. Ich liebe dich. Habe ich das schon erwähnt?«

»Ich habe nichts dagegen, es öfter zu hören.« Doch er hielt mich auf Armeslänge. Sein Lächeln war verschwunden. »Es hat lange genug gedauert, dir das aus der Nase zu ziehen. Wovor hast du Angst?«

Auf diese Frage gab es eine Menge Antworten, manche waren offensichtlich, andere weniger leicht zu verstehen. Er hatte ein Recht, die meisten davon zu hören.

Ich versuchte, der Frage auszuweichen. »Du kennst mich doch: unabhängig, stur ...«

»Und von Alpträumen gepeinigt.«

»Oh, Gott. Hatte ich ...« Ich hatte. Jetzt fiel es mir wieder ein. »Tut mir leid.«

»Schon in Ordnung. Du hast aufgehört zu weinen und wirres Zeug zu reden, als ich dich in die Arme genommen habe. Wieder der alte Traum?«

»Ja. Äh ... nein. Nicht der.«

»Das dachte ich mir. Du klangst wie Lady Macbeth.«

»Blut und ... Rosen.« Nun erinnerte ich mich. Deshalb war ich nicht ganz aufgewacht. »Wie peinlich. Mein Unterbewußtsein ist nicht sonderlich originell.«

Seine Lippen entspannten sich. »Bei einer Frau, die in anderen Bereichen so talentiert ist, bin ich bereit, ein paar kleine Fehler zu übersehen.«

»Bist du sicher, daß du kräftig genug ... Verdammt, hör auf zu lachen! Das war keine Absicht.«

»Das möchte ich hoffen. Abgedroschen und vulgär.«

Ich nahm nichts weiter wahr als die Bewegungen seiner Hände und Lippen, bis er ruckartig zusammenfuhr und den Kopf hob. »Oh, mein Gott! Das ist doch ...«

Wer sollte es sonst sein? Schmidt summte wie eine betrunkene Hummel. Ich erkannte die Melodie nicht. Niemand hätte sie erkannt.

»Schon in Ordnung«, murmelte ich zärtlich. »Ich habe die Tür abgeschlossen.«

»Ich kann nicht.« Er klang wie eine ängstliche Jungfrau. »Nicht, solange Schmidt da draußen ist. Ich habe den Tag noch nicht verwunden, an dem er die Tür einschlug, als ich gerade ...«

»Es war ein kleines Mißverständnis.« Ich zog Johns Kopf wieder an meine Brust. »Diesmal wird er nicht die Tür einschlagen. Er ist sehr romantisch.«

»Dann lauscht er bestimmt am Schlüsselloch«, murmelte John. »Inzwischen habe ich den kleinen Kerl wirklich gern, doch ich weigere mich, ihn an unserem Privatvergnügen teilhaben zu lassen.«

»Versuche, dich darüber zu erheben«, schlug ich vor.

»Das *war* Absicht. Nun, wenn ich vielleicht ein bißchen ermutigt werde ...«

»Wie wär's damit?«

»Eindeutig ein Schritt in die richtige Richtung. Mach weiter.«

»Wertvoller als Juwelen und wertvoller als Gold«, murmelte ich. »John, wenn du nicht zu lachen aufhörst, denkt Schmidt noch, wir erzählen Witze, und will herein.«

Ich rechnete damit, daß wir eine halbe Stunde für uns haben würden. Es erschien mir kürzer, doch es waren schon vierzig Minuten vergangen, als Schmidt seine Stimme zu einer Lautstärke erhob, die selbst ich nicht mehr überhören konnte. Natürlich wählte er eine Melodie, die sich als Ständchen für uns besonders eignete. Das Lied handelte von einem kaltblütigen Verbrecher namens Pretty Boy Floyd. Die Country-Musik romantisiert (wie Schmidt) Gesetzesbrecher; nach dem Text der Ballade war Pretty Boy ein verkannter Märtyrer, der Weihnachtsessen für Sozialhilfeempfänger veranstaltete.

»Ich verscheuche ihn«, sagte ich und schlüpfte erst aus Johns Armen und dann aus dem Bett. »Bleib liegen und ruh dich aus.«

»Ich brauche keine Ruhe. Ich werde erst richtig warm. Hast du vor, dir etwas überzuziehen, oder möchtest du Schmidt dafür belohnen, daß er davon abgesehen hat, die Tür einzutreten?«

»Ich habe nichts anzuziehen«, merkte ich trocken an. »Außer dem schmutzigen, zerknüllten, ekligen Zeug, das ich jetzt schon viel zu lange tagein, tagaus trage und nie mehr wieder anziehen werde. Bei erster Gelegenheit werde ich es verbrennen und um das Feuer tanzen.«

»Am besten gegen den Uhrzeigersinn«, schlug John vor. »Dann nimm ein Bettlaken. Du möchtest doch nicht, daß der alte Knabe einen Herzanfall bekommt.«

Interessiert sah er zu, wie ich mich in das Laken wickelte und einen Weg suchte, es am Verrutschen zu hindern. »Ich glaube, du machst das nicht richtig. Warum kommst du nicht her, damit ich es dir zeigen kann?«

»Vielleicht später.«

»Ausgezeichnete Idee.«

Schmidt hatte die Dienste des Zimmerservice in Anspruch genommen. Noch nie hatte ich ein solches Buffet gesehen – Unmengen von Gebäck, Salaten, Kaffee und Champagner. Und natürlich Bier.

»Ich wußte nicht, ob ihr lieber frühstücken oder mittagessen wollt. Also habe ich beides bestellt«, erklärte er und rückte mir einen Stuhl zurecht. »Wie geht es Sir John? Und wie fühlst du dich? Hattet ihr Spaß beim ...«

»Ja, danke.«

»Du siehst traumhaft aus.«

Ich schob mir das verfilzte Haar aus dem Gesicht. »Ich sehe aus wie eine Vogelscheuche. Und ich habe nicht einmal einen Kamm. Ich brauche Kleider, Make-up, eine Zahnbürste ...«

»Es gibt viel zu tun«, meinte Schmidt, der gerade an einem Stück Pastete kaute. »Wir müssen planen.«

»Was ist seit gestern nacht passiert?«

»Ich erzähle dir alles, wenn Sir John dabei ist. Vielleicht sollte ich gehen und ...«

»Nein!« Ich schubste Schmidt wieder auf seinen Stuhl. »Er kommt gleich.«

Da John Schmidt kannte, ließ er nicht lange auf sich warten. Er sah weniger verschlampt aus als ich, obwohl er dieselben schmutzigen Sachen anhatte wie gestern. Nachdem er sich mit einer schwachen Grimasse in Schmidts Umarmung ergeben hatte, setzte er sich zu uns an den Tisch.

»Eßt, eßt«, lockte Schmidt. »Dann erzähle ich euch alle Neuigkeiten.«

Die *Queen of the Nile* hatte um Mitternacht angelegt. Nach einer nur sehr kurzen Durchsuchung hatten die Behörden das Schiff versiegelt und die ganze Mannschaft, auch meine Reisegenossen Sweet und Bright, verhaftet. Larry war trotz heftiger Gegenwehr abgeführt worden.

»Allerdings nicht ins Gefängnis«, fuhr Schmidt fort. »Es ist allen Beteiligten sehr peinlich. Nicht nur, weil er amerikanischer Staatsbürger ist. Er ist auch ein mächtiger Mann mit vielen Freunden. Ich weiß nicht, was mit ihm geschehen wird.«

»Nichts«, höhnte John. »Schlimmstenfalls steckt man ihn in ein teures Sanatorium, um ihn von einem Anfall vorübergehender geistiger Umnachtung zu kurieren. Daß er seine Machenschaften schon seit zehn Jahren treibt, wird man taktvoll übersehen. Was ist mit den anderen?«

»Darüber müssen wir uns unterhalten.« Schmidts Mondgesicht war ungewöhnlich ernst. »Denn Sie, mein Freund, gehören zu diesen anderen. Und selbst die Gefahren, die Sie auf sich genommen haben, um Ihren anfänglichen ... äh ... Irrtum wieder gutzumachen, werden Sie nicht retten, wenn die Wahrheit ans Licht kommt. Auch Feisal muß von jeder Schuld freigesprochen werden. Und da wir drei intelligente Menschen sind, wird uns sicherlich eine Geschichte einfallen, mit der wir diese Ziele erreichen.«

Wäre die Lage nicht so ernst gewesen, hätte es mir Spaß gemacht, mitanzuhören, wie die beiden sich ein Märchen ausdachten. Kein begabtes Team von Romanautoren hätte es besser gekonnt. Schmidts Phantasie war durch die jahrelange Lektüre von Schundromanen geschult, und John war ohnehin schon immer der unverfrorenste Lügner der Welt gewesen.

Am leichtesten war es, Feisal herauszupauken. Er hatte mit der Restaurierung des Grabes nichts zu tun und konnte glaubhaft vermitteln, daß er bis zu Jean-Lous' Tod keinen Verdacht geschöpft hatte. Für sein späteres Verhalten hingegen verdiente er einen Orden und keine Gefängnisstrafe. Wenn wir alle vier dieselbe Geschichte erzählten und uns nicht in Widersprüche verwickelten, würde man uns kaum nachweisen können, daß wir nicht die Wahrheit sagten.

»Was ist mit Larry?« fragte ich.

»Sein Wort steht gegen das unsere«, fing Schmidt an.

John schüttelte den Kopf. »Vergessen Sie Blenkiron. Wenn er schlau ist, hält er den Mund und gibt nichts zu. Man wird eine Vereinbarung unter Ausschluß der Öffentlichkeit treffen, um einen Skandal zu vermeiden. Der ägyptische Staat bekommt seine Kunstschätze zurück und wird sich mit den nötigen Dankesbezeugungen ein Institut für archäologische Forschungen schenken lassen. Die Schuld an der Affäre wird man Max und seiner Bande in die Schuhe schieben – und mir.«

»Nein, nein«, protestierte Schmidt. »Ich habe schon einen Plan. Hören Sie zu.«

Max und seine Jungs hatten sich aus dem Staub gemacht. Drei Männer, auf die ihre Beschreibung paßte, hatten kurz vor Mitternacht ein Flugzeug nach Zürich genommen und befanden sich inzwischen wahrscheinlich irgendwo in Europa. Und das ist ziemlich groß.

»Diesmal sind sie der Polizei durch die Lappen gegangen«,

meinte Schmidt, »und das ist gut so. Sie werden nicht gegen Sie aussagen, John, und Blenkiron kann Sie nicht beschuldigen, ohne Dinge zuzugeben, die er lieber für sich behalten wird. Was alle anderen betrifft, glauben sie, daß Vicky und Sie einander auf der Kreuzfahrt kennengelernt haben. Und ihr hattet keinen Grund, an Herrn Blenkirons Absichten zu zweifeln, bis ich euch meinen Verdacht mitgeteilt habe ...«

»Also beabsichtigst du, die Lorbeeren für die Aufdeckung des Plans einzuheimsen?« fragte ich.

»Aber ich habe ihn doch aufgedeckt«, entgegnete Schmidt.

»Ach, wirklich?« Ich fing Johns Blick auf und lächelte verlegen. »Ich hatte nie Gelegenheit, dich zu fragen, wie viel du weißt, Schmidt. Ich nahm an ...«

»Du hast angenommen, ich wäre ein Idiot«, meinte Schmidt ruhig. »Und du hast nicht gefragt, weil du vor lauter Sorge um den Mann, den du ...«

»Ich glaube, wir haben verstanden, Schmidt«, sagte ich. »Und jetzt erzähl, okay?«

»Meine logischen Schlußfolgerungen waren genial«, fing Schmidt an und zwirbelte seinen Schnurrbart. »Obwohl ich zugeben muß, daß ich die Wahrheit erst ahnte, als John mir mitteilte, Herr Blenkiron sei ein Verbrecher, und ich müsse das Haus sofort verlassen. Vergiß nicht, mehr hat er mir nicht verraten. Beim Mittagessen im Hotel fügte ich die Teile zusammen. Ich kam zu dem Schluß, daß es sich um Diebstahl handeln mußte. Warum sonst würde Herr Blenkiron ein Subjekt wie diesen ... äh ... Herrn Max beschäftigen? Und was gibt es, was ein reicher Mann nicht kaufen kann, es also stehlen muß? Mazarins Tod war der letzte nötige Hinweis. Er wurde getötet, und zwar nicht durch die Explosion, sondern von einer Kugel. Sollte es ein Zufall gewesen sein, daß einzig und allein der Mann ums Leben kam, der die Restaurierung des Grabes geleitet hatte? Ich glaubte das nicht. Und als ich mich an die Methode erinnerte, mit der besagte Restaurierung durchgeführt wurde, dazu noch an das plötzliche Ende der Kreuzfahrt und an all die anderen verdächtigen Vorfälle ... Voilà! Eureka! Es fiel mir wie Schuppen von den Augen. Wir sind Helden und werden glücklich sein bis an unser Lebensende.«

Von diesen kreativen Bemühungen erschöpft, legte er eine Pause ein, um ein Croissant zu essen.

»Sehr gut gemacht, Schmidt«, sagte John. »Aber Sie haben ein kleines Detail übersehen. Vicky hat bereits pflichtbewußt ihre mysteriösen Auftraggeber davon informiert – und damit sicherlich Interpol und jede Polizeidienststelle in ganz Europa –, daß ich der verwegene Robin Hood bin, den sie schon so lange vergeblich suchen.«

Schmidt verschluckte sich und spuckte Krümel. »Vicky! Hast du das getan? Wie konntest du nur?«

John schenkte mir ein freundliches Lächeln. »Ich nehme es dir nicht übel, Liebling. Du wartest doch auf mich, oder? Nach sieben bis zehn Jahren bin ich bestimmt wieder draußen. Außer sie addieren alle Strafen. Dann mußt du dir wahrscheinlich einen Rollstuhl leihen, um mich am Gefängnistor abzuholen.«

»Nein! Ich heure Max und Hans an, um dich zu befreien. Ich wollte schon immer eine Gangsterbraut sein.«

»Eine was?« fragte Schmidt.

»Eine Gangsterbraut«, antwortete ich. »Wie in Bonnie und Clyde.«

»Das ist nicht der richtige Moment, um zu scherzen«, schimpfte Schmidt. »Wie kannst du über eine solche Katastrophe, eine solche Tragödie Witze reißen?«

»Halt den Mund, Schmidt. Laß mich nachdenken. Wem habe ich etwas gesagt... Richtig, Sweet und Bright. Aber die wußten es sowieso, sie gehören ja zur Bande, und niemand wird ihnen glauben ... Und Larry Blenkiron.«

»Und?« John saß kerzengerade da.

»Sonst niemandem. Ach, verdammt. Die Tonbänder. Sie haben die Tonbänder. Aber du hast nichts gesagt...«

»Sie haben die Tonbänder nicht. Feisal hat sie abgeholt und Larry übergeben. Ich war dabei, als er sie vernichtet hat. Bist du sicher, daß du sonst mit niemandem darüber gesprochen hast?«

»Alice gegenüber habe ich nichts erwähnt. Sie war die einzige, die sich mir zu erkennen gegeben hat. Bis heute weiß ich nicht, wer der andere Agent an Bord war, falls es überhaupt einen gab. Bin ich nicht eine Meisterspionin?«

»Ich kann es nicht glauben«, murmelte John. »Es ist zu leicht. Wir müssen etwas übersehen haben.«

»Sehr gut«, sagte Schmidt. Er lächelte mir verzeihend zu. »Ich hätte wissen müssen, daß in dem Kampf zwischen Liebe und Pflicht das Herz triumphieren würde...«

»Halt den Mund, Schmidt«, sagte ich.

»Wo stehen wir also?« Schmidt biß in ein Gebäckstück, kaute und überlegte. »Meiner Meinung nach haben wir nur noch ein Problem. Werden Sie es schaffen, den trauernden Gatten zu spielen, John? Denn wenn herauskommt, daß Mary auch an der Sache beteiligt war, löst sich unser ganzes Lügengewebe in Wohlgefallen auf.«

»Sehr literarisch ausgedrückt, Schmidt«, sagte ich. »Ich blicke zwar nicht ganz durch, aber es klingt gut.«

»Es ist doch offensichtlich«, entgegnete Schmidt entrüstet. »Die Zwangsehe, seine Kenntnis des Plans, seine früheren Verbindungen mit ihren Brüdern – all diese Dinge werden ans Licht kommen, und auch deine Beziehung zu John. Dann ist dein guter Ruf ruiniert, Vicky.«

»Glaubst du, ich interessiere mich für meinen guten Ruf?«

»Ich aber«, sagte John knapp. »Ehrlich Vicky, allmählich mache ich mir Sorgen um dich. Wie dem auch sei, Schmidt hat recht; unsere ganze, an den Haaren herbeigezogene Geschichte steht und fällt damit, daß sie unschuldig ist. Außer... Was wäre, wenn ich behaupte, daß ich bei unserer Hochzeit von ihren Verbindungen zu Verbrecherkreisen nichts wußte? Schließlich sind sie nicht allgemein bekannt.«

»Aber Mary hätte ihre Umtriebe nicht ewig vor Ihnen geheimhalten können.« Schmidt war mit dieser Version nicht einverstanden; er sah, wohin sie führte: Seine Lorbeeren für die Aufdeckung des Verbrechens waren in Gefahr.

John grinste ihn an. »Darum geht es Ihnen doch, oder? Ich überlasse die Orden Ihnen, Schmidt. Und ich zweifle auch nicht daran, daß Max und seine Auftraggeber ein Interesse daran haben, ihren Namen aus der Sache herauszuhalten. Aber da ist noch etwas: Bin ich letzte Nacht ins Haus marschiert, um nicht nur Vicky, sondern auch sie zu retten?«

»Ja, genau«, stimmte Schmidt eifrig zu. »Die Schurken haben Mary schändlich gemeuchelt. Ihr beide habt es gesehen.«

»Nein«, widersprach John. »Bei meiner Ankunft war sie schon tot. Vicky hat nichts gesehen.«

»So ist es einfacher«, sagte Schmidt. »Je weniger man zugibt, desto weniger Lügen muß man sich merken. Hat unser Plan sonst noch undichte Stellen?«

»Im Moment nicht«, antwortete ich. Ich konnte es auch nicht glauben.

»Gut, dann gehen wir einkaufen.« Schmidt kratzte sich die Krümel aus dem Schnurrbart und sprang auf. »Du kannst nicht mitkommen, Vicky, nicht in ein Bettlaken gewickelt. Deshalb werde ich eine passende Garderobe für dich auswählen.«

»Oh, Gott. Hör zu, Schmidt...«

»Ich komme mit«, sagte John. »Und ich werde versuchen, Schmidt zu bändigen. Ich behaupte, deine Kleidergröße recht gut zu kennen.«

Er lächelte, als ob nichts geschehen wäre. Aber er hatte kaum etwas gegessen und nicht ein einziges Mal Marys Namen ausgesprochen.

15. Kapitel

An die folgenden Tage erinnere ich mich nur noch verschwommen. Den Großteil der Zeit verbrachten wir damit, der Presse aus dem Weg zu gehen; ansonsten führten wir Gespräche mit verschiedenen offiziellen Stellen. Hin und wieder konnte ich einen Blick auf eine Moschee oder einen Basar erhaschen. Einmal sah ich im Vorbeifahren sogar die Tore des Kairoer Museums.

Während John und Schmidt beim Einkaufen waren, rief ich Mutter und Vater an. Ich sagte ihnen, die Berichte über meinen Nervenzusammenbruch seien stark übertrieben gewesen, allerdings nicht so übertrieben wie die über meine Entführung und die

Nachricht, daß ich mich verlobt hätte. Trotz ihrer Erleichterung war Mutter ein wenig enttäuscht, weil ich nun doch keinen Millionär heiraten würde. Aber sie war so taktvoll, nicht weiter davon zu sprechen. Ich schaffte es, Vater den Flug nach Kairo auszureden. Als ich anrief, hatte er gerade zum Flughafen fahren wollen.

Die Tage zerrten ziemlich an meinen Nerven und das nicht nur, weil ich die Quälgeister, die uns mit ihren Kameras, Mikrofonen und Fragen verfolgten, am liebsten ordentlich verprügelt hätte. Das Schlimmste waren die ständigen Erkundigungen nach Johns angeblichem schmerzlichen Verlust. Wenn er Mary wirklich geliebt hätte, wären sie grausam und widerwärtig gewesen. Unter den gegebenen Umständen grenzten sie an Körperverletzung, und ich weiß nicht, wie es ihm gelang, sich zu beherrschen. Ich stand häufig kurz vor einem Wutausbruch.

Noch mehr jedoch zerrten die Verhöre an meinen Nerven. Jeder, angefangen von der CIA bis hin zu Interpol, SSI und Heilsarmee, hatte es offenbar darauf abgesehen, uns zu interviewen. Ich kam mir vor, als balancierte ich nicht etwa auf einem Drahtseil, sondern auf einer Spinnwebe über einen Teich voller Piranhas. Vor lauter Mühe, unsere Lügen nicht durcheinanderzubringen, bekam ich Kopfschmerzen.

An eine Begegnung kann ich mich besonders gut erinnern.

Schmidts Rat zufolge ließ ich mich nur in der amerikanischen Botschaft befragen, und zwar ausschließlich in dessen Gegenwart. Auch John war an diesem Tag mit von der Partie. Alle hatten Verständnis dafür, warum wir unzertrennlich waren – oder wenigstens glaubten sie, den Grund zu kennen: Klischees, nichts als Klischees. Schließlich hatten wir gemeinsam gelitten und gemeinsam überlebt, und so weiter und so fort.

Da ich mit diesem Gespräch gerechnet hatte, war ich gut darauf vorbereitet. Als Burckhardt sich erhob, um mich zu begrüßen, ohrfeigte ich ihn nicht und spuckte ihm auch nicht ins Gesicht. Ich verzichtete sogar darauf, etwas nach ihm zu werfen.

»Sie mieses Schwein«, sagte ich und stieß seine ausgestreckte Hand weg. »Wie können Sie es wagen, mir gegenüberzutreten, nachdem Sie solchen Mist gebaut haben ...«

John und Schmidt stürzten sich auf mich, redeten beruhigend auf mich ein und schoben mich auf einen Stuhl. »Nein, ich bin jetzt nicht ruhig!« schrie ich. »Ich fange gerade erst an. Zum Teufel mit Ihnen, Burckhardt, wenn Sie wirklich so heißen, was ich bezweifle. Dank Ihrer Sicherheitsvorkehrungen, Ihrer selbstzufriedenen Arroganz und Ihres absoluten Desinteresses an menschlichen und moralischen Werten wäre ich beinahe nicht mehr unter den Lebenden. Außerdem ...«

Obwohl ich es nicht geplant hatte, war dieser Gefühlsausbruch das Klügste, was ich hatte tun können. Nachdem ich ihm die Meinung gesagt hatte, war er völlig verstört und zu keinem klaren Gedanken mehr fähig.

»Inzwischen wissen wir«, wandte er ein, als ich ihn endlich zu Wort kommen ließ, »daß die Person, auf die sich die Nachricht bezog, der Mann war, dem Sie bereits in Schweden begegnet sind.«

»Max«, fauchte ich. »Mit diesem Namen hat er sich mir vorgestellt. Und nein, ich habe ihn nicht wiedererkannt. Er ist mir aus dem Weg gegangen und sah ganz anders aus als früher. Seine Komplizen – Hans und Rudi – befanden sich nicht an Bord.« Burckhardt blätterte in seinen Notizen herum. »Dakin und Gurk ...«

»Wer? Machen Sie den Mund auf, Burckhardt, ich habe die Nase voll von dummen Fragen.«

»Äh. Ihnen gegenüber haben sie sich Sweet und Bright genannt.«

»Ach ja, richtig. Ich hatte sie noch nie zuvor gesehen. Ich dachte, die beiden gehörten zu Ihren Leuten«, fügte ich hinzu, nur für den Fall, daß er mich nicht richtig verstanden hatte. »Sie und ihr gottverdammter Sicherheitswahn! Kein Wunder, wenn sich unsere Welt in einem solch kläglichen Zustand befindet, solange Leute wie Sie hinter den Kulissen die Fäden ziehen.«

»Aber Vicky«, fing Schmidt an.

»Halt den Mund, Schmidt. Und das gilt auch für Sie, Burckhardt. Ich habe dieselben Fragen schon fünfzigmal beantwortet, und ich sage jetzt nichts mehr. Und Karl Feder können Sie ausrichten, wenn ich ihn in die Finger bekomme ...«

»Ja, ja«, meinte Burckhardt rasch. »Möchten Sie ... äh ... vielleicht ein Glas Wasser?«

»Ich bin nicht hysterisch!« brüllte ich. »Ich ... ich gehe jetzt. Ja, nichts wie raus hier! Auf der Stelle.«

»Ich glaube, wir haben keine Fragen mehr«, mischte sich Tom, der Diplomat ein. Er versuchte, selbstsicher und professionell zu klingen.

Ich stürzte mich auf ihn. »Und was ist mit Ihnen? Ihre Aufgabe ist es, meine Rechte zu wahren.«

»Das tue ich doch«, beteuerte Tom. »Herr ... äh ... Burckhardt, ich glaube nicht, daß es Sinn macht, das Gespräch fortzusetzen. Nicht zum gegenwärtigen Zeitpunkt.«

»Zu überhaupt keinem Zeitpunkt!« teilte ich ihm mit. Die Angelegenheit machte mir allmählich Spaß. »Ich gehe. Doch vorher möchte ich Herrn Burckhardt zur Abwechslung eine Frage stellen. Nur aus reiner Neugier: Wer war der unfähige Idiot, der die Aufgabe hatte, mich zu beschützen?«

»Es war nicht ihre Schuld«, murmelte Burckhardt. »Sie gehorchte nur Befehlen. Sie hatte die Anweisung, nicht ...«

»Sie?«

»Möchten Sie mit ihr sprechen? Sie hat um eine Gelegenheit gebeten, Ihnen persönlich ihre Glückwünsche auszusprechen und sich bei Ihnen zu entschuldigen. Allerdings hielt ich das nicht für ratsam.«

»Das kann ich mir denken.« Eigentlich wollte ich so schnell wie möglich verschwinden, aber meine Neugier gewann die Oberhand. »Wo ist sie?«

Natürlich war sie im Zimmer nebenan. Solche Leute hausen immer im Zimmer nebenan – sie spähen durch Schlüssellöcher und belauschen die Privatgespräche anderer Leute.

Auf den ersten Blick erkannte ich sie nicht. Auf den zweiten auch nicht. Kurzgeschnittenes, sandfarbenes Haar, Schneiderkostüm ... Erst als sie mich anlächelte und dabei blendendweiße Zähne entblößte, kam mir die Erleuchtung.

»Suzi?«

Sie blieb stehen. »Ich wollte Sie persönlich um Entschuldigung bitten, Dr. Bliss. Ich habe Sie im Stich gelassen, und ich habe deswegen ein entsetzlich schlechtes Gewissen. Keiner von uns hatte auch nur den leisesten Verdacht gegen Mr. Blenkiron. Und als ich ihn zusammen mit Ihnen sah, nahm ich an, daß Sie gut aufgehoben waren.«

Sie sprach schneller und barscher als Suzi, nicht mit gedehntem Südstaatenakzent, sondern im flachen Tonfall des mittleren Westens.

»Phantastisch!« Vor Überraschung konnte ich keinen klaren Gedanken fassen. Dann fiel mir etwas ein: »Sie waren an jenem Abend im Hotel – mit Perry.«

Sie nickte. Ihr Lächeln war verschwunden. »Ich habe Sie und Herrn Schmidt gesucht. Foggington-Smythe wußte nicht, was ich vorhatte; ich habe ihn nur zur Tarnung mitgenommen. Haben Sie mich gesehen?«

»Hab ich. Und da ich nicht wußte, auf wessen Seite Sie standen, bin ich weggelaufen. Den ganzen gottverdammten Nil entlang!« Wieder stieg Wut in mir auf und raubte mir den Atem. »Diese entsetzliche Fahrt ... die Todesangst ... die Sorge ... Durst und Erschöpfung ... Fieber ... Feisal, der in diesem verdammten Krankenhaus liegt, das Bein von Kugeln durchlöchert ... aus dem Weg! Ich bring ihn um!«

Burckhardt floh hinter den Schreibtisch, und John hielt mich am Arm fest. »Bitte entschuldigen Sie, meine Herren, gnädige Frau. Sie hat in der letzten Zeit eine Menge durchgemacht.«

Gemeinsam mit Schmidt schleppte er mich aus dem Raum. Suzi hielt uns eilig die Tür auf. Sie stand mit dem Rücken zu Burckhardt, und als unsere Blicke sich trafen, verdrehte sie die Augen und schnitt eine bedeutungsvolle Grimasse.

Dann ... dann wanderte ihr Blick ganz langsam und vielsagend von mir zu John. Er hatte mich untergehakt und hielt meine Hand. Das hätte er nicht tun sollen. Ich hätte das nicht zulassen sollen. Aber so etwas passiert eben hin und wieder. Es war so schwierig, ständig auf der Hut zu sein.

Unwillkürlich zog ich die Hand weg. Er packte fester zu und hinderte mich daran, warnte mich, mir nichts anmerken zu lassen. Doch sie bemerkte es trotzdem. Sie legte den Kopf zur Seite und riß die Augen auf, und plötzlich stand wieder die alte Suzi vor mir. Ich wußte genau, daß sie sich an die Unterhaltung zwischen mir und Larry in Sakkara erinnerte, als hätte sie es laut ausgesprochen. »Er ist nicht so jung«, hatte ich ohne nachzudenken gesagt, und Larry hatte mich gefragt, ob ich John schon von früher her kannte.

Suzi sah mir in die Augen und lächelte. »Leben Sie wohl, Dr. Bliss. Leben Sie wohl, Mr. Tregarth. Viel Glück Ihnen beiden.«

Komisch, daß mir alle Menschen viel Glück wünschten.

Allmählich glaubte ich, daß wir wirklich mit unserer Geschichte durchkommen würden. Gerüchten zufolge sollten bald einige Festakte und Ordensverleihungen stattfinden. Feisal würde der neue Direktor des Instituts werden, und ich zweifelte keinen Moment daran, daß er diesen Posten im vollen Besitz seiner Gehfähigkeit antreten würde. Er erholte sich viel schneller, als die Ärzte erwartet hatten. Als ich mich bei unserem letzten Besuch über ihn beugte, um ihn zum Abschied zu küssen, zog er mich aufs Bett hinunter und in seine Arme, so daß John mich gewaltsam befreien mußte.

»Aber Sie kommen doch zurück?« fragte Feisal. »Damit ich Ihnen ungestört Ägypten zeigen kann.«

»Hoffentlich«, antwortete ich. Und zu meiner Überraschung stellte ich fest, daß ich es ernst meinte.

Insgesamt sahen die Dinge wieder rosiger aus. Ich hatte nicht einmal Alpträume. Dafür aber John.

Er beruhigte sich zwar immer, wenn ich ihn berührte, doch in der Nacht vor unserer Abreise zwang ich mich abwartend zuzusehen, während er sich stöhnend hin und her warf. Endlich konnte ich einige Worte verstehen. Vielleicht hätte er noch mehr gesagt, aber ich ertrug es nicht mehr. Als ich ihn umarmte, wachte er auf.

Ruhig lag er in meinen Armen, bis sein Atem wieder regelmäßig ging. Dann sagte er: »Vermutlich sitzt du einem Mißverständnis auf, das ich gerne berichtigen würde. Ich gehöre nicht zu jenen sensiblen, überkandidelten Aristokraten, die sich mit Schuldvorwürfen quälen, weil sie einen Schädling der Gesellschaft zur Strecke gebracht haben.«

»Ich glaube, diese Leute gibt es nur in Romanen«, gab ich zurück, wobei ich versuchte, seinen wohlformulierten und distanzierten Ton zu treffen.

»Ganz richtig. Und es gibt niemand blutrünstigeren und egoistischeren als deinen überkandidelten Aristokraten. Das hast du zweifellos bereits festgestellt.«

»John...«

»Tut mir leid, daß ich dich geweckt habe. Es wird nicht wieder vorkommen.«

Bald war er wieder eingeschlafen. Ich lag wach.

Am nächsten Morgen verabschiedeten wir uns am Flughafen. Schmidt und ich flogen zuerst ab; Johns Maschine würde eine Stunde später starten. Er trug eine Armschlinge, nur zur Tarnung, wie er sagte, aber die vernachlässigte Schußwunde wollte nicht richtig heilen. Außerdem dachte ich an diesem Morgen, er habe leichtes Fieber. Ich redete mir ein, daß ich mir keine Sorgen zu machen brauchte. Jen würde ihm solange zusetzen, bis er zum Arzt ging.

Die Schlinge paßte zu der schwarzen Binde am linken Ärmel. Der Anzug war zwar etwas zu weit, stammte aber von einem ausgezeichneten Schneider. John gab das Bild eines englischen Gentleman ab, der tapfer die Trauer unterdrückt. Um den Fotografen eine Freude zu machen, beugte er sich über meine Hand und ließ sich von Schmidt auf den Rücken klopfen. »Drei Freunde, zusammengeführt vom Zufall, von tragischen Ereignissen vereint«, lautete eine der Schlagzeilen, die ich später las. Die Artikel waren unglaublich kitschig, besonders die in den Boulevardblättern.

Ich hatte mir geschworen, mich nicht umzusehen, tat es dann natürlich doch. Er hob lächelnd die Hand und wandte sich ab.

»Weine nicht, mein Kind«, sagte Schmidt. »Bald siehst du ihn wieder.«

»Ich weine nicht.« Das stimmte. Zwei Tränen gelten nicht als weinen. Ich wußte, es bestand durchaus die Möglichkeit, daß ich ihn nie wiedersah.

Einige Wochen später spazierten Schmidt und ich an der Isar entlang. Im Regen. Das war Schmidts Idee gewesen. Er findet Spaziergänge im Regen romantisch. Ich teile diese Ansicht nicht und erinnerte mich an die hellen, heißen Tage in Ägypten, und zwar mit einer Wehmut, die ich nie für möglich gehalten hätte. Der Fluß schimmerte stahlgrau unter einem stahlgrauen Himmel. Das gefallene Laub bildete eine schleimige Masse, die unter unseren Füßen schmatzende Geräusche erzeugte. Mein Haar hing in feuchten Strähnen herunter, und Wasser tropfte mir auf die Nase und ins Genick. Ich hatte es abschneiden lassen wollen. Warum hatte ich es nicht getan? Ich kannte den Grund.

»Das war eine Schnapsidee«, murrte ich. »Mir ist kalt, ich bin klatschnaß, und ich will zurück ins Büro.«

»Du hast in der letzten Woche keine fünf Minuten gearbeitet«, sagte Schmidt. »Du sitzt ganz allein an deinem Schreibtisch im Turm, starrst deine Unterlagen an und bringst nichts zustande. Du bist eine Idiotin. Warum rufst du ihn nicht an? Er steht doch im Telefonbuch.«

»Schmidt, du Teufel!« Ich rutschte aus und mußte mich an Schmidt festhalten, um nicht hinzufallen. Er grinste und stützte mich. »Du hast ihn doch nicht etwa angerufen?«

»Wofür hältst du mich?«

»Für einen sich in alles einmischenden, neugierigen ...«

»Ich habe die Auskunft in England angerufen, um die Telefonnummer herauszufinden«, sprach Schmidt ruhig weiter. »Es wäre reine Höflichkeit, wenn du dich nach seiner Gesundheit erkundigst.«

»Ihm fehlt nichts.« Ich trat nach einem Klumpen durchweichten Laubs. »Das weißt du genau. Jen hat dich auch angerufen.«

»Ach ja, es war rührend«, schniefte Schmidt. »Die liebe alte Mutti dankt uns, weil wir so gut zu ihrem kleinen Jungen gewesen sind. Gott im Himmel, als sie von seinem tragischen Verlust und den Vorzügen dieser schrecklichen jungen Frau anfing, konnte ich kaum an mich halten.«

Es war nicht angenehm gewesen. Auch Jen war nicht sehr angenehm gewesen. Sie hatte stets die passenden Phrasen von sich gegeben, aber ich konnte mich des Eindrucks nicht erwehren, daß sie über einige der Zeitungsberichte nicht sehr erbaut war. Zwar war keiner der Reporter so geschmacklos gewesen, seine anzüglichen Verdächtigungen direkt zu äußern, doch man hatte Anspielungen auf meine jugendliche, blonde Schönheit und Johns zärtliche Fürsorge gemacht (in diesen Berichten sind alle Frauen schön).

Er hatte mich von Anfang an gewarnt, daß seine Mutter mich nicht mögen würde.

»Bestimmt hat er es satt, so bemuttert zu werden«, sagte Schmidt.

»Er wird es solange über sich ergehen lassen, bis er es nicht mehr aushält, Schmidt. Können wir jetzt umkehren?« Ich mußte niesen.

»Nein. Wir haben noch nicht über alles gesprochen. Aber ich möchte nicht, daß du dich erkältest. Also gehen wir einen Kaffee trinken. Mit Sahne«, fügte Schmidt genüßlich hinzu.

Er hatte Schlagsahne auf seinem Kaffee und auf seiner doppelten Portion Schokoladentorte. Als er fertig war, hatte er auch Schlagsahne am Schnurrbart. Das Café war warm und gemütlich, mit einer niedrigen Decke und beschlagenen Fenstern, durch die man das trübsinnige Wetter draußen nicht sehen konnte. Schmidt wischte sich den Schnurrbart ab, beugte sich vor und stützte die Ellenbogen auf den Tisch.

»Sag schon, Vicky, was ist los? Wenn man bedrückt ist, muß man sich die Probleme von der Seele reden. Und wer wäre ein besserer Zuhörer als Papa Schmidt?«

Er hatte einen Sahnespritzer übersehen. Ich weiß nicht, ob es an dieser kleinen Unvollkommenheit lag, an seiner besorgt gerunzelten Stirn oder an der gemütlichen, intimen Atmosphäre, doch plötzlich wußte ich, ich würde reden, bis ich heiser war.

»Ich hab dich lieb, Schmidt«, sagte ich.

»Nun, das weiß ich schon seit langem«, antwortete Schmidt zufrieden. »Aber ich höre es immer wieder gern. Hast du inzwischen auch den Mut gehabt, es ihm zu sagen?«

»Mmhhmm.«

»Hoffentlich mit ein wenig mehr Begeisterung. Und er liebt dich auch. Wovor hast du also Angst?«

»Komisch«, meinte ich mit Grabesstimme. »Das gleiche hat er mich auch gefragt.«

»Und was hast du gesagt?«

»Wahrscheinlich etwas Dummes. Das ist eine blöde Frage, Schmidt! Wenn man jemanden liebt, ist man zu lebenslänglicher Angst verurteilt. Man wird sich schmerzlich bewußt, wie vergänglich Menschen sind – nichts weiter als Häufchen zerbrechlicher Knochen und verletzlichen Fleisches, Brutstätten tödlicher Bakterien und gräßlicher Krankheiten. Und einen Mann wie John zu lieben, ist, als spielte man russisches Roulette. Er kann nichts dafür, wie er ist, aber er wird sich nie ändern, und seine Lebensweise läßt nicht auf eine feste Beziehung hoffen. Ich kämpfe schon lange gegen meine Gefühle an, länger, als ich mir selbst eingestehen wollte. Denn ich wußte, daß ich alles geben würde, wenn ich erst einmal losließ, rückhaltlos, ohne etwas zu verbergen. So bin ich eben. Und er ... Es ist mehr als nur körperliche Anziehung ... Lachst du etwa, Schmidt? Verdammt, wenn du mich auslachst ...«

»Warum sollte ich nicht lachen? Ausgerechnet du redest mit mir armem, alten Herrn so durch die Blume. Ich war nicht immer alt, Vicky. Und ich habe noch nicht vergessen, wie es ist, wenn man so fühlt wie du. Aber ich verstehe immer noch nicht, was dich zurückhält.«

»Verdammt, es liegt nicht an mir, sondern an John. Er war auf einmal so sentimental und edel und selbstaufopfernd mir gegenüber. Ich habe es kommen sehen und hoffte, ich hätte mich geirrt, doch mir ist nicht eingefallen, was seine Meinung ändern könnte, er ist so arrogant und so stur. Jetzt sind es schon fast zwei Wochen, und daß er Jen anrufen ließ, statt es selbst zu tun, war ein deutliches Zeichen ...«

Schmidt zog sein Taschentuch heraus. »Weine nur, meine liebe Vicky. Laß dich gehen. Das befreit.«

»Danke, ich glaube, das mach ich.«

Er rutschte näher an mich heran und legte den Arm um mich. Ich fühlte mich bei ihm so geborgen. Er war so weich wie ein großes Kissen und außerdem warm. Als ich aufgehört hatte, Unsinn zu stammeln, entdeckte ich vor mir eine frische Tasse Kaffee mit einer doppelten Portion Schlagsahne darauf. Für Schmidt besteht der beste Trost in Schlagsahne und Schokolade.

»So«, sagte Schmidt sachlich. »Schon besser. Jetzt können wir das Problem vernünftig besprechen. Ich setzte voraus, daß deine Vermutungen hinsichtlich seiner Gefühle richtig sind, denn du kannst sie besser beurteilen als ich. Weißt du, warum er so empfindet? Schließlich ist eure Beziehung zur Zeit weniger gefährdet als je zuvor. Die Polizei hat ihn nicht im Verdacht, und ihr habt einen guten Vorwand, an eine Bekanntschaft anzuknüpfen, die in aller Öffentlichkeit anfing und nichts Anrüchiges an sich hat.«

»John Tregarth wird nicht gesucht, dafür aber Sir John Smythe und eine Reihe anderer Pseudonyme, und zwar nicht nur von der Polizei. Max hat versichert, daß er nicht nachtragend ist, doch John hat ihm das offensichtlich nicht geglaubt. Und wer weiß, wie viele Kollegen von Max noch irgendwo lauern? Deswegen macht er sich Sorgen, Schmidt. Er macht sich nicht nur Sorgen, sondern hat eine Heidenangst. Bis zu unserer letzten Nacht in Ägypten glaubte ich, daß er wegen *ihr* Schuldgefühle hat, und dann ... Ich war der Grund für seine Alpträume. Er durchlebte noch einmal die schreckliche Stunde mit Max und den anderen und hatte Angst – nicht um sich selbst, sondern um mich –, was geschehen könnnte, falls er nicht eingriff. Immer wieder sagte er: »Es war zu knapp«, und damit meinte er nicht, daß er beinahe einen Mord begangen hätte. Er meinte ... Ach, verdammt. Verstehst du mich?«

»Ja, ich verstehe«, antwortete Schmidt stirnrunzelnd. »Es ist sehr ...«

»Wenn du jetzt ›romantisch‹ sagst, bring ich dich um.«

»Ich hatte eigentlich an ›rührend‹ gedacht. Mehr als rührend. Schön! Genau das hätte ich von einem solchen Mann erwartet. Er hat Angst, dich in Gefahr zu bringen, und hält sich deshalb von dir fern. Willst du das?«

Da ich mich schon auf einen langen, poetischen Monolog gefaßt gemacht hatte, riß mich diese direkte Frage wieder zurück in die Wirklichkeit. »Nein.«

»Aber vielleicht ist er im Recht«, meinte Schmidt. »Er kennt die möglichen Gefahren besser als du.«

»Er hat kein recht, mir diese Entscheidung abzunehmen. Verdammt, Schmidt, das ist doch die gleiche alte Leier, die man von euch Männern immer zu hören kriegt, nicht weil ihr solche Kavaliere seid, sondern aus reinem Eigennutz – versteck das kleine Frauchen an einem sicheren Ort, damit *du* dir keine Sorgen um *sie* machen mußt. Was ist mit *unseren* Sorgen um *euch*? Wenn du mir folgen kannst.«

»Ich verstehe dich gut«, sagte Schmidt. »Ich verstehe dich sehr gut.«

Ich senkte den Blick. »Eins zu null für dich, Schmidt. Ich weiß, ich bin mit dir genauso umgegangen. Aber in diesem Fall – in beiden Fällen – ist der Schaden bereits geschehen. Sobald einem etwas an einem anderen Menschen liegt, ist man angreifbar, und das Schlimmste ist die Ungewißheit. Jederzeit kann ihm etwas Schreckliches zustoßen, vielleicht sogar in diesem Augenblick. Möglicherweise erfahre ich es tage- oder wochenlang nicht oder ... Weißt du, was ich gestern gemacht habe? Ich habe eine gottverdammte Londoner Zeitung gekauft und die gottverdammten Nachrufe gelesen! Ich kann so nicht leben, Schmidt, und er hat nicht das recht, es von mir zu verlangen. Und nein, ich werde ihn nicht anrufen, weil es sein Problem ist und er sich damit auseinandersetzen muß, und wenn er die offensichtliche Tatsache nicht zugeben kann, daß ...«

Ich hörte auf, mir war die Luft ausgegangen. Schmidt lächelte und nickte, und in seinen Knopfäuglein lag ein berechnender Ausdruck.

»Schmidt«, sagte ich. »Ich schulde dir bereits mehr, als ich dir jemals zurückzahlen kann, und ich bin dir sehr dankbar dafür, daß du diese Orgie der Gefühle ausgelöst hast, auch wenn du nicht jeden wahnwitzigen Moment genießen konntest, aber wenn du ihn anrufst und ihm ein Sterbenswörtchen von diesem Gespräch mitteilst ...«

»Vicky, traust du mir so etwas zu?« Er zog die Brieftasche heraus. »Komm, wir müssen wieder ins Museum. An die Arbeit, was? Ich glaube, du wirst in Zukunft wieder mehr zustandebringen.«

Es regnete weiter. Tagelang. Drei Tage lang, um genau zu sein. Mir machte das nichts aus. In meinem Zustand hätte ich Sonnenschein als persönliche Beleidigung betrachtet. Außerdem hielt mich das schlechte Wetter auf Trab. Cäsar hinterherzuputzen war eine Ganztagsbeschäftigung.

Er und Clara hatten sich gefreut, mich wiederzusehen. Nicht, daß Clara es zugegeben hätte. Sie verbrachte einen ganzen Tag damit, mir zu verdeutlichen, wie sehr meine Abwesenheit sie verärgert hatte. Sie kam ins Zimmer, ließ sich mit dem Rücken zu mir nieder und blickte hin und wieder über die Schulter, um festzustellen, ob ich auch bemerkte, wie sie mich ignorierte. Und sie maunzte. Niemand kann mehr Lärm veranstalten als eine erboste Siamkatze. Schließlich setzte sie sich gnädig auf meinen Schoß, und danach konnte ich sie nicht mehr loswerden. Auf der Treppe stolperte ich jedesmal über sie. Außerdem schlief sie nicht mehr auf meinen Füßen, sondern auf meinem Kopf. Mit dem Schwanz in meinem Mund.

Cäsar stellte seine Freude über meine Rückkehr offener zur Schau. Der unaufhörliche Regen ermöglichte es ihm, sich bei jedem Ausgang im Schlamm zu wälzen. Und natürlich mußte er seine Begeisterung mit dem Menschen teilen, den er am meisten liebte. Wenn ich die beiden und Schmidt nicht gehabt hätte ...

An jenem düsteren Donnerstagabend hegte ich noch stärkere Selbstmordgedanken als sonst. Die Heimfahrt durch Regen und Nebel war ein Alptraum gewesen – Stau und Stoßverkehr. Als ich Cäsar hinausließ, fand er im Garten ein totes Tier und brachte es ins Haus. Clara beschloß die Katzenfuttermarke, die ich ihr jetzt seit einer Woche verfütterte, nicht mehr zu fressen. Ich hatte gerade einen ganzen Karton davon gekauft.

Ich war so deprimiert, daß ich es nicht schaffte, die nassen Kleider und die schlammbespritzten Schuhe auszuziehen. Ich saß auf der Couch, die Ellenbogen auf die Knie gestützt und das Kinn auf den Händen. Aus meinem feuchten Haar lief mir das Wasser übers Gesicht. Auf einmal klingelte es an der Tür.

Mit einem Arm voller Päckchen und einem roten Schal ums Doppelkinn sah Schmidt aus wie der Nikolaus. Die Flasche, die aus einer der Tüten ragte, war offenbar Champagner.

»Bist du gekommen, um mich aufzuheitern?« fragte ich säuerlich.

»Sei nicht so unhöflich. Du weißt, daß du dich freust, mich zu sehen.«

»Stimmt. Hallo, Schmidt.«

»Grüß Gott«, erwiderte Schmidt förmlich. »Hilf mir, das Zeug hier auszupacken. Wir feiern jetzt eine Party.«

»Ich hoffe, ›wir‹ bedeutet du und ich.« Ich folgte ihm in die Küche. Cäsar und Clara liefen uns nach. Sie kennen Schmidt. Als er seine Pakete ablud, stellte ich fest, daß er bei Dallmayer eingekauft hatte, dem berühmtesten Feinkostgeschäft in München. »Ich möchte sonst niemanden sehen.«

»Ich habe noch einen Gast eingeladen«, sagte Schmidt. Er versuchte zwar, nicht zu grinsen, konnte es jedoch nicht unterdrükken, und noch ehe er weitersprach, wußte ich, wen er meinte. »Ich glaube, du wirst dich darüber freuen.«

Langsam folgte ich Schmidt zurück ins Wohnzimmer, und dort blieb ich stehen – ich glaube »wie angewurzelt« ist die richtige Redewendung –, während er in den Flur hinausging. Dachte ich in diesem einzigartigen und wichtigen Moment daran, wie schrecklich ich aussah? Natürlich. Ich hatte mir diese Begegnung in meiner Phantasie ausgemalt. In besagter Phantasie trug ich ein seidiges, weißes Gewand; mein (frisch gewaschenes und sorgfältig gebürstetes Haar) fiel mir über die Schultern. Aber selbstverständlich mußte Schmidt sich einen Augenblick aussuchen, in dem ich einer Putzfrau auf dem Heimweg von der Arbeit ähnelte.

Doch eigentlich war es mir gleichgültig.

Trotzdem schaffte ich es, mich ihm nicht in die Arme zu werfen, als er hereinkam. Sein Haar war feucht und ein wenig zu lang; es lockte sich über seinen Ohren. Ich schluckte und sagte mit dem mir eigenen Charme: »Du hättest nicht kommen müssen.«

»Ich habe versucht, wegzubleiben«, antwortete John. »Um dir einen Gefallen zu tun, mein Liebling. Ich bin deiner nicht würdig, aber dein Bildnis ruht für immer in meinem Herzen. Willst du mich nicht daran hindern, weiter mit sprachlichen Klischees um mich zu werfen?«

Er lächelte, doch sein Lächeln war merkwürdig vorsichtig. Wenn ich nicht überzeugt gewesen wäre, daß sich dieses Wort auf John nicht anwenden ließ, hätte ich es fast schüchtern genannt.

»Ich werde überhaupt nichts tun, solange Schmidt im Zimmer ist«, murmelte ich.

»Warum nicht?« fragte Schmidt neugierig.

»Warum eigentlich nicht?« stimmte ich zu. »Verdammt gute Frage, Schmidt.«

Da mein Wohnzimmer recht klein ist, bedurfte es nur eines Schrittes.

»Sehr gut«, klang Schmidts Stimme irgendwo aus den rosa Wolken. (Ich spreche zwar nicht gern von diesen Wolken, doch wie ich bereits zugegeben habe, arbeitet meine Phantasie mit Gemeinplätzen.) »Ich öffne jetzt den Champagner.«

»Keine Verbände mehr«, flüsterte ich. »Bist du wirklich wieder gesund?«

»Was machst du da? Zählst du meine Rippen? Diese Stelle ist noch ein wenig empfindlich. Wenn es dir also nichts ausmacht ...«

»Du bist so mager. Hat Schmidt dich angerufen, obwohl ich gedroht habe, ihn umzubringen, wenn er ...«

»Du hast auch ein wenig abgenommen, stimmt's? Da ... und da vielleicht auch ...«

»Er hat dich also angerufen.«

»Als sein Anruf kam, saß ich schon seit mehr als zwei Stunden da und starrte das Telefon an. Ich habe versucht, dich nicht anzurufen. Bist du ihm böse?«

»Nein. Was hat er gesagt?«

»Meine Ohren brennen immer noch«, meinte John spöttisch. »Nicht einmal die Gardinenpredigten meiner guten alten Mutter haben je dieses Niveau chirurgischer Präzision erreicht. Vicky ...« Er legte mir die Hände auf die Schultern und hielt mich auf Armeslänge. »Wir müssen das klären, bevor Schmidt zurückkommt und uns mit Champagner tauft. Ich dachte, du willst mich wahrscheinlich nie wiedersehen.«

»Ich habe dir doch gesagt, daß ich dich liebe.«

»Ja, aber ...«

»Waren meine Liebesbezeugungen nicht glaubhaft genug?«

»Ach das. Das zählt nicht, du konntest mir nicht widerstehen. Ich habe gehört, daß Urgroßvater die Damen mit dem Knüppel vertreiben mußte. Liebling, hör auf damit und sei endlich einmal ernst.«

»Ich?« Ich hörte auf damit.

»Du bist schuld. Bei keinem anderen Menschen habe ich mich je so idiotisch benommen.« Er nahm mein Gesicht zwischen beide Hände. »Jetzt mal ganz ernst, Vicky. Ich habe versucht, mich von dir fernzuhalten. Wenn du nicht...«

»Willst du mich heiraten?«

Seine Augen weiteten sich vor Entsetzen. »Ganz sicher nicht! Bist du übergeschnappt?«

»Nun, was bleibt einem Mädchen anderes übrig? Wenn du mich nicht fragst...«

»Du glaubst doch nicht etwa, daß ich deine Intelligenz in Frage stelle, indem ich dir einen Heiratsantrag mache?« wollte John entrüstet wissen.

»Wie wäre es dann mit einer gefährlichen Liebschaft?«

Das war das falsche Adjektiv gewesen. Sein Blick verfinsterte sich, und seine Hände drückten schmerzhaft gegen meine Schläfen. »Ich habe nicht den Mut, das noch einmal durchzumachen, Vicky. Wenn ich überlebt hätte und du ... und du nicht, hätte ich mir eine Kugel in den Kopf gejagt.«

»Wie ich gehört habe, macht es mehr Spaß, sich totzusaufen«, sagte ich.

»Oh, Gott, gönnst du mir nicht einmal einen dramatischen Augenblick?«

»Ich schulde dir einen, nachdem du meine große Szene in Amarna verdorben hast.«

»Du bist unverbesserlich.« Er schloß mich in die Arme. »Und unwiderstehlich. In Ordnung, dann...«

»Liebling! Du hast mich zur glücklichsten Frau auf der ganzen...«

»Ich würde dich nicht heiraten, und wenn du die letzte Frau auf der Welt wärst«, sagte John. »Aber wir wollen einander eine Chance geben. Und dem heiligen Judas opfern. Mein Liebling, bist du dir sicher, daß du das willst? Es könnte Jahre dauern, bis...«

Die Schwingtür zur Küche öffnete sich, und Schmidts Kopf erschien. »Kümmert euch nicht um mich, meine Freunde. Schmidt arbeitet an der Problemlösung.«

Der Kopf verschwand. Kurz darauf ertönte ein Krachen, gefolgt von einer Schimpftirade und Cäsars ängstlichem Gebell. Schmidt hatte zwar Cäsar den Weg versperrt, aber eine kleine Sache übersehen. Mit einem Aufschrei umklammerte John sein Bein. »Verdammter Mist!«

Clara hatte ihn in den Knöchel gebissen.

»Acht Jahre«, sagte Schmidt. Sein kluges Gesicht verdüsterte sich. »Außer es handelt sich um minderschweren Diebstahl...«

»An meinem Aktivitäten ist nichts minderschweres«, entgegnete John. »Laßt mich nachdenken ... Italien.«

Es war eine idyllische häusliche Szene. Schmidt saß mit gezücktem Federhalter am Tisch, seine Papiere vor sich ausgebreitet. Er hatte das Sakko abgelegt, um besser arbeiten zu können. Mit der Brille auf dem Nasenrücken und der in tiefer Konzentration gerunzelten Stirn wirkte er wie ein fleißiger kleiner Buchhalter. Ein altes Tonband von Roy Acuff spielte; als eines von Schmidts Lieblingsliedern an die Reihe kam, sang dieser mit. Seine Version von »Klage des Gefangenen» hatte besonders viel Herz.

Schmidt hatte mir gnädig gestattet, mich zurückzuziehen, damit ich mich umkleiden und mir das Gesicht waschen konnte. Zwar enthält mein Kleiderschrank keine durchscheinenden Gewänder, aber ich tat mein Bestes und knotete mir ein rotes Band ins Haar. Wie gehofft, hatte das Band die gewünschte Wirkung auf John. Er riß die Augen auf, doch er sagte nur: »Wenn du dich einmal für etwas entschieden hast, ziehst du alle Register.« Mehr konnte er nicht sagen, weil Schmidt in diesem Moment wieder ins Zimmer kam.

Cäsar schnarchte, den Kopf auf Schmidts Fuß gestützt, unter dem Tisch. Clara war in der Küche. Ich hatte sie mit den luxuriösen Überresten von Schmidts Festmahl bestochen, doch sie beschwerte sich immer noch. Jedesmal, wenn sie miaute, fuhr John zusammen.

Er ruhte auf der Couch, hatte Sakko und Krawatte abgelegt und den Hemdkragen geöffnet wie ein müder Ehemann am Ende eines langen Arbeitstages. Ich saß neben ihm auf dem Boden. Daß ich ganz automatisch diesen Sitzplatz gewählt hatte, war ein aufschlußreicher Hinweis auf meinen Geisteszustand. Hin und wieder berührte seine Hand mein Haar, so leicht, daß nur eine völlig vernarrte Frau es spüren konnte. Ich spürte es in jedem Nerv meines Körpers.

»Italien«, wiederholte John nachdenklich. »Es ist fast drei Jahre her, seit ich in Italien etwas angestellt habe.«

»Ah, sehr gut!« rief Schmidt aus. Er machte sich eine Notiz.

Ich wandte den Kopf. »Rom?«

»Richtig. Du hast ein gutes Gedächtnis.«

»Nun denn.« Schmidt blätterte durch die Papiere. »Wir haben nichts in Norwegen. Dann kommt Schweden. Hat Ihr letztes ... äh ... Abenteuer nicht in Schweden stattgefunden? Das, worin Vicky verwickelt wurde?«

»Das zählt nicht.« John räkelte sich gemütlich. »Niemand weiß, daß ich etwas damit zu tun habe.«

»Was ist mit Leif?« meinte ich.

»Warum mußt du einem immer alle Illusionen zerstören?« Er zupfte sanft an der Haarlocke, die er sich um den Finger gewickelt hatte. »Niemand kann mir das beweisen. Außerdem war es Notwehr.«

»Sehr gut, sehr gut.« Schmidt strahlte. »Und Sie haben sich keine ... äh ... Aktivitäten in Großbritannien zuschulden kommen lassen?«

»Nichts, worüber wir uns Gedanken machen müßten«, meinte John ein wenig ausweichend. »Einem alten Spruch zufolge sollte man nie das eigene Nest beschmutzen.«

»Und in den USA?«

»Nein.«

»Was ist mit dem Kunstgegenstand, über dessen Rückgabe sich das Institut für Orientalistik so gefreut hat?« fragte ich.

John machte ein entrüstetes Gesicht. »Das ist ein Original. Wie kannst du daran zweifeln?«

Schmidt studierte seine Unterlagen. »Also haben wir ... Deutschland, Italien, Frankreich, Ägypten, Türkei, Griechenland. In diesem Ländern haben Sie also zwei Jahre Pause gemacht?«

»Ich war zu beschäftigt«, verteidigte sich John.

Ich erhob mich auf die Knie und drehte mich zu ihm um. »Zwei Jahre? Also hast du im letzten Winter, als du mir erzähltest, du würdest dir einen netten ehrlichen Job suchen und keine krummen Dinger mehr drehen ... die Wahrheit gesagt?«

John lächelte verlegen. »Kaum zu glauben, ich weiß. Aber das mit dem Häuschen auf dem Land war eine Lüge. Das kann ich mir noch nicht leisten. Das ganze Geld fließt in den Laden. Du kannst dir gar nicht vorstellen, wie schwierig es ist, heutzutage ein ehrliches Unternehmen zu gründen: die Steuern, die endlosen Formulare und alle diese Vorschriften ...«

»Oh, John.« Ich nahm seine Hand und führte sie an meine Wange. »Hast du meinetwegen dem Verbrechen abgeschworen? Ich glaube, ich fang gleich an zu weinen.«

»Du gräßliches Weib. Wie kannst du es wagen, mich zu verhöhnen?«

»Warum hast du mir nie etwas davon gesagt?«

Es war ihm so peinlich, als hätte ich ihn der Bigamie bezichtigt. Ich kauerte mich auf die Fersen. »Du wolltest meine Entscheidung nicht beeinflussen. War es das, John? Wenn du dir diesen verdammten Edelmut nicht abgewöhnst, verstoße ich dich und suche mir einen interessanteren Liebhaber.«

John schmunzelte, aber Schmidt war tief betroffen. »Du solltest darüber nicht scherzen, Vicky. Schließlich wird es ja nicht so lange dauern. Höchstens sechs Jahre, vielleicht sogar nur fünf.«

So einfach war es nicht. Die Hochststrafen für Diebstahl sind Ermessenssache und fallen von Land zu Land, ja, sogar von Richter zu Richter, unterschiedlich aus. Außerdem galt Johns Hauptsorge nicht der Polizei. Schmidt wußte das genausogut wie ich. Der Gute versuchte nur, uns aufzuheitern.

»Vielleicht könnte ich auch ein paar der Sachen zurückgeben«, meinte John schmollend. Er klang wie ein kleiner Junge, der die Rückerstattung der Schokoladenriegel anbietet, die er gerade im Laden an der Ecke geklaut hat. Doch ich bemerkte das Funkeln in seinen Augen, und als Schmidt begeistert »Das wäre wunderbar!« ausrief, sagte ich: »Nicht, wenn du sie zurück*stehlen* müßtest.

Hast du nicht schon genug Schwierigkeiten? Ehrlich, John, ich glaube, das Stehlen macht dir einfach Spaß, ganz gleich aus welchem Grund.«

Unbemerkt von Schmidt, der diesen neuen Aspekt bedachte, hakte John den Zeigefinger um mein Ohr.

»Es gibt immer die Möglichkeit einer Strafverkürzung wegen guter Führung«, stellte er fröhlich fest. »In letzter Zeit habe ich mich doch vorbildlich benommen. Den Schaden wieder gutgemacht, wenn man so sagen kann. Nicht nur das Institut für Orientalistik hat eine hohe Meinung von mir. Unzählige alte Damen haben versprochen, mich in ihre Gebete einzuschließen, und einige verhungernde Waisen ...«

»Es wird spät«, meinte ich und schnappte nach Luft. »Du bist bestimmt müde, Schmidt.«

»Müde? Nein! Wir wollten doch feiern.« Ausgerechnet in diesem Moment kam das nächste Lied auf dem verdammten Tonband. Schmidt sprang hoch und fing an, auf den Zehenspitzen zu hüpfen. »Komm, Vicky, tanzen wir!«

»Das ist keine Polka, Schmidt.«

»Glaubst du, ich erkenne keine Polka, wenn ich eine höre? Und Walzer tanzen kann ich genausogut wie Polka, und den Schuhplattler kann ich auch, und die Samba und die Rumba.«

Er bot mir die Hand, und ich ließ mich lächelnd auf die Füße ziehen. In diesem Augenblick hätte ich Schmidt jeden Wunsch erfüllt, auch wenn er keine Anstalten machte, nach Hause zu gehen. Wenigstens war es keine Samba.

Schmidt nahm mich in die Arme, und es ging los, genauso, wie ich erwartet hatte: eins, zwei, drei, hops, eins, zwei, drei, hops ... Ich konnte vor Lachen kaum aufrecht stehen, während ich versuchte zu ermitteln, welche exotische Schrittfolge Schmidt vorschwebte. Und als er innehielt und sich strahlend verbeugte, nahm John meine Hand und riß mich an sich.

Es gab so viele Dinge, die wir noch nie zusammen getan hatten. Lebensmittel einkaufen, im Regen spazierengehen ... überhaupt spazierengehen. Normalerweise rannten wir. Wir hatten auch noch nie Osterglocken gepflanzt, Karten gespielt, eine Oper gehört, Geschirr gespült ...

Es überraschte mich nicht, daß er ein guter Tänzer war, leichtfüßig mit einem ausgezeichneten Rhythmusgefühl. Ich dachte, ich schlug mich ganz gut, bis mir eine Stimme zärtlich etwas ins Ohr flüsterte: »Hör auf zu führen.«

Ich mußte so lachen, daß sich meine Verkrampfung löste. Während er mich gekonnt im Kreis herumschwang, fügte er hinzu: »Im Augenblick wenigstens. Wir erörtern das von Fall zu Fall.«

Es gibt kein ekelerregend süßlicheres, schwungvolleres und sentimentaleres Stück als den »Tennessee Waltz«. Immer wenn ich über Johns Schulter blickte, sah ich Schmidt, der lächelte, nickte und mehr oder weniger im Takt hin und her schwankte. Dann sah ich ihn nicht mehr, denn ich hatte die Augen geschlossen und aufgehört zu führen.

Als das Band durchgelaufen war, schlug ich die Augen auf. Schmidt war fort. Ich hörte, wie die Eingangstür leise ins Schloß fiel.

Argwöhnisch untersuchte John das Zimmer.

»Sie ist in der Küche«, sagte ich. »Hast du Lust auf eine Partie Binokel?«

Er wußte immer, was ich gerade dachte. »Morgen. Nachdem wir mit dem Hund spazierengegangen sind und das Geschirr gespült haben. Ich werde sogar versuchen, mit deiner menschenfressenden Katze einen Waffenstillstand zu schließen. Im Augenblick jedoch ...«

»Du darfst führen.«

»Das habe ich auch vor. Diesmal.«

Er nahm mir das Band aus dem Haar.

Es würde ein nächstes Mal geben. Und wenigstens ein Morgen. Damit würde ich mich zufriedengeben. Zu weit können wir alle nicht in die Zukunft planen.

Ein neuer Wiener Ermittler und eine spektakuläre Mordserie

Ein Toter, aufgeknüpft am Heidentor, einem antiken Baudenkmal vor den Toren Wiens. Ein Tonband, das den grausamen Mord dokumentiert, aber bereits seit zwei Jahren bei der Polizei liegt. Wie passt das zusammen? Ein weiterer Mord geschieht. Handelt es sich um die spektakulärste Mordserie der zweiten Republik? Und steht für Österreich bald nicht mehr Rot-Weiß-Rot, sondern Rot Weiß Tot? Mehr durch Zufall gerät der junge Wiener Journalist Albin in den Kreis der Verdächtigen ... und begibt sich selbst in Lebensgefahr, um seine Unschuld zu beweisen.

Bernhard Salomon

Rot Weiß Tot

Roman

Originalausgabe

ULLSTEIN TASCHENBUCH